九州

NovoLand·

无尽长门

傀舞

唐缺

著

北京联合出版公司
Beijing United Publishing Co.,Ltd.

图书在版编目（CIP）数据

九州·无尽长门.傀舞/唐缺著.--北京：北京
联合出版公司,2022.1
ISBN 978-7-5596-5153-2

Ⅰ.①九… Ⅱ.①唐… Ⅲ.①长篇小说—中国—当代
Ⅳ.①I247.5

中国版本图书馆 CIP 数据核字（2021）第 203098 号

九州·无尽长门.傀舞

作　　者：唐　缺
出 品 人：赵红仕
责任编辑：徐　樟
封面设计：吴黛君

北京联合出版公司出版
（北京市西城区德外大街83号楼9层 100088）
北京新华先锋出版科技有限公司发行
大厂回族自治县德诚印务有限公司印刷　新华书店经销
字数361千字　787毫米×1092毫米　1/16　25印张
2022年1月第1版　2022年1月第1次印刷
ISBN　978-7-5596-5153-2
定价：49.00元

目 录

楔 子

门

"你走吧。"须发皆白的老人挥了挥手，转身走入那间简陋的棚屋，准备掩上柴扉。

"老师，求求您不要把我逐出门墙！"泪流满面的年轻人跪在地上抱住老人的腿，"老师，我是一片赤诚想要追随您学习的！"

老人轻轻摇头："不，你不是，我在你的心里并没有看到信仰的光辉，看到的只是利益和欲望的暗流在涌动。不能克制欲望的人，绝不能入此门。"

"我可以改的，老师，我可以改！"年轻人声嘶力竭地哭喊着，"我承认我的心境还不够好，还没有完全摒除欲望的诱惑，可是我还可以继续修炼，我能够成功的！跟随您的这些年，难道我不是您学生中悟性最高的吗？"

"你很聪明，比我的任何一个学生都要聪明，"老人说，"但入我门中，天赋悟性之道，只不过是细枝末节。你有头脑，却没有心。"

"我……我没有心？"年轻人喃喃自语。

"心是奉献给信仰的，在信仰面前，个人的私欲如沙粒般渺小，"老人说，"你从来没有真正臣服于信仰，因为你太聪明了，聪明到只信仰自己。我们根本就不是同一个世界里的人，所以，我只能请你离开。"

"我……只信仰自己？"年轻人神情恍惚地重复着老人的话语，手却已经慢慢松开了。

"我们和世俗之人的区别，就在于他们的头脑里装的始终是一个

'我'字，而我们必须要丢掉这个字，"老人温和地说，"你脱离不了世俗，所以还是走吧。以你的智慧和灵性，无论做什么，都会有非凡的成就，只是那成就不在本门中，也无须强求。"

他又轻轻地叹息了一声："你一直是我最钟爱的学生，但是现在……道不同不相为谋，你我之间将永远隔着这道门，无法成为同路人。愿你善待自己，寻找到属于自己的道路，打开属于自己的门。你走吧。"

老人重新转过身，掩上柴扉。门再也没有打开。

年轻人呆呆地望着那扇紧闭的门，树枝编扎而成的门显得那么脆弱，仿佛一根手指就能推倒；但它又显得那么厚重而遥不可及，把他和他所向往的世界永远地分隔开来。

眼泪流干了，眼睛里闪动着的只有发自内心的复杂情感。那里有惋惜，有伤感，有留恋，有委屈，但到了最后，只剩下了怨憎。如火般猛烈、如夜般黑暗的怨憎。

"老师，是你放弃了我，是你亲手把我推到了另一个世界中去，"他轻声地自言自语，嘴角慢慢浮现出残忍的微笑，"既然这样，就不要怪我无情，我会在另一个世界里，毁灭这个属于你的世界。我发誓我一定要做到。"

他站起身，头也不回地离去，身影渐渐消失在曲折的山道中。身后始终紧闭的柴门，就像分割开天与地的地平线。

第一章
往事种种

一

圣德十一年七月四日，血翼鸟重现天启城。

在那个原本阳光灿烂的午后，在一代名医欧阳端的宅院里发现的血翼鸟阴霾，迅速笼罩全城。人们原本以为，这个可怕的杀人恶魔已经偃旗息鼓三年，再也不会出来打扰世人的平静，但他们都错了，恶魔永远会选择在人们最意想不到的时刻犯下那令人战栗的罪行。

七月四日那一天，已经是欧阳大夫第四天没有去医馆坐诊轮值了。馆主兼合伙人宋城光对此很不满。欧阳端医术精湛，深受百姓爱戴，但为人疏懒散漫，旷工一两天如同家常便饭。出于朋友之情及对欧阳端医术的器重，宋城光每次都只能摇摇头算了，但四天未免太过分了。医馆是需要赚钱的，当家名医总不在，病人慢慢就会流失。

他在午休时间怒气冲冲地来到欧阳端的家门口，准备撕破脸狠狠训他一顿。但敲门敲了足足有半炷香的时间，却始终无人应答。宋城光把眼睛贴在门缝上，想要看看是怎么回事，就在这时候，他的身体突然僵住了。

他闻到了一股不断散发出来的腐臭气味。凭着年轻时在军中当军医的经验，他很容易就辨别出了，这是持续而浓烈的尸臭。

小半个对时[1]之后，衙门的人赶到了。一个身强力壮的捕快一脚踹开了门，人们循着尸臭很快来到了堂屋。堂屋的门半掩着，从门里传出死亡的气息。

捕快小心翼翼地把门推开，午后的阳光瞬间照亮了屋里的一切。就在正对大门的那堵墙上，过去悬挂着的字画早被摘了下来，雪白的墙面上多了一样东西。一幅用血做颜料画成的图画。那是一只鸟，一只血红色的巨大的怪鸟，有着尖锐的利爪和狰狞弯曲的喙，喙里很醒目地叼着一颗人头。怪鸟的双翼长而舒展，仿佛正带着嘴里的人头凌空飞翔。

而在这幅图画之下，靠墙放着五把椅子，上面坐了五个人，从衣着上判断，应该是两个男人和三个女人，他们整齐地将双手平放在膝盖上，仿佛是在小憩，但对于这些闯入家中的不速之客，他们已经无法做出任何反应了。

因为他们的头颅都不见了。

"这是……血翼鸟干的吗？"宋城光努力保持镇定，却仍然能从自己的声音里听到颤抖的意味。

三年前，在短短的三个月里，天启城里有四位颇有名望的大夫以同样的方式遭到灭门屠杀，手法干净利落。墙上的怪鸟涂鸦和失去头颅的尸体成为这四桩案件共有的标志。除此之外，罪犯没有留下任何能表明犯罪动机的信息，所以至今无人知道究竟是谁、为了什么要对这些名医下手。

至于那只奇怪的鸟儿，在东陆任何一本鸟类图谱中都找不到，后来一位和养鸟没有半点关系的说书先生提供了一种说法。

"这是血翼鸟啊，只生存在云州的一种怪物，"说书先生说，"传说这种鸟靠吃一种叫作'伽蓝花'的奇花果实维生，作为回报，它会猎取人和野兽的脑袋为伽蓝花作装点。这个杀手估计就是看中了血翼鸟的这种特性，才以它为标志的。"

那些关于神秘之地云州的传说，从未得到过确切的证实，但人们还

[1]　对时：此文表示计时单位时辰。

是接受了"血翼鸟"这个名字，并且把它作为那位连环杀手的代称。奇怪的是，在连续发生四桩惨案之后，血翼鸟就消失了，在长达三年的时间里再也没有作过案。

然而三年之后，血翼鸟再次出现了，欧阳端一家成了受害者。事后验查尸体，五名死者分别是欧阳端夫妇、欧阳端的一双儿女及大儿媳妇。根据仵作的判断，死亡时间有三四天。

这也是有记录的最后一次血翼鸟案件。直到十六七年后的宏靖二年，人们才终于找到了这位名噪一时的恐怖杀手。可惜的是，他已经死在澜州一家廉价小旅店的充满霉味的床铺上，死在凄风苦雨的深夜里，死时身边的包袱里只有几件破衣物和几枚零碎的铜镭，还有一两本坊间常见的流行诗集。假如不是有人碰巧发现书页的空白处，密密麻麻写满了历次杀人的详细记录，恐怕谁都不会想到，这个一贫如洗的瘦弱中年汉子会是曾经震惊九州的连环杀手——血翼鸟。

所有遗物立即被封存起来，加急送往天启城。当那本带有犯罪笔记的诗集辗转送到刑部官员的手里时，他们才发现，上面总共记载了四次案件，那之后的纸页都被撕掉了。也就是说，人们无法获知第五起案件，也就是圣德十一年欧阳端灭门案的真相了。

好在也没有人在意那些细节。血翼鸟死了，一直被人们所猜测的杀人动机也在那本笔记里得到了解释，这就足够了。百姓的热情永远是来得快去得也快，两个月之后，人们渐渐淡忘了此事。

二

圣德十一年九月。锁河山脉西南麓，河西岭。

河西岭沈家村的农夫沈壮最近心情非常好，人们取笑他，说他的嘴张了两个月愣是没有合拢过。两个月之前，他的妻子终于给他生下了一个大胖小子。河西岭虽然距离天启城骑马只需要两天路程，却从来没有沾到过帝都的贵气，始终处于贫困之中。家里添一个男丁，就是对日后生计的巨大帮助，更别提沈壮家五代单传，就指望着这根独苗来延续香火了。

喜得贵子的愉悦让沈壮加倍努力地劳作。河西岭土地较为贫瘠，各种作物都不容易生长，这一天天不亮他就已经起来了，去往村西的那块薄田。

临近中午的时候，远处忽然传来一阵急促的马蹄声。沈壮从田里直起身来，看见两个身着便装的外乡人骑着马向村里奔去。这可有些奇怪，沈壮想，沈家村只有几十户穷困人家，也没有任何值得一提的特产，除了收税和征兵的官员以及偶尔到来的货郎之外，几乎从没有外人踏入。这两个人是干什么的呢？

反正不会是来找我的，沈壮想着，把那一点点好奇抛在脑后，继续挥动起锄头。下午那两个人又从他身边掠过，原路离开。

晚上回到家的时候，村里人都显得喜气洋洋，一问才知道，原来白天来的那两个人是天启城里一家药材商的伙计。他们在附近发现了值钱的药材，也发现村子里的土地土质正适合种药，想要花钱把整个村子的土地买下来作为种植、采集和中转的基地，当然了，开出的价格肯定不菲。他们表现出了极大的诚意，一家一家地走访，问清楚了每家都有几口人，据说是要按人头付钱。

这可是一笔横财！每户农户能够得到的钱比他们刨一辈子地还要多，难怪大伙都乐开了花，没有人去想这样天上掉馅儿饼的好事是否真实，是否包藏祸心。

入夜之后。

劳累了一天的沈壮早早地睡了，迷糊中，儿子的啼哭声和妻子哼唱童谣的声音不断传入耳中，恍如一首催眠曲。他梦见了自家未来的好光景：药材商给的钱比想象中还要多得多，于是他们在天启城里开了个小店，成了城里人，看着儿子一天天长大……

可惜还没在梦里看到儿子娶媳妇，他就被一声奇怪的响动惊醒了，好像是窗户被人碰了一下。难道又是隔壁家的淘气包扔石头？他恼火地哼了一声，从床上爬起来，正准备过去查看，猛然间眼前黑影一闪，还没反应过来，脖子上就被什么东西狠狠砍了一下，一阵剧痛传来，他昏了过去。失去意识之前，他听到妻子发出一声凄厉的惊呼。

醒来之后，他发现自己身边坐着他的堂叔，妻儿却不见踪影。他试图坐起来，却感到脖子上一阵剧烈的疼痛。

"别动！"堂叔一把按住了他，"算你命大，脖子差点就被砍断了。"

"我老婆孩子呢？发生了什么事？"沈壮连声问道。

"别急，先把伤养好，咱们慢慢说。"堂叔吞吞吐吐地回答。

"放屁！"沈壮这一声大喊又牵动了脖颈处的伤，疼得他满头大汗，"我老婆呢？我儿子呢？"

堂叔长长地叹了一口气："他们都……不见了。我们只发现你躺在地上，脖子上被砍了一刀。"

"是谁干的？为什么要抓他们？他们被抓到哪儿去了？"沈壮哑着嗓子问。

"我们怎么可能知道呢……"堂叔摇着头。

两个月后，沈壮的伤口渐渐愈合了，但他的脖子从此歪了，始终向右边偏着。他成了一个无妻无子的歪脖男人，并且受伤处在他的余生中从来没有停止过疼痛。

歪脖子的沈壮把家里能卖的东西全换了钱，离开了沈家村。他几乎走遍了锁河山脉附近所有的村庄，他去过天启城，去过中州的其他城市。三年里，他一直靠着乞讨和做短工拼命凑路费，过去精壮的农家汉子变得两鬓斑白、瘦弱佝偻，始终歪着的脖子更是令他受尽了世人的冷眼与嘲笑。

但他还是没能找到自己的妻儿。在那个噩梦般的夜晚之后，他的妻子和儿子就此消失，仿佛从来不曾存在于世上一样。

也许是上天怜惜他不懈的努力，在第三年年底，总算是给了他一个答案。那时候他已经在一个马帮里混到了杂役的位置，准备跟着他们翻越黯岚山，去往宛州。他的想法很简单，既然中州找不到，就去宛州找。

马帮在黯岚山里缓慢前行，五天之后遇到了两个迷路的行商。两位行商死里逃生，把随身带着的上品美酒"青阳魂"拿出来与马帮汉子们共享。人们围着火堆烤着肉，畅饮着青阳魂，个个逸兴横飞。只有歪脖子的沈壮一个人孤零零地坐在一旁，没有喝酒，也没有说话。

马帮中人早就习惯了沈壮的沉默古怪，没有谁去招呼他，两位行商却颇有些好奇，带路的向导于是把沈壮的经历向两人粗略讲述了一遍。其中一名行商听完后，眉头皱了起来："三年前的九月十三日？是不是在一座叫河西岭的山岭附近？"

沈壮心里一激灵，站了起来："没错！就是河西岭！这位大爷，难道你……"

"我不敢肯定那就是你的妻子和儿子，但在九月十三日那天夜里，我的确见到过一群人抓走了一个妇人和一个婴儿，那样的事情的确很难让人忘怀，"行商说，"那时候我还是一个走村串寨的货郎，天黑前错过了下一个村子，只好在山野里露宿。夜里又冷又湿，我几乎没怎么睡着，半夜的时候，我听到了一阵马蹄声。"

沈壮浑身颤抖着，差点要跪下来感谢神明。终于有人知道那个晚上发生的事情了，可他们现在究竟在哪儿？是活着还是死了？他不敢问，一颗心像是悬在了半空中。

"因为担心是强盗，我赶忙躲进草丛里，只听到马蹄声在一片空地上停了下来，来的那群人在空地上燃起了一个火堆，"所有人都安静下来，听着行商的述说，"他们一共有十多个人，穿着黑色便服，我看到他们从马上推下来一个二十来岁的少妇，手里还抱着一个婴儿……"

"就是他们！"沈壮喊了起来，"他们怎么样了？"

行商沉默了一会儿，轻轻拍拍沈壮的肩膀："你要节哀啊，兄弟，你的妻儿，他们被……当场杀害了。"

沈壮如遭五雷轰顶，只觉得全身都无法动弹了，但偏偏意识还很清醒，行商的话继续钻进耳朵里："我没有本事阻止，眼睁睁地看着那群人两刀下去夺走了两条人命。更让人发指的是，他们的尸体马上被扔进火堆里焚烧……"

"这也太残忍了吧，连尸体都要残害！"就连向导都听得义愤填膺。

行商苦笑一声："是啊，当时我实在是看不下去了，也担心被他们发现，就悄悄匍匐着离开了，可离开他们已经很远了，空气中还飘浮着一股刺鼻的焦臭味，提醒着我并不是在做噩梦。"

"那是梦，一个笼罩我一生的梦，"沈壮想，"我永远也不可能从这个梦里摆脱出来了。"他软软地坐在地上，放倒自己的身体，躺在冰冷肮脏的地面上。夜风穿行于崎岖连绵的山间，仿佛山里的一切都在发出呜咽。"让我就这样死去吧，"他想，"那样就不会再有任何痛苦、任何牵挂了。"

就在这时候，行商说出了下一句话，一句让他在一瞬间重新找到生存的意义的话。

"我偷听到了他们的一些对话，大多我都不明白，但其中有一句，也许与他们的身份有关，"行商说，"我听到一个男人重重地叹息了一声，说道：'没想到我邢万腾的刀，有朝一日会拿去对付无辜的女人和婴儿。只是，我们已经付出了那么多兄弟的性命，总不能全军覆没了吧。'所以，这群人当中至少有一个叫作邢万腾的，说不定你以后能有机会找到他。"

在此后的岁月里，这句话就像刀刻一样，牢牢印在了沈壮的脑海里。他相信，自己总有一天会找到这个叫作邢万腾的人，为妻儿报仇。这是他活下去的唯一意义。

三

圣德二十年十一月。北邙山北麓，枯云峰。

于泽泰已经在北邙山里逃亡了近十天。他吃光了所有干粮，即便偶尔捕捉到一两只猎物也不敢生火烤制——生火冒出的烟雾有可能使他暴露自己。而他一旦被擒就意味着死亡，因为追杀他的是一群北邙山的河络。

现在他只觉得无比后悔，每过一天逃亡的日子，这种后悔就加深几分。作为一个强盗，他千不该万不该去打劫两个河络，更加不该杀了他们。如今他明白了，杀死河络就相当于捅了马蜂窝，他们似乎是追到天涯海角也一定要把自己抓回去正法。

傍晚的时候，下起了雨，而且雨势越来越大。于泽泰感到一阵绝望，不仅是因为十一月的雨水淋在身上实在冰冷彻骨和雨中的山路更加湿滑难行，还因为雨水会让他留下泥泞的脚印，让河络们更加容易追踪。

与其这样，还不如转过身和他们拼了，于泽泰恶狠狠地想着。突然之间，他注意到了前方的一处断崖，一个绝妙的主意产生了。

不久之后，于泽泰已经躲在了断崖下方，亲耳听到河络们用他听不懂的河络语叽里咕噜一阵后，转身向回走。他很兴奋，自己的计策成功了，区区几个脚印就骗过了那些愚蠢的河络，让他们以为他已经失足跌下山崖。

于泽泰等到河络们走远了，这才开始往上爬。不料他之前借之攀缘而下的那块岩石已经松动了，无法承受他的重量，竟然轰的一声垮塌下来。于泽泰的身体骤然失去了平衡，像一只皮球一样，沿着倾斜的山坡滚了下去。他的脑袋撞上了一块不知是石头还是别的什么玩意儿的硬东西，昏了过去。

醒来之后，雨已经停了，天色早已变得漆黑如墨。于泽泰把自己全身上下摸了一遍——虽然摔得遍体鳞伤，但总算还活着。他四下打量了一下，觉得以自己现在的体力，没可能原路攀爬上去了，只能继续向前寻找生机。他像一头受伤的野兽，踩着泥浆、碎石和野草蹒跚前行，内心充满了对前方未知的恐惧。

也不知道走了多久，视界里仍然没有看到一丁点儿火光，他好像是闯入了一片完全无人居住的荒野地带。这里除了雨水、寒冷和饥饿之外，什么也没有。终于，他再也走不动了，靠在一棵大树旁大口喘着气。忽然，他听到前方有一阵整齐划一、不快不慢的脚步声传来，正向他这边靠近。

他的第一反应是狂喜，紧跟着却想到：万一这又是一群河络怎么办？虽然刚才不止一次想到"还不如让河络杀死算了"，但真当可能的危险临近时，求生的本能还是促使他做出挣扎。他拼尽最后一点力气，爬上了那棵树，从枝叶的缝隙间向下张望。

荒山里的夜晚几乎没有一丝光，而来的这群人居然没有点火把，始终行走在伸手不见五指的黑暗中。于泽泰习惯了夜间抢劫，倒是把眼力锻炼得很不错,他一眼就能看出,这些人是和他一样的人类,有二三十个人。但他还是不敢贸然下去,深更半夜不点火把走在深山里,恐怕不会是什么善茬。于泽泰很懂得道上的规矩,不该看的就要装作没看到,否则一不小心就会招来杀身之祸。

但这群人偏偏就在他的身前停了下来,他紧张得用手捂住口鼻,唯恐呼吸声被听见。他们好像是选定了这棵大树前一处较为松软的土地,开始动手刨土。于泽泰很困惑。浸过雨水的泥地即便再松软,用手去刨仍然会是一桩十分艰辛的活计,难道这是一群练习铁砂掌之类硬功夫的武士在这里练功?

他胡思乱想着,目不转睛地看着这群突如其来的怪客把血肉之躯当成铁铲来使用。在这样一个苍凉的雨夜,在这样一处绝地,这些莫名其妙的人简直就像是鬼魅一样,让人不寒而栗。于泽泰一时间忘记了自己身上的伤痛和饥饿,全神贯注地盯着他们。

这群人虽然没有趁手的工具,但一个个干起活来完全不知疲惫,更加不知疼痛,慢慢挖出了一个大坑。雨势并没有减弱的迹象,反而越下越大,一道闪电划破天际,刹那间把地面的一切照得光亮如白昼,借助着闪电的光芒,于泽泰总算看清楚了那群人的穿着。他愣住了。

这群人都穿着单薄的粗布衣服,脚上只穿着露出脚指头的草鞋。更重要的是,他们的腰际都围着粗麻搓成的腰带。这样的腰带通常是一种标志,代表着某个历史悠远的古老教派——长门修会。

这群深更半夜出现在荒山里的怪人,原来是一群长门修士。

于泽泰的脑海里迅速闪现出一些关于长门修会的信息。这是一个已经传承数千年的宗教组织,信徒们被称为长门修士或者长门僧。他们敝衣草履,通常情况下远离闹市,通过体验艰苦的生活和沉思冥想来修炼自己,以寻求生命的真谛和意义。他们有着丰富的知识,掌握各种高超的技能,却从来不用这些知识和技能赚钱,而是把它们慷慨地教授给需要的人。

想到这里,于泽泰大大地松了一口气。在九州那些古老的教派或者组织中,无论天驱还是辰月,都会带给人充满血腥味的联想,唯独长门修会不会。他们是温和且与世无争的，无论是对国家政权还是对普通民众都没有任何威胁，反而还能给底层的穷苦百姓们造福。历史上他们从来没有遭受过任何形式的剿杀或攻击，也说明了他们的好名声。遇上这样一群人，不是倒霉，而是走运，因为长门僧都有着慈悲助人的胸怀，他们肯定可以给自己无偿提供伤药和食水。

至于现在他们在做的事情，大概是某种苦修吧？那就先别打扰他们，于泽泰想。他耐心地等着，眼看着那群长门僧终于挖好了地上的大坑，然后走到大坑前面，背对着坑整齐地站成一排，只有一个人站在队列的前方面向他们，就好像是一排士兵和他们的指挥官。整个过程中，他没有听到长门僧们有一句交谈，仿佛他们都是哑巴。

他们到底要干什么？正当于泽泰的脑海里再度升起这一疑问的时候，令他惊骇无比的一幕发生了。站在队列前方的那个长门僧举起手臂，重重一拳击打在一名同伴的身上，于泽泰毫不怀疑自己听到了肋骨断裂的声音。挨打的长门僧哼都没有哼一声，硬挺挺地向后跌入了坑里，身体和坑底碰撞发出沉重的钝响。而挥拳的僧人并没有丝毫停顿，又是一拳把第二名同伴击入深坑，接着是第三个、第四个……

这个深坑就是一个墓穴！于泽泰拼命抑制住自己尖叫的欲望，浑身像筛糠一样战栗着。这群长门僧是不是发疯了？他惊恐万状地想着，在这样一个寒冷的雨夜，在北邙山的深处挖掘出自己的墓穴，然后任由同伴把自己活活打死，埋葬在墓穴里，就算是疯子也做不出来这样的事情啊！

出手的那个长门僧很快把所有同伴都活生生击入了那个深坑。然后他开始动手往里面填土，直到把所有人都埋葬了。他耐心而细致地做着这件事，直到地面完全被填平，看不出任何痕迹为止。然后他才转过身，沿着来路步履平稳地走了回去，仿佛刚才的一切完全没有发生过一样。地面依旧平整，周围依旧没有人声，地面上的足迹渐渐被雨水冲刷掉。

就好像刚才那些长门僧从来没有来过，一切都只是自己的一个梦，一个难以索解的噩梦。

于泽泰一直等到那个长门僧走远了，才敢爬下树去，他的心神依旧恍惚，难以从刚才那恐怖的一幕中回过神来。然而精神的恍惚和肉体的饥饿疲累，让他的手脚不再灵便，刚刚向下爬出两步，他就一脚踩空，摔了下去。

重重摔在地上的时候，他清晰地听到了自己腿骨断裂的声音，和之前那些长门僧肋骨被打断时几乎一模一样。他明白，自己大概是再也走不出这座大山了。

四

宏靖十七年四月，天启城。

宏靖皇帝做了一个梦。在梦里，他又回到了圣德二十六年，也就是宏靖元年，回到了父皇驾崩、自己登基的时刻。梦里父亲的尸身居然就停在金銮殿上，并且端端正正地坐在龙椅上，恍如再生。大殿热闹得像天启城里的集市，无数看不清面目的人穿行其中，发出种种嘈杂的声响。

难道现在的皇帝不应该是我吗？为什么会让一个死人坐上去？他有些不知所措地四顾张望，周围没有人搭理他，仿佛他完全不存在。他想要发怒，想要召唤他的臣子和侍卫，却发现自己无论怎么张口都发不出声音。

"我这是怎么了？"皇帝感到无比惶恐。在这个奇怪的视角里，只有一张面孔能让他感到亲近，那就是他的父亲，刚刚驾崩的圣德帝。尽管明知道父亲已经死了，他还是不由自主地跑了过去。

父亲没有说话，这很正常，因为父亲已经是一个死人了。但奇怪的是，父亲的双目是睁开的，两只眼睛充满威严地瞪着他。皇帝从小就害怕被父亲这样瞪着，此时此刻，他只觉得全身发毛，两条腿都开始发软了。

"您有什么话想要对我说吗，父皇？"皇帝想要这么问，却仍旧开不了口，他觉得父亲的目光中除了威严之外，还隐藏着一丝悲哀和忧愁，似乎有什么复杂的含义，好像有什么话要对他交代。

但最终父亲什么话都没有说。他的眼皮缓缓闭上，头顶慢慢地冒出青烟，片刻之间，圣德帝的身体开始熊熊燃烧，从他身上喷射出来的烈焰高达数丈，一瞬间就把整座太清宫都点燃了。

"来人啊！快救火啊！"皇帝终于能发出声音了。他用尽全力地喊叫着，但那些进进出出的人仍然没有一个人搭理他。相反，他们全聚集到了大殿中央，跨进了烈火中。很快，太清宫里成了一片火海，人们沉默地任由大火吞噬自己的身体，直到化为灰烬。

圣德帝已经被烧得只剩下一副焦黑的骨架。但突然之间，这副骨架站立了起来！化为枯骨的先皇从火中站起，一步步地走向他的儿子。

他的儿子已经完全不能动弹了。骷髅黑洞洞的两眼里似乎仍然有无法烧尽的威严，让皇帝失去了任何行动的勇气。他眼睁睁地看着大殿倒塌，自己被包围在冲天的烈焰中，眼睁睁地看着父亲的尸骨走向自己，张开双臂，带着灼人的热焰把自己拥入怀中。

皇帝大叫一声，终于醒了过来，里衣和被褥都已经被冷汗浸透。他回忆着刚才那个诡异的噩梦，越想越觉得不是滋味。

"来人！"他喊道，"快传解梦师！"

自从十五岁那年继位开始，睡眠问题就始终困扰着他。无论太医们怎么想办法调理，他都很难获得一个安稳的梦境，总是频繁地遭受噩梦的困扰。他总是在梦里来到各种各样离奇的场所，遇到各种各样的恐怖事物，这些梦让他无比烦心，日渐消瘦。绝望的时候，他甚至想过要自杀，幸好他的国师对他说了一番话，才让他慢慢平静下来。

"你是九州的皇帝，头脑里所思虑的事情远比旁人重大得多，所以你才会紧张多虑，陷入噩梦，"国师对他说，"这是很正常的，正说明了你为天下子民殚精竭虑之心。"

"天下子民？其实我紧张的根源……更多的是怕让我的母后失望吧，"年轻的皇帝苦笑一声，"你知道的，在我年轻的时候，国家的大小事务，都需要她来帮我做出决断。虽然现在她已经撒手不管了，但我还是生怕做错事。"

"你继位的时候只有十五岁，自然需要有人扶助，但你迟早会自己独当大局的。更何况，做噩梦并没有什么要紧的，梦境在很多时候都是未来的预示。"

"未来的预示？"皇帝很是吃惊。

"是的，你是皇帝，是天子，"国师说，"你的梦境，也许就是上天给你的启示，但你自己并不能读懂它们。你需要一个解梦师，帮助你解释梦中所见，为你指引前路的方向，我的陛下。"

皇帝采纳了国师的意见，召来了一位解梦师常住宫中。在此后的日子里，这位解梦师从他的梦境中分析出不少的东西，其中很大一部分竟然真的和未来发生的事情对上了号。当然了，皇帝很清楚，这些未必能说明他的梦就有喻示未来的作用，很多都只是心理作用和自我安慰而已。解梦师非常擅长察言观色，总是能说出皇帝愿意听的话，并且对时局的判断比较准确，这恐怕才是他"预言"准确的真正原因。即便只是心理作用，解梦师的言语也的确让他的心情平静了很多，噩梦也没有以前那么频繁了。

然而，今晚的这个梦显得有些与众不同，皇帝觉得自己有必要请解梦师来分析一下。这个梦让他隐隐感到自己失去了掌控的力量，对于一个皇帝来说，这是绝对不能容忍的。

三个月之后。

继年初的太后寿辰大庆和年中的皇帝生辰之后，天启城又迎来了一桩盛事。一具六百多年前的长门高僧的不朽法身，被运送到了天启，皇帝将亲自去迎接。

长门历来是一个远离一切政治干权的教派，从来没有引起过任何帝王诸侯的重视，这一情况直到宏靖帝时期才有了改变。不知道为什么，长门"追求终极智慧"的教义让皇帝入了迷，而长门那种宽厚、温和、博爱、绝不伤害他人的信条也让他觉得值得推广给天下百姓，所以他动了念头，想要把长门变成国教。

但这个愿望并没能实现，因为长门的反应是冷淡的，或者说压根儿就没什么反应。长门并不像天驱或者辰月那样有严密的组织机构，所谓的修会，只是一种松散的信仰人群的总称，虽然因为信仰的差异分成了若干派别，但并没有一个完整的组织，也没有什么核心的领导层。皇帝抛出了金枝，长门内部没有任何一个支派伸手去接，说起来还真有点尴尬呢。

好在皇帝也并没有动怒，他虽然放弃了把长门提拔为国教的想法，却仍然愿意从长门的经典中获取智慧和感悟。

恰好在这一年，一名越州的农夫在自己家后院里打井，无意间挖出了一具古怪的尸体。该尸体看上去已经死了许多年，皮肉竟然没有腐烂，只是变得干瘪而已。在常年潮湿、空气中都能滴出水来的越州，出现这样的尸体当真是太奇怪了。此事很快惊动了县衙，衙门里的文书查遍资料，终于发现，六百多年前，曾经有一位受人尊敬的长门高僧（通常被人们称为"夫子"）埋葬在那里。也就是说，这具尸体正是那位长门僧，他已经死去六百多年，尸身却依然不腐，真是个奇迹。

当地县令知道这是拍皇帝马屁的最佳时机，火速将此事上报天启。皇帝十分高兴，下令将这具高僧肉身送到天启城。今天，它终于到了。

天启城的中心广场早已搭好了高台，引来无数百姓围观。死了六百多年的尸体还不腐烂，本身就是个大热闹，加上皇帝的钦点，这种热闹自然还要翻倍。暑天七月，艳阳高照，广场上人山人海，挤得水泄不通，就像是把人放在蒸笼上蒸烤一样，简直要把人热到发疯，不少人因此而中暑了。

等到了正午，皇帝终于现身了。晒得焦头烂额的百姓们强打起精神，望眼欲穿地看着广场南面留出来的那条路。

没过多久，长门高僧的肉身就送到了，它被蒙在一层厚厚的红绒布里，由十六名力夫抬入了广场。人群中的某些知情人士这时候就开始卖弄了，他们告诉周围的人，在那层红绒布之下，这具惊动了圣上的尸体被放在一个特制的水晶罩里，呈盘膝打坐的姿态。它被从地下挖掘出来的时候，就保持着这种姿态。

"那么大一个水晶罩子，应该能值很多钱吧？"一位看热闹的民众发表评论说。

"这可不是普通的水晶，"知情人士继续卖弄，"我小舅子就在衙门里办事，听他说，这块水晶罩是特制的，可以防秘术的入侵。"

"倒也值得。几百年都不腐烂的死人可真罕见呢。"

在人们的议论纷纷中，力夫们把水晶罩抬上了高台，司礼官很快宣布吉时已到，皇帝从座椅上站起身来。按照安排好的程序，他将会亲手揭开那层布，让人们一睹高僧法身的真容，然后他会借着这个时机向天下子民进行一场振奋民心的演说，阐述长门的精神能给人们带来的改变。这番话在往常没有太大的力度，但现在有这具神奇的法身的加持，足以在百姓心中留下深深的烙印。

皇帝一边想着，一边踏着台阶走上高台，人群齐齐跪下，臣服于天子的威严。他挥挥手，下令平身，然后伸手扯下了那层绒布，那具不朽的法身就这样呈现在人们眼中。它干枯的身躯和面颊显得有些狰狞，盘膝坐在天启城灼热的阳光下，与身前的芸芸众生只隔了一层水晶罩，却又相隔了六百多年的岁月。

皇帝满意地听着人们的赞叹。百姓的反应在他的预料之中，接下来他可以从这具法身上阐释出许多的意义，让他们意识到长门的伟大之处，然后……

刚想到这里，他就听到人群中发出了一片惊呼声。他猛然回头，眼前是一片火光——高僧的法身竟然燃烧起来了！在这个没有任何秘术可以攻击的水晶罩里，高台上只有皇帝一人站在距离它十步之内，长门僧的肉身猛烈地燃烧起来，立刻被烈焰吞没，而水晶罩也在火焰的炙烤下出现了裂纹，慢慢开始碎裂。

侍卫统领大喊道："陛下！请您离开！"随着这一声喊，侍卫们当即把皇帝团团围住，保护起来。皇帝却恼怒地一把推开挡在他身前的御前侍卫，目不转睛地注视着眼前跳动的烈火。

那一瞬间他又想起了几个月前的那场梦，想起了解梦师对他说的话："陛下的江山是由先帝所传，梦见先帝重新坐在龙椅上，说明此梦与江山社稷、与整个九州的气运相关。但先帝的龙体被火焰吞噬，太清宫化为一片火海，却绝非吉兆，恐怕预示着巨大灾难的迫近。今年之内，陛下需要留意与火有关的事件，很可能会得到警示。"

现在，与火有关的事件发生了，竟然和他的噩梦有相似之处，由不得他不信解梦师的话。他眼睁睁看着这具尸身化为灰烬，错觉中却觉得燃烧的并非是长门僧，而是逝去的父皇，一股强烈的愤怒从他的心底涌起。他坚决地再次推开试图挡住他的侍卫，不顾火焰的高温，大踏步走到了水晶罩前。御前侍卫们个个胆战心惊，唯恐皇帝的万金之体受到什么伤害，却又不敢逆龙鳞而动，只能苦着脸跟在他身旁。

突然之间，皇帝的脸色微微一变，而侍卫们也都看到了他所见到的东西：从长门僧即将燃尽的尸身里，赫然掉落出了一块东西，看样子像是某种耐高温的金属。这块东西竟然就一直藏在它的体内，直到尸体被焚毁，才终于现身。

"把那块东西取出来。"皇帝下了命令。他隐隐地意识到，这具离奇自焚的法身，这块从法身里跌落出来的金属，很可能就是解梦师所说的，能够改变九州气运的重要物什。

"改变九州的气运？巨大的灾难？"皇帝握紧了拳头，"那我们就来拼一拼吧！"

第二章
奇　祸

一

宏靖十七年八月，宛州青石城。

青石城是宛州最古老的城市之一，毗邻楚唐平原，交通发达，周边区域盛产口感粗粝却抗盐碱的黄黍——不适合人吃却很适合作为饲料，这些条件加在一起，令青石成了宛州乃至整个九州最重要的牲畜贸易市场。牲畜贸易给这座城市带来了流动的金钱，也带来了各种各样的问题，尤其是卫生问题。比如说，你没法教一头骡子学会上厕所，因此青石城几条用来运送牲畜的主干道上，总是遍布着各种粪便，这非常容易引起流行疾病。对于青石城的居民来说，几乎每年都得面对不同种类的流行病，这已经成了他们生活的一部分。

宏靖十七年夏天，一场霍乱席卷了青石城。虽然当地人有着丰富的抗击疾病的经验，但还是有不少人染病。霍乱是一种杀伤力很强的疾病，得霍乱的人会出现腹中绞痛，腹泻不止，头痛发热的症状，重症者甚至会丧命。因此衙门虽然采取了各种应对措施，但仍然难以阻止疾病的蔓延，几乎每天都会有病者死去。

在这个关键的时刻，几位游历到此的长门僧帮了大忙。他们写下了几服针对霍乱非常有效的药方，在街头巷尾教人们架起大锅熬煮汤药，并且号召城里没有生病的人都来担当义工，要么熬药，要么清洁城市卫生。一时间，青石城几乎每一条街都能看到熬药的大锅，浓浓的药味压过了牲畜的臭气，也渐渐赶走了霍乱疫情，令青石城恢复了往日的生机。

"还是长门修士了不起啊！"人们夸赞说。

八月下旬的时候，包括情况最严重的城南在内，大部分地区的霍乱疫情都得到了控制，但在城北的荒郊里，却还有几口大锅在熬药。城北是青石城较为荒僻的地方，这里有不少废弃的砖窑。青石历史上曾经有过许多砖窑，后来随着水质和土质的变化，青石出产砖的品质逐渐降低，砖窑也就渐渐废弃了，成了流浪汉们栖身的场所。这几口大锅，就是为这些无家可归的流浪汉熬药治病的。

"再倒进去三两熟附子，加半把茯苓，一把紫苏。"一个站在大锅旁的中年人指挥说。他穿着半袖的粗布衣服，脚上是一双陈旧的草鞋，腰间醒目地系着粗麻腰带，说明他是一个长门修士，而在大锅前干活的是一个相貌俊美的二十岁出头的年轻人。此刻他正在用力搅动着锅里的汤药，他的白色绸衫挂在一旁的树枝上，身穿浅蓝色的细布中衣，衣饰比那位长门僧华贵多了，光是腰带上那块墨绿色的翡翠就一定值不少钱，看来是一个前来帮忙做义工的大户人家公子。一般而言，有钱人跑出来为穷人卖力气很罕见，疫病流行的时候，城里能跑出去避难的有钱人更是几乎都跑掉了，这让这位公子和其他几口大锅前光着膀子的大汉显得很不协调，形成了鲜明对比。

不久之后，大锅里的汤药陆续熬好了，中年长门僧带领着助手们把药一一盛入瓷碗，然后分发给病人们。一通忙碌之后，其他人都累得浑身大汗，席地而坐咕嘟咕嘟喝着凉好的便宜茶水，唯独那个年轻公子没有去喝茶。看样子，他已经有点脱力了，身子软软地靠在树上，脸色发白。

"这天气……真是热啊！"他轻声说着，看样子如果不是地上太脏的话，他会立即就地躺下。

"这位公子的体魄还是差了点儿啊，不如早点儿回去休息吧，"一位义工好心对他说，"我们这些常年卖苦力的，搅动那么大的药锅都累得够呛，你一看就是有钱人家的少爷，做不了这些累人的活计。"

年轻公子还没有答话，长门僧已经叹了一口气："我早就说过了，你不适合干这种重体力活……你先休息一会儿吧，要是实在累了，就先回去。"听口气，这两人应该熟识。

听了这句话，年轻公子先是摇了摇头，接着又点点头："真是抱歉，看来我在这儿的确帮不了什么忙，那我就先回去好好睡一觉了。"

"去睡觉吧，那才是你的老本行，"长门僧挥挥手，"你去吧。"

年轻公子向着周围的其他义工们拱拱手，从树枝上取下长袍，慢慢挪动着双脚向南走去，虽然疲累，但他走路的姿态还是平稳优雅。长门僧看着他的背影远去，虽然不住地摇头，脸上显得很是无奈，但是嘴角却挂着一丝笑容。看来他和这位年轻公子交情不错。

他转过身，继续指挥义工们开始熬下一批药，就在这时，一名义工忽然说："咦？那位公子怎么又回来了？"

长门僧扭头一看，那名年轻公子果然回来了，而且是一路小跑着回来的，看起来，虽然重体力活让他吃不消，跑起来倒是动作矫健，只是先前确实累坏了，所以这一通疾跑后有点气喘吁吁。但他顾不得那么多，双手扶着膝盖，上气不接下气地说："有几个官兵……朝这边……过来了……拿着兵器……好像说是要抓……长门僧……"

"官兵？"长门僧眉头一皱。

"没错……穿的是军服……"年轻公子呼哧呼哧地喘着气。

"官兵？抓长门僧？"所有人都很吃惊，好像是听到了什么谬论。长门修会这个教派一向都只是一个与世无争的松散组织，他们从来没有争权夺利的野心，也没有使用暴力改变世界的荒唐，只是游走于荒野城郊之间，为人们普及一些常识，带着一颗虔诚的心修炼自身。历史上的君王们对辰月宣过战，剿杀过天驱，驱逐过天罗，搜寻过龙渊阁，唯独没有人对长门修会下过手。谁会花大力气对付一群完全无害的人呢？

此时的长门僧沉思片刻，对年轻公子说："你先去坐一会儿，这里由我来应付。"

年轻公子点点头，找了一棵树，靠着树干坐了下来。没过多久，远处果然走来六个军人，一个个面色不善，脸上好似罩了层严霜。他们环顾了一下周围，目光最后停留在了长门僧身上。

"长门修士章浩歌，"长门僧向他们点了点头，"不知各位军爷来这里有什么事？"

领头的一名军官走到他面前，上下打量了一番，突然间挥起拳头，重重打在这位名叫章浩歌的长门僧脸上。章浩歌似乎是不会武功，面对这一拳，一点躲闪的动作都没有，被一拳打倒在地上，半边脸登时肿了起来，鼻子里流出了鲜血，嘴唇也被打破了。

义工们和病人们齐声惊呼，但谁都知道官兵厉害，开罪不得，所以没有人上前阻止，甚至没有人敢去扶他一把。

不过长门僧毕生苦修，对疼痛的承受能力远比一般人强，章浩歌虽然伤得不轻，却并没有显得太痛楚。他慢慢地爬起来，依旧和气地问："你为什么要打我？是我做错了什么事吗？"

军官挥了挥手，两名军士抢上前去，用绳索把章浩歌捆了起来。章浩歌并没有抵抗，只是等自己被捆结实了之后，才继续说道："朝廷抓人，总要有一个说法吧。为什么抓我？"

军官从鼻子里哼了一声："奉上头的命令，捉拿所有长门僧，想要说法到牢里去慢慢要吧！走！"

随着他这一声命令，军士们押着章浩歌，推推搡搡地向前走。长门僧忍受着这一切，回头对义工们喊道："我走了，你们继续按药方煎药，每个病人还得再服四到五次，才能断掉病根！

"别忘了重症者再加生附子、干姜和猪胆汁，用量药方上都有，找不到猪胆汁，羊胆汁也可以替代！如果一时难以进汤药，可以……"

话还没有说完，他已经被领头的军官踢倒在地。军官伸出穿着军靴的右脚，把章浩歌的脸踩在地上，冷冰冰地说："闭上你的嘴，不然我就把你的舌头割下来。"

唰的一声，他真的从靴筒里抽出了一把锋锐的匕首。在场的人中，有稍微见过点世面的，立即明白过来：上面传达下来的抓捕这些长门僧的命令，一定包含了"如有抵抗格杀勿论"，所以这名军官才会如此凶狠跋扈。

这更让人费解了。人们完全无法想象，长门僧到底做了什么大逆不道的事情，会遭到这样残酷的抓捕。这样的事情在历史上根本闻所未闻。

"这位军爷，请稍等一下！"一个声音突然响起。

所有人循声望去，看见那个富家的年轻公子迤迤然地走到军官面前，手里拿着一张银票，面额是两百金铢。

"你要干什么？"军官语气生硬地问，倒是不敢轻易出手。打人也是要看对象的，眼前这个人一副有钱公子哥的模样，保不准家里有什么势力，不得罪最好。

"我想请你高抬贵手，不如放了他，就当从来没有见过他就好了。"年轻公子的笑容很温和，显得不卑不亢。他把那张银票塞进了军官的手里。军官抬起手，看清了上面的数额，轻轻一笑，把银票放入怀中，突然脸色一变："公然贿赂朝廷命官，妨碍国家公务，一并拿下带回去！"

除了那两名押解章浩歌的军士外，剩下的三人一起奔向了年轻公子，其中两人分别拧住他的左右臂，将他的双臂扭到背后，准备如法炮制捆起来。

"何苦这样呢？拿了钱走人不好吗？"年轻公子的眉头微微一皱。突然之间，拧住他双臂的两名军士同时发出惨叫，急忙退到一旁，双手手腕形状怪异，竟然一起脱臼了。

军官大吃一惊，右手唰的一声拔出了腰刀。但还没等他把刀举起来，年轻公子已如鬼魅欺近身前，轻飘飘地拍出一掌。这一掌看起来没什么力道，他却避之不及，被拍中额头，当即软绵绵地倒在地上，昏死过去。

两名押解章浩歌的军士知道遇上了劲敌，连忙推开章浩歌，和剩下那名军士一起拔刀上前。虽然眼前这位年轻公子看起来像是一个手无缚鸡之力的大户人家少爷，但是脚步却出奇迅捷，出手的手法更是怪异。他很轻松地避开了三人的刀锋，双手看似随意地或扭或托，几招之后，三名军士挥刀的右臂也全被他弄脱臼了，下手之干脆利落令人惊叹。

这个看似温文尔雅、弱不禁风的年轻人，竟然是一个运用关节技法的高手。几名军士知道了厉害，扶起仍旧昏迷不醒的军官，赶紧逃离。

"各位请留步，我还有问题要问，"年轻公子喊道，"不停下来的话，我就只好把各位的手脚统统拧断。"

这句威胁显然奏效，五个人被迫停住脚步。他们或者手腕脱臼，或者手臂脱臼，一个个疼得满头大汗，却不得不强忍着疼痛接受这个该死的年轻人的审讯。

"我只想问两个问题，"年轻公子说，"第一，抓捕长门僧这事，究竟只是在青石城，还是在全境？"

"命令是今天上午才到的，皇帝要在全境搜捕长门修士。"一名军士回答说。

"谢谢，"年轻公子很有礼貌，"那么接下来是第二个问题，皇帝为什么要这样做？"

"我们不知道，真的不知道，"军士回答，"我们只知道命令不只下达到了各地驻军，也下达到了衙门、军队、捕快，甚至稷宫学生都得出动，在国境内全力逮捕所有的长门僧，一个也不能跑。"

"谢谢，各位可以走了，脱臼的关节找跌打大夫重新复位就行了，保证不会有后遗症，"年轻公子说，"至于这位军爷嘛，劳驾你们把那张银票掏出来还给我，拿人钱财不替人消灾可不对，我得把钱收回来。"

军士们赶忙从军官身上摸出银票放在地上，然后架着军官准备快步离去，但走了两步之后，昏迷过去的军官苏醒过来，他咬着牙，有气无力地问："小子，你到底是什么人？"

"我姓安，叫安星眠，这位军爷以后想找我报仇的话，可别认错了人。"年轻公子彬彬有礼地回答。

"你的名字我记住了，但我问的是，你是什么人！"军官死死地瞪着他。

"我是一个长门僧，"安星眠慢吞吞地说，"是跟随你们要抓的这位夫子修行的修士。"

"你说什么？"军官惊呆了。

"我知道我看起来不大像一个长门僧……可我真的是啊！"安星眠一摊手。

我是一个长门僧。

几名军人离开后，在场的所有人都把目光投向这位名叫安星眠的年轻人，一时间很难相信，这样一个衣饰华贵、行事果决并且出手就伤人的家伙，竟然会是个长门僧。人们各自想到自己生平所接触过的敝屣粗衣的长门修士，尤其把他和眼前的章浩歌相比，都觉得除了谦和平易之外，此人和一般的长门僧真是截然不同。但不管怎么说，安星眠身手不凡，一个人打退了六个当兵的，大家自然是很佩服的。

早有义工和没生病的流浪汉上前把章浩歌扶起来。他的半边脸肿得老高，掉了两颗牙齿，嘴唇上的伤口也一直在流血，但他好像感受不到丝毫疼痛。他环顾一下众人，长叹一声："对不起了各位，你们听到了也看到了，那些官兵随时可能再回来，从这一刻起，我就必须开始逃命了。这里只能交给你们了。"

"章夫子，多保重啊！"人们纷纷说。夫子是人们对有修为的长门修士的敬称。

他把一些熬药的注意事项向义工们再次简要地说明了一下，然后回过身来看着安星眠："我们认识多久了？"

"四年？五年？大概吧。"安星眠笑容可掬。

"这么长时间，你居然一直瞒着我，如果不是今天这件事，我还以为你只是个手无缚鸡之力的有钱人家少爷，没想到你的武学造诣那么深。"章浩歌说着，倒是并没有什么埋怨的语气。

"我从来没有说过我不会揍人啊，"安星眠依旧微笑着说，"只是当年我们第一次认识的时候，你一看到我的穿着打扮就自己认定我不会罢了，就像这里的各位大爷们，没一个人能认出来我是一个长门僧的。"

所有人都哄笑起来，章浩歌也笑了："你不只是嘴上不说而已，每次遇到什么重活，你就会装出一副累得要死要活的样子。"

"这你可冤枉我了，我并没有装，我也确实没什么大力气，关节技法靠的是巧劲而不是蛮力，"安星眠说得很诚恳，"这种大锅熬药一类的活儿，确实非我所长，肯定远不如睡觉舒服。"

"所以你的名字真是起得好，安星眠，安心眠，安心睡觉才是你的最大愿望，"章浩歌说着，向众人微微鞠躬，"抱歉，我们必须得走了。"

"稍等一下，我还有另外一件事。"安星眠摆摆手。然后在众人诧异的目光中，他径直走向了远处的一个流浪汉。那是一个头发都掉光了的老流浪汉，虽然没有感染霍乱，但由于年老体衰，根本帮不上什么忙，所以一直只是远远地躲在阴凉的地方打瞌睡。安星眠居然走向了他，人们不禁都很好奇。不少人认得这个老流浪汉，他在城北已经待了好几年了，以乞讨为生，性子怪僻，几乎不和旁人说话，谁都不知道他是什么来历。

奇怪的是，老流浪汉一看到安星眠走向他，就显得十分惊恐，抱着怀里一个又脏又破的包袱，把身子缩成一团。安星眠在他面前蹲下来："我注意你好几天了，从我和章夫子来到这里的时候，你就有意躲得远远的，而且经常偷偷打量我们。今天，当刚才那几个当兵的说出'在国境内全力逮捕所有的长门僧，一个也不能跑'的时候，你的身子剧烈地震颤了一下，而且马上就把你的包袱抱得紧紧的。为什么？长门僧有什么让你害怕的，抓捕长门僧又有什么让你害怕的？你到底是什么人？"

老流浪汉浑身发抖，混浊的目光中充满了惊惧。他突然一跃而起，抱着包袱想要逃跑，但身体实在太过老迈，跑了两步就摔倒在地。安星眠站起身来，跟了过去："你别害怕，我并不是要对你怎么样，不过是好奇心作祟想问问罢了。如果你实在不想说，那就算了，谁都会有不愿提及的过去。"

他伸出手，打算把对方扶起来，老流浪汉却显得更加害怕，甚至顾不上站起来，用两只手在地上爬行着，力图躲得稍远一点。而他的嘴里也发出奇怪的嘀嘀声，就像是野兽在呼吸。他忽然大声号叫起来，声音嘶哑而凄厉，令人听了心里发毛。

"不能怪我！不能怪我！"他拼命地大喊道，"不能怪我啊，须弥子那么厉害，我出手也救不了他们！真的不能怪我啊！"

"不能怪你什么？"安星眠急忙问，"你要救谁？须弥子又是谁？"

老流浪汉没有回答，这一番剧烈的挣扎和喊叫，再加上内心的极度恐惧，他的生命之弦终于难以为继。他的双眼慢慢失去了神采，身子软软地趴在地上，嘴里最后含混不清地喊了一声"不能怪我"，然后就不动了。

安星眠和章浩歌面面相觑，心里都有无数疑团。最后安星眠走上前去，先探了探老流浪汉的鼻息，摇摇头表示此人已经断气，然后从他怀里扯出一直被他死死抱住的破包袱。包袱里除了一两件破旧的衣服和几枚乞讨来的铜镭之外，还有一块木牌。这是一块非常陈旧的木牌，颜色已经发暗，但上面的字迹依然勉强可辨：云中僧院李翰。

"这个人……曾经也是一个长门僧啊。"安星眠搔了搔头皮。

二

在九州的历史长河中，各种各样的教派组织多如牛毛，其中的大多数都只是长河中的朵朵浪花，很快就消失不见了。真正有着千百年历史的寥寥无几，天驱、天罗、辰月、长门就是其中名气最大的几个。

相比较而言，天驱、天罗和辰月都有着较为严密的组织形式，而长门却极为松散。确切地说，长门修会只是一个称谓，并不代表一个特定的组织，没有一个人曾成为长门修会的领袖，拥有号令天下长门僧的权力。

但长门还是根据信仰的不同分为许多宗派。这是因为虽然长门的智慧都来自最初的觉者所撰写的《长门经》，但不同的人对于《长门经》也有着不同的解读和阐释，于是慢慢形成了各种支派。任何一个信仰了《长门经》的人，只要愿意跟随着某位夫子进行认真刻苦的修行，就可以被称作长门僧，他们可以一直跟随着夫子修行，也可以在学有所成后选择单独修行。当他所属的宗派有为宗派出力的需求时，他可以自愿参加，不会受到强迫。

除此之外，也有很多信徒愿意和其他长门僧一起修行，互相交流心得，于是慢慢有了许多修士们集中修行的地方，被称为僧院。

老流浪汉所留下来的木牌上写着的"云中僧院"，就是这样的一个地方，那里大多数的修士都属于同一个支派，一个名叫"天藏宗"的支派。

"也就是说，这个老流浪汉其实是天藏宗的一员？"安星眠问。

"也未见得，并不是所有在云中僧院修行的人都属于天藏宗，只是这种可能性比较大而已。"章浩歌说。

"天藏宗和我们天灵宗有什么不同呢?"安星眠又问,"长门的宗派实在太多了,搅得人头昏脑涨的。上一次法会的时候倒是有天藏宗的人参加,不过他们好像也没怎么说话。"

"只是对《长门经》的部分阐释不同,并没有太大的根本区别,当然了,也许他们有什么秘密的体验,那就不是别派人能了解的了,"章浩歌说,"我和天藏宗倒是交往颇多,甚至连他们门派内的联络暗号都知道,不过说到内部的秘密,恐怕他们是不会告诉我的。不过说起来,好像前些日子他们有几位门人不见了,谁也不知道去了哪儿……别管他们了,还是想想我们该怎么办吧。"

说话的时候,两人坐在一辆宽大的马车里,由两匹宛州名马拉着,正在慢慢驶离青石城。他们当然不会继续留在原地,因为离开的六名官兵随时可能带着更多的人马回来抓捕他们。只是接下来该去往何处,两人心里都还没有数,因为对长门僧的抓捕整个国境内都在进行,要找到一个不被追捕的所在,除非是去往异族的领地。

"实在不行我们就扮成行商,逃到瀚州去和蛮子打交道,或者到宁州羽人的地盘里去吃素也行,"安星眠看来浑不在意,"只要有钱,去哪儿都行。"

章浩歌苦笑一声:"这世上有很多事情都是花钱解决不了的。不过以你的穿着打扮,只要自己不说出来,旁人是不可能看出你是一个长门僧的。"

安星眠嘿嘿一乐:"那可不是,几年前我们俩第一次见面的时候,你打死也不肯相信我能做一个长门僧,更加不愿意做我的老师。当我提出付给你一千金铢作学费的时候,你的一张脸都变绿了……说真的,你后来是怎么改变主意又决定收下我的?"

"拿金钱去诱惑长门僧,你也算是独一无二了,"章浩歌回想起往事,嘴角也慢慢浮现出一丝笑容,"不过后来我想,如果能往一个锦衣玉食的富家子弟心里种下追求真道的种子,也算是修行的一种体验和收获吧。"

"那你觉得现在有收获了吗？"安星眠问。

"老实说，收获不算太大，"章浩歌说，"他对我倒是很尊重，可是到现在为止，我甚至没有办法劝说他穿上苦行的衣服，反而总是被他的歪理绕进去。"

"这哪儿是歪理？"安星眠哂然一笑，"我觉得我说的一点没错，在清心寡欲中追求真道有什么难的？能够在花花世界中过着纸醉金迷的生活又不迷失自我，能够在尘世凡歌中体会到生命的真谛，那才叫真正坚定的信仰呢。"

"我辩不过你，不和你多说这个，"章浩歌摆摆手，"不管怎么说，你毕竟是个很聪明的弟子，对《长门经》的理解也确实很深入，人品更是相当端正，这一点我很喜欢。只是如果我死了，希望你还能继续这样的信仰，不要轻言放弃。"

"有这么严重吗？怎么就开始想生死的事情了？"安星眠侧过头看着他。

"这件事情不简单啊，"章浩歌眉头紧皱，"从来没有发生过长门僧被驱逐追捕的事情，从来没有过。我们只是一群自我修行的人，即便为百姓带去福利，也大多是一些基本的生产技巧；我们收集知识，却从来不传播任何可能带有危险性的东西。我想不到皇帝有什么理由要对付我们。"

"是啊，就在几个月之前，皇帝不还一直心仪长门，甚至还弄了具长门僧的不朽法身去膜拜嘛，结果还被烧掉了，"安星眠说，"突然之间转性，实在令人费解，难道有人借此搬弄是非了？"

章浩歌没有回答，而是陷入了沉思中。恰巧这时，马车停了下来，车夫掀开车厢前的帘子，探头进来问："前面就是官道的岔路口了，咱们到底去哪儿啊？"

安星眠还没答话，章浩歌忽然开口说："劳驾，我们去南淮城。"

"去南淮城干什么？"马车继续行进后，安星眠问。

"我想去求见宛州总督，向他陈说利害，请他去劝说皇帝收回圣旨。我曾经给他的儿子治过麻风病，至少他应该会听我把话说完。"章浩歌说。

"这可不是什么好主意啊，"安星眠皱起眉头，"你不但会被抓起来，而且会被当成长门僧的头儿——虽然我们都知道长门僧没有头儿——关起来，甚至杀掉，用来杀一儆百，警告百姓们不许帮助长门僧。别说给他的儿子治过病，就算你救了他全家，他也会毫不犹豫地用你的脑袋换他的官帽。千万别动这种荒唐念头了，皇帝要消灭长门就让他消灭，你跟着我去瀚州，我们可以开一个牧场……"

"那样做的话，我就不配做一个夫子了，"章浩歌没有生气，仍然轻言细语地说，"我不能眼睁睁看着长门走向毁灭，我需要做出自己的努力，不管会付出什么样的代价。"

"任何代价的付出都得换来回报才算是值得，"安星眠说，"可你这样做明摆着是飞蛾扑火。现在早已经不是当年乱世分封的时代了，如果你运气好碰到一个明事理的国主，或许还能帮你劝说皇帝两句。如今的东陆都是宏靖皇帝一个人的，宛州总督不过是他养的一条狗，一条狗向着主人吠叫可是要被打断腿的。"

"我承认你说得有道理，"章浩歌平静地说，"但我必须要迈出这一步。有我这第一个，也许以后就会有更多的人站出来为长门说话，为这种不可磨灭的信仰说话。这并不是什么虚妄的组织和无谓的头衔，这是我们的信仰，越是被践踏就越要挣扎着站起来的信仰。"

安星眠无话可说了。他向后一仰，躺在车板上，缓缓闭上双眼："那就随你的便吧……我要睡觉了。"

但他很快又睁开眼睛："还有一个问题，李翰遗言里提到的须弥子是什么人？"

"我从未听说过，这或许是个江湖人物吧，我对江湖中事不是很了解。"章浩歌回答。

安星眠重新闭上眼睛。这次是真的睡着了。

青石城距离南淮并不远，几天后的下午，马车驶入了南淮城门。这是东陆最繁华的城市，甚至超过了万年帝都天启，曾经是历史上盘踞宛州的多个重要公国的都城。这里商业发达，人丁兴旺，无数富豪定居于此，享受着夜夜笙歌的金粉生活。

长门僧通常情况下都会远避城市，行走于山野荒郊，章浩歌也仅仅是在给总督的儿子治病时到过南淮一次。但安星眠显然对南淮城十分熟悉，一进城就指挥着车夫赶车去往城西。

"城西有南淮，不，是整个宛州最好的客栈'怀南居'，我好久没在那里住过了。"安星眠半闭着眼睛，一脸怀念。

"我记得我们有约定，你跟着我修行的时候，住哪里由我说了算，"章浩歌说，"我们随便找一处能避雨的屋檐，就可以将就一晚了，明天我就去求见总督，你可以继续去你想要去的瀚州……"

"现在到处都在抓长门僧，你住在屋檐下，是唯恐别人认不出你吗？"安星眠懒洋洋地说，"人人都知道长门僧坚持苦修，不名一文，我们住在怀南居才是绝对安全的，因为谁都想不到。你难道不想活到明天去见总督吗？"

章浩歌想了一会儿，勉强点点头："好吧。就这一晚上。"

于是两人住进了怀南居。这不愧是南淮城最好的一家客栈，装饰华贵而不俗气，光是大堂里挂的名家字画，据说每幅就价值好几百金铢。晚餐的时候，安星眠点了一桌子的好菜，以免住这样的好客栈吃得过于简单引人怀疑，但他实质上只挑了几样做法精致的名菜吃，其余的一概不动。章浩歌心事重重，并没有阻止他花钱叫那么多菜，甚至对他偷偷打点伙计把茶水换成酒的恶劣行径也睁一只眼闭一只眼，但自己只吃了两个馒头和几片青菜。

"平时和我待在一起的时候，你能和我一起粗茶淡饭，从来不挑剔半点饮食，看上去蛮像那么回事，这会儿你才有点真正有钱人的做派了，不是贵的你不吃。"章浩歌看着桌上那些动都没动的碗碟，难免有些心疼。

"人生苦短，对酒当歌。再说你又说错了，我吃的是'好的'，而不是贵的，南淮城街头巷尾一样能找到只花几个铜锱就能吃到的好货，"安星眠优雅地放下筷子，"好啦，饭也吃完了，我们出去走走吧！"

"你要去哪儿？"章浩歌看着安星眠打开房门。

"不是我，是我们，我们一起出去走走，"安星眠说，"也许今晚就是我们最后相聚的日子了，你能不能少点说教，陪你的弟子聊聊闲话？"

这番话说出来居然颇有些伤感，纵然章浩歌一向心如止水，生死临别的关头，也难免受到一些感染。他迟疑了一阵，终于还是点了点头。

两人踱出了怀南居的大门，安星眠领着章浩歌一路向东而行。大约走出两条街后，章浩歌开始生疑："你不像是随便走走的架势，倒像是要带我去哪里。"

"没错，我要带你来的就是这里。"安星眠伸手一指。前方是南淮城颇有名气的戏院"梨生院"，平时总有各种各样的演出，有时候是唱戏的，有时候是表演杂耍的，一般都是宛州各地的名角名班，普通的草台班子是混不进去的。

长门僧以苦修锻炼自己的精神，从来不会去观看这样的娱乐表演，但章浩歌似乎已经领会到了安星眠的用意。他的脸色变得有点难看，但又掺杂了一丝喜悦："她今晚会在这里表演，是吗？我就知道，你不管走到哪里，都会有办法了解她的行踪。"

"我当然很想见她，但这一趟却并不是为了我自己，"安星眠的笑容有些忧郁，"送死之前，你总该见一见自己的妹妹，留下点临终遗言什么的吧？"

章浩歌有些感动，轻轻地叹了一口气："我算是明白你为什么那么痛快就跟着我到南淮城来了，原来是早就知道秋雁班这些日子会在这里表演，谢谢你。不过我还是那句话，你应该收收心才是。"

"长门僧可是不禁婚娶的，你活了四十岁还没娶媳妇是你自己的事儿，我为什么要和你一样？"安星眠拍拍章浩歌的肩膀。

"因为你虽然表面上看起来很稳重，却始终难以做到内心的安宁，恋爱这种事会大大拖累你的修行。"章浩歌说。

"内心的安宁……那可不是恋爱、婚娶这样的事情就能够影响的。"安星眠的笑容消失了，但也没再多说话。

说话间，两人已经来到了戏院门口。安星眠掏出两枚银毫买了门票，一起走进去。今夜表演的是宛南知名的杂耍班子秋雁班,一向以擅长表演各种高难度的杂技与超卓的驯兽技艺而闻名。此刻演出已经进行到中段,戏台上凌空拉起一根细长的绳索,一个红衣女郎手里撑着一把伞,正在这细细的绳索上行走,并不时做出一些单脚站立之类的高难度动作,引得观众们一阵阵惊呼。这位女郎看起来约莫十八九岁,容颜俏丽、眉目如画,细看和章浩歌的脸型并没有半点相似。更何况章浩歌多年苦修,一张脸已经粗糙苍老如五十岁,不像女郎的哥哥倒像是女郎的父亲了。

"幸好她没有跟着你一起去做个长门僧,"安星眠感叹着,"那可真是暴殄天物啊。"

"用词不当。"章浩歌说。两人从进入戏院之后,目光就没有离开过那位红衣女郎,但是目光截然不同。章浩歌的眼里充满了慈爱,安星眠却明显表现出一种迷恋 —— 同时还有些许无奈。

两人耐心地等到演出结束,人群散尽,才走入后台。后台里一团忙乱,人来人往,安星眠拦住了一个杂工:"请问一下,唐荷姑娘在哪里?"

杂工左右看看,向着后台的角落里一指,那里放着一个装老虎的兽笼。红衣女郎已经换了一身素净的白衣,独自一人站在兽笼外,好像是在和笼中的老虎说话。看到两人向她走来,她先是微微一愣,然后兴奋地跑上前,抱住了章浩歌:"哥哥!你怎么来了?"

章浩歌显然很不习惯这样的拥抱,赶忙挣脱出来。安星眠在一旁叹了口气:"我也来了,你为什么装作没看见。"

唐荷看都不看他一眼:"我哥哥是你的老师,按照礼节,你该叫我一声师姑。"

安星眠笑了笑,没有再说下去。眼前的情形明眼人都看得出来:落花有意,流水无情。

三人离开戏院,找了一个僻静的街角席地而坐。章浩歌说明了这次来到南淮的意图,唐荷很是意外,半天没有说话。

"所以还真是巧了,我没想到你也在南淮城,正好还能再见你一面。"章浩歌说。

唐荷听出了这句话中的诀别,眼神中一时间充满了忧郁,但她最终只是咬了咬嘴唇："既然你一定要这么做，那就去做吧。"

"你为什么不劝劝他？"安星眠终于忍不住了，"你以为我为什么一定要带他来见你？现在除了你，已经没人可以劝说他了！"

"这就是为什么我总是没法喜欢你的原因，"唐荷侧过脸来，第一次认真地看着安星眠，"你是一个长门僧，是我哥哥的弟子，但你从来没有真正地了解过他。也许你真的很聪明，能把《长门经》在嘴上解释得很通透，但你根本不知道我哥哥所追求的到底是什么。"

"而你自己，也根本算不上一个真正的长门修士，只不过因为不愿违抗你父亲的遗命才加入的而已，"她接着说，"你加入长门，只是为了告慰你死去的父亲，而根本不是因为你心里有坚定的信仰。"

安星眠并没有反驳。他沉默了一会儿，最后对章浩歌说："你们俩抓紧时间聊聊吧，我困了，先回客栈睡觉去了。"

三

正像章浩歌所说的，安星眠人如其名，是个非常喜欢睡觉的角色。他经常称自己可以一边走路一边睡觉，而只要无人打扰，他每天在睡梦中度过的时间能超过五个对时。

可惜的是，自从加入长门之后，他每天的睡眠时间不得不大幅缩减。对于这位富家子弟来说，其实他可以忍受简朴的衣装，也可以忍受粗劣的饮食，唯独不能放弃的就是睡觉的爱好。偏偏章浩歌眼光毒辣，能够看出徒弟最大的弱项在哪儿，于是从不限制他的吃穿，唯独就是逼他天天早起，晚上熬夜学习，搞得他苦不堪言。对于他来说，最幸福的时候大概就是章浩歌有事外出的日子，他能够抛开手里的一切事情，甚至饭都不吃，在床上躺一整天。

现在，章浩歌正在和妹妹唐荷谈心，这原本是抓紧时间睡觉的好时机。可是他再也睡不着了。

安星眠躺在床上，眼睛一会儿睁开一会儿闭上，脑子里一边想着唐荷决绝的话语，一边想着章浩歌愚蠢的执着，只觉得心里乱纷纷的，逝去的固执的父亲、慈和的章浩歌、冷若冰霜的唐荷，三张面孔搅作一团，令他难以安眠。在翻了十多次身之后，他终于从床上坐起来，嘴里骂了句什么，披上外衣走了出去。

夜色渐深，热闹繁华的南淮城也渐渐安静下来。虽然那些灯红酒绿之所会一直闹腾到天亮，但多走几步，步入僻静的小巷，就可以抛开那些令人烦躁的声音了。

现在安星眠走在一条静谧的小街上。周围是两排普通民居，里面的住户们大概早已经进入梦乡。这条街并不长，他很快从街的一头走到了另一头，前方另一条街上隐隐传来一点呼喝饮酒的声音，并且能看到酒馆的灯光，安星眠犹豫了一下，转身走了回去。以他现在的心境，即便是那一丁点儿的人声与灯火，都会让他平添惆怅。

最后他在小街中央的街边坐了下来，背靠着一家住户的墙，垂头丧气。他回想起了自己被父亲逼迫着加入长门时的情景。当时他拜入章浩歌的门下学习，后来在和其他门派交流的时候，一位同样年纪轻轻就加入长门的同门曾经问过他："你为什么想做一个长门僧呢？"

"不是我想，是我的父亲想，所以我也没办法。"安星眠一摊手。

"哦？你的父亲也是一个长门僧吗？"同门问。

"我的父亲嘛……并不算是一个严格意义上的长门修士，因为他并没有一个明确的导师，只是在家修行的居士而已。日常生活中也很少有人知道他信奉长门，大多数人只知道他是一个很成功的富商而已。"安星答。

"一个富商，怎么会想到把儿子送来做苦修士呢？"同门不大明白。

安星眠哼了一声："我父亲的人生顺风顺水，前些年唯一的缺憾就是始终没有儿子，到了四十岁这一年，妻子好不容易怀孕了，临盆的时候却难产了，接生的稳婆束手无策，眼看就要母子皆亡。这个危急的时刻，一位路过的长门僧听闻此事，主动登门相助，想方设法救下了孩子，那个孩子就是我了。"

"原来是这样，是想报恩吧？"同门恍然大悟。

"差不多就是这个意思，"安星眠没精打采地说，"尽管我母亲还是不幸亡故，父亲仍然对长门僧的高义感恩不尽，当场许下誓愿，等这个孩子年满十六岁之后，就要他拜师加入长门，成为真正的长门僧。喏，你看到了，我现在就是个真正的长门僧了。"

同门感叹一声："你可是个生于富贵人家的孩子啊，肯定不情愿来过这种苦日子吧？"

安星眠叹了口气："我当然不情愿去过苦行的日子，哪个小孩会拿长门僧作为自己未来的人生理想呢？我从小就计划着要在十六岁离家出走，过自由自在的生活。但到了十五岁这一年，距离我的完美出逃计划只差最后三个月的时候，父亲生了重病，而且一病不起，两个月后就到了生命的最后时光……"

弥留之际，奄奄一息的父亲躺在病床上，握着安星眠的手，已经说不出话来，但眼神里的殷切希望却丝毫不减。正是因为那样的目光，安星眠心里一痛，终于认认真真地答应了父亲的要求，而没有选择施行出逃计划。十六岁生日一过，他把家业交给忠心耿耿的管家打理，找到了章浩歌，成了他的弟子。

他又回想起自己拜章浩歌为师后认识唐荷的情景。

唐荷并不是章浩歌的亲妹妹，而是他的义妹。她只有五岁的时候被亲生父母卖给了人贩子，被章浩歌看见了，他以替人贩子治好脸上的一个瘤子换来并收养了这个孤苦伶仃的小女孩。他不愿意做唐荷的义父，因为"即便父母不仁，生养之恩仍不可替代"，于是两人最终以兄妹相称。章浩歌在自己苦修之时，竭力抚养唐荷，兄妹俩感情深厚。后来唐荷十二岁那年，秋雁班看上了她，为了不再给原本就身无长物的章浩歌增加负担，她便主动要求加入这个杂耍班子。但此后一有机会，她仍然会去探望这位可敬的义兄，跟随章浩歌修行的安星眠也因此见到了唐荷。

唐荷是个坚强的姑娘，和安星眠所见过的有钱人家的娇弱千金小姐大不相同，他慢慢对她产生了好感。说起来，安星眠长得很不错，脑子很聪明，性情持重——除了有时候会发表一些尖刻的见解，绝不是寻常富家子弟那种飞扬跋扈的模样，但不知道为什么，唐荷始终不喜欢他，一和他见面就总是挖苦他。安星眠自然是从来不会还嘴，只是听着对方的数落，在心里默默叹息。

正沉浸在回忆中，他忽然听到前方传来一阵喝骂声。安星眠好奇心起，循声走到下一条街，向前一看，不由得一下子热血上涌。他看到了自己的同门，五位系着粗麻腰带的长门僧正被几名士兵从一间廉价的小客栈里驱赶出来。看起来，他们也听到了皇帝抓捕长门僧的消息，想要躲一躲，这才没有继续露宿而是住进了客栈。但他们显然没有安星眠想得那么远，这样的廉价客栈并不安全，这不还是被捉住了。

这几名长门僧一看就是不会武功的，但士兵们毫不客气，对他们拳打脚踢，并且用铁链把他们捆在一起。喧哗声惊动了不少附近的居民，但他们看见是官家在拿人之后，又迅速地关门熄灯，不敢过问阻拦。

"我可以先远远地跟着他们，到了僻静无人处把那几个长门僧救下来。"安星眠想。但就在这时，他听到头顶传来一阵很轻微的瓦片松动的声音，那是有人正在施展轻功从屋顶踩过。

他开始以为是半夜出来发财的飞贼，不管是往常，还是眼下的这种特殊情况，他都是没有兴致管这种闲事的。但他渐渐地发现了不对劲，这个屋顶上的"飞贼"似乎并不是出来夜盗的，他一直都在紧跟着那群官兵。

安星眠猛然意识到，除了皇帝之外，还有第二拨人对长门僧感兴趣。权衡之后，他果断做出决定，先不去救那几位可怜的同门了，而是全力跟紧这个神秘的夜行人，因为此人可能知道一些抓捕的内幕。弄清楚原因，才能对症下药，从根本上解决问题，这比救回几个长门僧要重要得多。

他一面想着，一面悄悄地贴着街边行走，紧跟着耳朵里所听到的轻微的脚步声。夜行人并没有察觉，一直跟踪着官兵们，直到他们把长门僧押进了衙门里，才转身去往另一个方向。不久之后，他来到了另一片街区，翻窗进了一间民居的二楼。

"这是要干什么？难道那楼里藏了什么接头对象？"于是安星眠也不声不响地跟了上去，脚踩着一块凸出的墙砖，身体紧紧贴在窗外，从窗边窥探屋内的动静。

那是一个穿着黑色夜行衣的蒙面人。他既没有翻箱倒柜，也没有点燃迷香，而是径直走向睡在床上的屋主，动手把他摇醒。屋主迷迷糊糊地刚刚问了一声"是谁"，一把寒光四射的匕首就抵在了他的咽喉处。

"别喊，不然割开你的喉咙。"蒙面人低声恫吓。屋主这才清醒过来，意识到发生了什么事，惊恐地尽力压低声音："好……我不喊，别杀我！你要做什么？"

"虽然黑暗中看不清人脸，但听嗓音，屋主是个上了年纪的老头。"安星眠判断。

"你叫王金福，曾经家住锁河山北麓松原岭陶甘村，是不是？"蒙面人问。屋主王金福骇然对方把自己的底细摸得那么清楚，迟疑了好一会儿才回答："是的，可那已经是二十多年前了。后来我就跟着叔叔来到南淮城做生意，然后……"

"我问什么，你答什么，我没问就不许废话。"蒙面人冷冷地打断了他，手上加了点劲。王金福痛苦地呻吟起来："饶了我吧，我保证不说废话了！"

蒙面人哼了一声，继续发问："那我问你，圣德十一年的夏天，你在锁河山里有没有遇到过什么怪事或者值得一提的事？"

这个问题让王金福犯了难："圣德十一年？那可是三十多年前的事情了，我得仔细想想……圣德十一年……那一年应该没有什么怪事吧？我实在是想不起来。"

真是奇怪的问题，躲在窗外偷听的安星眠想。大半夜的，逼一个老头回忆三十多年前的往事，为什么？他的脑海里立即跳出许多乱七八糟的联想：寻宝？复仇？情变？这些都是各种坊间小说和茶馆说书先生最喜欢的题材。但蒙面人接下来的那句话让他浑身一震，并且更加屏息凝神。

"好吧，我提醒你一下，"蒙面人说，"那一年你有没有在山里遇到过长门僧？"

"长门僧？每年都会遇到啊，"王金福说，"我们那里的人都特别穷，长门的夫子们喜欢帮助穷人，经常会过来教我们一些播种、除虫、增产的知识，很受我们欢迎。非要说圣德十一年……实在是没什么奇怪的啊。"

长门僧？安星眠在心里拍了一下巴掌。果然如他所料，最后还是和长门僧扯上关系了，只是这么一想真是心烦，皇帝明令在国境内逮捕长门僧已经够让人头疼的了，没想到在南淮城的这条僻静小巷里，还会冒出这么一个不明身份的蒙面人，暗地里打听长门僧。

更让安星眠吃惊的还在后头。蒙面人又问："那些长门僧有没有提到过他们是什么宗派？比如天藏宗？"

这就更离奇了。天藏宗这个名字挺耳熟的，稍微一想，这正是那个老流浪汉李翰所在的宗派。这是一个巧合吗？猛然间安星眠意识到，那个老流浪汉临死前所说的那些奇怪的话，也许和长门现在的遭遇有所关联。

"这位英雄，我不懂这些，"王金福可怜兮兮地说，"长门的夫子在我眼里都是一样的啊，他们不都是长门的人吗？"

"你确定没有听过天藏宗的名号？"蒙面人追问。

王金福再次给出了否定的答案。蒙面人满意地点点头，然后一刀割断了王金福的喉咙。可怜的老人发出一阵嘶嘶的喘息，身子很快僵硬了。

蒙面人下手太快，等到老人完全断了气，安星眠才反应过来，连忙身子一缩，贴着墙壁滑了下去。蒙面人果然又从窗口攀出，跃上屋顶，飞快地消失了。

这一怪异的插曲让安星眠暂时忘记了之前的抑郁。他来到王金福邻居家的门口，敲了敲门，喊了一嗓子"隔壁死人了"，算是尽到了通知的义务。安星眠回到怀南居，开始仔细思考刚才发生的那一幕，他隐隐地感知到，似乎是有什么说不清道不明的东西缠上了长门，给长门带来了各种各样的麻烦。皇帝也好，不明身份的蒙面人也好，绝不会无缘无故地对长门下手。在打压和盘问的背后，一定隐藏着一些深层的原因。只有找到这些原因，才能够真正为长门解困，章浩歌那种牺牲自己的行为看似很伟大，其实毫无作用。

正想到这里，章浩歌就已经回来了。安星眠想要问问他到底和妹妹说了些什么，但想了想，没有问出口，而是把刚才发生的事情，尤其是后来王金福的遭遇告诉了对方。

"当然了，这有可能只是两个孤立的事件，皇帝碰巧要抓长门僧，这个蒙面人碰巧也对长门僧感兴趣，所以才追踪下去，"安星眠说，"但从常理推断，从来不得罪人的长门一下子多了两个对头——至少是两个——这会是单纯的巧合吗？我相信这两件事背后一定存在某种联系。所以我们最应该做的，是查找出这一切背后隐藏的东西，那才是解决问题的关键。"

"你说得很有道理，"章浩歌点点头，"这就是我想要让你去做的事情。"

安星眠眉头微微一皱："什么？让我去做？那你呢？"

"我有我需要做的事，那就是去求见宛州总督。"章浩歌说。

"你为什么还是不肯听我的话？你是木头脑袋吗？"安星眠非常难得地发火了，"你明知道这根本就是送死。"

"我早就说过了，你做出你的努力，而我做出我的，"章浩歌说，"你的头脑远比我聪明，要做什么调查，你去就足够了，我又不会武功，只会拖累你。"

"就算是这样，你也可以先躲起来啊！干什么非要去白白送死！"安星眠苦苦劝说着。

"唐荷说了，你终究还是不了解我，"章浩歌轻轻拍了拍安星眠的后背，"我不过是去做一个夫子应该做的事情。"

安星眠颓丧地往床上一躺，闭上双眼，好像已经懒得再费唇舌了，但章浩歌还有话说："我有一件事要让你去做，这是我作为一个导师对你的要求。"

听他说得郑重，安星眠重新站了起来，章浩歌取出老流浪汉李翰留下的木牌，递给安星眠："我要你去把李翰的木牌送还给天藏宗，告诉他们李翰的死讯和临终遗言。"

安星眠微微一愣，但马上明白了章浩歌的用意——他也从今晚发生的那起凶杀案中，意识到了天藏宗的特殊性，那也许就是破解谜题的关键所在。但平时长门各个不同宗派之间交流不多，倘若涉及什么对方门派的秘密，人家未必愿意说出来。送还这个木牌并传达遗言，其实就是一个拉近距离的好办法。

"我已经很长时间没有去过云中城，云中僧院是否还存在，我也并不知道，"章浩歌说，"但是我相信你，一定能找到天藏宗的人。"

安星眠把木牌纳入怀中，郑重地点点头。他明白，章浩歌的决定已经不可动摇，两人天亮之后就将分道扬镳，自己的导师将会遵循着他自己的内心，走上注定死亡的命运之路。忽然之间，安星眠热泪盈眶，跪倒在了地上。

"老师，请保重！"他含着泪说。章浩歌颤抖着把他扶起来，眼圈已经红了。

安星眠一夜未眠，天蒙蒙亮的时候，他听见章浩歌轻轻地起身，轻轻地开门出去，自己只能装作熟睡的样子。直到章浩歌的脚步声消失在楼下，他才坐起身来，怔怔地看着对面的床铺。即便是要去面临可能的死亡，这位长门夫子对待一切细节依然是一丝不苟，出门之前先把床铺整理好了，还把安星眠扔在地上歪歪斜斜的鞋放整齐了。

他突然产生了一种冲动，想要冲下楼去拦住章浩歌，大不了把他打晕了捆起来——反正他不会武功。但是唐荷的话又在他心头响起："你从来没有真正地了解过他。你根本不知道我哥哥所追求的到底是什么。"

他只能重新躺下，脑子里不停地胡思乱想，也没有出门去吃早饭，最终在中午的时候疲累过度睡着了。安星眠公子一旦睡着，就是一场长梦，醒来的时候已经是半夜了。刚一睁眼，他发现对面床上有一个人，下意识地跳了起来，握紧了拳头。但很快，他看清了坐着的人是谁，松开拳头："你怎么来了？"

"明天一早我们就要离开南淮了，来向你道个别，"唐荷说，"看来你以前说的话都是假的啊。"

"我说什么假话了？"安星眠莫名其妙。

唐荷一笑："那会儿我取笑你爱睡觉，说迟早有一天你会在睡梦中被人割掉脑袋，你却反驳我说，你睡觉的时候也睁着一只眼睛，就算一只苍蝇也没法靠近你。可现在，我在这儿坐了好久了，你的呼噜可是半刻都没停过。"

"那不过是因为你和你哥哥都在我的'无防备名单'上，所以只要是你们，我都不会产生警觉……算了，说了你也不信，就当我撒谎好了。"安星眠挥挥手。此刻他心绪不佳，而且心里已经觉得唐荷没可能喜欢上他了，说起话来反而自在多了。

两人陷入了长时间的沉默，似乎都有话想说，却又不知道该如何开口。最后打破沉默的是一个奇怪的声音——来自安星眠肚子里的咕咕声。从早上到晚上，他一顿饭也没有吃过。

"看来你只能饿到天亮了，这么晚了，到哪儿去弄吃的？"唐荷幸灾乐祸。

"你未免太不了解南淮城了，"安星眠回答说，"在南淮这种地方，任何时候都能弄到吃的，而且是最好吃的。"

这个夜间小摊拥挤而嘈杂，碗筷桌椅看上去也不太干净，但从那口架在炉火上的大锅里传出来的阵阵香气却十分诱人。此时已经是深夜，几张小桌旁仍然坐满了人，看衣装都是些平民、力夫。但他们一人手捧一个大海碗，大快朵颐的样子显得十分快乐。

"你这样的有钱人也会来吃这种路边小摊？"唐荷揶揄道。

"东西好不好吃可不是由价钱来衡量的，"安星眠说，"这个卤肉面摊子在南淮城很有名。那个老板吹牛说，几百年前，他的老祖宗在城里开了一家宛南面馆，当时鼎鼎大名的羽族游侠云湛最喜欢光顾……"

"胡说，什么叫吹牛？我说的可绝对是真话，那是写进了家谱的！"耳尖的面馆老板走了过来，拍拍安星眠的头，看来两人是老相识。这是一个身材壮硕的秃顶男人，看年纪大概三十多岁。

"得了吧，游侠云湛这个人在历史上是不是真的存在都还很难说呢，"安星眠往老板的胸口轻轻捶了一拳，"来个大碗的！"

"再加一小碗，"唐荷在一旁更正说，"我也饿了。"

老板略有点吃惊地打量了一下唐荷，然后冲着安星眠诡秘地一笑，安星眠只能还以苦笑，而唐荷装作什么都没看到。片刻之后，一大一小两碗热气腾腾的卤肉面摆在了桌上，雪白细滑的面条，大块的卤肉，浓稠的酱汁，不禁让人胃口大开。一天没吃饭的安星眠连吃了两大碗，而唐荷那个小碗却只吃掉了一小半，而且肉块基本上都没动。

“你们演杂耍的也真不容易啊，饮食控制成这样，比长门僧都惨……”安星眠说到这里，忽然住口，神色有些黯然。

“也不知道哥哥现在怎么样了……”唐荷低声说。安星眠想要安慰她，却觉得眼下什么样的话都没有用。在他的想象中，章浩歌或许已经被宛州总督打入大牢，和其他长门僧关在一起。假如他还是那么固执，说出些大逆不道的言论，甚至有可能被直接……他不敢再想下去。

反倒是唐荷似乎比他还更坚忍一些。她低头平静了一会儿，抬起头来时已经神色如常：“那你呢？你接下来打算干什么？我觉得你实在不像一个长门僧，还不如干脆回去做一个普通人，享受生活算了。”

“这个嘛，不是不可以考虑，但那是以后的事情了，现在我还是一个修士，就必须完成我的使命。”安星眠把昨夜发生的事和章浩歌的最后嘱托告诉了唐荷。

“也就是说，你要去云中城找那个什么云中僧院？”唐荷问。

“我非去不可，”安星眠说，“我甚至有时觉得，老师之所以把自己送上那条绝路，很可能是为了我。”

“为了你？”唐荷不解。

“是的，为了我。我的脑袋大概的确比一般人要聪明一些，而且腰包里还有点钱，正是最适合调查此事的人，”安星眠的脸上并没有炫耀的神情，“我猜想，事件刚一发生，老师就觉察出其中蕴含的阴谋非同小可，想要让我去查清真相。可是他也了解我……也许只有用这种方法，才能让我下定决心去做这件事。”

唐荷默默地想了一会儿，然后开口说：“你是对的。虽然我不喜欢你，但我知道，你的确是个有头脑的人，也许只有你才能解除发生在整个长门身上的困厄。你应该去做这件事。”

安星眠点了点头，在桌上放下一枚金铢，站起身来，向客栈的方向走去。他很想回头，很想再看一眼唐荷，因为他知道，或许以后自己再也没有机会和这个女子见面了。但最终他还是没有回头，所以他也没法看到，唐荷在他背后悄悄地擦了一下眼睛。

四

从南淮到云中，如果一直走陆路，是一条漫长而辛苦的路，但如果走水路，就会舒服很多。我们的安公子腰缠万贯，租了一条来自云中的游船，沿着建水一路向东，倒也舒适惬意。以他的行事做派，就算真告诉别人他是一个长门僧，也不会有人相信，何况他只是一个普通的修行者，并非一个成名的夫子，甚至还没有离开自己的导师独立游历过，除了青石城那几个挨打的军官外。所以这一路上没有遇到任何状况，相当安全。

只是其他的长门僧就没有那么幸运了。如前所述，长门只是具有同一信仰的人群的一个统称，并不是一个具有严密组织形式的教派团体，彼此之间的联络也都十分不便。对于皇帝发起的这场针对长门僧的抓捕行动，绝大多数长门僧并不知情。他们依然静静地做着自己的苦修，在穷苦的人们需要的时候现身去帮助他们，并且从来没有试图掩饰自己的身份，陋衣草履、粗麻腰带就是最好的记认。而且抓捕行动的消息并没有对普通民众公开，长门僧们也不能从自己的帮助对象那里得到警示。所以当"皇帝下令逮捕长门僧"这一消息在长门内部传开的时候，已经有相当数量的修士被抓了起来。

剩下的人自然只能暂时换装躲起来。但长门是一个苦修的行当，除了安星眠这样的异类，所有长门僧身边没有任何积蓄。如果不能像往常那样通过教授民众生产知识来换取最基本的物资，他们就完全失去了生活来源，会因此陷入困境。在历史上首次经受打压清洗之后的长门僧，即便性情再平和宽厚，也会自然而然地对身边的陌生人产生怀疑。所以，安星眠寻找天藏宗的历程注定充满艰辛。

安星眠虽然早就考虑到了各种各样的困难状况，但一言既出，驷马难追。他从来没去过云中城，但对这座城市的面貌有所耳闻。云中是宛州第三大城市，仅次于南淮和淮安，是靠着内河航运发达的，商业相当繁荣。而让这座城市最有名气的一点是城里生活着很多的河络。

"人们一提起河络，总说他们是住在地下城里的小矮人，其实这话不确切，"游船的船主是个健谈的中年人，向安星眠热情地介绍着，"其实很多河络也会选择在地面的城市里居住，我们云中就有不少这样的河络。听说在很久以前，整个云中有四分之一的人口都是河络呢！不过后来老是打仗，人类和河络打得也厉害，慢慢河络就少了。"

"那些河络，在云中城里怎么讨生活呢？"安星眠饶有兴味地问。

"河络的手巧啊，锻造、雕刻什么的都比我们人类强多了，"船主说，"过去的时候，在云中城，你基本都找不到人类开的铁匠铺子——生意全被河络抢走啦！云中有句俗语，叫作'河络门前玩铁锤'，就是专门用来讥讽那些不自量力的人的。"

两人一起哈哈大笑起来。船主又补充说："那会儿，人类和河络关系挺好的，不过后来多次战争，人类和河络的关系慢慢变坏了。上一次战争的时候，人类的皇帝下了命令，禁止云中城的河络铸造任何兵器，当时有很多河络因为违抗命令都被逮捕甚至被杀了。战争结束后，虽然这条禁令废止了，但河络们兴许是不愿意把自己的好兵器再提供给人类，便再也没有河络在云中铸造兵器了，他们的铁匠铺都是做一些和兵器无关的东西，像是厨具、木工用具什么的。"

此时游船沿着建水走了半个月，距离云中只剩下最后半天的行程。安星眠看着船舷下激起的白色浪花，貌似不经意地问："对了，你知道云中僧院吗？"

"僧院？那是长门僧修行的地方吧？"船主愣了愣神，"真是难得啊，居然有人会打听起僧院的事情来，没错，云中城以前是有过那么一间僧院，不过后来垮了，那已经是二十多年前的事情了吧，后来也再没有新的僧院开张了。"

"垮了"和"开张"。船主使用了两个适合用于商业场所的词语，好像那不是僧院而是什么饭馆酒楼，可是安星眠能理会这个意思，所谓垮了，也就是荒废了、解散了。他还注意到了这个时间，云中僧院的消失竟然已经是二十多年前的事情了，也就是说，老流浪汉李翰离开僧院的时间至少也有二十年了。看来当中牵扯了一些陈年旧事，要挖掘起来恐怕不易。

他又问："为什么会垮了呢？你知道原因吗？"

船主很得意地一笑："这件事不是什么大秘密，不少人都听说过，不过中间的细节您要是问别人，可能还真说不出来，但是我碰巧知道。僧院还在开张的时候，我小舅子就在僧院里修行呢。"

"原来他也是个长门僧啊，"安星眠说，"麻烦你详细说一下吧，我对这段往事挺感兴趣的。"

他摸出一枚金铢，塞到船主手上，船主立即眉开眼笑，一边把金铢纳入怀中一边说："这多不好意思，已经收过您的船资了……我就和您细说一下吧。我那个小舅子，本来挺聪明的一个人，不知道怎么的，放着好好的日子不过，非要去做苦修士。他正正经经地拜了一个长门僧做导师，进入僧院开始修行，原来家里给他定的亲事也推掉了。我去打听了，修行的人也是可以娶妻生子的，但他偏偏说那样会影响他的修行，坚决不肯娶亲……"

这位健谈的船主一说起话来就滔滔不绝，安星眠耐心地听着他絮叨，等他把自己这位倒霉的小舅子数落够了之后，终于转回了正题："后来到了那一年，我想想啊，应该是……圣德二十年，也就是二十三年前，没错，是圣德二十年，那一年正好我的二儿子出生……就在那一年的冬天，十一二月的时候，僧院里出大事啦。"

"哦？什么大事？"安星眠心里一阵兴奋，但表面上还是一个恰到好处的好奇听众，并不显得过分关注。

"僧院里一下子少了三十个修士！整整三十个长门僧失踪啦！"船主神秘兮兮地说。

安星眠一怔："一下子失踪了三十个？好家伙，那可真是大事了。他们是在什么地方失踪的呢？"

"这我就不太清楚了，"船主搔搔头皮，"那好像是他们长门里的一个大秘密，轻易不能说出来的。但我听说，好像是那三十个长门僧到某个地方去做什么事，结果一去不回。他们派人去找，也没有找到。这件事好像对他们的打击挺大的，后来僧院就办不下去了，只能散伙啦。"

"只能散伙了……"安星眠若有所思，"那么你的这位小舅子呢？他还在云中吗？"

"他？算是一半在吧。"船主用不屑的语气说。

安星眠一怔："一半在？他被人分尸了？"

"当然不是，我的意思是说，他只有一半的时间在云中，剩下一半时间鬼知道在哪儿。"船主笑了起来，"他们长门僧的规矩真是古怪极了，每年至少有一半的时间要跟随着导师在外面游历，而且专门去那些人迹罕至的地方：深山、沼泽、戈壁滩、原始森林什么的。我已经两个月没有回过云中了，所以不知道他现在还在不在云中。"

那当然不是"长门僧的规矩"，安星眠想着，充其量是天藏宗这个支派的规矩吧。长门的确鼓励修士们多多游历，既能增长智慧又能磨砺意志，但每年至少有半年时间都要拿出去游历的硬性规定，可真是闻所未闻，恐怕是天藏宗的专利。这个支派还真是古怪呢。

"而且他们长门僧也没有固定的住所，"船主说，"只不过这两年云中附近的几个渔村老是闹瘟疫，每年都有人病死，水里的鱼更是越来越少，所以他每年都会带着弟子去那些村子里住下，帮他们想办法止息瘟疫。"

"不管怎么说，等进了云中，麻烦你带我去拜会一下他吧。"安星眠说着，又往船主手里塞了一枚金铢，船主连连点头，高兴得嘴都合不拢了。看上去，只要有人付足够的钱，别说带人去找，让他把自己的小舅子卖了都不成问题。

船进入云中码头的时候，已经是深夜了。云中不同于南淮，主要的经济支柱是锻造业，入夜之后自然不能再开工了，所以夜间的云中显得很安静，不像南淮城，多晚都有人坐在酒馆里谈生意。安星眠和船主已经混得很熟了，经他指点，找到了一家相当不错的客栈住了进去。第二天一早，船主替他雇好了一辆马车，并且把自己小舅子的住址给了车夫。

运气不错，他小舅子恰好就在云中附近的渔村，还没有离开。

"车里已经给您备好了吃喝，"船主点头哈腰地说，"那几个渔村离城区还挺远的，来回就得大半天了。"

安星眠满意地再次打赏了这位知情识趣的船主，跳上马车，前往寻找那位名叫韩心之的长门僧。一路上他走马观花，发现这里确实有很多大大小小的铁匠铺，似乎连空气中都飘散着焦炭的味道，而路上也时常可以看到只有常人一半高的河络。

他沿途也在注意观察百姓的神情，看起来一切如常，没有人显得慌张，可见抓捕长门僧的消息并没有在民间大范围地传播开，仍然只有官府和军队掌握着这个消息。可是，韩心之知不知道这件事呢？他会不会已经和同伴们一起躲起来了呢？

他努力回想着和天藏宗有关的一切，却始终茫然无解。长门的各个宗派之间其实也时常有联系，互相交流修炼的体验、心得及对《长门经》的深入解读，有时候也会因为观点的不同而产生争论，甚至召开正式的辩论会来一决高下，也就是所谓的法会。安星眠就曾经跟着章浩歌参加过两次法会，但他一来还只是新人，二来从来不喜欢逞口舌之利，第一次的时候己方轻松获胜，他并没有发言。但第二次法会，己方在几轮辩论后处于劣势，章浩歌把期待的眼光望向了安星眠。

"可我不太喜欢和别人争执什么啊。"安星眠略有些为难。

"这是研讨，不算什么争执，"章浩歌信心十足，"只需要把你的体会一一说出来，然后纠正对方的错误，也就行了。"

"说到底还是帮你们吵架嘛，"安星眠轻笑一声，"不过既然你都这么说了，我就试试吧。"

于是，安星眠登场，一番舌灿莲花之后居然扭转局势反败为胜。这也是他的长门僧生涯中少有的亮点。

但总体而言，因为长门缺乏一个强力的中央机构，而内部的支派又太多，所以支派间的相互了解并不深入。即便是章浩歌，也记不起来天藏宗到底有什么特殊之处。安星眠想了很久，也没有想到哪件重要事件与天藏宗有关，索性不去费神了。

临近中午的时候，马车来到了那座小渔村附近。为了防止这辆马车过于引人注目，安星眠在距离渔村还有两里地的地方下了车，嘱咐车夫等着他，然后自己向村子里走去。

　　这座渔村并不大，但村里的屋舍都干净而规整，江边的渔船也都结实宽大，有不少一看就知道是新船。村里的渔民们衣着也和城里人区别不大，可见这个渔村还算富庶。安星眠拦住一个路过的渔民，向他打听长门僧的住处。

　　"那两位夫子？他们在村西头那边的小山坡上住，自己搭的茅草屋，一上山坡就能看到。"渔民伸手向西面一指。

　　安星眠谢过他，向西而去。果然，登上那片山坡后，就能看到一间简陋的茅草房，那正是长门僧们的临时居所。帮助当地人的长门僧每到一处，一般都会选择自己搭建茅屋，而不给居民带来任何麻烦，这也是他们受到平民尊敬和拥戴的原因之一。

　　他很快来到了那间茅草屋，柴门是虚掩的，上面没有安锁，因为长门僧根本没有任何值钱的财物。他敲了敲门，无人应答，等了一会儿，索性推门直接走了进去。

　　屋里空无一人，似乎是长门僧们都外出了。但安星眠注意到，地上有一堆破碎的瓷片，不知道是打烂的瓷碗还是杯子。

　　"这不对！"安星眠想，"长门僧是很注重细节的，绝不可能打破了杯子或碗之后扔在地上不管。"他蹲下身，仔细查看了地面，又看了看墙面和歪放着的桌子，得出结论：屋里曾经有过一场搏斗。所以土墙上有擦刮碰撞的痕迹，桌子被撞歪了，桌上的东西也掉到地上打碎了。

　　他连忙走出门，跟着地上的足迹，很快发现了一些与众不同的足迹：这个人虽然用双足走路，却多拄了一根拐杖，看来是有残疾。但诡异的是，一般拄单拐的残疾人都是某一条腿有毛病，要么是左腿，要么是右腿，此人的拐杖却忽左忽右，脚印也是一会儿右边的深，一会儿左边的深。

　　安星眠一边想这个脚印是怎么回事，一边循脚印追下山去。脚印从茅屋内延伸到屋外，一路向山坡下而去，他追至坡下，又循着脚印继续西行，大约走了半里路，前方出现了一驾马车。他连忙闪身到一旁，躲在一棵树后，注视着那辆暂时看不见车夫的马车。从车轮陷入泥地的深度来看，车厢不是空的，里面有很重的东西——极有可能就是失踪的两位长门僧。

过了一会儿，从车厢里钻出来一个男人，看年纪三十多岁，手里握着一根拐杖。安星眠心里一动，知道这就是那脚印的主人。此时离得较远，看不清面部细节，只能隐隐看到此人一脸凶相，而他走路的时候，两腿也显得轻飘飘没有力气，几乎都靠那根拐杖支撑。

但正因为如此，安星眠才看出，这个人是个武学高手。他在两腿有疾的情况下，靠着一根拐杖，行动却相当灵活稳健。以他的这一身功夫，要擒获两个不会武功的长门僧应该不难。

残疾人坐到了车夫的位置上，马鞭一挥，熟练地驾着车朝村口方向驶去。安星眠和马车保持了一段距离，跟着车出了村，眼看马车驶向了进城的方向，连忙找到了自己的那辆马车。

"跟上前面那辆马车，"他吩咐说，"但是别跟得太紧，注意不要被发现。"

五

经过小半天的颠簸，两辆马车一前一后进入了云中城。残疾人所驾驶的马车最终来到了城东的一家人类铁匠铺外，守在门口的伙计一见到他，马上打开了供运送原料的货车进出的侧门，马车直接驶了进去。安星眠想了想，从车上跳下来，慢慢走到了铁匠铺的门口。

云中城锻造业发达，铁匠铺的分类也很精细，大多数铺子都专精某一种铁器。这家铁匠铺的门楣上挂着一刀一剑，说明它专营各种兵器，店招上用东陆通用语写着"千云堂"三个字。这样的铁匠铺打出来的兵器，通常质量一般，也就是那些没什么钱的江湖客拿来将就使用的。事实上，那位船主并没有骗安星眠，在那次战争之前，云中城的兵器铺基本上都是河络开的，因为河络的铸造技艺的确比人类高出一筹。

安星眠站在门口，想了一会儿，决定直接进去探一探。刚走进门，一名三十多岁的伙计立马迎了上来，看起来非常热情。

"这位公子一看就是大人物，来我们千云堂挑兵器可算是找对地方了，"伙计满脸堆笑，"我们千云堂可是云中城历史最悠久的老字号了，可以上溯到……"

安星眠很有礼貌地点点头，随即摆了摆手："抱歉，我不是来听你讲故事的。"

伙计笑容不变："瞧我这张嘴，啰啰唆唆惹人生气了不是？您这边请，上好的兵器都在这里了！"

他把安星眠带到陈列兵器的展架前。架子上列满了各种刀枪剑戟，乍一看都亮晃晃的很有气势。安星眠信手拿起一柄长剑，用手指在剑身上弹了一下，然后把剑放了回去："这些货色就叫作'上好的'吗？看来我今天是白来了。"

伙计愣了愣，知道遇上了行家，脸上的表情不再像刚才那样做作地谄媚，而是多了几分沉稳："这位公子好眼力，一定是别的主顾介绍您过来的吧？"

安星眠没想到自己随口一句摆谱的话竟然引来了下文，但表面上仍然不置可否，作默认状。伙计点了点头："那我就明白了。既然是老主顾介绍来的，我也无须瞒您，真正上好的货当然是有的，不过需要定做。至于定做出来的质量……按照我们的规矩，单是看样品就需要交纳十个金铢，那是为了避免闲杂人等上门骚扰，虽然您一看就是有身份的人，但规矩总是规矩，不能破。"

安星眠二话不说，把金铢放到伙计手中，伙计一伸手："请您跟我来。"

伙计带着安星眠走进一间内室，里面有一张桌子和几张舒服的椅子。安星眠坐下后，很快有仆人送上了茶水，伙计却从内室的另一道门走了进去。过了一会儿，他重新走出来，手里握着一柄黑沉沉的匕首，看起来并不起眼。

伙计把匕首递给安星眠，安星眠接过来，发现这柄匕首相当沉重，但锋刃却相当薄，刀柄上有古朴的花纹。伙计又递过来一根铁条，安星眠接过来，手起刀落，铁条应声断成两截。

"这才叫好兵器，"他满意地点点头，放下匕首和铁条，"非常好。"

"那您想要定做什么样式的兵器？"伙计忙问，"首先您应该了解价格……"

"兵器的事情可以稍后再说，"安星眠摆摆手打断他，"我还有点事要你帮忙。"

"什么事？"伙计一愣。

"躺下吧！"安星眠低声说。他用手掌迅猛地往伙计后颈处一砍，伙计立即两眼翻白，昏倒在地上。安星眠站起身来，把匕首拿在手里把玩了一下，遗憾地放在桌上，向着内室那道门走去。

门里面是一间真正的陈列室，陈列的都是像刚才那把匕首那样的上等兵器，随便弄一件流通到市场上，就能价值数百金铢。安星眠有点明白这家铁匠铺的性质了。

这是一家实际上出售由河络负责铸造的兵器铺。虽然河络之间形成了默契，绝大多数都不肯把兵器售卖给人类，但还是会有极少数河络出于种种原因愿意这么干，比如，受到人类胁迫。这一家兵器铺，外表上是一家售卖劣质兵器的普通铺子，实际上却暗中为有钱的主顾订制真正的河络制品。方才那柄匕首上的花纹，其实就是河络语的标记。

再考虑到那个残疾者的马车是直接驶入铁匠铺的，可以初步判断，那个人和河络的关系密切，没准就是河络的手下。也就是说，他抓走两位长门僧，也许是出于河络的授意。

这可太有意思了，安星眠想，先是皇帝要抓长门僧，然后是不明身份的蒙面人打听几十年前和天藏宗修士有关的往事，现在又冒出一群河络，至少已经有三拨人了。姥姥不疼舅舅不爱的长门，竟然一夜之间成了香饽饽，真是让人不知道该说什么好。

他穿过陈列室，继续向后，来到一间大院子。前方不断传来沉闷的叮当声响，还有黑烟从地面上的一些排气孔冒出，安星眠知道，这大概就是那些河络工匠工作的地方。虽然这里没有地下城，但他们还是习惯在地底下挖掘出地穴，在那个安静而远离喧嚣的地方打铁。

他贴着墙根，在院子里小心翼翼地转了一圈，发现那辆马车正停在一座假山的旁边，很是突兀，下车人的脚印则在假山前消失了。安星眠在假山上仔细检查，终于找到了一处伪装成凸出石块的机关按钮，按下这个石块，假山上裂开了一个大洞，他钻了进去。假山随即合拢。

假山里是一条地道，笔直地通向斜下方更深的地下，而地道的两侧墙上隔一段距离就有点燃的蜡烛，表明这条地道经常被使用。安星眠也管不了那么多，沿着地道一路向下，当前方的斜坡终于到达尽头，他听到拐弯的地方传来人声。于是他贴着墙壁蹑手蹑脚地来到转角处，支起耳朵偷听。

"这位先生，你把我们关在这里已经有好几天了，今天又抓了我们两位同门，请问你的目的究竟是什么？"一个声音问道，"我们长门僧，难道是有什么地方做错了，曾经得罪过你？"

"你一定是误会了什么，我们长门僧与世无争，想来是不会有什么事情伤害到你的。"另一个声音说。

"好家伙，"安星眠想，"原来不只抓了韩心之师徒两人，之前还抓了其他的长门僧，这个人到底想干吗？总不能是囤积长门僧宰了吃肉吧？长门僧一个个都那么瘦，可没什么嚼头……"他同时也想到，"普天之下，大概也只有长门僧被人抓住之后还那么温文耐心不卑不亢地说话，这要换了其他江湖人，要么破口大骂，要么就该软语求饶了。"

正在胡思乱想着，一声金属和石头敲击的钝响传来，那应该是那位残疾者用他的金属拐杖重重地顿了一下地。这一下威势十足，但长门僧多半不会感到害怕，只是出于礼貌，都马上闭嘴，听这位"主人"说话。

"咳咳，那个，把各位请到这里来也有好几天了，今天又请来了两位，我估计云中城就没有别的长门僧了，"这个人的声音低沉悦耳，富有磁性，而他一张口居然彬彬有礼，和他凶悍的外表不怎么配，也着实出人意料，"那么我也就可以稍微解释一下这件事了——各位现在所在的地方，是云中城的铁匠铺千云堂，在下是千云堂的主人白千云，请各位到这里来，其实是为了保护大家。"

这话听得不仅安星眠云里雾里，想来被他关起来的长门僧们也足够吃惊的。一位长门僧忍不住问："保护？请问我们有什么危险，需要你出手保护？"

"况且这样把人拘禁起来不得自由，也不大像是保护的样子。"另一位长门僧说。

残疾者白千云似乎是有点尴尬，隔了好半天才说："我不过是担心各位不相信我的话，越耽搁下去越危险，所以才不告而……请……诸位来此。各位如果继续在云中城抛头露面，恐怕就被皇帝抓走了。"

听到这里，安星眠才明白过来，这个人竟然是一番好意，为了不让长门僧们被皇帝抓走，这才把他们抓来此处藏起来的。只是这位白千云事先不把情况解释清楚，不分青红皂白就把人抓来关起来，也实在是有些鲁莽。

果然长门僧们开始发问了。他们态度平和，言语温柔，而且绝不七嘴八舌，每次都只有一个人说话，偏偏问出来的问题让人有些难以解释：皇帝为什么要抓我们？皇帝怎么可能抓我们？皇帝抓我们能给他带来什么好处？你为什么事先不解释，非要把我们都抓来才说明原因？你到底是什么人……

"咚"的一声钝响，又是白千云用他手里的拐杖砸向了地面，不过这一次声音响多了，应该是用力很猛，安星眠估计地面肯定都被敲裂了。注重礼貌的长门僧们于是又不说话了，地洞里只能听到白千云呼哧呼哧的喘气声，貌似很生气。过了一会儿，他终于重新开口了，但这一次，之前的温文而雅一扫而空，像是变了一个人。

"你们这帮蠢蛋，老子提前和你们解释，解释得通吗？"他像狼一样地咆哮起来，并且毫不犹豫地把受人尊敬的长门修士们叫作蠢蛋，"你们会相信皇帝要抓你们吗？就算相信了，你们又会自己躲起来吗？狗屁！你们只会满嘴叨叨'生命就像是一道道长门，假如皇帝真的要抓我们，那也是我应该跨过的一道门'，然后你们继续在外面晃荡，被皇帝老子抓去把头砍掉，完成你们完美的苦修，脑袋滚到地上了还恬念着如何追求真道……老子不用强，能把你们这些木头脑袋保护起来吗？"

这一番话训得长门僧们哑口无言。这位怒发冲冠的长门僧保护者狠狠啐了一口，正准备继续说下去，从通道那里忽然传来一声轻笑。他立即转过身，警惕地喝问道："是谁？"

安星眠不紧不慢地跨出通道，现身站出来。呈现在他眼前的是一座用木栅栏隔成的囚牢，一共有六位长门僧被关押在其中，不过这个囚牢很宽敞，里面摆着六张舒适的床铺，还配备有餐桌和椅子，桌上摆的食物也有荤有素（虽然多数长门僧都不碰荤腥），说明他们的待遇很不错，这更显得白千云刚才说的话并非虚言。

"你是什么人？怎么混到这里来的？"白千云继续喝道。

这时候安星眠终于和白千云面对面了，能够看清楚对方的面貌。之前他远远地看出此人面相不善，现在凑近了看，这个人的五官其实相当端正，鼻梁高挺，颇有贵人之相，原本算得上是个美男子，年纪大概也就在三十岁上下，但他的一头黑发已经星星点点地掺杂进了不少的银丝，额头上的皱纹更是有如刀刻，加上总是眉头紧皱、目光犀利，让他的这张脸显得相当凶狠。

"我叫安星眠，也是一个长门僧，"安星眠笑眯眯地说，"不过我和他们不大一样，我不需要你的保护，跟到这里来也不过是想看看你把他们保护得怎么样而已。"

白千云冷冷地上下打量了一番衣饰华贵的安星眠："我没见过有穿成这样的长门僧，不过嘛，我姑且相信你一次吧。既然你是长门僧，那么……"

"那么什么？"

"那么你也一起留下吧！"白千云说着，猝然发招。他手里的拐杖抬起，猛地向安星眠的胸戳来，气势猛烈，有如重锤。

安星眠急忙向后跃出一步，躲开这一击，打算退到那条倾斜的通道中去迎敌。之前那几句短短的对话的工夫，他已经通过观察初步判断出，白千云的武功应当是以刚猛凶悍、快速制胜为主，否则以他的残疾之躯，难以支撑持续的战斗。他在心里盘算好了，要通过自己灵活的步法，尽快消耗白千云的体力，然后想办法制服他。

但他万万没有想到的是，白千云竟然迈开双腿向他冲了过来！这时候的白千云，半点也看不出有双腿残疾的影子，他迈开大步，脚步稳健，手上的铁拐更是势如千钧，逼得安星眠接连退后。

见鬼，难道这家伙的废腿完全是骗人的？安星眠回想着自己之前追踪他时的情景，在不知道有第二个人在场的情况下，他走路时双腿始终是绵软无力的，必须靠单拐支撑，难道他真的是那样出色的一个戏子，在没人的时候也懂得伪装到滴水不漏？

安星眠的武功以关节技法为主，随身并没有携带兵器，被白千云一番抢攻之下，在狭窄的甬道里只能步步后退。但这样狭小的空间同样不适宜使用长兵器，又攻出几招之后，白千云杀得兴起，铁拐在空中抡出一个大大的弧圈，不小心击中了墙壁，拐杖头一下子卡在了石壁里。等他把铁拐硬拔出来的时候，安星眠已经趁此机会从怀里掏出一样东西，戴在了右手上。

那是一只近乎透明的手套，材质看起来像是丝质，却又在烛火的照射下隐隐反射出金属的光泽。白千云不管不顾，又是一拐当头劈下，但这一次，安星眠并没有躲闪，而是伸出右手，迎着杖头抓了上去。"啪"的一声轻响，拐杖竟然被他的右手牢牢抓住，这无疑是那只手套的古怪了，手套不但非常坚韧，还能够大大消解敌方的力道。

安星眠趁势反击，右手紧抓住拐杖不放，左手食指伸出，疾点白千云咽喉，迫使对方不得不撒手放开拐杖。白千云没有料到一只手套能有这样大的作用，结果一招之间就被安星眠扭转了局势，不过此人的性子看来真是勇猛刚烈，失去了兵器也毫不气馁，挥起拳头就要再上，但安星眠一句话让他硬生生收住了拳头。

"别打了，不然你那两条假腿就要支持不住了。"安星眠很诚恳地说。白千云一怔，还没来得及说话，安星眠已经把拐杖缓缓地递了回去。

"我只是关心这些长门僧的下落，并不是想要和你为敌，"安星眠摘下手套放回怀里，"其实我也很头疼怎么样才能保护他们，你这个法子，未必不可行。我建议我们坐下来先聊聊，可以吗？”

白千云沉默了一阵子，伸手指向甬道的假山入口处，做了个"请"的手势。

很快两人又回到了安星眠刚才喝茶的那间内室，那名伙计刚刚揉着脖子苏醒过来，看到两人一齐现身，不由得满脸惊疑。不过他也是个训练有素的人，看到主人都没有敌意，便一声不吭地出去了，不久亲自送来了茶点。

"我的这两条腿，生下来的时候就是畸形的，两条小腿的末端像鱼尾巴一样粘连在一起，"白千云说，"这样的畸形，就算是勉强动刀分开，小腿的骨头也完全无法支撑行走，所以我娘选择了把我的两条小腿从膝盖以下切除掉，然后给我安装了河络特制的硬木假肢。"

"我从你刚才双脚踏地的声音，猜出来你的两条腿都是假肢，不过我看你刚才行动很自如啊，为什么平时走路还拄着拐杖呢？"安星眠问。

"因为疼，"白千云拍了拍腿，"假肢和肉体的接合处，稍微一动，就是钻心地疼，而且在十八岁之前，由于身体不断长大，我几乎每年都需要换一副新的。我从十岁那年锻炼到现在，从最开始走上三五步就要摔倒，到现在可以一口气走一两个对时不倒，但是那种疼痛从来没有丝毫减轻。所以不到必要的时候，我尽量依靠拐杖来行走，这样疼痛感可以大大减轻。"

安星眠不由得从心底涌起了一阵深深的同情。怪不得这个人三十来岁就有那么多白发和那么深的皱纹，原来是从出生开始就一直经受着痛苦的折磨。现在他可以用平淡的语气来谈论自己的双腿，但在过去的二十年间，他也许曾有无数的眼泪、无数的鲜血和无数的诅咒吧。比起那样的生活，恐怕追求苦行的长门僧都可以算是幸福的了。

"不过，你的胆子可真是够大的，"安星眠岔开话题，不愿意再去谈论他人的痛苦，"和皇帝对着干，被发现了可是要杀头的。"

"所以我才不得不把他们都关起来嘛，"白千云说，"你们长门僧实在是太不怕死了，可他们不怕，我怕。"

两人一起哈哈大笑，白千云接着说："其实我并不喜欢长门僧，相当不喜欢。人生在世，就要活得痛快，过得自在，像长门僧那样，一天到晚用苦修折磨自己，把自己用各种乱七八糟的规矩束缚起来，明明一肚子学问有赚到钱的本事，偏偏要过着吃糠咽菜的日子，我简直觉得你们脑子有病。"

"虽然照理说我应该反驳你，但其实我心里是同意你的，"安星眠轻轻一拍桌子，"要不是我那执着的老父，也许现在我正在四处游山玩水，乐趣无边。"

白千云瞥他一眼："怎么讲？"

安星眠也不隐瞒，把自己如何因为父亲的遗命而不得不加入长门的经历说了一遍，然后问道："你呢？难道你也是被什么人逼迫，比如你的父母，才不得不帮助长门？"

白千云摇摇头："不，其实我根本不知道我的亲生父母究竟是谁，但我自幼残疾，这条命是长门僧救的；我的双腿能行走，也是长门僧找到的医治方法。我虽然不喜欢长门僧的处世之风，但有恩不报岂不是成了王八蛋？"

"说得好！"安星眠提高了声调，"是条好汉，我喜欢你！"

白千云把眼一瞪，忽然大喊起来："拿酒来！要最好的！把那两坛三十年陈的夜北酿'醉中乡'给我拿来！"

安星眠醉了。

他已经很久没有喝醉过了，甚至在过去的几年，他只喝过一次酒——还是在不久之前住进怀南居的时候，趁着导师章浩歌不注意，偷偷把茶水换成了酒。章浩歌对他的生活诸多宽容，没有强求他一定要穿着朴素，饮食简单，唯独限制他饮酒，因为饮酒会让头脑要么过度兴奋，要么过度麻醉，以至于无法完成长门修士的每日必修课——冥想。

而在离开章浩歌之后，虽然再也没有人监督他了，但出于对导师的深深敬意，他也没有放纵自己去饮酒，相反每天用于冥想的时间比过去更长，以此表达对自己导师的尊敬，虽然他有些迂腐，却勇敢坚定。

可是眼下，忽然遇上了这么一个举止粗鲁却性情豪爽、极合他胃口的白千云，他的酒兴实在是压制不住了。两人酒逢知己，足足喝光了两坛夜北名酿"醉中乡"，到后来舌头都大了。安星眠甩掉了一贯的稳重风度，在酒精的刺激下开始出言无忌。

两个人勾肩搭背称兄道弟，把藏在心里的那些陈年旧事都吐了出来。安星眠讲述他如何被父亲逼着加入长门的经历，以及自己骨子里实在算不上是一个纯粹的长门修士，同时也表明了要查清这次长门被捕事件真相的决心。

"你也是条汉子！"白千云竖起拇指，"我只不过想要尽点力，把云中城的长门僧保护起来就算了，可没你想得那么远。"

"不，你才是真正值得佩服的，"安星眠摇了摇头，"如果我是你……这样的双腿，也许我连站起来的勇气也不会有。"

"那没办法，我他妈生下来就是先天的残废，两条腿连在一块儿，是一个畸形儿，"白千云脸红脖子粗地说，"所以我亲生爹娘压根儿不想养活我，就把我给扔掉了。结果我运气不错，被一个好心的河络捡到了，一直把我抚养长大，又想办法求长门僧医治我的双腿。因此我一直管她叫娘，尽管这个称呼她有些不大乐意。"

"见鬼，原来你的娘是个河络，"安星眠摇晃着空酒杯，"怪不得你的铁匠铺会让河络来打造兵器……别那么吃惊地看着我，用脚指头也能推测得出来，我可是个聪明人！"

"来！敬聪明人！"白千云给安星眠重新倒上酒，两人一饮而尽。

"你说得没错，这家铺子背后的铸剑师其实就是河络，"白千云放下酒杯，"我是和河络一块儿长大的，性子也像河络，直来直去，当年和人类打交道吃过不少亏。后来我想，老子也是人，凭什么就让其他人来骗我？所以我也慢慢学会了耍心眼骗人，带着我的几个河络兄弟开了这家铁匠铺，狠赚了不少钱。河络锻造的武器一向都是大受欢迎的，但在现在的云中城，像我这样敢于售卖河络武器的已经很少了。我的生意甚至引来了北陆的蛮族客人和羽族客人，我赚的钱十辈子都花不完。"

"但是我看得出来，你赚了这些钱并不快活。"安星眠看着白千云。

白千云猛地把酒杯往地上一摔："我当然不快活。我赚到再多的钱，也不能找回我的真正身世。其实我这辈子最大的心愿，就是站在遗弃我的人面前，看着他们的眼睛，一直看到他们的心里去，大声问问他们，看着我现在的样子和成就，他们有没有后悔？"

"那你知道他们是谁吗？"安星眠忙问，"有没有去找过他们？"

白千云像泄了气的皮球一样，往椅背上一靠："我只知道，我是在北邙山的一条山路上被捡到的。北邙山很广大，每天除了当地山民还有许多旅人经过，我甚至无法判断遗弃我的人到底是当地山民还是那无数匆匆过客，让我怎么去找？"

"我帮你！"安星眠一阵热血上涌，脱口而出。

"你说什么？"白千云似乎不敢相信自己的耳朵。

"我说我帮你！"安星眠站了起来，"如果你想要找到你的父母，我就帮你一起去找；你要是面对面地质问他们，我就站在你身边；如果最终找不到，我就陪你借酒浇愁。只要等我解决了长门的事，我马上陪你一起去北邙山。"

"其实你不必这么做，"白千云沉默了一会儿后说，"我保护长门僧，不过是因为长门僧曾经有恩于我，让我能站起来。你们并不欠我什么。"

"这不是'我们'的事，只是我的事而已，"安星眠瞪着他，"不是因为什么永远算计不清的谁对谁有恩、谁欠了谁，而是因为我们是朋友！我们是朋友！"

白千云再次久久地没有说话，最后他突然一挥胳膊，把桌上的两个空酒坛都扫到了地上，然后在酒坛的碎裂声中冲着门外大吼道："再拿酒来！"

然而这一次，那个一直都很乖觉听话的伙计却始终没有现身。白千云又喊了两嗓子，还是无人回应。他和安星眠对望一眼，两人虽然醉意十足，眼神里却都多了几分警惕。白千云支着拐杖，慢慢站了起来。

就在两人准备冲出去查看一下究竟时，门被推开了，一个人抱着酒坛子走了进来。这并不是那位伙计，而是一个陌生人，一个白千云从未见过的陌生男人。此人身材瘦长，眼瞳泛蓝，发色金黄，一望而知是一个羽人。进门之后，他几乎看都没有看白千云一眼，只是牢牢地盯着安星眠，那张阴鸷瘦长的脸冷森森的，就像一块铁板。

白千云正想喝问此人的身份，却发现身边的安星眠似乎有异。稍一侧头，只见安星眠已经握紧了拳头，脸绷得紧紧的，一副如临大敌的神态。

"看来今天不是你死就是我活了……"安星眠低叹了一声，挥拳直直地向这个陌生怪客冲了过去。

第三章
亡者之舞

一

宏靖十七年五月，养父沈壮的生命到了尽头。

雪怀青坐在病床边，默默地看着床上昏迷不醒的养父。弥留之际的沈壮面色灰败、气息微弱，几十年前受伤的脖颈依然歪斜地靠在枕头上。脖子的伤势让他在这三十余年都始终生活在痛苦中，而他内心的伤口比肉体上的更深、更疼。

这一点雪怀青的体会自然比其他人都多。自从她记事，沈壮就一遍又一遍地重复讲述着发生在他妻儿身上的惨痛悲剧：在一个毫无征兆的深夜，在原本幸福祥和的锁河山沈家村，一群不明身份的人闯入他的家门，一刀差点砍断了他的脖子，然后杀害了他的妻子和刚刚满两个月的儿子，彻底毁掉了他的生活。

"我给他起名字叫沈康，原本是希望他健健康康地长大，给我老沈家传宗接代，"沈壮每一次说到他的儿子，眼睛里总会饱含着热泪，"可是没想到，那帮天杀的狗杂种就那样一刀杀了我老婆，再一刀杀了我儿子，他们还点起火，把我的老婆孩子烧成了灰烬！这帮断子绝孙的畜生，他们到底为什么要这样做啊……"

这一段经历雪怀青早已耳熟能详，可以一字不差地背出来，但每次养父提起的时候，她仍然做出专心致志倾听的样子。无论如何，虽然养父略有点疯癫，但他是一个心地善良的老好人，是她的救命恩人和再生父母。十九年前，当雪怀青怀有身孕的母亲流落到这个位于澜州南部的小村庄时，是沈壮收留了她。当雪怀青出生后，沈壮惊奇地发现她有一半羽人血统——她的母亲从未告诉过沈壮，雪怀青的生父是一个羽人——却仍然继续收留了她们母女俩，尽管那时候澜州北部的羽族和南部的人类关系闹得很僵。三个月后，身子刚复原的母亲扔下雪怀青不告而别，从此再也没有回来过。还是沈壮，顶着全村人的白眼甚至咒骂，独自一人把这个发色和眼瞳异于常人的混血儿艰难地抚养长大，直到她十一岁那年离家出去拜师学艺。

"不管那些北边的鸟人做了什么样的坏事，孩子是无辜的，"沈壮和人争吵时总这么说，"我的亲儿子就是被恶人给害死的，我不能眼睁睁看着这个孩子死去！绝对不行！"

沈壮甚至没有给她改名，让她继续保留了传自父亲的羽族姓氏。"风、羽、经、天、翼、鹤、雪、纬、云、汤"，这是羽族的十个大姓，历史上的帝王将相尽出其中，也就是说，雪怀青作为雪姓的一员，很有可能是贵族之后。但母亲一去不复返，她始终无法得知自己的身世真相，所能知道的，只有当年沈壮告诉她的只言片语。

"那一年冬天，天天都在下雨，还经常夹杂着雪花，又冷又潮，"沈壮告诉雪怀青，"你娘大着肚子，满身是血，刚摸到我们村的村口，就昏过去了。我刚好路过，把她救回了家，过了一个月，她生下了你。"

"我娘叫什么名字？她为什么会受伤逃到这里？她是个什么人？我爹又是什么人？"雪怀青抛出了一连串的问题。

"这些问题我都问过，但你娘一个也不肯回答，"沈壮说，"她只说她被人追杀，但已经甩掉了追兵，恳求我收留她一段时间。当我答应之后，她才从身上拿出几枚金铢给我，那几乎抵得上我一年的收成。她说，她想要找个老实可靠的人帮忙，所以先装作身上没钱，等我答应了之后才酬谢我，以免遇到贪财的骗子。"

"那她还真是个很小心的人了，"雪怀青琢磨着，"她也没有解释为什么我爹是个羽人？"

"没有，那会儿你刚生下来，还没有长出金色的头发，但是很瘦，抱在手里比人类的新生婴儿轻得多，尤其眼睛是淡蓝色的，那不是人类眼睛的颜色，"沈壮说，"我吓了一跳，问她，她还是什么也不肯说，只是给你取了这个名字。几个月后她就悄悄走了，留下了你，又留下了一些钱财，还有一个手镯。我猜那一定是留给你的。"

后来的日子里，那枚翠绿的玉镯就一直被雪怀青戴在手腕上。她曾经天真地幻想，也许有一天，当她走在某座城市的街道中时，她的母亲会碰巧和她迎面，然后认出那枚玉镯，然后……可惜现在她已经十九岁了，这样的场景始终没能出现。

沈壮还曾经说过，雪怀青的母亲非常美丽，"是我这辈子见过的第二好看的女人"，至于第一好看的，毫无疑问是他的亡妻了。

"最大的可能性是，母亲也许早就已经死了，从未见过面的母亲啊！当然这一点不能确定，能确定的是，师父已经在去年去世了，而现在，养父也要死了。"雪怀青想着，未来的日子里，就只剩下自己孤身一人了。

雪怀青也不知道自己心里的感觉究竟是悲伤还是孤寂，又或许二者兼有。但多年来的修炼，已经让她能稳稳地控制住自己的情绪，不至于出现太大的波动。她所修习的技艺对精神力的控制要求极高，大喜大悲都对自身的功力有妨害。

"怀青……是你吗？"养父沈壮的眼睛忽然缓缓睁开，嘴唇吃力地翕动着。

雪怀青连忙握住沈壮的手："爹，是我，我回来了。"

"回来就好，回来就好……"沈壮的嘴角扬起一丝微弱的笑容，"我还以为我死前没法再见你最后一面了呢，真是老天开眼，也许是觉得折磨了我一辈子，太对不起我了，临死前总算满足我一个小小的心愿。"

雪怀青不知道该说什么，她一向不善言辞，更是没有安慰人的经验，只能沉默地握着沈壮的手。过了一会儿，沈壮长长地叹了口气："可惜啊，我这辈子也就是个寻寻常常的农夫，既不会武功，也没有聪明的头脑，这么多年了，我甚至连谁叫'邢万腾'都没有打听出来，实在是没有办法给我的老婆孩子报仇了。"

"我会替你找到他的，"雪怀青淡淡地说，"只要确认了真相，我替你报仇。"

沈壮笑了起来："别开玩笑了，你一个龙渊阁的修记，只不过是个读书人而已，哪有本事给我报仇啊。我死之后，你能偶尔记起有过我这么一个老爹，我就很知足了。"

"你已经时日无多，我也不需要骗你了，"雪怀青说，"我当年告诉你我被龙渊阁收为弟子，只是一个谎言，为了让你放心。我压根儿就没有遇到过龙渊阁的人。我无父无母，你就是我唯一的亲人，所以我那时候只有一个想法：学会一些能用来杀人的本事，去替你查清真相报仇，报答你对我的养育之恩。"

沈壮呆住了，过了好半天才喘着气说："那你……不是龙渊阁的修记，你还学会了杀人的功夫？跟什么人学的？"

雪怀青低下头，在沈壮的耳边低声说了几个字，沈壮的身子猛地一震，满脸惊愕："什么？不能啊！你怎么能……"

"我已经走上了这条路，不能再回头了，"雪怀青说，"无论什么样的功夫，只要能帮你报仇，就行了。当年那个人所说的那句话，我早就牢牢记在心里了，而且也已经打听到了线索，知道了邢万腾究竟是什么人。这一次来之前，我已经了结了师门里的一切事务，可以专心地替你……"

"不行！绝对不行！"沈壮不知哪儿来的力气，竟然从床上坐了起来，双手一把握住雪怀青的手腕，"你不能学这个，这是要天打五雷轰的啊！你一个女孩子，怎么能那么糊涂？而且你还有一半羽人的血统，羽人不都是喜欢干净的吗？我不许你……"

他来不及把这句话说完。极度的惊恐和愤怒让他耗尽了最后的一点生命之火。他抓住雪怀青手腕的两只手无力地松开，歪斜的头颅垂了下去，整个身子摔在了地上，就此不动了。也许命运真的如此残酷，他的一生都沉浸在痛苦和悲伤中，即便是到了临死的一刹那，都难以安宁而平静。他的双目依旧圆睁。

雪怀青站在原地，许久没有动弹。过了好一阵，她才轻轻地叹息一声，双膝一屈，跪在地上，向着养父的尸身磕了三个头。然后她站起身来，开始整理沈壮少得可怜的简单遗物。与此同时，沈壮躺在地上的尸身忽然抽动了一下，然后双手撑地，慢慢地站了起来！

这具已经没有呼吸的歪脖子躯体，神情木然地站立起来，慢慢脱掉身上的破旧衣衫，给自己穿上早已准备好的寿衣，然后从桌上拿起木梳，开始细细地梳头，并且用手掌合上了始终睁着的双眼。整理好仪容之后，沈壮一步一步地走到房屋的一角，那里放着一口同样是早就准备好的薄木棺材。

沈壮推开棺盖，躺了进去，然后自己伸出手把棺盖盖好。随着这个动作的结束，雪怀青才松了一口气。她走到棺材前，轻声说："对不起，我实在很害怕触碰到死人，所以才不得不用尸舞术来让你自己完成这一切。你看，做一个尸舞者，有时还是有点好处的吧？"

雪怀青是一个尸舞者，能够使用操尸之术控制尸体行动的尸舞者。这是一个黑暗、邪恶、污秽，令人谈之色变的可怕行当。即便是人类，能够接受尸舞者的人也极少，自视高贵的羽人更是几乎不可能去触碰这样的邪术。难怪沈壮会死不瞑目。

二

宏靖十七年八月，越州九原城。邢万腾正在等待自己的死期。

沈壮一直念念不忘的那个人名"邢万腾"，如今已是一个枯瘦的老者。其实三十年前他也是一条壮汉，但这三十年中，他一直过着东躲西藏、担惊受怕的日子，经受内心的痛苦折磨，慢慢变成了现在这副衰迈消瘦的模样。

两年前，他躲到了九原城，下定决心从此不再离开。他只有五十多岁，却已经变得像一个七十岁的老人，这样的日子他受够了。他决定，如果那个躲不开的厄运真的找上了他，他就这样坦然接受好了，死了也比活受罪强。

这之后，他总算过了两年舒心的日子，不再纠结于生死，连身体都比以前好些了，可惜这样的日子太短暂了。宏靖十七年，邢万腾的死期有了预告。

八月的某一个清晨，邢万腾收到了一封远方的来信。拆开信后，他看到了一个熟悉的笔迹，那是一直和他有联系的一位旧日同伴写来的，信里只有短短的两句话：

万腾兄：

　　事情败露了，张大哥和老罗都已经被捕，他们正在搜寻其他人。我不会供出你，但不能保证别人也能受得住酷刑。快逃吧。

徐

邢万腾怔怔地看着这封短信，双手禁不住开始颤抖，他以为自己已经足够达观，但当死亡真正来临时，他还是无法抑制从内心深处涌起的恐惧。

他回到家里，关上门，从那口陈旧的木箱箱底掏出一块金属腰牌。邢万腾摩挲着这枚泛着银光的腰牌，回想起往事，忍不住老泪纵横。

这一天夜里，邢万腾拿了一条板凳坐在院子里，手里握着那枚腰牌，静静地等待着。当月上中天的时候，他听到了门外传来的脚步声和人在房顶上踏着瓦片行走的声音，听到了剑在剑鞘里磨动的金属声响，听到了正迎面而来的死亡颤音。于是他站了起来，清清嗓子，高声说："金吾卫邢万腾，恭候各位光临！"

邢万腾并不知道，除了他一直等待着的这些人之外，还有另一个人也在找他。

在跟随师父修习尸舞术的时候，雪怀青也曾随着师父四处游历。在此过程中，她并没有闲着，始终都在打听那个叫作邢万腾的人的下落。她相信，这样一个身怀武艺又行事狠辣的人，怎么样都应该在市井间留下一点痕迹，必定会有人听说过他。功夫不负有心人，一年之前，她终于在和一位颇有名气的市井游医的聊天中得到了答案。

邢万腾这个人，的确是一个武艺好手，但又不算纯粹的游侠，因为他是一个金吾卫。三十二年前，也就是圣德十一年的时候，他是保卫圣德帝安全的金吾卫中的一员，并且不只负责在皇宫中保护皇帝，还经常被派出去执行某些任务，与市井游侠时常打交道，所以也算有点儿名气。

"功夫不错，人也不错，"这位游医说，"他虽然是皇帝身边的人，但是对外面的朋友很仗义，从来不摆架子，我有一段时间因为好赌欠了一屁股债，他还给了我一笔钱帮我还债，差不多是他三个月的薪俸呢。"

"也就是说，他是一个好人？那你觉得他有没有欺负弱小，比如，手无寸铁的平民？"雪怀青问。

"真很难说，毕竟知人知面不知心，"游医说，"但我觉得他应该不会干那种事。他也有他的骄傲。"

但邢万腾的确干了，和他的同伴们一起，雪怀青毫不怀疑那些人和邢万腾一样，都是金吾卫。他们不在天启城好好待着保护皇帝，却跑到了锁河山里的一个贫困山村，劫走一个年轻农妇和她刚出生两个月的婴儿，然后残忍地杀害他们。

"这一切都是为了什么？"雪怀青想不明白，她觉得，只能找到邢万腾当面去问了。

养父沈壮下葬之后，雪怀青立即离开了越州，马不停蹄地赶往中州天启城。按照游医的说法，当时邢万腾二十五岁左右，那么三十二年过去了，他应该是一个年近六旬的老人了。他是否已经脱籍回乡？是否有可能已经去世？雪怀青不知道，但她必须去天启城，那是找到邢万腾的唯一线索。

要查现役的金吾卫名单，或者找一名三十年前曾经做过金吾卫的人，都不是雪怀青所擅长的，但她擅长一件事，那就是用毒，而且是毫无恻隐之心地对他人下毒。尸舞者运用尸舞术操控尸体，如果只是做一些简单的动作，凭借精神力就足够了，但如果要驱使尸体做更复杂的事，尤其是使用尸体进行战斗以及保持尸体长期不腐烂，就必须要运用许多功能各异的毒物，所以每个尸舞者也是毒术大师。

这一天清晨，一位在天启城还算有名气的游侠打着呵欠踏入了他的铺子。不知道为什么，早就应该前来打扫的助手竟然不见踪影，游侠在嘴里骂了两句，一边在心里盘算如何狠狠扣掉助手一笔工钱，一边一屁股坐在椅子上，习惯性地把两手放在桌面上。

很奇怪，不过一夜而已，桌面上的尘土却显得有点厚，游侠诅咒着迟到的助手，扭头想要找一块抹布擦一下灰尘。就在这时，他感到了手掌的异样。一低头，他心里猛然一凛——他的双手掌心都变成了幽蓝色，一股麻痒的感觉开始袭来。

"如果你想活命，最好听我的话，因为这种毒只有我才有解药。"一个声音从门外传来。然后门被推开，一个年轻美丽的金发女子走了进来，但在这位游侠的心里，此刻的她与一只毒蜘蛛无异。

雪怀青给游侠服下了暂时控制毒性的药，讲明了自己需要调查的事。这位游侠深知尸舞者用毒的厉害，以及他们比毒药还狠毒的冷酷内心，选择了乖乖就范，不敢有丝毫反抗。

"但你得给我点时间，"这位游侠很无奈，"宫里的事情可没有那么好查，而且这个人已经快六十岁了，很可能早就不再担当这个职位了，除非他成了高官。要是他不再担当金吾卫了，那就更难找了。"

"三天。"雪怀青说。

"三天太短了，根本来不及，"游侠近乎哀求地说，"至少得给我七天吧？"

雪怀青想了想："五天。"

她没有再说什么，转身就走，说明这就是最终的价码，不允许再还价了。游侠毫无办法，无奈地目送她双脚跨出店铺的门槛。

所以雪怀青有五天的时间无事可做。这里是大城市，不是僻静的乡野，她没有办法很轻松地找到尸体来练习尸舞术，因为那样太招摇了。而对于她来说，像一个普通的女孩子那样到街上去闲逛，实在是过于困难了。无论城市本身还是城市里的人，在她眼里都不过是一些苍白空洞的符号，引不起她任何兴趣。更何况，男人们窥视的目光也总是让她很不愉快，她甚至希望自己不要长得那么好看，当一个丑女就不会有人注意了。

所以，她唯一的选择就是成天枯坐在客栈里，背诵那些早就背得滚瓜烂熟的毒方，或者沉入冥想。很多不同的门派都有冥想这门课程，但各自的方法和意义均不相同。秘术士的冥想是为了更好地体验星辰力，令精神力得到增强；长门僧的冥想是为了思考，探寻生命的终极意义。而尸舞者的冥想与上述两者都不相同，其目的是感应死亡。

尸舞者是一个终生都和尸体打交道的行当，传说最早源于一种"赶尸"的行为。据说在越州的某些蛮荒之地，当地人懂得用独特的方法驱使尸体行动。当有人客死异乡的时候，同乡就可以驱策着他的尸体一起走回家乡，然后下葬。这种赶尸的方法就是尸舞术的雏形。在如今的越州，并不能找到一个符合该传说的地方来证明这一说法，而其他一些关于尸舞者这个职业产生的说法更是光怪离奇、荒诞不经，甚至雪怀青都觉得是胡说。

比如师父曾经告诉雪怀青，有一种传说是这样的：许多个世代之前，有一个自诩智者的人说看到了九州大陆将会被地下喷涌的魔火所吞没，但身边的人没有一个相信他的说法，反而把他当成了疯子。这位智者很是无奈，独自一人来到一个他认为可以逃过魔火的安全地方，并且相信从此世上再也不会有其他活人，于是他发明了尸舞术，想让尸体来做自己的仆人。当然了，后来九州并没有毁灭，这位智者也被证明确实是个疯子，但是他创造的尸舞术被世人发现了用处，得以流传开来。

这些说法都没有被证实过。但无论如何，尸舞术流传了下来，并且形成了尸舞这样一个令人畏惧的独特门派。尸舞者不喜欢和生人交往，甚至同行之间除了斗法也极少来往，很多尸舞者一辈子都是带着自己使用最顺手的几具尸体一起过活，直到默默死去。

而成为一个尸舞者最基本的素质，就是不畏惧死亡，为此他们每天都要进行冥想。在这样的冥想过程中，尸舞者会慢慢放松全部的感官和神智，进入一种完全空虚的状态中，有时候甚至连呼吸都会短暂停止。那种一切感觉的全面丧失，就是尸舞者对死亡的体验：空旷、虚无、遥远、冷酷、万籁俱寂。通过这样的冥想锻炼，能够提高尸舞者对尸体的操控能力，因为比起其他人，他们更加懂得死亡。

最初的时候，雪怀青十分害怕这样的冥想，她担心自己在短暂停止呼吸之后，就再也无法重新呼吸，会就此死去。但时间长了，她也就渐渐习惯了，开始对死亡持一种淡漠的态度。即便是养父沈壮死去的时候，她也没有掉一滴泪。

这或许就是尸舞者一生的宿命：他们能够驾驭死亡，但也会慢慢地被死亡所驾驭，最终与之融为一体。雪怀青知道，自己踏上了这样一条不归路。

尸舞者不畏惧死亡，其他人却未必如此，至少雪怀青所找到的那位游侠绝不愿意死去。五天过后，他来客栈找到了雪怀青。

"我不知道我的调查结果能否从你手里得到解药，但我只能试试，"游侠苦笑着说，"你要找的那个叫作邢万腾的人，我打听到了。他曾经的确是个金吾卫，但在三十多年前就已经离职不干，后来多次搬迁，大多数人都已经不知道他的下落了。"

"但还是有人知道，是吗？"雪怀青听出了他的弦外之音。

"是的，有一个人知道，这个人叫徐风章，曾经是邢万腾的同僚，"游侠说，"但是他无论如何也不愿意告诉我邢万腾的下落。我只是一个游侠，不是一个凶犯，不希望用威胁他人生命的方式去挽回自己的生命。所以算是我求你，放过我这一马，我会尽我所能，再想其他办法去找邢万腾。"

雪怀青思索了一阵子，从怀里摸出一个小纸包，递给游侠："分成三份，连续三天，毒性就能解了。但此后的一个月里不能喝酒，不能亲近女色，否则对身体大有损害。"

游侠听着她用冷冰冰的语气说出"不能亲近女色"的句子，只能在心里暗暗叹息。雪怀青又问："那么，你所说的这个徐风章，又在什么地方呢？也许我可以用一些特殊的法子让他开口。"

"这个人……现在正被关在刑部的秘密监狱里。"

"监狱？"

"是的，不但被关进了监狱，而且还在经受严刑拷打，目的就是逼问他当年的那些同僚的下落，包括邢万腾在内，"游侠说，"看起来，这件事的性质非常严重，而且牵涉很广。不只是你想找到邢万腾，官家也想抓住他。"

雪怀青没有回答，养父翻来覆去形容过的那些场景再次浮现在脑海里。从游侠所打探到的消息来看，与当年那桩惨案有关的不仅仅是邢万腾一个人，同时还有徐风章等其他的一些金吾卫。那个早已在心里问过无数遍的问题，也再次跳了出来：这些金吾卫不在皇宫里保护皇帝，跑到锁河山去残害一对平民母子，所图为何？

"我……可以走了吗？"游侠可怜巴巴地问。

"再等一等。"雪怀青说。

"你还想干什么？"游侠的脸唰地变白了。

"我只是想要付给你酬劳而已，"雪怀青往他的手上放了两枚金铢，"谁都得吃饭啊。"

"谢谢，你真是个好人……"游侠喃喃地说。

雪怀青放过了那位可怜的游侠，向他打听清楚监狱的具体所在，然后只身前往。天启城有两座关押各种极度重犯的监牢，但游侠所说的"刑部秘密监狱"不在其中，确切地说，这只是一间行刑室兼关押室，是一个用来关押尚未定罪却又必须令其吐露实情的重要嫌犯的"小黑屋"——这是知情人给它起的别称。这里充斥着各种骇人听闻的非法酷刑，却偏偏极具讽刺意味地归属于刑部治下。通常情况下，只有身份特殊或者牵连特殊案件的嫌犯，才有资格"享受"这间小黑屋里的一切待遇。

也就是说，当年的这一批金吾卫，的确和某些重大案情有关联，重大到足够进入小黑屋。沈壮妻儿的死亡背后，必然藏着一些骇人听闻的隐秘。雪怀青绕着刑部大院转了几圈儿，看清楚了外围的守卫状况，决定在深夜潜入探上一探，争取把徐风章捞出来。

她又回到客栈，正准备进入房间，一名伙计小心翼翼地在旁边招呼她："这位小姐，不是小人多嘴，实在是您的那位同伴成天就待在房间里，不出来吃饭，她……真的没什么问题吗？我们开店的，最害怕就是遇到……某些极端的情况，您明白的。"

"放心吧，她只是身体不舒服而已，我每天都会给她带吃的，你不必管了。"雪怀青淡淡地说。

伙计看看她的脸色，不敢再说什么，摇着头离开了。雪怀青推门进屋，把门反锁，视线投向了另一张床上。床上躺着一个风韵犹存的中年美妇，肤色白皙，容颜俏丽，但始终双目紧闭，一动也不动。假如离得近一些，就能够看出来，她的胸口没有丝毫起伏，表明她的呼吸非常微弱，或者——完全就没有呼吸。

"师父，我回来了，今晚又得麻烦您陪我出去办点事。"雪怀青说。

床上的妇人没有回答，也不可能回答。这是雪怀青一年前去世的师父，而现在，是归她操控的一具尸仆。在尸舞者当中，徒弟使用师父的尸体，是相当常见的一件事。而最终师父的尸体损坏到不能再用，也由徒弟将她安葬。

三

尸舞者是一个相当令人畏惧的职业，在白天的时候，无论是操纵死尸行动，还是寻找和试炼死尸，或者搜寻毒虫、毒草炼制药剂，都有可能把别人吓得半死，所以尸舞者最擅长的就是在夜间行动。他们有一门在黑夜中隐匿行迹的独门绝技，同时一双眼睛也必须锻炼到可以在黑暗中视物，因为他们在不少时候甚至需要在地道或者墓穴里穿行。

雪怀青还记得自己第一次被师父逼着独自一人下到某个墓穴里去的情景，当时她只有十一岁。墓地里并非一团漆黑，而是有绿莹莹的鬼火飘来荡去，小动物们在泥土里钻来钻去，发出窸窸窣窣的响声，仿佛是死者的骨骸在轻轻颤抖。空气里弥漫着尸体长久腐化的味道，那气味实在让人作呕。

她一步一步地踏入这片灵魂的栖息之地，只觉得全身的每一处皮肤都在发凉，头发仿佛要根根立起来，那种植根于每个人内心深处最深沉的恐惧如野草般疯狂生长。但她不能后退，只能向前，目的是挖出这个家族墓穴里新近下葬的一具"可用"的尸体，用来培养成她自己的第一个行尸。尸舞者对于自己专属的行尸有一个特定的称谓，叫作尸仆，一具保存得当的尸仆往往可以使用十年甚至更长的时间，可以算是尸舞者最为忠诚的伙伴。

雪怀青就在这样一个寒冷彻骨的冬夜走向了她的第一个尸仆。这具尸体是一个健壮的女性，是这个小有名气的武学世家新近死亡的一员，初入门的尸舞者往往会选择这样的尸体，因为体质出色，也方便控制。

穿过了长长的墓道之后，她站在了那具最新的棺材面前。掀开棺盖，尸体的臭气迎面而来，但雪怀青通过气味辨别出，其腐败程度仍然在"可用"的范围内。通过特殊配制的药物，这种腐败可以被逆转，让尸舞者得到一具完整好用的尸体。但这种修补就好比铁匠补锅或者木匠修门，只是修补好一件物品，不能给尸体带来新的生命。

雪怀青凝视着眼前这具女尸。死者面容姣好，体态健美，倘若不死的话，大概有不少世家公子、青年才俊来追求吧。但现在她死了，只是一堆等待腐烂的肉和骨，只有尸舞者才能把她从蛆虫的口中拯救出来，赋予她全新的存在意义。

两枚长长的钢针分别刺入死者的头顶和心脏，将毒质注入。尸舞者可以用尸舞术操纵任何一具刚死不久的尸体，就像雪怀青对她的养父所做的那样，但要做到长期操纵并保持尸体不腐烂，就必须配合毒物及其他一些更高深的心法，而要让行尸成为只听从一名尸舞者驾驭的尸仆，更是需要一种被称为"印痕术"的特殊操作。在此之前，虽然雪怀青也操纵过一些行尸，但制作尸仆，还是第一次。

毒药通过伤口进入死者体内，开始刺激肌体的活力和加速体液的流动，而此刻的雪怀青必须要做一件最要紧、也最令她恶心和恐惧的步骤。犹豫了一阵子之后，她终于还是颤抖着伸出右手，把食指放进嘴里，用力咬破出血。然后，她把食指放在了死者的额头上，在那里细心地描画出一枚符咒。

冰冷而黏腻的触感。这个女子还活着的时候，想必肌肤也是温暖而细腻的，带着少女的体香，但现在却只剩下了死亡所留下的深深烙痕，每一次触碰都让雪怀青觉得头皮发麻，像有千万根钢针在刺着她的背脊。她强行压抑着自己叫出声来的冲动，近乎机械地绘制完了符咒，然后开始催动印痕术的最后一步。那枚血红色的符咒逐渐变淡，最终从表皮上消失，完全被吸入尸体体内。

成功了吗？雪怀青不知道，这毕竟是她第一次使用印痕术，要验证是否起效，还需要用尸舞术操控尸体试试看。她一边想着，一边尝试着给尸体发出了一个指令，但由于心情过分紧张，这个指令出现了一点小小的偏差。她本来只是想让尸仆抬起手来，却受到了惊吓——尸仆猛然伸出双手，紧紧地握住了她的手腕。那双冷若寒冰的死人的手，就像铁箍一样圈在她的手腕上。

雪怀青终于爆发出了一声尖叫，再也难以忍耐。这一瞬间她忘记了自己是一个尸舞者，而只是一个普通的十一岁少女，在一个幽暗可怖的墓穴里被一个死人吓得歇斯底里，把过去修炼的种种意志、忍耐、从容、应变全抛到了九霄云外。

"再多叫两声，这个家族的人就赶到了，你懂得什么叫瓮中捉鳖吗？"师父的话语从墓穴的入口处冷冰冰地飘过来。

"你可以继续留在这儿像个小孩子一样尖叫，这样你就可以被抓起来任他们处置了，"师父接着说，"你也可以扔下你的尸仆独自逃走，这样你就可以被我逐出师门了。如果这两个选择你都不喜欢，那么摆在你面前的只有一条路，能不能做好，全看你自己。"

师父不再说话了。雪怀青咬了咬牙，猛然低下头，在自己的手臂上狠狠咬了一口。血立即流了出来，但全身筛糠般的战栗也奇妙地停止了。师父几乎不带任何感情的话语提醒了她：她永远不可能是一个普通人了。她终身必然长伴这些令她恐惧的事物，一切问题都要靠自己的力量去解决。做不到这一点，也不会有人去帮助她，尸舞者的命运只有自救或者毁灭。

"跟着我走吧。"雪怀青轻声说。其实对尸体下命令是不需要用到语言的，但她需要这一句话来给自己增添信心。尸舞术的细节一点点被回想起来，一点点体现在精神力的控制中，尸体很快站立起来，以柔和流畅的动作跟随在雪怀青身后，乍一看的确像是一个忠心耿耿的沉默忠仆。从此以后，她只让雪怀青驾驭，其余尸舞者的指令都对她无效——

她成了雪怀青有生以来的第一个尸仆。

雪怀青带着尸仆一路狂奔，逃出了墓穴，但毕竟刚才耽搁了一点时间，已经有两名该家族的子弟循声跑来。他们看见已经死去的家族成员竟然又站立起来，并且跟随在雪怀青身后奔跑，都不禁瞠目结舌。但很快，一个人反应了过来。"尸舞者！"他大喊起来，"那是个尸舞者——她想要盗尸！她想要偷走阿沁的尸体！快叫人来！"

那一瞬间雪怀青有点慌乱，但身边紧紧跟随着的尸仆给了她莫大的信心。稍一犹豫，她向尸仆发出了指令，这个生前名叫"阿沁"的女子立即转过身，猛地向她的那两个亲人扑了过去。

即便明知这只是一具被尸舞术所操控的尸体，但两个人面对着自己的亲人，仍然无法果断地出手。而尸仆利用的就是两人短暂的迟疑，迅速出手攻击。被药物和尸舞术所控制的尸体会具备比死前更加强大的爆发力和速度，并且完全不知道疼痛和疲倦，这正是尸舞者所倚仗的优势。两人几乎来不及还手，就被尸仆分别击中胸口和后脑的要害部门，昏死在地上。

"干得不错，"师父的声音又从远处幽幽飘了过来，"牢牢记住你操纵尸仆出手时的感觉，冷酷、坚定、不顾一切。这是一个成功的尸舞者必备的素质。现在，赶紧带着你的尸仆逃命吧，对付两个小杂碎还行，对付高手你还差得远。"

冷酷、坚定、不顾一切。在此后的日子里，雪怀青从来没有忘记过这个信条。任何一件事情，她要么不做，一旦决定要做，就一定会冷酷决绝，坚持到底，不惜任何代价。现在她决定了要从刑部的小黑屋里找到徐风章，那么无论多么困难，她也要完成。

夜深的时候，雪怀青带着现在的尸仆，也就是她的师父，来到了刑部的大院外。当年所找到的第一位尸仆阿沁，现在正和其他几具暂时用不上的尸体一起埋藏在某个秘密的地点，等待她的召唤。而眼下，最好用的尸仆就是师父了，因为尸舞者的尸体往往具备着一些独特的素质，比一般的尸仆更好用。

刑部有好几个门，到了夜间都被锁上了，只剩下一个有人把守的偏门。雪怀青带着尸仆来到这个偏门外，很快凭借着尸舞者对生命体的独特感应能力，摸清了门后的情况。一共有四名守卫守在门后，这个数量并不多，但除此之外，大院里来回巡夜的士兵并不少。这里的保卫外疏内紧。

但雪怀青并不紧张。她已经从游侠那里打听清楚了大院内的大致布局，以及守卫们换班轮岗的时间。在大概一刻钟的时间里，她可以保证把沿路的守卫统统放倒且不被其他人发现。至于怎样把那些守卫放倒，就需要依靠尸仆了。

她催动了尸舞术。师父缓缓地走向了那道门。从入门开始，师父就从未庇护过她，直到死去。雪怀青时常觉得，死去的师父才像一个真正的师父，总是用自己的身体挡在弟子身前，默默为弟子做一切事情，却没有半句斥责、挖苦、痛骂、侮辱。也许这就是尸舞者最美好的归宿。

师父来到了大门前，伸出手来，用手指在铁锁上轻轻划了一下。一阵轻微的声响后，铁锁已经熔化了，发出难闻的刺鼻气味。然后她推开门，率先走了进去，雪怀青不慌不忙地跟在她身后，并且发出了另一道指令。

一种淡淡的芬芳气息从师父身上散发出来，随着夜风扩散了出去。雪怀青看不到远处的情景，但她完全能想象发生了什么。那些原本高度警惕的守卫，脸上会忽然出现一阵迷醉的表情，随即扔下手中的兵器，轰然倒地，就此昏迷不醒。那是因为他们中了尸毒。

这就是用尸舞者来做尸仆的最大好处之一。尸舞者一生与毒物打交道，对毒药的驾驭和敏感程度都十分了得，死去之后成为尸仆，几乎就是一个行走的毒药囊，可以轻松施放出各种不同的毒物。刚才腐蚀铁锁的毒药和迷昏守卫们的迷药，都是尸仆利用血液转化而成的。

雪怀青一路向前，师父的尸体不断扩散出迷药，沿路的守卫们果然全都昏倒在地，无力阻拦她。她很轻松地按照那位游侠提供的路线找到了小黑屋。刚刚来到距离门口大约十丈远的距离，她敏锐的嗅觉就闻到了那股十分熟悉的气味，一种融合着各种腐烂、血腥、烙铁的焦煳味，会令人做噩梦的气味。

那是一种近乎死亡的味道，此刻在雪怀青的鼻端，却有一种奇妙的亲切感。这一段时间以来，她一直没有时间去找一个僻静的地方练功，渐渐都有点淡忘这种感觉了。凭借着这股气味，她原本紧张的心慢慢安宁下来——小黑屋里的那些人，看来就和死人差不多嘛。虽然她到现在还是很害怕触摸死人，但和死人待在一起，居然比面对活人更加习惯了。

她再度利用尸仆的毒液熔化了小黑屋门上重重叠叠的锁，推开门走了进去。

小黑屋其实相当的名不副实。首先它半点也不小，一开门就能看到一间足以容纳上百人的宽敞的行刑室，几乎是毫不遮掩地张开血盆大口，展现着它锋锐的牙齿——各种刑具。这些刑具，对于普通人而言，看一眼都会吓得浑身发颤，但在尸舞者面前，不过是一些玩具。

其次这里半点也不黑，无数的烛火把屋内映得亮堂堂的，可以很清楚地看见里面或吊或捆的七八个囚犯。这些人遍体鳞伤，很多伤口都已经腐烂，一个个奄奄一息，处于将死未死之间。刑部对刑讯逼供有着丰富的经验，擅长施用一切让人无比痛苦却又不会丧命的酷刑，对新进来这里的人也是一种巨大的视觉冲击和心理威慑。

雪怀青视若无睹，平静地走过那些血肉模糊的囚徒、被迷昏在地上的守卫，走向了大厅的尽头，打开了另一扇厚重的木门。这里关押的囚犯比外间的更重要，也许是身份更特殊，也许是罪案更重大，也许是得罪的人官衔更大。

"那里就像酒楼一样，也分大堂和雅间，"游侠当时告诉雪怀青，"大堂里的人吃普通的菜，雅间里的人能享受到更为贴心的特殊服务。你要找的徐风章，很受重视，被关在雅间天字第一号房的特殊单间里——这帮刽子手倒也挺有幽默感的。"

"怎么辨认这个天字第一号房？门上有编号吗？"雪怀青问。

"那种地方不会搞什么编号的，不过也很好找，"游侠回答，"天字第一号房，就是雅间走廊最尽头的那个囚牢。你走到那里一看就明白，只有这间囚牢门口还有人单独看守。"

但现在单独看守的人也倒在了地上，被迷药弄昏了。雪怀青径直走到门口,熔化了门锁,推门进去。她一眼就看见了被关押在里面的徐风章。他被粗大的铁链反绑在一根柱子上,全身的衣服碎成了布片,裸露出来的身体上遍布着各种触目心惊的伤痕。此刻的徐风章低垂着头,对于开门的响动一点反应都没有,但细长微弱的呼吸证明他还活着,似乎只是陷入了昏迷。

雪怀青向尸仆发出指令,尸仆走上前去,准备熔断捆在徐风章身上的铁链。但刚刚走到他跟前,徐风章却猛然间动了起来。他一下子挣脱了铁链,右手闪电般探出,咔嚓一声,已经把尸仆的脖子生生拧断了。与此同时,身后的门也被关上了,几个黑衣人无声无息地站到了她的身后。

这是个陷阱!雪怀青恍然大悟。那位游侠并不像表面上看起来那样懦弱无能,更加不会任由他人摆布,虽然中毒后不得不委曲求全,却也精心为雪怀青准备了这道报复大餐。他把她出卖给了刑部的人。

果然,这世上的人除了养父,再也没有人值得信任。而养父现在已经死去,那么世上的人就全不值得信任了,每个人都不可信。雪怀青在心里轻轻地叹息了一声。

四

徐风章躺在黑沉沉的地窖里,艰难地呼吸着稀薄的空气。对他而言,身上的伤痛反而是次要的了,呼吸艰难更让他恐惧。"呼吸、呼吸,死命地呼吸,我还不能死在这里……可是我确实再也没法支撑下去了……"

他原本是被关在地面上的,关在一间被戏称为"天字第一号房"的单人囚牢里。短短几天时间,他就体会到了什么叫地狱,什么叫生不如死。但他始终坚持着,既没有出卖自己的兄弟,也没有萌生死志,作为一个侍卫,见识过太多的死人,也亲手夺去过不少人命,他很了解生命的宝贵。死亡就意味着一切都不复存在了,他不能让自己走上主动寻死的路。

所以他忍耐着,坚持着,但今天上午突然被转移到空气混浊的地下之后,他还是感觉到了身体的变化——撑不下去了,也许自己连明天的太阳都见不到了。不过很快地，有丰富经验的他反应过来，这样的突然转移，可能是有人要来救他了。

会是什么人来救他呢？难道是以前的兄弟们？想到这里，他并没有觉得欣慰，反而一阵害怕。因为他知道，这一次对方动用的力量非同小可，兄弟们如果来了，很有可能是自投罗网。而自己已经离死不远，更不值得他人冒着生命危险来搭救。"不能为了我而让你们再遭不幸，"他心里默默祈祷着，"别来，一个都别来，本来就是我的错，让我一个人去承受就好了。"

地牢里不见阳光，更不可能有计时的工具，他只能凭借着肚腹的饥饿感来粗略估算时间，大概已经是深夜了。正当他沉浸在对往事的回忆中无法自拔的时候，门外传来了一阵脚步声。徐风章多年的江湖经验令他很快判断出，来的一共有三个人，两个人脚步较轻，走在最前头的那个人却脚步沉重，像是受了重伤。

门上响起了开锁的声音，然后被推开，一道亮光照了进来。最先走进来的是一个男人，徐风章认识他，他是小黑屋曾经拷问过自己的打手之一。但现在他完全没有了施刑时的威风凛凛，虽然身上看不见什么伤痕，但是脸色灰败，神情痛苦，看样子是着了别人的道。紧跟在他身后的是两个女人，一个是二十岁左右的年轻姑娘，另一个看起来三四十岁，脸也长得不错，却让徐风章吓了一大跳——这个女人的脖子是歪的，一般而言，只有颈骨被拧断了才可能歪到那种角度，但那样的人已经不可能活着了，更不必提正常行走。"好邪门的女人，"徐风章想，"她让我想到了点恐惧的事物……"但现在他的脑子太迟钝了，一时半会儿反应不过来。

歪脖子的中年女人走到他身前，不知道捣鼓了些什么，竟然很快弄开了他身上那些指头粗的铁链，然后退到一旁，一声不吭。倒是年轻的那个姑娘开口说："你就是徐风章吗？"

徐风章如释重负地慢慢坐在地上："不错，我就是。你是来杀我的还是来救我的？"

"是杀还是救，取决于你的回答，"年轻姑娘说，"我来只是想问你一个问题，你如果能如实回答，我就救你出去。不然的话，也不必杀你，让你留在这里继续受折磨，比杀掉你更好。"

这个回答显然出乎徐风章意料。他愣了愣，又问："那你想要问我什么问题？"

"我想要找一个叫作邢万腾的人，那个人的下落只有你知道。"年轻姑娘盯着他，冷漠的眼神里似乎不含任何感情，和她的美貌很不相称。

徐风章想了想，一直绷紧的面孔慢慢有了些许放松："真有意思，没想到你这么直接，我反倒开始相信你了。"

"相信我？"对方的眉头微微一皱，"我的什么话让你不相信了？"

徐风章微微一笑："这是一种老掉牙的伎俩，派一个人来假装救我，然后骗取我的信任，最后从我嘴里把真话套出来。但你既然那么直接就要找邢万腾，倒不像是这种骗局了。能告诉我为什么找他吗？"

"我们先出去吧，这里随时可能有人来。"年轻姑娘说。

很快，雪怀青把徐风章带到了刑部的某一间小屋里，这是徐风章的主意，因为敌人必然会马上在四周进行搜捕，躲在刑部里面反而是最安全的。

"反正我也逃不远了，"徐风章叹息一声，"我的身体已经被彻底摧垮了。虽然我一直努力坚持活下去，但是死亡这种事，是不可避免的。就在这里吧，你想要问什么就抓紧问。"

"我已经说过我的问题了，"雪怀青说，"我只是想找到邢万腾。"

"能告诉我为什么吗？"徐风章捂住嘴剧烈地咳嗽了几声，放开手时，手心上全是鲜血。他拒绝了雪怀青递过来的药，"不必浪费了，邢万腾是我的好兄弟，如果你是某个想要向他寻仇的仇家，那我只能对不起你了。"

"我未必一定会向他寻仇，但我需要他给我一个交代，一个真相，"雪怀青说，"三十多年前，我养父的妻子和刚出生不久的儿子被人杀害并且烧成灰烬，有人听到一名凶犯自称'邢万腾'。我不会凭他人的转述就给邢万腾定罪，所以我要找到他，听他亲口向我说出实话……你怎么了？"

雪怀青发现徐风章的脸色变了。在此之前，即便被酷刑折磨得半死不活，他的神情也始终镇定淡然，但当雪怀青讲完这一番话后，他的脸上骤然闪现许多复杂的表情，其中有惊愕，有痛苦，更有悔恨和歉疚。

"三十二年前，圣德十一年九月。你的养父居住在锁河山的一个小山村，对吗？"他低声问。

"你也是那伙人中的一个？那天夜里你也在场？"雪怀青一下子明白过来了，"那么，我所听到的这段叙述，是真的吗？"

徐风章沉默着，似乎是在努力回忆着当年的情形，最后他长出了一口气："要报仇的话，你找我就行了，邢万腾是我的手下，我才是主谋。"

"那就算你一份，"雪怀青毫不含糊，"但是邢万腾是亲手动刀的人，我一样也会找到他。更重要的是，我要知道你们动手的理由。一群金吾卫，去为难一对山村里的平凡母子，这到底是图什么？"

"这就是为什么我决定告诉你邢万腾的地址并且让你去找他，"徐风章的身子软软地靠着墙，"我已经没有力气说那么多话向你解释了。我快要死了，如果你赶得及，他也许不会死。他住在越州的九原城……"

"不，你并不是什么没有力气说话，"雪怀青记下了邢万腾的地址后说，"你不过是不希望邢万腾像你这样受尽酷刑而死，而且你更害怕他受不了酷刑交代出你别的同伴的下落。所以你希望我从官家的人手里救出他，给他一个痛快的。"

"聪明的姑娘……但我知道你一定会去的。对了，我还一直没问你呢，"徐风章说，"他们明明已经布置好了陷阱，等着捉你，为什么你反而干掉了他们？看你年纪轻轻，没想到功夫那么高深，难道你是个秘术士？"

"不，其实我已经上钩了，只不过他们完全没有对付我这种人的经验，所以被我反击了而已，"雪怀青回答，"他们的陷阱成功了，并且拧断了我师父的脖子，但接下来，我师父反手杀掉了他们，因为她已经是一个死人了，并不害怕被拧断脖子。说起来，我们没有普通的武士或者秘术士难对付，但是出其不意攻其不备，往往会让人手足无措。"

"啊，原来是这样，你是一个尸舞者，"徐风章的嘴角竟然浮现出一丝微笑，"那么当你见到邢万腾并且听他讲述完当年的事情经过之后，你会发现，整件事情其实都要怪到一个尸舞者头上。这真是宿命的安排啊，有趣，真有趣……"

"尸舞者？"雪怀青一怔。

"你肯定听说过他的名字，"徐风章用微弱的声音慢慢说道，"他的名字叫作须弥子。"

他靠在墙上，闭上眼睛，慢慢地不动了。

离开刑部之后，雪怀青来到郊外，命令尸仆在地上挖出一个坑，然后把她自己填埋了。断掉的其他部位骨头还可以想办法用药物复原，但颈骨太关键了，很难修复完全，因此师父的尸体已经不可能再像过去那样跟随在她身边而不引人注目了。这一具尸仆实质上已经被废掉。

这并不是什么大不了的事情。培养尸仆的根本目的在于战斗，而因为一场战斗毁掉几个尸仆是很常见的，换几个就行了。但此时此刻，雪怀青的心情却有些复杂，徐风章的临终遗言里提到："整件事情其实都要怪到一个叫作须弥子的尸舞者头上。"须弥子这个名字，听在雪怀青的耳朵里，实在是再熟悉不过了。这不仅因为须弥子是最近一百年来最为强大的尸舞者，也不仅因为他喜怒无常、残忍凶暴，曾经犯下过许多骇人听闻的罪行，还因为……

还因为师父曾经深深爱过这个男人。

雪怀青的师父名叫姜琴音，也就是现在埋葬在这个土坑里面、连块墓碑都没有的女人。这个女人是一个冷酷残忍的尸舞者，但并非完全绝情，她也曾经追求真爱，但最终却只得到一场空幻。带给她伤害的，正是这个须弥子。

而须弥子对雪怀青的另一重意义在于，没有须弥子的话，她未必能成功拜到姜琴音的门下。算起来这个老混蛋——用姜琴音的话来说——还是她应该感激的恩人呢。

雪怀青记忆里的师父几乎从来没有笑过——除了偶尔的阴笑和冷笑，不过这一点和师父给她的第一印象实在不符。许多年前，当她千辛万苦地找到姜琴音的山居小屋时，还没来得及敲门，就听到屋里传来一阵枭鸣般的刺耳笑声。那是姜琴音的笑声。其实姜琴音一直驻颜有术，算得上美貌，但笑声却如此难听，每次听到都会让雪怀青觉得骨头里都在发冷。

听到笑声，雪怀青愣了愣，即便她见识浅薄，也能听出这笑声中饱含着愤恨和悲伤，还有一种浓重的杀意。即使不知道笑声出自何人，她也意识到，这个发笑的人惹不起，这种时候最好先离开。

于是她退了回去，躲在一片长草后面，从草缝里注视着屋里的动静。这是一座荒山，附近十余里地都没有人烟，野草疯长有一人高，对于尸舞者而言，这样安静而远离人世的居所实在是再好不过了，但雪怀青不知鼓足了多少勇气才摸索着找到这里。

那一阵笑声过后，小屋里短暂沉寂了下来。过了一小会儿，屋子里先是传出了几声某些物件激烈碰撞的声音，紧跟着轰的一声，外墙直接整个倒塌了。两条黑影从墙内飞快地蹿了出来。那是一男一女，男的是一个秃头大汉，浑身肌肉饱绽，看起来十分精壮；女的则纤细苗条，看着娇弱。两人一言不发，出手打在了一起。

雪怀青其时还不满十二岁，并没有什么市井见闻，但养父沈壮经常给她讲些从说书先生那里听来的市井打斗故事。根据从这些故事里提炼出来的经验，这样的两个人打架，大致应该是男的拳法凶猛、以力取胜；女的身手轻灵、快速游走。但看了一会儿后，雪怀青惊讶地发现，外表看起来那么轻盈的女子，出手竟然全是硬碰硬，男人出拳，她也出拳迎击，两人的拳脚相撞，不断发出巨大声响，这也解释了她刚才所听到的声音究竟是什么。

更加奇怪的是，以这个女子的体形判断，硬扛那么多拳，只怕手臂早就骨折了。但她不但没有受伤，脸上甚至连半点痛楚的表情都没有，反倒是对面的秃头大汉看起来有些禁不住对方的攻击了，被打得步步后退。突然咔嚓一声，他的右臂被女子生生撞折，软软地垂了下去。

女子得势不饶人，上前一步，又是一拳挥出，正中面门。秃头大汉的鼻梁顿时被打得粉碎，整张脸变得扭曲怪异，但他没哼半声，只是默默地站着不动了。而对面的女子也停止了进攻，两人就这样默不作声地站立在原地，仿佛先前的恶斗压根儿就没有发生过。事实上，从他们出现在雪怀青的视线中之后，脸上就没有过任何表情。

雪怀青正在奇怪，屋子里又走出了两个人。第一个是约莫三十来岁的美貌妇人，但是那满脸的怒气让她的脸显得很可怕。她气冲冲地走到刚才激战的男女面前，用手在女子的身上毫不客气地按捏了几下，就像是在检验一头牲畜，然后回过头，看着鼻梁被打断的秃头大汉，突然间右手疾伸。雪怀青眼前一花，只见大汉的眉心已经插上了一根短短的钢针。随着这根针的插入，刚才还虎虎生威的大汉立即仰面倒下，重重砸在地上，更不可思议的是，他的脸色立即开始发黑，面颊快速凹陷了下去，露在衣服外的皮肤也迅速变色，呈现出腐烂的质地。片刻之后，他已经变成了一具腐尸，雪怀青隔得远远的也能闻到刺鼻的尸臭。

到了这时候，第二个人才走出来。这是个风度翩翩的中年书生，虽然左侧面颊上有一道深深的伤口，略显凶悍，但整个人仍然透出一股儒雅温文之气。

"其实这个尸仆只不过是破了相，断臂也可以重接，整体结构没有太大损坏，就这样废了挺可惜的。"他不紧不慢地说，声音温润好听。

"尸仆？"雪怀青一下子反应过来，"难怪那两个缠斗的男女不管什么时候都没任何表情呢，原来它们是被操纵的行尸。"这么说起来，这个女人果然就是她要找的尸舞者姜琴音了！她不由得一阵兴奋，却又十分紧张。

"不废了它，留着给我继续丢脸吗？"姜琴音冷冷地说，"以一个刚刚死去的精壮男子作为尸仆，却打不过你用女子的体魄培育出来的行尸，我确实比你差太远了。我认输。"

"它能够坚持到五十个回合，已经算是非常不容易了。在当今的尸舞者当中，你也排得上号了。"中年书生的话语听起来像是劝慰，但也隐含着一种"你们都无法与我相提并论"的骄傲。

"这就是我最讨厌你的地方，"姜琴音摇摇头，"你说起话来总是这个口吻：'世上有两种尸舞者，一种是须弥子，一种是其他人。'"

"你错了，这是一个事实，所以我根本无须成天把它挂在嘴上。"

须弥子耸耸肩，接着手指头微微动了几下。雪怀青惊恐地看到，刚才那具被姜琴音"废掉"、并且已经腐烂得不成样子的秃头大汉尸体竟然又开始动弹起来。它缓缓地站起身来，用一种奇诡的姿态开始舞蹈，身体不断做着各种极度扭曲的动作，几乎已经露出白骨的十指灵活地屈伸着。

"这是……大雷泽南部养蛇民的蛇舞！"姜琴音刹那间面如死灰。此时的雪怀青并不懂尸舞术，所以，除了恶心并没有看出一具腐尸跳起蛇舞有什么特异之处。入门之后她才明白，这样曾经用印痕术做成却被弃术废掉的尸仆，不只会迅速腐烂，而且对尸舞术的敏感程度急剧降低，和普通的尸体或者腐尸大大不同，基本不能再用了，能力一般的尸舞者甚至无法让它们动一下手指头。而眼下的须弥子，不只能让它动起来，还能轻描淡写地让它跳起动作复杂、极其考验协调性和平衡性的蛇舞，这修为已经达到了惊世骇俗的境界。

须弥子挥挥手，行尸重新倒下，这一次真的不再动了。姜琴音凝视着这具丑陋的腐尸，久久没有言语。须弥子走到她身边，轻轻拍了拍她的肩膀。

"别太介意，"须弥子依然轻言慢语，"我说过了，想要超过我，也许还有一个办法。你可以试试那种办法，那是你唯一的机会。"

须弥子长笑着离开后，姜琴音愣在原地，足足站了有一刻钟，好似变成了一尊雕像。雪怀青也不敢动弹，一直缩身在蒿草后面，只觉得浑身僵硬，十分难受。

忽然之间，她的眼前毫无征兆地出现了一张人脸，和她近到呼吸可闻，那是姜琴音的脸！雪怀青差点连胆子都吓破了，跳起来就想逃跑，但她蹲得太久，腿上气血不畅，刚跑出两步就摔倒在地上，只能绝望地任由姜琴音伸手把她抓起来，提在半空中。

完蛋了！雪怀青的眼泪都快流下来了。在她的想象中，姜琴音会先把她活生生弄死，然后做成尸仆，供其驱策。不对，挑选行尸似乎也是要看身体素质的，自己这样一个瘦骨伶仃的人羽混血儿，手上也没什么力气，恐怕人家还看不上呢，充其量也就是把自己当成肉靶子，供行尸练功……

雪怀青正在胡思乱想，姜琴音已经冷冰冰地开口了："你在那里藏了那么久，到底是为了什么？是谁派你来打探我的消息吗？"

　　"不是……我是来……拜……拜师的……"雪怀青结结巴巴地回答。

　　"拜师？"这个答案让姜琴音大大出乎意料。她随手把雪怀青扔在地上，盯着她看了半晌，皱起眉头："长得那么漂亮白净的小姑娘，还是个羽人，居然想要拜我为师当尸舞者？你疯了吧？"

　　"我不是羽人，是人羽混血，"雪怀青挣扎着爬起来，"而且不管我是什么人，我只是想要当一个尸舞者而已。"

　　一向不喜欢笑的姜琴音忍俊不禁："当一个尸舞者而已？这可不是你这个年纪的小丫头应该有的想法。告诉我，你为什么要做尸舞者？我猜想，你大概是背负着某些艰难的使命或者心里藏着深深的仇恨，所以想要学一门能杀人的功夫来作为你的工具。但你有许多其他的选择，就算你身体瘦弱不能舞刀弄棍，可是一半的羽族血统也能保证你在射术上具有天赋，何况你还可以做一个秘术士。为什么是尸舞者？一般人一提起来就又恨又怕的尸舞者？"

　　"因为我希望别人对我又恨又怕。"雪怀青轻声回答。她已经渐渐镇定下来。

　　"为什么？"姜琴音依旧死死地盯着她。

　　"我的父亲是羽人，母亲是人类，但我既不算是个羽人，也不算是个人类，"雪怀青抬头看着灰蒙蒙的天空，轻轻咬了咬嘴唇，"从小我就没了父母，被我的人族养父养大，村里的其他人都很讨厌我，因为澜州的羽人杀了不少人类。后来有一次，我跟着养父到外地跑商，遇到了一群羽人，我很高兴，以为算是遇上了同类。但是我的发色不纯，瞳色不够深，身材也不够高，他们看出了我是人羽混血，对我非但没有亲近，反而更加嫌恶。从那时候起我就明白了，我这样的混血儿，无论走到哪里都是被人厌弃的对象。"

　　"所以你想破罐子破摔？"姜琴音问。

　　"本来连罐子都没有，又能摔到哪儿去呢？"雪怀青像大人一样耸耸肩，"我只是觉得，和活人待在一起太累了，能够带着不会讨厌你、仇视你、提防你、伤害你的尸体过活，其实也不坏。"

"你错了，大错特错，"姜琴音摇头，"和死人在一起，你会永远寂寞，永远得不到快乐，永远和你所爱的男人之间隔着一层捅不破的纸……算了，说这些你现在也不明白。我收下你了。"

"什么？"雪怀青完全不敢相信自己的耳朵。她之前以为，就算姜琴音愿意收下自己，只怕也要像评书故事里说的那样，通过许多严酷的考验才行。没想到姜琴音竟然连问也不多问几句，很轻巧地开口同意了。

"你以为你这是捡了便宜？"姜琴音摇晃着手指头，"那你就又错了。这世上愿意做尸舞者的人寥寥无几，像你这样主动上门拜师的，根本就是绝无仅有，求都求不来的。你这是自己把自己送进了地狱，明白吗？"

雪怀青沉默了一会儿，最后咬着牙说："就算这是地狱，我也跳了。"

"再说了，这也是我可能击败须弥子的唯一方法了，"姜琴音悠悠地说，"我这辈子也不可能打过他了，但我的徒弟比他年轻也比我年轻，还有机会赶在他老死之前打败他……你怎么了？"

"只是你这句话让我感到奇怪，"雪怀青微微一笑，"我从来没想过原来尸舞者也是会死的。"

十二年后，雪怀青默默坐在师父的坟前，又回想起了当年的那段对话。其实她知道，师父还有另一个心愿，就是让徒弟操纵着用自己的尸体做的尸仆击败须弥子，那也算是她"亲手"击败须弥子了。这正是须弥子那天所说的"你可以去试试那种办法，那是你唯一的机会"。

可惜的是，师父的颈骨被折断了，已经无法再使用了，她生前的愿望也只能落空。现在她只是一具寻常的尸体，在浅浅的土地下面陷入了永恒的静谧，等待着腐烂，等待着躯体被蛆虫完全吞噬，直到化为白骨，化为尘埃。

"真是对不起了，师父，"雪怀青喃喃地说，"不过这样也挺好，至少你现在像一个正常的死人，可以得到永久的安眠了，不是吗？"

第四章
盛　会

一

安星眠挥着拳头，冲向了那个突然现身的羽族怪客。

白千云之前见识过安星眠的功夫，知道此人擅长借力打力，各种近身的关节技法用得十分纯熟，脑子尤其灵活。根据他的判断，安星眠遇上一般的对手，即便不能取胜，大概率也不会输。但接下来发生的事情让他完全没有想到。

安星眠已经冲到了羽族怪客的身前，并且伸出了右手，直取对方的咽喉要害，但羽人却纹丝不动，甚至连眼皮都没有眨一下。反倒是安星眠，好像一下了失去了信心，手指头距离羽人的咽喉只有一寸远时，却硬生生地停住了动作。

"还是找不到你的破绽……半点也找不到……"安星眠叹了一口气，转身退了回去，大模大样地把后背的要害留给对方，丝毫不加提防，而羽人也根本没有出手攻击的意思。

"给你介绍一下吧，"安星眠苦笑着对白千云说，"这个人名叫风秋客，可以算是我武学上的老师，也可以算是我命中注定的大霉星。我刚才没有跟你说，我加入长门，其实也是希望能摆脱掉这家伙。"

"他怎么了？你欠他的钱？"白千云莫名其妙。

"正相反，不是我欠他的钱，而是他欠我的命，"安星眠现在真的是一脸愁苦，以往的潇洒自如不翼而飞，"许多年前，我父亲在一场意外中帮了他一个忙，虽然两人从来不愿意对我明说，但那显然是个救了他全家性命之类的大恩。从此他就立下誓言，终身保护我们一家人，眼下我父母双亡，他的保护对象就只剩下我了……"

白千云想了半天，终于明白过来，不由得哈哈大笑起来。笑完之后，他对风秋客说："请坐吧，一起喝几杯。"

现在桌旁一共坐了三个人，那名伙计照例在门边随侍。这个可怜的倒霉蛋，先是被安星眠弄昏过去，再被风秋客敲晕，现在脑袋里还昏昏沉沉的。不过这样的情形对他而言似乎已经司空见惯，所以他仍旧面不改色地守候在那里，不时送酒送菜进来，可想而知他的主人白千云平时结交的都是些什么货色。

因为风秋客这个羽人的到来，白千云又让手下送来了一些鲜果，但风秋客只是沉默地坐在一边，既没有喝一口酒，也没有动那些时鲜的瓜果。

"他从来不喝酒，也从来不吃陌生人的东西，"安星眠似笑非笑地对白千云解释说，"在我认识的所有人当中，第二无趣的是我长门的老师章浩歌，最无趣的就是这位了。有趣的是，这两个人都是我的老师。"

"我不是你的老师，"风秋客淡淡地说，"我教你武功，不过是稍微报还一点你父亲的恩，你可以把它看成吃了饭付的饭钱。"

"可我觉得你的饭钱已经给得足够了，甚至都多给了，"安星眠继续苦笑，"我父亲已经去了，现在我做主，你欠的债两清了，可以不？要不然你告诉我，我父亲到底对你有什么天大的恩情？"

"还不够。不可以。"风秋客简单地说了六个字，然后又紧闭嘴巴不再多说了。白千云在一旁饶有兴味地看着一向轻松淡然的安星眠满脸郁闷，终于忍不住问："这样不是挺好的吗？如今世道险恶，有人愿意保护你，难道不是省掉你很多麻烦？"

安星眠呼出一口气："省掉很多麻烦？恐怕是带来很多麻烦吧。你只管想象一下，一个长门僧正在教老百姓知识，远远的山头上坐着一个羽人冷冰冰地看着你，那是什么滋味？你再想想，你正在茅屋里冥想修行，需要集中精神，但你的房顶上就坐着一个羽人，活像屋檐上雕塑的图腾，你还能静心吗？"

他随手又倒了一杯酒，把酒杯捏在手里："前段时间我跟着老师去往青石城，一方面是为了帮助止息那里的霍乱，另一方面也实在是被这位老兄缠得不胜其烦。他就像一个幽灵，一个影子，几乎无所不在。好容易摆脱了他两三个月，现在居然又被他揪住了。"

白千云哈哈大笑："这么说起来，的确是比欠债还头疼了。不过照你的说法，他一般只是远远地跟着你而已，今天怎么会现身亲自陪你喝酒来了？"

安星眠一怔："还是你反应快，我一见他就头昏脑涨的，都没想到这一层来。风先生，你这一次找我可是有什么事情发生？"

"我是来阻止你的。"风秋客简短地回答。

"阻止我？"安星眠不解，"阻止我什么？"

"我在南淮城听到了你和那个长门僧的谈话，知道你要干什么，"风秋客说，"这是一条不归路，和东陆皇帝作对，我们羽人倾全族之力都无法取胜。凭你和一群迂腐呆板的长门僧，只怕会被嚼得连骨头都不剩。"

"要论迂腐呆板，还有人能胜得过你吗？"安星眠轻笑一声，"再说了，我没有要和皇帝硬碰硬地作对，只不过是想要查明他大肆搜捕长门僧的真正原因而已。找到了原因，也许可以用比较柔和的方式去化解，不会像人羽战争那么不留余地的。"

"事情一旦开始，那就由不得你了，假如你被几十个甚至上百个金吾卫追杀，就算是我，也只能眼睁睁地看着你被剁成肉泥。"风秋客说，"所以我不得不提前阻止你，哪怕会让你很不舒服。"

白千云听出了他的弦外之音，有点恼火："风先生，这里好歹是我的地盘，你就这么不给我面子，要在这儿动手拿人吗？"

"不，他不会的，"安星眠倒是表情越来越轻松，"他不喜欢任何无谓的冲突和争执，今天有你在，他肯定会放过我，但只要以后任何一天、任一时刻他能找到机会，就会想办法抓住我、制服我，把我关起来，就像你关押那些长门僧一样，直到整件事情的风波过去 —— 也就是说，直到长门从皇帝的领土上消失为止。这才是阴魂不散的真正定义。"

"那可真够烦人的，"白千云搔搔头皮，"而且更烦人的是，这位风先生是一个无比机警的人，进入这间屋子之后，他拒绝了任何吃喝，并且看似随意却是精心挑选了坐下的位置，刚好避开了我设下的几个用于自保的机关。我本来想要把他抓起来，和长门僧们关在一起，直到你解决了这件事，看来也没法成功了。"

"他是设陷阱抓人的大行家，你的机关，他肯定一眼就看透了，"安星眠把手里的酒一饮而尽，"其实我也看出来了，只不过我相信你不会用那些机关来对付我，所以就随便坐了。"

"你还真是足够信任我，就不担心我是什么大坏蛋吗？"白千云叹了口气，突然伸出手掌在桌角拍了一下。随着这一拍，安星眠坐着的椅子突然翻转过来，地下迅速伸出几根长长的钢钳，把他钳在其中，半点也不能动弹。

风秋客噌地站了起来，但安星眠猝然受制，他也不敢轻举妄动。而安星眠在一瞬的惊愕之后，也很快恢复了平静，好像是明白了这位新结识的鲁莽朋友想要做什么。

"我给你两个选择，第一，立下誓言，不再妨碍安兄弟调查长门僧的事件。"白千云竖起右手食指对风秋客说。

"第二个呢？"风秋客问。

"第二个，我现在就杀了他，"白千云恶狠狠地说，"这个机关的咬合力比你想象的还要大，能够轻松把他全身的骨头都挤碎，你的动作再快，也赶不上我按下机关的速度。他死了，你保护安家的誓言就算打破了，而且这一切是你造成的，你愿意承担这样的后果吗？"

风秋客站在原地，脸上阴晴不定。显然他过去没有经历过这样近乎无赖的威胁。的确，安星眠和白千云是朋友，白千云真的按下机关的可能性不超过万分之一……但是怕的就是那个万一。何况这是两个已经喝得半醉的疯子，而安星眠脸上的表情也颇有点不怕死的感觉。他犹豫了。

白千云看出了对方的犹豫，冷笑一声，手上稍微加了点力，铁钳吱嘎吱嘎响了两声，安星眠的脸上现出痛楚的神色。风秋客脸色大变，怒气冲冲地哼了一声："好了，我同意你所说的。君子一言，无须发誓了。但我还是会跟着保护他，这一点不会改变。"

说完，他转过身，疾步走出门去。白千云笑了笑，松开铁钳："你还真聪明，明明我是放松了一点这铁爪子，你还懂得跟我一起演戏。"

安星眠站起身来，活动了一下筋骨："其实你收紧一点也无妨，我跟着风先生学过一点缩骨术的。"

两人喝到烂醉，安星眠被扶到客房休息，大睡了一夜。第二天上午，白千云带着他重新进入地道，向那位名叫韩心之的长门僧询问云中僧院的有关情况。

此时长门僧们已经知道了安星眠的身份，毫无疑问对他没有劝说白千云释放自己有不满。但长门僧就是长门僧，很快就把这一点也算作了他们修炼过程中应有的一道坎，对于安星眠还是照常，礼敬有加，没有表现出丝毫责备怨怼。当得知安星眠想要向韩心之询问一些事情时，其他几名长门僧都自觉地退到了一旁，留下两人私谈。

"这位同门，想要问我什么问题？"韩心之问。这个人据说比他的船主姐夫小六七岁，但看起来却比船主还老，可见长门僧生活之辛苦，连风里来雨里去的行船人都比不上。

"我其实是来归还一样东西的。"安星眠一面说，一面从怀里掏出了那块老流浪汉李翰留卜的木牌，一直注意观察着韩心之的表情。他没有想到，韩心之的反应竟然比他想象的更激烈。

"李翰！他在哪儿？你见过他吗？他在哪儿？"韩心之一下子跳了起来，嘴里语无伦次，两手更是一下子捏住了安星眠的衣襟。通常情况下，长门僧都是温文有礼的，并且很擅长控制自己的情绪，但现在的韩心之，哪有半点长门僧的风度，活脱脱像一个疯汉。

"快告诉我，李翰究竟在哪儿？快点告诉我！快点告诉我！"韩心之的眼睛都变成了血红色，浑身在剧烈颤抖。其他的长门僧都吓了一跳，但他们都不是云中僧院出身，即便是一直和韩心之搭伴帮助百姓的那位修士，也不知道云中僧院的过往，此时看着韩心之仿佛失去理智的模样，一个个都在心里纳罕。

"你先冷静一点儿，"安星眠伸出手按住韩心之的肩膀，"我会把所知道的一切都告诉你，但是你必须先冷静。你这样的状况，恐怕还没有打听出李翰在哪儿，就把自己先急死了。"

桌上放着一壶酒，但长门僧们并不饮酒，所以一直没有动。安星眠拿过酒壶，倒了一杯酒，递到韩心之面前。韩心之没有拒绝，一饮而尽，安星眠又给他连倒了三杯酒，喝完之后，他的双手终于不再颤抖，呼吸也慢慢平复下来。

"对不起，我失态了，"他哑着嗓子说，"实在是我们找寻李翰，找寻和李翰一起失踪的三十个同门，已经花费了二十三年的时间。二十三年了，他们一直杳无音讯，而我们云中僧院，也已经因为那件事情而解散了。天藏宗的人数本来就不多，唉……"

"能详细把这件事告诉我吗？"安星眠说，"这件事很重要，可能关系到长门的生死存亡。现在我们必须要用尽一切可能，去猜测皇帝到底想干什么，以及应该如何应对。如果找不到化解的方法，天下又有谁能和皇帝相抗衡呢？"

韩心之久久没有言语，过了好一会儿才开口："能不能先告诉我，你是怎么得到李翰的腰牌的？他现在是生是死，人在哪里？"

"抱歉，他已经死了。"安星眠把自己遇上李翰的情形向韩心之讲述了一遍。韩心之听完，眼眶里慢慢有了泪光。

"他最终还是没能活着回来告诉我们事情的经过，看来这个谜团，终究永远也无法解开了。"韩心之显得很颓丧。

"不，线索并没有完全消失，他临死之前，还说了一句话，"安星眠说，"他说的是：'不能怪我啊，须弥子那么厉害，我出手也救不了他们！'"

韩心之听到"须弥子"三个字，突然又有些激动，但他强行压抑住了，最后只是狠狠地吁出一口气。安星眠忙问："这个须弥子是谁？我和我的老师都没听说过他的名字。"

"须弥子，是这个时代最可怕的一个尸舞者。"韩心之试图恢复平静，但还是难以止住颤音。

"尸舞者？"安星眠不觉皱起了眉头，"就是那些能够操控尸体，甚至用尸体作战的怪物？"

"怪物这个词是不妥当的，那也不过是一种生存方式而已，"韩心之说，"但是他们的确行事诡异，几乎从来不和外人往来，除了他们自己，没有人明白他们是怎么生活的。我也不过是碰巧遇到了一位见多识广的秘术士，才听说了须弥子的名字。他告诉我，人们宁可遇上天罗和辰月，也不愿意遇到须弥子，因为天罗和辰月至少不会因为看上你的尸体而杀死你。"

"看上你的尸体……这句话还真是奇怪。"安星眠一笑。

韩心之却没有半点笑容："你别笑，那正是须弥子为人所畏惧的地方。尸舞者所驱用的尸体，都是经过严格筛选的，有自己的一套独特标准。并不是身强力壮的人就一定合用，也不是瘦弱的人就一定没有用。须弥子的眼光比别人毒辣，从活人的体貌中一眼就能判断出是否适合成为行尸，并且只要被他看中的人，无一例外都会被他杀害抢尸。"

"看来这是个相当厉害的角色啊，"安星眠沉吟着，"照这么说，根据李翰的那句话可以推断，你的那些同门都是被须弥子看中了，要用他们做行尸？"

"这个可能性非常大，"韩心之的语气很悲愤，"我那位秘术士朋友告诉我，曾经有一次，澜州一家镖局的少镖头被须弥子看中了。须弥子十分嚣张，竟然事先给镖局送了一封信，预告说他将带走那位少镖头。少镖头的父亲，也就是镖局的总镖头十分恼火，邀约了一大批朋友来助力，想要杀死须弥子，可是没想到……"

"最后所有人都被须弥子杀死了，少镖头的尸体也被带走了？"安星眠问。

"你说对了一半，"韩心之说，"所有人都被杀死了，但是被带走的尸体却是总镖头的。他还故意留下了一个活口，好让他传话给收尸的人，说他原本是看中了少镖头，但是进入镖局后，发现总镖头的素质更高。他说，在尸舞者的眼中，死者生前的年龄无足轻重，而且死去的人永远也不会老。"

"死去的人永远也不会老……"安星眠重复了一遍，觉得这句话意蕴深远，不由得有些出神。过了一会儿，他才定了定神："那么，现在你可以告诉我，二十三年前究竟发生了什么吗？我知道这很为难，但为了长门，希望你能尽可能地多告诉我一点。"

韩心之低下头，踌躇了很久："我可以告诉你一些不涉及天藏宗机密的事情经过，虽然我不知道这样做是否合适，但是……如你所说，如果长门都毁灭了，天藏宗的名头又有什么意义呢？"

二

"二十三年前，即圣德二十年，我进入云中僧院不过两年，还只是一名普通的入门弟子，根本无权接触宗派里的核心事务，"韩心之回忆着，"但我觉得并没有什么关系。真正的长门修士不会在乎地位，只会追求修行。天藏宗并不是一个很大的宗派，但是有久远的历史和坚定的信仰，在我读过的长门典籍中，天藏宗对《长门经》的阐释是最能引起我的共鸣的，我对院里的生活十分满意，甚至希望就这样一直到死。"

"但是就在圣德二十年，你的希望破灭了，是吗？"安星眠问。

"是的，就在那一年的冬天，确切地说，是冬春交替的时候，"韩心之的脸色有些阴沉，"那一年八月的时候，我们僧院派出了三十个修士去北邙山执行某项秘密任务。那不是普通修行者能了解到的内容，何况对于长门僧来说，克制自己多余的好奇心也是修行本身的一部分，所以没有人去打听，大家仍旧平静地过着日子。然而到了十一月，夫子们开始担忧起来，因为那三十个人没有按照原计划回来，非但不见踪影，连例行的信件也没有。"

"这可奇怪了，云中离北邙山那么近，不应该一下子消息全无的。"安星眠琢磨着。

"所以我们开始派人去寻找他们，"韩心之说，"先后派去了四批人，整整找了近三个月，一直找到第二年的春天，始终都没找到。因为此行的任务十分重要，他们一路上一直注意隐匿自己的行踪，都是分批进山，到了无人烟的地方才会合，所以见过他们的山民也极少，而且能记得住的基本都是十一月之前的偶遇了。"

"所以到最后你们也没打探出任何有用的消息？"

"完全没有，开春之后，进山采药的人也渐渐多了起来，我们只好放弃了寻找，"韩心之说，"那时候我们普通修士都在猜测，也许他们是遇到了什么山崩或者泥石流之类的灾害，集体遇难了。因为那三十个人和我们不一样，他们个个都身怀武功，其中领头的几位武功还相当高强，遇到一般的猛兽或者强盗，应该有能力应付。当然了，要是碰上数量多的盗匪，又或者是集体出动的江湖帮会，大概是敌不过的，可是……可是……"

"可是怎么会有一大群人去为难与世无争的长门僧呢？"安星眠替他说完。

韩心之叹了口气："是啊，当时我们也是那么想的。而且这虽然是一个不幸的事情，但长门毕竟不是市井帮会，不需要靠人数来充门面，我们都觉得此事不会对僧院造成太大的影响。但是万万没有想到，放弃寻找不到一个月，僧院里德高望重的几位夫子大吵了起来。"

"夫子吵架？这可真是很少见哪。"安星眠有些意外。其实何止是很少见，可以说就没有人见过。长门本来就是一个不牵涉权力与利益的组织，能被人尊称为夫子的修士更是有着高尚的品德和隐忍的处事态度，就像章浩歌那样被人打掉牙齿都不生气，和外人尚且不会争吵，何况自己内部争执？

"而且吵得非常厉害，虽然是关着门吵，但门外也能听到，"韩心之继续说，"我们都吓坏了，没有人敢去劝，恪守着规矩都离得远远的。事后想想，我也有些埋怨自己实在是太古板了，假如当时能去偷听一下，也许就能知道他们究竟为了什么而争吵了。"

"太循规蹈矩了也不是什么好事啊，"安星眠很是无奈，"那后来呢，他们真的吵翻了？"

"不只是吵翻了，后来，我们一位叫岑明的夫子自杀了。"韩心之垂下头。

安星眠意识到了事情的严重性，对于长门僧而言，苦修是必修课，遭遇任何的苦难挫折，对他们而言都只像是"跨越一道道的长门"，即便有人心智实在不坚定，大不了退出长门不再受苦就行了，这是一个自由的组织，没有信仰者绝不会强留。但一个德高望重的夫子竟然会自尽，这实在是件匪夷所思的事情。

"我猜想，他可能是觉得自己做了什么极端错误的决策，大大危害了天藏宗，这才会选择自杀的吧？"安星眠最后猜测说。

"我们谁也不知道，"韩心之摇摇头，"但你这个猜测也许是成立的，因为那几位夫子吵架的时候，我们有人隐隐听到了'背叛''是你指使的'这样的话。也就是说，他们都怀疑岑夫子，认为是岑夫子在幕后操控了那些失踪的同门。可是修士们为什么失踪，岑夫子又为什么要在背后操控，当时没有任何人知晓。不过现在我总算知道了，岑夫子和那三十位同门都是无辜的，是须弥子杀害了他们。"

"但他未必没有嫌疑，也许是想用死亡为自己逃避罪名呢？"安星眠说，"有些人重视名誉胜过生命，就算是要死了，也希望死后能留下一个好名声。"

"那我就不得而知了，"韩心之继续摇头，"现在就算知道真相也没有太大意义了，岑夫子自杀后，僧院剩下的几位夫子心灰意懒，慢慢都离开了。剩余的僧人也都觉得这样的环境实在不适合修行，逐渐散去，最终僧院消失了，我也跟着我的老师去了其他的地方。天藏宗还在，但元气大伤。"

韩心之半闭着双目，脸上表情复杂，最终只剩下一种近乎麻木的平静。云中僧院二十多年前的繁盛辉煌早已远去，只剩下这个看上去无比衰老的旧人，还在记忆中追寻消逝的时光。

安星眠没有打扰他，任由他静静地追忆，最后韩心之主动开口了："事情经过就是那样，但我知道，你还有问题要问。"

"是的，我很想知道，你们天藏宗坚守的秘密究竟是什么？又是什么样的秘密会害得三十个长门僧送死、一个僧院分崩离析？"

"对不起，我还是不能告诉你，我没有这个权力，"韩心之的话语里充满了歉意，"事实上过去我也一直不知道，后来我的老师临死之前，考虑到天藏宗处境艰难，才违反禁令告诉了我天藏宗的真正秘密，而我更情愿自己从来不知道。"

"那什么样的人有权告诉我呢？"安星眠很不甘心。但他也知道，长门僧这个群体，一旦固执起来是无药可救的，像老师章浩歌那样明知必死还要去送命，所以只能想想别的办法曲线救国了。

"没有人有这个权力。"韩心之只说了这一句话，然后就保持沉默了。

安星眠只能摊摊手，回到地面上。他向白千云形容了方才的谈话，火暴性子的白千云立即忍不住了："这帮长门僧的脑袋不只是木头做的，里面塞的还全是狗屎！都是狗屎！啊，抱歉，我没有说你。"

"没什么，我也经常忘记我还是个长门僧，"安星眠笑了笑，"可是，如果弄不明白天藏宗隐藏的秘密究竟是什么，就没有办法解开皇帝的谜团了。而现在看起来，指望天藏宗的弟子主动告诉我是不可能的。要是在往常，我还可以去寻求我派夫子们的帮助，也许他们当中有人见多识广，知道那件事。但眼下，长门僧们要么被抓，要么躲起来避祸，想要找到他们，还要碰巧是知道这件事的人，有点像大海捞针啊。"

"我认识一些很厉害的秘术士，"白千云说，"不行的话，咱们动点硬的，用读心术把你要知道的从那个姓韩的木头脑袋里挖出来。"

"没用的，长门僧常年用冥想来锻炼自己的精神，对于读心术的抵抗能力一定是很强的，"安星眠摇了摇头，"不过我倒是想到一个人，也许可以告诉我们答案。"

"你说谁？"白千云一愣。

"就是那个有可能把三十位长门僧一锅端的尸舞者——须弥子，"安星眠说，"他也许是最后见过那三十位长门僧的人，找到他，一定会发现一些什么。"

"可是，长门僧们不肯说，尸舞者难道就是软骨头吗？"白千云有些疑问。

"这个嘛，长门僧关键在于软硬都不吃，可尸舞者未必不能诱之以利，"安星眠说，"虽然我对尸舞者了解不多，但也知道他们要生存就必须有充足的尸源和药物，这两样都是可以用钱解决的——别忘了我是个有钱人。"

"好吧，有钱人，算你狠，"白千云拍拍他的肩膀，"咱们什么时候出发？"

"咱们？"安星眠微微一愣。

"帮人帮到底嘛，"白千云大大咧咧地说，"你既然都答应了要帮我查身世之谜，这么大的恩惠我不能白受，只能先帮你做点事儿啦。"

安星眠笑了起来。他原本就是个随性的人，自然也很欣赏白千云的随性，并且知道，假如自己不同意的话，这位火暴脾气的新朋友多半要立马翻脸。然而寻找一个尸舞者注定是一个十分艰辛的历程，少不了无数的跋山涉水，他偷偷瞧了一眼白千云的腿，在心里叹了口气。

"你帮我忙我不反对，不过我觉得，你帮我做另一件事也许更好，咱们俩分工合作，更有效率些，毕竟时间已经很紧迫了，"他斟酌了一会儿说，"何况，这件事十分艰难，以我的能力恐怕难以完成，只有你才行。"

这后半句话无疑搔到了痒处，白千云摩拳擦掌："什么事？"

"要查清皇帝对长门动手的真相，我们可以双管齐下，"安星眠说，"我去寻找须弥子，挖掘历史陈迹；你可以从现实入手。"

白千云想了一会儿，眼前一亮："你的意思是说，直接查找皇帝的真实动机？"

安星眠点点头："不管皇帝是出于什么目的，他一定不可能拍拍脑袋突然发疯要对付长门，必然会有什么诱因。而皇帝是什么人？干任何事情，身边都会围绕着各种各样的随从，从他们那里大概也能打听到一些蛛丝马迹。你既然干的是卖河络兵器的地下营生，人脉肯定很广，或许会找到一些关系的。"

白千云没有犹豫："行，就按你说的办，你不但聪明，而且还很好心。"

"好心？"这次轮到安星眠一愣了。

"你不过是担心我的腿脚禁不起折腾，所以给我派一个只需要通通信件或者派人跑腿，不需要亲自走动的活儿，"白千云拍拍他的肩膀，"但没准儿这还真是个正确的方向，我的关系网比一般的朝廷官员还大。我去试试吧，就不拖着这两条废腿瞎逞强了。"

"我喜欢和聪明人交朋友。"安星眠喃喃地说。

"不过，你打算怎么去寻找那个名叫须弥子的尸舞者呢？"白千云问。

"随便找一个尸舞者，然后打听一下呗。"安星眠说得很轻松。

随便找一个尸舞者，这话说起来容易，要付诸实践却很艰难。尸舞者不会在脸上写字，标明自己的身份，而他们原本就是一些离群索居、远离人世的隐居者。安星眠这些年来所接触的基本都是长门的同门，一下子要想找到一个尸舞者，还真是有些茫然。

结果又是白千云帮了他的忙。这两天恰好有一个老主顾来找他购买新的兵器，他顺便向这位顾客打听了一下皇帝与尸舞者的情况。该主顾是一位宛州有名的剑客兼社会活动家，向来人脉很广、消息灵通。但非常遗憾，他也对皇帝的举动一无所知，且不认识任何尸舞者，却提供了一个与尸舞者相关的重要信息。

"就在这一两个月，有一场尸舞者的同道研习会将要举行，想要找尸舞者，就去那个研习会好了，一抓一大把。"剑客说。

"同道研习会？那是什么？"白千云问，"难道是像长门僧开法会那样的无聊场合？"

"只是名字听起来无聊而已，"剑客笑了起来，"实际上可比什么长门僧的法会刺激多了，因为那是尸舞者们比拼尸舞术的大会。"

"那不就是比武大会吗？"白千云立即露出一脸的神往，"好家伙，一群尸舞者指挥无数尸体对打，这样的场面可少见得很哪！"

"岂止是少见，这世上绝大多数人活了一辈子都见不到，"对方叹了口气，"可惜你我都在这绝大多数人的行列里。这样的盛会是不允许外人参加的。"

"那你又是怎么知道有这么一个大会的?"白千云问。

"说来也巧,还正好和大会本身有点关系,"剑客说,"我不认识任何尸舞者,但几年前,我的一位故人和几个朋友在山中采药的时候误闯入尸舞者的研习会,故人的几名朋友当场被杀,而那位故人身中剧毒,侥幸逃回家,虽然用尽了各种方法驱毒,但两个月后还是毒发身亡了。他的儿子从此决心复仇。一个月之前,他来向我借一把好刀,说是打听到了最新一次的研习会将在宛州的幻象森林举行,所以要去杀几个尸舞者报仇。"

"杀几个尸舞者报仇……"白千云琢磨着这句话,最后苦笑着摇摇头,"天底下的仇怨就是这么衍生的。算了,不说这个,幻象森林倒是离云中不远,但森林的地域如此广大,你知道具体的地点吗?"

"他也只打听到是在森林里一处叫作万蛇潭的地点附近,具体只能自己去找,"剑客说,"你怎么了,也打算去找尸舞者的晦气?"

"不是我,我一个朋友想找尸舞者打听点事,也未必就要得罪他们。"白千云谨慎地说。

"如果不是逼不得已,最好不要和尸舞者打交道,"剑客说,"他们的脑子里装的就不是正常人所想的东西,在他们眼里,我们都只不过是一堆预备尸体,只有死了变成行尸,才算是有价值。"

"预备尸体……这还真是个好称谓,"白千云嘟囔着,"不过我那位朋友是一定要去找尸舞者的,但愿他回来时只是预备尸体,而不是变成真正的死尸。"

"我对此表示悲观。"剑客诚实地说。

三

坐在去往幻象森林的马车里,安星眠一直在思考着一个问题,当年的那些长门僧,会不会就是因为无意中冲撞了尸舞者的研习会,才被须弥子杀害灭口的呢?自从白千云那里得到了关于研习会的线索以来,他就很难抑制自己的好奇心，尽管这样的好奇心和长门僧应有的修养是完全相背的。

尸舞者之间的拼斗，这是多么令人惊惧，同时又令人欲罢不能的胜景啊。安星眠想象着：在一个伸手不见五指的深夜，幻象森林里万籁俱静，突然间，一阵细密的脚步声打破了夜的沉寂，一队队面容惨白的死尸踏着整齐而僵硬的步伐走过，身上飘浮着幽幽的磷火，恍如刚刚从幽冥世界破土而出的亡灵。被他们踏过的青草变得枯萎，土地化为黑色的沙，连林间的风似乎都停滞了。

当然，这只是他胡乱的想象，他从未见过真正的尸舞者，也没有见过真正的行尸。也许行尸表面上看起来和正常人毫无区别呢？不管怎么说，见到尸舞者才能得到真相，虽然这次行动非常危险，一不小心就会赔上小命，但他别无选择。

幻象森林位于宛州西南部，占地面积广大，历史上曾经是一片浓密的原始森林，其中路径复杂，传说有怪兽出没，每年都有不少失踪者的报告。后来人们开始在此处大肆砍伐，让森林面积大幅缩小。到了这时候大家才发现，那些奇怪的传说并没有出现，纷纷在飞舞的锯条和斧子面前化为乌有。

到了后来，一位皇帝在梦中见到了天神，据说天神在该梦境里十分愤怒，声称幻象森林维系着九州的气运，不允许凡人侵犯。这位皇帝醒来之后，居然相信了这样的无稽之谈，下令禁止采伐。这让附近的造船业遭受到了重大打击——幻象森林再向西南延伸，就是著名港口——和镇，造船业一向发达。

"所以说人活在世上怎么都不带劲，就得当皇帝，"这个喝得半醉的酒客说，"你看看皇帝多威风，一句话就能保住一大片森林，一句话就能毁掉一座城市，一句话就能让成千上万的人去送死。"

"小声点吧，"安星眠拍拍他的手背，"听说皇帝最近心情不好，最好别惹他。"

这座小酒馆兼客栈坐落在幻象森林外围的东北角。从此处进入森林，很快就难以见到人烟了。安星眠特意在这里待了一晚上，想要观察一下是否有尸舞者在此歇脚，但结果令他失望。在这里出入的所有酒客和住客看上去都很正常，丝毫没有异状。仔细想想，这样的观察其实根本就没用，因为他既没有亲眼见过尸舞者，也没有亲眼见过行尸，又怎么能辨别出来呢。

所以最后他干脆放弃，开始和周围的人一起喝酒聊天打趣，希望能从他们那里打听到一些消息。作为一个有钱人，他慷慨地宣布"大家随便喝，今晚的账都算我的"，立刻得到了周围人的欢呼和好感。正好和他坐在一桌的这个酒客更是把他引为知己，一打开话匣子就滔滔不绝，此人是个猎手，经常摸进森林里狩猎，安星眠正好从他那里恶补了许多与幻象森林有关的知识，以免一头闯进去两眼发黑，没摸着狼窝先被老虎吃了。

"那么，你知道万蛇潭在什么地方吗？"拐弯抹角了一大圈之后，安星眠终于问道。

"你打听这个干什么？"猎手有点吃惊，随即面色微微一沉，似乎是想起了什么很不愉快的往事。

"没事，就是随便打听打听，这个名字很奇怪，是因为那里有很多蛇吗？"安星眠做出很随意的样子。

"万蛇潭……其实一条蛇都没有，"猎手半闭着眼睛，神情很是沉痛，却又掺杂着某种无奈的愤怒，"那里面有的不是蛇，而是怪物，一种长得像蛇的怪物。"

"怪物？什么怪物？你见过吗？"安星眠忙问。

"我没有见过，"猎手摇摇头，"没有人知道它的名字，但见过并侥幸逃生的人形容：那种怪物从地下突然钻出来，看起来像是海里章鱼的触手，成百上千条交织在一起。但它们却会很快分开，每一条触手上都能裂开一条大口子，就像贪婪的蟒蛇一样，把人吞进去。如果你用刀砍断它们的话，它们还会像毒蛇一样喷射出剧毒汁液。"

"看你的表情……你有什么熟识的人被这种怪物所害吗？"安星眠小心翼翼地问。

"我的亲弟弟。他在十五岁那年和几个同龄的伙伴一起去万蛇潭探险，从此再也没有回来。"猎手叹了口气，摆摆手不再多说，又抓起了面前的酒碗。

看来尸舞者们是故意选择了这样一个凶险之地来聚会啊，安星眠想。果然是一群不愿意与外人打交道的人，也是一帮胆子足够大的家伙，那种奇特的像毒蛇又像章鱼触手的怪兽半点也吓不退他们。

突然之间，安星眠生起一种奇怪的错觉，仿佛尸舞者和长门僧是同一类人。尽管从表面上看来，二者无相似之处，长门僧总是为人们带去福音，尸舞者带来的却只有灾难和死亡的恐惧，但不知怎的，他隐隐感觉到，这两个群体的内心深处，都有某种奇特的坚韧，奇特的执着、固执和倔强。

他在客栈里安睡了一夜，备齐各种所需物资，并将其打包成一个沉重的背囊，第二天一早就背着背囊出发进入了森林。根据前一天那位猎手传授他的经验及一张粗糙的地图，前几天的行程还算顺利。而他身为长门僧所通晓的一些丛林生存技能也派上了用场，当天下午，他凭借自己灵活的身手抓住了一只受伤的兔子，这样又能节省不少干粮了。

刚开始的时候，偶尔还能在丛林里碰到打猎的、采药的，甚至兴致勃勃来探险的，但随着不断深入幻象森林，别说见到活人，连人类留下的痕迹都十分少见了，而森林中各种各样的野兽、毒蛇、危险的昆虫也越来越多。幸好他已经提前预备了驱蛇虫的药物，晚上睡在树上，倒也没什么大碍。

这样的行程艰辛而险恶，和之前在宛州的官道与水路中轻松写意的旅程完全是两回事，甚至比长门僧的苦修更加让人疲惫不堪。此时是十月，森林里的暑气早已退却，没有八月那样闷热难挨，但蚊虫依旧飞舞，尽管有驱虫药，他的皮肤上仍然遍布着蚊蚋叮咬的痕迹，衣服也被荆棘刮得破破烂烂。这种时候，假如把他放到他最喜欢的宛州的那些美食之地、风月之所，恐怕还没进门就会被护院当乞丐一通乱棍打出去。

更糟糕的是，由于森林中随时会蹿出野兽和毒蛇毒虫，他连睡觉都不敢完全闭着眼睛，这对于一个嗜睡的人来说，真是痛苦的折磨。但一想到那些尸舞者也会和自己走同样的路，吃同样的苦，安星眠就会咬紧牙关继续前进。在他的心里，这隐然是一种长门僧和尸舞者的对抗。尸舞者能够摸到万蛇潭，那么长门僧也能，而且必须能。

走到第六天的时候，即便是按照那位经验丰富猎手给的地图，也已经到了尽头，前方是未知的领域了，只能依靠罗盘摸索前进。而安星眠知道，罗盘未必可靠，有时候会出故障，有时候会被地下的矿藏所干扰，所以还得通过阳光和树木的长势等去校正方向。而这也很不容易，因为越往丛林深处走，树木愈加高大且枝叶繁茂，几乎遮天蔽日，很多时候完全挡住了阳光。

不管怎么说，这一路虽然辛苦，但没有遇到什么特别的大事，还算得上顺利。按照那位猎手的估计，从地图的尽头向西再走三四天，就能接近万蛇潭了。

当天傍晚时分，他找到了一处歇宿的好地方，一个清清亮亮的水塘附近的一棵大树。水塘旁边遍布各种大大小小的野兽足迹，说明这里的水没有毒，可以安全饮用——虽然里面多半少不了野兽的粪尿。

安星眠洗干净手脸，极力压抑住自己灌一肚子凉水的冲动，仍然用随身携带的小锅把水烧开，然后靠在一棵大树旁等待着水变凉。就在这时候，他忽然听到远处传来一阵响动，似乎是地上的枯枝被踏断的声音。

他以为有什么猛兽接近，连忙匍匐在地上听音，以便分辨来者的数量。这一听，他发现来的并不是野兽，而是双足行走的人类，一共有三个人。

难道是撞上了去万蛇潭参会的尸舞者？安星眠一阵兴奋，也顾不得烫手，赶紧把锅端起来藏到一旁的树丛里，再把地上烧过的灰烬踢进水塘里，然后自己也缩身在大树后面。但地面上还是留下了一些焦黑的痕迹，用手摸也能感觉到热度，他只能指望对方不去注意这样的细节了。

来人很快现身了，果然有三个人，领头的是一个小个子的年轻男人，背上背着开路的砍刀，看穿着打扮像是个本地猎人。跟在他身后的则是一男一女，男的精壮剽悍，身材比一般人要高出一个头，一看就是练武之人；女的年轻貌美，体态修长，一头惹眼的金发说明她是个羽人。

"就在这里过夜吧，"猎人打扮的年轻男人说，"林子里的生水不能随便喝，我先去生火把水煮开。"

羽人点了点头，在地上垫了一块布，坐了下来，跟在她身边的壮汉则一屁股坐在地上。安星眠估计，这个猎人打扮的男人应该是个带路人，剩下的一男一女才是有事要进入森林的人。他们会是自己所寻找的尸舞者吗？

他开始注意观察这三个人。他发现那个羽人女子的神情很奇怪，仿佛有一种对什么事情都不在乎的淡漠，淡蓝色的眼瞳好像是在看着什么，又好像什么都没有看，视线落在无限遥远的虚空中。而壮汉却有些疲惫，坐在地上后就把脑袋垂了下去。至于那个带路的猎人，倒是显得精力充沛，已经在一个大铁壶里装满了水，开始生火烧煮。

安星眠敏锐地注意到，这个人并不老实。他打水的时候，已经把手心里提前藏好的某种药粉混进了水壶里。这是想要谋财害命呢，还是财色两劫呢？安星眠在心里叹了口气。要是在往常，他可能会去管一管这桩闲事，但是现在身处险地，尤其是这三个人的身份完全不明朗，他并不愿意贸然行事、节外生枝。

我是一个长门僧，他想，如果是一个"标准的"长门僧遇到这样的事情，比如他的老师章浩歌，又会怎么处理呢？章浩歌学问很深，但对打架之事一窍不通，可他如果见了这一幕，会因为自己无力自保而不去干涉吗？那是绝不可能的，如果章浩歌真的在这里，一定会毫不犹豫地挺身而出，揭破带路人的阴谋，接下来他也许会被一拳打死，或被一刀刺死，但这些，他都不会考虑在前。

想到章浩歌，安星眠心里微微一热。他咬了咬牙，正准备现身制服带路人，还没等他迈出步子，那个羽人女子却突然开口了。

"用七步蛇的毒是对付不了我的，"她依然望着远处，并没有把视线移到带路人身上，"这世上我解不了的毒并不多，何况这种用七步蛇毒液制成的毒粉气味太大，我早就闻到了。"

带路人先是一惊，接着脸上浮现出一丝难以名状的笑容，一伸手，把那锅毒水打翻在地。他满不在乎地拍了拍手，向前走了几步："你的鼻子真灵啊，看来什么毒药都瞒不过你，不愧是尸舞者。"

这个看起来美丽纯净的羽人竟然是个尸舞者！安星眠先是微微一惊，继而感到一阵兴奋：不管怎么说，总算让我找到一个活的尸舞者了。他恶狠狠地想：无论如何不能让那个带路人杀掉你，因为你需要活着来帮我找到须弥子。

他轻轻地活动着指关节，随时准备在危急时刻出手相救，但那个羽人女子看起来还是那么地若无其事，似乎胸有成竹。或者换句话说，这件事好像对她没有丝毫影响，因为她居然没有正眼瞧一瞧这个带路人，更不用提出手还击什么的了。这样极端蔑视的态度毫无疑问激怒了对方。

"你都不想问问我为什么要杀你吗？"他沉着嗓子问。

"那有什么关系呢？"羽人用平淡的语调说，"活在这个世上的人，不都是你想杀我，我想杀你的吗？知道杀人这件事就够了，原因并不重要。"

"但是你也……并没有……对我……"带路人一时间有点语无伦次。

"你想要杀我，但没有杀成，可我不想杀你，我还需要你，"羽人活像在说顺口溜，"所以，重新烧一锅水吧，早点休息，明天好早点上路。"

就连安星眠都被这个羽人怪异的思维方式震撼了，带路人更是憋得满脸通红，看来是气坏了。他猛地从背上解下那把砍刀，向着羽人直冲过去！

"我杀了你！"他咆哮着，"我要杀了全天下的尸舞者！"

安星眠摇摇头，不想再看下去了。这个人刚刚冲出第一步，他就能看出，此人的武功底子着实不怎么样，脚步虚浮、徒有其表。假如这个羽人真的是个尸舞者，那她应该有一万种方法把对方放倒在地。在下毒失败之后，这个带路人大概已经彻底绝望了，索性以生命为代价做出最后的挣扎。

而安星眠也已经猜到了，这个带路人大概就是那位剑客所提到的故人之子。他果然来了幻象森林，并且处心积虑地向尸舞者们报复。他多年来惦记着父亲的仇恨，自然对尸舞者做过研究，有本事辨别出他们，并且伪装成赚取带路钱的当地猎人，在密林中谋害上当的尸舞者。安星眠不太清楚这个羽人女子是否是他的第一个目标，还是之前已经有尸舞者丧命于他手，但这一次，他似乎很难讨到便宜了。

果然，羽人坐在原地，没有动弹。而之前一直低垂着头半句话也不说的壮汉，却以和他的身量极不相称的敏捷站了起来。他挥出右臂，硬生生地迎向了那把锋利的砍刀，一声钝响后，刀锋竟然像是砍在坚硬的大树上一样，只划开了手臂表皮。这就是尸仆，随时随地被尸舞者的意念所操控的尸仆，它比活人更强壮更有力量，比活人更听话，永远不会反抗自己的主人。

尸仆右臂一震，将那把砍刀一下子震飞，紧接着左手伸出，巨大的手掌一把握住了带路人的咽喉，眼看就要把他的喉管捏断，但意想不到的事情发生了——尸仆的动作停滞了。

他的右掌刚接触到带路人的颈部，整个身躯就像被石化了一般，不能动了。与此同时，更令人吃惊的是，原本表情淡漠的羽人女子，脸上突然微微一动，眉头紧皱，像是在极力忍着某种不适。她站了起来，但脚下一个踉跄，又重新跌坐到地上。

"你这是何苦？以自己的生命为代价，只是为了杀死我？"她的神情虽然痛苦，但语气仍旧不疾不徐。

"你终于肯发问了，哈哈哈！"带路人发出了一阵狂笑，但这笑声中并没有什么喜悦，有的只是解脱般的癫狂，"我的父亲！我的父亲就是因为误闯了你们尸舞者的狗屁研习会，被你们杀害的！"

"原来是为了寻仇……"女子轻轻点了点头，"不过你也真有毅力，竟然学会了破魂术，利用我全神贯注控制尸仆战斗之时，侵入我的精神，这的确是唯一能破除尸舞术的方法。可是那样一来，你的脑袋也会被尸气感染，很快尸毒发作而死。"

"我不在乎！只要能在死之前先杀死你就行了！"带路人大喊道，面色真的开始隐隐发黑了，"这些年来，我已经杀了五个尸舞者，你是第六个！我们父子俩的两条命换你们六条命，我已经大赚了。"

"人命不是货物和钱币，不能放在天平的两端称量，"女子轻声说，"不过我佩服你的执着，请动手吧。"

她转过头，不再看他。落日的最后一丝余晖照在她的金发上，并不耀眼，却闪烁出一种血红色的光芒，那场景就像一幅生动的画卷，让安星眠有一种目眩神迷之感。但他很快定了定神，反应过来：再不上前阻止，这个漂亮的女尸舞者就被杀死了。

后来安星眠一直在问自己，自己当时那么果断地出手，到底是因为"这是一个我历经千辛万苦才遇到的尸舞者，对我很有用，绝不能任由她死去"呢，还是仅仅因为"这是一个美丽的姑娘，我不忍心看她被害"呢？这个问题始终困扰着他，让他觉得自己距离一个真正的长门僧在心境上还有极大的距离。

但在当时，他几乎是在一瞬间就做出了决断。当带路人狞笑着高举起砍刀，狠狠挥向羽人白皙的脖颈时，他从树后闪身而出，一个箭步冲了上去，"咔嚓"一声，把带路人的右臂拧脱了臼。那把砍刀掉在地上，发出沉重的钝响。

变故突然，非但带路人非常错愕，连羽人的脸上也出现了微微的惊诧。带路人退后两步，脸上的黑气已经变得十分浓重，双腿一软，倒在了地上，口鼻里开始冒出黑色的脓血。

"你是什么人？为什么要阻挠我？"他挣扎着问，一脸的不甘心，"你也是个尸舞者吗？"

安星眠摇摇头："不，但我有事要求助于尸舞者，所以不能眼看着你杀死她。"

带路人的脸已经由于痛苦而扭曲变形，尸毒以惊人的速度随着血液流遍他的全身，侵入他的心脏和脑部。他张了张嘴，舌头却已经肿大得不能再说话，最后他以手指在泥地上写画，但第二个字刚写到一半，就已经气绝身亡，布满血丝的双眼仍旧圆睁着。

"他写了一个'赵'字，第二个字已经无法分辨了，大概是想留下他或者他父亲的名字吧。"安星眠说。

"对于身怀仇恨的人来说，仇恨就是整个世界，"羽人女子轻声说，"可是又有多少人会在意他的恨、在意他的名字呢？尸舞者杀过的人有成千上万，注定不会有人记得他的。"

安星眠点点头，然后发现应该来一个自我介绍："我叫安星眠，来到这里并没怀恶意,只是想要寻找一位尸舞者,向他打听一点消息而已。"

"你要找谁?"羽人女子问。

"我想找须弥子。"安星眠回答。

对方又是微微一怔,过了许久,才开口说:"那倒是真巧了,我也是来找他的。"

"能否请教一下如何称呼你呢?"安星眠说,"我总不能一直叫你尸舞者小姐或者羽人小姐吧?"

"雪怀青。"女子说,"我不是羽人,只是一个人羽混血儿。"

四

埋葬完师父的遗体后,雪怀青立即动身离开天启。就在邢万腾等来他死亡命运的同一个夜晚,雪怀青也来到了九原城。历史上九原是乱世时期离国的都城,不管是战争年代还是和平时期,都是一处民风剽悍之地。而整座城市的风格和这里的人民性格相似:大气、雄浑、粗糙,不拘小节。

雪怀青对这样的城市风貌从来都不在意,在她的眼里,城市无非就是有能够提供食物、热水和床铺的地方,不管它是大还是小,是繁盛还是凋零,只要能提供这三样,那就是一样的,九原和天启是一样的,和南淮、秋叶、北都、宁南也是一样的。因为她的心里只惦记着一件事,那就是养父的仇恨。

以仇恨为人生的驱动力,原本是很无趣的,好在尸舞术的修炼本就要求摒弃人欲、克制情感,所以其实她的心里并没有感受到什么恨意。说得确切一点,事实上,养父的仇恨未必是雪怀青的仇恨,这只是她在人生毫无规划的情形下,为自己选择的一种打发时间的方式而已。而且更重要的是,有了这个目标,她可以把另一个目标——寻找自己的亲生父母——暂时放到后面去。她总是无法控制地去想象自己找到父母时的情形,但那样的想象总是不美好的:他们是什么人?是活着还是已经死去?他们会接受自己吗?会不会早就把遗弃在人类世界里的自己给忘掉了……

每次想到这些，她就觉得喘不过气来，最后只能靠冥想来让头脑冷静。所以她需要给自己找些事情做，用忙碌的行程来让身体疲惫，用复杂的推理来占据思维，让那些不愉快的事少来烦扰自己。养父沈壮的仇与其说是压在她背上的一个包袱，倒不如说是让她暂时忘却找寻父母烦恼的灵药。

她在客栈放下行李，简单吃了点东西，不顾现在深夜，带着尸仆出了门。师父的身体不能再用了，她只好启用备用的尸仆，这是一个强壮的彪形大汉，力量十足，但不具备师父那种浑身是毒的特性，其实并不是太合用。但时间紧迫，她也没时间再去换了。

按照徐风章临死前告诉她的地址，雪怀青找到了邢万腾的家，但刚刚走到那条小街的街口，她就发现前方有一群人，也向着邢万腾的家门而去。这群人看体形都是强壮的武士，兵分三路，一队人走前门，一队人绕后门，还有一队人直接施展轻身术跳上房顶。显然，他们打算让邢万腾无路可逃。

"我还是来晚了一步，"雪怀青想着，"只能见机行事了。"她耐心地等候在一旁，直到三队人都涌进了那个院子——邢万腾已经是瓮中之鳖，逃不掉了——她才悄悄靠近。她听见院子里虽然脚步声很多，却并不嘈杂，邢万腾似乎并没有做什么激烈的反抗，当然也可能是他一出手就被制服了。

院子里除了花草的清香之外，还有另一种稍嫌刺鼻的气味，雪怀青并没有太在意。她催动尸舞术，将尸仆当成一个特殊的传声筒，用尸仆的躯体吸收声音，然后用自己的耳朵听。这也是尸舞者对运用尸体相当独特的一个招数，只有尸体才能经受住声音在体内的震荡，换成活人恐怕会闹到精神失常。

"你竟然这么镇定，真是意想不到，"说话的人嗓音十分尖细，让人一听就不舒服，"你的同伴们可都一个个被吓得不轻。"

"也许是我经历的事情比他们多，"另一个沉厚的嗓音说，听起来此人应该就是邢万腾了，"又或许我已经厌倦了这样的生活，死亡也是一种解脱。”

"看来你已经做好充分的准备了，"尖细嗓音的人说，"我已经找过你的四位老朋友了，每位都是直到死也不肯招供，你会做第五个吗？"

"很难说，不过我希望我能挺得住。"邢万腾竟然还能发出轻松的笑声。

"既然如此，希望你如愿以偿吧，"尖细嗓音的人清脆地打了个响指，"也不必挪地方了，我觉得你这个小院就挺好，空气比大牢里清新多了，就在这儿吧。"

雪怀青心里微微一松。听口气，这个尖细嗓音的主事人并不会立即杀死邢万腾，而是打算留下他严刑拷问。这样的拷问总会持续个几天，自己还有机会把邢万腾救出来。

她开始在心里盘算接下来的计划。虽然失去了师父这个厉害的毒源，毕竟自己还是精通毒药的配制，只需要两天时间，照样调配出效果不错的迷药。此外，她进城的时候注意到，九原城里也有河络出没，所以可以用毒药威胁几个河络挖掘地道，神不知鬼不觉地深入内院……

雪怀青凝神思考着，直到听到邢万腾突然提高的嗓音："在我之后，你们还是会把我当年的兄弟一一找遍，一个都不放过，对吗？"

"一个都不放过，"对方冷冷地回答，"即便他们死了，我也会把尸体挖出来，确认他死了才肯罢休。"

"既然这样，倒不如让一切都结束在我这里吧。"邢万腾叹了口气。

"这么说，你愿意吐露实情了？"对方有些兴奋，声音越发尖锐刺耳。

不对！雪怀青想，听他说话的口气，并不像是要招供的意思。正相反，她从这句话里听出了某种决绝的意味，也就是说……

她心里一震，以最快的速度发出指令，身边的尸仆立即集中全身的力量，以巨大的身躯向着围墙硬撞过去。一声轰的声响后，围墙被撞出了一个大洞，尸仆闯了进去，雪怀青紧跟着冲了进去。

"不要送死！"她大喊一声。可惜的是，这一声已经晚了，在她的眼前，是一幕极端恐怖的景象。

雪怀青刚喊出那一声，惊愕的人们拿起手中的武器准备向她和尸仆冲过来。邢万腾的头颅就炸开了。

就像一枚浆果因为熟透而爆裂一样，邢万腾的脑袋炸裂了，但从中飞出来的不是血液，也不是脑浆，而是虫子，无数细小的血红色虫子。它们就像一群聚在一起的黄蜂——但是体形比黄蜂小许多，甚至比苍蝇都小——而邢万腾的身体就像是它们的蜂巢。红色飞虫从失去头颅的身体里源源不断地涌出。

第一只飞虫向那个尖细嗓音的头领的脸飞去。此刻他背对着雪怀青，无法看清他的面部，只能看见身材很是肥胖。刚才审问邢万腾的时候，他显得那么高傲、阴狠，仿佛带有掌控他人生死的力量。但当这只血色飞虫向着他的脸撞去时，他一下子失去了之前的气度，用一个极为狼狈的动作仰面倒下，但刚好躲开飞虫。更为阴毒的是，他竟然借着倒下的势头，伸手狠狠拽住了一名下属的小腿，用力把他扯倒挡在自己身前。从倒下的动作看，这个胖子虽然身为头领，但似乎不怎么会武功，他身胖力大，而被拉倒的那名下属猝不及防，立刻碰到了飞来的虫子。

下属蓦然发出一声凄厉的惨叫，似乎是遭受了极大的痛苦。而其余的飞虫也纷纷飞到他的身上，转眼间，他的整个人都被飞虫覆盖。不一会儿，只见一个血红色的人形物体蠕蠕而动，不断发出撕心裂肺的痛苦号叫，让人听了心头发紧。

有几名同伴急忙扑上去试图营救他，但更多明智的人选择了远远观望。第一个冲上去的同伴脱下外衣，用力向他身上扑打，非但没能赶走那些附在他身上的虫子，反而引来其他虫了飞到了自己身上。和第一个受害者一样，他也是刚沾到飞虫，就立即痛苦不堪，仿佛在经受天底下最残忍的酷刑，完全失去了对身体的控制。

就在这个时候，人们惊恐地发现，那位可怜的替死鬼已经不再发出声音了，但他的身体却在急剧地缩小！飞虫们也纷纷从他身上离开，渐渐露出他的身体——一具白色的骨架，上面连一丝血肉都未曾剩下。

其他武士这才知道厉害，慌忙转身准备逃窜，可是已经太晚了。血红色的怪虫铺天盖地地冲向了这群不幸的牺牲品。任何人，只要身上沾到一只虫子，就会立刻丧失行动能力，然后被飞快地啃噬成一堆白骨。

雪怀青知道这是什么了。刚才她灵光一现，正是想起了那一丝奇怪的气味来历。那是源自越州大雷泽里巫民们的一种蛊术，以人的生命为母体，培养出这种血红色的食肉飞虫。这种飞虫的生命力非常短暂，几分钟内就会死亡，不用担心它们扩散出去为祸他人，因此成了极好的小范围内灭口利器。正在发生的这一切就是最好的证明，前来捉拿邢万腾的人，除了一两个腿快的逃了出去——包括领头的大胖子，其他人全被毒虫杀了。这个胖子虽然武功不济，性情却相当狠辣，在被一只毒虫爬到肚子上时，竟然果断地抄起一把长刀，硬生生把自己肚子上那块肉割了下来，然后捂着血淋淋的伤口落荒而逃。

"这个邢万腾多半是曾经到过大雷泽，从巫民那里得到了毒蛊，"雪怀青想，"他现在用自己的身体来培养蛊虫，说明他老早就打定主意，要和前来捉拿他的人同归于尽。"雪怀青禁不住有点好奇，他和当年的同伙们到底做了什么大逆不道的事情，以至于归隐多年还要受到追捕，而且没有活路可言。他们犯下的重罪和当年残杀养父妻儿的血案，究竟是两件孤立的事件，还是彼此有联系，甚至——根本就是同一件事？

她怔怔地思索着，连毒虫飞到眼前都没有注意到，但她也用不着注意。尸舞者浑身是毒，这种蛊虫根本不敢接近她，至于尸仆，原本就是没有生命力的尸体，自然不会引起蛊虫的兴趣。只是她很快想到，这院子里此起彼伏的惨叫声恐怕很快会引来官府的人，自己留在现场肯定会招来麻烦。

于是她带着尸仆匆匆离开。好在那些垂死的惨号过于可怖，周围的邻居没有人敢开门出来看热闹，也就没有人看见她。她顺利地回到了客栈。

虽然已经一天一夜没有睡觉了，但刚才发生的那一幕让她困意全无。邢万腾死了，找其他当事人的线索也断掉了，自己好像一夜之间变成了一只无头苍蝇，不知道该往哪里飞。

她尝试着进行冥想，但一向非常顺利的冥想，今夜却怎么也无法进入状态。雪怀青颓丧地倒在床上，心里很清楚，自己陷入了一种难以自控的烦乱。那个一直隐藏于心底的担忧又一次血淋淋地冒了出来：如果线索断掉了，没有办法为养父复仇了，那我应该做什么？是不是应该去解开自己的身世之谜了？可是，我很害怕。我希望自己总能有其他的事情可以惦记，不要去触碰这道原初的伤疤。让真相永远埋葬在地底吧，让我内心的宁静永远不要被打破。

雪怀青想呀想，最后终于疲惫不堪地睡了。她睡得很不踏实，不断做着光怪陆离的梦，在最后一个梦里，她见到了师父姜琴音。好像师父又活了，站在自己面前依然是那样风姿绰约，但脸上表情却充满愁苦。

"怎么办？怎么办？"师父嘴里不断地嘟哝着，"我永远也不可能得到须弥子了。"

雪怀青不知道该说什么好。她活到十九岁，还从来没有尝过爱人或者被爱的滋味，对于师父的这一份情思，自然无从插嘴。

"怎么办？怎么办？"师父还在嘟哝，后半截的话却变了，"我怎么才能够打败须弥子呢？"

这真是一份混乱的感情，雪怀青想，既然那么爱他，为什么又一定要打败他才肯罢休呢？

"因为他不会接受一个弱小的女人，"梦里的师父轻易读出了雪怀青的困惑，"须弥子是这个世界上最强的尸舞者，我就算不能打败他，也一定要他感受到被打败的可能性，否则的话，他都不会正眼看我一眼。"

爱情真是玄妙而难以索解啊！雪怀青得出了这个结论。

醒来之后，雪怀青回味着之前的梦境，体会着师父爱而不得的辛酸无奈，但突然"须弥子"这三个字再次闯入了她的脑海。

"我真傻！"她简直恨不能给自己一巴掌，"线索还没有断啊，还有一个可能知情的人，我为什么不去找这个人问一问呢？"

"原来是这样，你是一个尸舞者。"她又回想起徐风章的临终遗言，"当你见到邢万腾并且听他讲述完当年的事情经过之后，你会发现，整件事情其实都要怪到一个尸舞者头上。"

"这真是宿命的安排啊，有趣，真有趣……"

一

　　和雪怀青一路同行，接下来的道路好走多了。安星眠虽然武功不错，但靠的是羽人传授的关节技法，多数是巧劲和借力打力，他自己的力气并不大，每次跟随老师章浩歌做苦工累得气喘吁吁的惨相也并非伪装。要他一个人背着沉重的行囊走在遍布荆棘的原始丛林里，实在是件天大的苦差事。

　　现在不同了，雪怀青的尸仆背着两人的行李，手里拿着开路的大砍刀和斧头，依然健步如飞，不知疲惫。有它在前方开路，一切都变得容易了。而且雪怀青还在尸仆的身上喷洒了某种药物，吸引蚊子叮咬，然后因为吸入毒血而丧生，让安星眠不但免了被咬的苦楚，还多了几分报仇的乐趣。

　　更妙的是，尸舞者和尸仆之间的精神联系，不会由于睡眠而中断。即便两人入睡之后，尸仆也能继续警戒，让他们能在危机四伏的丛林里睡得更踏实。

　　"所以还是你们尸舞者方便啊，"安星眠说，"有这么一个绝好的苦力，怪不得你衣服那么干净，看不出半点在森林里赶路的狼狈。"

　　雪怀青点了点头，表示听到了对方说的话，但并没有说半个字。和那些刻意做出冷淡的冰山美人不同，雪怀青是个很有礼貌的人，从不吝惜使用"请""谢谢""抱歉""你好"之类的词汇，需要的时候也会在脸上挂上笑容，她只是天性如此，对身外的一切没有太大兴趣，也不太懂得如何在和人问好之外进行深入交谈。而安星眠也是个彬彬有礼的人，即便是对唐荷，也从不会厚着脸皮纠缠。他慢慢发现和雪怀青搭不上话之后，也就很少再去烦她。两人走了三天，总共说了不超过三十句话。

在此之前，安星眠向雪怀青简述了自己想要找到须弥子的原因，略去了和云中僧院有关的具体细节，毕竟那是其他宗派的秘密，不便透露给外人。雪怀青听完后，默然不语，过了半晌才说："我不太懂得拯救长门的意义，但我们尸舞者讲究恩怨分明。你救了我的命，我就要报答你。我可以带你去研习会的会场，但须弥子会不会来就说不定了，一旦他们发现了有外人闯入，恐怕我没有能力救你。"

"那我要是冒充你的徒弟呢？"安星眠想了一会儿，忽然冒出这么一句，"尸舞者带着一个徒弟去参会，不算违背规矩吧？"

"徒弟？我的？"雪怀青愣了愣，似乎是觉得十分滑稽，"尸舞者很少有年纪轻轻就收徒的，因为连自身的修为都还不够呢。"

"有人怀疑再见机行事吧，反正我非去不可，"安星眠随意地笑了笑，"最多不过变成一具尸体。"

雪怀青点点头："那就这样吧。"

第三天早上，出发没有多久，森林中下起了暴雨。雨水打在由参天大树枝叶所织成的罗网上，再聚成股砸落在地上。地面上一片泥泞，根本已经无法前行了。不过运气不错，他们很快在附近找到了一棵巨树，树干的下方也不知是被蛀空还是被人工凿开的，恰巧形成了一个树洞，这个洞不太大，只能容纳一个人。安星眠本打算让身边的女孩进去躲避，自己淋雨，但他还没来得及开口，尸仆已经操起斧头，乒乒乓乓砍了起来。这种树木质颇硬，但尸仆的力量远远超于常人，很快就硬生生地把树洞凿大，正好够两人都躲进去。而他自己却站在洞外，用身躯遮挡斜飞进来的雨水。

"我现在才发现，尸舞者真是一个值得羡慕的行当，"虽然明知对方多半不会应声，安星眠还是忍不住说，"它好像什么都能干。"

没想到雪怀青居然立即回应了他："值得羡慕吗？如果是旁人，根本就不会跑到这里来受苦吧？"

"说得也是，"安星眠微微一笑，"可见不管是你们尸舞者，还是我们长门僧，都很擅长自讨苦吃……你在干什么？"

他发现雪怀青正用手轻轻触摸树洞的"洞壁"，也就是树干的内部，眉头微皱，似乎感到很不愉快。

"没什么，我只是在想，这棵树被凿了那么大一个洞，会不会很快死掉？"雪怀青说，"真是可惜啊。"

"可惜？"安星眠很是吃惊，"你们尸舞者对死人都毫不在乎，反而会为了一棵树而黯然神伤？"

"人生不过区区数十年，一棵树如果不被砍伐，却可以存活百年甚至千年，"雪怀青说，"可是短寿的人类总是会去伤害长寿的树木，而树木无力反抗。仅仅是为了让人避雨，就会被刀砍斧凿。这个世界就是如此。"

"所以你们尊重树的生命，却不尊重人的？"安星眠摇了摇头，"不过你可以放心，像这样的大树，即便内部空了，也还可以存活很久，只要不被扒掉树皮就行了。"

"那还好。"雪怀青点了点头，似乎是松了一口气。这时候她才顾得上去整理自己淋湿的衣物。安星眠并没有看见她做什么动作，却发现那些浸透她衣物的雨水竟然大股汇在一起，然后流落到地上，不久之后，她的衣服已经干透了。

"我们尸舞者为了寻找尸体和炼制药物的原材料，常年奔走在那些潮湿的地方，所以会一些把自己弄干的方法，"雪怀青看出了安星眠的好奇，主动解释说，"不过很抱歉，这种法子只能在自己身上用。"

"我无所谓，"安星眠一笑，"我们长门僧为了锻炼自身韧性、提高自己的修为，喜欢在各种乱七八糟的恶劣环境中故意吃苦。所以就让它慢慢晾干吧，我都不打算生火烤。"

说完这句话，他不由得想到，一个为了生存不得不吃苦，一个生存就是为了吃苦，尸舞和长门，这真是两个让人无话可说的古怪门派啊。

他靠在树洞里休息，眼看雪怀青已经开始了每日例行的冥想，再想想自己，似乎好久没有做过长门僧的冥想了，心里略显惭愧。虽然他的头脑很聪明，能够以飞快的速度掌握各种长门教义的精髓，甚至能在法会上大出风头，但他始终觉得自己不算一个正经的长门僧。至少，他从来不觉得生活是拿来折磨人的，反而对它充满了热爱。相比之下，倒是雪怀青这个年轻漂亮的女孩子对尸舞者的生活颇为适应，怎么看都觉得比自己做一个长门僧更加"合格"。

湿漉漉的衣物贴在皮肤上确实让人不舒服。

他很快又想到了一点别的有意思的事情。加入长门之前，他是个富家公子，手头经常有些消闲用的打斗传奇小说。这一类的小说，为吸引读者，总会安插很多狗血的爱情桥段。比方说，里面最常见的一种情节是这样的：俊男和美女同行，一定会在前不着村后不着店的荒郊野外遇到大雨；而那些衣着光鲜、穷奢极侈的主角身上一定不会带伞或者蓑衣；当两人湿透了的时候，一座破庙或者一个山洞一定会恰逢其时地出现；两人赶忙躲进去避雨之后，女主角一定会打上几个响亮的喷嚏，表明她受凉了。

到了这种时候，体贴温柔的男主角就会脱下自己的衣服，用不知从哪儿变出来的绳子简单做一个能遮挡的帘子，然后对女主角说："小姐，再这样下去你会生病的，请你快进去，然后把衣服递出来，我替你烤干。"

女主角肯定会犹豫一会儿，但最终还是会乖乖地躲进去，把自己的衣物递出来。接着男主角一脸浩然正气地坐在火堆旁替美女烤干衣服，女主角则躲在帘子后面含羞带怯地想着暧昧心事。然后到了这个时刻，一些很重要的配角登场了：蛇、蜘蛛、蜈蚣、蜥蜴、蝙蝠……诸如此类能吓坏女孩子的小玩意儿，总会从某个阴暗角落突然跳出来，把女主角吓得魂飞魄散，不顾一切地逃跑，却正巧撞进了男主角的怀里。再然后嘛……

想到这些恶俗的桥段，再看看如今发生在现实中截然不同的情景，安星眠实在忍不住，哧地笑出声来。雪怀青恰在此时结束了冥想，抬眼看着他："你在笑什么？"

"没什么，"安星眠摆摆手，"想到了一些不雅的东西，不方便告诉你。"

"是不是想到那些说书先生讲的故事里，男女主角在野外遇到大雨的情节？"雪怀青问，"那也没什么不雅的，这样的故事谁都听过。"

"还真差不多，"安星眠说，"没想到你居然也会去听说书先生讲故事。"

"没有人生来就是尸舞者，"雪怀青说，"我也曾经是一个普通人。"这句话好像引起了她的感慨，只见她半仰着头，看着树洞外密密的雨帘，目光缥缈而茫远。

一只肥大的蜈蚣从树洞的高处落下，落在她的裙摆上，安星眠正想替她清理掉，却见她已经捡起那只蜈蚣，放在眼前看了一眼，似乎是确认了这只蜈蚣不具备炼药的价值，又把它扔开了。受惊吓的蜈蚣快速钻进了一个缝隙，灰溜溜地逃走了。看来，就算真出现了烘烤衣服的情节，这位雪小姐也绝对不会被什么东西吓得向男主角投怀送抱。

"她竟然仅凭自己的一句话，再联想周围环境就能猜出自己在想什么，这样一个美丽聪慧的女孩子，还有一半羽族的血统，为什么会去做尸舞者呢？"安星眠禁不住想，"难道她和我一样也是被父母一辈逼迫的？"只是父亲要自己当长门僧是为了报恩，尸舞者这样谁见了都犯怵的角色，难道也会施恩于人吗？

"其实，那些男女相遇的桥段虽然恶俗，但如果真能那样发展一段爱情，倒也挺好的。至少他们不会把感情永远藏在心里，把自己藏进一层壳里相互折磨。"雪怀青忽然说。

"你是想到什么往事了吗？"安星眠问。

"我想到了我师父和你所要找的须弥子，"雪怀青说，"他们都太骄傲、太患得患失了，谁也不肯先表达出来自己的感情。现在须弥子不知道怎么样，我师父却已经死了，他们永远不可能在一起了。"

安星眠不知道该说什么好，在这样一个危机四伏的原始森林里，在这样一场令人心烦意乱的暴雨中，自己竟然会和一个人见人怕的尸舞者探讨爱情的话题，真是做梦也想不到的诡异场景。过了好久，他才问：

"你要找须弥子，是因为你师父的缘故吗？"

"那倒不是，"雪怀青摇了摇头，"我是为了其他的事情去找他的。当然没有关乎你们长门生死存亡那么重要，但对我而言……算是件大事。"

"你说得对，每个人都是一个完整的世界，"安星眠说，"自己认为重要就行了。"

大雨在中午的时候渐渐止息，两人继续赶路，接下来的时间里，他们没有再多说话，但安星眠感到，自己和雪怀青之间的距离，稍微近了一点。"尸舞者并不像传说中那么可怕啊，"他想，"至少还是能像正常人一样对话的。"

这样的念头一直持续到了夜间。

这一天晚上，他们来到了一片沼泽地旁边，放眼望去一片漆黑，根本瞧不见路。因为不敢在天黑穿越这片沼泽，两人只好提早宿营。尸仆手脚麻利地清理出一片空地，搭好了两个帐篷，并且开始烧水准备泡硬邦邦的干面饼。最初，安星眠心里对吃这种"死人亲手做出来的食物"难免有点别扭，但他天性豁达，一天之后也就习惯了，并且越发觉得有这么一个永远不叫苦叫累、偷懒耍滑的尸仆为自己服务，实在是很惬意。

在尸仆烧水的时候，他很放心地来到沼泽地边缘，对着眼前一望无垠的沼泽地，心里暗暗发愁。之前为他指路的那位猎人提到过这片沼泽地，说此地甚是凶险，必须遵循前者的路标前行，半步也不能踏错，否则就会有灭顶之灾。至于这片沼泽究竟有多大，猎人自己也说不清楚。

"沼泽地本身面积或许没多大，但里面能走的道路弯弯绕绕，所以需要多久能走出去就没个准数了，"猎人说，"反正一般人根本到不了那里，但我听说，曾经有一些修行者深入过沼泽，为的是寻找某种艰苦的体验。所以传说那些路标是他们留下的，到底是不是真有，我也没亲眼见过。"

他又很认真地对安星眠说："兄弟，如果找不到路标，千万别往里边硬闯，不然就是个死。"

现在回想起猎人的话，安星眠忍不住要想："修行者"留下的路标？

难道是专往艰难困苦地方钻的长门僧？考虑到长门僧的一贯作风，还是非常有可能的。那些前辈如果知道现在有一个年轻的后辈正沿着他们曾经走过的路探寻这片死亡之地，目的恰恰是拯救长门，会不会感慨世道之巧呢？

见到这片沼泽同时意味着一个好消息：他们距离万蛇潭已经不远了。万蛇潭本身也是这片沼泽的一部分，据说那里有大片干地供人歇脚，还有一处清冽泉眼形成的干净水潭。可惜由于传说中隐藏于地下的蛇形怪物，一般人根本就没有胆量接近万蛇潭。这应该也是尸舞者们选择万蛇潭的理由。

很快就要见到大群的尸舞者了，那会是什么样的场面呢？安星眠想象着，会不会每个尸舞者都带着好几个甚至好几十个尸仆，看上去活像带着家丁出游的恶霸地主？而这些恶霸地主之间所谓的"研习会"，是不是就是操控着行尸们打得血肉横飞，直到所有的尸体都被撕扯成碎片？

正想着，他的耳朵里突然传来一阵很奇怪的声响。那是一种非常非常细微，不注意就很难听到，但是一旦听到了就很难忽略的声音。这声响像是夏夜蚊子的嗡鸣，又像是一个被炸了窝的蜂巢发出的声音，但又比那种声音更刺耳、更有规律，而且带着某种威胁和攻击的意味，听久了会微微眩晕。

另一个声音紧接着响起，那是雪怀青的脚步声。本来已经回到帐篷休息的雪怀青快步奔了出来，脸上带着安星眠几天来从没见过的表情：紧张又兴奋。

"这附近有尸舞者的生死决斗！"雪怀青说，"你有没有听到一种很细小却很刺耳的声音？那是尸舞术的一种高级运用，当单纯的精神控制不能让尸仆发挥出足够水准的时候，就需要配合着喉音来激发尸仆的力量，这种喉音被称为'亡歌'。一般而言，若没遇到特别强劲的对手，尸舞者是用不着亡歌的。"

"但是你怎么能肯定这是尸舞者和尸舞者的战斗呢？"安星眠问。

"因为我分辨出，是两个不同的尸舞者在使用亡歌，而且这两曲亡歌在互相拼斗，"雪怀青说，"就在前方两三里地的沼泽里，我得去看看。"

她发出了指令，尸仆立即灭掉火堆，跟在她身后，安星眠没有犹豫："我陪你一起去。"

二

这片沼泽地人迹罕至，也没有地图，安星眠按照那位猎人的指点，开始寻找前人留下的路标，并且祈祷这玩意儿的确存在。由于沼泽地里极度潮湿，木头做的路标很容易会腐烂，所以据说人们一般是在可走的路上放下一块从沼泽之外捡拾的圆滚滚的褐色石块做路标。安星眠找了很久，终于发现了一块，心里一阵激动，看来猎人所说的都是真的。只是这种石块颜色偏暗，安星眠在黑夜里要非常留神才能看到，但雪怀青只需扫一眼，就能看出哪个方向有石头。

"你们尸舞者的眼神真好啊，"安星眠感慨地说，"好像鼻子也挺灵的。"

"眼神不好，就没办法在黑暗的墓穴里找目标了。"雪怀青淡淡地说。安星眠看了一眼铁塔一般的尸仆，明白她所说的"目标"指什么。

如雪怀青所说，两名尸舞者交战的地点距离他们的宿营地只有两三里，只是沼泽里能够行走的道路不多，拐来拐去颇费了些工夫。沼泽里没有任何遮挡物，一眼望去视野很开阔，安星眠的眼力虽然比不上尸舞者，但也不算差，没走出多远，他就看见了两名尸舞者的拼斗场面，那是他从没见过的奇异景象。

清冷的月光之下，有二三十个人站在沼泽地里，每个人大半个身子都陷在了沼泽地的泥水中。但这些人始终高举双手托向天空，纹丝不动。

在他们的头顶上，还有两个活动的人。这两人虽然身材瘦小，步法却很了得，脚步轻灵地踩在下方那些人高举的手掌上，不停地变换方位，伺机向对方发起进攻。安星眠注意到，这两个人并不是随意地移动，每个人都只踩固定的十来个人的手掌。也就是说，下方的那二十多人虽然混杂在一起，却严格分出了两个阵营，分别负责托举两人中的一个。

仔细观察就能发现，随着头顶两人的每一次落脚，那些如木桩般陷在沼泽地里的人，身体就会微微地向下陷一点儿。也就是说，最初的这二十多人没有陷得那么深，是后来随着两人的踩踏一点点沉下去的。

他的目光再往远看去，发现距离这个斗场数丈之外的干地上还有另外两个人。其中一个是肥胖的中年妇人，双手手指古怪地交叉在一起，不停地踱来踱去，偶尔还重重地踩一跺脚，看表情很是急躁。另一个则是看起来不过十一二岁的小男孩，脸生得很是俊俏，但整张脸显得惨白阴森。和胖妇人正相反，他以悠闲的姿态坐在地上，手里玩弄着一个小小的拨浪鼓。

"那个女人我不认识，那个看起来像个小男孩的，应该是长生子。这两个都是有相当功力的尸舞者。"雪怀青说。

"也就是说，那些陷在沼泽里的，还有在那些人头上交手的，都是这两人操控的行尸？"安星眠问。

"是的，他们每个人同时控制了十四个行尸，甚至还都有一个在进行非常复杂的打斗，说明这两个尸舞者相当厉害且旗鼓相当，"雪怀青解释说，"尸舞者入门后，从操控一具行尸开始，慢慢增加同时操控行尸的数目。每多一个，难度都会大幅增加。我练了八年，现在最多能操控五个，我师父能操控十七个。"

"也就是说，你师父比这两个人还要厉害……那么须弥子呢？能超过二十个吗？"安星眠问。

"须弥子……他和其他人不一样，"雪怀青说，"他自创了一种不外传的独门技法，可以把尸舞术转化为一种阵法，通过阵法内尸体之间相互的精神传递，操控更多的尸体。据我师父说，她见过须弥子同时操控四十具尸体，比她多出一倍有余。所以称须弥子是几百年来不世出的奇才，丝毫不为过。"

"真是了不起啊，"安星眠赞叹着，也不知是在说须弥子，还是所有的尸舞者，"对了，刚才你说长生子'看起来像个男孩'，他实际上不是吗？"

雪怀青摇摇头："这个人能从孩童尸油里提炼出某种东西，让自己表面看起来像个孩子，实际他已经有七十多岁了。平时在市镇里行走，他身边总喜欢带着一男一女两个尸仆，看起来就像一家三口一样，让人不提防他，这样方便他打听哪一家有新死的孩童。"

那他得糟践多少孩童尸体呢？安星眠想问，却又忍住了，觉得拿这样的问题去问一个尸舞者有点挑衅的意味。他转念一想，"打听哪一家有新死的孩童"，至少说明这人只是偷抢已经死亡的尸体，而不像须弥子那样，把活人杀死变成尸体，这已经算得上十分仁慈了。

他甩开那些不舒服的联想，换了个话题："他们现在的比拼是什么意思？谁会赢？"

雪怀青仔细看了一会儿："他们这是在比拼运用尸舞术进行最细微的操作。你看，每个人操控自己的十三个尸仆在沼泽地里做人桩，给第十四个尸仆垫脚，然后由第十四个尸仆进行比武。这样的比试，既要考校武功的水准，还要考校……"

"轻功。谁的尸舞术运用得稍微差一点，上面的尸仆脚步就会沉重，垫脚的尸仆就会下沉得更快，是这样吧？"安星眠接口说。

"是的，这样的比试并不少见，"雪怀青回答，"一般都是两个规则：被打下人桩的一方算输；人桩先被淹没过头顶的一方算输。"

"难道它们不能踩在对方的尸仆手上让其沉得更快吗？"安星眠又问。

"那样的话，对手的尸仆人桩只需要用点巧劲，就能直接把它摔下去。"雪怀青说。

安星眠啧啧称奇，对这场奇异的比试更加有兴趣。雪怀青告诉他，以眼前的形势，暂时占优势的并不是看起来很悠闲的长生子，反而是那个显得急躁不安的胖妇人。

"她的尸仆所处的位置普遍比长生子的尸仆要高上一两寸，在拳脚功夫上也没有落下风，再打下去，长生子的尸仆恐怕很快就要被没顶了。"雪怀青说。

"那她为什么看上去就和要输了一样？"安星眠不解。

"如果她真的会在拼斗中那样急躁，那她根本不可能拥有同时操控十四具行尸的能力，"雪怀青说，"尸舞者最重要的素质就是情绪稳定。"

"你是说，她是装出来的？"安星眠有点明白了。

"其实他们俩表面上做出来的表情，都只是为了干扰对方而已，"雪怀青看着两位拼斗中的尸舞者，"那个女人明明已经占优势了，却还做出着急的样子，目的就是让长生子受她情绪影响，变得急躁；而长生子也明白她的用意，所以一直保持镇定自若，同时是告诉对方：我还没有认输，你不要得意。"

"可惜你们是尸舞者，而不是帝王将相。"安星眠感慨地说。

前方的厮杀进入了最让人紧张的环节，因为双方用来做垫脚的尸仆都已经越陷越深，渐渐只有头颈还露在外面。按照开战之前的约定，谁的任何一个尸仆首先被沼泽没顶，谁就输了。现在看起来，长生子果然是处于劣势，两个交手的尸仆彼此实力差不多，就算再打上一个对时，估计也很难分出胜负，能够用来比较的仍然是那些人桩：胖妇人的尸仆刚刚被淹到下巴，而长生子的却已经有几个没过了嘴唇，优劣很明显。

长生子即便修炼得再无欲无情，面对即将到来的败局，面孔也显得有些僵硬了，眼神中渐渐有了凶光。倒是胖妇人依然是那副仿佛马上就要输掉的模样，继续变本加厉地刺激着长生子。

"看来长生子要输了啊，"雪怀青轻声说，"他的尸仆下沉得更快一些。"

"那倒未必，如果长生子足够心狠的话，也许还有机会挽回败局，"安星眠忽然说，"你不是说规则是两条吗？'被打下人桩的算输；人桩先被淹没过头顶的算输'。这两条其实是可以做点文章的。"

"我不明白你所说的机会是什么，"雪怀青想了一会儿，还是摇摇头，"不过长生子这个人，根据我师父的描述，一向都是为了胜利不择手段，非常心狠手辣，可能他会出一些奇招也说不定。"

"看着吧，如果长生子真狠心想要取胜的话，你马上就能见到了。"安星眠自信地说。

他的话很快应验。当混浊的泥水开始淹没长生子尸仆的眉心时，他负责比武的那个尸仆陡然做出了一个令雪怀青十分愕然的举动——它跳向某一个人桩，却并没有像之前那样控制着力度轻轻下落，而是重重地一脚踏下去，而那个人桩也没有做出抬手托举的动作。于是"咔嚓"一声，人桩的头部上半截被这一脚踩得粉碎，令人作呕的青黑色液体四处飞溅。

而这只是个开始。这个尸仆完全放弃攻击他的对手，以迅捷的动作踏碎了十三个人桩的头颅。完成这一莫名其妙的举动之后，失去头颅的人桩们重新举起双手，比武者站在其中一双手上，摆出防御的姿态。

长生子嘿嘿冷笑两声，摇晃着手中的拨浪鼓站了起来："何七妹子，你输了。"

名叫何七的胖妇人摇摇头："我输了？我怎么没看出来我输哪儿了？"

"你再重复一遍吧，我们俩的赌约到底是什么？"长生子在那两声冷笑之后，又很快控制住了得意的心情，说这句话时，已是语气如常，没有丝毫波澜。安星眠想，尸舞者果然擅长控制自己的情感，换成一般人，用这样的诡计取得胜利之后，恐怕尾巴都会翘上天去了。那种对理性的极端追求，倒和长门僧对"控制自我"的追求有异曲同工之妙。

尸舞者和长门僧，一邪一正，难道在本质上是同一种人吗？

安星眠产生这些诡异念头的时候，何七已经开始重复两人之间的赌约："被打下人桩的算输；人桩先被淹没过头顶的算……"

她突然住口不说了，圆脸上堆积着的肥肉轻轻颤抖了一下，已经猜出了猫腻所在。果然，长生子冷冷地开口了："人桩先被淹没过头顶的算输。但如果我的尸仆压根儿就没有头顶，那就永远不可能被淹没。"

"这就是你打的算盘，那你怎么也不会输了，"何七以同样冰冷的眼神和他对视，"但这样一来，你辛辛苦苦培育出来的十三个尸仆就全部毁掉了。寻觅这十三具好用的尸体得花掉你三年以上的时间吧？仅仅为了胜过我，你就放弃自己的心血，这样做值得吗？至少我舍不得。"

"我不在乎，别说三年，就算是花三十年我也必须这么做，"长生子微微一笑，"自十年前那一战我输给你之后，我无时无刻不在想着如何向你复仇，为了能击败你，我愿意付出任何代价。现在，你是打算认输呢，还是继续和我战下去？"

"我认输，"何七并没有犹豫，"我宁可承认输给了你，也不愿意放弃这十三个跟随我多年的优良尸仆。"

长生子轻轻点了点头："这样的话，多谢，我的心愿总算是可以了结了，这个研习会对我而言也不再有意义了。我走了。"他转过身，看也不看那十三个失去头颅、注定无法再使用的尸仆，向着远处走去。仅剩的那个尸仆乖乖地跟在他身后。

"见到老相识的话，替我向他们打个招呼吧。"长生子是孩童的身型，脚步看起来不快，移动却异常迅速。当这句话飘来时，他和尸仆的身影都已经消失不见了。

"你不是说，尸舞者的修炼要摒弃感情和人欲吗？为什么这个长生子会如此念念不忘这场胜负呢？这不是和你们修炼的宗旨相互矛盾吗？"安星眠有点儿不解，低声问雪怀青，"而且从他们说话的语气来看，这两个人应该没有什么特别大的仇怨，似乎单纯就是争一个胜负而已。"

雪怀青想了一会儿："尸舞者绝大多数时候都会尽量避免和外人起无谓的争执，也很少会有事后寻仇的做法，但是……自己人之间的拼斗总是很厉害，而且非常看重胜负。每次的研习会，几乎是无数堆放在一起的旧账被清算的时刻。其实我过去也不是很懂这当中的根由，但在师父死去之后，好像有一点点明白了。"

安星眠看着她，雪怀青轻轻咬了咬嘴唇："尸舞者大概是人世间最孤单的一群人了，一辈子身边都只有死尸陪伴，长年累月见不到除了自己之外的第二个活人。我想，研习会也好，同道之间对胜负的执着也好，大概都只是为了排遣寂寞吧。人活在世上，最害怕的难道不是寂寞吗？"

这一番话似乎触动了雪怀青的心事。她怔怔地望着长生子远去的方向，目光流露出种种复杂的情感，这是安星眠认识她以来第一次看见她的情感外露。那一瞬他才感觉到，眼前这个清丽优雅的女孩是一个人见人畏的尸舞者——可她终究也只是一个普通人。

他又把视线转向胖妇人何七。何七和雪怀青一样，好像也被长生子的飘然离去勾起了心事，一直站在原地动也不动，就像一尊石像。过了好久，她才发出一声长长的叹息，然后突然开口厉声说道："看够了没有？"

话音刚落，用于比武的那个尸仆陡然借助脚下人桩的用力一托，整个身子腾空而起，向着安星眠和雪怀青藏身的地方猛扑过来。这个尸仆的轻功果然了得，几个纵跃就已经来到了两人身前，一记凌空飞踢，向着雪怀青迎面踢去。

看来女人果然先和女人过不去，安星眠想着，正准备出手替她挡下这一招，雪怀青的尸仆却已经抢先迎上前，用胸膛硬挡住了这一脚。砰的一声闷响，何七的尸仆像断线的纸鸢一样，又弹了回去，落在地上。雪怀青的尸仆则站立原地，半步也没有退后。两具尸仆都若无其事，没有受到伤害。

而十三个人桩也同时从沼泽里拔地而起，一齐冲了过来，把两人围在了中间。何七慢慢踱步过来，上下打量了一番雪怀青："你是什么人？来做什么的？"

"我也是一个尸舞者，来参加研习会的，"雪怀青按照后辈参见前辈的规矩，鞠躬施礼，"无意撞见了前辈的比试，出于好奇看了两眼，并不是有意偷窥的，请您原谅。"

"嗯，还算是个守礼的小娃娃，"何七的面色和缓了一些，"看你的年纪应该还是新手吧，你师父是谁？"

"先师叫姜琴音。"雪怀青回答。

"姜琴音？原来她已经死了……"何七的语气很平淡，没有半分悲戚，似乎死亡这种事对尸舞者来说就像家常便饭一样，"十多年前，我还和她交过手，不过我不如她。但是现在你带着区区两个尸仆就敢来参加研习会，是不要命了吗？"

其实我只带了一个，雪怀青正想这么回答，忽然心里微微一动，扭头一看，安星眠竟然一直和自己的尸仆并肩而立，表情木然，垂着手，没了呼吸——那是长门僧的闭气绝技——活脱脱就是一个尸仆的模样。她一下子明白过来，安星眠是想通过假扮她的尸仆随她一起混进研习会，这至少比她年纪轻轻就带个徒弟更不易惹人怀疑。虽然尸舞者都有能力通过感应尸舞术来判断某一具行尸是否是真的死人，但对于雪怀青这样籍籍无名的小人物，根本没有人会愿意花费精力去探查她，眼前的何七就是证明。

"我只是来这里见识一下，并且拜访几位先师的旧相识，绝不敢向前辈们挑战。"雪怀青说得很谦卑，默认了安星眠是她的尸仆。

何七满意地点点头："你这个小娃娃很有自知之明，不错，不错。姜琴音收了个聪明的徒弟。"

她又看了看站在雪怀青身后的安星眠："挑选尸仆的眼光也相当不错，这个俊俏后生看起来有点瘦弱，其实根骨奇佳，培育好了会非常好用。"

"谢谢您的夸奖。"雪怀青嘴上致谢，后背却微微冒出冷汗。其实何七只需要稍微探查一下，就能判断出她和安星眠之间毫无尸舞术的联系，这家伙根本就是个活人。但尸舞者大多是高傲自负的，何七也不例外，根本不屑于去探查雪怀青这种小辈儿，总算让她混过了第一关。

"我不喜欢和人同行，你晚点再跟上来吧，从西南方向走出沼泽，再向西北走半天路程，就能到万蛇潭了。"何七用长辈的口吻命令说，然后带着她的十四个尸仆快速离去。

等到何七走远了之后，雪怀青才回过头看着安星眠："学得还挺像，不过刚才时间短，而且你一直是静止站着的。要做到完全不露破绽，尤其是在行动的时候，你还需要多练习。"

"有你的指点就没问题了，"安星眠说，"我们长门僧懂控制呼吸的法子，应该不会露馅儿。"

"不过动作并不是最重要的，事实上可能不会有成名的尸舞者去关注我这种无名小卒的尸仆的动作，"雪怀青看来有些忧虑，"有两个大问题最可能让你露出破绽，第一个问题只要稍微吃点苦就能解决，第二个却……"

她沉吟着没有说下去，安星眠一笑："别忘了，我是一个长门僧，长门僧的生活就是吃苦。"

"那第一个问题还好解决，"雪怀青说，"我回头给你服用一种药物，能够让你身上暂时散发只有尸舞者才能察觉的尸气味道。这种药物会让你难受一段时间，不过并无大碍，过一段时间就会消失，不会妨碍你出去找姑娘。"

"我可没什么姑娘可找……"安星眠摇摇头，"没问题，那另一个难题是什么呢？"

"另一个难题是，你身上没有尸舞术的精神联系，如果有人有心探查你，一下子就能查出你是个活人，"雪怀青眉头微皱，"即便他们不是刻意地探查你，但当尸舞者们运用尸舞术进行比试时，精神力量可能会无意从你身上扫过，那也很容易发现你是活人。可是我不能往你身上施用尸舞术。"

"因为尸舞术只能用于死人吗？"安星眠问。

"不，尸舞术本质就是一种完全的精神控制术，"雪怀青说，"由于人死之后精神会消散为精神游丝，所以死人身上并没有精神，而尸舞术则可以把施术者自身的精神力量分一小部分到死人身上，相当于让行尸成了自己的一部分。"

"所以你们操纵死尸能如此灵活，"安星眠又想起了刚刚目睹的那场大战，"因为你们使唤的本来就是自己的精神。"

"这就是为什么我没办法往你身上施加尸舞术的原因，"雪怀青说，"你是一个活人，你的精神会自然而然产生抗拒。"

"我们长门僧也在精神控制方面有着十分严格的修炼，"安星眠说，"也许我可以压制住那种抗拒力。"

"不只是能不能压制住的问题，"雪怀青指了指身边的尸仆，"一旦你被我的精神侵入，就会和我的尸仆一样，受我精神力的左右。虽然不会完全如尸仆那样全盘接收指令，但如果我恶意使用尸舞术，就能极大干扰你的精神，甚至直接杀死你，效果比普通秘术士的精神攻击术强出好几倍。你不害怕吗？"

安星眠一时间说不出话来。对于他而言，单纯地承受痛苦甚至屈辱都不是什么太难的事，但要把自己的精神交给一个刚认识几天的人去掌控，太过于冒险了。毕竟他对雪怀青还不是很了解，只是看到她的表面而已。也许她只是外表温和，却藏着一颗凶戾歹毒的心，甚至她连外表都是乔装的，这些都很难定论。

"其实不用尸舞术也可以，只是稍微冒点险，"雪怀青说，"毕竟在尸舞者的世界里，我只是一个无名之辈，他们未必会在意我。找到须弥子，问完你要问的问题，你赶紧逃离就是了。"

安星眠没有立即回答。他回过身，望向西北方向，那里有南淮城，城里曾经有他的导师章浩歌。章浩歌已经选择了一条不归路，为了一点微茫的希望而羊入虎口，现在他极有可能已经被害了。他原本可以跟着自己逃离东陆，在北陆瀚州辽阔的草原上过轻松惬意的生活，或者他可以持守苦修，没准还能在那些骑马射箭的蛮子中发展出长门的信徒，成为一个新宗派的开山祖师呢。可他最终没那样做，而是像一个真正的长门僧那样，迎向那道生命尽头的无尽长门。

"可见人生在世，或多或少都得做一点儿傻事啊。"安星眠自言自语地说。他重新转向雪怀青，目光中不再犹疑不决，"就那么做吧，用你的尸舞术来控制我。我决定了。"

只是他的心里，还有一个小小的声音怎么也止不住：你为什么答应得那么痛快？其实是因为这个姑娘长得很漂亮吧？是这样的吗？是这样的吧！

三

尸舞者的这种所谓研习会，其实就是比武大会，已经很难考证其开始时间和发起人了。人们只知道一点，几乎每一个尸舞者都渴望参加这样的盛会，更渴望自己能在比武中取得胜绩。雪怀青的猜测虽然只是出于她的个人感受，却一针见血地指出了所有尸舞者的共同心理：他们确实都很害怕寂寞。

尸舞者一生更多的是和尸体打交道，很少亲近活人。即便是生活在人群当中，他们也必须隐藏自己的真实身份，否则会被当成怪物驱赶。在这样的恶性循环之下，尸舞者越来越不愿意和外人接触，他们同时又对自己的同行颇多猜忌，也不可能像长门那样，一群修行者在一起建立一个僧院然后朝夕相处。

另外一方面，尸舞者收徒也十分困难，虽然尸舞术是一种非常厉害的技能，但常年和尸体待在一起的前提让绝大多数人对此敬而远之。许多尸舞者穷其一生也是形影相吊，连个收尸的人都没有，几年一度的研习会就成了他们能够与多人无障碍交流的最佳机会，或者说是唯一的机会。

因此越接近万蛇潭，两人越不断地碰到前来参会的尸舞者。这当中有部分人雪怀青曾经在服侍师父的时候见过，但大多数还是陌生面孔。

"没办法，尸舞者之间的交流实在太少了，"雪怀青说，"如果不是有这个研习会，大概我们永远都不会有联系吧。不过也正因为研习会，同道之间的打架斗殴也多起来了。"

"这样的研习会一般几年召开一次呢？都是由谁组织和接待的呢？"安星眠饶有兴致地问。

"其实是不定的，有时候三五年、六七年，有时候十多年，"雪怀青说，"通常是由当代最有声望的几位尸舞者共同商议，确定时间地点，然后发出通知。虽然尸舞者大多隐居并且经常换住处，但有一些固定传递信息的地方，那里会用密文写下各种信息，入了行的尸舞者每年都会找时间自己去看看，或者派人去打听。至于组织和接待，那是从来没有的，用我师父当年的原话说：'尸舞者如果不具备在任何地方都能把自己伺候舒服的本事，还混个什么劲？'"

"最有声望的尸舞者……那不就是须弥子了？"安星眠忙问。

"不会是须弥子，这个人眼睛长在头顶上，才不会费劲去安排这种事，"雪怀青摇摇头，"过去的四次研习会，须弥子只到了一次，还是被我师父硬拽着去的，而且那一次他就搞得除了他之外的所有与会者都很没面子。因为他一场不败，战胜了所有的强手，而且下手的时候半点不留情，总是让人输得惨不忍睹，毁掉了不少别人精心培养的尸仆。所以尸舞者们的心里都明白他是最强的，嘴上却很难给他什么尊敬，不骂他就算不错了。"

安星眠扑哧一声笑出声来："我还以为你们尸舞者真的能修炼到完全的宠辱不惊呢，原来也那么在意身外的胜负啊。"

雪怀青很认真地说："如果不看重这些胜负，尸舞者还有什么别的可以在意吗？"

安星眠耸耸肩，想起之前长生子为求一胜而不惜毁掉自己培育多年尸仆的事例，然后不再多说。何况前方又出现了其他的尸舞者，他必须闭上嘴，继续装成没有生命的行尸。

"过去四次研习会，须弥子只出现了一次，"安星眠在心里想，"也就是说，这一次他也未必会来。唉，碰运气吧。"

最终到达万蛇潭的时候，安星眠并没有感到兴奋，也并不觉得如释重负。找到万蛇潭不过是第一步，最重要的是找到须弥子，那个极有可能没前来参会的尸舞者。他只能寄希望于有别的尸舞者知道须弥子的下落。真正让他感兴趣的还在于尸舞者本身，他之前做梦也没有想过，自己有朝一日会置身于上百名尸舞者和他们带来的上千行尸当中，这样的胜景还真不是一般人能见得到的。他注意到，尸舞者的种族成分很杂，人类居多，但也有部分羽人和河络，甚至还有几个身形巨大的夸父，大概是为了避免路上过于招摇，他们并没有带来夸父族的行尸，但单看他们本人也足够骇人了。至于魅族，就不是单从外表上能分辨得出来了。

万蛇潭地域广大，人们寻找宿营地时也尽量分开，假如附近有一座山，有人站在山上远远望去，一定会以为这是一群前来野炊的普通人，并且担心周围能找到的食物不够填饱这些人。但其实这里的活人并不多，大多数都是不需要进食的死尸。

而这些尸舞者之间的相处也非常微妙。尸舞者不喜欢交朋友，也不擅长交朋友，即便遇上旧相识，一般也是淡淡地打个招呼。如果是曾经交过手的尸舞者相遇，也不会摆出"仇人相见，分外眼红"的嘴脸。

"把仇恨摆在嘴上和脸上，对于尸舞者而言并没有太大意义，"雪怀青说，"这世上还有比死人更丑陋的东西吗？死人的模样见多了，也就不会在意表面上的东西了。我们只喜欢手上见真章。"

"果然得罪谁都不能得罪尸舞者啊。"安星眠绷着脸继续装行尸，只能微动嘴唇低声地说话。

此时已经是研习会召开的当天，熹微的晨光下，该来的尸舞者基本上到齐了，聚集在湖泊南岸一片广大的空地上。雪怀青带着自己可怜巴巴的一真一假两个尸仆，把附近逛了个遍，并没有发现须弥子的身影。而她其实用不着亲自去找，因为假如须弥子出现，必然会引起轰动。

但是须弥子没有来。

"看来我们只能向别人打听须弥子的下落了，"雪怀青对安星眠说，"我想他不会来了。过去只有我师父才能勉强把他硬拖过来，可现在我师父已经死了。所以没有人能让须弥子来这儿了，除非他自己想来。"

"没办法了，其实我也没指望有这么好的运气能在这里碰到须弥子，"安星眠说，"能找到一群活生生的尸舞者就已经很不错啦，慢慢探问吧。"

"你倒是挺想得开，可你一点也不着急吗？"雪怀青看了他一眼，"长门随时都可能不复存在，你的时间很紧啊，不像我……"

"你怎么了？你到现在还没告诉我你为什么也要找须弥子呢。"安星眠敏锐地发问。

"我只是想找到一个答案，一个可有可无的答案，真找不到也没什么大关系，"雪怀青说，"所以我不着急。"

"你不着急，我应该着急，可我急死了又有什么用呢？"安星眠说，"我尽力做好自己的本分，事情能不能成又不是我能掌控的。假如长门命中注定要被灭门，我把自己的头砍下来也是没用的。"

"看来你们长门僧的心态都挺好的。"雪怀青淡淡地说。

"应该说是我心态挺好，我的导师就比我着急多了，"安星眠一笑，"对了，你一直和我说话，就不怕引起其他人怀疑吗？"

"尸舞者经常这样自说自话，你这样的尸仆就是最好的听众，"雪怀青说，"长年累月地离群索居，不说话的话，也许很快就忘记该怎么说话了。"

安星眠从鼻子里轻叹一声："你们活得还真是寂寞……咦，是不是要开始了？"

雪怀青把视线转过去，正看见一个精神矍铄的健壮老者大步踏上早已搭好的一个土台。如雪怀青所说，尸舞者的研习会并没有特定的组织者，这个土台是尸舞者们自发命令尸仆合作搭建起来的，高大而宽阔，夯得十分结实，正好用来比武。每一次研习会，人们都会根据当地的土质特点来进行类似的作业，每次都能完成得不错。这是一个很奇怪的现象：一群从来没有组织没有首领的人，却能如此默契地响应号召，完成一次大规模的聚会，这也许是这些孤独的人所特有的一种团结方式。

"那个老头是谁？"安星眠问。

"我猜他应该是云孤鹤，一个被羽人收养的人类，这次研习会的发起人之一，"雪怀青说，"他也许实力比不上须弥子，却算是这个时代尸舞者中最有威望的一个，曾经因为帮助羽皇平叛而名声大噪。"

"帮助羽皇平叛？这么厉害？"安星眠很是好奇。

"听说是羽皇遭到袭击，身边的侍卫几乎被杀绝了，但是云孤鹤用尸舞术不断操纵死尸站起来战斗，最后到了力竭的时候，援兵刚好赶到，拯救了羽皇。所以他没准算得上是历史上第一个得到君王重赏嘉奖的尸舞者。"

"真是精彩的人生，"安星眠啧啧赞叹，"那他怎么没留下来给羽皇做官？现在人类的朝廷里有羽人和河络的官员，羽人的皇朝里也早就有人类和魅族了。"

"他未必不想，可是羽皇没这个胆子啊，"雪怀青说，"谁知道他会不会某一天干掉羽皇，然后操纵着羽皇的尸体做一个傀儡主人？尸舞者永远不可能得到外人的信任。"

安星眠没有回答，心里想着："我让你用尸舞术侵入了我的精神，那算是足够信任你了吗？"

此时尸舞者们的视线都集中到了土台上，注视着云孤鹤。云孤鹤的名字听起来清雅，长相却显得和善讨喜，一张脸圆乎乎的，面色红润、满带笑容，再加上健壮的身材，看上去真像是一个江湖上到处都能见到的那种有名望、有人缘，擅长四处做和事佬的武林名宿，而不像一个总是与阴暗、神秘、孤寂、冷漠等名词联系在一起的尸舞者。不过他一开口，就有点儿不一样了。

"你们这群远离人世的疯子和怪物，寂寞很久了吧？"云孤鹤声如洪钟，中气十足，"那就赶紧开始自相残杀吧！不必怕死，死亡就是永恒的解脱！"

这就是他全部的致辞，简洁冷酷，一针见血，让第一次听到如此说辞的安星眠有点不知所措。他看看雪怀青，发现她也有些发呆，双手无意识地握在了一起。

她想到了什么呢？安星眠想，这个只有十九岁的年轻女子，是否会想到她今后漫长的人生，将一辈子过着孤单冷寂的生活，然后苦等着几年一次的研习会，去用性命疯狂一次？她会不会开始后悔自己的抉择呢？至少，这一切从表面上是看不出来的，因为雪怀青从来不喜欢把情感流露在外。在刚才一瞬的惆怅之后，她又迅速地恢复了常态。

云孤鹤只讲了那些话，随即慢吞吞地沿台阶走下了土台。尸舞者们好像很习惯他这样自嘲的话语，甚至没有人配合发出哄笑。和其他的聚会的热闹全然不同，尸舞者也不喜欢相互交流，而他们带来的尸仆固然数量众多，没有主人的驱使也不可能说话，因此会场依旧安静，甚至掉一根针在地上都能听得到。

安星眠正在猜测接下来会发生什么，一个身材瘦削的中年男人已经带着尸仆站上了土台。他的背后跟了十三个尸仆，比长生子和何七少一个，可见功力不俗。此人瘦瘦高高，手上青筋暴露，脸色蜡黄，倒是比他那些强壮的尸仆更加接近一具行尸。

"这个人我也见过，"雪怀青低声说，"他名叫杨重，主要修炼毒术，操控的尸仆并不算多，但他用毒很厉害，我师父都对他忌惮三分。好像他的性子也比一般的尸舞者急躁一些，所以这次首先跳出来挑战的就是他。"

杨重站到台上，人们都等着他说话，但他沉默了许久，一个字都没有说，只是板着脸抬头望天，好像是确定他的对手会主动上台来。果然，终于有一个人站上了台。那是一个年轻的女子，看起来也就比雪怀青大个两三岁，但是却多了许多妖媚的气质。她的脸上盈盈带笑，看似甜蜜地望着杨重，背后跟着八个尸仆。安星眠想起雪怀青说过，她最多能操控五个尸仆，看来这个女子在尸舞术方面比雪怀青进度快多了。

"离开我的时候，你只能操控五个尸仆，现在已经可以带上八个了，很不错啊。"杨重说，语气很平淡，但安星眠能听出其中蕴藏的恨意。

"还不是全靠师父您的教诲，婉儿才有今天啊。"女子依然笑得十分灿烂，声音也是柔媚婉转，很是动听。

"我的教诲还在其次，你从我手里偷走的毒经恐怕作用更大吧。"杨重的声音里多了几分狠意。

只不过短短三句对话，安星眠已经大致明白了这两人的纠葛。名叫婉儿的女子曾经是杨重的徒弟，后来却偷走杨重的毒经，背叛了他。杨重自然是对婉儿恨之入骨了，但婉儿今天敢在研习会上露面，并且敢站上台来挑战杨重，可想而知已经做好了充分的准备。

"看来尸舞者的世界和常人的世界还是相通的，"安星眠自言自语，"师徒之间的老套路万年不变啊。"

"尸舞者也是人。"雪怀青简短地回答。

两人都注视着场上的拼斗。两位尸舞者各自占据着土台的一角，他们所带来的尸仆则对面而立，纹丝不动。过了好几分钟后，这些尸仆仍然没有动弹，就像是泥塑的雕像。

"他们为什么不动？"安星眠忍不住问。

"仔细看空气。"雪怀青说。

安星眠瞪大了眼睛，然后很快看出了端倪。土台上的空气颜色在变，那是因为尸仆们都在从身上向外散发出一些颜色极淡的气体，不过双方尸仆的气体颜色各不相同。杨重的尸仆释放的毒气是淡青色的，而婉儿的则掺杂了一些紫色。

片刻之后，即便没有雪怀青的提醒，任何人都能看出场中的异常了，因为毒气的颜色在不断加深。青色和紫色的烟雾混杂在一起，令尸仆们的肤色也产生了一些变化，他们的皮肤开始泛出青紫。

"我猜想，这大概是在考验谁的尸仆更能耐毒？"安星眠说。

雪怀青点了点头："杨重精研毒术，他们师徒对抗，自然是以用毒和抗毒为主。不过这个叫婉儿的女人很不简单哪，竟然能和杨重对抗那么久而不落下风。"

看起来，婉儿的确是从偷走的毒经里学到了一些精髓，她的紫气始终没有被青气所压制，杨重的脸色也越来越难看。即便他最后能取胜，和一个曾经是他徒弟的年轻对手僵持这么久，面子上也实在有些过不去。

他猛地暴喝一声，右手食指伸出，锋锐的指甲在自己的脸颊上划出了一道伤口，鲜血流了出来。这一招似乎能短暂提升他的力量，土台上的青气陡然浓重起来，婉儿的尸仆皮肤上开始冒出燎泡，有些抵挡不住毒气的侵蚀了。

但婉儿并没有慌张，反而显出一种与她年龄不相符合的镇定自若。她甚至从怀里掏出了一支眉笔，开始旁若无人地描起自己的眉毛。杨重气得脸色铁青，攻势愈加猛烈，婉儿的尸仆一个个皮肤开始斑驳脱落，留下可怕的伤口，就像是被大火烧伤毁容一般。其中一个体质稍弱的尸仆更是连左眼都被腐蚀了，眼眶里只留下黑黢黢的空洞，不断流出脓液，看起来相当瘆人。

毒气渐渐扩散，超越了土台的范围，离土台较近的尸舞者们反应各异。功力较浅的纷纷后退，以免自己或者宝贵的尸仆受到毒害，而实力较强的高手则纹丝不动，甚至还有主动向前靠的，彼此之间颇有点较量的味道。雪怀青离得远，倒是不紧张，但安星眠已想到了一些别的。

"就算能偷走一本毒经，这个女孩子恐怕比你也大不了几岁，怎么也没办法修炼到能和师父对抗的程度吧？"安星眠皱着眉头问。

"尸舞术从来都没有速成的法门，只能循序渐进逐步提高，除非是须弥子那样的旷世奇才，"雪怀青回答，"所以我也有点不太明白，为什么她看起来胸有成竹，她的尸仆已经快要毁光了，你看，脸颊上的骨头都已经露出来了。"

的确，婉儿的八个尸仆都已经面目全非，皮肤和肌肉被严重腐蚀，有些地方甚至露出了白骨。相比之下，杨重的尸仆仅仅是肤色有些改变而已，两人相比高下立判。可婉儿还是毫无惧色，嘴角始终挂着一丝诡异的微笑。

再过了一会儿，婉儿尸仆身上的血肉内脏已经被完全腐蚀干净，只留下了八具森森白骨，尸舞术已经不能再维系这些白骨的行动。终于，它们发出咔嚓的脆响声，散落一地。

正当人们的视线都集中在那些散架的白骨上时，他们都没有注意到，此时的紫色和青色两种气体悄然起了变化，仿佛是其中的某些成分逐渐中和，两种颜色的毒气一点点混合在一起，产生了一种新的黑色毒雾。这种毒雾比重较大，沉在下方，并且向土台外扩散出去。

突然之间，杨重发出一声长啸，而婉儿也同时暴喝一声，那些新生成的黑色毒气像被赋予了生命，以闪电般的速度卷向台下，一瞬间把站在土台前方的一个尸舞者包裹在其中。这名尸舞者蓦地一声惨叫，倒在了地上。

而杨重和婉儿同时纵跃下台，站在这位尸舞者的身前。两人的手已经紧紧地挽在了一起，状极亲密，刚才的敌意一扫而空。

"这才是他们俩的目的，"安星眠丝毫不感到意外，"两个人扮成仇人，演一出戏，以便偷袭这个真正的仇家。"

那股黑色的毒气显然是致命的，因为那个被袭击的尸舞者背后足足跟了十七个尸仆，已经和雪怀青的师父姜琴音旗鼓相当了。但在被毒气包围之后，他立即瘫软在地，并不时发出痛苦的号叫，可见以他的功力也抵挡不了这种剧毒。他的面孔很快也变得难以辨认了。

其他的尸舞者默默看着眼前的一切，既没有人出声质疑，更没有人上前阻止。这样的阴谋诡计在尸舞者眼里好像是十分寻常的，根本不值得为之大惊小怪。

杨重和婉儿携手站在了这位垂死的尸舞者身前。杨重冷笑一声："五年前，我们在夏阳城相遇的那一次，你好好挖苦了我一番，说我'糟糕的尸舞术只怕连抬棺材的尸仆都凑不齐'，还当着我的面劝说我徒儿离开我，拜入你的门下。现在，你没有这个机会了。"

"五年前遇到你的时候，你的眼珠子就没有从我身上离开过，"婉儿依旧笑得十分甜美，"所以我敢肯定，只要我出现在台上，你一定会挤到前面来，正好方便我们下手。你那会儿一定十分开心看到我们师徒决裂吧？"

安星眠轻轻叹了口气："就是为了五年前的几句言语冲突，就处心积虑在五年后取人性命？看起来，尸舞者也并不像你所说的那样心如止水、无欲无情嘛，至少报复心足够强。"

"尸舞者也是人，"雪怀青重复了一遍之前说过的话，"更何况，对于尸舞者来说，想要撬走别人的徒弟，原本就是犯了大忌。徒弟不只是传承衣钵的人，还是唯一给尸舞者死后收尸的角色。尸舞者平日里对尸体再不敬，总还是希望自己死后能入土为安。"

"我觉得加上'更何况'这三个字前缀的应该是：这位杨重先生和婉儿的关系显然并非普通师徒，"安星眠感叹着，"尸舞者果然也是人啊。"

他看着那个连名字都没有被提起的尸舞者在毒雾中被侵蚀见骨，最终化为一摊脓血。身旁，所有的尸舞者都平静地看着这家常便饭般的一幕，而报复成功的杨重师徒早已消失不见。

接下来的几场比试终于没有什么骗人的花招了，打得也都热闹好看。尸舞者的练习方向各不相同，有的着力于把尸仆培育成武士，有的如雪怀青那样把尸仆变成移动的毒囊，更加高深一点的还能利用阵法放大自己注入的精神力，令尸仆们可以合力释放出强大的秘术，近乎秘术士。而尸舞者们一旦开打，根本就不在乎自己的性命，到了中午的时候，又有三名尸舞者在拼斗中死去，还有两个身负重伤。

这难得一见的精彩场面，连雪怀青都不知不觉看得十分专注，安星眠却有点心不在焉。他还在想之前第一场比试中发生的一切。仅仅因为几年前几句言语上的侮辱，杨重就能记五年的仇，并且和婉儿一起做戏来偷袭对手，可见尸舞者表面上宠辱不惊，恐怕内心多少都有一些阴暗的事物存在。他们完全可以为了微不足道的事情而对旁人痛下杀手。

照此推断，当年须弥子对那三十位长门僧下手，也许并不是因为什么大事，而仅仅是出于某些可能让外人看来哭笑不得的理由，他也未必会对长门僧们持守的秘密感兴趣。简而言之，须弥子可能压根儿就不知道天藏宗的隐秘究竟是什么。这个猜测让他的心情莫名地沉重起来，他甚至有些希望须弥子不要现身，以免听到他亲口给出否定的答案。

傍晚时分，第一天的研习会结束了，一共有七位尸舞者在这个名字听起来和睦友善的大会中丧生，受伤的就更多了。但须弥子始终没有出现。

第二天的拼斗更加激烈，出场的高手越来越多，安星眠甚至见识了一场十八名刀客对战十八名枪手的激战，这三十六个尸仆中的每一个拿到江湖上都可以算得上一流高手，而它们的这一战也实在是惨烈血腥，到最后只有五个尸仆还算完整，剩下的基本不能再用了。

这些尸舞者无所顾忌地赔上自己辛苦培育的尸仆，甚至自己的性命，只是为了在研习会上片刻胜利的快感，这或许正说明了他们内心的压抑有多深。安星眠甚至有点可怜他们了，但转头一想，像长门僧这样为信仰而不顾一切的群体，和他们又有多少本质的区别呢？也许尸舞者还在暗中觉得长门僧可怜呢。

安星眠胡思乱想着，脸上的表情僵硬，目光呆滞，倒是一副很完美的行尸模样，没露出任何破绽熬过了第二天。然而须弥子还是踪影全无。

"他大概不会来了。"雪怀青说，并没有显得太失望，或许这早就在她的预料之中。

四

转眼到了第三天，也是研习会的最后一天，当一位身后带了十九名尸仆的尸舞者以弱胜强战胜了可以操控二十个尸仆的对手之后，场中出现了长时间的寂静。没有人敢轻易现身挑战了，因为到了这个层次的对手，没有一个是好惹的。尸舞者固然是来此寻找热血和刺激并且是不惜命的，但也没人愿意白白送命。安星眠也继续摆出呆若木鸡的神态，脑子里不断盘算着，见不到须弥子，下一步应该怎么办。也许只有把希望寄托在白千云身上了，但愿他能直接找到皇帝老子的真实想法，要不然，索性找个秘术士去偷取天藏宗门人的记忆？又或者……

一阵喧哗声传入耳中，他才回过神来，看看周围，尸舞者们的表情都不一样了。那一张张原本僵尸一样麻木不仁、见到有人被杀死都不会皱眉头的脸上竟然都露出了或多或少的兴奋和期待。

他连忙往土台上看去，发现上面已经站了两位尸舞者，都是上了年纪的老人，一个长发长须，但须发都如年轻人一般漆黑，满脸神采飞扬，只是从脸上掩饰不住的皱纹能看出他是个老者；另一个则衰迈干枯，头顶已经全秃了，站在土台上颤巍巍的，似乎随时能被风吹倒。但所有尸舞者望向这两人的眼神都包含着某种敬意，或者说，敬畏。

因为他们背后各自带着二十多个尸仆。长发老人有二十四个，秃顶老人则有二十五个，这是两个十分骇人的数字，说明他们已经是当代尸舞者中的翘楚。雪怀青叹息了一声："我师父死的时候能带十七个尸仆，而她这一生的目标也不过是带二十个而已。她连这两个人都不如，还在痴心妄想要打败须弥子。"

"就像你所说的，尸舞者活得那么无聊，总需要找点目标嘛。这两位是什么人？"

"我猜想，他们就是当代尸舞者中仅次于须弥子的第二号和第三号人物，或者说，并列的第二号，"雪怀青说，"黑头发的那个叫轩辕无心，秃头的那个叫谭笑，他们都是被认为有希望和须弥子抗衡的人，而他们自己也是这么想的。"

这两人站在台上后，果然气势上就大不相同，尸舞者们也在短暂的喧闹后重归平静，等待着两人开口。两人对望了一眼，谭笑点点头，轩辕无心向前踏出一步，清了清嗓子："你们等了三天，估计等的既不是谭老头儿，也不是我，而是另一个人吧？每个尸舞者，都想亲眼见到那个人，对吗？"

这段开场白让所有人大大出乎意料。如雪怀青所说，轩辕无心和谭笑一直希望自己能打败须弥子，正因为如此，平时他们绝少在口头上提及此人的名字。现在轩辕无心开门见山地把须弥子作为话题，这是想干什么？公开挑战？

没有人搭腔，大家都在等着下文。谭笑也走到了前面，和轩辕无心并肩而立："一直以来，所有人都传言，说须弥子是这个时代最好的尸舞者，甚至可能是几百年来最好的尸舞者。这番话别人听了可能会相信，但我们老哥俩偏偏不信。"

人们面面相觑，似乎有点意识到这两人要宣布什么消息了，安星眠更是心头一紧。听这两人的口气，难道须弥子已经折在他们手里，甚至已经丧命了？那样的话，可太糟糕了。他稍稍侧头看了一眼雪怀青，发现她也略有点脸色发白，一定也是想到了同样的事情。

土台上的轩辕无心继续说下去："所以在这次研习会开始之前，我们费了很大的力气，终于在雷州的万花谷找到了须弥子。"

这句话一说出来，人群顿时哗然。长期以来，须弥子一直是一个神龙见首不见尾的人物，以至于很多人都在传此人其实早就死了，眼下听到轩辕无心亲口说出他找到了须弥子，难免让人心痒难耐。

等人群安静下来，轩辕无心接着说："我们劝说须弥子来参加这个研习会，以便和我们切磋切磋，他却明确表达了对研习会的不屑，并且对我们说，'一群杂碎混在一起，仍然是一群杂碎，不可能变成菁华，我又为什么要跑到杂碎堆里去打滚呢'？"

"这倒是须弥子最典型的说话风格，"雪怀青喃喃地说，"我师父是唯一一个能让他收敛一些的人。我师父死了，就再也没人能限制他了。"

轩辕无心转述的这些话显然激怒了尸舞者们，但他们并没有像寻常江湖人那样开始破口大骂，而是依旧保持着缄默。这或许是由于尸舞者一向崇尚强者，须弥子的强大让他们觉得，在须弥子背后说他的坏话是可耻的。

"所以你们和他动手了，对吗？"台下有人问。那是两天前主持研习会开幕的云孤鹤。他身份特殊，只是观战，并没有向任何人挑战，也没有任何人敢去挑战他。

"那当然了，我们不容许有人这样侮辱我们，"谭笑恨恨地说，"我们老哥俩也早就看不惯须弥子的张狂了，于是趁着话头，向他约战。三天之后，我们在万花谷进行了一场决斗。嘿嘿，真是没想到啊，须弥子平日里如此狂妄自大，自以为自己是古往今来排行第一的尸舞者，和他一动手，我们才发现……"

说到这里，他故意住口不说，卖关子。安星眠心想："你们发现了什么？须弥子其实外强中干、不堪一击？可雪怀青亲眼见过须弥子的神通，难道当时只是须弥子在使诈？"

人们屏住呼吸，都在等待谭笑的下文。可恨的是，他偏就磨磨蹭蹭，不继续说下去，轩辕无心和他并肩而立，也是脸带神秘莫测的微笑。

"是的，我们和须弥子动手了，"轩辕无心终于开口说道，"然后我们才发现……"

他顿了一顿，猛然间提高了声量："然后我们才发现，须弥子所言不虚，他果然是古往今来尸舞者中的帝皇！我们输得屁滚尿流、心服口服！"

"没错，须弥子轻松打败了我们！"谭笑紧跟着也大声喊道，"我们和他相比，就如同烛火之光和日月争辉，简直是不自量力！"

这一番话说出来，所有人都惊呆了，之前两人铺垫那么多，最后说出来的却不是大家以为的内容，前后过于强烈的反差让他们目瞪口呆，无言以对。安星眠更是忍不住要扑哧笑出声来。

"这两个老头疯了吗？"他强忍着笑对雪怀青说，"这简直像是在说相声。"

"他们可能真的发疯了，"雪怀青没有笑，"通过这几天，你也能看出来，尸舞者是一个有极强自尊心的群体。就算他们真的被打败了，也不可能像今天这样当着那么多人的面故意折辱自己。"

"也许他们是中了毒之类的，所以逼不得已以求保命？"安星眠猜测。

"那他们宁可选择被毒死。即便成为死尸，也比这样被羞辱强，"雪怀青的语气很肯定，"更何况轩辕无心和谭笑是多么硬气的两个人，轩辕无心曾经一个人击杀过七名受雇杀他的天罗杀手，谭笑年轻时在深山被狼群围攻，双腿严重受伤，最后独自杀灭群狼，靠两手撑地爬行爬到了山下。这样的两个人，还会害怕什么死亡威胁？"

安星眠不笑了。他抬起头，看着台上一脸谦卑，或者说一脸自轻自贱的两位尸舞者高手，再看看周围其他尸舞者们茫然不解的脸，突然，一个念头冒了出来。

"那么就只有一种解释了，"他慢吞吞地说，"这两个人，的确已经是死人了。"

雪怀青一愣，随即眉头一皱，明白了安星眠的意思。

"这种事情，也只有这个老混蛋才有本事干出来。"她低声说道。

这句话刚刚说完，土台上就传来了一个声音，既不属于轩辕无心，也不属于谭笑的第三个人的声音。那是一阵笑声，得意而狂傲，带有一种目中无人的强烈气势，让人一听到这笑声就感觉很不舒服。

人们定睛看去，笑声来自一名尸仆，一个一直站在谭笑身后的尸仆，相貌平凡木讷，像一个一辈子在土里刨食的穷苦老农。但从他嘴里发出的笑声并不显苍老，充其量是一个中年男人，声音霸气十足、震人心魄。突然，台下的云孤鹤浑身一震，失声叫道："是你！是你！你也来了！"

云孤鹤一向红润的脸色刹那间变得惨白，整个身子都禁不住有些轻微的颤抖。这个曾经面对几百名敌人也毫无惧色，几乎是用性命保护了羽皇的传奇人物，此时此刻却吓得面无人色，声音嘶哑地不断重复着："是你！你也来了！"

"是我。我来了。""尸仆"轻松地回答着，大步走到土台边缘，轩辕无心和谭笑乖乖地闪到他身后，像两个忠诚的跟班。

"尸仆"伸出手，在脸上一抹，刚才那副木讷呆滞的容貌不见了，取而代之的是一张中年儒生优雅英俊的面庞，尽管左侧脸颊上有一道陈旧的伤疤，但仍然难以掩饰他的风采。和这张风度翩翩的脸不相匹配的，是这个人的两只眼睛。他的目光锋锐如利剑，充满了冰的冷酷与火的侵略，还有一种俾倪天下的凌人盛气。

"抱歉，和大家开一个玩笑，调节一下气氛，"这个人嘴里这么说，语气却丝毫不含歉意，"不过我也不算完全骗你们，这两个老头儿的确去找过我，也的确和我交过手，只不过他们都败了。所以我杀了他们，把他们俩都做成了尸仆，带到这里让你们看看。"

"没错，我就是须弥子，"他以一种招呼朋友喝茶的亲切口吻说道，"大家好。"

第六章
宿敌重逢

一

宏靖十七年十月。正当非典型长门僧安星眠在幻象森林深处混迹于尸舞者的行列中时，在他的同门们身上出现了一些他绝对想不到的变化。这变化来得如此迅猛，令人始料未及。

兰清已经在澜州西部的小镇庆榭镇躲藏了一个月。当皇帝在整个东陆掀起抓捕长门僧的狂澜时，他机敏地逃过了第一次搜捕，一路东躲西藏，最终在庆榭镇安顿下来。庆榭镇离锁河山不远，经常有采药人途经此地进山采药，所以镇上总是有很多陌生面孔，方便他隐藏自己。

他想了很久，也不明白长门僧到底干了什么，以致招来这场弥天大祸。在第一次搜捕中，他是躲到一口枯井里才逃脱的，并且在井里亲耳听到自己的导师和两位师兄被抓走的动静。他们并没有反抗，只是询问官兵为什么要抓这些无辜的人，然而最终换来的只是一顿拳脚。

"皇帝疯了，"兰清想，"我无力改变什么，甚至没办法救出导师，只能想办法保护自己。"为此他在庆榭一直待得小心翼翼，从来不敢招惹任何是非，也不去主动打听任何外界的新闻。只是由于工作的关系，他不必打听也能获知消息——他在一个路边茶铺里做杂工，挑水、烧水、扫除外加兼任茶博士，经常能从茶客们的只言片语中听到点风声。抓捕长门僧的行动是全国性的，虽然行动较为隐秘，时间长了消息也会迅速传开。在这样山高皇帝远的荒僻小镇，官府更担心的是和羽族的紧张关系，百姓愿意嘴碎也由得他们去。

"我前几天路过浔州，亲眼见到三个长门僧被抓走。他们被打得遍体鳞伤，有一个老头胳膊都被打断了，真惨哪！"这一天中午，一位茶客又和他的朋友们谈论起了这个话题。兰清装作不经意地清理邻桌的残茶，竖起耳朵听。

"真不知道他们干了些什么，会招来那么大的祸事，"另一位茶客摇着头，"他们又不像天驱那样，时刻想挑起战争荼毒生灵才会一直被禁绝，只是一群老实过日子的苦修士啊。"

"是啊，前两个月皇上不是还刚用大礼迎接一具德高望重的长门僧肉身吗，怎么突然就变脸了？"第三个茶客插口说。

"我听说啊，那具肉身在大庭广众之下自己起火焚毁了，让他大丢面子，说不定皇上是由此把长门视为凶兆了呢。"

兰清听不下去了，转过头去招呼一名刚走进茶铺的茶客。他对这位皇帝虽然谈不上了解，但从最近若干年的理政来看，至少不是一个昏君或者暴君。因为"丢面子"这种小事对整个长门大动干戈，不是皇帝的作风。他相信这背后必然藏了什么深层次的原因，可惜以他的见识，实在无法想得到。

那几位茶客在下午离去。兰清前去清理桌子时忽然呆住了。他看到桌角有人刻了一个记号，一个椭圆形的小标记，这世上除了他那个宗派的长门僧，没人认识这种记号。那是这个宗派成员相互联络用的暗号，这个椭圆形代表着他们腰间拴着的那根粗麻腰带。

而椭圆形周围刻的其他符号，则代表着事件的具体意义。眼下椭圆形的旁边是一个三角形符号，这代表有人在召唤附近的同门现身相聚，有重要事情相商。

真是奇怪了，兰清呆呆地看着这个记号。在这样一个偏僻小镇，危险时刻，怎么会有人特意留记号召唤同门呢？

他想了很久，得出这样的结论：或许正是由于时局危急，所以才有夫子特意召集聚会商议对策，而这样的会议不能张扬，选在小地方反而更加安全。这是长门僧自救的关键一步！他内心一阵激动，差点儿把桌边的一个茶碗碰到地上。

好不容易熬到茶铺打烊，已经临近深夜了。他手里举着一根蜡烛，费力地寻找指路的标记，路上还遇到镇上的打更人。打更人用奇怪的眼神望着他，他只能支支吾吾地解释说，自己的钱袋丢了。

"啊，辛辛苦苦挣俩子儿可不容易，赶紧去找吧！"打更人理解地说。

兰清松了一口气，逃也似的跑开，继续寻找路标。他在几处墙角和树皮上找到了隐秘的记号，按照记号指引的方向一路向西，渐渐离开了小镇。

他的心里充满了要见到同门的亲切与渴望，跟随路标来到一处野外的荒坟。那里埋葬着因瘟疫死去的人们，一向无人打理。此时月黑风高，四野里只能听到凄厉的风声，有如孤魂呜咽，即便是精神修为过硬的长门僧，也难免有些悚然。兰清咽下一口唾沫，硬着头皮继续向前，心里只能这样自我安慰：这样的地方，肯定不会被外人找到。

在荒坟里走了一段路之后，他隐隐看到前方有一个站立的黑影，连忙快步迎了上去。对方看见他靠近，压低声音说了一句："觉者无心。"

这正是长门相互间的切口，兰清心中大喜，立即回应说："长门无垠。"刚说完这句话，他的后脑突然遭受了一记猛击，还没反应过来就已经昏厥过去。

醒来之后，他发现自己被关押在一间门窗密封的暗室里，接踵而来的是各种劈头盖脸的严刑，没有解释，没有询问，上来就是下马威的种种酷刑。他这才明白过来，那些长门的标记都只是陷阱，有人偷窃或拷问到了长门的各种暗记和切口，用来诱捕还没有落网的长门僧。皇帝真是铁了心要把长门一网打尽啊。

半天过后，他已经在酷刑的折磨下昏死过好几次，而对方大概是担心把他弄死了，也暂时停止了行刑，还给他送了些食水。兰清艰难地咽了两口馒头，喝下一碗发臭的浑水，开始努力让自己进入冥想状态，以便减轻疼痛。冥想使他头脑澄明，他陡然想到了一个要命的问题：他所看到的那些暗号并不是长门通用，而是只属于他那个宗派的！也就是说，皇帝真正感兴趣的压根儿不是所有的长门僧，而只是他这个宗派。

皇帝想要干什么？难道是……兰清终于发现了事情的可怕。他这个宗派能够吸引皇帝的，只剩下那个秘密了，死守了上千年的绝大秘密。无论多么艰难的岁月，一代又一代的前辈们都死死捍卫着这个秘密，从来没有泄露过。可是现在，皇帝知道了这个秘密，并且想把它挖掘出来。为了这个秘密，皇帝把整个长门都卷进去作为掩饰，也就是说，除了他所在的宗派，其他的长门僧都只是无辜受难。

兰清正在恐惧中想象未来会发生的巨大灾难时，这间刑讯室的门被推开了，带着刑具的打手们鱼贯而入，最后跟着一个人。这个人走到兰清面前，冷冷地发问："你，是天藏宗的吗？"

二

其他地方发生的事情也大同小异。皇帝在大肆搜捕了大量长门僧后，只是关押着他们，并没有杀害，但在其中秘密筛查所有的天藏宗门人，并将他们提出去单独关押。与此同时，各地都在出现兰清所见过的那种虚假的标记，也有兰清这样的天藏宗门人被诱捕。皇帝的大网在一步一步地收紧。

而安星眠对这一切暂时一无所知，他正在幻象森林里扮演着尸仆，并且目瞪口呆地看着以匪夷所思的方式现身的须弥子。在那一刻，除了"不可思议"这四个字，他真的很难找到别的词句去形容须弥子。

这真是个疯子。作为这个时代最强大的尸舞者，他把排在第二、第三的尸舞者都杀死了，然后把他们做成尸仆，将两位死者原有的尸仆也一起收罗到帐下。然后他乔装成尸仆中的一员，操控着这两具行尸大摇大摆地亮相研习会，成功骗过旁人耳目，让两具死尸表演了一场大戏。直到最后他才真正现身，痛痛快快地嘲弄了所有的人。

这不只是在玩弄其他人，更是一种盛气凌人的公然炫技。轩辕无心有二十四个尸仆，谭笑有二十五个，加上他们本人，登台的一共有五十一人。也就是说，伪装成尸仆之一的须弥子，一个人就轻松操纵了五十具尸仆！这个数字，超过了轩辕无心和谭笑所能控制的尸仆的总和。

另一层炫技则是让死人说话。一般的尸舞者即便修炼到极高的境界，最多也就操纵一名死者说话，而须弥子能同时让两个人相互交谈。这样的修为，的确远远胜过在场的所有尸舞者，难怪他会如此狂傲。

"轩辕无心和谭笑，一般的尸舞者提到他们的名字大概都只有敬畏，"雪怀青轻轻摇头，"可是这样两个高手，竟然静悄悄地死于须弥子之手，真是让人难以置信。"

"而且他还公然带着他们来这里挑衅其他的尸舞者，"安星眠叹了口气，"有恃无恐啊。"

尸舞者们又陷入了长时间的沉默，他们被须弥子的强悍所震惊，也被他的狂傲所激怒，却又明明白白地知道，自己和他相差太远。尸舞者当中，两三人联手对敌也并不少见，但是一拥而上倚多取胜却绝不是他们的风格。

"怎么样，有人想上来和我过过招吗？"须弥子不紧不慢地问。

没有人应答，也没有人出声辱骂，因为尽管尸舞者们都心中不忿，但他们并不喜欢在口头上讨便宜。须弥子脸上带着淡淡的笑容，等了一会儿后说道："看样子，没有人敢上来挑战我了，那么这个研习会索性就此作罢吧。大家都散了吧。"

那一瞬间，安星眠突然发现，须弥子的笑容中闪过一丝悲戚，虽一闪而逝，却没有逃过他的眼睛。他脑子里飞快地分析着，且在极短的时间里找到了答案，这个答案让他有些吃惊，却同时对这位狂傲不羁的奇才生出几分同情。

"须弥子来到这里，不是为了炫耀他杀了那两个人，也不是为了向其他尸舞者挑衅，"安星眠对雪怀青说，"他只是借着那两个人的由头，为自己找一个表面上说得通的理由，来大会里找一个人。他早就想见那个人，但一直不愿意表露出来，借着这次'炫耀'，正好可以制造和她在大会上的偶遇。他果然还是又臭又硬死不服软，但他……的确是真心想要见她啊。"

雪怀青浑身一震，已经明白安星眠话里的含义。她低下头，许久之后才轻声说："真可惜，我师父已经死了。他们再也不能见面了。"

"他刚才那些张狂的话，原本就是说给你师父听的，"安星眠叹息着，"他很清楚，以你师父的脾气，听到他那么说话，即便明知不敌，也一定会现身挑战。可你师父始终没现身，所以现在他也很清楚，他想见的人并没有来。我能看出他的失望——你怎么了？"

他看见雪怀青双眼圆睁，脸色煞白，嘴唇轻微地颤抖。之前即便是面对复仇者的死亡威胁，他也从未见雪怀青害怕过。

"现在任何人都能看出他的失望了，"雪怀青的声音也在微微发抖，"我想，须弥子恐怕要发狂了。"

"为什么？"安星眠皱起眉头。他也发现，刚才一直留在须弥子脸上的那种睥睨天下的自信微笑已经消失得无影无踪。与之相反，此人面色铁青，牙关紧咬，像是一下子蓄满了极大的怨气。

"因为他和你一样聪明，且很了解我师父，"雪怀青说，"他先是判断出我师父没有来，然后马上想到以我师父的性子，这样热闹的场合绝不可能不来，除非……她已经死了。"

"我真不明白，这两个人当年为什么不肯相互低一下头，"安星眠说，"现在他会怎么办？不分青红皂白大打出手？"

"靠近一点就能看清楚了。"雪怀青回答。

这位在场所有人中最了解须弥子的尸舞者发出指令，带着她一真一假两个尸仆，向土台的方向挤过去。

所有人都看出了须弥子情绪的变化，但没有人知道原因。他们所能看到或者说感受到的是，须弥子刹那间变得杀气腾腾，那种与生俱来高高在上的傲气掺杂了刀锋的寒意，仿佛能一下子把空气冻结。

"早知道有今天，我当初为什么要装糊涂呢？"须弥子旁若无人地自言自语，"我自负绝顶聪明，却聪明反被聪明误。到了今天我才明白过来，其实我才是天底下第一号的糊涂蛋。"

这位刚刚还狂傲无比的当世最强尸舞者，好像瞬间换了一个人，语声中充满了哀伤和沉痛。在场的所有人中，除了雪怀青和安星眠，没有一个人知道其中的原因，他们只是惊诧于须弥子的喜怒无常，并且在心中暗自揣测他的这番话究竟是什么意思。而了解真相的两个人，同样为他的真情流露而震惊。

"这个人……真像你形容的那样，从来不肯表露自己的真实情感吗？"安星眠有些感慨，"可是看他现在这样，就好像完全不在乎被全世界人知道心事了。"

"也许是因为他终于发现，他失去的远比他想象的还要宝贵，"雪怀青说，"那种痛楚让他再也无法保持刻意的理智。"

安星眠偷偷苦笑一声，发觉雪怀青这个女孩什么人事都没有经历过，却又好像什么都懂。他继续把视线投到须弥子身上，只见须弥子已经镇定下来，不再说话，但刚才那股杀气反而越来越浓。

要出事了！这个念头在安星眠心头闪过。他背后可是五十个尸仆啊，五十个……

刚想到这里，须弥子背后的尸仆们就已经行动起来。轩辕无心和谭笑突然疾冲向前，朝台下的人群冲去，从手中甩出一片淡蓝色的液体，散落成水珠滴到人们身上。站在前排的几名尸舞者和他们所携带的尸仆还没来得及反应，就已经被这些水滴击中，接触部位顷刻冒出青烟。受袭的尸舞者发出极度痛苦的凄厉惨叫，倒在地上不住地翻滚，而没有痛觉的尸仆们依旧站在原地，可以让旁人看得十分清楚——它们的皮肉都迅速被腐蚀，而且不同于那种慢慢蚀穿皮肉露出白骨的腐蚀，这种蓝色毒液的毒性要强出若干倍，中毒者的身体就好像被扔进水里的糖人一样，以不可思议的速度溶化、变形，几乎是眨眼之间就变成一摊脓血。当那些尸仆彻底被毒液溶化掉的时候，他们的主人也同样永久地消失了。

几乎是在同一时刻，其他的尸仆也都冲下土台，开始对尸舞者们发动进攻。人们这时候才真正意识到须弥子的功力究竟有多么深不可测：这五十名尸仆，竟然能分作数队，采取不同的进攻方式去袭击敌人。除了最开始用作毒囊的轩辕无心和谭笑之外，一部分尸仆拥有钢筋铁骨般的体魄和巨大的力量，能赤手空拳进行肉搏；一部分尸仆拥有敏捷的身手和精纯的招数，能用武器伤人；剩下的则利用精神力共鸣施放秘术，一面为其他尸仆提供辅助，一面直接杀伤敌人。

在这一番突如其来的强大攻势面前，尸舞者们有些手足无措，一上来就死伤了好几人，尸仆更是损毁了好几十具。但这些尸舞者毕竟都是在各种严酷的极端环境下历练出来的，最初的慌乱之后，立即稳住阵脚，开始反攻。虽然他们的个体力量都远不及须弥子，但毕竟人多势众，成百上千的尸仆如潮水般涌过去，劣势很快扭转且占据了上风，须弥子的尸仆开始渐渐被钳制，不但个个身上带伤，还有三具已经彻底被损毁。

但是须弥子显然不在乎。雪怀青猜得没错，对他而言，失去姜琴音的打击远比他自己想象的要沉重得多。他本来就是个性情桀骜、随性而行的怪物，这下子狂性大发，根本不愿意去考虑什么后果，脑子里所想的只有狠狠地杀戮、狠狠地发泄。

"你们都给她做陪葬品吧！"他恶狠狠地喊。

只有雪怀青和安星眠知道他所说的"她"指的是谁，两人原本就打算接近须弥子，所以当他动手杀戮之后，他们并没有退回去，只是混在人群中，仍然和须弥子保持着较近的距离。好在安星眠是个大活人，雪怀青只带了一个尸仆，躲闪起来倒也方便。

尸舞者们都被彻底激怒了。他们固然没有人愿意去主动招惹须弥子这样的强敌，但也绝不会任人欺侮。之前须弥子那些张狂的言行已经让他们怒火中烧，现在既然动起手来，那就不必留任何后路了。实力较强的尸舞者都主动迎上前去战斗，自知实力较差的也都迅速在外围布置了包围圈。看来他们是下定决心，不管付出多大的代价，今天一定要把须弥子彻底废在当场，为所有人解决一个心腹大患。

没有呼喝，没有呐喊，没有激动人心的演说，也没有指挥，尸舞者们默默地执行着各自的使命，尸仆们如同他们的手臂一样，很快就将这个会场围得水泄不通。

这是一场安星眠闻所未闻的惊天恶战。活人站在远端，指挥着无数死人奔跑和攻击，简直是噩梦中的场景，但现场看起来又仿佛理当如此。当然，这一幕看起来比正常的战斗还要血腥许多，因为尸仆们都不知道疲累，不知道伤痛。它们的手臂被砍断，或者面部被毒液毁坏之后，连哼都不会哼一声。除非是被彻底损坏或者被主人放弃，否则他们即便四肢全折，也会继续作战。

须弥子此刻完全展示出了他的实力。虽然他手里只有四十余个尸仆，所要面对的敌人却有数百个，但这四十多名尸仆彼此之间密切配合，攻防有度，阵形严密，表现出了高于敌手数倍的战斗力。在他的尸舞术操纵之下，这些尸仆虽然面对敌人一轮又一轮汹涌澎湃的强攻，却始终没有被击溃，反倒是对方倒下的行尸越来越多。

然而毕竟是众寡悬殊。一片血肉横飞之后，须弥子的尸仆数量越来越少，相应地，彼此照应也越来越弱，而其他尸舞者却有源源不断的尸仆补充上来。这注定是一场损失惨重的战斗，但也注定是一场胜负分明的战斗。须弥子不是神，也许他能同时打倒五个、十个乃至二三十个尸舞者，但当面对着成百上千个愤怒的敌人时，失败只是迟早的事。可他没有退缩，没有服软，仍然全力催动着尸舞术，指挥他的尸仆进行战斗。

"他好像存心想把命送在这儿啊，"安星眠皱起眉头，"一个足够聪明的人不应该做出这种事情。"

"我也觉得是这样，"雪怀青同样有些疑惑，"他和我师父固然彼此爱慕，但我觉得并不至于殉情相随，要说我师父死了他就会自暴自弃相从于地下，恐怕我师父绝不会相信。"

"你真像个恋爱专家，"安星眠微微一笑，随即正色说，"我们应该走了。"

"走？为什么？"雪怀青说，"我还在想我们能不能找到办法把须弥子救出来呢。他要是死了，我们想要问的问题都不会再有答案了。"

"照我看，他不需要我们救，"安星眠说，"如果他既不是殉情的情痴，又不是莽撞的笨蛋，那他就一定留了后招，很厉害的后招。我们留在这儿，恐怕会有危险。"

雪怀青短暂地思考了一下，随即点点头："你说得对。我听你的。"

两人趁着混乱悄悄地退出去，尸舞者们的注意力都集中在战局上，没有人注意到雪怀青这个无足轻重的小人物和她的两个尸仆。两人一口气退到了万蛇潭的边缘，跳上一棵树，从树顶远远观望战局。在攒动的人头中，他们只能勉强看见，须弥子的尸仆只剩不到一半，已经缩到了一个很小的圈子里，外面是层层叠叠的严密包围，根本没有可能突围逃脱。

"我真是很难想象须弥子能有什么脱身的招数，"雪怀青说，"除非他身上藏了什么超越人力的魂印兵器甚至传说中的神器……奇怪！你感觉到了吗？"

"我感觉到了，"安星眠神情凝重，"大地在震颤，我突然有点明白须弥子在耍什么把戏了，他果然是个天才。"

两人都感觉到大树在轻微摇晃，而这种摇晃的力道来自地下。万蛇潭附近的大地在轻微地晃动，好像是一种摧毁力极大的自然现象——地震。但安星眠并不这样想，他已经猜到了正确的答案。

"须弥子真是个天才，"安星眠再次重复这一句话，"他竟然懂得怎么唤醒那些蛇。"

"蛇？"雪怀青一怔。

"万蛇潭得名的来源，"安星眠面色阴沉，"藏在地下的那些似蛇非蛇的怪物。从这个声势来看，这样的怪物可不止一条两条啊。"

尸舞者们也都在激烈的战斗中感受到大地的震颤。他们并不明白这震颤来自何方，但出于稳妥起见，暂时停止了攻击。当然，包围圈仍然存在，只剩下十九个尸仆的须弥子不可能从中逃脱。不过须弥子看上去十分镇定，就好像围着他的不是要命的尸仆，而是一些无足轻重的木桩子。他甚至从怀里掏出一枚形状古朴的埙，有模有样地吹奏起来。

被吹响的埙发出一种很奇怪的声音，尖锐高亢，就像是一个疯子在扯着嗓子大喊大叫，和埙本来应有的幽深、哀婉、萧瑟绵长的音色完全不同。而伴随着这完全荒腔走板的刺耳埙声，地面震动得越来越厉害。

另一种声音掺杂进了埙声里，那声音并不大，就像是春夜里风吹过树枝摆动的声音，却来自地下。听到声音的人们难免会产生某种错觉，觉得就像是深深的地底有一棵大树正在向上飞速地生长，并且从主干上分出无数的枝杈来。

这个奇怪的联想很快得到印证。一名年轻的尸舞者正带着他的七个尸仆，紧张地守着东南方位，以防止须弥子从这个方向逃脱。他的经验并不是很丰富，虽然明知须弥子早已身陷重围，几乎没有可能突然到他面前来，心情仍然颇为紧张，全神贯注地盯着远方，完全忽略了自己的脚下。

突然之间，他感到脚底微微一软，低头看时，地面已经陷下去一小块。没等他反应过来，一团黑乎乎的东西猛地破土而出，把他卷了起来。他发出一声惊呼，身体已经被卷到半空中。由于经验不足，在遭受这突如其来的袭击后，他短暂地忘记了继续使用尸舞术，他所带的尸仆一个个停滞下来。

他挣扎着低下头，想要看清楚这究竟是什么东西，周围的尸舞者则纷纷抬头，所有人都为眼前这难以形容的怪诞景象所震惊。他们看见一个蟒蛇一般柔软的柱状物体，身量巨大，通体漆黑，从地下钻出，正像巨蟒捕猎一般把这位尸舞者卷在当中。但要说这是蟒蛇，它的身体上又没有眼睛和嘴。

可怜的尸舞者还没来得及重新催动尸舞术召唤他的尸仆去解救自己，这条"巨蟒"骤然发力，真像蟒蛇绞杀猎物那样，开始紧紧缠绕他。尸舞者眼珠突出，五官扭曲到一起，浑身上下发出一阵清脆的咔嚓声响，竟然已经被挤断了所有骨头。啪的一声，他被扔到地上，软绵绵地毫不动弹，已经气绝身亡。随着他的断气，加注在尸仆身上的精神力顿时消散殆尽，七个尸仆也一齐倒在地上，化为腐尸。

更加令人惊诧的一幕还在后面。这条"巨蟒"慢慢俯下身，忽然身体分裂开来，化为若干细长触手状的分身，原来它巨大的身躯是由这些触手组成的。其中一条触手来到死者身边，裂开一道大口子，把尸体整个包裹起来。这触手比之前集合在一起的形态要细很多，所以尸体被包裹进去之后，可以清晰地在触手上看清楚人体的形状，这也正是蛇类捕食的形态，能够把比自己的身体粗很多的猎物囫囵吞下。

紧接着，触手上鼓起的那一大块开始向地面缩进，很快消失在地下，仿佛是完成了一次进食的过程。而其他的触手则像鞭子一样在半空中舞动，开始袭击其他的尸舞者。

更加糟糕的是，整个万蛇潭的地面上出现了上百个这样的陷坑，上百条"巨蟒"破土而出，有的维持原有形状，有的迅速分裂成触手。一时间所有的尸舞者都陷入了它们的围困中。

尸舞者们全体哗然，面对这种谁都没见过的古怪杀人生物，再也顾不上对付须弥子了，而是召回尸仆守护在自己身边，全力寻求自保。

这些触手并不好对付，它们力量惊人，速度奇快，像一条又一条有生命的长鞭。假如用兵器斩断一根触手，就会从断口处喷溅出腐蚀性的毒液，烧灼人的皮肤。更为不妙的是，这些毒液会慢慢化为气体，让吸入者头昏眼花。一时间万蛇潭里毒气弥漫，尸舞者们陷入了苦战。

而安星眠和雪怀青此时则在暗自庆幸。他们提前逃离了触手的包围圈，现在暂时处在安全地带，可以坐山观虎斗。否则的话，他们俩谁也没有把握能够对付这样一种未知的怪物。

"我之前就曾经猜测，这种传说中的'地底毒蛇'究竟是什么，现在看来，我的猜测是正确的，"安星眠说，"这是棘魅。"

"棘魅是什么？"雪怀青问。

"我也是在一些很偏门的志怪书籍上看到的，"安星眠说，"棘魅是一种很奇特的生物，生存于地下，行动起来像动物，却又像植物一样有根。棘魅的身体像一条又一条的章鱼触手，可以扭结到一起形成一个更庞大的母体。它们通常群居在一起，具有很强的攻击性，据说原产于云州。当然了，云州到现在还是一片人迹罕至的迷域，这些关于云州的传说终究只是传说罢了，谁也无法证明。"

"但现在，至少棘魅的存在已经被证实了。"雪怀青说。

"而且这种生物的可怕程度也被证实了，"安星眠望向远方，"老实说，如果在场的不是尸舞者而是普通凡人的话，就算数量再多一倍，恐怕也招架不住。"

安星眠没有夸大，尸舞者的特性的确帮了他们大忙。首先尸舞者常年和毒物打交道，对毒药的抗性远比一般人强，因此即便万蛇潭里已经是毒雾弥漫，他们仍然还能坚持下去。更重要的是，直接战斗的是尸仆，尸仆不会对棘魅的可怖外形与惊人威力产生畏惧，不会受到毒气的侵扰，皮肤被腐蚀或者被触手击中也不知道疼，因此尸舞者们虽然陷入苦战，但阵脚没有乱。经验老到的云孤鹤此时也挺身而出，开始指挥人们一点一点聚拢，然后逐步突破棘魅的包围，伺机冲出万蛇潭的范围。

不少尸舞者在激斗的余暇中发现，有一个人自始至终都没有受到半点来自棘魅的攻击，这个人就是须弥子。他现在正悠闲地站在万蛇潭的中心地带，手里握着那枚音色奇特的埙，一脸幸灾乐祸地看着苦斗中的尸舞者们。人们意识到，这些地底怪兽的出现，正是在须弥子吹响这枚埙之后。

现在他们自顾不暇，根本没有任何分心的余地去质问须弥子，只能眼睁睁地看他带着残余的十余个尸仆旁若无人地退走。非常奇怪，那些凶狠的触手不加选择地攻击地面上的所有人，偏偏对须弥子没有一丁点动作，仿佛须弥子和他的尸仆压根儿就是不存在的。

"他果然是有备而来啊，"雪怀青说，"这才是须弥子的作风，虽然胆大妄为，但无论做什么事都会事先谋划周详。"

"不过他谋划得再周详，也不会想到，在这个研习会里有两个人专门想要找他，"安星眠说，"我们跟上去。"

三

须弥子的行进速度并不快，或许是因为他胸有成竹，身后的尸舞者们早已自顾不暇，不可能再追逐他。所以他轻轻松松地离开，剩下的尸仆只有十三个了，紧紧跟在他身后。

安星眠和雪怀青在后面远远地跟随着，不敢轻易靠近。两拨人一先一后，渐渐远离万蛇潭，直到身后的厮杀声再也听不见了。雪怀青忽然停住脚步，安星眠很是奇怪，但也跟着停了下来。

"怎么了？"安星眠问。

"你以为须弥子会任由我们跟在他身后而毫无察觉吗？"雪怀青说，"那样的话，他就不是须弥子了。再跟下去，也许他会不分青红皂白下杀手，你我二人抵挡不过。"

"你说得很对，只不过，我们多跟半里再停下来会更好，"安星眠说，"再过半里就进入森林了，比较方便逃脱。"

"两个小娃娃都挺聪明的，"远处传来须弥子的声音，"冲着你们的聪明，我会晚一点再杀你们，至少给你们一个临死前忏悔人生的机会。"

"多谢了。"安星眠微微一笑。

须弥子慢慢走了回来，步态很稳，好像一点儿也不担心这两个胆敢跟踪他的年轻人会逃走。他走到两人身前，并没有操纵尸仆把他们包围起来，只是冷冷地上下打量这一男一女。但很快，他的视线停留在雪怀青的脸上，神情略显复杂。

"是你，"他点点头，"你已经长大了。"

"是我，前辈你好，"雪怀青仍旧礼数十足地向他施礼，"多年不见了。"

"是啊，多年不见了，"须弥子的话语里并没有丝毫亲切感，似乎对他而言，只有姜琴音一个人才是重要的，姜琴音的弟子只不过如同草芥。"你师父已经死了，对吧？"

好直接的问话，安星眠想，没有半点婉转，这个人的性格果然足够古怪。

"先师已经病逝一年多了。"雪怀青回答。

"嗯，病死的……但你没有用她的尸体作为尸仆，"须弥子眉头微微一皱，"以姜琴音的体质，可以做一个绝好的毒囊，不用太浪费了。"

"我用了，但是她的身体几个月前被人毁坏了，所以我已经把她埋葬在地下，让她永远安眠。"雪怀青说。

须弥子的双目突然闪过一丝刀锋般的寒意，虽然只是一闪而逝，但安星眠已经感觉到一股逼人的杀气。那是只有绝顶高手的身上才能散发出的气势。

"告诉我毁坏她身体的人是谁，住在什么地方。"须弥子语态平静，但话语里的含义不言而喻。毫无疑问，他将会用最恐怖、最严酷的手段去折磨这个人，让他活着享受到地狱的滋味。

"都已经被我杀死了。"雪怀青回答。

"算他们走运，"须弥子哼了一声，随即扔开这个话题，"你跟踪我是为了什么？你以为我看在你师父的面子上就不会杀你吗？"

"我没有这么想，我从师父那里大致知道一点你的为人，"雪怀青摇摇头，"可是即便你要杀我，我也必须得找到你，因为我有问题想要问你。"

她顿了顿，又指向安星眠："不只是我，他也有很重要的问题想要求助于你。"

须弥子似乎没有料到她会这么回答，微微一怔，随即仰天长笑起来，声音中气充沛，震得人耳朵生疼。

"你往这个男娃娃身上添加尸舞术，把他假扮成尸仆带进研习会，然后又一路跟踪我，居然是想要我这个杀人不眨眼的大魔头来帮助你们？"须弥子哈哈大笑，"很好，我喜欢这种不要命的胆大妄为，我可以不杀你们，而且还可以考虑回答你们的问题。但是……"

两人没有吭声，等着须弥子说完他的"但是"。然而须弥子还没有继续说下去，他的尸仆却已经行动起来。一个身材高大的女性尸仆径直冲向安星眠，右手五指齐张，向着他的头顶猛插下去。该尸仆留着长而尖锐的指甲，上面还透出蓝幽幽的光芒，说明指甲上有剧毒。要是这一把抓实在了，可够安星眠受的。

安星眠脚下纹丝不动，半步也没有避让，眼看尸仆的毒指甲就要划破他的头皮了，他才举起双手，看似懒洋洋的动作，却迅若闪电，一下子握住尸仆手腕，劲力一吐，尸仆的右腕已经脱臼。然后他抬起腿来，稳稳地踢在尸仆的腰际，尸仆登时被踢出几丈远，摔在地上。

"我原本不打女人，不过既然是尸体，就不必细分男女了吧。"安星眠自言自语。

须弥子并没有立即用尸舞术操纵摔倒的尸仆站起来。他只是又派了另外两具尸仆：一个手拿一柄巨斧，另一个手执长枪。雪怀青见状，正准备用自己的尸仆去协助，安星眠却向她微微摇头，打了个眼色，意思是：这是对我的单独考验。

雪怀青会意，匆匆退到一旁，两名尸仆已经一左一右向安星眠展开了夹攻。它们使用的都是长兵器,招式凶猛,每一招都带着劲风,无论被斧子扫到还是被枪尖刺到,想必都会非常不好受。但安星眠身法奇快,在枪与斧的罗网中闪躲腾挪,游刃有余。不久之后,他抓住用斧的那个尸仆用力过猛收不住势的一点点破绽,欺身近前,单腿横扫过去,把尸仆的右膝生生踢断。而用枪的尸仆失去了同伴照应,也很快被安星眠找到破绽,卸脱了右臂的关节。

"还是不能完美地收住力,可惜。"须弥子摇摇头。

"因为这些尸仆是你从那两个老头手里抢来的,培养的时间还太短,"安星眠诚恳地说,"如果是你一直带在身边的尸仆,我应付起来就会困难得多。"

"我可不需要你的安慰。"须弥子冷笑一声。随着这一声冷笑,剩下十个尸仆中的六个一起围了上来,两个空手,四个手持兵刃。其余的四个尸仆则在一旁按一定方位站定,看来是准备利用秘术在旁边夹击。

突然人影一晃,雪怀青带着她仅有的尸仆和安星眠站在了一起。须弥子的眉头微微一皱,但没有说什么。

"我和他是一伙的,所以我们一起来接受考验。"雪怀青说。

"如你所愿。"须弥子摇晃了一下手指。

这一战比之前艰难得多。虽然有雪怀青的帮助,毕竟是以三对六,何况雪怀青自身的身手并不十分高明,主要依靠尸仆进行防御。很快形势开始明朗,雪怀青和尸仆合力对付两名敌人,安星眠却得以一敌四,而这四个尸仆的身手,比他之前交手过的那三个更强,强得多。

这样的强大源于另外四名始终站在战团之外用来施放秘术的尸舞者。他们一直用辅助秘术施加在战斗者身上,增强他们的力量和灵敏度,并且针对安星眠擅长关节技法的特点,把这几名战士的皮肤弄得很油滑。安星眠有一两次找到机会可以扭断对方的手腕,但触手处太光滑,根本无法使力,只能错过机会。

而他所掌握的另一门绝技——伺机击打人身上的某些气血节点,让人的部分肢体暂时麻痹或者疼痛难当——也完全在尸仆面前不奏效。尸仆身上的血不是活血,也没有痛感,击打中某些关键部位不能造成特殊的效果。面对这样一群对手，安星眠着实有些有理无处讲的无奈。更何况，他并不敢尽全力去对付身前的四名尸仆，因为还得留几分余地提防秘术的偷袭。

偏头看看雪怀青，情势也不太乐观。虽然是一个修炼很努力的年轻尸舞者，实力比大多数同龄人要强一些，但她毕竟面对的是这个时代的最强者，她的那些功夫在须弥子面前犹如雕虫小技，不值一哂。幸运的是，这个身材高大的尸仆她已经驱用很久，总算比须弥子新抢来的用得顺手一些，而须弥子似乎对她也有点手下留情，把大部分精力都用在了安星眠身上。

安星眠暗中有些焦急，自从他学会关节技法以来，还没有遇到过行尸这种让人哭笑不得的不怕疼的对手。当然，他相信自己思维敏捷，万一真打不过了，转身就逃未必没有希望，但是他不能逃，因为还有雪怀青。这个女孩主动站出来帮助自己作战，当然不能扔下她不管。

他一面见招拆招，一面脑子里转过了无数个念头，苦思着两人一起脱身的方法。但他也舍不得离开，因为拯救长门的关键或许就掌握在须弥子的记忆里，如果这一次和须弥子失之交臂，恐怕他再也没有办法找到这个怪人了。

微微的分神，脚下的步子略微慢了一点，肩头就被一个尸仆的铜锏扫过，虽然他急忙沉肩，没有被打实，但仍然觉得皮肉一阵生疼。而雪怀青见他被击中，也有些慌乱，尸仆一个闪避不及，被一刀砍在了肩头，黑色的血液流了出来。

"我以为你们有什么大本事，没想到竟然如此不堪，"须弥子的语气中饱含轻蔑，"这年头年轻人是越来越不成器了，本事没有几分，送死倒是积极得很。"

雪怀青咬紧牙关，没有回应，继续勉力支撑，安星眠却是心里微微一动。须弥子所说的"送死"给了他一点启发，要继续像现在这样和那些尸仆缠斗下去，迟早都是一败，但假如敢于去"送死"的话，也许还可以险中求胜。

想到这里，他精神一振，暂时不去关注雪怀青的状况，而是开始盘算下一步的冒险行动。尸仆不怕疼痛，经受过长门苦修的安星眠也很能忍痛，他很快就计划好步骤：先一步一步且战且退，慢慢向须弥子的方向靠近，然后假装脚步错乱，拼着挨上一下，倒在地上装死，趁着须弥子松懈的时候突然暴起，直接攻击他本人。

这的确是个很凶险的计划，但有可行性，因为须弥子太骄傲了，他可想不到安星眠竟然敢直接向他本人挑战，那或许是唯一的机会。如果能击伤须弥子，干扰到他的尸舞术，雪怀青就能找到机会先解决掉那些缠人的尸仆，至少让形势不至于那么被动。

来不及多考虑，安星眠下定了决心。为了不让须弥子产生怀疑，他故意带着围攻他的尸仆先向远处移动了一小段，然后再绕着圈一点一点靠近须弥子。二十丈、十五丈、十丈……距离差不多了。他咬了咬牙，深吸一口气，故意装作脚底下踩到一块石头，步子一滑，正好被一个尸仆一拳击中胸口。砰的一声，他的身体被打飞出去，重重跌在地上。

好疼。即便是以一个长门僧的意志，这一下也给人一种把五脏六腑都挤在一起的感觉，但安星眠仍旧强忍着痛，闭上双目装作晕厥过去。只要找到一个破绽，一个瞬间，他就能拼尽全力去偷袭须弥子，成败在此一举。

果然，须弥子并没有怀疑他，反而再次发出轻蔑的冷笑。尸仆们放缓脚步，走向他，不知道是打算一刀宰了他还是先把他抓起来。远处的雪怀青不知此时怎么样了，估计形势更加凶险，但此时此刻，已经顾不得那么多，只有硬着头皮向须弥子出手。

安星眠手心满是冷汗。他暗中蓄着力，在心里默数着数字，一、二、三……正当他做好准备，打算猛地跳起扑向须弥子的时候，耳边却传来一个突如其来的声响。

那是利箭划过空气发出的啸叫声。从高处射来的利箭，从羽人惯用的硬弓上射来的利箭。

已经近乎绝望的雪怀青也听到这一声破空之响。她诧异地抬头远望，发现须弥子已经稍微挪了一点位置，而就在他之前站立的地方，已经插上了一支箭。

第二声、第三声……从高处又接连射来七八支箭，每支箭都稳稳地瞄准了须弥子，不但准度可观，速度、力量都无懈可击。以须弥子的能耐在躲闪这些箭的时候竟然也显出了狼狈之象，尤其是最后一支箭，刚好擦着他的头皮飞过，切下了他几根头发。看这情形，假如再射一轮，或许他就会受点伤了。

但须弥子毕竟是身经百战，并不慌乱，火速召回全部的尸仆。尸仆们在他身边围成一圈，随时准备用身体去抵挡利箭的冲击。

"不错的箭术，"须弥子没有显得恼怒，反而颇有些赞赏，"既然来了，就现身一见吧。"

到了这个时候，安星眠和雪怀青才能松口气。安星眠若无其事地从地上爬起来，拍拍尘土，雪怀青也慢慢走了过来。

"好计策，可惜没来得及实施，"雪怀青说，"会是谁来帮我们呢？"

安星眠一笑："是我命中注定的大魔星，不过我没想到居然真有一天他能帮上我的忙。可见人生总是难以预料的。"

两人一起看向利箭飞来的方向，只见天空中划过一道白色的轨迹，一个中年羽人从天而降，阴沉着脸收了羽翼。这正是一直跟着安星眠并试图保护他、却丝毫不被领情的羽人风秋客。安星眠回想起自己进入幻象森林后的足迹，几乎是步步小心，竟然完全没有发现自己被风秋客跟踪，而在研习会上更是不知此人藏身何处，想一想还真是有点丢脸。不过此时此刻，他更多的是感到庆幸，假如没有这个阴魂不散的风秋客，今天这一战的结局如何就很难讲了，至少他多半没有能力带着雪怀青一起脱身。

他用最简短的语句向雪怀青解释了风秋客的来历，而风秋客已经来到须弥子面前。两人沉默良久，你看着我，我看着你，谁都没有开口。风秋客并没有继续向须弥子发动攻击，而须弥子的尸仆都闪到了一旁，以便让两人面对面。

"我觉得他们俩好像认识。"雪怀青有点困惑地说。

"我也这么想，"安星眠点点头，"说起来，风先生虽然教了我功夫，我却对他一无所知，没想到他还认识这个老怪物。反正有他在，我们大概是安全了。"

须弥子和风秋客相对而立，四周一片死寂。过了很久，还是须弥子先开口："多年以来，我一直希望能把你做成我的尸仆，可惜祸害万年在，你总是活得那么滋润，每次都活蹦乱跳地在我面前出现，和我作对。"

"我也一直希望你能早点死掉，"风秋客冷哼一声，"你死了，这世上就会少很多莫名其妙短寿的人，可惜的是，你还在年复一年地制造行尸。"

两人的目光似乎都能迸出火花来，但没有人轻举妄动，或许是因为他们对彼此的实力太过了解，知道两人旗鼓相当，很难分出胜负来。

"我想起来了，他或许就是我师父讲过的'那个人'。"雪怀青忽然说。

"那个人？什么人？"安星眠问。

"我师父曾说过，须弥子多年来只有一个真正称得上对手的敌人，他和那个人恶战十余次，从来没能分出胜负，"雪怀青说，"照这么说来，这个人相当厉害啊。"

"他的确厉害。"安星眠哼了一声，想起自己每次挑战风秋客却每每惨败的经历。其实以他的天赋加聪明的头脑，原本已经很难遇到对手，但偏偏他的武技全部来自风秋客的传授，对方了解他的每一个动作，自然讨不了好。

"多年没有听说你的消息了，你这些年在干什么？为什么今天会突然跳出来阻止我？"须弥子问风秋客。

"我……其实什么也没干，等死而已，"风秋客的脸上有一种莫名的悲凉，"不过，我倒是有一个使命，那就是保护这个年轻人，以便报恩。所以算是我替他向你求个情，放他一马吧。"

须弥子像是不认识了一样瞪着风秋客，过了一会儿，突然哈哈大笑起来。风秋客没有生气，也没有阻止他，静静地站在一旁，等着他笑完。

笑过之后，须弥子摇晃一下脑袋，伸手拍了拍风秋客的肩膀："虽然我不知道你真正的目的到底是什么，但是以你的为人，会为了'报恩'

这种三岁小孩子的把戏而去全心全意地保护一个外人，我无论如何也不会相信的。"

风秋客脸色一变，没有搭腔，远处的安星眠却是心里咯噔一下。他一直相信一个观点，那些一辈子拼得你死我活的生死仇家，其实往往才是最了解对方的人。根据这个理论，须弥子和风秋客斗了一辈子，对风秋客的了解显然非常人所及。如果他说风秋客不会为了报恩而去保护一个人，那这个说法八成是可信的。

也就是说，风秋客一直都在骗自己！他总是把"报恩""偿还"之类的话挂在嘴边，安星眠并没有怀疑，但到现在他才明白过来，那只是一句托词。

他不禁有些糊涂了，风秋客到底想要干什么？他保护自己的确是货真价实的，单说刚才，如果不是他出手干预，自己就只能以近乎自杀的方式去和须弥子硬拼，取胜的机会只怕不足两成。

是为了获取什么利益吗？安星眠首先想到自己的父亲和父亲留下的万贯家财。但仔细想想，首先父亲也就是一个普通的富商，放眼整个宛州连前三十号都排不上，以风秋客这样的身手，大概能有一万种方法去获取足够的钱财，何必盯着自己家不放？其次，父亲去世时自己也还是个孩子，那时候家里没有主心骨，风秋客真想要霸占这份家产，那时候是最佳时机。但他非但没有那样做，反而帮助自己打理家业，并在自己身入长门之后继续找机会传授武艺。

那会不会是父亲留下了什么不能用钱财衡量的宝贝呢？似乎也不像，因为父亲出身平凡，全靠经商白手起家，并无任何显赫的家世背景，而除了做生意之外，他也并不喜欢结交其他三教九流的朋友。可以说，风秋客是他结交的唯一一个"不普通"的人。

安星眠脑子里刹那间涌起无数的猜测，但这些猜测都没有证据可以证实。而这个时候，风秋客和须弥子的对话还在继续。

"总而言之，你只需要答应我放过这个孩子就行了，我一定会回报你的，"风秋客说，"我一向言出必行，这一点你是知道的。"

须弥子嘿嘿冷笑几声："我当然知道，不过我更加知道，你已经掉进我的套子里了。"

风秋客一怔，随即脸上现出怒色，看来是明白了须弥子的意思。须弥子则显得十分得意："你我这一生，都习惯了独来独往，历次交战也都是单对单，既无援助，也无拖累。但是现在，你不顾一切地要保护这个小娃娃，我总算是找到你的弱点了。"

他向安星眠随手一指，就好像在指一只羊、一口猪："所以我不会放过这个机会来威胁你的。也许你我仍然没有能力压制住对方，但我有足够的能力杀死这个小娃娃。而且你也知道，我是那种为达目的不择手段的人，只要你的保护稍微疏忽一丁点儿，他就会小命不保。"

"听起来，我就像是一口等着被宰掉红烧的肥猪。"安星眠耸耸肩，但并不生气。

"我听说，一般人如果被人用这种口吻谈论他的生死，都会觉得是受到了极大的侮辱吧？"雪怀青问。

"一般来说是那样，但我是个擅长止怒的长门僧，"安星眠说，"更何况，生气又有什么用呢？还不如省下精力好好想想，如果须弥子真的来追杀我，我应该怎么应付。"

"我看你对此也并不紧张。"雪怀青瞥了他一眼。

安星眠自信地笑了笑："我也许没有办法打败须弥子，但他也没那么容易杀死我。"

"那就看那位风先生准备怎么回答吧。"雪怀青说。

两人不再说话，都静静听着须弥子和风秋客的交谈。风秋客面色铁青，显得异常恼怒，但一直没有说话，好像是在斟酌如何应答。他和须弥子争斗比拼几十年，却没想到这个时候被须弥子抓住了软肋，想来相当憋屈。

他会怎么回应呢？安星眠想，多半是往地上吐一口唾沫，然后表达出他绝不妥协的决心吧？那样才像是这个眼高于顶的羽族高手应该做出的选择。但安星眠没有料到，风秋客最终给出了一个惊人的回答。

"好吧，你赢了，我答应你，"风秋客的每个字都像是从牙缝里挤出来的，"假如我比你早死，而我的尸体还不算烂得太厉害的话，我就把尸体送给你，让你做成尸仆。我会保证在我的有生之年里尽我所能保护这具躯体，不会故意做出妨碍它成为行尸的任何举动。"

四

安星眠和雪怀青对视了一眼，雪怀青的眼神里有些惊讶，安星眠的情绪却更加复杂。雪怀青或许不太明白羽族是什么样的，但安星眠身为一个长门僧，有着丰富的知识。羽族是一个自视高贵的种族，对遗体的处理也非常庄重。举例而言，某些为大家族服务的羽人奴仆很可能一生都被呼来喝去，受尽歧视，但他们死后仍然有权获得一个专为家族仆从设立的墓穴，任何人都无权剥夺。

风秋客这样的武士也许在这方面的观念会略微淡薄一点，但也绝不情愿自己死后不能获得安眠，变成尸仆任由须弥子驱策。两人争斗半生，其中或许就有须弥子觊觎风秋客尸体的原因，虽然这么说有点别扭。

可是现在，仅仅是为了须弥子威胁要取安星眠的性命——还未必能取得到——他竟然主动应承献出自己的尸体，让老对头得到一具梦寐以求的强大尸仆。这样的牺牲是巨大的，巨大到实在让人怀疑：安星眠到底哪点那么重要？

"难道我是金子做成的？"安星眠调侃地摸了摸自己的头顶。

"金子做成的都不至于让他付出那么大的代价。"雪怀青眉头紧皱，也陷入了思考中。

而此时须弥子已经喜形于色，看样子简直恨不得风秋客能当场自杀，然后他把这具尸体做成尸仆。不过他还是很快克制住自己的情绪，拍了拍风秋客的肩膀："一言为定，你知道我也从来不会违背诺言。只要这小子不做出得罪我的事，我就保证不杀他，而且我还要送你一个彩头。"

"他想要问的问题，你准备如实相告，对吗？"风秋客说。

"你果然是我的知己！"须弥子大笑起来，"你可千万别被其他人杀死，一定要活着让我来干掉你啊。"

"尽力而为，"风秋客淡淡地说，"不过麻烦你先给我一点时间，让我和他先聊聊，行吗？”

须弥子潇洒地做了个请便的手势。这两个对头死敌的关系看起来真是微妙，风秋客向须弥子出箭时毫不留情，似乎打定主意要把他毙杀当场，但不动手的时候，倒更像是一对相交多年的老朋友。或许对于须弥子而言，只有配当他敌人的人，才配成为他的朋友。

风秋客离开须弥子，走向安星眠，向他做了一个“跟我来”的手势。安星眠苦笑一声，冲雪怀青挤挤眼睛，跟在风秋客背后，走出了数丈远，风秋客才停下来。

“上一次被你用诡计逃脱，没想到你变本加厉，竟然钻到这种地方来，”风秋客的话语里颇有怒意，“尸舞者是一群什么样的人，你即便不知道，也该听到过传闻。更何况，你的目标竟然是须弥子，简直活得不耐烦了。要不是我来了……”

“其实你要是不来，我也有办法的。”安星眠嘀咕着。

风秋客哼了一声：“你能有什么办法？装死然后偷袭？这一招对付别的尸舞者或许行，想要用在须弥子身上，根本就是肉包子打狗。当然，你一个人倒未必不能想办法逃走，就逃跑这一方面来说，我对你还算有点信心，但偏偏你还要记挂着那个漂亮小妞，色心一起，就连命也不要了。”

安星眠扑哧一笑：“她就算是个不漂亮的小妞或者丑得吓死人的小妞，我也不能扔下她不管啊，因为教我功夫的人是一个讲义气到对恩人的儿子都要细致保护的人，我也应该像他那样有义气才对。你说是不是？”

他故意把“义气”两个字咬得很重，说话时一直紧紧盯着风秋客的眼睛，说到最后一句的时候，更是语调上扬，隐含嘲讽。风秋客脸色一沉，似乎是要发作，但最终，他只是叹了一口气。

“须弥子这个老东西，实在是嘴太毒辣了，”风秋客摇摇头，“不过我就知道，你听到他那句话，一定会生疑的，我也不能再瞒着你了。的确，我之前告诉你，是为了报你父亲的大恩而一直保护你，那是骗你的。我保护你，另有原因，抱歉我不能说。但至少你得相信，我对你是没有恶意的，绝不至于保护你是为了把你养肥然后一刀杀了吃掉。"

"你放心，这一点我绝对相信，因为你们羽人不吃肉，"安星眠依旧脸上带着一丝笑容，"但我还是得说，这样做让我很不愉快，我不喜欢自己莫名其妙地被人保护起来，却连原因都没有。"

"我不说，自然有我不能说的苦衷，"风秋客恳切地说，"如果你为此觉得我这个人不可信，我可以以后再也不在你身边露面，但如果你有危险，我还是会出现。"

安星眠抬眼望天，"你知道的，我一向是个好脾气的人，我这辈子仅有的几次发脾气，几乎都是对着你。但你要知道，我每次都试图赶走你，不是因为讨厌你，只是作为一个男人，让人一天十二个对时暗中保护，总觉得就像自己还没有长大，还是个柔弱的小孩子，很伤自尊的。不过嘛，听了你答应须弥子的条件，我倒是有点明白过来，那并不是因为我太弱保护不了自己，而是因为……"

他低下头，重新直视着风秋客的眼睛，"而是因为，对于你，或者你背后的某些人而言，我太重要了，就像皇帝那样，不得不被无数人保护起来。"

风秋客浑身一震，安星眠越发显得咄咄逼人："还记得你去我朋友白千云那里找我时发生的事情吗？事实上，那个机关会被他发动的概率不会高于万分之一吧？那可能还多半是因为他不小心手滑了……而今天你又做出了几乎同样的事情，不同的是上次你不需要付出代价，而这次，你向你多年的老对手低头了。你是一个那么骄傲的人，我从来没想过有一天你竟然会服输，为什么？"

这一连串的问题问得风秋客哑口无言。安星眠性情温和，并不喜欢这样逼迫他人，但这个疑团一旦生起，就在心里生根发芽，实在是不吐不快。

"抱歉，我不喜欢这样，但我更不喜欢被蒙在鼓里。"他最后说。

风秋客长长地叹息一声，脸上的神情看起来十分萧索。他转过身，好像是不敢和安星眠对视，过了很久才开口："我也只能说声抱歉。这样的日子我比你更累，更心烦，但我别无选择。总而言之，你好自为之吧，就算不为所谓的秘密，性命总是你自己的。"

他顿了顿，又说："须弥子为人阴险狠毒，唯一的优点就是信守诺言，如果你一定要把长门的事情过问到底，那你就去向他提问吧。"

这倒是让安星眠大大感到意外："你为什么不阻止我了？"

"大概是出于欺骗过你的内疚吧，"风秋客催动精神力，背上闪现出蓝色的弧光，那是他凝出羽翼的前兆，"所以即便有麻烦，哪怕是招惹东陆皇帝的麻烦，也得我来背。"

一道耀眼的蓝光闪过，随即消失，取而代之的是一对宽阔的白色羽翼，闪烁着纯血统羽人的白色光芒。风秋客飞了起来，很快飞出了安星眠的视线。

安星眠目送着风秋客飞远，轻轻叹了口气。他已经意识到，自己一定和某些巨大的秘密有关联，而且牵涉到一些很要紧的事，但是风秋客守口如瓶，他也不能把风秋客打一顿来逼供——何况他也打不过。现在只能暂时把这个疑问放在一旁，先找出自己一直以来都在追寻的答案：皇帝追捕长门的真相。

他定了定神，先回到雪怀青身边："怎么样，现在须弥子就在那边，你先问还是我先问？"

"你先去问吧，"雪怀青说，"他只答应了回答你的问题，可没答应回答我的。而且，对于他这种怪脾气的人来说，如果因为我而想到我师父，说不定会心绪不宁甚至发火，那就误了你的事了。"

"那就谢谢你了。"安星眠点点头，走向了须弥子。须弥子得到风秋客的承诺，看上去心情大好，嘴角挂着得意的微笑，说起话来都十分轻快："小子，你有什么要问的？趁着我现在心情不错，赶紧问。"

"我想要向前辈询问一件发生在二十三年前的往事，确切地说，是圣德二十年冬天。"安星眠说。

须弥子脸上的笑容瞬间消失，一股凶狠的戾气从眼中透出来，好像完全变了一个人。他眯起眼睛，慢慢地说："圣德二十年的冬天……难怪我觉得你的精神力有点特殊，你是一个长门僧，为了天藏宗的事情而来，对吗？"

安星眠坦然地点点头。须弥子嗯了一声，突然伸出右手，五指弯曲，向着安星眠的喉咙猛地抓了过来。这一抓招式凌厉，动作迅疾，即便是和东陆一流的武士相比也毫不逊色，可见须弥子能成为当世尸舞者中的第一人，绝不止是靠尸舞术。安星眠更加想到，之前风秋客说他的偷袭肯定奈何不了须弥子，果然不是虚言。单是看他的这一下出手，自己就未必能胜得过。

但他却将心一横，不闪不避，也不动手挡，反而微微仰头，似乎存心要把咽喉要害暴露出来。须弥子的指甲几乎已经要触到安星眠的喉结了，却生生停住，右手在半空中悬了许久，最终慢慢地收了回去。

"你想要干什么，替那些长门僧报仇吗？"须弥子冷冷地说，"我虽然答应不杀你，但前提是你不做出得罪我的事，假如你想要动手报仇，可别怪我把你撕成一片一片的……不对，你的材质蛮不错的，能做一个很好的秘术型尸仆。"

这个老怪物果然一辈子习惯了旁若无人，只要想到令自己高兴的事情，立马就会把其他的一切抛在脑后。此时他的眼睛开始上下打量安星眠，估计是在评估安星眠的"材质"，就好像妓院老鸨挑选新姑娘一样。

安星眠啼笑皆非，连忙回答："不是，事实上我虽然是长门僧，但并不是天藏宗的，更不是为了给他们报仇而来。我连他们和你到底有什么仇都还不知道呢。"

须弥子皱了皱眉头，看出安星眠并非虚言，"那你找我干什么？"

"因为据我所知，你是二十三年前最后见过那批长门僧的人，我希望你能知道一点他们的秘密，这几乎是我仅存的希望了。"安星眠知道，须弥子这样眼高于顶的人最痛恨别人对他说谎，所以半点也不隐瞒，把皇帝在全境捉拿长门僧的种种事由详细说了一遍。须弥子听完，面色缓和了一些。

"原来是为了天藏宗所持守的那个秘密啊，这倒可以告诉你，"他有些轻蔑地笑了笑，"不过是一群老糊涂蛋罢了。不过他们做的事情，的确是大事，连我都没有毅力去做。虽然我嘲笑他们，可是同时，我也佩服他们。"

安星眠愣住了。他没有料到，从骄傲的须弥子嘴里，竟然能说出"连我都没有毅力去做""我佩服他们"这样的话。以此衡量，天藏宗的秘密恐怕真的是一个惊世骇俗的大秘密了，即便此事不和长门的存亡挂钩，他的心里也是热血上涌。

"不过你也算是运气特别好，"须弥子说，"如果不是出于极度的巧合，即便我杀死了他们，也压根儿不会知道他们的秘密，你这番寻找我的辛苦，说不定就白费了。更何况，当时我根本不知道，竟然还有一个漏网之鱼，所以只杀死了二十九个人，假如三十个人一起杀，你也不会遇到那个活口了。"

"我一向运气都还算不错，"安星眠微微一笑，"就请您告诉我真相吧。"

须弥子眉头微微一皱："按道理来讲，我不能告诉你，因为我已经答应过他们，要保守这个秘密，我一向是个守诺的人。不过现在既然长门有难，我讲出来，应该算是帮了他们一个大忙。何况你也是长门僧，嗯，让我再想想……"

安星眠没有催促，静静地在一旁等待，最后须弥子大笑一声："其实这么多年来，我杀人无数，唯一能让我稍微佩服一点儿的，大概就是那些人了。他们如果还活着，一定会不顾一切地拯救长门吧。就冲这一点，我决定，把实情告诉你，算是对他们的一点补报。"

"你还真是痛快。"安星眠也笑了，心里倒是有点喜欢须弥子的直接爽快，毫无拖泥带水扭捏作态。

"真相，要从一个传说讲起……听说过龙渊阁吗？"须弥子问。

"龙渊阁？当然听说过，谁没有听说过呢？"安星眠又是一愣，不明白须弥子所问的含义。长门干的事情，怎么会和龙渊阁有关呢？

"龙渊阁"这三个字，代表九州大陆上最神秘的一种存在。它是一座藏书阁，是九州最大也最古老的藏书阁，却从来没有人进入过，甚至从来没有人知道它究竟在什么地方。在那些久远的传说中，龙渊阁是由一条龙创建的，但这同样无法得到证实。

千百年来，围绕着龙渊阁的各种离奇传说不胜枚举，也不断有人宣称他们找到了龙渊阁，但这样的宣言最终都被证明只不过是虚妄的谎言。然而奇怪的是，虽然从来没有人能拿出龙渊阁存在的证据，人们却始终对它的真实性深信不疑。人们坚信，龙渊阁里藏着九州古往今来的所有书籍、所有知识和所有智慧，就像一片浩瀚的海洋；人们坚信，一切难以索解的谜题都能在龙渊阁里得到解释；人们坚信，九州大地上到处都游荡着隐匿身份的龙渊阁修记，他们勤奋地收集着一点一滴的知识，将之汇总回龙渊阁；人们坚信，龙渊阁里的长老是人世间最聪明的人，能够看穿九州的过去和未来。

　　长门本身也有着很丰富的知识储备，但搜集知识的过程是艰辛的，比如为了得到一个有用的古老药方，可能需要跑遍整个宛州，所以安星眠有时候想到龙渊阁，也会有些羡慕，但也就仅此而已，毕竟人不能把希望寄托在虚无缥缈的传说当中。可是现在，须弥子单独把龙渊阁提出来说，是出于什么原因呢？

　　"你听说过龙渊阁，大概还很向往，但龙渊阁毕竟只存在于传说中，是看不见也摸不着的，"须弥子说，"可是天藏宗的长门僧，从千年前就一直在秘密做着一项浩大的工程——令人难以置信的浩大工程。"

　　"……什么样的工程？"安星眠咽下一口唾沫，只觉得自己仿佛被一种悲壮而悠远的氛围所笼罩。

　　须弥子的脸上很难得地露出一丝敬意，虽然这敬意中依然混杂着嘲讽："他们收集各个时代的所有书籍，在地下挖掘出幽深的地洞，把书籍埋藏进去，试图构建属于人间的、属于长门自己的龙渊阁。这样的地洞，在九州各地有几十处，大致是每隔几十年到一百年不等就被划为一个时代，每个地洞都储藏着一个时代的历史与知识，堪称无价之宝。"

　　"如果我没有猜错的话，这一次他们惹祸上身，大概就是从这些藏书的地洞开始的。"

第七章
千年之秘

一

舒林蜷缩着身子，在稻草堆里轻轻呻吟着。他很困倦，却无法入睡，因为身上的伤口实在太疼了。被关押的半个月里，他一直都在遭受着各种难以想象的酷刑折磨，这对于一个年仅十七岁、还只是个孩子的年轻人来说，实在有些过分痛苦和沉重。但他还是咬紧牙关，强忍了下来。

他模模糊糊地知道，这是一处很隐秘的监牢，里面只关押了一种人，那就是天藏宗的长门僧，总数有多少还不得而知，反正每个人都是被单独关押的。每天一大早，他就被提出去在刑讯室里受刑，然后到了晚间，又会被带到另一间漆黑的小屋里。小屋里除了他之外，只有一个把全身藏在帘子后面的人，那个人会用低沉的嗓音问他："今天，你还是不肯说吗？你们天藏宗藏书的洞窟，究竟在哪里？"

舒林不肯。于是他又被关了回去，等待第二天继续受刑。他知道，自己不可能活着离开这里，最后必然是要被灭口的，但是招供可以换来一个痛快的死，而不必这样活着受罪。有些时候，活着反而比死亡更加煎熬。

但他还是不肯。这个瘦弱的孩子血肉模糊的躯体之内，有着一颗坚强的心。他相信，他的同门也有着和他一样的坚强和不屈：我是一个长门僧，我是天藏宗的弟子，我绝不能出卖自己的门派。

另一个能够支撑他的精神支柱就是牢房墙角的一个小洞。那个洞非常小，小到连一只老鼠都很难钻过去，但有一样东西能通过，那就是声音。靠着这个小小的墙洞，舒林每天深夜时分都可以悄悄地和老师说上几句话。老师受刑比舒林更重，而且本来就年迈体弱，几乎每天都是在昏死过去的状态下被拖回来的。但老师同样没有屈服，反而每天都通过墙洞鼓励舒林，鼓励他顽强地战斗下去。

　　"这不过是人生中的又一道门而已。"老师总是这样轻描淡写地说。

　　这一天夜里，舒林照例把遍体鳞伤的身躯扔在墙角，到了深夜，他把耳朵贴在墙边，等待老师的召唤。但老师来得比往常要晚，而且声音显得更加衰弱。

　　"我想，这可能是我最后一晚和你对话了，"老师说，"我的身体已经撑不下去了，再受一天刑，就会永远地离开人世。所以今晚，我要趁着这一口气在，把该说的话都向你交代清楚。"

　　泪水涌出舒林的眼眶，但他知道，此刻说什么安慰的话都只是徒劳和自我欺骗，倒不如镇定心神，仔细聆听老师的最后一次教诲。

　　"我看你天资聪颖，又能吃苦，才破例准备把你收入内藏组，很多人终其一生也不能进入内藏组，也就无缘得知我们天藏宗的秘密。现在看来，我的决定没有错，"老师的话语里饱含欣慰，"可惜你还没正式加入，我们就遭遇这等大祸。不过我也算是把藏书洞的秘密告诉你了，希望你能保守这个秘密，任凭酷刑加身也不屈服。"

　　"我会的，"舒林眼眶里饱含热泪，"我一定不会辜负老师的期望。我会用生命去捍卫信仰。"

　　"真是我的好学生！"老师感叹着，"其实这千百年来，我们天藏宗一直都是这样用生命去捍卫信仰的。我们所做的事情，不能为任何外人所知，否则将会招致难以想象的灾难。"

　　"其实，老师，我一直有一个问题想问……"舒林嗫嚅着，"我并不是太敢问这个问题，可是……可是……"

　　"可是我马上就要死了，再不问就永远不会有机会了，对吗？"老师的语声很平静，"你只管问，我们长门僧不需要那些无用的避讳，假如言语上的避讳就能消除灾难的话，我们也不会像今天这样身陷囹圄。"

舒林下意识地点点头，然后意识到老师根本不可能看见他的动作："老师，其实我一直都不太明白，我们为什么要在每个时代都开凿洞窟，收集所有的知识和历史记载，然后填埋下去、就此封存？这些知识历经千年也始终没有被动用过，它们的意义何在呢？"

这个问题实际上直指天藏宗的创派根基，原本有些大逆不道，因此舒林从来没有开口问过。但是现在，反正已经身处死地，他少了许多顾忌，所以鼓足勇气问了出来。他等待着老师的斥责。

但老师并没有责备他。墙壁那边沉默了一阵子之后，舒林又听到老师的声音："其实这是一个很好的问题。你要记住，任何真理永远不是无条件地强迫人去相信的，怀疑、学习、了解、相信，才是正确的步骤。"

"我并不是非要去质疑什么，"舒林说，"只是关于这一点，我确实想不明白。"

"因为你还太年轻，"老师说，"比起你来，我是个垂暮的老朽，但我的年龄和九州文明的长度相比，也只是微不足道的尘埃；而文明的历史和九州大地的存在时间相比，又只能算海洋里的一滴水。"

舒林隐隐意识到老师想要说的意思，脑子里认真地思考着，老师接着说下去："人类是脆弱的，文明也是脆弱的，一场席卷大陆的战火就可能改变一切。人们会死亡，建筑物会被摧毁，书籍会被焚烧，历史会被新晋的帝王肆意歪曲涂抹。当一个王朝结束后，只需要十年，过去的一切就会被彻底遗忘，人们将会接受那些千疮百孔的谎言，把它当成真实的历史流传下去。最终，我们将无法寻找到真实的过去。"

"我明白了，"舒林说，"我们那样做，是为了保存真实的历史。"

"不只如此，还有其他重要的原因，"老师说，"每一个时代都会有各种各样的新知识出现，而由于人们的天性使然，新知识很有可能被运用于战争。某些时候，当我们发现这样的知识时，我们或许会……想办法把它埋藏起来。"

某些时候，当我们发现这样的知识时，我们或许会想办法把它埋藏起来。

想办法。

把它埋藏起来。

舒林几乎不敢相信自己的耳朵："您说什么？难道我们的先辈们，竟然会……"

"那就是天藏宗的成员有不少都身怀武技的原因。"老师没有直接回答，但言语里毫无疑问肯定了舒林的猜测。

舒林说不出话来了。他从来没有想过，温和隐忍的长门僧竟然也会有主动出手的时候。老师的用语很平淡，"想办法把它埋藏起来"，但舒林完全可以想象这短短的几个字背后隐藏了多少强迫和暴力，多少难以言说的血腥真相。他的脑子里嗡嗡作响，一时不知道如何开口。

"我知道你感到很意外，我也知道你对天藏宗产生了怀疑……"老师说。

"你住嘴！"舒林突然感到一阵烦躁，低声吼了起来。从十三岁入门以来，他从来没有对老师说过半句不敬的话，但是现在，他已经无法控制住自己的情绪了。

"我一直以为长门是与世无争的，长门是永远不会去害别人的，"舒林怒火中烧，"您不是一直都教导我：'即便我们手中真理在握，也绝不能用真理去强迫他人，那样的话，我们就和暴徒无异。'而现在，您却告诉我，我们就是一群暴徒，一群延续了千年的暴徒！您为什么不早点告诉我！"

"因为你还没有成熟到能够接受这一切，"老师叹息一声，"我本来准备你二十岁之后才告诉你这一切，到那时候，你已经有足够达观的心态去面对。可是现在……唉，说与不说，终究没有区别了，你我的死，不过分一个早迟而已。"

"不！不一样！"舒林近乎咆哮着说，"如果您不告诉我，我将会在对信仰的坚守中平静地死去。而现在，我到临死的时候都会充满悔恨和痛苦！我以为我跨过了一道道长门，寻求到了最后的平静，但我找到的只是炼狱！"

"身为长门僧，本来就时时刻刻身处炼狱之中，"老师听起来很失望，"看来我看错了你，不过幸好你还没有正式加入秘藏组，至少你并不知道那些洞窟究竟在哪里。"

师徒俩都失去了对话的兴趣。老师很失望，舒林同样失望，但他想到老师的生命也许很快就会终结，那些埋怨的话终于没有说出口。他只是默默地转过身，默默地流眼泪，体会到信仰被动摇的悲哀，一时间连身上的伤痛都忘掉了。

正当他迷迷糊糊就要入睡时，却被一阵开门声惊醒。不是他自己的门，而是老师那间囚牢的牢门。然后他听到老师喘着粗气站起来，被半拖着带了出去，他已经衰弱到很难自己独立行走了。

这是怎么回事？舒林感到有些不对劲。他们虽然在白天受尽刑罚，但夜间总能得到休息，并且能得到足够的食物和伤药，根据老师的分析，那是因为对方一定要得到藏书洞的方位，所以不让他们轻易死掉。但是现在，老师在深夜就被拖出去了，难道对方已经失却耐心？

虽然心里仍然矛盾而愤怒，他还是非常关注老师的去向，也忘记了睡眠。他估计着时间，大约过了一个对时，长夜还没有过去，老师就已经被押了回来。老师是自己走回来的，虽然还是被人扶着，但至少不像前几天那样早已昏迷过去被人拖回来的，说明他并没有受刑。那他被押出去的这一个对时里干什么了呢？

"林儿！林儿！"卫兵刚锁好门离开，老师就扑到墙洞边召唤舒林。

"怎么了，老师？"舒林听出老师的声音有些不对劲。在此之前，无论发生什么，老师都始终是镇静而淡定的，仿佛所发生的这一切只是日常苦修的一部分。但是现在，在这蹊跷的一个对时之后，老师的声音完全变了，充满恐惧、紧张、悔恨、愤怒、悲伤，还有一种仿佛到了极致的深深绝望。

"没有时间了，你听好，你必须在天亮之前逃出去。"老师急急忙忙地说。

舒林糊涂了："逃出去？怎么可能逃得出去？为什么要逃？"

"别问了，你记住我告诉你的这几个地点……"老师匆匆忙忙地说了好几个地点，基本都是位于深山、密林或者大沼泽中，常人很难靠近的地点。舒林猛然意识到：这是老师在告诉他天藏宗藏书的所在！他连忙收束心神，强迫自己硬记下那些地点。老师说得很快，有不少地方他还没办法和地图印证起来，只能不顾三七二十一，硬背下来再说。

"我知道这么短的时间让你记住有点强人所难，但不要紧，只要你能记住其中的几个，哪怕只是一个，就足够了。"老师说。

"您到底想让我做什么？"舒林更加丈二和尚摸不着头脑了。

"你记住这些藏书的洞窟，找到它们，然后……"老师的语声里陡然充满了杀意，"毁了它们！彻底地毁掉！把每个洞都填平，填平！"

"您在说什么？"舒林简直怀疑自己听错了。就在一个对时前，老师还在以敬仰的语气谈论着先辈们的伟大成就，还在为舒林无法理解这其中蕴含的意义而感到失望，但是仅一个对时之后，他就无比坚定地要求舒林去毁掉它们。

这一个对时，究竟发生了什么？

"你已经听到我的话了，"老师的话语硬得像铁一样，"毁掉它们！一定要毁掉它们！"

"为什么，老师？"舒林追问。

"那是因为……"老师低声说出了原因。

"这不可能！"舒林惊呆了，"这怎么可能！"

"我当然是看了证据才会确信的……没时间多说了，天就要亮了，伸出你的手，把镣铐放在墙洞边！"老师低吼道。

舒林无奈，只能按照老师的指示去做。他的鼻端闻到一股浓烈的血腥味，还混杂着某种刺鼻的腥臭，这气味甚至盖过了他身上正在开始腐烂的伤口所发出的可怕气味。接着他感到手上一松，低头一看，一股黑色的液体从墙洞那边流过来，竟然把他手上的铁锁整个腐蚀断了。

"当心，别沾到手上，不然你可能会直接看到自己的骨头。"老师用虚弱的声音说。

舒林惊恐地看到，墙洞越扩越大，黑色的液体蚀穿了两间囚室之间的隔墙，竟然又开始腐蚀外墙。他猛然明白过来："老师……这是您的血？”

“这就是我告诉过你的，危险知识之一，”老师的声音越来越低，“我没想到我这辈子还能用上这一招秘术，可惜用完之后我也就该死了。”

他强打起精神，叮嘱舒林：“等墙洞扩大到你能钻出去的时候，就赶紧逃。当年我从那群小混混那里把你赎出来的时候，他们告诉我，你是帮里跑得最快的一个，也是最擅长逃脱追捕的一个。现在，就赶紧跑吧。先逃命，然后想办法去完成你的使命。”

“可是，老师，你刚才说的……是真的吗？”舒林仍旧犹疑不决。

“是不是真的，你可以自己去发掘，但一旦确定了就不能犹豫，哪怕豁出性命也要毁掉它们，”失血过多的老师气息奄奄，“洞够大了，快走！快走啊！”

这一天天将亮的时候，舒林已经逃远了，如老师所言，小偷出身的他，藏身和逃命的本领堪称一绝。这时候他才分辨出来，原来他们被捕后经过一路蒙着眼睛的押运，竟然是一直被关在帝都天启城。不过仔细想想也不必奇怪，既然是皇帝要抓他们，自然要在天启审问。

蒙蒙雾霭笼罩着黎明的天启，这座万年帝都在模糊中呈现出更加雄浑的姿态。这正是世间永恒不变的真理：看不清的事物往往会愈加美丽。而一旦你把它看通透了，美或许会就此消失。

现在的天藏宗对于舒林来说，就是这样一个清晰而失去美感的事物。更糟糕的是，他还不得不继续面对它，继续挑战它，甚至绞尽脑汁去想办法摧毁这个他曾经极度向往的梦想。

这真是人生的绝大讽刺。

“老师，我该怎么办？”舒林喃喃自语着。在失魂落魄中，他没有注意到，几名追兵已经悄然靠近。他虽然甩掉了监狱里驻扎的人马，两条腿却不可能跑过信鸽的双翼。追兵们远远观察着他，确认了他的身份，并且毫不犹豫地扬起长弓，把锋锐的利箭搭在弓弦上。“如有长门僧敢脱逃，一律格杀勿论”，这是他们收到的命令。

太阳正在升起来。

二

为了避免被身后愤怒的尸舞者们找到，三人一起先向森林的西面行进了一段时间，最后在密林深处停下来休息。雪怀青带着尸仆去寻找食物，须弥子趁此时机继续向安星眠讲述当年的往事。

安星眠注意到，当雪怀青离开的时候，须弥子隐隐有点松了口气的感觉。看来，雪怀青还是会让须弥子回想起和姜琴音之间的往事。这个冷酷的尸舞者，在内心深处还是很重情的，安星眠想，可惜的是，这段错过的感情永远也不会再回来了。

"你猜得对，我确实不愿意见到她，因为那会让我想起琴音，"须弥子坐在尸仆清理出来的一截干净树桩上，看起来真像一个寻常的读书人，"回忆并不是一件很美好的事情，因为让你高兴的事情总是不需要回忆也能记得很清楚，而令你悲伤的事情却需要尽力去深藏。"

安星眠深有同感地点点头，却不知道该说些什么，须弥子笑了笑："小子，你用不着想什么话来安慰我，我须弥子不需要从别人那里寻找安慰。不过你的确胆子够大，在陷入绝境的情况下，还想通过直接偷袭我来扭转乾坤，很合我的胃口。所以即便没有风秋客插手，我说不定心情一好也会放你一马。"

"原来你们都看出来了……"安星眠叹了口气，"看来我要达到你们的境界，还得走很长的路。"

"如果你还同时坚持长门僧的修炼，那就未见得了，那种迂腐的冥修表面看起来保持了精神力的纯净，但也会限制它的爆发……算了，不说这些了，说正事吧，"须弥子摆摆手，"二十三年前的那个冬天，我的确在北邙山遇见过一群长门僧，并且最终杀死了他们。其实我的目的不在他们，他们的目的也不在我。我们本应该擦肩而过，彼此不会留下任何记忆。只不过，大概是命中注定的，我们的命运交织在了一起……"

二十三年前，圣德二十年冬天。须弥子带着他精心挑选的三十三名尸仆，走进了位于北邙山北麓的枯云峰。在这里，有一场生死决斗正等着他。

那是他多年的老对手路然倾天，一个十分罕见的羽族尸舞者，凭借着羽族独特的精神力另辟蹊径，锤炼出一身精湛的尸舞术，堪称这个时代尸舞者中的第二号人物。不过他被须弥子杀掉之后，二号人物的位置就归轩辕无心和谭笑了。

当然，那是后话。在圣德二十年的这个冬天，路然倾天还没有死，并且已经在秋季给须弥子发出战书，约他在北邙山一战。

"你还有很多年头可活，我却已经老了，离死不远，"路然倾天的信里写得非常直接，"如果不抓紧时间一战，以后就再也没有机会了。天下的尸舞者众多，却都不被我放在眼里，唯有你是个例外。希望你能满足我这个垂暮老者最后的心愿。"

须弥子向来看不起轩辕无心和谭笑，觉得那不过是两个给他提鞋也不配的废物，但对路然倾天，还是相当肯定的。他本来也因为没有对手而寂寞着，收到这封信后，毫不犹豫就答应了，并且着手准备作战用的尸仆。二十三年前，他的功力还没有现在这么精纯，也还没有把能通过精神转移操控大量行尸的阵法练到足够熟练，考虑到路然倾天的实力，与其带五六十个尸仆去做样子，倒不如带上最能发挥个体威力的数量。所以最终，他只挑选了三十三个。

他在十月中旬进入北邙山，并在十一月初到达了枯云峰。那的确是一处极度险峻的所在，寻常人等根本难以到达，不过当然难不倒强大的须弥子。当须弥子最终来到枯云峰的时候，却发现，路然倾天根本没有在等他，等待他的，只有一场山崩。

原来这一切都是他的敌人们安排的阴谋。须弥子一生率性而行，见到素质好的活人更是会不惜一切代价将其杀死收为尸仆，因此树敌不少。那一年春天，须弥子在澜州杀死了一个年轻的羽人，这个年轻人竟然是澜州的羽族大城邦喀迪库城邦领主的二儿子。

领主勃然大怒，下令手下不惜一切代价为他的儿子报仇。他们经过缜密的调查，终于查清须弥子的真实身份。但要对付这样一个棘手的人物，实在很让人费脑子。最后领主通过七拐八拐的关系，找到了一个可以帮忙的人——尸舞者路然倾天的徒弟。该徒弟曾受过领主的救命之恩，这正是他报恩的机会。这位高徒帮助领主炮制了那封逼真到谁看了都会相信的挑战书，把须弥子诱骗到枯云峰，然后制造了一场山崩。

无数的山石泥沙倾泻而下，铺天盖地向须弥子和他的三十三个尸仆席卷而来。幸运的是，须弥子的反应足够快，在生死攸关的一刹那，他运用尸舞术，召唤他力量最强的一个尸仆把他举起来狠狠地扔了出去，总算是逃过一劫。但他活了下来，他的尸仆们却都被埋葬在山石之下，统统被毁坏了。

正在须弥子大呼倒霉的时候，他却注意到，山崩平静过后，有人很快来现场搜索。他意识到其中有猫腻，然后悄悄靠近偷听搜寻者的对话，并迅速厘清了其中的关系。很奇怪的是，他并没有感到愤怒，反倒是觉得很快慰，因为总算有人能欺骗到他的头上来，并且差一点儿就真的杀死他了。对于一个寂寞的高手来说，这样的挑战和刺激正是他所追求的。所以他也很快下定决心，为了对得起这帮人所花费的苦心，他一定要让他们没有任何人能活着走出北邙山——但可以变成尸仆走出去。

须弥子给自己定下这个目标，实施起来却相当有难度，因为他手边连半个现成的尸仆都没有了，带来的尸仆全被这场山崩所埋葬，尸骨无存。而这些搜索者看上去都身手不弱，没有趁手的尸仆，要对付他们可不容易。

但须弥子不会轻言放弃。他在山间游荡，希望能找到一个小村子，找到一些活人。要和路然倾天交手或许需要三十三个久经训练的尸仆，但要对付这些人，只需要有二十具左右可用的尸体就足够了。

遗憾的是，这里是枯云峰，旅行家都难以攀缘的崇山峻岭。须弥子找了一天，根本没有发现任何山村。而据他的估计，那些搜索者最多会花三天工夫寻找他的尸体，然后就会放弃，离开这里。

不甘心的须弥子继续徒劳地寻找着。这个怪人虽然阴险狠毒、无恶不作，但一向对自己做出的许诺或者立下的誓言十分看重。他既然下定决心要收拾这些敢偷袭他的家伙，就无论如何也要做到。他发了狠，假如找不到一个有活人的村庄，他就放下自己的大师身份，一个一个去偷袭那些人，每杀死一个人，就相当于多一具行尸可以用于操控。至于这样做是否有损天下第一尸舞者的名声，他根本没兴趣去考虑。

不过他并没有被逼到走上这条有损声誉的路。一个天赐的良机出现在他面前——他竟然在山路上看见了一大群人，有差不多三十个！（这也是他错误的开始，假如那时候，他能仔细地数清人数，而不是通过"差不多"来估算，也就不会漏掉后来沦为流浪汉的李翰了。）

那一瞬间，从来蔑视鬼神的须弥子差点以为是老天开眼了，不过他很快镇定下来，冷静地跟在这群人身后，仔细观察他们的打扮和举动。他惊讶地发现，这些人竟然全是腰间系着粗麻腰带的长门僧。很奇怪，长门僧跑到这样荒无人烟的地方来做什么，难道是集体苦修？

于是他进行了一天以来的第二次偷听。尸舞者在隐匿行踪方面一向有过人之处，须弥子更是个中高手，而作为一个为达目的不择手段的人，他从不觉得这样鬼祟的行为有什么不妥。他跟踪长门僧们来到他们暂时住宿的山洞，隐藏在一块突出的山石后面，听到了他们的全部谈话。长门僧们毫无防备，因为他们万万想不到，在这样的荒僻山野竟然会有人跟踪他们；而须弥子也没有料到，这一次的偷听，竟然让他听到一个隐藏千年的绝大秘密。

从长门僧们的谈话中他才知道，这些长门僧都出自一个叫作天藏宗的支派，这个支派从千年前就开始营建属于自己的龙渊阁。

"根据我听到的谈话，这个支派最初的建立，是为了尽可能多地保存各个时代的知识，"二十三年后，须弥子坐在幻象森林中，向安星眠讲述这段往事，"他们敏锐地意识到，每一次的战火纷飞，每一次的王朝更替，都对当时的书籍和历史记载带来灾难性的毁灭。很多书籍会失传，很多历史会被歪曲涂抹，这样会让后世的人无法还原时代的真相。所以他们会在每个时代用尽一切方法收集所有的书籍和资料，同时派人游历天下，挑选各种隐秘的所在，开凿深深的地洞，把他们搜罗到的书籍埋藏其中。整理得差不多之后，洞窟就会被封死，假如以后还能找到某些漏网之鱼，则会有一个专门的地点来收藏，封死的洞窟从此不会再打开。"

"并非所有天藏宗的成员都知道这个秘密。表面上，天藏宗只是一个普普通通的长门支派，和其他支派之间也会互通有无，彼此研讨辩论《长门经》经义。但在它的内部，一直都存在着一个叫作'秘藏组'的核心组织，只有进入这个组织的人才能分享关于藏书洞窟的秘密，并为此付出自己的努力。这一次他们来到枯云峰，就是希望能在这里找到一处足够隐蔽的地方，开始开凿属于这个时代的藏书洞——那会花费几十年甚至上百年的工夫。"

"难怪天藏宗的人每年都会被要求花大量时间在九州各地游历，"安星眠恍然大悟，"原来他们是以此来掩盖秘藏组四处寻访合适藏书地点的目的。不过他们的保密工作做得还真是不错，长门内部没有其他人知道他们的真相。"

"可惜的是，这个秘密被我听到了，"须弥子有些邪恶地笑了笑，"而且我大致还听他们提到过一些藏书洞的地点，不同的时代有三十多个洞窟，虽然不是太具体，但用这些也足够胁迫他们了。"

"胁迫他们？你果然是无所不用其极啊……"安星眠叹了口气，心里对这个老怪物实在是又敬又畏。

长门僧们交谈着，须弥子悄悄退了出去，思考着用什么方法解决掉这些长门僧。对付他们未必比对付那些搜寻者更方便，毕竟长门僧们此时对他并无警惕，而且是聚集在一起，比较方便使用各种招数。

就在这时，他凌厉的眼神在远处的一条山道上看到一个人影，看打扮是一个采药的药农，大概是因为迷路才来到这里的。看到此人出现，须弥子一下子就有了新的主意。他不需要费尽心思去弄死这些长门僧了——他要逼迫他们自杀。

须弥子很快截住那名药农，连威吓带利诱，向药农交代清楚需要做的事情。随后他眼看药农一路走远，远到即便他自己也难以追上的地步，这才转过身，大步走进山洞。他并不知道，就在这一段时间，李翰离开了山洞，也许是去找食物，也许是去找水，如今谁也无法再说清了。但可以肯定的是，李翰只可能在那一段时间脱离须弥子的视线离开山洞，而这个宝贵的活口就那样被留了下来，在二十三年后为安星眠提供关键的线索。

长门僧们见到一个陌生人走进来，都有些意外，而须弥子的相貌衣着也并不像是个迷路的山民，但不管身份如何，与人为善是长门僧的天性，一名长门僧马上开始招呼他坐下烤火，吃点东西，但须弥子直截了当的开场白一下子震惊了所有人。

"你们，赶快自杀吧。"须弥子吐字清晰地说。

长门僧们面面相觑，大概是在猜测这是不是个练功走火入魔的疯子。最后，一位领头的长门僧发问道："请问，你是什么人？为什么要来和我们开玩笑？"

这个疯子接下来说的话却如晴天霹雳："开玩笑？我从来不开玩笑。你们如果不自杀，我就把你们天藏宗藏书洞窟的事全部抖搂出去。那样做会有什么后果，我想不必我来提醒你们了吧？"

长门僧们惊呆了。他们虽然博学睿智，但生平毕竟极少和别人发生争端，一下子遇到须弥子这样的狠角色，都有些不知所措。过了好久，领头的长门僧才用颤抖的声音开口："这位先生，我们天藏宗和你有什么仇恨？你为什么要这么狠毒？"

"嘿嘿，我和你们长门素来无冤无仇，天藏宗的名头更是刚才从你们嘴里听到，"须弥子狞笑着，"只不过很不凑巧，我现在需要一些尸体，而附近能找到的活人只有你们，所以自认倒霉吧。"

领头的长门僧又是一愣："需要一些尸体？难道……难道你是个尸舞者？"

须弥子点点头："见识不错。我需要一些尸体供我驱策，你们这群人刚刚合适。"

另一名长门僧忽然插口说："见到合用的活人，就把他杀了变成行尸，莫非你就是传闻中那个杀人不眨眼的须弥子？"

须弥子有些得意："不错，没想到你们居然还听过我的名字，既然如此，我是什么人你也该清楚，不必浪费唇舌向我求饶，赶紧动手自裁吧。"

长门僧摇摇头："很抱歉，须弥子先生，我们不能答应你的要求。而且为了不让天藏宗的秘密泄露出去，我们恐怕只能杀你灭口了，十分抱歉。杀人从来不是长门的宗旨，但事涉重大机密，很对不起。"

长门僧说话果然是彬彬有礼，一句一个抱歉，一句一个对不起，杀人宣言也说得温文绵软。须弥子又是一笑："杀我倒是有可能，灭口恐怕不那么容易了，你们跟我来。"

他一转身，走向洞外，长门僧们犹豫一下，还是跟着出去了。须弥子一伸手，指向远方蜿蜒崎岖的山道，"你们应该眼力都不错，看到那个戴斗笠的人了吗？那是我的徒弟。他正带着我的指示，下山寻找一个绝对安全的地方躲起来，你们是追不上他的。如果三天之后，我没去和他会合，他就会毫不留情地把天藏宗的秘密公之于世。对了，不只是秘密本身，还有你们提到的几个洞窟的地点，我都记下来了。"

长门僧们个个面色惨白，不知所措，须弥子接着说下去："想想看，绵延千年的藏书洞窟，里面会隐藏多少无价的珍本，多少被你们长门刻意掩盖的重大发明，多少骇人听闻的历史隐秘啊！不只帝王们会对这些洞窟非常感兴趣，投机者梦想搞到其中的值钱货，一般人也会对它们趋之若鹜。人们怀着明确的目标去寻找，我想最后总能找到那么两三个洞窟吧？"

"你闭嘴！"一名长门僧终于忍不住暴喝一声。这些苦行的修士一辈子修身养性约束自我，即便是有人把他们捆绑起来施加酷刑，恐怕也很难口出恶言，但眼下，有人试图摧毁天藏宗的根基，这实在让人忍无可忍。

"我给你们一刻钟时间商量商量，过时不候。"须弥子说完，走到一边去，留下惊怒交加的长门僧们。在他们眼前，死亡的阴霾正在徐徐逼近，而泄露的天藏宗秘密更是如同头顶上正在聚集起来的层层乌云。

"要下大雨了啊。"须弥子伸出手，擦去落在他脸上的一滴冰凉雨点。

三

　　"所以一刻钟之后，那些长门僧还是妥协了？"安星眠低声问。这已经是二十三年前的往事，但一想到那种无可奈何的痛苦抉择——其实是完全没有抉择的余地，他就忍不住产生某种难以言说的伤感，并且对须弥子产生了恨意。须弥子感受到对方情绪的变化，冷笑了一声。

　　"你尽管恨我，我这一生的仇人没有一万也有八千，不差你一个，"须弥子说，"只不过你最好还是别动念头来找我报仇，否则谁也护不住你。"

　　"我不会找你报仇的，就算报仇，他们也不可能活过来，云中僧院也不可能重现生机，"安星眠想起在云中城见到韩心之的情景，"而且无论如何，谢谢你告诉我这一切，我也大致对皇帝的举动有点数了。一个皇帝，觊觎天藏宗的藏书洞窟，是足够合理的解释。对了，后来你成功干掉那些人了？"

　　须弥子微微一笑："我没有杀他们，只是把他们的四肢全部斩断，扔在山里，至于最后是喂了虫子还是喂了虎狼，我就不清楚了。至于那些长门僧，虽然你们长门僧的精神修炼不利于爆发，但非常方便进行尸舞术的精神联系，用起来就像已经用了若干年的尸仆一样。我实在是舍不得毁掉它们啊。"

　　"毁掉？既然好用，为什么要毁掉呢？"安星眠不解。

　　"那是他们的临终遗愿，"须弥子说，"他们倒也知道我是从不食言的，所以向我提出最后的要求，希望在帮助我解决掉那一次的问题之后，就由我把他们的尸身毁掉，不再为我所用。用他们的原话来说：'即便是为虎作伥，一次也就够了。'我当时没怎么考虑就同意了，后来发现他们用起来如此顺手，真是追悔莫及啊，但答应的事情一定要算数，我还是毁了他们，遗骨就埋在枯云峰，不过只有二十八具。最后的那一个负责填土的，我让他跳下悬崖了。"

安星眠默然。虽然之前老师章浩歌的所作所为已经让他十分敬佩，但听完这二十九位长门僧的故事之后，他似乎才真正懂得了所谓长门修士的信仰。为了保守本门派的秘密，这二十九个人几乎没有任何犹豫——须弥子只给他们一刻钟的考虑时间——就毅然做出选择，以牺牲自己的生命为代价，换取对天藏宗秘密的守护。他禁不住想，如果换了我，我会做出那样的抉择吗？

他定了定神，回头看着正陷入往事追忆中的须弥子，"虽然你杀了二十九个长门僧，但是阴差阳错，你竟然成了唯一一个把天藏宗的秘密传递出来的人。如果回头因此而挽救了长门的危局，你反而成了长门的恩人——多么讽刺啊。"

须弥子淡淡地说："我无所谓恩情，也无所谓仇恨。现在我已经把我知道的都告诉你了，我们就此别过吧。"

"可是，我的朋友也有问题想要问你。"安星眠忙说。

须弥子脸上有了一些怒意："放肆！我回答你的问题，不过是为了换风秋客的尸身。你以为我是什么人，是为回答你们这些小娃娃的无聊问题而活着的吗？"

他一转身，看来是打算对安星眠不理不睬，准备直接拂袖而去。但安星眠接下来说的话却让他停住了脚步。

"就当是为了姜琴音，可以吗？"安星眠轻声说，"姜琴音活着的时候，你们不能在一起，现在她死了，难道你不能为了她的徒弟，稍微破例一下吗？"

"哪怕只此一次。"他补充说。

现在回想起来，雪怀青陡然发现，原来她过去几乎就没有和须弥子说过话。本来须弥子和姜琴音会面就极少，一旦见面，两人也是只顾着吵架斗嘴甚至动手，雪怀青在旁边完全是个多余的人。须弥子只对姜琴音有好感，绝对不会爱屋及乌，所以雪怀青在他面前也尽量保持沉默，不去招惹他。

而现在，须弥子竟然单独站在她面前和她说话，实在让她有些紧张，一时间不知道该怎么开口。倒是须弥子，沉默了一会儿后，忽然问道：

"她的身体一向不错，怎么会突然病死？"

雪怀青神色黯然："其实，先师的死和你有关。"

"和我有关？"须弥子一怔。

"先师一直想要超越你，但她也知道，论天赋，她和你根本是天差地远，如果按照常规的练习方式，恐怕一辈子都做不到，"雪怀青说，"所以她决定另辟蹊径，寻找一些尸舞术之外的方法，比如说将尸舞术和普通的秘术结合起来。后来她得到了一些秘术的残章，据说是上古流传下来的邪书《魅灵之书》……"

"胡闹！"须弥子勃然大怒，"《魅灵之书》上面记载的秘术大多对施术者本身有极大的损害，根本不是什么好东西！她怎么会那么糊涂？"

"女人被爱情冲昏头脑的时候，就是那么糊涂的。"雪怀青说。

"你这话是什么意思？"须弥子又是一怔。

"先师一直想要和你在一起，但她知道你眼高于顶，觉得自己的功力远不如你，日后必然会被你看轻，这才是她一直努力想要追赶你的原因，"雪怀青说，"她想要超越你，并不是为了超越你本身，而是为了得到一个和你在一起的机会。"

须弥子说不出话来。似乎到了这个时候，他才第一次真正知道姜琴音的内心。他的身子微微颤抖，脸上的肌肉扭曲，眼里流露出极度的痛苦和悲伤，完全不在雪怀青面前做丝毫掩饰。

"我的骄傲也是一种错误吗？原来我自以为这一生桀骜独行，活得潇洒快意，却从来没有意识到，能够真正让我快乐的究竟是什么。"须弥子呆呆地想着，浑然忘了身外的一切。直到雪怀青重新开口，他才回过神来。

"师父修炼了《魅灵之书》上的几种秘术，开始的时候十分喜悦，认为那些秘术实在是奥义无穷，对她有很大的帮助，但时间久了之后，她的身体变得越来越衰弱，脾气也越来越乖戾。"

雪怀青回忆着，"我一直劝她停止练习《魅灵之书》，但她全然不听我的劝告，仍旧一意孤行，最后终于一病不起，几个月后就去世了。"

须弥子长叹一声："琴音的性子就是那样，认准的事情就死活不听旁人的意见，也可以说是被我害的。"

他的语声中充满了无限沉痛，但这沉痛来得太晚，死去的人即便能在尸舞者手中重新站起来，那也只是没有生命、没有意志的傀儡。那一刻，须弥子生平第一次对尸舞术产生厌恶。

"再后来的事情我已经告诉过你了，我用师父做成尸仆，大约用了一年多的时间，直到被人毁坏为止。"雪怀青接着说。

"她埋在哪里？"须弥子问。

雪怀青告诉了他，须弥子点点头："好吧，别再说这些无关的事了，你有什么问题想要问我？"

雪怀青没料到须弥子竟然会那么有耐心，回答了安星眠的问题后，转过头还愿意回答她的，她原本已经做好空手而回的准备。她愣了愣，赶忙说："我想问一件发生在三十二年前的事情，也就是圣德十一年。"

须弥子皱了皱眉头："你们俩真是有趣，一开口都问二三十年前的事情，那时候你大概还没有出生吧？"

"我没有，我是替我义父问的，"雪怀青把义父沈壮当年的遭遇说了一遍，"所以我想请问你，当年你是否遇到过类似的事件？毕竟那个金吾卫临死前亲口说，在整个事件中，你扮演了极其重要的角色。"

她顿了顿，又补充说："其实他的原话是：'整件事情其实都要怪到一个尸舞者头上，他的名字叫作须弥子'。"

须弥子陷入沉思，过了好久才说："这我得好好想想，我得罪的人不计其数，想要把我杀死挫骨扬灰的人加在一起大概能把万蛇潭的那座湖填满，但我并不记得圣德十一年我得罪过什么金吾卫。也就是说，即便我破坏他们的什么计划，他们那时候也一定是经过乔装改扮，并没有露出真实身份。"

"有这个可能性，毕竟金吾卫的身份太招摇了。"雪怀青说。

"而且我也没有到过你义父居住的河西岭，"须弥子说，"但是说到锁河山，我还真去过，有那么一件事……有那么一件事……等等，你说你义父被杀死的亲人是他妻子和出生不久的儿子，也就是说，是一个年轻女人和一个小婴儿，对吗？"

雪怀青点点头，须弥子哼了一声："那我就知道是什么事了。不但知道是什么事，连他们为什么要杀死你义父的妻儿，我也能猜到。"

"他们为什么要杀人？"雪怀青急忙问。

"你义父错了，当年的那个目击者并没有看到焚尸的全过程就离开了，于是想当然地以为他们杀人后把尸体烧成了灰烬，"须弥子阴沉地说，"事实上，他们是需要两具焦尸，以便带回去复命，一具年轻女性的，一具婴儿的。他们受命追杀这样的两个人，但失败了，所以想用这种办法蒙混过关。你义父的妻儿，只不过是枉死的替身。"

"原来是这样……"雪怀青喃喃地说，"现在我终于明白了。"

"而且那个金吾卫说得没错，如果不是因为我的阻挠，他们可以完成原本的使命的。在某种程度上，我才是害死那对母子俩的间接凶手。而且最有意思的是，这件事也和长门僧有关，这群无所不在的人啊……"

圣德十一年八月。中州东南部，锁河山脚下。

须弥子一路追踪一个中年长门僧，已经追了三天了。几天前，他在天启城外一个小村庄遇见这个长门僧，立即对此人的"材质"产生了浓厚的兴趣。尽管他一向看不起长门僧的冥修方式，但不得不承认，通过这样冥修锻炼出来的体魄，适用于尸舞术。

三十二年前的须弥子，虽然已经具备相当高的实力，但功力还是不如后来精纯，所以下手杀人时也会非常谨慎，尽量不与多余人等产生冲突。他跟踪这位长门僧，并不着急动手，准备到一个人烟稀少的地方再动手。运气不错，这个长门僧背着一个蒙布的大筐子，一路向锁河山方向而去，看样子是要进山。一旦进入山区，袭击他的机会可就多了。

须弥子像一个追踪猎物的猎手一样，极富耐心地跟着长门僧到了锁河山脚下，其时是下午了。在那里有一间小小的露天茶铺，南来北往的路人都习惯在那里歇脚，用点茶水，吃点简单的面点。长门僧没有钱，但茶铺的主人见到他显得很恭敬，张口闭口称呼着夫子，为他送上最便宜的粗茶和两个馒头。这倒不是店主吝啬，而是长门僧只要求最简单的食品，过于精细的反而不肯接受。

这个茶铺里人不少，须弥子自然不能在这里动手，为避免被人怀疑，他也坐下要了一杯茶和一些面点，边吃边等待长门僧继续动身。就在这时，茶铺里一先一后来了两拨人。

第一拨其实也就两个人，而且其中一个还是被包裹在襁褓里的婴儿。他，或者她，被背在一个年轻女子的背上，包得严严实实。这个女子相貌平庸，肤色黝黑，看起来是个寻常村妇，但须弥子一眼就看出来，她身怀颇为高明的武艺。他又仔细看了一眼，发现这个女子"材质"也不错，只不过比他正在追踪的长门僧还是差了一些。

"算你走运，"须弥子恶狠狠地想，"要不是老子已经先有目标了，你就得死在我手里，连带你的孩子也得给你陪葬。

正想着，远处传来一阵脚步声，听上去人数众多。听到传来的脚步声，那个年轻女子的脸色陡然一变。须弥子察言观色，立刻判断出来，这群人多半是来追她的。

第二拨来人很快出现，是一群武士打扮的粗豪汉子，一共有十三个，这样的人物，每天在道路上都能遇到很多。但这些人个个身手不凡，绝不像他们外表那么粗鲁庸俗。他们进入茶铺后，立刻吵吵嚷嚷地开始要食物，一会儿挑剔茶叶不好，一会儿挑剔茶铺不卖酒，一会儿和旁人抢桌子，搅得茶铺里鸡犬不宁，有些怕事的客人已经提前离开了。须弥子冷眼旁观，发现这些人看似随性吵闹，实则占据各个可能逃跑的方位，堵死了女客的逃路。店主也略看出点究竟，心中害怕，悄悄地躲到长门僧的身边，似乎是指望这位夫子保护他。他也对自己的举动有点不好意思，于是开始没话找话："还没有请教这位夫子从哪里来？"

"我是从宛州云中城的云中僧院来的。"长门僧坦然回答。虽然只是一句闲话，但记性颇佳的须弥子还是记住了，只是当时他并不知道，自己记住的这个僧院名字，会在三十二年后起到极为关键的作用。

相比店主，那位女客表现得还算镇定，并没有慌乱，慢吞吞地喝光茶水，吃完干粮，才站起身来。而她一动，这些武士也立马跟着站起来，抢先来到道旁等她，显得颇有些有恃无恐，似乎是在表明：你是逃不出我们手心的。

女客视若无睹，开步准备前行，脚下却一不小心被什么东西绊了一下，惊呼一声，整个身体向前倾倒，正好倒在须弥子所追踪的那名长门僧身上，长门僧慌忙避让，结果两人一起摔在了地上。

"以这个女客的身手，绝不至于莫名其妙被绊倒，一定是她想要耍弄什么阴谋，多半要利用这个长门僧的身躯作掩护，用暗器发起攻击。"须弥子在那一瞬做出这样的判断。追赶她的武士们也想到这一层，女客刚跌倒在地，他们就齐刷刷地拔出兵刃，严阵以待。

而就在这时候，须弥子感受到一股强劲的精神力爆发，连忙扭过头去，视线锁定了那些武士中的一个——那是个矮矮瘦瘦的男人，神情木讷，相貌丑陋，本不起眼，但这一下出于自卫瞬间的精神力爆发，让须弥子看清他的底细：这是个秘术士，而且恰好是能和尸舞术产生共鸣体质绝佳的秘术士！假如得到此人的尸体，就可以利用他把自己的精神力尽可能地放大，让自己尸舞术的威力提升两成左右！

这是一个千载难逢的机会，须弥子的心脏忍不住一阵狂跳。他立刻忘了之前还一直苦苦跟踪的长门僧，马上开始盘算如何得到这个小个子秘术士。他很快想到，这群人全部注意力都在那个年轻女子身上，可以想办法让他们决一死战，然后自己坐收渔利。

这时候，他既不知道这个女子的身份，也不知道追兵的身份，更不知道这二者一追一逃的原因。但这些和他无关，在这个胆大妄为的恶人眼中，看到的只有活人变为尸仆的素质而已。

武士们摆出架势，准备应对女子的偷袭或逃跑，但奇怪的是，女子什么也没做。她只是从地上爬起来，扶起长门僧，对他说了声抱歉，然后走出茶铺，向锁河山深处走去。武士们面面相觑，随即果断跟了上去，既然来了大山之中，他们也不需要做任何掩饰了，只需要一个荒无人烟的偏僻所在，就可以下手拿人。而女子显然也意识到自己已经无路可逃，看来是做好了拼个鱼死网破的准备。双方的注意力都集中在近在咫尺的敌人身上，谁也没有注意到，还有一个阴险而凶恶的尸舞者跟踪，对他们虎视眈眈。之前双方对峙的时候，须弥子也没有闲着，把一种散发着只有尸舞者才能闻到特殊气味的尸虫悄悄放到了女子身上。只要在两里的范围内，他就能始终循着尸虫的气味找到这群人。

锁河山位于中州和澜州之间，以南北走向的山体分割两州，旅人想要跨越州界，要么绕路，要么直接翻山，一般后者居多，所以山路上的人并不算少。而女子走得不紧不慢，一直在大路上绕圈，身后的敌人始终没找到下手的机会。但他们跟得死死的，女子也没有办法甩掉他们。

就这样走了大约两个对时，天色渐渐暗下来。女子忽然脚步加快，拐了一个弯，沿着一条险峻的山路斜插走进一个雾气蒙蒙的山谷，武士们犹豫了一下，也都跟了上去。

雾气……须弥子嗅到一丝危险。这个女子的身法轻灵异常，透出一点儿诡异，并不是须弥子见过的任何一种轻身术，再加上现在隐身于雾气中，他忽然想到了某些传说，不禁微皱了皱眉头。

"千万不要是那样，"他想，"要是那样的话，我就很难得到全尸了。"艺高胆大的他，心里挂念未来的尸仆，还是跟着进去了。

此时天色昏暗，加上雾气，山谷里已经很难清晰视物。须弥子只能凭借尸舞者敏锐的感觉，以及尸虫的气味去判断人们的走向。事后他回想起来，觉得这场夜雾可能救了他的命，因为如果不是被逼得调动所有感知周围的环境，光凭肉眼，他未必能发现那个凶险的埋伏。

须弥子在雾气中发现了异样。他察觉出，这是一个陷阱，是那个被追逐的女子在短时间内迅速布置好的陷阱。而这个陷阱的实质究竟是什么，他猜想是那些未经证实的传说。这样的话，他看中的那个躯体可就危险了，随时可能化为碎块。

他狠狠一跺脚，不顾一切地钻进浓雾里。不过他来不及阻止发生的一切了。刚跑出几步，一股强烈如刀锋般的寒意袭来，带着一种渗入骨髓的阴冷，即便是须弥子这样向来无所忌惮的人，也能深深察觉到其中的危险。几乎是本能的反应，须弥子一下子停住脚步，随即，他为这个正确无比的决定而庆幸，眼前的景象让他禁不住冒冷汗。

在他身前距离他腰部大概一指宽的距离，凌空悬着一根金属丝线，细如蛛丝，如果不是须弥子在尸舞者生涯中锻炼出来的过人目力，是不可能看到的。虽然并没有碰到，但须弥子明白，他之前的猜测半点没有错，这根丝线有一个令人不寒而栗的名字：天罗刀丝。它虽然细如蛛丝，却比刀剑更锋锐，能毫不费力地切开人体的肌肉和骨骼，像撕纸一样轻松随意。

刚想到这里，远处就传来几声惨叫，而且来自不同的方位，可想而知，在这一片黑暗的浓雾中，已经有三四个人中招了。这些天罗刀丝悬垂在半空，不需要分毫移动，只要凭借人们自身的移动，就能把他们的身体轻松切成好几块。

"真没想到，这样一个貌不惊人的村妇，竟然是个天罗。"须弥子想，"原来这个传说中的杀手组织还没有灭绝啊。这群追兵，又是怎么和这个女天罗扯上关系的呢？"

不过这当口顾不上想那些与己无关的事情，最重要的是保全自己看上的尸仆。须弥子能感受到那个秘术士的精神力并没有减弱，说明被天罗丝伤害的人里不包括他，但如果这帮人仍旧像无头苍蝇那样在浓雾里乱撞，可就说不准了。

只能出口干预了。须弥子无奈地摇摇头，运足精神力，大喊一声："是天罗丝！都不要乱动！"

这一声拯救了剩余的追兵，他们大致也听过天罗丝的威名，立即停住脚步，不敢再移动。一时间，山谷里变得寂静无声，连人们的呼吸声都听得见。片刻后，一个声音幽幽传来："你是什么人？为什么要坏我计策？"

须弥子一面留意身前的天罗刀丝，一面谨慎地向他未来的尸仆移动，过了半晌才回答："我和你没有什么仇怨，但是这群人当中，有一个人是我想要的。我要把他带走，其他人你爱怎么杀就怎么杀，我不在乎。"

"你知道这些人是做什么的吗？"女子冷冷地问。

"我不知道，也不需要知道，"须弥子说，"死人是没有身份的。"

两人一问一答，旁若无人，简直是把困在天罗刀丝阵中的人当成了待宰的羔羊。尽管须弥子刚出声帮助了他们，也没人领情，一片咒骂声爆发出来。须弥子只当听不见，仍旧向那名秘术士靠近。

三十步、二十步、十步……须弥子距离秘术士已经很近了。秘术士此时正全神贯注提防女天罗的袭击，并没注意他的靠近。须弥子手里捏着一根毒针，只需把毒针发射出去，刺到此人身上，他就会瞬间毙命。然后须弥子会带着这具尸体迅速离开山谷，神不知鬼不觉。

"那你成功了吗？"雪怀青问。

须弥子苦笑一声："成功了，但最后失败了。"

"这是什么意思？"雪怀青不明白。

"我发出那枚毒针，杀死了那个秘术士，用尸舞术把他的尸体带了出去，远离身后血腥的战场，"须弥子说，"但当我来到安全地带，准备给他打上烙印，成为我的专属尸仆时，才发现他的后背不知什么时候被钉上了一枚钢钉。当时我就知道不妙，一检视才发现，这枚钢钉带有一种奇特的剧毒，能迅速损毁中毒者的内脏，但外表上看不出来。"

雪怀青"啊"了一声。身为尸舞者，她当然知道，如果一具尸体的内脏被完全损毁，就没办法作为尸仆长期驱用了。也就是说，须弥子白白辛苦一场。

"我想了很久才明白过来，这是那个女天罗对我破坏她的天罗刀丝阵的报复，"须弥子说，"她从我的只言片语中，猜出我想要干什么——也许我不该多提那一句死人——然后迅速想到报复我的方法。她不但杀人手法准确迅速，还对尸舞术有相当的了解，真是个了不起的女人哪！"

"能得你一句称赞，我想她的确算得上了不起了，"雪怀青说，"那后来呢？"

"后来？我竹篮打水一场空，既丢了长门僧，又没得到秘术士，当然咽不下这口气，回头就去找那个山谷，想要杀了她出气，"须弥子说，"但当我回到那里的时候，战斗已经结束了，地上有很多血迹，还有一些残肢断臂，没有一具完整的尸体。到最后究竟这两拨人谁胜谁负，我就不知道了。后来我郁郁地离开锁河山，再也没有见到过那个女子和其他的追兵了。这就是我全部能告诉你的。"

"谢谢你，须弥子前辈。"雪怀青深深地施了一礼。

四

须弥子没有再多说一句话。他完成了自己的许诺，又额外奉送一个，已经显示出在他身上非常难得一见的慷慨和温情了。如今回答完这两大费唇舌的问题，他带着剩余的尸仆飘然而去，雪怀青猜测，他大概会第一时间去往天启城的郊外，去寻找她师父姜琴音的坟墓。至于这个老怪物到底会在师父的坟墓前说些什么话，她就猜不到了。

雪怀青定了定神，走向安星眠，"他已经回答了我的问题，你的呢？"

"他也回答了，"安星眠说，"此行不虚。那我们就……就此别过吧。"

话说出口，他的心里却微微有点儿不舍。虽然雪怀青是一个性情淡漠的少女，但和她相处的这些日子，安星眠始终觉得很轻松。她不会耍小性子发脾气，不会说谎欺骗，不会阳奉阴违，不会蓄意刁难，所以和她在一起没有任何压力，也不用担心什么，比起每次见到唐荷时的头痛欲裂，真是不知道舒服了多少倍。

"嗯，再见了。"雪怀青淡淡地点点头，真的转身招呼自己的尸仆向远处走去。安星眠没想到她走得那么痛快，一愣之下，忍不住喊了一声："等等！"

雪怀青回过头："还有什么事吗？"

"我只是想问，你问的问题，有答案了吗？"安星眠问。其实他并没有任何意愿去打听他人的隐私，但总得为自己那一句无意识的挽留找点借口。

"已经有了，但是……没什么用。"雪怀青有些沮丧。

"为什么没用呢？"安星眠下意识地又问，然后连忙摇摇头，"对不起，我不是想要打听你的隐私，只是……如果你不介意，我希望能帮到你。毕竟这一趟能见到须弥子，我首先得感谢你。"

"不必谢，没有你和风前辈，我也未必能让须弥子开口，算是我们相互合作好了。"雪怀青摆了摆手，神情有点犹豫。她咬了咬嘴唇，接着说："其实，告诉你也没什么关系，也不是什么了不起的秘密，你那么聪明，也许真能帮我想出点主意来。你愿意听吗？"

"当然愿意，受人滴水之恩，当涌泉相报。"安星眠说。

"我说过，这不算什么恩……"雪怀青把义父的遭遇向安星眠从头到尾说了一遍。安星眠认真地倾听，当听到这件事里竟然出现一名长门僧之后，眉头微微一皱。"为什么又有长门僧的事？"他想着，"这是一次无关紧要的巧合吗？还是背后藏着什么玄机？"

"须弥子至少解开了我一个长久的疑团，那就是为什么义父全家本是与世无争的普通山民，却会遭遇那样的惨祸，"雪怀青说，"如果是恰好需要女人和婴儿的尸体，那完全说得通。但是须弥子对旁人漠不关心，从头到尾只是惦记他的尸仆，所以他根本就不知道那群人的身份，也不知道女天罗为什么被追杀。"

"但是你已经知道了，那群人毫无疑问是乔装改扮的金吾卫，"安星眠说，"须弥子猜得没错，我也是这样的判断，他们抓不到那个女人和婴儿，于是杀害了你义父的妻儿，把尸体烧焦，带回去冒充交差。那一天到你义父村子里的所谓药材商人，其实就是他们，目的是找到一个正好有婴儿的人家，以便下手。"

"这些猜测大概是正确的，可是……我不知道我该干些什么了，"雪怀青的脸上有难得的迷茫，"我应该去复仇吗？可那些金吾卫基本都被皇帝抓起来杀光了。我应该就此放下吗？可是，我追寻那么久，最后找到的只是半个答案，根本不能给死者一个交代。但我如果继续追究下去，弄清楚事情的全部真相，找到那个女人和金吾卫们追捕她的原因，我又能得到什么呢？好像什么都得不到，义父已死，义父的妻儿已死，怎么都换不回来了。"

此时的雪怀青看起来不仅迷惘，而且充满苦恼，这让安星眠意识到了一点儿什么。在长门修习这么多年，他对于人的心理活动和精神世界有着相当强的把握能力。在他看来，雪怀青这样的女孩子，或许对她义父的确是有真情的，却未必会把同样的感情施加给她从来没见过的两个人——她又不是那种感情泛滥的小女人。即便她真的满怀孝心，以替义父复仇为己任，当年的金吾卫们也被皇帝一个个处死了，且往往是受尽酷刑而死，雪怀青自己也未必做得比官家鹰犬更专业，难道这还不能让人出够气吗？

他从另一个角度思考，得出一个不太确定的结论：也许雪怀青只是单纯地需要找点儿事做。与其说她是在为义父尽心，倒不如说是以义父的事情为借口，逃避另外一些事。这就好像安星眠小时候被私塾老师逼着做功课的情形，他天资聪颖，完成功课不在话下，而和他关系不错的一个小伙伴却总是很头疼，一到做功课时就会磨磨蹭蹭，一会儿要磨墨，一会儿又要上茅厕，总之赖到拖无可拖的时候，才不情愿地翻开课本。

现在的雪怀青，就是这样的一个小孩子啊，或许正有什么让她恐惧的事物在等着她去做，她却不顾一切地想要推诿和拖延。虽然安星眠不知道那是什么，但他很理解那种感受，并且，愿意想办法帮助她。比如说，装作不经意地"推动"她一下。

"其实我觉得，如果你心里还存着迷惘，倒不如一直追查到底，"安星眠说，"事物的意义总是藏在表象之下，当我们动手做一件事情时，其实心里并不明白它的意义所在，但只要做了，结果就会存在。我们长门的修炼，归根结底不过就是为了消除心中的迷惑，寻求内心的宁静。"

"内心的宁静……"雪怀青不自觉地重复了一遍，像是忽然被这句话感染了一样。

"我们长门的由来，来自最初的典籍《长门经》，"安星眠继续说，"撰写这本书的觉者，把生命比喻成一道又一道的无尽长门。我们这些凡俗的生灵，就是要跨过一道道长门，得到最终的平静与解脱。虽说长门僧的修炼，就是为了得到这种平静，而你也可以为这样的平静努力，那就是放手去做，做能够让你得到宁静的事。"

"我懂了。谢谢你。"雪怀青点了点头。她回过身，静静地思索了一会儿，转过身来，忽然展颜一笑："我决定了，哪怕这件事微不足道，我也想把它弄清楚。我也想要得到平静。"

安星眠看呆了。之前他见过若干次雪怀青的笑，但那只是一种惯性的、礼貌的表情，骨子里仍然是淡漠且压抑的，笑与不笑并无分别，而现在，安星眠见到了她真正的美丽笑容，那是发自内心的舒畅笑颜。他发现雪怀青笑起来的时候，好像完全变了一个人，那样明媚灿烂，宛如照进幻象森林深处的金色阳光。

"这才像一个十九岁的女孩子啊。"安星眠喃喃地说。

"你说什么？"雪怀青问。

"没说什么，"安星眠连忙摇摇头，"自言自语而已。"

夜深的时候，两人已经离开万蛇潭数里，在森林里没能找到合适的宿营地，只好将就在林中清理出一片空地，搭上帐篷。这原本是很危险的，因为随时可能遭受毒虫和猛兽的袭击，犯了森林生存的大忌，但有不眠不休的尸仆在旁边护卫，大忌也就无须顾忌了。

这一天的种种凶险经历，加上连续的赶路，贪睡的安星眠已经很困倦了，刚躺下就睡着了。但睡了没两个对时，天就亮了，林中不知名的鸟儿开始发出响亮的鸣叫，那声音就像是被杀公鸡发出的最后惨号，凄厉异常，把他硬生生吵醒。

安星眠揉揉眼睛，钻出帐篷，发现尸仆仍旧铁塔一般守在外面，脚下躺着一只皮毛斑斓的动物，也不知道是狐狸还是别的什么倒霉蛋，但雪怀青的帐篷已经空了。考虑尸舞术的有效范围，她应该没走得太远。他沿地上的足迹走出几十步，看见雪怀青正靠在一棵树上，抬头看着天，貌似在观赏朝阳。但实际上，这片森林里的树木躯干都很高，抬起头大半只能看到浓密的枝叶。

"你在看什么？"安星眠问。

"没看什么，我只是在想那些旧事而已，"雪怀青说，"当年的金吾卫恐怕都被皇帝杀绝了，怎么才能查到他们那时候的任务究竟是什么呢？"

"可以翻一翻过去的记录，"安星眠说，"但事情已经过去了三十来年，很难讲这样的记录还能找得到。"

"看来得进皇宫找一找了。"雪怀青说着，脸上并没有太担忧，似乎皇宫这种地方对她而言也就像是个菜市场，可以自由进出。

"皇宫里也未必找得到，"安星眠思索了一下，"一般情况下，如果是金吾卫正常出宫办案，必然有皇帝的特许，完全不必要伪装。但那些人都伪装成寻常的市井糙汉，可见执行的是机密任务，未必会留下文字记录。或许只有找到当时的经手官员，才能亲口问到些什么。"

"这就不好办了，"雪怀青眉头微皱，"也许我只能去麻烦一下天启城的游侠了。"

"这种事情，普通的游侠未必能办好，何况你不担心再次被出卖？"安星眠说。他犹豫了一下，接着又说："其实我倒是认识一个朋友，也许可以帮你的忙。"

他大致讲述了一下白千云的身份："这位白兄，常年贩卖地下河络兵器，和各个阶层的人都有来往。你只要告诉他，是我让你去找他的，他一定会帮忙。"

"你就这么肯定他肯出手相助？"雪怀青问，"我可没什么东西可以报答他。"

"我看人的眼光不会错的，放心吧。"安星眠自信地说。

"那我只好去麻烦他了，不过，你为什么不和我一起去云中城？"雪怀青说，"你不是也有事情拜托他调查吗？现在须弥子也见过了，正好可以回去看看他的结果如何。"

"我……另有事情要办，恐怕不能陪你同去了。"安星眠又迟疑了一下。

"哦？其实是讨厌和我同路吧？"雪怀青忽然说。

安星眠没想到这样的话会从雪怀青嘴里说出来，一时不知该如何作答，雪怀青又是一笑："其实我知道你的心思。你原本是要去云中城的，可是指点我也去云中城后，你就不想和我一起走了，免得我误解你，以为你是想要找借口和我同路，然后趁机进行非分之想。放心好了，我知道你是一个君子，而我也不是一个自作多情的人。"

"那我们还是同行吧，我也不必多耽搁时间了，"安星眠如释重负，"和你说话真是痛快，什么圈子都不用绕。"

离开幻象森林一路向东北方向行进，距离云中城还有两天路程的时候，已经是十一月初了，天气明显转凉。安星眠连着几个月奔波劳碌，疲倦之下感染了风寒。好在他是个有钱人，直接包下一辆马车，躺在马车里边休养边赶路。让他有些受宠若惊的是，雪怀青主动承担起照料他的任务，茶水饮食都安排得十分妥帖。

"我一直以为，非得死了变成尸体，才能得到尸舞者的照料呢。"他开玩笑地说。

"我一直以为，你们长门僧得了病也会非常高兴，又把这当成'跨越的一道门'呢。"雪怀青回应说。和安星眠相处这些日子后，她也慢慢会说一些调侃的话了。

"一般的长门僧没准还真会那么想，"安星眠懒懒地靠在枕头上，"可我和他们不大一样。我还是觉得人生应该是快乐的，该享受的时候就应该好好享受，不用随时随地把自己绷得苦哈哈的。"

"这可不像一个长门僧应该说的话，"雪怀青有些惊奇，"你既然对苦修没有兴趣，又为什么要加入长门呢？"

"父亲的遗命，不得不遵从啊。"安星眠苦笑一声，把自己童年的经历略微说了一下，又稍稍讲述了自己如何试图以金钱收买章浩歌收自己为徒、而章浩歌居然答应了。他不喜欢在女性面前矜夸，对自己的事情基本一笔带过，却忍不住大大夸赞老师章浩歌，表达对老师的敬爱之情。

"也许站在你们的角度看，他确实很伟大，不过我不是太理解这种为了捍卫所谓的信仰而完全不顾自己生命的做法。"雪怀青听完评价说。

"你还真是诚实，"安星眠说，"其实我也并不赞同他那么做，但是，一想到那种信仰的力量，还是难免让我感动。也许是因为我自己没有那种坚定的信仰，所以我才会很羡慕那样的意志。"

"尸舞者不为任何信仰而活，"雪怀青沉默了一会儿，"他们只为了自己。不，是我们只为了自己。"

安星眠看得出来，雪怀青情绪里混杂了一丝忧伤。这不难体会，尸舞者的孤独和离世固然令他们有骄傲的资本，却也让他们在内心深处对其他人有隐隐的羡慕，尤其是像长门僧这样有一个光明正大的信仰可以去崇拜和追求的人群。他只能想办法岔开话题。

"前面那个小镇可以歇歇脚，"他说，"那里有一家店，做的烧饼夹牛肉味道相当不错。"

雪怀青不置可否，但还是跟他下了车，和他一起走到那家烧饼店。这家店其实不只卖烧饼，还有各色卤菜，店门口挂着一排色泽金黄油亮的卤鸭子，远远能闻到散发的香气。不过看得出来，它的烧饼夹牛肉名气最大，来这里的顾客不论买什么吃食，或多或少都会捎上几个烧饼夹牛肉。那烧饼烤得焦黄酥脆，牛肉则红亮亮的冒着热气，让人一看就食欲大开。

安星眠买了一只鸭子和四个烧饼夹牛肉，然后把雪怀青带到另一家小面馆，要了两碗最便宜的素汤面。面馆伙计的嘴巴都快嘟到房顶上去了，却也不能不做生意。雪怀青看着他充满尊严气鼓鼓的背影，叹了口气："其实我们拿回马车上吃也是一样的。"

"你不明白，吃烧饼夹牛肉，就要配这家店的面汤，可惜他们不单卖面汤。"安星眠笑眯眯地回答。他撕开油纸，正准备带着幸福的表情朝手中的烧饼大口咬下去，突然动作凝滞了。雪怀青看着他圆睁的双眼，连忙问："怎么了？"

"隔壁桌子上坐着的人我认识，是一个长门僧，天藏宗的长门僧，"安星眠小声说，"我上一次跟随老师参加长门法会的时候，曾经见过这个人。他胖得很有神韵，所以我对他有印象，后来还找他说过话。"

雪怀青侧头一看，险些笑出声来。如安星眠所说，这是一个大胖子，胖得颇有几分神韵，整个脑袋浑圆，两只眼睛却小得像绿豆，令他看起来活像捏出来的面人。

"我还记得这个人叫刘聪，"安星眠说，"那次法会结束后，我去问他，他是怎么在长门的苦修中还保持那样令人羡慕的好身材。他告诉我说，多亏了长门的苦修，他才能瘦到这个地步，现在'只有以前的一半那么胖'。"

雪怀青叹为观止："那他以前得胖成什么样啊，岂不是一座肉山？你现在怎么打算，去和他说话吗？"

"先不急，"安星眠说，"现在形势紧张，公开场合说话不方便。我们可以先跟着他，到僻静的地方再说话。"

"等一下，他好像一直在看什么，"雪怀青说，"他的眼睛一直瞪着桌腿。"

两人等了一阵子，名叫刘聪的胖子吃完面前的一大碗素面，站起身来，谨慎地左右张望了一下，然后才走了出去。可惜的是，这样的左右张望不过是徒具其形，否则他不会看不到，邻桌有一男一女已经暗中观察他很久了，男的与他还曾经会过面。

"看起来，他纯粹是因为体形实在不像一个长门僧，才会在那么长的时间里一直没有被捉住。"安星眠嘀咕着，假装碰翻了面碗，让面汤流了一桌又滴到地上，然后不理会眼睛里快要喷出刀子的伙计，和雪怀青一起换到刘聪之前坐的那张桌子。他低下头，在桌腿上找到了一个标记。

"一个椭圆形和一个三角形，这是你们长门的暗号吗？"雪怀青问。

"这不是通用的长门标记，"安星眠说，"但刘聪能看懂这个暗号，我认为十有八九是天藏宗独有的暗号，而且至少说明是有人在召唤同伴。我们跟去看看，不过还是先不要现身，毕竟那是别人宗派里的秘密。"

安星眠在桌子上扔下一枚银毫，远超过两碗素汤面的价钱，总算让伙计的脸色稍微好看了一点儿。然后他和雪怀青一起走出门去，远远地跟着刘聪。

这个小镇不算太大，一条南北走向的青石板路贯通全镇，几分钟之后，刘聪走到了镇子的中央，然后向东拐进一条小胡同。安星眠正准备跟上去，雪怀青却忽然伸手拦住了他。

"怎么了？"安星眠问。

"不大对劲，除了我们之外，还有人在跟着他。"雪怀青说。

两人装作在路边小摊挑选粗糙的手工饰品，安星眠悄悄回头，果然看见两个黑衣男人跟在刘聪身后，也进入了那个小巷。他们的帽子压得很低，看不清面目，但身手矫健，显然身怀武艺。

"我们尸舞者对于跟踪和反跟踪这一套玩得很熟。那两个人，从刘聪离开面馆后，就一直和他朝着同一方向走，不会是巧合。"雪怀青一面说，一面和安星眠一起跟在黑衣男人的后面，也拐进了小巷里。

刘聪没有在小巷里停留。他穿出小巷，继续向东行走，走上了出镇的官道，黑衣人和安雪二人分别尾随。雪怀青有些疑惑："怎么会走官道呢？在这种地方会面，岂不是太招摇了？"

"看前面，"安星眠伸手一指，"那里停了一辆马车，大概他们会在马车里碰头吧。"

果然，刘聪径直走向那辆马车，伸手掀起了车厢后面悬挂着的布帘。就在那一瞬间，刘聪发出一声短促的惊叫，随即整个身体就像被什么东西吸住一样，向马车里缩进去。雪怀青目力过人，看得分明：就在刘聪挑开布帘的一刹那，一个绳套从车厢里飞出，精确地套在他的脖子上，把他拉了进去。与此同时，一只手伸了出来，把一个布团按在刘聪的嘴上，让他不能发出更多的声音。

但是这些马车里的人大概有一点没想到，那就是刘聪是个体形惊人的大胖子，虽然遭到了袭击，但他那肥大的身躯挣扎起来，还是颇有几分力道。嘶啦一声，刘聪的手不小心抓到了布帘，一用力把布帘整个撕了下来，暴露出车厢里的人。

不过好在那个捂嘴的布团上似乎是浸了迷药，刘聪挣扎两下，身体很快软下来，再也没有力气了。车厢里的人费劲地把他拉上车，赶紧驾车离去，身后的两名黑衣人目送马车远去之后，才回身向镇上走去。当然，这时候安星眠和雪怀青已经在道旁藏好了。

马车驶远了，两名黑衣人也消失在视线中，安星眠和雪怀青这才从路边的大树后钻出来。雪怀青正想说话，一抬头看到安星眠的脸，不觉一怔。

"你怎么了？"她赶忙问。此刻安星眠脸上的表情十分吓人，僵硬得就像石头，目光中更是流露出某种惊惧。自从认识安星眠以来，雪怀青还从来没有在他的眼神里看到过惊惧，这原本应该是一个对什么事物都无所畏惧的人。

"刚才刘聪把马车上的布帘扯下来了，我看到坐在里面的人了。"安星眠低声说。

"我也看到了，两个壮汉，一个大胡子，还有一个瘦瘦的中年人，怎么了？"雪怀青很是纳闷。

"还记得进小镇之前，我们在讨论什么吗？"安星眠的语调很是怪异。

"我们正在说和信仰有关的话题，你说了好几遍你很崇敬你的老师，那个叫作章浩歌的长门僧……等等，不可能吧？"

"我的眼睛不会出错的，"安星眠的表情除了极度的惊诧之外，还有深深的沉痛和迷惑，"你和我都看到的那个瘦瘦的中年人，就是我的老师章浩歌，本来应该已经被宛州总督砍掉脑袋的章浩歌。"

第八章
惊 变

一

唐荷没有想到，自己竟然会在一个意外的场合又听到安星眠和章浩歌的消息。她原本以为，自己这辈子可能再也见不到这两个人了。

在南淮城和安星眠分离之后，唐荷一直有些沉郁，表演也时常提不起精神，曾经有好几次险些失误。班主也看出她状态不太对，让她休息了半个月，毕竟唐荷是秋雁班的头牌，如果她不小心演砸了，对于秋雁班将会是重大的打击。唐荷没有解释，足足休息了一个月，这之后，她的表演才算正常起来。

她很明白自己心绪不宁的原因，其中八成是为了义兄章浩歌。在她的心目中，章浩歌几乎就是一个完美的、没有缺点的人。为了保卫自己的信仰，他选择去做飞蛾扑火般的挣扎，唐荷没有劝他，因为她知道，章浩歌不会听她劝。尽管如此，想到从此以后再也见不到这位可敬的兄长，她还是难以抑制心中的悲伤。

然而剩下的两成就不一般了，因为那竟然是为了安星眠。在很长的一段时间里，唐荷并不喜欢安星眠，虽然安星眠长得不错，性格也很好，全然没有一般富家子弟的纨绔骄横，但唐荷总觉得他不配做章浩歌的弟子。安星眠固然聪明好学，但于长门，并没有那种骨子里的信仰和坚定，他只是一个被父亲遗命所压、被迫修行的倒霉蛋，哪怕在法会中舌灿莲花辩赢一切对手，唐荷仍然觉得他不是一个真正的长门僧。

可是在那个诀别的夜晚，唐荷才发现，原来安星眠的心底深处还有一种她从未发现的力量和信念。这个发现让她困惑，并且开始不断地想起过去安星眠对她的种种钟情。她忽然想到，如果安星眠也因为长门而死，她会不会像对章浩歌那样，也感到深深的难过呢？

这样的心态让她总是有些恍惚，休息了一个月之后，才慢慢能够集中注意力。这之后秋雁班在宛州奔走于多个城市，唐荷为弥补之前一个月的损失，表演分外卖力，还新添了一些高难度的花样，每一场演出都能赢得满堂喝彩，班主自然也赚了个盆满钵满。

十一月的时候，秋雁班来到了云中城。这是一座以手工业发达而闻名的城市，并没有太多的娱乐，比不得纸醉金迷的南淮之类的繁华城市，秋雁班的到来给这里的人们带来了许多欢乐。而对于秋雁班的演员，尤其是年轻漂亮的女伶而言，这里的观众也不像南淮之类地方的有钱人那么浮躁，这令她们保持着较为愉快的心境。

所以唐荷的心情也一点一点好了起来，她并没有进行过长门的修行，但是从小被章浩歌耳濡目染，对生死之事还是比一般人要达观一些。在她看来，既然章浩歌主动选择了慷慨赴死，那就尊重他的选择，至少那样的死能让他求仁得仁。她把身心都投入到演出当中，让疲惫的身体麻醉心灵，渐渐地，想念章浩歌和安星眠的时间已经越来越少了。

某一天夜里，秋雁班在云中城的城南戏院完成了又一次精彩的演出，获得观众们经久不息的掌声。演出完成后，唐荷坐在后台，疲倦地卸着妆，这时候一名打杂的小厮来到她的面前。

"荷姐，有一个人一定要见你一面，还说要送你礼物。"小厮说。

唐荷叹了口气。有钱人在演出后送钱送礼，借机攀谈试图约会，是她经常遇见的事。以她的性子，本来不会搭理这些人，但班主苦苦相劝，建议她不要得罪有势力的人，以免给秋雁班带来麻烦。所以唐荷出于无奈，有时候也只能和这样的热情观众见一面，不咸不淡地说上两句话。这就是所谓的身不由己。

"让他进来吧。"唐荷摆摆手。

小厮出去了，很快领进来一个奇怪的客人。这个人打眼一看不过三十来岁，相貌称得上英挺，但仔细看却能发现他额头上深深的皱纹和黑发中混杂的星星点点的白发。而这个人身上最奇怪的是他手里拄着一副金属拐杖。

"这年头，连瘸子都会跑到戏班子里勾引女伶了？"唐荷正想着，还没来得及在脸上挤出假笑，这位奇怪的访客就开口了，并且一开口就显示出他的与众不同。

"唐荷小姐，我是一个粗人，所以恕我说得直白一点，我不是来追求你的，也不想勾引你上床。"这位怪客的嗓音倒也蛮好听的，就是说出来的话的确够直白、够粗俗。

唐荷一时不知道该如何作答，但怪客下一句压低嗓门的话却让她一下子更加错愕："我来是想问你，你想不想见一个叫安星眠的人？"

片刻之后，唐荷离开戏班，和这个名叫白千云的男人来到一个僻静的小池塘边。白千云简单做了自我介绍，并且简述了安星眠这几个月的行踪，然后说："我前几天接到安兄弟的信，他会在三天之内到达云中城。但他不知道秋雁班也在这里。所以我冒昧地前来拜访你，希望你能抽空见一见他。虽然他提到你并不太多，但我看得出来，他对你一往情深。"

唐荷有些哭笑不得："所以你背着他来找我，想要做个媒婆吗？"

"做媒什么的可不敢当，"白千云一本正经，"你如果不喜欢他，那岂是可以勉强得来的？只是我这个兄弟身上背负了太多东西，虽然表面总是很轻松，但我看得出来他心里很累。我只求你和他见一面，陪他说说话，让他心里稍微好受一点儿。"

唐荷没想到白千云会说出这样一番话来，愣了愣神，好半天才说："可是……他明明知道我是不喜欢他的，那我和他见面，他不会更加难受吗？"

白千云也是一怔，搔了搔头皮："我还真没想到这一点呢，那……那岂不是更糟糕？"

唐荷看着他窘迫的样子，不由扑哧一乐，对他的防备之心大减。她走南闯北，见识过各种各样的人，很容易就可以判断出，眼前这个人是个性子直爽而且不大有心眼的人，和这样的人打交道最让人舒心不过。

她就像老相识一样拍拍白千云的肩膀："好啦，也不会那么糟糕的，我和安星眠确实很久没见了，大家一起喝喝酒聊聊天，也是好事。"

白千云如释重负："那就多谢你了。等他到了云中城，我再派人来通知你……不对，我会直接派车来接你。"

"没问题。"唐荷抿嘴一笑。当白千云正准备转身离开的时候，她又叫住了他："请等一等。我看你的表情，好像很忧虑的样子，是不是有什么不好的消息？"

白千云犹豫了一下，忽然咬咬牙："告诉你也好，希望你能劝住安兄弟，让他就此放弃，别再调查长门的事了。我是肯定说不过他的，但也许他会听你的话。"

唐荷轻轻摇了摇头："我了解这个人。他下定主意要做的事，就和我哥哥一样，没有人可以劝得住。你不必告诉我了，我只希望尽快忘掉长门的一切，那是我过去几个月里一直在努力做的事情。"

"那都是为了你的哥哥，那位名叫章浩歌的长门修士，对吗？"白千云问。

"他一直是我心目中最尊敬的人，"唐荷神色黯然，"可惜的是，我再也没有机会见到他了。"

白千云看着她："如果我告诉你，你还有机会再见到他呢？"

唐荷刹那间瞪大眼睛："你说什么？"

"我想说的是，章浩歌没有死，宛州总督并没有杀掉他，"白千云的腔调有些奇怪，"非但没有死，而且他还正在干一件和长门有关且十分重要的事情。"

唐荷一下子激动起来，不顾礼节地揪住白千云的袖子："他没有死？他在哪儿？他现在到底在做什么？快告诉我！"

白千云低叹一声："别那么兴奋，我恐怕你会大失所望。"

"为什么？"唐荷急忙问。

白千云接着说的话就像是一把利刃，狠狠地插在唐荷心上："他现在正在利用自己长门夫子的身份，帮助皇帝的密探诱捕其他的长门僧，已经有不少人上钩了。"

"这不可能！"唐荷近乎尖叫起来，"我哥哥不是那样的人！他不会那么做的，绝对不会的！"

"唐小姐，你先小声点，"白千云把食指放在嘴唇上，"让人知道你有一个做长门僧的哥哥可不是什么好事。"

他又补充说："不过嘛，如果他们知道你哥哥是章浩歌，兴许会放你一马的。"

唐荷很是恼火："你是不是专程来消遣我的？我很累，没工夫和你开玩笑。"

她转过身，怒气冲冲地向戏班的方向走去。白千云也不阻拦，只是在背后冷笑一声："我还以为安兄弟看上的女人有多高明，现在看起来，也不过是一个没脑子的傻娘儿们而已。"

唐荷狠狠地呸了一声，却也意识到自己就这样转身走掉很是不妥，似乎是着急逃避什么。她缓缓停住脚步，白千云把手里的拐杖往地上重重一顿："你以为你有多了解你哥哥？你以为你有多了解长门？凭什么就那么武断我是在骗你寻开心，甚至不愿意稍微花点力气去查一下真相？你如果就这样一走了之了，今天晚上你睡得着觉？恐怕明天你还得上门来找我。你们这些蠢娘儿们怎么一个个都喜欢这样自己骗自己？"

听完这番话，唐荷果真走了回来。她来到白千云面前，仰头直视这个虽然拄着拐杖，却仍然比她高出许多的魁梧男子，一字一顿地说："我不是什么蠢娘儿们，我也从来不骗自己，所以我要你带我去找我哥哥，弄清楚这件事的真相。如果是你弄错了，我会找把刀子亲手阉了你，让你的腿一起瘸。"

出乎她的意料，白千云既没有因为她讥讽自己残疾而生气，更没有因为她恶狠狠的威胁而反唇相讥，竟然哈哈大笑起来。笑完之后，他的脸上露出满意的表情："够泼辣！这才像是我安兄弟喜欢的女人！我向你道歉，以后再也不叫你蠢娘儿们了。明天白天，你到城东的千云堂铁匠铺来找我，我会想办法带你去见章浩歌的。"

说完，他扭过身子扬长而去，虽然使用双拐，却是步履如风，很快消失在夜色中。唐荷一阵啼笑皆非，但也隐隐觉得，这个男人很有意思，即便他粗鲁起来骂自己是"傻娘儿们""蠢娘儿们"的时候，也并不招人讨厌。相比之下，安星眠在自己身边总是规规矩矩处处守礼，反而显得很无趣。

　　不过这个念头只是一闪而过，她的思绪马上被义兄章浩歌的意外消息所占据。无论如何她也不相信，章浩歌会在那样短的时间里由一个无畏的捍卫者摇身一变成为叛徒，那不符合常理，也和她心目中兄长的形象相去甚远。

　　但白千云说得对，万事皆有可能，武断地把这一说法斥为谎言，只能体现出内心的怯懦罢了。不知怎么，虽然和白千云刚认识，也不过说了几句话，她心里却憋了一口气，绝不能让这家伙小看了自己。所以她打定主意，天一亮就去城东千云堂，一定要弄清楚事实的真相。

　　"这下你满意了吗，哥哥？"唐荷忍不住自言自语，"你把所有人都拉下水了。"

二

　　安星眠绝对相信自己的眼睛，他不会看错的，马车里的那个人就是章浩歌，他的老师章浩歌。几个月以来，他一直以为章浩歌已经死了，但万万没有想到，老师不但活着，更是在做一件完全与他的理念背道而驰的恶事。他甚至想像那些小说里写的那样，狠狠掐自己一下，以便确定自己是不是陷在一个噩梦中还没有醒来。

　　"你打算怎么办？要不要先去追踪你的老师，暂缓去云中城？"雪怀青问，"跟踪他的话，也许还能找到那些被关押的长门僧，可以想办法把他们救出来"

　　安星眠犹豫不决，想了很久，最后还是摇摇头："现在去追踪他也没什么用。我老师这个人，不愿意说的话绝对不会说，何况看这架势，他的背后一定有很多好手，单凭我们两个去挑战这一群人，有点儿冒险。

我们还是先去云中城，也许白千云那里就有我们想要的答案。"

"那好吧。"雪怀青点了点头。过了一小会儿，她忽然又说："你也不必……不必太难过。令师那样做，或许有他的理由。等查清楚了再下结论也不迟。"

这句话说出口，连她都觉得奇怪，因为她没想到自己竟然还会安慰别人。即便义父去世的时候，她也只是许诺要为他查明真相，并没有说出什么宽慰的话。她敏感地意识到，和安星眠相处的这些日子，她的内心似乎起了一些微妙的变化。雪怀青皱了皱眉头。

而安星眠并没有注意到雪怀青的表情变化。他就像痴了一样，目光始终看着章浩歌离去的方向。

这一天剩下的时间里，安星眠躺在马车里，始终一言不发。雪怀青知道他心里难受，也没有去找他说话。

由于白天耽搁的工夫，马车没能按照原定计划在天黑前赶到下一个市集，幸好车夫对这条路线很熟，拐了个弯找到一个小村庄。有安星眠的金铢开路，三人很容易就找到了农家借宿。而其他的村民则羡慕不已，恨不得这位有钱的大爷就此停留，在村里每家轮流住一天，让所有人都有赚钱的机会。

安星眠吃过晚饭后就蜷到床上蒙头大睡。这一路上虽然他也一直是躺着的，但毕竟马车颠簸，不可能和舒服的睡床相比。这一觉一直睡到第二天午间，为了节省时间，只能找留宿他的农家买上几个干面饼，带在路上吃。

"几个面饼哪儿值什么钱，您只管拿走就行了，"一家之主是个憨厚的青年农民，看见安星眠又要掏钱，连连摆手，"您昨天晚上打赏我的钱，够我挣上半年的了，几个饼子还要收钱，那我真是不要脸了。这儿还有一些鲜枣，昨天刚打的，您一并带着路上尝尝鲜。"

安星眠也不勉强，道谢之后，和雪怀青一起上了马车。马车驶出去很远，回头看，那位农夫都还在遥遥招手。

"这个村子里的人还真不错，"雪怀青说，"我总是遇到一些一个鸡蛋都要开天价的刁民。"

"你没有注意到吗？这个村子的景况不错，"安星眠说，"附近土地肥沃，这些年也没有大的灾害，村里人的日子都能过得去，自然也就不会那么贪婪小气，其实百姓的心思真的很简单，有饭吃，有衣穿，有间房子遮蔽风雨，谁都想做个善良的人。穷山恶水才总出刁民，都是生活所迫啊。"

"我没有想过这么深远的问题，"雪怀青摇摇头，然后看着安星眠，"我发现你今天好像恢复正常了，心情蛮不错的。"

安星眠笑了笑："昨天晚上我做了很多梦。在最糟糕的一个梦里，我的老师被证实为长门的大叛徒，遭到所有长门夫子的鄙弃。那时我非常难过，在梦里无所顾忌，第一个反应是跳出来把所有指责老师的人都狠狠揍一顿。但紧接着我就想，揍了他们，又能改变什么呢？事实终归是事实。"

"醒来之后我回味这个梦，突然想到，即便老师真的背叛了长门，对我而言，也不能改变什么。他是他，我是我，我只要做好自己的本分，无愧于心，也就行了。毕竟我的人生是由我自己决定的，而不是由我的老师是什么人而决定的。"

"他是他，我是我……照这么说来，她是她，他们是他们，而我，终究还是我自己，谁也不能改变我自己。"雪怀青自言自语着。安星眠听不出她话里"他"与"她"的差别，只是在一旁微微感到奇怪。

然后他又看到了雪怀青的笑容。虽然只是浅浅一笑，他却不得不承认，这样的笑容让他着迷，那就像是在白茫茫的殇州雪原中艰难跋涉，却忽然发现远方有一团跳动的篝火一样，让人从绝境中看到希望。

"你说得很对，我的人生是由我自己来决定的，谢谢你，"雪怀青微笑着说，"我不打算再去追究当年那些金吾卫和那个天罗女杀手之间的情由了，那与我无关，我要去做一件更重要的事情，一件过去我一直害怕去做，但心底里却一直很渴望的事。"

"虽然我不知道是什么事，但是我很高兴看到你下定决心，"安星眠说，"等到了下一个市镇，我给你买匹马……"

"不，我还没说完呢，"雪怀青摇摇头，"我能做出这个决定，是因为有你的帮助，所以我打算先陪你去云中城。要解决长门的大问题，你一定需要多一个帮手。当然，如果你觉得一个尸舞者搅和进你们长门的事情不太合适，我也能理解。”

安星眠动了动嘴唇，似乎是想拒绝，但最后，他也跟着笑了起来："既然你那么直率，我也不想虚伪了。是的，我的确很需要一切可能的帮助，谢谢你。另外……我不在乎你是尸舞者还是别的什么身份，事实上我觉得尸舞者很好。”

他顿了顿，有些艰难地补充说："更何况，和你待在一起，我觉得很……愉快。"

雪怀青不易察觉地微微脸红了一下。

两天之后，两人赶到了云中城。安星眠兴冲冲地带着雪怀青踏入千云堂的大门。对他而言，能从白千云那里得到新的情报固然很好，但即便只是和这位好朋友重新见面，也足以让人心情愉悦。

然而，他并没有见到白千云。出来迎接他的是当初被他打晕的那个伙计——他已经知道该伙计的名字叫李福川。李福川虽然极力做出镇定的样子，还是难以掩饰话音里的微微颤抖，开门见山地说："安先生，我家主人被抓走了！"

"被抓走了？什么时候？被谁抓走了？"安星眠急忙问。

"找个安静的地方说吧，"雪怀青扯扯他的衣袖，"这不是三言两语能说清楚的。"

李福川把他们带到安星眠所熟悉的那间密室，命令下人送上茶水。在此之前，是他亲自侍奉白千云和安星眠，但现在看起来，他在这家铁匠铺里的地位显然比一般的伙计要高一些。

"主人是昨天刚被抓走的，"等安星眠和雪怀青喝过两口茶后，李福川开口说，"此事和一个长门僧有关。从安先生离开云中之后，主人就一直非常关心和长门有关的各种动向。大概半个月之前，主人得到消息，各地有人用长门的内部暗号诱捕长门僧，据说那些内部暗号都是由一名长门僧提供的……"

"那个长门僧名叫章浩歌，对不对？"安星眠插口问。

"没错，就是这个名字，"李福川说，"您也知道他？"

"他是我的老师。"安星眠简短地说。

李福川张了张嘴，显然十分惊讶，但他很快沉住气，继续说："难怪主人会对这个章浩歌那么感兴趣呢。前些日子，又有一个叫作秋雁班的戏班子来了这里，主人不知道为什么，专程跑到那个戏班去见了一个叫……"

"唐荷！"安星眠再次插嘴，不过这一次却是无比惊讶和意外，一下子站了起来，"他竟然去找了唐荷？这么说来，他是和唐荷一起……"

李福川别有深意地看了一眼雪怀青，又看了一眼安星眠："是的，他是和唐荷姑娘一起被抓走的。"

安星眠颓丧地一屁股坐下，咕嘟咕嘟喝光手边的茶碗，这才稍微镇静一点："告诉我事情的详细经过。"

"主人去找唐荷姑娘，两人商定要去找章浩歌，"李福川说，"我劝他说，那样太危险，虽然章浩歌只是一个长门僧，但这一次，他身后站着的是朝廷的力量。主人不听，说是一定要赶在你回到云中城之前打探出那个章浩歌的究竟。当时我不懂为什么，现在明白了。"

安星眠握紧拳头，内心又是伤悲，又是感激："你家主人知道章浩歌和我的关系，担心我无法处理好此事，所以才亲自去替我调查的。他是我真正的挚友。你放心，我就算豁出性命，也一定会把他救出来。"

李福川欣慰地点点头："这样的话，我家主人也不枉如此冒险。当时他不肯告诉我原因，只说当天章浩歌会抵达云中，要抓住这个机会，我也劝不住他，只能替他准备好马匹和其他用具。但我实在不放心，所以一直偷偷跟在后面，可惜我功夫太浅，帮不上忙。"

"也就是说，你亲眼见到他们被抓走？"安星眠问。

李福川点点头又摇摇头："并没有亲眼见到，不过也差不多。我一路跟在他们后面，发现他们去了云中城西郊的一处废宅，看样子，他们要找的人就在那里。他们远远地下了马，很小心地靠近，然后翻墙进去——主人的腿脚平时不灵便，但要忍痛发力的时候，会比一般人还灵活。"

安星眠想起那天和白千云交手的情景，禁不住微微一笑："那当然，他跳起来比猴子还快呢……后来呢？他们进去之后怎样了？"

"再也没有出来，"李福川说，"那间废宅悄无声息，什么动静都没有，我在那里等到天黑，又等到今天，他们还是没有出现，肯定是被抓走了。搞不好已经……"

他不敢再说下去，安星眠拍拍他的肩膀："别想太多，事情已经发生，越吓唬自己越心乱而已。告诉我那个废宅在什么地方，我去找找看。"

李福川担心地望着安星眠："那您可得当心点，我家主人的身手您是见过的，连他都无声无息中了招，您……"

"我比他多一个厉害的帮手，所以问题不大。"安星眠宽慰他说，尽管自己心里也明白，对方势力庞大，己方多一两个人根本算不得什么。

"不过我们最好再等等，天黑了再动身，"雪怀青忽然说，"对于尸舞者来说，夜晚是最好的活动时机。"

李福川这才明白过来，雪怀青是个尸舞者，而跟在她身后的彪形大汉多半就是她的尸仆。他虽然经常为白千云接待各路客人，见识不少，但也是第一次接触人见人畏的尸舞者，不由得面色微微发白。

"别担心，她不会把你杀掉做成尸仆。"安星眠放在李福川肩膀上的手改拍为捏，感到李福川的身体在轻微地颤抖。

"这可说不准，得看材质。"雪怀青故意将李福川上下打量一番，李福川找个借口说："我去为两位准备饭菜。"转身就溜了。

安星眠像不认识一样看着雪怀青："你越来越会开玩笑了，真不简单。"

"我早就说过，尸舞者也是人。"雪怀青回答。

两人用过饭，各自回房休息，养精蓄锐。安星眠盘膝坐下，开始用长门独特的冥修法让自己完全沉静下来，四肢百骸有种轻飘飘的感觉。他不是不感到焦急惶恐，毕竟陷入险境的是他在这个世界上最亲近的三个人，但长门多年来的修炼还是有用的，越是到情势紧急的关头，他的心神反而越能定得住，这几个对时的冥想如果顺利完成，甚至他的自身修为都能有所提高。

可惜的是，这一次的冥想没能正常结束。因为他被敲门声惊扰，就像是睡眠中的人被吵醒一样，这当然让人不是很愉快。他伸展了一下肢体，有些不耐烦地问外面敲门的人："怎么了？有什么事吗？"

来人的回答让他顷刻冷汗直冒："安大爷！不好了，出事了！李总管请你赶快出去！"

他匆忙推门出去，来到铁匠铺的外堂。此时天色已晚，铁匠铺早已打烊，并无外人。他一眼看到地上放着两块木板，各躺着一个白布单盖住的人，脑子里立即嗡的一声，只觉得眼前金星乱冒。

一阵晕眩后，他听到李福川带着哭腔的声音："是老爷和唐小姐！刚才被人扔在门外，没看见是谁送的。我试过……两人都已经断气了！"

三

"两人都已经断气了。"

这句话犹如一记重锤，狠狠锤在安星眠的心口。他跌坐在椅子上，脸色铁青，大口大口地喘着粗气。雪怀青站在一旁，有些担忧地望着他。自两人相识以来，她还是头一次见到安星眠如此失态。毕竟她还是个尸舞者，终日和死者打交道，对于生死之事早已淡漠，即便是义父沈壮去世的时候，也只是心里有些淡淡的伤感。现在看到安星眠如受雷击的模样，她不禁感到有些心疼。

李福川垂头丧气地站在一旁，不敢去打扰安星眠，但眼眶中的泪水涔涔，可见他对主人白千云的感情很是深厚。看着李福川的悲伤，安星眠反而冷静下来，此刻白千云不在，他必须主持大局。如果自己也手足无措一团乱麻，那一切就都完蛋了。

"具体情形怎样？"他慢慢站起来，强迫自己平静下来。

"今晚打烊之后，我们刚把门板插上，就听到外面有人拍门，"李福川哽咽着说，"伙计打开门，没有看见人，却看到地上扔了这两块木板，上面就是……就是……"

安星眠走上前，揭开第一块木板上覆盖的白布，是白千云。他伸出手，触了一下鼻息，再按了按脉搏，鼻息和脉搏全无，皮肤冰凉，是已经气绝身亡的模样。这位几个月前还一起把酒言欢不醉不归的挚友，现在成了一具毫无生气的尸体。

然而更令他颤抖的是第二个人。他伸出手来，却一直悬在半空，迟迟不敢伸出去，但他知道，无论如何，已经发生的事情不能改变，更不可能因为避而不见而消失。一切的一切，终究需要面对。

安星眠咬咬牙，揭开第二张白布，唐荷苍白的面容出现在他眼前。他的头脑又是一阵晕眩，忙伸手扶住桌子。这个时候他感到有人轻轻扶住了他的胳膊，鼻端传来的香气让他明白这是雪怀青。

"人死不能复生，"雪怀青低声说，"你要节哀，不能慌乱。"

安星眠摆摆手，凝视唐荷的脸，一时说不出话来。他忆起自己第一次见到唐荷的情景，忆起自己有意无意向唐荷吐露心意而被无情拒绝的情形，还忆起每次唐荷见到自己时掩饰不住的烦恶，心里一阵阵说不出的迷惘。他想，自己那样迷恋一个女子，但在什么都还没发生的时候，她就已经离去了，这究竟算什么呢？

他有生以来第一次感受到另一种痛苦，比当初父亲死去，比几个月前送别章浩歌的时候更加深沉的痛苦，仿佛要把他的心脏撕碎，把他的血液煮沸，再把他的脑髓整个掏空。这种痛苦，是之前任何长门的苦修都无法比拟的。

突然之间，安星眠想到了长门的意义。"人生果然是一道又一道无尽的苦难之门吗？现在只是苦难的起点吗？"他呆呆地想着，耳边又响起入门时章浩歌教导他的话。

"老师，我们所追求的'道'到底是什么东西呀？"年少的安星眠问。

章浩歌摇摇头："如果它能用语言形容出来，那就不能被称为真道了。但我可以从侧面给你一点儿提示：追寻真道的过程，其实也就是认清楚生命本质的过程。"

"生命的本质？"安星眠虽然天资聪颖，面对这么大的命题一时也有些犯迷糊。

"长门的修炼，就是主动追寻一切生命中的痛苦和磨难，用自己的身体、心灵和灵魂去体验这种苦难，"章浩歌温和地说，"因为只有通过痛苦的洗礼，人才能认清欲望的本质，认清欲望是如何蒙蔽我们的双眼和心智，才能够超越欲望本身，穿越漫长的生命之门，了解生命的真谛，从而寻求到真道。"

"好复杂……"安星眠摇摇头，"不过我至少明白了一点，当长门僧就要吃苦。"

在后来的日子里，安星眠从富家子弟摇身变成苦修士，凭着自己过人的毅力咬牙挺过了一切的考验和磨炼，对于《长门经》的阐释也能口若悬河。然而到了这一刻，看着挚友和心爱女子冰冷的尸体躺在自己面前，他才觉得，自己的灵魂真正体验到了痛苦的意蕴。

外堂静了下来，除了李福川强忍的抽噎声之外，每个人的呼吸声都能听得清清楚楚。而安星眠更是在那一刹那，产生了一种过去他从来没有产生过的情感：仇恨。这是和长门的宗旨背道而驰，但他无法控制，无法压住仇恨的飞速生长。

章浩歌，他一直深深信赖、深深敬爱的老师，竟然这样夺去了两条性命，杀死了两个对安星眠有着同样重要意义的人。这在噩梦中都难以发生的事，现在竟然生生摆在他眼前。那一瞬间他完全忘记章浩歌的所有好处，唯一记得的只有一件事：老师杀了白千云和唐荷。

雪怀青从安星眠紧咬的牙关和铁青的脸色中猜出他的心思，轻轻拍了拍他的手臂："先别这么想，你的两位朋友被杀，你老师未必知情。"

"就算他不知情，和那样凶狠残忍的家伙待在一起，帮他们做事，和他知情或者亲自动手又有什么区别？我不会放过他的！"安星眠恨恨地说。不知不觉中，他的说话口气变得凶狠而冷酷，那是他二十年间都未曾有过的。他对总是缠着他不放的风秋客也从来说话不客气，但那多半是无奈和厌烦，并没有真正的恨意，相反内心深处还是心存感激的。但现在，两具尸体把他变成了另一个人。

雪怀青叹了口气，没有再说什么，低下头看唐荷的尸身，心里禁不住想：这个女孩子，她也很漂亮啊。她不知出于什么心思，用指尖触碰了一下唐荷的面颊，随即像是被火烫了一样，猛然缩回手。

"你怎么了？"安星眠问。

雪怀青说出口的话让安星眠大吃一惊："我觉得……她还没死。"

"你说什么？"安星眠也像被烫了一下似的，瞬间跳起来。

"你等一下。"雪怀青摆摆手。安星眠立即住嘴，站在一旁动也不敢动，就好像呼一口气都可能把这微渺的机会一下子吹跑了似的。

过了一会儿，雪怀青长出一口气，对安星眠绽开一个笑容。这并非是她发自真心感到愉悦时的动人笑脸，而是那种礼貌性的笑，但这样的笑已经让安星眠感到温暖。他知道，这个冷漠的女子是在试图安慰自己。

"她没死，"雪怀青用肯定的语气说，"如果真的死了，精神力会散尽，我的精神力就可以侵入她的头脑，然后用尸舞术控制她的身体。但是现在，我的精神力完全遭到抗拒，也就是说，她的知觉虽然已经消失，但是精神力还在，并没有消散。"

她又走到白千云身前查验一番，对安星眠说："一样的。这两个人都没有死，但不知道为什么，心跳和呼吸都停止了。"

安星眠心中狂跳，飞快地思考着："没有死？他们俩都没有死？这是为什么呢？"他开始在脑海中翻查那些自己读过的众多书籍，试图从中找出一个答案，终于，他眼前一亮，随即长长地出了一口气。

"那是一种假死的巫术，来自雷州和云州之间的雷云沼泽，"安星眠说，"老师曾经告诉过我，他曾游历到那里，并且机缘巧合学会了那种巫术。他一定是请求那些人，用毒药杀死自己的妹妹，让她死得没有痛苦，而实际上他悄悄使用了巫术。他终究还是不忍心杀害唐荷。"

"这是不是说明，他还天良未泯呢？"雪怀青耸耸肩，"我知道这句话从一个尸舞者的嘴里说出来有点奇怪。"

"这恐怕和天良无关，容我再想想。"安星眠重新坐下来，接过喜出望外的李福川送来的一杯茶，两手都在微微颤抖。雪怀青短短几句话，让他仿佛经过了一番从炼狱重返人间的奇特体验，即便是有长期的长门修为，这样极度的转变仍然让他无法保持镇定。事实上，如果定力再差一点儿，他觉得自己会肆无忌惮地号啕大哭起来。

唐荷没有死，白千云也没有死。这个消息犹如天籁之音，让安星眠立即忘记了刚升腾起来的澎湃恨意。

他终于冷静下来，李福川憋不住发问："如果他们都还没死的话，您知道怎么救活他们吗？"

安星眠摇摇头："抱歉，这种巫术我也只是从老师口中听说，并没有研究过，但我可以确定，他们都还没有死，而且说不定我们根本不需要自己去找办法唤醒他们。"

"为什么？他们自己会醒？"李福川急忙问。

"据老师说，这种巫术除巫民之外，其他人很难找到解救的方法，但根据蛊虫量的多少和下蛊手法的不同，中蛊者会在蛊虫效力过去后自己醒来，可惜我没办法判断这个时间是多长，"安星眠说，"现在先找个地方把他们的身体好好保存起来，如果能保持低温那是最好的，以后应该有机会复活。"

安星眠说完，看向李福川。李福川会意："您只管放心，我马上安排地方，保证他们的身体不会受到任何损害。"

"你也放心，就算去一趟西陆，我也一定会救活他们。"安星眠说。

李福川立即着手安排此事，安星眠则和雪怀青一起走出了铁匠铺。刚才的大起大落实在让人有些难受，他需要吹吹风。

"现在你没有那么冲动了吧？"雪怀青说，"可以仔细琢磨你老师的问题了？"

安星眠苦笑一声："真抱歉。我刚刚才发现，想要做一个真正的长门僧有多么不容易。过去的二十来年，我以为很容易就能控制自己的心境，现在看来，那只是因为我跨过的门还不够多。也许我原本就不适合做一个长门僧。"

雪怀青没有回答。两人沿着长街慢慢向前走去。十一月的冷风吹在安星眠脸上，渐渐驱走了他心头的火气，让他的头脑变得清醒。他抬起头，看着天空中清冷的弯月，若有所思。

"也许老师并没有变，"他忽然说，"变的是长门。"

雪怀青侧头看他，等他继续说下去。安星眠斟酌着："老师没有杀唐荷不奇怪，但他根本就不认识白千云，完全没必要保护他，可还是没有杀他。所以我想，老师的本性并没有变，他并没有一夜之间变成了凶残的人。"

"可他的确在帮助皇帝捉拿天藏宗的人，这是你我亲眼看见的。"雪怀青说。

"所以我们也许能做出另外一种推测，"安星眠说，"是长门本身有问题呢？"

他期待着雪怀青露出惊讶的表情，但雪怀青并没有过多表示，相反还赞同地点点头。安星眠有些意外，不过他很快想到，对于这个本就出自邪派的女子而言，一个门派的内部出现问题，是再正常不过的。

"也就是说，你的老师是发现了天藏宗的某些不妥之处，所以才会帮着皇帝去对付他们，"雪怀青说，"照这么说起来，天藏宗恐怕是干了些什么了不得的大事，才先惊动皇帝，然后让你那位信仰坚定的老师不得不把刀口对准自己人。那到底会是什么事呢？"

安星眠犹豫了一下："这件事我本不应该说出来，但现在我一个人的脑子不够用，需要你的帮助。那可能和天藏宗的大秘密有关。"

他把之前须弥子告诉他的往事向雪怀青转述了一遍，雪怀青很是意外："藏书的洞窟？那能有什么大不了，值得这样大动干戈？"

"对于一个皇帝而言，坐拥天下，想要谁的命就能要谁的命，这倒也不算大动干戈。何况，那些书值这个价，"安星眠简单地解释了一下那些藏书的意义，"别看它们只是一些纸张和墨迹，却比黄金和珠宝更加值钱。我想不通的，还是老师。他是绝不可能帮皇帝去寻找这些洞窟的，这当中一定有什么原因。"

两个人对望一眼，几乎异口同声："藏书洞里，一定有秘密！"

四

十一月底的时候，一个消息终于在长门僧之间传开了：曾经受人尊敬的长门夫子章浩歌，竟然甘愿做朝廷的鹰犬，利用他所了解的暗号在帮皇帝诱捕天藏宗的修士们。人们大惊失色，人们困惑不解，人们义愤填膺。即便是再有修养的长门僧，也很难接受这样的背叛和凶残。

修士们开始警醒，不再轻易上当，但这个消息来得太晚了，自兴盛一时的云中僧院衰败之后，天藏宗的门人本来就不算多，被皇帝这样一番秋风扫落叶般的抓捕后，早已经所剩无几。与此同时，部分长门僧在被确认非天藏宗门人后，也得到了释放。当然，他们都得到了最严格的警告，绝不能讨论这件事，否则立斩无赦。

在这样的打击之下，长门已经元气大伤。长门僧常年持守苦修，本来身体状况就不是太好，在这一番酷刑折磨和囚禁之后，伤的伤，病的病，有些人或在监禁期间，或在被释放后不久，没有熬过去，故去了。

长门历来是把痛苦当成对自身的锤炼，所以除了少数修为较浅的年轻弟子外，并没有太多人抱怨或者斥骂，就如同雪怀青经常说的那句"尸舞者也是人"，长门僧同样是人。他们追求超越凡俗的喜怒哀乐，并不意味他们已经超越了凡俗。仇恨的种子终究是在胸中种下。

"长门僧也是人，"雪怀青说，"就像尸舞者对死亡再怎么司空见惯，可当自己面对死亡时，也不可能表现出绝对的平静。我相信现在他们都非常恨你的老师。"

这个时候白千云和唐荷的躯体已经被安顿好，安星眠和雪怀青总算可以安心地休息一两天。就是在这一两天里，安星眠打听到上述的消息，不由得愁眉不展。他当然去看过那间白千云和唐荷被抓住的宅子，但那里早已人去屋空，什么都没留下。

"他们一定会的，"安星眠叹了口气，"所以我们才必须追查清楚原因。如果老师确实罪有应得，那我无话可说，甚至他们要杀死他泄愤，我也无法阻拦，虽然长门僧是不会做出这种事儿的。可是如果老师真的有不能说出口的苦衷，我希望能查清楚，还他一个清白。"

"那你打算从哪里查起呢？"雪怀青问，"难道你有什么本事直接打听到朝廷机密？"

"我没有，但是白大哥有，"安星眠说，"在离开云中去幻象森林之前，他就告诉我，凭借他的关系，或许有办法打探出一点什么来。我本来还以为这次回来他就能告诉我好消息呢。"

"可是现在，他完全没有知觉，而且你我并不知道他什么时候能醒来。"雪怀青说。

"虽然他假死了，告诉他消息的人还没有假死，"安星眠说，"而且白大哥一向那么粗豪，我觉得这些事他不大可能完全自己经办，多半得有人帮他安排。那个人就是李福川了——出来吧，别藏着了，在一个知觉敏锐的尸舞者面前玩偷听可不是什么好主意。"

雪怀青淡淡一笑："谢谢夸奖。"

李福川咳嗽一声，慢慢从门后走出来，进入密室。安星眠原本只是请他打开密室供自己和雪怀青密谈，他却悄悄躲在门后偷听。

"安大爷和雪小姐请多见谅，我不是有意要偷听你们的隐私，"李福川一脸尴尬，"我只是实在不放心我家主人，所以想知道他到底卷进了什么事情而已。"

"我建议你最好还是不知道，"安星眠一本正经地说，"你也听说了最近几个月长门僧发生的事情，你不想和他们那样受一番折磨吧？"

李福川咽了一口唾沫："这个嘛……说真的，小人的确没有这个胆量。"

"所以你还是最好什么都不知道，"安星眠说，"另外，因为你主人不知道什么时候会醒，所以你得把你知道的都告诉我。"

"明白了，真是公平……"李福川苦笑一声，"你想知道点什么？"

"我就是想问问，在我离开云中之后，白大哥见了哪些人？"安星眠问，"尤其是，最可能了解朝廷隐秘的人，是谁？"

李福川脸色很难看："唉，怎么又是这些和杀头相关联的勾当……好吧，我不说也不行，否则主人岂不是白白受难了？在您离开云中城之后，我家主人的确是和一些与他关系密切的老买主有所往来，在这些人当中，最有可能了解朝廷隐秘的，是大将军的孙儿宇文靖南。"

雪怀青对这个名字没什么反应，安星眠却是心里一动。宇文靖南是当朝大将军宇文成的长孙，今年不过三十岁出头，在市井中却很有名气。此人和一般傲慢的官宦世家不同，为人谦和平易，尤其喜欢多结交庙堂之外的人士，身边有许多身怀绝技的门客，口碑一向很好，被称为宇文公子。当然了，"武"这个字从来都是祸事的根源，自然也有不少人怀疑他和市井人士过于密切的交往乃是怀了谋反之心，但没有人能拿出证据来，加上他的祖父宇文成位高权重，从圣德帝开始就一直受到重用，当年蛮族放弃战争想和圣德帝结盟，其中有很大的因素是考虑到宇文成不好惹。如此，自然很少有人敢去捋虎须。

"这么说来，这位宇文公子也是河络兵器的爱好者？"安星眠意味深长地笑了笑，"他购买河络铸造的精良兵器，恐怕不仅是为了收藏吧？"

"我什么都不知道，但他的订单的确是最大的，"李福川说，"五年来，他在我家的铺子一共购买了四百七十一件河络铸造的兵器，其中三十七件是专门定做的上上品。他甚至还问过，我们有没有办法锻造出传说中的魂印兵器。"

"这就更有意思了……"安星眠说，"不过这位宇文公子有什么野心也着实不关我们的事。我需要你想办法让我见他一面。我知道这大概很难，但请你一定要想想办法。"

"正相反，想见宇文公子其实一点也不困难，"李福川说，"宇文公子酒色财气一无所好，生平最大的乐趣似乎就是结识各种各样的奇人异士。如果他知道，一位千云堂主的朋友，还有一位尸舞者想要见他，那他一定会迫不及待地倒屣相迎。我这就派人传话去。"

"我真喜欢这样的人物。"安星眠喃喃地说，心里升腾起希望。

李福川果然精明干练，很快就为安星眠和宇文公子取得了联系，事有凑巧，宇文公子这段时间恰好在云中城附近的寒云川参加聚会，听到消息后，当即派了一名谈吐很有教养的家仆，带来两匹快马和两份自称的"薄礼"，十分礼貌地邀请安星眠和雪怀青赴会谋面。

"看来这位宇文公子真是擅长和人交往啊，"安星眠说，"光是这份气度就足以令人心折。"

"而且他居然送了我这个东西，"雪怀青不太确定地看着自己手里这个精致的小盒子，"这是什么东西？胭脂吗？"

安星眠看了一眼，笑了起来："还真是胭脂，看来这位宇文公子并不是随随便便说见谁就见谁，在此之前会仔细研究对方的资料。他居然知道你是个漂亮的姑娘，特地送来南淮城有名的香魂脂。这东西价值不菲，只有有钱人家或者官宦人家的小姐太太才用得起，可见宇文公子并不在意你尸舞者的身份，反倒对此很感兴趣。"

"那他送你的是什么，如何才能配得上你的身份？"雪怀青倒是丝毫也不扭捏，"你不是只通报了你和白千云的关系，没有说明你是长门僧吗？"

安星眠举起手里的东西："但他偏偏送了我一支夜北狼毫笔，并不算是名品，价格丝毫也不昂贵，唯一的好处在于结实耐用，送给从不追求奢华的长门僧实在是再好不过了，非常相称。这说明他的消息十分灵通，短短几天就已查出我的真实身份。"

"而且他并不因为你是长门僧拒绝见你，反而还送上礼物，这不是和皇帝作对吗——他不会是想诱捕你吧？"雪怀青有些担心。

"他要是会那么做，就不是宇文公子了，"安星眠自信地说，"咱们去会会他吧，虽然肯定没那么轻松，但或许，会有一些收获。"

两人当天启程出发，李福川火速安排好了船只。寒云川就在云中城的西北方向，汹涌的回龙江水经过寒云川和云中后汇入建水。这时候已经是寒冷的十二月，往日澎湃的江水稍微收了一些声势，却仍然奔腾如虎，惊涛拍岸，让人不由得触景生情。安星眠站在船头，看着残阳下的苍茫暮色，心里颇有一些感慨。

入夜时分，船到了目的地，那是寒云川岸边的一处小渔村，按理应该是个静谧的所在。但此时此刻，渔村里灯火通明，远远就听到人声喧哗，热闹非凡。

"他们为什么会选在这种地方聚会？"雪怀青问，"这到底是个什么会？"

"这个会最有意思的地方在于，谁都想来参加，却谁都不知道这是个什么玩意儿——它甚至连名字都没有。"安星眠说。

雪怀青很是纳闷："这话是什么意思？"

"听说过云灭这个名字吗？"安星眠说。

"当然听说过，说书先生都喜欢讲他的故事，"雪怀青说，"他是几百年前羽族的箭神，也是个脾气古怪的家伙，但是偏偏娶了个乖巧听话的妻子，他的徒弟云湛也很有名。"

"这个聚会就和云灭有关，"安星眠说，"云灭虽不能说是邪派，但一直是个坏脾气的家伙，如果有谁想要对付他，就得付出生命的代价。有一年，一个仇家来找云灭寻仇，被云灭一箭穿心，临死之前，他向云灭提出要求，要云灭去寒云川边的一个渔村找到他的儿子，告诉他儿子日后找云灭报仇。"

"这可真是个古怪的要求，"雪怀青说，"难道云灭会答应？"

"要不说云灭是个奇怪的家伙呢？他真的答应了，而且去了渔村，把这个消息告诉了那个家伙的儿子，"安星眠接着说，"那个仇人的儿子提了更加古怪的要求。他说：'我天生体弱，而且也过了练武的年纪，所以自己是不可能报仇的。但我头脑聪明，我现在就会离开渔村出去赚钱，然后每年聘请一名杀手来向你挑战。你愿不愿意每年的这个时候来渔村，接受挑战？'"

"这个要求我倒觉得云灭一定会答应的，他从来就喜欢各种各样的挑战，越难越好。"雪怀青说。

"你说得半点不错，云灭果然答应，"安星眠说，"第一年到了约定的日子，也就是现在这个时候，十二月初的样子，云灭来到这个村子。虽然那个年轻人通过自己的努力成了一名小小的杂货商，但是钱很少，请来的与其说是职业杀手，倒不如说是个地痞打手。但是云灭没有拂袖而去，还是按照约定打了一场，把那个所谓的'杀手'打得半死，倒是留了他一条命，或许是不屑于杀这种人吧。

"第二年，云灭再次如期到来，这个时候那个年轻人的生意规模已经比第一年大了不少，在南淮城有了几间铺面，这一次总算请到一个真正的杀手。但这个人和云灭的实力差得还是很远，被云灭一箭封喉，完全没有还手机会。

"以后的五年，这个年轻人的生意越做越大，请来的杀手水准也一年比一年高，虽然还是不可能击败云灭，但这桩奇异的复仇已经引起很多武人的关注。第二年的时候，不知怎的消息传了出去，就有一些人来到此地，不为别的，只希望能一睹云灭的风采。毕竟这位传奇人物总是神龙见首不见尾，能有个机会见到活人，也算不枉此生了。结果，年轻人连续七年复仇失败，但生意越做越大，并且每一年都能吸引更多的人跑到这个渔村来，开始只是单纯地想要见见云灭，后来却开始关注这场复仇本身，很多高身价的杀手更是以被年轻人请到为荣，虽然这七年中的被请的人全部被打败，其中三人还送了性命。"

"那么多人仅仅是为了他去观看复仇……"雪怀青有些神往，"这样的人物，是不是和须弥子差不多呢？"

安星眠有点啼笑皆非："云灭虽然古怪，总体上还是个正常人，须弥子根本就是个怪物，他们俩怎么能相提并论呢？不过要说实力，这两个人确实是近乎天下无敌的。总之在这七年中，到这个渔村的人越来越多，竟然慢慢把它演变成了一种武学盛会。通常人们要找某个人而找不到的时候，就会想：'是不是十二月去寒云川旁的小渔村就可以碰到他呢？'然后他十二月来到寒云川，居然真的会找到这个人。"

"果然成一场盛会了呢，"雪怀青听得饶有兴味，"这不就和我们尸舞者的研习会差不多吗？"

"比你们的研习会融洽得多，几乎没有人打架的，毕竟大家都是去参观云灭嘛。"安星眠笑着说，"到了第八年，基本上九州有名望的武士和秘道家都去了，把这个小小的渔村挤得水泄不通。不过渔民们并不抱怨，反而纷纷把自己家改成小客栈和小酒馆，为那些出手豪阔的武人提供休息，据说赚得比打一年鱼还多呢。"

"快说下去，后来怎么样了，谁赢了？"雪怀青催促说。

"是啊，那时候的所有人都和你一样，无比关注第八战的胜负，"安星眠说，"因此第八年比以前任何一年要热闹得多。而且那个时候正是和平年代，所以不只是东陆华族，那些来自九州各地的蛮族、羽族、络族的武士和秘术士都跑来凑热闹了，甚至还有夸父不远万里赶过来。到了决战那一天，所有人都在翘首企盼，猜测那位复仇者会请来什么样的杀手，要知道，第七年被击败的那名刺客，在最后生死关头竟然使出了天罗丝，人们才知道他竟然是传说中消失已久的天罗刺客。所以在第八年，人们甚至以为会有辰月教的秘道大师出场助阵——谁能判断出金钱力量的底线呢？"

"那最后到底来了什么人？真的是辰月教的秘术士吗？"雪怀青急忙问。

安星眠诡秘一笑："到那一天，人们早早地来到村外的一处江滩，云灭也准时到达，但那个人们期盼中的杀手却死活没有露面。最后到了约定的时刻，一个人慢慢地走到云灭面前，人们都惊呆了：居然是那位复仇者本人，当时他已经是一个相当成功的大富商了，甚至连宛州诸侯都会主动巴结他，听说还会介绍自己的门客去替他复仇。但没有任何人听说过他本人会武技。"

"是啊，难道他一边经商一边悄悄苦练？"雪怀青很纳闷，"八年的时间，要打败普通的武士或许可以，但那是云灭啊。"

安星眠看着雪怀青认真的神情，心里微微一动，觉得她越来越和一个普通的少女没什么两样了，似乎尸舞者的阴霾在一点一点地离她远去。他原本就不喜欢捉弄人，所以也不卖关子："没有。他走到云灭面前，环顾一下周围的看客们，大声宣布说：'各位，我的复仇到此结束。'"

"这是为什么？"雪怀青很是意外。

"当时的围观群众比你还意外，一个个都目瞪口呆，"安星眠说，"就连云灭也相当吃惊。那位复仇者笑了一笑，解释说：'这八年来，我把所有的精力都花在经商赚钱上，目的就是请来九州最好的杀手，替我杀死云灭先生，为先父报仇。为了这个目标，我殚精竭虑食不甘味，没有一天能安稳入睡，结果无意中，我成了一个大富商，再也不是当年裤子上打满补丁的渔家少年了。'"

雪怀青微微皱眉，似乎有点领会到那位复仇者此番话的含义，安星眠接着说："'其实今年，我真的看中了一位很强的高手，比过去七年的人都要强，我觉得如果请了他，也许有机会击败云灭先生。但就在我派出信使的前一天晚上，我做了一个梦，我梦见我请的杀手真的杀死了云灭先生，我大仇得报，无比快慰，打算好好享受一下我挣来的财富身家。但就在这个时候，我的面前突然出现了一个人，他自称是云灭先生的儿子，是来找我报仇的。我还没来得及说话，就被他一刀砍掉了脑袋。我大叫一声，从梦里惊醒过来，回味那把刀砍在我脖子上的感觉，忽然发现：我很看重我现在的生活，并且希望日后能活得更好，但假如因为杀死云灭先生而被他的子嗣寻仇的话，这一切就都成了泡影。相比于没完没了冤冤相报的仇恨，我的生活应该有更好的意义。因此，我做出决定，从此以后不再向云灭先生复仇，相反，我要感谢云灭先生给了我足够的动力，让我有了今天的成就。'所以，这场为期八年的复仇，最后以这样一种皆大欢喜的方式收场。云灭离开前说了一句话：'你一定会成为一个人物的。'固然有旁观者觉得这样结束不够刺激，但更多的人发现，这样的场合真是有意思，能够见到许多平时见不到的新老朋友，而那样的氛围原本也不适合比武。后来慢慢形成惯例，每隔几年武士们就会到这个渔村聚会一次，而这个渔村里的人们也就发达了，每隔几年就有一次发财的机会。"

雪怀青默默听完，半晌没有言语，过了好久才说："这个人的胸襟，还真是值得佩服，那他后来一定把生意做得更大了？"

"这位复仇者的名字，叫作黎玄冲。"安星眠说。

"南淮黎氏的始祖？"雪怀青惊叹不已，"原来如今的南淮黎氏富可敌国，起源竟然是云灭的杀人一箭？"

"可见人生的际遇总是这样奇妙而不可捉摸，一件微不足道的事情也会影响深远，甚至在历史上刻下深深的痕迹。"安星眠说到这里，忽然神色僵硬，被雪怀青看在眼里。

"你怎么了？"雪怀青问。

"没什么，想到一点儿无关紧要的事情而已，"安星眠摆摆手，"准备下船吧，我们已经到了。"

船靠岸之后，两人才发现，这个渔村其实已经不大像渔村了，更像是一个官道上常见的小镇，到处都是酒馆和客栈。而村民们做生意也完全熟门熟路，见到两人上岸，立马一群人围上来，七嘴八舌地宣称他们家的客栈是最好的，他们家的鱼汤你走遍九州都喝不到。

雪怀青不太擅长和人打交道，见到那么多人立马有些头昏脑涨，安星眠却很擅长应付这些。不过还没有等到他施展自己，带路的家仆已经毫不客气地推开所有人，然后为二人引路。村民们也不以为忤，几百年来，他们祖祖辈辈见惯了各种各样坏脾气的武人，也懂得无论如何都别去招惹这些人。

雪怀青忍不住想：这个宇文公子既是大将军的孙儿，又是市井中的红人，应该住得挺好吧？不过等她到达目的地，还是感到有些意外。宇文公子住在一间普通的农家小院里，院门口站着一个看门人，除此之外没有任何多余的保镖。倒是有不少的武人可以在这间院子里随意进出，看门人也不加阻拦，让人很是纳闷此人的职责到底是什么。

家仆把两人领进院子，直接把他们带到了一间毫不起眼的小书房，在门外通报了一声。雪怀青以为宇文公子会说一声"请进"之类的话，没想到门吱呀一声打开，宇文公子亲自迎了出来。这个人身材颇为高大，相貌却很斯文，脸上的笑容也看起来很真诚。

"我如果说'久闻大名'，二位一定会在心里骂我一声虚伪，"宇文公子说，"但是我一直热忱盼望结识两位，非常高兴见到你们，确实出于真心实意，绝无虚言。"

这段有趣的开场白立刻让雪怀青对宇文公子产生了好感，虽然明知这样求贤若渴的人物为了吸纳人才必然会能言善道，并且对人礼敬有加，但宇文公子这番话说出来还是很容易让人亲近。她一下子有点儿明白为什么宇文公子在市井武人心目中的地位那么高。

宇文公子把两人请进书房，坐下寒暄了几句。这间书房的陈设朴实典雅，和宇文公子的人相仿，丝毫不带奢华，却隐隐透出贵气。他对雪怀青的尸舞者身份丝毫没有觉得不妥，反而表现出极大的兴趣，询问了不少问题，却又非常懂分寸地没有问到事关修炼机密的内容，雪怀青认真地回答，安星眠不时恰到好处地插一两句嘴，双方气氛十分融洽。

甚至有一些安星眠都还没弄明白或者并没有往深处想的问题，宇文公子也涉及了。比如他问："我很好奇，尸舞者平日一般不和外人来往，

237

生活来源是怎样的呢？"

"我们尸舞者对毒物和药物都有很深的理解，而且还有更天然的优势——用不怕中毒的尸仆去捕捉、采集、种植和培炼。"雪怀青耐心地解释，"有一些天赋太差的尸舞者，或者干脆是胆子够大的非尸舞者，就和我们做这样的生意，收购药物再去出卖。他们可以赚到大钱，而我们至少生活无忧——钱多了也没处花。"

"原来如此。"安星眠暗想，"我还以为你们都靠杀人越货为生呢，看来不是每个尸舞者都是须弥子啊。"

最后尸舞者的话题聊得差不多了，宇文公子感叹了一番"真希望有机会拜访一下须弥子这样的奇人"，算是结束了和雪怀青的交谈。然后他转过脸，别有深意地看着安星眠："这一次长门之祸，安夫子想来心里很不好受吧？"

安星眠连连摇手："我还算不得什么夫子，只不过是个刚入门的修士而已。要说难受，眼看同门身陷奇祸，不难受是不可能的。但是光难受也没有用，我希望能找到办法化解这一切。这就是我求见你的原因。"

他来之前就打定主意，不但不避讳自己长门僧的敏感身份，而且一定要直截了当地向宇文公子表明来意，赌的就是宇文公子心里暗藏的玄机。假如宇文公子的野心真如他所判断的那样的话，就一定会助他一臂之力。

宇文公子笑容不变，丝毫不为安星眠直接的要求感到惊讶或者不快："如我所料，和安先生说话，不需要拐弯抹角，那我们就进入正题吧。千云堂的白兄弟的确来找过我，而且问了我一些相当要命的问题。作为多年的老朋友，我可以帮助他，但我必须得弄清楚他为什么要关注这些与他无关的问题。所以，在几个月前我就已经知道安先生的事情了。当然了，白兄弟这些年来帮了我那么多，只要不是太过分的要求，我是不会置之不理的。"

"看来皇家机密在你看来，也不算是太过分。"安星眠微微一笑。

"你我都是人，皇帝也是人，没有什么不可说的，"宇文公子说，"不过关于你要的答案，我恐怕只能让你满意一半。"

“我想你的意思是说，你能给我提供一些重要线索，但最终的答案需要我自己去发掘，对吗？”安星眠问。

“没错，而且你最好掂量掂量，这样的线索，是否值得你冒生命危险去发掘，”宇文公子意味深长地说，“我可以很确定地告诉你，皇帝这一次对长门下如此狠手，并不是因为贪婪，也不是因为愤怒，而是出于恐惧。”

“恐惧？”

“没错，能够让他每天半夜从噩梦中惊醒的恐惧。”

第九章
溯　源

一

"整个事件，其实是从七月那次天启城迎接高僧肉身开始的。"宇文公子说。

安星眠点点头。这件事情他当然听说过，后来还猜测，难道是高僧的肉身在众目睽睽下被焚毁，让皇帝丢了面子，所以他才那么恼火地报复长门？但仔细想想，这样的推断简直有如儿戏，这位宏靖皇帝继位以来，即便称不上是如何了不起的圣君明主，但确实执政有方，既非暴君也非昏君。这样一件小事不可能产生牵动整个长门的后果，所以他并没有细想下去。但此时宇文公子提起，他才又重新想了起来。

"那具肉身莫名其妙地焚毁了，让皇帝很没面子，这件事我是知道的，"他说，"但是这就能让皇帝如此大动干戈吗？"

"让皇帝大动干戈的不是焚毁这件事本身，而是在那具肉身自焚之后，出现了一点儿小小的状况。"宇文公子说。

"什么状况？"

"从尸体烧尽后的灰烬里，居然掉出来一块烧不坏的金属牌，看来是一直藏在那具已经有几百年历史的尸身里面的，"宇文公子说，"就是这块金属牌坏事了。"

"金属牌上刻了什么东西吗？"安星眠急忙问。由于修炼方式的原因，历史上的确不断有长门僧死后肉身不朽、被视为神迹的事件出现，但尸体里烧出一块金属牌，那还是闻所未闻。这块金属牌一定就是皇帝龙颜大怒的直接原因。

"的确刻了东西，而且用的是数千年前的古河络文字，现场没有人认得出来，"宇文公子接着说，"皇帝也的确是个直觉敏锐的人，一下子感觉那块金属牌上有文章，立刻命人把那块金属牌包起来，亲自揣在身上带走。当天回到宫里，他就派人召来一位对河络历史有很深研究的学者，命令他把那块金属牌上的字通通翻译出来。而那位学者入宫之后再也没有回家，第二天传出消息，说是他在宫里忽染暴病，医治无效而亡。"

安星眠默然。他很清楚，这位"暴病身死"的学者无疑是被皇帝灭口了，也就是说，金属牌上刻了一些皇帝绝不愿意让第二个人知道的重要信息。那么宇文公子有可能知道这个秘密吗？

宇文公子看出安星眠的期待，微微摇头："抱歉，这就是我跟你说的只能让你满意一半。虽然我也十分好奇，但我确实没能打探到金属牌上的具体文字或者图画，倒不是我没有能力或者精力去继续探究这件事，而是我的身份敏感，假如入戏过深，就有点大逆不道了，不只我会遭殃，还会祸及满门。"

安星眠一笑："我明白。你把这一切告诉我，不只是为了帮我的忙，其实也是想借助一个和你无关的'外人'，去帮你解开这个谜团，对吗？"

"我们俩果然一拍即合！"宇文公子拊掌大笑，"不错，我对这件事的兴趣，没准还在你之上。但我绝不可能明着和皇帝作对，所以只能靠你了。"

"那就请你把能让我'一半满意'的重要线索告诉我吧。"安星眠说。

"已经太晚了，二位还是先休息吧，"宇文公子忽然打断话头，"我已经为二位准备好了客房。明天请安先生见一个人，他会告诉你相关情况的。"

安星眠不太明白宇文公子的意思，但还是照着他的话，由家仆领到了客房。一走进客房，他就发现桌上放了一张纸条，展开纸条一看，不由得哑然失笑。他摇摇头，把纸条在烛火上烧成灰烬，然后推门出去，正看见雪怀青也走出房门来。

"看来这位宇文公子是个非常小心谨慎的人。"雪怀青说。

"小心驶得万年船，事涉帝皇，谨慎一些是没错的，"安星眠说，"别忘了，你我二人差不多是孤家寡人，宇文家族可有上百口人呢。而且我没猜错的话，对于大将军那样的重臣，皇帝就算是再信任，也一样会安排斥候监视的。"

两人相视一笑，走到这座小院的门口。一脸忠诚的看门人迎了上来："安爷，不用手下留情，我不会怪你的。"

"那就得罪了。"安星眠居然还顾得上摸出一枚金铢硬塞到看门人怀里，然后他摆摆架势，猛地一脚踢出，正中看门人的胸口。这一脚当然不会出全力，但力道也不小，看门人被踢得滚了出去，躺在地上开始大声呼痛。

"我以为宇文公子是个多么了不起的人物，没想到也是个势利小人！"安星眠中气十足地大声骂道。这声音在静夜里传出去很远，立刻吸引了不少的武士。这些人多半和宇文公子结识，就算不认识的至少也听过宇文公子的贤名，此时看这相貌不俗的一男一女堵在公子门口高声斥责，都很吃惊。有些人开始指指点点，猜测纷纷。

宇文公子闻声从卧房里出来，身上穿着里衣，只披了一件外袍，显得是从睡梦中被吵醒的。他皱着眉头走到院门口，看了看地上的看门人，沉声说："安先生，你我话不投机，一拍两散也就罢了，何苦拿我的下人出气？他可没有得罪你。"

"谁让他狗仗人势，狗眼看人低，"安星眠冷笑一声，"宇文公子，我和我的朋友诚心诚意前来与你结识，结果你一听我们的身份就把我们看低一等，真是让人大失所望。不错，我是个长门僧，刚刚才被皇帝勉强放过一马的长门僧，那又怎么样？她是个尸舞者，脏了你的眼睛吗？"

人群哗然。长门僧前几个月里的悲惨遭遇，人们大抵都听说过，而尸舞者更是极富神秘色彩和恐怖意味的存在。现在竟然有一个长门僧和一个尸舞者同时出现，的确足够让人诧异的。而这两个人一出现就是和鼎鼎大名的宇文公子吵架，这就更加离奇了。

宇文公子叹了口气："安先生，请不要以小人之心度君子之腹。你向我提出的要求，我是不可能答应的，你还是走吧。"

安星眠哼了一声，招呼雪怀青准备离开。他天性不喜欢和人争执，更加不喜欢骂人，能说出这一番话已经足够耗费心力。但雪怀青走出两步后，却忽然停下来，冷冰冰地望着宇文公子，那目光之凌厉冷酷，令围观者不寒而栗。

"宇文公子，你的躯体材质很好，"她淡淡地说，"希望有朝一日，我能让你成为我的尸仆。"

人群默然。凡是对尸舞者稍微有点儿认识的，都知道这句话意味着什么，两人离开时，人们自觉地让开一条道，似乎稍微靠近雪怀青都能带来危险。

"你真行，"安星眠悄悄说，"比我还会演戏呢。"

"尸舞者也是人。"雪怀青轻松地回应。

两人另外找了一家渔民开的小客栈，各自安歇。第二天一早，他们按照之前纸条上所说，来到江边，装作游览江上风光，踏上了一条船头挂着破渔网的乌篷船。船很快开行，来到江中，两人这才进入船舱，船舱里一股浓重的鱼腥气，一个用黑布蒙面的女子正坐在黑暗中。这就是宇文公子最重要的一个斥候，除了宇文公子本人之外，再没有任何人见过她的真面目。

"两位，我是一个不存在的人，没有名字，没有性别，我更加不认识别的什么人，你们明白我的意思吗？"女斥候的声音低沉喑哑，没有任何波澜起伏。

"我明白，你什么人都不认识，和任何人都没有关系。"安星眠回答说。

"很好，我们直入正题吧，"女斥候说，"当天送入天启城的高僧法身离奇自焚，烧完后掉出一个金属牌，这一点你们已经听说过了吧？"

"是的，而且我们还知道，那位被请去翻译金属牌上古河络文字的学者在宫里暴病身亡，只剩皇帝一个人知道牌子上究竟写画了些什么。"

安星眠说。

"那个金属牌上，并没有讲明什么具体的事件，而是刻了一幅地图和一些指引路标。"女斥候说。

"地图？和什么有关的地图？"安星眠并没有惊讶。在此之前，他已经隐隐想到，一块小小的金属牌很难承载过多的信息，或许那上面有的只是一种指引，引向某个不祥的未知。

"没有人知道金属牌上的地图和什么有关，但在那位学者暴毙的第二天，皇帝也病了，连续十多天都没有上朝，留给人们各种猜测。"女斥候说。

"皇帝微服出宫了，"雪怀青插口说，"他去了金属牌上指引的地点。"

女斥候赞许地点点头："这位姑娘猜得不错。皇帝生病了，文武百官大抵只是关切挂念，但有某些人，猜到皇帝生病绝非偶然，于是冒险派人追查皇帝的行踪，果然发现他已经出宫了。"

安星眠和雪怀青对视一眼，都知道这个"某些人"必然就是心中颇不安分的宇文公子，而被派去追查的人，多半是眼前这个女斥候了。

女斥候接着说："那个人一路追踪，终于赶上皇帝，他发现皇帝带了几十名金吾卫化装成一支商队，押着一些临时采买的货物，离开天启城一路向西，最终进了宛州和中州交界的黯岚山。"

安星眠舒了口气："还好不是雷州云州殇州之类的地方，不算太远。"黯岚山西北连通古戈壁，东南接壤雷眼山脉，如同一把匕首一样横插在楚唐平原和帝都盆地之间，因终年云雾笼罩而得名，从云中城赶过去不算远。

雪怀青皱起眉头："看来他一定在黯岚山找到了什么可怕的东西。"

"恐怕已经不是'可怕'两个字可以形容，"女斥候说，"跟踪者小心翼翼地跟随这支小队，进了黯岚山深处，那里的道路已经十分艰难，但皇帝自幼习武，虽然算不上高手，至少体魄强健，实在上不去的地方才由旁人背扶一下。他们最终登上了黯岚山西麓的一座人迹罕至的高峰，由于那座山峰太高，如果跟着攀上去，对方只需要一回头就暴露了，所以跟踪者不敢跟上去，只能躲在半山腰的一棵大树后，远远地用千里镜观望。他看见这一行人爬到山峰的最高处，在那里搬开一块巨大的岩石，露出岩石后面的一个山洞。根据那块岩石的大小，假如是货真价实的巨岩，估计是夸父来才可能搬得动，所以那很可能只是一个活动的人造机关。"

安星眠神色凝重，知道这个伪装起来的山洞就是一切的源头。女斥候的声音也变得说不出的诡异："岩石挪开后，几名金吾卫想先进去探路，却被皇帝制止，从千里镜里双方争辩的情形猜测，皇帝是要自己一个人进去，半个金吾卫都不带。金吾卫们当然是极力反对，但皇帝显然是动了怒，似乎还用杀头之类的事情来威胁，最终强令其他人留在外面，他自己一个人举着火把进去了。"

安星眠和雪怀青面面相觑。在日常印象中，皇帝大多都是惜命如金的，不带几百个保驾护航的，哪儿都不敢去。如今宏靖帝微服深入荒山已经足够冒险，竟然还要一个人去探访未知的神秘山洞，要么他是胆大包天到不像话，要么——他所要探寻的东西的确足够骇人。

女斥候继续说："跟踪者等了很久，金吾卫们想必比他等得更加心急，不过好像皇帝不断从洞里喊话，示意他还活着并无危险，所以即便是半个对时过去，金吾卫们也没有人按捺不住冲进去。最后皇帝出来了，他们才松了口气，但从千里镜里可以看出来，皇帝在微微地颤抖。虽然距离太远，但也可以想象，皇帝的脸色一定难看到极点，因为还没等他说话，金吾卫们就主动跪在了地上。所谓的天子之怒，或许就是这个意思吧。"

"他有没有带出来点什么东西？"安星眠问出这个关键的问题。

女斥候叹了口气："这正是我想说的。当时皇帝的手里，确实拿了一些什么东西，而他的外袍却不见了，应该是他用外袍做了包袱，包裹了一些东西在里面。走出山洞后，他好像还有些失魂落魄，但等到回过神来，他立即举起手上的火把，要把那包袱连同里面的东西一起烧掉。"

"你说什么？"安星眠失声惊呼。他知道，皇帝用他衣物所包裹着的，一定是极其重要的证据，假如一把火烧掉的话，那一切都完了。

"别太紧张，皇帝没能如愿，"女斥候说，"他大概是太慌乱了，手竟然抖得拿不稳东西。当时恰好一阵猛烈山风吹过，他猝不及防，那包东西被吹到了山崖下面。"

"我明白了，"安星眠叹了一口气，"也就是说，要解开这一系列的谜团，我就得到那个山崖下面去探探究竟了。"

"不错，你必须得去，"女斥候说，"皇帝当时心烦意乱，见东西坠入深渊，也就作罢了，并没有想到远处有人窥视，这是我们唯一的机会，否则恐怕就只能逼问皇帝本人了。"

"我明白了，"安星眠微微苦笑，"也就是说，皇帝在这次黯岚山之行后，马上开始了对长门的行动？"

"倒也不是，还隔了一些时日，大概是还需要查证某些事情，"女斥候说，"查证完毕之后，就动手了。"

"我懂了，我这就做准备去，"安星眠说着，向女斥候拱手施礼，"谢谢你。"

"不必谢我，我也不是为了长门才这样做的，"女斥候淡淡地说，"并且，这一次你别想得到别人的帮助，需要什么东西，都自己想办法，以免把他人拉下水。"

"放心吧，千云堂的管家会为我备齐一切的，"安星眠说，"而且我也不是一个不名一文的长门僧。"

二

黯岚山之所以得名，就是因为此地终年不散的浓重云气。走入黯岚山中，人们总会感觉到一阵难以言说的压抑，仿佛那些灰色的雾气带有某些令人心情沉滞的力量。

安星眠和雪怀青走在山中，虽然是下午，但天色已经相当阴暗，太阳远远地躲在厚重的云层之后，阳光似乎都被过滤成了惨白色。在这样的光线之下，原本寻常的山石看起来也颇有些险恶嶙峋，就如一头头张牙舞爪的黑色怪兽，让人不安。

女斥候跟踪皇帝所到的那座山峰叫作赤炎峰，山色远看呈古怪的红色，山势陡峭险峻，并无值钱的物产。曾经有河络跑到这里考察过矿藏，最终失望而归，所以这座山峰一向人迹罕至，距离它最近的有人的村庄都需要一天的路程。

天色将晚，两人只好在这座村庄借宿。仍旧是有钱好办事，他们得到了舒服的床铺、暖和的火盆，还有一顿充满山间野味的丰盛晚餐。投宿的这家主人正好是猎户，刚打下了一头肥嫩的麂子，烤得焦黄冒油的麂子腿让安星眠大快朵颐。

"二位来得倒也真巧，要是平时来，我们山里人家还真没什么可招待的，"性情豪爽的男主人说，"但这过年时节，平时日子再穷，也得好好置办一下不是？"

"过年？"安星眠一愣。

"是啊，今天是除夕啊，"男主人也微微有点诧异，"两位是赶路太辛苦吗？过年都忘了？"

"原来今天已经是除夕夜了啊，"安星眠微微感叹，"日子真是过得不知不觉呢。"

他不由得想起往年过年的情形。小时候他是有钱人家的少爷，过年的时候自然是竹花声声肉香满门，认识不认识的亲戚朋友都会给他塞钱压岁，不过家教颇严的父亲会收走大部分，只给他留一点儿。生在有钱人家，他不会像一般的孩子那样热切期盼过年能有好吃的东西吃、有新衣服穿，但还是很喜欢那种热闹快乐的氛围，好像每个人的心情都很好。

跟随章浩歌修炼之后，过年就变得寡淡无味了，长门僧并不追求这种世俗的热闹，喝酒吃肉炸竹花什么的纯属奢望。不过每到过年的时候，总会有曾经受过章浩歌帮助的人找上门来，无论如何也要给章浩歌送礼。老师实在推脱不掉的时候，也只能收下，但自己不会保留一丁点儿，最后都分给了穷人。过年对安星眠最重要的意义在于，唐荷总会抽空回来与兄长团聚，虽然未必赶上除夕那天，但或迟或早都会出现。即便唐荷对他冷眼相待，但能够看到唐荷的面容，他也觉得欣慰。

而今年呢？父亲已经去世，自己离开家门，老师成了一个正邪莫辨的神秘存在，唐荷还在和死亡无异的沉睡中。长门成了一个烂摊子，自己苦苦奔波寻求拯救长门的答案，以至于连今夕何夕都忘得一干二净。这么算起来，这真是一个再糟糕不过的年。

他正在心里暗自忧伤，却忽然听到雪怀青开口说："原来已经过年了啊，真是好呢。"

"好？我们忙得连年都忘了，这也算好吗？"安星眠说。

雪怀青嫣然一笑："自从离开义父之后，这还是第一次有师父之外的人陪我过年。而且义父一到过年的时候就会喝得烂醉，思念他的亡妻和早夭的孩子；师父脾气不好，一到过年的时候想起须弥子就更加糟糕，所以我已经很久没有过一个舒心的新年了。"

安星眠一怔，这才反应过来，这样的一个新年，对自己而言大概是糟糕之极，但对雪怀青而言，已经是相当难得了。这个年纪轻轻的少女，多年以来一直陪自己喜怒无常的师父离群索居，连一个快乐的新年都只是奢望。他忽然心里一阵怜惜，又感到有些内疚，觉得比起雪怀青来，自己已经足够幸福了。

而且他还发现了另外一件事，刚认识雪怀青的那些时候，她每发自内心地笑一次，都会让自己感到惊讶，而现在，他对雪怀青的笑已经习以为常。她已经渐渐变得开朗，尸舞者阴霾的气息正在一点点离她远去。安星眠为这一点由衷地感到欣慰。

"你说得对！"他也笑了起来，"真是好！为了这个难得的新年，我们干杯。"

这一夜小山村里喧闹非凡，纵然过了一年的苦日子，但新的一年总能带来新的盼头。人们难得地穿上新衣，点燃竹花，让那噼里啪啦的吵闹声响传递内心的希望。安星眠一时没了睡意，索性和雪怀青一起在村里随意游荡，看着那些难得穿上新衣连走路都小心翼翼的孩子，他真有些后悔没有带一些糖果来。

朴实的村民们见来了客人，都热情地向两人打招呼，一路上拜年声不断。雪怀青叹了口气："小时候在村子里过年，从来没有人搭理我，还有别的小孩向我扔石头。我很奇怪，为什么现在我长大了，按道理来说对人们威胁更大了，反而没人来欺负我了？回想起来，义父去世的时候我回村，也没有人来招惹我，见了我反而躲得远远的。”

“因为一旦你对他们有了威胁，他们就再也不敢碰你了，”安星眠思考了一会儿说，“欺侮弱者总是人类的天性。那些人对羽人有恨，又不敢拿刀拿枪去和他们拼，只能把气撒在一个无辜的孩子身上。但是也不能怪他们。”

“我倒是没有想去怪他们，不过还是要问问，为什么不能怪他们？”雪怀青问。

“他们也不能左右这个世道，”安星眠说，“大家都只是普通人，只想要有饭吃，有衣穿，平静地过自己的日子。但是当君主的喜欢杀来杀去，他们有什么办法？一场战争死一万人、十万人、一百万人，于帝王而言，只是一些冰冷的数字；但对死者而言，那是生命的彻底终结，家庭的破裂，幸福的粉碎。可平民也拿那些高高在上的人没什么办法，就只好冲同样的异族平民出出气了。九州只要有种族，就会有冲突；没有种族之分，只要有国家，还是依然如此。人生于世，谁都摆脱不了。”

雪怀青默然不语，过了好久才说：“所以你们长门就是厌倦了这些争端，才选择这样的自我修炼吗？”

“我也说不清楚，但这未必没有可能，”安星眠说，“过去我一直觉得我对长门的经义了解得很透彻，但经过这半年，我才发现，其实我什么都不懂，什么都不明白。人生的痛苦，绝不是在纸面上写写画画几个字就能明白的，我越来越觉得我不适合做一个长门僧，因为长门僧要超脱痛苦，而我做不到。”

“做不到就不做，有什么关系呢？”雪怀青说，“强迫自己去做自己根本不喜欢的事情，真的很有意义吗？”

“那你呢？”安星眠反问，“你真心喜欢做一个尸舞者吗？”

“无所谓真心不真心，”雪怀青说，“既然走了这条路，就顺其自然好了。至少到现在为止，我也没觉得尸舞者有什么不好。”

“顺其自然……”安星眠咀嚼着这四个字，“其实你才是真正有修士风骨的人。”

雪怀青淡淡地一笑。忽然谈论了不少沉重的话题，不知不觉把除夕夜的喜庆冲淡了不少，再想到第二天的艰难行程，两人都有些意兴萧索。

"回去早点休息吧。"最后安星眠说。

第二天是新年的第一天，但山民们已经早早起来开始劳作。对他们而言，前一天夜里的短暂欢愉已经过去，睁开眼睛后，仍然需要面对沉重的生计。这就是他们日复一日年复一年的艰辛人生，和主动寻求痛苦的长门僧相比，何尝不是另一种苦修。

安星眠本来打算悄悄给村长留下一张银票，讲明分发给全村人，但细想之后还是作罢。如同俗语所说，人只能救急，却不能救穷。他能帮助一个村庄的人改善生活状况，却不能帮助所有人。别说他只是一个普通的富商之后，就算他是南淮黎氏的家长，也做不到这一点。

两个人有些心情沉郁地离开这座小山村，开始向赤炎峰行进，即便是在重重雾霭中，这座孤兀挺拔的山峰也能用肉眼看见。只是看见是一回事，要靠近却着实艰难。好在两人身怀武艺，而且经常在各种各样的大山里行走，走起山路远比在幻象森林里穿行要舒服得多，尽管如此，他们仍然从清晨走到下午才来到赤炎峰下。等到攀上那处山洞，天色已经墨黑。

安星眠首先尝试去推开那块巨石。果然，巨石并不如看上去那样岿然不动，他用力之下，能感觉到一点儿松动。但他力道不足，无论怎么使劲也推不开。雪怀青见状，召唤尸仆上前，两人进入山村之前，先把尸仆掘地埋入地下，以免这个不吃不喝的大家伙引人注目，此时尸仆自然是跟在身边了。这个铁塔一般的巨汉双手齐出，只听见一阵刺耳的摩擦声，大石真的被推开了，露出那个山洞。

"看来活人还没死人好用啊。"安星眠擦了把汗，举着火把走进去，雪怀青跟在身后，将尸仆留在洞口以防不测。山洞并不深，走进去没多远就到了尽头，只见地上乱七八糟散放着一堆白森森的尸骨。对尸体了如指掌的雪怀青蹲下身来看了一会儿："两个人类，一个羽人，一个河络，但不知道他们的身份。"

"本来可以知道的，"安星眠伸手指向一旁的山洞壁，"那上面曾经刻了很多文字，但都被刮掉了，刮痕并不久远。我猜，那是我们的皇帝干的。"

除了这堆尸骨和墙上被刮掉的文字之外，山洞里再也没有其他东西，想来有价值的线索全被皇帝扔到了悬崖下面。两人走出出洞，来到女斥候所描述的皇帝扔下那包东西的地方，是一处断崖，恰好在赤炎峰和隔邻一座山峰的交界处，站在悬崖边往下看，一片灰蒙蒙的浓重雾气，难以判断其深度。冬夜的寒风在耳边呼啸，有如刀割。

"我可以举着火把下去，"安星眠很想一鼓作气解决此事，"李福川给我准备的绳子和钩锁都相当结实，可以一试。"

"已经等了那么久，不在乎这一夜，"雪怀青说，"你就不怕你一失手火把掉下去，皇帝没能烧成的东西，你替他如愿了？"

安星眠搔搔头皮："说得也是……那就先休息吧。正好这个山洞可以用。"

在雪怀青的指令下，尸仆手脚麻利地清理好山洞，点燃一堆柴火，为二人把干粮烤热，烧好热水。两人聊了一会儿天，决定早点休息，以便养足精神进行第二天攀下悬崖的艰难任务。安星眠钻进睡袋，正准备说声晚安，忽然发现一粒小石子扔到他跟前。他微微一愣，扭头看时，山洞另一角的雪怀青向他做了个"噤声"的手势。

外面有人？安星眠会意，轻手轻脚地穿上外衣坐了起来，慢慢走到山洞口，却没有听到任何声音。探头出去看时，也没有见到人影。

雪怀青来到他身后，很是疑惑："我的耳朵绝对不会错的，那是脚步声，而且绝对是穿了靴子的人的脚步声，绝不是野兽。可是，为什么一下子就没人了？"

"真是奇怪了，难道是山间的鬼魂……"安星眠本来想开个玩笑，却突然面色一沉，想到了什么。这一想不得了，一下子激起了他郁积多日的郁闷与火气。他嘴里咒骂了一句，猛然做出令雪怀青完全意想不到的动作——他奔出山洞，向悬崖的方向猛冲过去，竟然直冲冲地朝身前的万丈深渊跳了下去。

那一瞬雪怀青几乎连心脏都要停跳了。她虽然见惯死亡，却万万没有想到安星眠这样的人会毫无先兆地选择自尽。她甚至连阻拦都来不及，只能眼睁睁地看着安星眠的身体消失在视线里。

她的心里不知为何涌起一阵剧烈的酸楚，一阵她从未体会过的酸楚和空洞，就仿佛安星眠跳下去的时候也把她的魂魄一起带走了。这是一种她从未体验过的古怪情感，即便是师父的去世和义父的病逝，也只不过是在她心上激起淡淡的涟漪而已。可现在，为什么她会忽然六神无主、茫然失措，就好像失去了生命中最重要的事物？

雪怀青为自己不可思议的情感波动感到迷茫，然而这样的酸楚也仅仅存在了那么短短的一瞬间，因为安星眠的身躯刚消失在悬崖之下，高空中突然飞来一道白色的影子，迅疾若流星，以比安星眠坠落更快的速度也跟着冲下了悬崖。

过了一会儿，白影重新飞了回来，只不过影子的体积似乎比刚才更大。雪怀青这才看清楚，那是一个展翅高飞的羽人，洁白的羽翼散放着明亮柔和的光泽，显得很高贵。而羽人的手里拎着一个人，正是刚才跳下去的安星眠。显然，他是在坠落的过程中就已经被羽人抓住带了回来。

雪怀青长长地出了一口气，这才注意到自己的两腿已经发软，竟然要手扶着山壁才能站稳。她认出那个羽人，正是在幻象森林里见过的风秋客，那个不知为了什么原因，一直以拙劣借口死命保护安星眠的风秋客。

她也明白了刚才那看似惊险的一幕是怎么回事。安星眠来到洞口，没有看到任何人，已经猜到，这一定又是阴魂不散的风秋客一直在跟踪他们。所以安星眠实在有点忍无可忍了，竟然用那样冒险的举动去折腾风秋客——反正这个能凝出羽翼的羽人是一定会飞出去救人的。

"就是把我吓了一大跳啊，"雪怀青想着，心脏还在剧烈地跳动，脸不知不觉有点儿发烫。不过她还是很快调整好，带着一脸的若无其事，看着满脸怒气的风秋客和同样面色不善的安星眠一同走了回来。

"你以为羽人是天神吗？"风秋客怒气冲冲地说，"你跳得那么快，万一我没反应过来接不到怎么办？万一悬崖边上有什么凸出的岩石或者树干怎么办？"

"这世上哪儿有那么多万一？"安星眠耸耸肩，"有你这样万能的保护神在，我干什么都不必担心，干什么都无所顾忌。刚才跳崖的感觉实在是太刺激了，咱们再来一回？"

安星眠其实从来不喜欢挖苦挤对他人，但风秋客比金吾卫保护皇帝还尽职尽责的"忠心"实在让他有些难以按捺火气了，索性就把这些日子积蓄的郁闷都发泄了出来。雪怀青叹了口气，知道两人这样闹僵了并不是办法，于是走上前去，打算劝解一下。和安星眠在一起待久了，她也渐渐变得不那么厌恶寻常的人情世故了，何况事涉安星眠，似乎并不能算是"寻常"，当然她并不敢细想下去。

"先烤烤火，休息一下，再吵嘴也不迟吧，"她说，"虽然我不能飞，但我知道，飞行是非常消耗体力的。"

风秋客虽然对安星眠很不客气，但毕竟是长辈，又自恃高手身份，自然不能对雪怀青粗鲁对待。他扭过头，冲雪怀青点点头："很抱歉，打扰你休息了，上次在万蛇潭来去匆匆，还没有和你……"

刚说到这里，在火光的照映下，他看清楚雪怀青的脸。上一次在万蛇潭，风秋客的注意力始终都在安星眠和须弥子身上，并没有细细端详雪怀青的面容。而这一次，两人站得很近，他终于第一次看清了对方的长相。然后他就僵住了。他脸上的肌肉轻微地抽搐了一下，下意识地退后一步。

"是你！"他失声惊呼起来，"你……你早已经死了啊！怎么可能……"

雪怀青莫名其妙地看着他。风秋客的神情十分奇特，显得既惊讶又恐惧，还有一些黯然神伤，但很快他就反应过来。

"抱歉，我看花眼了，"风秋客定了定神，"你姓雪，是不是？"

"是的，我姓雪。"雪怀青点点头。她本来就十分聪慧，加上心里时时刻刻惦念着某些事情，一下子就猜到了什么。冲动之下，她做了一个很不淑女的动作——一把揪住风秋客的衣襟。

"我是不是长得很像一个你认识的女人？"她大声问，"那个女人是一个人类，她嫁给了一个姓雪的羽人，对吗？她是一个人类，嫁给了一个羽人，生下了我，是不是？她有可能是我的母亲，从小就抛弃我杳无音信的母亲，你知道不知道！"

面对这一迭声的追问，风秋客只能报以长叹，他再度仔细看了看雪怀青的容貌，像是确认似的轻轻点头，然后又摇了摇头，看着站在一旁似乎不愿上来打扰的安星眠："你们两个人……还真是奇妙的缘分呢。这难道就是所谓的天意吗？"

安星眠浑身一震："你在说什么？什么天意？她……她的身世，和我有什么关系吗？"

风秋客不再多说，神色黯然地离开山洞。月色之下，他的羽翼闪耀着晶莹的光辉，背影却显得那么孤寂而消沉。很快，他的身影消失在另一座山峰的后面。当然，安星眠知道，他并不会离开，为了那个他始终不愿明言的理由，他还会一直尾随自己，保护自己。但不知为何，看了刚才他的表情，安星眠对他的厌恶消失了不少。

这大概也是个有说不出苦衷的男人吧，安星眠想。

三

一夜无语。

天亮之后，两人都捡些不相干的话题来说，努力装作昨晚风秋客带来的疑团压根儿不存在。吃了些东西填饱肚子，他们走出山洞，又来到断崖边。雪怀青探头往下一看，仍旧是一片迷茫的灰色云气，甚至比昨天还要灰暗浓重，根本无法看清下面究竟有些什么东西，更加不可能判断深度。

安星眠从尸仆的背后取下一个鼓胀的大背囊，开始从背囊里掏登山的器具，那都是李福川为他准备好的，包括坚韧的长绳、固定长绳用的铁钩铁爪、鞋底粗糙的靴子等。安星眠在一块牢固的岩石上固定好绳子，叮嘱雪怀青："用你的尸仆帮我看着点，万一这块岩石松动，以尸仆的力气，拉住我还是不成问题的。"

他想了想，又说："万一我不小心真掉下去摔死了，你……算了，也没有什么一定要拜托你做的。你已经帮我太多了。"

"你我二人不必说这种话，你如果有什么遗愿，只管说出来，我一定尽力替你办到。"雪怀青不愧是尸舞者，"遗愿"两个字说得轻松随意，半点儿也没有什么吉利不吉利的避讳。

"好吧，如果我死了，我想请你……帮我照看我的大哥和妹子，直到他们醒来为止，"安星眠笑了笑，"之后的事情，不管是和我老师有关的，还是和我家产有关的，他们都会照料得很好，倒是的确不需要麻烦你。另外……"

他把怀里的银票和散碎金铢都掏了出来："我知道钱这种东西很俗气，但是你还有自己想要做的事，拿着这些钱，会让你行动方便一些，至少省掉一些采药炼药的时间。"

雪怀青没有拒绝，把安星眠的钱收了起来。安星眠捆好绳子，正准备摸索着攀下去，雪怀青忽然发问："那位唐荷姑娘……她不是你的妹子，而是你的意中人，对吗？"

安星眠愣了愣，神情有些迷惘："过去算是吧，可是现在，我也不知道，只觉得她离我越来越远。你为什么忽然想起问这个？"

"随便问问，你去吧，小心点儿。"雪怀青转过头去，不让安星眠看到自己眼眶里的泪水。她已经许多年没有哭过了，此时觉得眼睛里热热的，很不舒服，心里却像有个空洞一样，完全不明白自己究竟在想些什么。

安星眠拍拍她的肩膀表示安慰，然后沿着绳子，小心谨慎地一点点溜了下去。雪怀青终于还是忍不住扭过头，看着他的背影消失在浓雾之中，一时间有些神游物外。

从前一天晚上见到安星眠恶作剧式的跳崖"自尽"之后，她就发现自己的心境无法保持平静了。她试图用冥想来镇定心神，却怎么也不得要领，反而心绪越来越乱。某些说不清道不明的东西在心里暗暗地滋长，似乎已经脱离她的控制，令她又迷惘又有些微微的惊惧。她并不是那种完全不通世事的傻姑娘，其实已经意识到了这究竟是怎么回事，但她只是本能的有些害怕、有些抗拒而已。

雪怀青出神地想着自己奇特的心事，突然警觉有人靠近她，距离不足十步。她一向感觉很敏锐，被人欺近到这种距离才发现实在罕见，固然有她神游物外的原因，却也说明来人非同小可。

她不动声色，暗暗蓄力，随时准备出手，却听来人说："雪小姐，我并无恶意，你用不着那么紧张。"

雪怀青松了一口气，已经听出来，来者不是别人，正是之前在万蛇潭见过、昨天晚上又刚出现的风秋客。她从坐着的岩石上站起身来，看着风秋客："风先生，你昨晚还没有回答我的问题。你知道我的父亲和母亲是谁，是不是？"

风秋客神色黯然："我知道，但你最好不要知道。"

"为什么？为什么我连自己的身世都没有权利了解？"雪怀青的声音不觉大了起来。

"因为如果你不了解的话，你能活得很好，"风秋客说，"一旦你知道了一切，你就将活在痛苦中。而痛苦在其次，更重要的在于，你从此会和无数的危险与麻烦纠缠在一起，再也无法摆脱。"

"我不在乎，"雪怀青高声说，"我曾经很害怕知道一切，希望自己永远也不要有面对真相的那一天，但是现在我已经想明白了。真相的存在，并不会因为我害怕而消失，而人活在世上，就终究要面对一切。"

风秋客轻轻摇头："你说的这番话……还真像你母亲啊，那个与众不同的人类。"

他背着手，在危崖边走来走去，似乎是在犹豫不决。雪怀青静静地等待着。过了好久，风秋客终于咬了咬牙："你是不是有一枚玉镯，可不可以让我看看？"

雪怀青挽起袖子，露出手腕上的玉镯，风秋客看清玉镯的模样后，闭上眼睛，过了好久才重新睁开："我受誓言所累，很多事情不能告诉你，或者告诉任何人。但是，如果是你自己发觉的，那就和我无关了。"

他不再多说，背后凝出羽翼，很快飞走了。雪怀青并没有阻拦他，因为在他飞起来的瞬间，她听到地上有"叮当"一声，那是从风秋客身上掉落下来的什么东西。她立刻明白，风秋客这是故意留给她的线索。

她赶忙捡起地上的那件东西。那是一枚小小的徽章，用青铜铸成一只长颈白鹤的形状，做工很精细，那只白鹤展翅欲飞，充满了优雅的贵气。虽然对占据自己一半血统的羽族了解并不是很多，她也能猜到，这大概是一枚族徽。也就是说，风秋客是在暗示自己，可以从这枚族徽上去寻找答案，比如说，这族徽可能来自她身为羽人的父亲？

雪怀青把族徽收进怀里，正在欣喜总算找到自己身世之谜的第一根线头时，悬崖边传来一阵响动。那是安星眠上来了！

安星眠拉扯着绳子，缓缓从悬崖边攀了上来。雪怀青连忙命令尸仆奔过去，把他迅速拉起来。这时她发现安星眠的神情非常古怪，像是在焦虑、愤怒、悲伤，还掺杂着某种堪称绝望的阴郁气息。

难道是他空跑一趟，什么都没得到？雪怀青首先做出这样的猜测，但她马上注意到，安星眠的怀里鼓鼓囊囊的，显然是已经找到了想要找的东西。但他的表情如此不寻常，有些骇人。

"怎么了？没找到吗？"她依旧问道。

安星眠摆了摆手，没有回答，而是一屁股坐在地上，脸色阴沉而惨白。雪怀青明白一定发生了些什么，也不去打扰他，静静地坐在一旁。刚刚的喜悦心情一下子被冲得无影无踪，这是否意味着她已经渐渐把安星眠的事情看得比自己的事情还要重要，她不敢多想。

此时临近中午，尸仆送来面饼，雪怀青原以为安星眠不会吃，但他信手接过来，大口往嘴里塞，一点也不像平日里斯文的吃法，好像把注意力全部集中在吃这块硬邦邦的面饼上，才能暂时不去想那些令他烦忧的发现。

一向在有机会的时候就挑剔饮食的安星眠，此时看上去像一个饿极了的粗鲁村汉，三两口吞掉了面饼，然后咕嘟咕嘟喝下去一大杯热水，脸色总算稍微恢复了一点红润。当他扭头看向雪怀青的时候，神情看上去已经平静许多。

"抱歉让你久等了，"安星眠说，"一时间心情有些复杂，不知道从何说起。"

"那就先别说了，"雪怀青虽然不明所以，但很能体谅他的心情，

"我们先下山吧，回云中再说。"

安星眠点头，默默地站了起来，两个人都不再说话，一路沉默地下山。这之后的旅程中，安星眠一直寡言少语，也不掩饰自己的心绪不宁，这一点过去是很少见的，他一直是一个不愿意用坏情绪感染同伴的人。好在雪怀青原本也早就习惯了成天不说话，现在的一切并没有什么不适应，比起那些过度关心别人、总是叽叽喳喳发问的热心人，或许她更加适合陪伴如今的安星眠。

一月中旬的时候，两人回到了云中城，乖觉的李福川也看出了安星眠的异常，不敢多问，连忙为他们安排房间休息。但安星眠匆匆忙忙地做了一番准备，又要出发了。这次他连目的地都不肯说。

"我需要去验证一些事情，"安星眠对雪怀青说，"这次不会是攀下悬崖那么危险的勾当，你不必陪我去了，好好休息一下吧。"

如果换一个人，或许怎么样都会坚持前往，但雪怀青毕竟与众不同。她看出安星眠有些隐衷，暂时不能和她分享，于是很痛快地点点头："我明白了。你自己路上小心。"

安星眠这一走又是一个月多才回来，已经是二月了，天气开始逐渐转暖。在这一个月里，雪怀青无事可做，也并不在乎自己身处何地，索性继续待在千云堂里，每天耐心地冥想和练功。她从来不招惹是非，李福川也慢慢看出她虽然不爱说话，但心地和脾气都不坏，也就不再畏惧她了。这一个月中，雪怀青时常去探望一下白千云和唐荷，虽然这两个人和她毫无关系，甚至彼此完全不认识，但她也说不清自己为什么要这样做，或许是出于"帮安星眠照料一下"的心理吧。

安星眠回来时，满身风尘，衣服上都磨出了破洞，看上去狼狈不堪，似乎此行并不像之前说的那么轻松。但这不重要，重要的是他的情绪，好像比出发之前更加糟糕，甚至连目光都有些呆滞。他只是简短地和雪怀青打了个招呼，一个字都没有多说。洗过一个热水澡之后，安星眠又出门了，不过这一次好像只是在附近转悠，天黑就回来了，身上扛着一个斗大的包裹。这一回，他索性把自己关在房里足不出户，只让李福川派人给他送饭进去。

这是怎么了？雪怀青想，安星眠像是受了很大打击的样子，一点也不像平时的他。不知不觉中，她对这个不太像长门僧的青年长门僧充满了关注，不亚于关心她自己。

第三天中午，她终于忍不住敲响安星眠的房门。安星眠很快开了门，出乎雪怀青的意料，此人并不像她想象中那样一副蓬头垢面、胡子拉碴的落魄模样，仍然拾掇得人模狗样，看起来状态不坏，只是眼圈有些发黑，似乎有点睡眠不佳。

"我并不是想打听你们的秘密，"雪怀青说，"我只是担心你。如果有些事情说出来能让心里好受些，我可以做一个不错的听众。"

安星眠笑了起来。他伸出双手，忽然握住雪怀青的手："谢谢你。认识你真是我的幸运。请进来吧。"

然后他松开手，请雪怀青进屋，雪怀青却有点儿愣神。活了这么大，第一次有一个年龄相仿的男子握她的手，那双手并不如想象中粗糙，也并不温暖，相反有些冰凉，却丝毫不令她感到难受，仿佛有一种暖意从指间直接流入了心里。过了好一会儿，她才回过神来，嘴角微微露出一丝微笑，也跟着进了屋。

能够看出来，安星眠是一个生活习惯很好的人，虽然只是借住的房间，也仍然打理得干净整洁，唯一的例外是书桌。这间客房过去似乎是一间书房，有一个空空的书橱和一张大书桌，不过现在书桌上堆满了各种书籍。雪怀青读书不多，却也能判断出这是些相当稀罕的书，每一本都很古旧并且很难找到，甚至还有竹简和羊皮纸。不过看上去，这些古书保存得都相当不错，连原本脱落开的竹简都被细心地用细线重新系好，纸书也或多或少有修补的痕迹。

"这几天你都在房间里看书吗？"雪怀青问了句显而易见的废话。刚才那轻轻地一握让她还略有些慌乱，不得不没话找话以掩饰自己内心的翻腾。

"这些都是从云中僧院的地窖里找出来的，"安星眠很有些感慨，"说出来都有些难以置信：虽然僧院已经废弃，过去的修行者风流云散，但并非修士的僧院看门人却一直都在，并且就住在地窖里，尽职尽责地

259 ·

保护着这些还没来得及放入藏书洞的书籍。很多时候，那些自负有知识有见地的人，却未必能比得上大字不识的普通人。"

最后这句话说得颇有些萧索，雪怀青从中听出了几分自责和消沉，更加觉得奇怪。再仔细看看安星眠的表情，眼神中流露出些许的无奈与忧伤，但更多的还是一种自暴自弃般的绝望。自认识安星眠以来，她还从来没见到他有过这样的情绪。

"没有什么值得隐瞒的，尤其是对你，"安星眠的这句话又让雪怀青心里一跳，"你看看桌上的那些书，看看就明白了。"

雪怀青点点头，在还点着蜡烛的书桌旁坐下，然后又习惯性地吹灭蜡烛。她是个尸舞者，白天的室内亮度足够阅读，点着蜡烛反而觉得刺眼。于是在这个阴沉的见不到阳光的午后，她打开了书页，打开了一扇黑暗之门。

她首先看的第一本书叫作《九州纪行·邪事录》，作者是邢万里。她虽然不爱读书，但关于邢万里这个作者，还是大致知道一点的。简而言之，这并不是一个具体的人，而是古往今来数不清的旅者共用的笔名，《九州纪行》这一系列的书籍就是人们假托邢万里之名写下的九州各地地理、人文、风物的总汇，包罗万象无所不有，据说总数已经超过三百册。

不过提到这册厚厚的《邪事录》，雪怀青就完全不了然了。她小心地捧起这本书，翻看了一下目录，大致有点明白这本书是讲什么的了。所谓"邪事录"，顾名思义，记载的是九州各地历史上存在过的或者依然现存的邪恶风俗、邪教信仰、恐怖传说、黑暗神话等。雪怀青在目录里很快看到了不少她曾经听说过的东西，比如传说中的龙，比如巫蛊，比如净魔宗、天童教等显赫一时的邪教组织。她也理所当然地看到了"尸舞者"，禁不住微微一笑。

"翻到那一页，看一看吧，"安星眠在身后说，"你我二人的相遇原本是一场巧合，可是谁能想到，这一切或许都是命运的安排呢？"

这句话似乎可以从某些暧昧的角度去理解，但雪怀青一向不是个自作多情的人，她从话语里听出了一些沉重，连忙按照目录的标示翻到尸舞者的内容。这个内容占据了好几页，站在旁观者的角度还算说得详细，前面没什么，不过是一些对尸舞者的寻常介绍，大部分符合真实，但也有不少谬误，可见即便是顶着邢万里名头的人也没法做到完全严谨，又或者说，即便是邢万里也难以深入了解不与常人交流的尸舞者。

她很快又注意到，安星眠在与尸舞者有关书页中的某一页夹上了一枚书签和另外几张零散的纸页。她翻到那一页，几个大字映入眼帘——尸舞者的起源传说。

"你很关注尸舞者的起源？"雪怀青有点意外，"谁也说不清尸舞者究竟是怎么形成的，现在流传下来的说法基本是没有根据的传说，唔……比如这本书上写的，是因为一个老人预见九州大地将会被毁灭，但是没有人相信他的说法，所以才开始琢磨要操纵死者来做他的仆人——等等！"

雪怀青突然脸色煞白。在此之前，她也只是听说过一些大略的关于"魔火涌出焚毁大地"的故事，并且一直当成荒诞不稽的胡扯。可现在，这本书上不但提到了这个故事，还增添了一些细节，安星眠更是在书页所夹的零散纸页里抄录了更为详尽的描述，也许是来自其他逸闻怪谈的古本。那些细节和描述就像兜头一盆冷水，让她在这个逐渐温暖起来的初春止不住浑身颤抖。

四

以下的这则故事，来自一本古旧的逸闻怪谈，讲故事的人信誓旦旦地说此故事并非虚构，而是来自当事人遗留下来的日志。姑妄听之吧。

据说在千年以前，那还是九州大地六族纷争战火纷飞的年代，有一位叫作洪天胤的蛮族星相师，一向精于钻研星相，还喜欢捣鼓各种秘术，总而言之是一个罕见的全才加奇人。只不过这个蛮子有一个毛病，那就是过分自信，对于自己观星占卜弄出来的结果一向深信不疑，并且从来不愿纠正自己的观点——哪怕已经被证实是错误的，这个毛病最终导致了他晚年的悲剧。

大约在洪天胤五十岁的时候，出于机缘巧合，他收留了一个在战争中濒临死亡的华族人。这个华族人的身份已然不可考，但他自称是一个邢万里那样的旅行家，并且专门研究地理，只是不幸被皇帝征兵带来讨伐蛮族。华族旅行家在洪天胤的帐篷里度过了人生的最后几天，终于还是伤重不治，但在临死前，他把自己一直随身携带的自撰的地理志送给了洪天胤，那是他一生心血的结晶。

　　洪天胤埋葬了旅行家，开始翻看那本地理志，他发现这位旅行家的确是有真才实学的人，尤其对地质变迁有很深的钻研。然而就是在这本书里，他发现了一些与众不同的数据和考证，一种不祥的预感涌上心头。他果断扔掉手头其他的工作，开始了长达一个月不眠不休的计算和查证，到了最后，这些数据给了他一个噩梦般的答案。

　　按照旅行家的考证，在九州大地上，遍布大大小小的各种火山，甚至有专门在火山附近居住的火山河络，但这些火山并非人们所知的全部。这位旅行家通过自己几十年的不知疲倦地寻找，证明了在九州的若干处地壳之下，还潜伏着一些从来未曾爆发的大火山——但这些火山并不是死火山，它们只是一直处于休眠中，并且随时有可能爆发。

　　假如只是这一个发现，其实没什么了不得的，毕竟这些火山已经休眠了千万年，鬼知道它们什么时候会爆发，也许是明天，也许会永远都那样沉睡下去。即便真的有那么一两座不小心爆发了，权当是一次大洪水、一次大蝗灾也就是了。但是洪天胤并不满足于此，他通过大量繁复的计算，结合地壳变动与星辰力的扰动变迁规律，得出了另一个要命的结论：这些火山，可以通过人为的方法诱导爆发！而这样的地下火山，光是旅行家找到的就超过三十座！

　　更加糟糕的是，如果只是单纯的喷发，最多不过是毁掉占据九州面积很小一部分的城市或者荒野，哪怕是南淮城或者天启城那样重要的大城市，经过几十上百年的重建，依然可以再度焕发生机。可是，如果这些火山在特定的时刻爆发，结合当时诸天星辰所处的特定方位，就可能带来另一个后果：引发大地上所有的火山一起爆发，并且造成地下的岩浆疯狂喷涌，同时会引发海底火山的喷发和大海啸。

假如有人掌握了这样的特殊方法，让这三十多座散布于九州各地的巨大火山同时喷发，由此引发岩浆地火的疯狂喷涌，那会造成怎样的后果呢？——会不会让大地变成一片火海，海洋变成熔岩的地狱，世间万物在魔火中毁灭殆尽，九州从此变为死寂之地？

计算到这一步，洪天胤虽然已经疲惫不堪，却依然被震惊得一夜没能合眼。最后他终于支撑不住，倒头大睡了三天三夜，醒来后立即给妻子留下一张语焉不详的字条，匆匆收拾行装离开家门，开始按照旅行者所绘出的分布图，由近及远地一一寻找这些深藏于地下的毁灭之火。

他从自己的家乡瀚州开始，再到冰天雪地的高原殇州，找到了前三座火山，仔仔细细地勘察一切，并没有发现任何异常，这也让他的心情稍微安宁了一些。但到第四座地下火山，当他千辛万苦地找到那座大山深处所隐藏的那道地脉时，他惊呆了，完全不敢相信自己的眼睛。

他看到了一个巨大的、人工开凿的洞窟，几乎可以称得上是深不见底。这个洞窟就像一把锋锐的尖刀，一把吸血的利剑，深深地插入了地壳最脆弱的地方，插入了那个最可能引发火山爆发的地方。

洪天胤那时候差点晕过去。这是一个工程量十分巨大的洞窟，同时又隐藏得非常好，假如不是因为此地恰好是他的目的地，那是绝对不会被发现的。是什么人在这里开凿了这样的深洞，又把它那样小心翼翼地隐藏起来，开凿这些深洞的人究竟怀着什么目的？

他怀着惴惴不安的心情离开这里，又去往了另外的几个火山。虽然距离遥远，并且每一处的地理状况都十分复杂艰险，但年过半百的洪天胤以惊人的毅力克服一切困难，按照旅行家的地图，三年时间内寻找到了十一个地下火山。他发现，这十一个地下火山中，竟然有三处都已经被开凿了深洞，达到了极度危险的临界点。这绝对不可能只是巧合。

洪天胤得出一个他不愿意相信却又不得不信的结论：有那么一群人，正在进行着一项旨在毁灭九州的庞大工程。他们或许是自己独立计算出来的，或许是偷窃了旅行家的成果，但不管怎样，他们找到了这些蛰伏的凶魔，并且试图唤醒它们。从那些洞窟的规模来看，开凿它们的人显然是处心积虑谋划已久，而且多半还有着雄厚的财力，能够驱动大量的人工，才能开凿出这样的洞窟。面对这样的对手，他有一种彻底的无力感。按照他臆想中的"敌人"的工程进度，只要有足够的财力支持，十年左右，所有的洞窟就可以全部挖掘完毕，到那个时候，就是九州的末日了。

思前想后，他觉得，只有把这件事告诉蛮族的大君，或者告诉华族的皇帝、羽族的羽皇，告诉任何有能力去阻止这一切的君王，然后动用国家的力量去阻止。虽然作为一个孤傲的天才，他一向看不起那些争权夺利的庸俗之辈，但这一刻，他别无选择。

洪天胤怀着忧郁的心情回到瀚州，准备去求见大君，告知其这一致命的危机。然而，刚回到家乡，他就得到了一个晴天霹雳般的消息：他的妻子被大君抓起来问斩了，起因竟然是三年前他曾经收留了那位旅行家，来自敌对军队的华族旅行家。一个一直和他关系恶劣的小人告发了他，大君派人抄家，抄出了旅行家留给洪天胤的地理笔记，里面赫然有许多瀚州的地理地形图和详细记述，假如落入华族军队手里，对他们在草原上作战可是大大有利的。

这一下证据确凿，洪天胤的妻子完全不知道如何辩驳，而当被问到丈夫的下落时，她也张口结舌答不出来。洪天胤离家时只留下了一张匆匆写下的字条，上面只有"有要事离家，归期未定"这几个字，叫她如何能解释得出来。自然地，洪天胤被定性为里通华族的叛逆，妻子和常年依附于他由他妻子照料的残疾侄子都被斩首示众。

洪天胤算运气不错，凭借自己的智慧和一点好运气逃脱了追捕，渡海南逃到中州躲藏了一段时间。几个月之后，他重新回到瀚州，一路上经过草丛中无人收捡的累累白骨，最后来到了北都城。在那里，妻子的头颅被高高悬挂在北都城城头，和其他所谓叛徒们的头颅挂在一起，血肉早已被乌鸦啄食干净，只剩下狰狞的骷髅，让他完全无法从在骷髅群中辨认出她来。如前所述，洪天胤一直都是一个孤僻的人，妻子几乎是这个世界上唯一一个能理解他包容他的人，两人一起相濡以沫走过了大半生，到头来他竟然没有办法从一堆白森森的头骨中认出她来。

毫无疑问，洪天胤的心性就是从这一刻开始扭曲的。和雪怀青之前听到的不同，洪天胤压根儿儿就没有打算劝说他人和他一起逃难，是他自己主动放弃了世人。

他最后看了一眼那一排头骨，转身离开北都，再也没有回头。五个月后，经过难以想象的艰难跋涉，他来到殇州雪原中最险峻的高峰——木错峰。根据他的计算，假如真的发生了毁灭大地的灾难，木错峰也许是唯一一处可以逃生的地方，尽管这座高寒的山峰本来就是近乎生灵绝迹的死地。现在从死地到生地的转换，也不知道是命运的眷顾，还是命运的嘲弄。

总而言之，洪天胤孤身一人来到木错峰。虽然作为一个蛮子，他的身体一向不错，但在这个连夸父都无法生存的地方，他一个人的生活状况可想而知。一个月后，他在山上艰难寻找食物的时候，一不小心滑下了山脊，幸好山下积雪很深，他没有摔死，却意外地在雪堆里发现了几具早已冻得僵硬的尸体。一刹那，一个前所未有的绝妙灵感在他心里闪现：虽然我再也不愿意和任何活人为伍，但我可以想办法操纵死人来为我所用啊。

反正一个人过活的日子寂寞而无聊，洪天胤立即着手研究这种操控死人的方法。他是一个全才，对秘术有极深的造诣，也对蛮荒之地的巫术和蛊术了解颇多，最后，他利用一些残缺不全的资料，愣是把失传已久的越州赶尸术复原了出来，并且加入自己的改进，形成了流传至今的尸舞术的雏形。

这之后，他一次次离开木错峰，去往稍微有人烟的地方，或者干脆袭击商队，为自己搜罗了不少的尸体以供驱策，就这样在尸仆的陪伴下走向生命的终点。直到临终的那一刻，他也未能亲眼见到魔火灭世的奇景出现，但他仍然对自己的预测没有丝毫怀疑，并且在最后一篇日志中写下了这样的话语：

> 我的计算不会有错的，魔火终将喷涌，九州大地将化为一片火海，一切的历史、一切的文明、一切的美好、一切的苦难，一切曾有的光明与黑暗，都会在火焰中化为乌有。千万年后，当新的生灵

从尸灰中重新出现，当新的文明在这片焦土上重新崛起，也许他们已经再也无法找到过往岁月的痕迹，再也无法知道，在这片大陆与海洋之中还曾经有人类、羽人、夸父、络族、鲛人和魃的存在。那些自诩永世流传的灿烂辉煌，也将无人知晓，就如同一曲华美的乐章，当曲终人散之后，那些动听的音符终究只能消散在空气中。

我禁不住要想，我们的文明，是否也经历过这样一场劫难或者许多许多的劫难？在我们之前，是否也有自认为是天之骄子的生灵遍布大地和海洋？这一切或许永远也无法得知了。我就要死了，作为一个微不足道的人，走向一个微不足道的终点。而我们的文明，我们的天下，我们为了争夺土地而流的每一滴血，也会和我一样，最终变得微不足道，最终变得无人知晓。

我忽然觉得，我一向看不起的长门苦修士的话居然是有道理的。人生就像是一道又一道永无尽头的长门，你跨过一道道长门，却永远也无法领会到世界的本源，唯一能做的，大概只是寻求个人的解脱而已。长门僧们或许就是看透了这一点，才选择这条逃避之路的吧？

五

这段故事并不长，雪怀青很快就读完了。她又翻了翻其他的书，大都是很偏门的逸闻杂谈，但都和这个故事有关。这些书的记述并不完全一致，有些细节干脆就是互相矛盾的，但涉及重点和关键的地方，基本上是一致的。而且在历史上某一个邪教兴盛的阶段，洪天胤的这一发现竟然被别有用心的恶人演绎成了邪教教义，诞生过一两个影响不小的邪教。雪怀青仔细想想，似乎自己之前还真听说过类似的胡扯八道，只不过天下邪教是一家，张口闭口都不过是些各种各样的灭世传说，然后打着拯救生民的旗号骗财骗色，站在邪教教义的背景下，魔火喷涌这类的说法太寻常了，所以她并没有往这方面想过。

此外还有一叠书，和此事似乎没什么关联，内容也五花八门毫无联系，包括有针灸、考据、诗词歌赋、星相等方面，甚至还有一本看上去很像原本的《殇阳血》，那是连雪怀青都听说过的名曲，相传由蔷薇皇帝时代的大琴师欧阳扶所作，以纪念发生在殇阳关的那次血战。这些书就保存得不太好了，都有些烟熏火燎的痕迹，安星眠冲她摇摇头，意思是这些书不重要，她就不去管了。

然后她放下手里的书和纸张，慢慢地坐在了书桌前的椅子上。她的脑子完全混乱了，一时间不知道该说些什么。深藏地下的狂暴火山，喷涌而出的灭世地火，尸舞者的创始者，以苦修追求真道的长门僧……她过去从来没有把这些元素放到一起去联想过，然而正如安星眠所说，命运开了一个奇妙的玩笑，把原本风马牛不相及的长门和尸舞者捆绑在了一起。只是这样的缘分，实在让人避之不及，却又逃无可逃。

难道长门的藏书洞窟，真的只是一个幌子？长门僧们几千年来一直在干的伟大事业，竟然是一步一步将九州推向毁灭的境地？雪怀青难以相信这样的事实。那些长门僧，信仰坚定、无所畏惧的长门僧们，究竟知道他们在干什么吗？

她不由得转过头，看着安星眠。安星眠倒是面容很平静，显然经过这些天的煎熬之后，就算还没能接受这一切，也至少有了足够坚定的信念去面对。可是……这不过是一些文字，难道他就没有丝毫的怀疑吗？

“我当然不会单凭文字就去确定一件事，”安星眠猜到雪怀青的疑虑，“所以我肯定要去考察一下。在我捡拾到的包裹里，有一些被撕得粉碎的纸屑，应该是皇帝干的。他本来打算把包裹烧掉一了百了，却没想到被我捡到。在我们回来的路途中，趁你睡觉的时候，我用了几个晚上，把那些纸屑拼出来了。”

“那上面说了些什么？”雪怀青问。

“那是一个地点，是那位肉身不腐的长门僧留给后世的唯一证据，”安星眠说，“我跟着这条指引，找到了位于越州清余岭的一处地下洞窟。那个洞窟的入口不可思议地藏在一片沼泽地里，我想也许是洞窟挖成之后，他们想办法把那里变成了沼泽。然而我到的时候，那一部分的沼泽已经被排干，肯定是皇帝的人干的，所以我没费什么劲就进去了。

"那是一幕不可思议的奇景，就像络族的地下城一样，那里的地面之下被掏空，形成一个巨大的深洞，通往幽远的地脉深处。我之前告诉你我不会再去干攀下悬崖的事情，但我没想到，爬下那个洞窟，竟然比悬崖更加危险。我不由得开始想象，在那些久远历史上的一个个瞬间，先辈们举着火把、绑着绳索吊入这个洞窟，一次又一次地往里面填充书籍，是怎样一幕感人的场景？而在此之前，花费无数心血开凿出这样浩大的工程，更是怎样的奇迹？但遗憾的是，那样的信仰和激情竟然都是被人利用的阴谋牺牲品。

"我下到底部之后，看到的是意料之中的悲惨景象：那里原本存放的书籍，全化为了灰烬。想来是皇帝急于弄明白洞窟底部的真相，于是索性点火把那些珍贵的无价之宝全部焚烧了。可那个时候，甚至连我也顾不上心痛，而是急切地开始寻找我想要找到却又希望永远都找不到的证据。想想当年的长门僧，竟然是靠极少数人的力量，日积月累，一筐一筐地把书背到这里藏起来，不知道要花多少代人的心血，可是毁掉他们，只需要一把火。毁灭九州何尝不是这样呢？"

听到这里雪怀青微微一怔，总觉得刚才安星眠那句"一筐一筐地"似乎让她想到点什么，但她顾不上多想，因为有更要紧的问题需要问。这个问题她不敢问，却又不得不问。

"那你……找到证据了吗？"雪怀青觉得自己声音好像从远处飘来，有一种不真实的感觉。

安星眠的回答让她的心彻底沉下去："我……找到了。我把那些堆积的灰烬努力扒开，在此过程中意外找到了一些运气不错没有被烧毁的珍稀古本，并且捡回来了一些，也算是此行的额外收获，从这些残本来分析，这个洞窟所存的书籍应该是在胤末的时期收集的。当然，最重要的收获——如果这能算收获的话——还是找到了皇帝在洞窟底部开凿出来的一个小洞。透过那个洞，我看到地壳之下暗红色的熔岩。它们并不狂暴，甚至可以说很安静，但它们没有死，还在缓慢地流动，积蓄力量和热度，谁也不知道哪一天就会彻底爆发。这就是证据，无可辩驳的直接证据。"

"也就是说，这一切都是真的……"雪怀青有如梦呓。她并不是一个忧心天下的人，但对任何一个普通人而言，知道自己生活在这样一个随时可能爆发的危局中，心中无感是不可能的。

"洪天胤还一直以为挖掘那些洞窟的都是什么富可敌国的庞大势力，所以才坚信最多需要十年，所有的火山会被诱发，"安星眠的语声里微微带着笑意，"但他想不到，挖下这些洞窟的，并不是什么有钱有势的人，相反是这世上最穷的一群人。他们也绝不可能在十年之内就挖穿所有的洞窟，事实上，每造出一个都需要几代人的艰辛努力。所以他其实可以找一个舒舒服服的地方安享晚年，而不是未雨绸缪地跑到大雪山里去受苦受罪。"

雪怀青说不出话来。她很想劝慰安星眠，说那些洞窟或许不是长门僧开凿的，这不过是个巧合，但她心里很清楚，这并不是巧合，至少皇帝对长门僧大动干戈绝不是一时犯疯病。

是的，长门僧费尽千辛万苦营造的地下龙渊阁，"碰巧"就处在那些极度危险的火山之上。这件事怎样解释，雪怀青暂时还没数，但她至少明白皇帝那样做的原因了。事关九州的生存与毁灭，似乎无论用什么样的雷霆手段都不过分。

"所有的这些，都是你在悬崖下找到的，对吗？"她颤声问道。

安星眠点点头："不错，就是这些。鉴于前因后果已然完全不可考，我也只能通过猜测来补足缺失的环节。首先我想：为什么？天藏宗的修士们为什么要这么做？他们在付出一代又一代的心血努力营造这些藏书洞窟的时候，到底知不知道自己在做什么？"

"你的意思是说，其实他们也不知情？"雪怀青问。

"是的，我想了好几天，如果说每一代长门僧都在心甘情愿地干着毁灭九州的事业，实在不可置信，"安星眠说，"我只能去猜测：天藏宗其实是被利用了。"

"被利用？"

"是的，绝大多数怀着悲天悯人情怀的普通修士，被极少数隐身幕后的人利用了，"安星眠的语声有些沉痛，"那位肉身被迎接到天启城

269

的长门高僧，也许就是天藏宗中这样一个幕后的操纵者。这样的人不需要多，只要每一代有那么一两个人进入长门内部，并且担负起寻找藏书洞窟合适地点的重任，就足够了。"

"但是这位长门僧，为什么要留下证据，又为什么要把证据的地址藏在自己身上呢？"雪怀青问，"难道是他天良发现？可是用这种方法隐藏秘密，又指望在什么时候才能被发现呢？"

"谁都不得而知，"安星眠摇摇头，"如果不是那场奇异的大火，这个秘密还会永远埋藏下去。可是终究还是被揭露了，所以……这就是一直以来我们所追寻的真相，一向还算仁德的皇帝突然对长门痛下杀手，似乎也可以理解了。要知道，甚至有这种可能……"

"什么可能？"雪怀青的心一下子抽紧。而且她觉得多此一问，事实上，她心里已经有了答案。

"也许……整个长门的诞生和兴盛都只是一场骗局，"安星眠低声说，"那些绵延千年的信仰和追求，都只是为他人的阴谋与野心做掩护，那些追求真道的心，到头来全被蒙蔽了。"

安星眠依然显得很平静，没有太多情绪波动，这让雪怀青不得不佩服他的自制能力。她能够想象，他的内心是难以平静的。即便真如他自己所说，他不是一个十分"纯正"的长门修士，但当一个人听说自己一直持守学习的东西竟然是虚妄的骗局时，无论如何也会受到不小的伤害。更何况，长门对于安星眠而言，还有另外一个层面的情感寄托，那就是他崇敬的老师章浩歌。最近半年来，这位不像长门僧的长门僧之所以为自己的门派如此玩命，一大半原因都是章浩歌，章浩歌的信仰受到打击，就等同于安星眠的信仰受到了打击。

"至少现在知道了，你老师的转变，是有苦衷的。"这是雪怀青想了很久，才想出来的唯一一句可以安慰安星眠的话。

但安星眠似乎也并没有为这句话而感到欣慰。他长长地叹息一声："我能想象他的心里有多么难受。我说过，作为一个长门僧，其实我并没有那么坚定的信仰，但是老师不同。长门就是他的生命。现在他发现自己的生命是虚假的，然后要亲手毁掉它。"

雪怀青再次无话可说，索性默默走了出去，回到自己的房间。尸舞者不是一个宗教性质的群体，对信仰的观念很淡漠，但她完全可以理解安星眠的那种伤感和失落。她并不在乎长门，也不在乎那个不知道多少辈子之后才会来到的"魔火灭世"，她唯一担忧的是，这件事对安星眠的打击会有多大。

两人刚认识的时候，安星眠就告诉过雪怀青，他并不是一个"纯正"的长门僧，他加入长门就是为了履行某个不得不完成的义务，并非心甘情愿。但是现在，雪怀青觉得他很像一个真正的长门僧了，他不再单纯只是为了某个事件而奔波，而是开始为了一个千年信仰的动摇而伤心忧愁。这实在不是她心目中的那个安星眠，那个虽然背负重担，却总是笑容可掬、性格开朗的年轻人。

这一天夜里，雪怀青在床上辗转反侧难以入睡，安星眠那张压抑的笑脸就像是一块大石头，沉重地压在她的心间。她已经渐渐明白自己内心的悸动是为了什么，并且为此感到甜蜜，也为此惶恐，这是一种她完全不懂得怎样去面对的情感，但要硬下心肠彻底割舍，似乎又有些心不甘情不愿。

夜深的时候，她还没有睡着，倒是越躺越觉得耳聪目明精神百倍，索性披衣起床，打算以冥修来打发这无聊的清夜，顺便也把脑子里纷杂的奇怪念头驱赶出去。但刚坐定，她就听见院子外面有些轻微的响动，好像是有一只猫从墙头跳下去，但也有可能——是一个轻身术很好的人。

作为一个不那么受欢迎的尸舞者，雪怀青一向警惕性很高，她立即下床穿上鞋子，推门出去，正好看见一个人影一闪身从安星眠房间的窗户跳了进去。她心里一惊，急忙带着一直守在门口的尸仆紧跟上去，听见房间里传来一阵噼里啪啦的打斗声响，不由得更加慌乱，直接命令尸仆猛扑撞门。尸仆大步上前，沉肩一撞，一声巨响后，门被撞开，雪怀青赶紧冲进门去，一看屋内的形势，才松了一口气。

安星眠安安稳稳地站在房中，全身上下并无伤痕，他面前的地上倒是躺着一个黑衣人，脸上蒙着黑布，只露出眼睛，看其肩膀奇怪的形状，大概是被安星眠弄脱臼了。她舒了一口气，这才想到安星眠的功夫并不逊色自己，想到刚才心里的着急恐慌，一时只觉得脸上发烫。

好在安星眠并没有注意她的表情，听到声响后纷纷跑来的李福川等人也没有去留意她，都看向地上的黑衣人。安星眠俯下身，温和地问："你是谁？为什么要袭击我？"

黑衣人没有答话，眼里却放射出愤怒和憎恨的光芒，这让安星眠觉得奇怪。他沉吟了一下，低声让李福川把其他人都带出去，李福川看黑衣人已经不再有反击能力，点点头带着众人离去了，只留下雪怀青和夸父一般的尸仆。安星眠本想再关上门，却发现门已经被尸仆撞飞，苦笑一声，揭开了黑衣人的面罩。然后他的脸上现出了十分吃惊的表情。

"苏真柏？你是……你是灵修宗的苏真柏？"他惊呼道，"我们在研习会上见过的。你怎么会来杀我？"

雪怀青这才注意到，这个名叫苏真柏的刺客身边扔着一把短刀，她连忙上前把短刀拾起来。她看到苏真柏的容貌，惊讶地发现这个人几乎是个孩子，他的模样不超过十八岁。听安星眠的口气，这人也是个长门僧。长门僧怎么会来刺杀自己的同门？但她转念一想，立刻有了答案，又不自禁为安星眠感到难过。

"你的老师是费弦夫子，和我的老师章浩歌相交莫逆，你为什么要来杀我？"安星眠问。

"呸！"苏真柏肩膀脱臼，虽然疼得满头大汗，却仍然倔强而凶狠，"你竟然还有脸提章浩歌那个畜生！"

安星眠黯然，已经明白为什么苏真柏会来刺杀自己。这个刚入门没两年的少年人，还没能做到以长门的经义来收束自己的内心，却被章浩歌的背叛激发了怒火。章浩歌自然是被皇帝的人严密保护着，他没有机会下手，于是迁怒无辜的安星眠。这样的举动当然是糊涂的，但也恰好说明，长门内部的怒火积压到了什么样的地步。其他那些修为足够的长门僧固然不会想到用这种办法报复，但他们心中的怨憎也一定不会少。

"小苏，这件事我不怪你，你回去吧。"安星眠说着，俯下身来，想要替他把肩头脱臼的关节复位，但苏真柏硬生生地一个打滚儿，闪到墙边。

“我不会让你这样的叛徒门人来对我示好卖乖的！”苏真柏大吼道，“你给我记住了，长门不会灭亡，永远不会，你们一定会失败的！”

安星眠的脸轻轻抽搐了一下，“叛徒门人”这四个字实在不怎么好听，他的心里一阵作痛。他沉默了好一会儿，才压制住自己的怒意和悲伤，轻声说：“我的老师不是叛徒，我也不是什么叛徒门人，请你不要再来了。你的功夫还差得远。”

“你从来没有显露过你的武技，就是为了日后找机会偷袭长门吗？”苏真柏的话让安星眠百口莫辩，“不错，我的武艺远不如你，但是我的内心比你高贵一千倍、一万倍！而且你记住，你们最后是不会得逞的，我打不过你，但是迟早会有能够对付你的人来收拾你！至于我，我能做的事情，都已经做到了，至少我无愧于长门。”

“这么说来，我已经成了长门公敌？”安星眠苦涩地笑了笑，心如刀割。

雪怀青不是长门中人，没有这种感情上的冲击，却从苏真柏的话语里听出了一些别的意味。她还没来得及阻止，苏真柏已经用全身最后的力气，狠狠地向墙壁一头猛撞过去。“砰”的一声巨响，苏真柏已经撞得脑浆迸裂，倒地身亡，一双眼睛却仍然不甘地圆睁着。

即便是见惯死人的雪怀青，目睹这样惨烈的死状，也不禁有些心头发毛。安星眠怔怔地看着眼前这具少年人的尸体，突然狠狠一挥掌，重重拍在墙上。啪的一声，墙上留下一个溅血的手印。

“你就算心头难受，也不必拿自己的身体撒气，”雪怀青说，“无论怎样，他也不可能活过来了，认真想想以后的事情吧。我去叫李管家来收尸。”

“不必了，”安星眠摇摇头，“长门僧的尸体，我自己来收。”

这一夜就这么折腾着结束了，雪怀青索性用冥想替代睡觉，到最后也分不清自己究竟是处于冥想状态还是在冥想时睡着了。总而言之，中午结束冥想时，她觉得精神还不错，而吃过饭之后，安星眠就来找她了。

“你怎么样了？尸体处理好了吗？”雪怀青一边问一边打量他，觉得安星眠的气色也还不错，至少没有什么负面情绪直接外露。

安星眠笑了笑："别想那么多了，我还没郁闷到去死呢，不必替我担忧，该处理的事我也会自己料理好的。我来找你是想领你出去逛逛。"

"出去逛逛？"雪怀青很意外。她原本以为安星眠会在那间书房里一直闷到长绿毛为止，没想到这个家伙会主动约自己外出。

安星眠点点头："这些日子来往奔波，实在是太辛苦了，我又满脑袋是事，其实作为白大哥的结义兄弟，我也算此地的半个主人，应该好好招待你才是。今天下午天气不错，正好去逛逛，看一看云中的风物。"

天气不错？雪怀青抬头看看窗外天空中阴沉沉的乌云，有点想笑，却也明白安星眠的心思，他希望至少在自己面前能把这件天大的事情尽量放轻，尤其在昨晚的事情发生后，他更不想自己为他担心。一时间她喜忧参半，不明白这究竟算是安星眠在意她照顾她呢，还是这个家伙仍然把自己当成不能共同分担忧患的外人。但想了想，她还是没有把自己那套"一切城市都是一个样"的理论搬出来，而是展颜一笑："那很好啊，我还没有仔细看过云中城什么模样呢。"

云中城什么模样？走了一下午，雪怀青自己还是说不上来。走过的街区和道路不少，却没留下什么太深的印象，或者说，压根儿就没有印象。这座城市的建筑风格如何，人文风物如何，姑娘漂不漂亮小伙子、英不英俊，完全不在她的关心范围。她只是始终忧郁地注意着强颜欢笑的安星眠，却又不知道怎么去宽慰他。

"那个捏面人的哑巴老伯出来摆摊了啊，他可是很有名的，"安星眠伸手向前一指，"他在宛州各地摆摊捏面人已经有三十多年了，不过待在云中的时间最多，价格很便宜，捏出来的面人却很精致，手工一流。听说还有外地人专门到这里来找他捏面人呢。"

前方的小摊果然围满了人，看来生意不错。雪怀青淡淡一笑，表示"我听到了"，跟着安星眠挤到人群中。这个捏面人的老人鹤发童颜满面红光，十指更是灵动非凡，五彩的糯米面团在他的指缝间被揉捏着，很快就成了一只小鸟的形状。人们纷纷喝彩，可惜雪怀青对此还是兴趣全无，目光无意识地四处游移，而且她敏感的鼻子闻到面人里染料的气味就觉得不舒服。忽然，她的身子微微一震，扯了扯安星眠，低声说：

"快跟我来！我看到上次和章浩歌同车的那个大胡子了！"

安星眠马上想起来，上一次在小镇见到章浩歌时，雪怀青一眼扫过，立刻说出车上有"两个壮汉，一个大胡子，还有一个瘦瘦的中年人"。瘦瘦的中年人是章浩歌，而那个大胡子，安星眠并没有看清面相，却不料雪怀青目光如炬，一个照面就已经记住了对方。他赶忙把刚买的面人塞到怀里，跟雪怀青离开面人小摊，顺着她隐蔽的手势看去，果然在小街的另一头看到一个满脸大胡子的男人。奇怪的是，那个男人丝毫不加掩饰，正直直地瞪视着两人。

"是祸躲不过。"安星眠说着，索性也径直迎了上去，雪怀青跟在身后，有些后悔没把尸仆带出来。眼下如果要打架的话，没有尸仆可太不利了。

大胡子男人等两人来到他面前，用不太自然的低沉嘶哑嗓音说了句"跟我来，但别跟得太紧"随即转身向西而去。安星眠没有犹豫，等他走出几十步后，果断跟了上去，随他离开这条街。他以为此人会把他们领到一个荒僻无人的所在，没想到他却很快拐到云中城相对繁华的一条大街上，进了一家钱庄。安星眠不由得眉头微皱。

"有什么不对吗？"雪怀青问，"所谓大隐隐于市，在这种看起来繁华热闹的地方会面没什么不对的吧。"

"不是因为这个，"安星眠摇摇头，"这家钱庄……是和我家合开的。他是想告诉我，他们对我的一切都了如指掌。"

"这大概就是孤家寡人的好处了吧。"雪怀青耸耸肩，和安星眠一起进入钱庄。刚一进门，马上有伙计去把门板放下，关闭店门，这让她更加警惕。但大胡子就站在柜台边，赤手空拳，也没有如她想象的一大群人一下子涌出来围住他们，不像是要动手的架势。

大胡子慢慢走上前来，慢慢伸出手，手上捏着一封信。他只说了一句话，这句话却如惊雷闪电，一下子让安星眠的脸色惨白如纸："这是你的老师章浩歌留给你的遗书。"

第十章
伪

一

星眠：

见到这封遗书的时候，我应该已经不在了，很遗憾，在人生尽头的时候没有你的陪伴。这么多年来，你一直是个很好的学生，也是一个非常有悟性的年轻学者。虽然我知道你进入长门并非心甘情愿，但我一直相信，你会成为一个真正有信仰的长门僧，成为后世景仰的夫子。

但我实在没能料到，这些信仰竟然是建立在一个天大的谎言之上的。不只是你，千百年来，虔诚的长门修士们都一直被他人玩弄于股掌之间，这个真相让我不知所措，更加让我感到愧对于你。作为你的老师，我觉得我把你引入了一条歧路，这样的错误实在难以弥补。我唯一能做的，是在临死前把真相告诉你。至于在知道真相后你会做什么选择，那将由你自己来决定，我只希望你不要恨我。

让我从头开始说吧。我们在南淮分手之后，我去求见了宛州总督。我原本以为，这一趟一定有去无回，但没想到，宛州总督并没有太过为难我。他同意见我，并且耐心倾听了我的诉说，然后他对我说："章夫子，你是我的恩人，更是我尊敬的人，我当然希望能够帮你。但你必须知道，皇上的命令，天子的金口，是不容许我们这些下臣违逆的。但是也许有另外一个途径可以帮到你。"

"什么途径？"我急忙发问，"只要有办法阻止这一切，要我付出任何代价都可以！"

"是否能阻止这一切，需要付出什么代价，不是我说了就能决定的，"宛州总督说，"必须要他开口才可能算数。"

"他是谁？"我刚问出这句话，就意识到这是个多余的问题。在东陆的土地上，说话就能算数的只有一个人，那就是皇帝。总督所想的，是让我面见皇帝。

不得不说，这位总督还是在他的能力范围内做给了我最大的照顾。他名义上没有违反律法，还是把我"收监"了，但一直把我关在一间单独的监牢里，非但没有任何拷打用刑，饮食床铺还都很舒适，老实说，比我们苦修的条件好很多，让我相当不习惯。但他已经为我做到了这个地步，我不好意思再去麻烦他降低条件，只能自己在每晚睡觉时把棉褥子取下，继续睡木板床。我在牢里无事可做，也没有书读，除了冥想之外，就是惦记外面的情况，不知道长门究竟怎么样了，不知道你能不能找到一些线索。

大约过了一个来月，一天夜里，监牢的门突然被打开，我在睡梦中就被不由分说拖了出去，五花大绑后被戴上不透光的头套。那一刻我心中窃喜，因为我知道，这必然是要让我见皇帝了。

我是被搐着带走的。最后我凭感觉判断是被带到了一辆马车里，并且听见有一个人在隔着帘子向我说话。我曾经参加过皇帝召开的法会，一下子就听出了他的声音。看来皇帝的这一次出行的确是相当隐秘，不知道他在防着谁。

"松绑，解开他的头罩吧，没有必要了，"皇帝说，"我记得这位章夫子，他曾经参加过我召开的法会，一定能听出我的声音。"

于是我又被松绑并解开了头套，发现自己果然是被带到了一辆马车里，但这并非我见过的皇帝御用的豪华座驾，而是一辆普普通通的车子，还散发着隐隐的油漆味。想来皇帝除了宛州总督等寥寥数人之外，其他人一概不想见，索性一路委屈自己。

随从们都退了下去，车上只有我和皇帝两个人，中间隔了一层黑色的布帘子。我有无数的疑团想要询问，却又不知道该从何问起，倒是皇帝先开口了："章夫子，你一定在心里痛恨我，觉得我是一个冷酷残忍的暴君吧？"

虽然他看不到我，我还是下意识地摇摇头："皇上，这些年来您施政如何，我都看在眼里，您即便不是圣主明君，也绝不是昏聩残暴之辈。所以我希望这一切都只是误会，或许您对长门了解太少，或是受了他人挑唆，才会犯下这个错误。"

"错误？从长门僧的身体里掉出来的东西也会是错误吗？"皇帝冷冰冰地说。

"长门僧的身体里？"我有些奇怪，但马上想到之前的高僧肉身自焚事件。一刹那我有些明白了，原来皇帝还真是被这起自焚事件激怒，但并非因为烧毁的肉身本身，而是从里面掉落出的物件。于是我忙问："是和那具被迎入帝都的肉身有关的吗？"

"从那具肉身里，掉落出的物件，上面刻了一幅地图，因是金属，没有被火焚毁，"皇帝森然说道，"然后我沿循那幅地图，找到了一些东西，你可以看看。"

帘子掀开了一点，皇帝从下面递给我一些纸张："我相信，这是一些足够毁灭你信仰的东西。"

（以下部分和安星眠所收集的资料差不多，从略。）

我放下这些纸张，头脑里兀自有些迷糊："这是什么意思？毁灭世界的传说，和我们长门有什么关系？"

"你知道你们长门里有一个宗派叫作天藏宗的吗？"皇帝问。

"我知道，而且和他们还能算有来往。"我回答。

"那你知不知道天藏宗到底在做些什么？"皇帝又问。

这个问题我不知道该如何回答："您这是什么意思？他们不就是一些普通的长门僧吗？您对长门那么感兴趣，理应知道一个长门僧的日常生活大致是怎么样的吧？"

皇帝冷笑一声："理应知道？你自己作为一个长门僧，又知不知道天藏宗背地里所干的事情呢？让我来告诉你吧，他们之所以名为'天藏'，就是因为他们想要像传说中的龙渊阁那样，建立属于自己的藏书洞窟，只不过这些洞窟全深藏于地下。而这个工作，他们已经进行了上千年，如今在九州各地遍布几十座这样的洞窟！怎么样？和你刚读到的那些东西放在一起相互印证，你能想到什么？"

我立刻呆住了。皇帝想要说明什么，我已经再清楚不过了。我用颤抖的双手再次翻开刚才那些纸页，在幽暗的光线下把它们再读了一遍。没错，上面的字迹不会改变，真相也无法被动摇。那一刹那我才明白过来，原来长门的存在，竟然是为了掩护这样一个巨大的阴谋。至于为什么有人会设下这样的阴谋，目的是什么，我已经难以深想了。

而我也总算明白皇帝为什么会如此动怒，如此决绝，如此不惜任何代价地来对付长门。这已经不是动摇他统治的问题了，这是关系到整个九州的生死存亡啊，他动用任何手段都不算为过。我修行多年，本来就很难对旁人燃起恨意，现在对皇帝更是生出了一种理解。面对着天平一端的整个天下，长门只是微不足道的一个砝码。

"所以您逮捕所有的长门僧，其实只是为了天藏宗而已，对吗？"我说，"但是光捉拿天藏宗容易引起人们的特别关注，假如这个秘密流传出去，人心的恐慌会达到一个难以想象的地步。因此您索性拉上整个长门来作为幌子。"

"你觉得我还有别的选择吗？"皇帝疲惫地问，"如果换了是你，你又会做什么样的抉择？"

我沉默了。仔细想想，假如把我放在皇帝所处的境地，我未必能做得比他好。而此时此刻，我的心里除了震惊、愤怒、迷惘、悲伤之外，更多的是一种绝望。回想起来，我自幼信奉长门，一直努力追求终极的真道与内心的宁静，长门不只是一种信仰，更是我的生命。但是现在，有人告诉我我的生命是虚假的，这让我如何自处？

"但是，一切的文字都是可以伪造的，"我干巴巴地试图抓着最后一根救命稻草，"您怎么能肯定这些都是真的呢？"

"我会让你看到证据的，"皇帝说，"虽然我没有亲自去，但已经有绝对可靠的人替我去看过了，如果你愿意，你也可以去亲自验证。"

（以下部分描述章浩歌去往清余岭的经过，和安星眠的所见相同，从略。）

这以后的事情，我想你也差不多知道了，那一天在惠安镇，虽然只是挑开布帘的一瞬间，我看到了你，我想你也一定看到了我。我无须为自己的行为做出任何解释，我背叛了自己的同门，因为我只想要做我认为正确的事情。长门固然着重追求个体的修行，但如果把苍生视为无物，那首先就失去了做人的资格。我想，在长门僧的身份之外，我首先是一个人，是人就不得不做一些让自己痛苦的事情。我们终身用痛苦来修炼，试图让自己在痛苦之中超脱一切，寻找到生命的真谛，但到了最后才发现，其实痛苦才是生命的本质，舍此之外再无意义。

如今我的使命已经完成得差不多了，能不能从天藏宗的同门那里撬出那些藏书洞窟的具体所在，已经不是我能左右的了。我能做的都已经做完，也到了离开这个世界的时候。

请不要误会，我并不是羞惭于成为长门叛徒而无颜继续苟活于世。我并没有觉得我做错了。我只是感到了一种疲倦，一种失去一切后无所适从的迷茫，这种疲倦让我多年来修习出的韧性和坚持化为乌有。我想，我已经没有心志再去等到解脱的那一天了，我只能自己解脱自己。

不必为我哀伤，我的学生，这是每个人都必将会达到的终点，只不过或迟或早而已，并无太大的分别。我给你留下这封信，也仅仅是为了把那些你不知道的事情都向你讲清，消除你的疑惑。我没有什么特别需要嘱咐或者吩咐你的，你是一个聪明有主见的年轻人，无论长门的本质如何变迁，你终究是你自己，做好你自己就足够了。

至于唐荷，也不用我多费唇舌，我相信你一定会照料好的。

就此别过了，我的学生，我终于可以跨过最后一道长门了。

师

草字

二

安星眠手里握着这封遗书，久久说不出话来。对于章浩歌的死，他其实老早就有心理准备，早在章浩歌离开他独自一人求见宛州总督的时候，他就已经料到了会有这样一天，但是他猜到了结局，却绝没有料想到过程会是这样。一个长门僧会自杀，一个叫章浩歌的长门僧会自杀，这对他的冲击力实在太大了。他大口大口地喘着气，身子也有些摇晃，雪怀青连忙伸手扶住他。

"怎么会是这样的结局……"安星眠低叹一声。

雪怀青虽然没有阅读这封信，但也大致能猜到一点儿，她只能轻轻拍一下安星眠的肩膀，稍微犹豫了一下，手就停留在那里，没有松开。

"人总有一死，"她轻声说，"但是活着的人还要继续活下去。"

"我不知道……"安星眠伸手扶着额头，"究竟是人为了信仰而活着，还是信仰依附于人而存在？我们该如何取舍？"

雪怀青愣住了，不知道该如何作答。安星眠这句话似乎有点胡言乱语的味道，却又发自肺腑，让她感受到这个男人内心的痛苦和煎熬。

"遗书看完了，他交代给你的事情你也清楚了吗？"大胡子男人的发问让两人稍微回过神来。

"全清楚了，谢谢你，请问如何称呼？"安星眠勉强点点头，纵然还是心如刀割，但仍然努力保持礼节，毕竟老师的遗书是对方带来的。

"你不必知道我的名字，反正没用。"大胡子男人说。他的嗓音听来非常奇怪，就像是压了一块石头一样，有点刻意地哽着嗓子，极不自然。

"为什么没用？"雪怀青不解。

281·

"我答应了章夫子，要把这一切都告诉你，我完成了他的嘱托，"大胡子男人说，"但是我同样答应了皇上，要对这一切绝对保密，我也理所应当要完成他的嘱托。"

"我明白了，"安星眠轻轻吐出一口气，"你是要杀了我们灭口。"

"这样的话，我就同时完成了皇上和章夫子的嘱托，对他们俩都有交代了。"大胡子男人冷笑一声，拍了拍手掌。后堂的一扇门打开，十来个武士冲了出来，手持兵器将两人团团围住。

果然应该带着尸仆出门，雪怀青想，开始暗暗在手掌上积蓄毒质。尸舞者虽然驱用尸体，但绝不会完全依赖尸体，一般都会有一些尸舞术之外的功夫。雪怀青跟随师父姜琴音学了一身毒术，就算单打独斗也不会畏惧。

她扫一眼围住他们的武士，看清这些人都身穿便装，并无铠甲，那就更方便施毒了。她看准冲在前面的两个手拿弯刀的武士，准备双手齐出，一下子将这两个人都毒倒。但她还没来得及出手，身前人影一晃，随即咔嚓几声响，抬头看时，这两位武士已经痛苦地倒在了地上。安星眠出手了。

在雪怀青出手之前，安星眠已经猝然发难，以令人难以置信的敏捷身手闪身来到两人身前，出手拧断第一个人的右胳膊，然后一脚踢碎第二个人的膝盖。仍然是安星眠最擅长的关节技法，但这两招却并不是他日常惯用的手法，因为关节技法这种武艺，使用得狠可以当场让人重伤致残，使用得轻却只是让人脱臼，不会留下后遗症。安星眠一向心地仁善，从不愿对别人施以重手，即便是在万蛇潭那样艰险的环境下也是如此，但是现在，他的出手似乎变得毫无顾忌。

是因为老师的死深深刺激了他，让他也禁不住爆发心中凶性，借此发泄吗？雪怀青想着，有些微微难过。她跟在安星眠之后，左掌一挥，把毒物散放出去，也打倒了一名敌人。作为一个尸舞者，她动起手来可丝毫不会留情，安星眠这个好心肠的家伙不扯后腿，她正是求之不得。

安星眠就像变了一个人。他和人动手过招，从来没有像现在这么凶狠过，就好像是要把这几个月憋在心里的怨气借由老师的死来一次完整大爆发。他出手如风，招招取人要害，完全失了风秋客教授他时所特意强调的"羽族的优雅"——尽管他不是羽人。其实他的对手们都身手不弱，要是放在平常，以寡敌众多半是打不过的。但像他这样传自羽族的武技本来就少见，而且这些人常年为官家办事，威吓胁迫的时候比较多，真正动手打架的时候较少，一遇到安星眠这样的亡命搏击，都有些经验不足，被他抢了先，连伤几人后，更是士气受挫。

何况还有雪怀青无形无影的毒药做后援，让他们不得不留神防备，就更容易被安星眠乘虚而入了。片刻之后，这十多名武士已经被打倒了一半，剩下的也都心怀惧意，包围圈渐渐松散。

那个大胡子男人看样子很是焦急，但自己似乎不会武技，站在一旁束手无策。不过他很是奸猾，眼见情势不妙，立即准备开溜，悄悄地一步一步向后堂的门挪去。此时这家钱庄的大门已经紧紧关上，那是逃跑的唯一一条路了。

雪怀青眼观六路，早就注意到他的举动。趁着安星眠刚扭住一名敌人的胳膊并把他挡在身前的时机，她一个箭步来到门口，挥掌向大胡子男人的咽喉切去。大胡子男人没料到自己会被堵截，急忙闪身躲避，但雪怀青变招奇快，一掌没打中，立即五指弯曲，一把揪住他的大胡子，用力一扯。

"刺啦"一声，令人意想不到的情况出现了——这一把浓密的大胡子竟然被整个揪了下来！雪怀青握着这把胡子，愣了愣神，然后才反应过来，原来是假胡子！抬眼看这个"大胡子"，脸上没了胡须之后，虽然年纪不小了，面庞仍然白净光洁，而且竟然连半点胡茬儿都没有。

"混账东西！快来人！"没有了胡子的"大胡子"又惊又怒，尖叫起来。这一声尖叫又是让雪怀青微微一惊，因为此人的声音一下子变了，变得尖细刺耳，似男非男，似女非女，让人听了有一种全身起鸡皮疙瘩的感觉。而且，这个声音有些熟悉，她觉得自己以前一定听过，只是一下子想不起来。

顾不上多想，她抢前一步，指甲划过"大胡子"的右手手背，然后一把擒住他，大喝一声："都住手！不然他就无药可救了！"

众人一齐扭头看过去，只见"大胡子"无可奈何地被雪怀青钳制住，手背已经肿得像猪蹄，呈现出触目惊心的紫黑色。看来这位"大胡子"身份比较高，因为武士们立即停手，并且主动抛下了武器。

安星眠这才有余暇喘口气。他的体力原非上佳，刚才那一连串狂暴的进攻其实已经让他筋疲力尽了，但他始终咬牙坚持，动作丝毫不慢。眼下雪怀青控制住了局势，他终于可以稍微缓缓，擦一把汗。

"他们说什么就是什么，都听他们的！""大胡子"大声叫嚷着，而武士们不需他多说，也站着不敢动弹。雪怀青扫了他们一眼，冷冷地说："派一个人出来，带我们从后门出去，在后门准备三匹快马，不许耍花招。我给他下的毒只有缓解的药剂，解药需要我写方子出来配。你们要是手脚不麻利点儿的话，兴许我一高兴就不写方子，他就只能等死了，除非他把自己的手砍下来……"

说到这里，雪怀青突然顿了顿，她不再说话，静待对方回答。武士们并没有迟疑太久，很快有一个人走上前来，挽起袖子拍拍双手示意自己身上没有暗藏兵刃，然后带着三人向后堂走去。

这个武士丝毫不敢耍花样，很快带着一行人从后堂穿出，向后门走去。到了后门口，已经有三匹马拴在那里，雪怀青解开马，喝令"大胡子"先骑上去，"大胡子"垂头丧气，不敢有丝毫反抗。安星眠和雪怀青也分别跃上另外两匹马，三匹马绝尘而去。

带着"大胡子"，他们自然不能直接回千云堂，而是拐了一个大弯先出城。安星眠动手把"大胡子"绑在一棵大树上，蒙上眼睛，雪怀青对他说："解药的方子和你所在的方位，回去我们就会送到钱庄，在此之前你如果不老实的话，就小命不保了。"

"大胡子"很着急："那我的毒什么时候会发作？"

雪怀青往他嘴里塞了一颗药丸："吞下去，三天之内死不了。不过我有一个问题要问你，如果不老实回答，恐怕我没办法饶你的命。"

"大胡子"虽然之前显得贪生怕死，但此刻也知道雪怀青这个问题的分量，嘟嘟囔囔地说："您得知道，我是替皇上办事的，不能说的话说出来了也是个死……"

雪怀青没有搭理他，俯下身来，一字一顿地问道："这位公公，请你告诉我，你们为什么要和邢万腾那帮人为难？"

"你……你在胡说些什么？""大胡子"强作镇定，却仍旧掩饰不住嗓音的颤抖。安星眠听到邢万腾的名字，也觉得有些耳熟，仔细一想，那是雪怀青曾经给他讲过的往事，与她的养父沈壮的灭门大仇有关。这个大胡子怎么会和邢万腾有联系？而且为什么是"公公"？他陡然有了一些不祥的预感。

"在我面前抵赖有用吗？"雪怀青冷冰冰地说，"我已经记起你的声音了。"

"我的……声音？""大胡子"很是吃惊。

"没有想到吧，在你们逼死邢万腾的那一天夜里，还有另一个人目睹了全过程，那个人就是我，"雪怀青说，"我本来是要找邢万腾的，结果他被你们抢先害死了，所以我只好在你身上寻找答案了。"

"你……你一定是听错了吧，""大胡子"结结巴巴地说，"我的声音很容易和别人的声音混淆的……"

"我的耳朵绝对不会错，"雪怀青坚决地说，"当你由于受惊吓而露出你本来的嗓音时，我就已经发觉你的声音耳熟，但一时想不起来。可是后来，当我说到'除非他把自己的手砍下来'这句话的时候，我一下子回忆起了你是谁。还记得那天晚上吗？邢万腾利用蛊术，把自己的身体变成毒蜂的巢穴，你被其中一只叮中了肚腹。"

"大胡子"默然，似乎意识到自己无法抵赖了，雪怀青接着说："你接下来做的事情给我留下了很深刻的印象：你从地上捡起一把刀，狠狠朝自己的腹部切下去，生生把那块染毒的肉切了下来，然后捂着伤口落荒而逃。虽然侥幸逃脱了性命，但是那个伤口多半还是让你元气大伤，所以你整整瘦了一圈，再加上粘了假胡子，难怪我没有认出你来。"

她从怀里掏出一把匕首，唰唰两刀下去，轻巧地划开了"大胡子"肚子上的衣服，露出肚腹上一道深深的伤疤。她继续匕首向下，毫不羞报地割开了对方的裤子，果然是个公公。

"真是个无所顾忌的女人啊，她在某些方面和唐荷截然相反，但在某些方面却很相似。"虽然满腹愁云，安星眠还是禁不住在心里暗暗发笑。

"我一直在想，你的嗓子为什么会那么尖细，那么不自然，后来我想通了，你是一个宫里的太监，"雪怀青说，"按照祖训，一般的太监是不能离开帝都的，显然你拥有特权啊。"

装了假胡子的太监长叹一声："不告诉你是个死，告诉你也是个死，我只求速死，所以……请你给我来个痛快的吧。"

雪怀青和安星眠都是一愣，没想到此人虽然胆小，面对皇威却仍然不肯违逆。安星眠虽然仍在为章浩歌的死而心中郁郁，但已经能够控制情绪冷静思考了，此时眼见雪怀青的黑脸唱不动了，看来是需要自己出马来唱唱白脸了。他用温和的语气说："这位大人……呃，这位公公，我们只是想要查清一些事情，并非是要和你个人为难。如果你愿意告诉这位姑娘她所问的，我们会为你保密，保证不会泄露出去，我还可以付给你一笔可观的酬金。"

他原本以为，通常贪生怕死的人都会同时具备贪财的属性，如此一番温言劝服外加金钱诱惑对方一定会服软，没想到这位太监没有丝毫犹豫："可观的酬金？我就是有九条命也没命花。两位要杀我就请动手吧，我可不想去尝试他的手段。"

两人对望一眼，都有些无奈。安星眠从来不喜欢杀人，雪怀青无所谓，但杀了此人显然并不能解决任何问题，想要问的还是问不到。正在犹豫中，安星眠忽然听到耳畔隐隐传来一点儿刺耳风声，心知不妙，慌忙闪身躲向一旁，并且一把把雪怀青也扯了过来，雪怀青毫无防备，摔在安星眠身上。但她同时听到了一声破空之响，急忙扭头看去，几支飞镖从两人刚才站的位置掠过，稳稳地钉在了太监的咽喉和胸口等要害。

雪怀青顾不上查看太监的死活——虽然她心里清楚这位太监多半是活不成了——从地上一跃而起，百忙中还说了声"抱歉"，因为她直接踩在了安星眠的手臂上。她向飞镖袭来的方向疾奔而去，但只看到一个模糊的人影，飞快消失了，根本就追不上。

她往地上啐了一口，心情郁闷地走回来，果然太监的喉头已经被刺穿，鲜血正在汩汩地流出。安星眠检视了一下，向她摇摇头。两人相对无言，但很快，安星眠反应了过来。

"他们能调查出我的家世，也一定能调查出我们和千云堂的关系，那里已经不安全了，我们得赶快把白大哥他们转移走。"他说。

此时已经是第二天凌晨，雪怀青把太监身上零零碎碎的东西都搜了出来，然后用尸舞术操纵这具尸体投入路旁的一条河。尸体将顺着水流漂出去很远，并且被洗掉气味，可以延缓敌人找到它的时间。然后两人快马赶回千云堂，名为伙计实为幕后管家的李福川还没有入睡，一直在忧心忡忡地等着他俩。

"李管家，你不必这样等我们的，耽搁你休息了。"安星眠有些抱歉地说。

李福川摇摇头："安大爷，我也不是特意为了等你们，只是一想到这件事牵连重大，我就头皮发麻，怎么也睡不着啊。"

"那我就更抱歉了，因为……恐怕千云堂已经被牵连了，"安星眠脸上歉意更浓，"请马上疏散千云堂的所有人，然后把你家主人和唐小姐交给我带走，这里也许很快就会被军队包围起来。"

李福川的眼珠子一下瞪大了。看他的模样，似乎是很想以下犯上地说上几句对安星眠不敬的话，但最终，他只是长长地叹了口气："我就料到迟早会有这么一天，我家主人就是这样一个专门招惹麻烦的人，所以我已经提前做好准备了。"

"提前做好准备？"安星眠很是意外。

"别忘了，我家主人自幼是由河络抚养长大的，千云堂也一直在售卖河络制作的兵刃，和他们关系密切，"李福川说，"由于主人总是把兵器卖给一些危险人物，我早就担心他会惹来大祸，所以请河络们在院子里挖了一个秘密地道，经由地道可以直通城外的一处河络地下城，也就是主人长大的那个河络部落。"

"你还真是未雨绸缪啊。"安星眠由衷地钦佩。

李福川的办事能力再次全面地体现出来。在不到半个对时的时间里，他有条不紊地指挥千云堂里的所有人高速运转，焚毁账本及其他一些可能成为不利证据的物品，收拾贵重物品和生活必需品、运走密室里所藏的上品河络兵器、用担架把白千云和唐荷抬出来。最后，他指挥下人们四处堆积柴薪浇上燃油，点燃了一把火。

"我无法用言语表达我的歉意，"安星眠站在密道的入口处，最后回望一眼，看着熊熊烈火把整个千云堂吞噬了，"以后千云堂重建的资金，由我来负担。"

李福川摇摇头："不，以后就算皇帝放过我们，我也不会再让主人重建千云堂了。我一辈子都没有违逆过他，这将是我的第一次。"

"为什么？那样不是太可惜了吗？"安星眠不解。

"多年的基业付之一炬，当然可惜，但也未尝不是一件好事，"李福川说得别有深意，"贩卖河络兵刃，本来就是一件很危险的事情，而结交那些危险人物也总是让我的心悬在半空。主人就是太执着他那双残疾的腿，总是拼了命想要超过别人，来证明他不比健康的人差，这已经成了他的心魔。"

安星眠回想起和白千云相识后他的一言一行，默默地点了点头，李福川微微一笑："说真的，安大爷，当你告诉我们必须放弃千云堂的时候，有那么一小会儿，我很恨你，简直恨之入骨。但当开始点火的时候，我忽然平静下来，甚至开始有点感激你了。也许这会成为一个新的起点，让主人抛弃对过去的怨憎，开始享受内心的平静。"

"内心的平静……"安星眠叹了口气，"老李，你知道吗，虽然出发点并不一样，但你这句话，说得真像是一个长门僧。"

身后，火光冲天。千云堂在烈焰中化为灰烬。

三

安星眠曾经在随着老师章浩歌游历的时候进入过河络地下城，所以对于这样深藏地下的宏伟景观并不感到惊奇，雪怀青却是第一次见。饶是她对一切身外之物都不感兴趣，尤其天底下的城市在她眼里几乎一个模样，但看着这样分明出自人工斧凿、却又显得浑然天成的奇观，难免小有震撼。

无论怎样，现在大家终于有时间去各自消化自己的心事。河络虽然一向警惕人类，但对于白千云的朋友，他们都表现得足够友善。雪怀青似乎很适合和河络这种直肠直性的种族交往，她很快就和几位河络药剂师打成一片，开始一边学一些简单的名词，一边随他们在地下矿脉里辨识寻找可以入药的植物和矿物。虽然语言上障碍不少，但共通的知识让他们在交流上还算得上顺畅，一位名叫石块阿迪的长老——络族语称为"苏行"——更是对她青睐有加，一老一小经常在地下矿脉中一待就是一整天。

安星眠也索性抛开一切烦恼，认认真真地拜河络为师学习络族语。他本来天分就高，很快就跳过入门的阶段，能够进行一些较为复杂的对话了。他似乎是要让自己全身心地沉浸在某种状态中，让自己暂时忘却那些不愉快的一切。

但到了夜里，他的睡眠开始变得不踏实。安星眠人如其名，是一个非常爱睡觉的家伙，以前头还没沾到枕头就开始犯困，躺下立马就能入梦。但现在，他总是睡不着，总是被各种各样千奇百怪的梦境所缠绕，并且经常在噩梦中猛然惊醒，发现自己汗流浃背，床单和被子都汗湿了。

他开始以为，这大概是因为对长门的信仰破灭之后的心绪不宁所致。但慢慢地，他又觉得不大像，因为假如真的是信仰的幻灭，那应该是一种彻底的沉沦和放弃，而不会像现在这样，始终有一些……隐隐的不安。

他一直在努力捕捉这种不安的源头，想弄明白它来自何方，却又始终不得要领。但想要完全放下心，也根本做不到，那种"好像有什么东西不妥但就是找不出来"的感觉，就像猫爪挠心一样，让他十分不自在。

就在安星眠试图找出这样的不安来自何方的时候，一个令他振奋的好消息传来了：唐荷和白千云终于一前一后醒过来了。几个月的沉睡之后，蛊毒的效力过去，两人总算是恢复了神志。当然了，身体还很虚弱，只能暂时卧床由李福川安排人照料。

虽然唐荷先苏醒，但他不便在这种时候去探望唐荷，只能先去见白千云。白千云虽然显得很萎靡，但一见到安星眠进来，还是精神一振，狠狠给了他一拳。

"老子为了你被弄成个活死人，怎么也得好好揍你一顿！"白千云笑骂着。

安星眠身子并不强壮，但白千云这一拳打在身上却没什么痛觉，可见对方的力气远远没有恢复。他心里一酸，脸上还是摆出痛楚的表情，在床边坐了下来，简略讲述了一下千云堂被焚毁的经过，并且连同洞窟的秘密也一起讲了，最后说："白大哥，我真是对不起你，千云堂为了我……"

"自家兄弟说这些做什么？"白千云满不在乎地摆摆手，"你以为我开千云堂就是为了赚钱？其实我是想争口气，做点大事出来。现在兄弟你居然能招惹上皇帝，那可真是大得不得了的大事了，老子就算马上入土，想想也会觉得脸上有光。"

白千云越是慷慨豪迈，安星眠就越觉得难受，反倒是白千云转过话头来安慰他，要他不要过分纠结于长门和章浩歌："我就一直觉得你们长门的苦修没啥意义，真要是长门没什么奔头了，也好，何必要用信仰什么的玩意儿把自己牢牢捆住呢？再说了，就算九州真要毁灭，那也不知是什么时候的事情了，兴许十七八辈子都看不到呢。即便真的迫在眉睫，不趁着现在活得更好一点，不是太亏了，轻松自在一些不好吗？"

安星眠无言以对，只能岔开话题，把自己前些日子在幻象森林的经历又给白千云讲了一遍，尤其渲染了一番尸舞者之间的大战。听得白千云啧啧称奇，羡慕不已。安星眠看他还是很疲倦，不再多待，叮嘱他好好休养，离开了他的房间。刚掩上门，一名女仆就来到他跟前："唐小姐请你过去。"

安星眠愣了愣，不觉地就想要逃开，但最后还是跟着女仆过去了。他忐忑不安地敲了敲门，唐荷的声音听起来似乎并不带悲伤："进来吧。"

他走了进去。唐荷正倚坐在床上，手里捧着一碗散发出浓烈苦味的汤药，皱着眉头啜饮。安星眠进屋后，她放下药碗，轻轻一笑："你比以前更瘦了，当心被风吹跑啊。"

安星眠依旧拘谨地拖过一张石凳坐下，并且发现河络的石凳真是出奇地矮，与其说是坐，不如说是蹲。他索性站了起来："我刚刚见白大哥的时候，第一句话说的就是对不起，现在我很希望自己不必对你说这样的话，但遗憾的是，我还得那么说。"

唐荷摇了摇头："你不必这么说。你是不可能阻止我哥哥的。他这个人，看上去和蔼可亲很好说话，但一旦下定决心，一百头牛都拉不回来。坐下吧，给我说说具体的经过。"

她拍了拍床边。这样一个温柔和善的唐荷让安星眠很不习惯，他踌躇了一下，小心翼翼地贴着床边坐下，把章浩歌之死的前因后果都讲了一遍。唐荷静静地听完，眼泪慢慢涌了出来。

"这就是他，这就是他会做出的事情，"唐荷低声说，"或许人太执着并不是什么好事。长门僧修行了一辈子，还是没有办法跨过那道门。"

她慢慢擦干眼泪，抬眼望着安星眠："所以你一定不能走他的老路。宁可从此不再做长门僧，也不要陷在这种人心的泥潭里无法自拔。我已经失去了他，在这个世界上就只剩下你一个亲人了。"

她轻轻地把头靠在安星眠身上，安星眠受宠若惊，不敢动弹。这一幕原本应该是他憧憬的，而这也是唐荷第一次承认安星眠是她生命中很重要的一个人，但此情此景却让他心里分外苦涩，并且隐隐约约的，心里有另外一个女孩子的面孔浮了上来，而且越来越清晰。

他猛然一惊，小心地、一点点地把唐荷的头挪开，放在枕头上，柔声说："你好好休息吧，我先出去了，晚上再来看你。"

唐荷嗯了一声，闭上眼睛，不再说话。安星眠走了出去，开始为自己内心的变化感到不可思议，但仔细想想，似乎又有些理所当然。突然之间，他想起自己已经有三四天没有见到雪怀青了，并且非常迫切地希望马上就见到她。在这样一个内心充满压抑的时刻，他只想见到雪怀青。

他索性随性而为，真的走向雪怀青经常和河络一起探讨问题的炼药房。刚到门口，一个看上去有点呆头呆脑的河络正好从里面走出来，问明他的来意后，对他说："雪小姐又和我们的石块阿迪苏行去东南面的十七号矿坑了，连午饭都忘了带，我正要去给他们送饭，刚刚新鲜出锅的鼠尾汤，香得不得了。"

安星眠看他左手捧一个碗，右手捧一个碗，肩膀上费力地缠着一个估计是装干粮的小包袱，走路小心谨慎唯恐汤洒出来的样子，哑然失笑："你弄一个筐子，把汤锅、空碗、干粮一起放进去，不就省事了？"

河络放下汤碗拍拍脑袋："还是你聪明，我怎么就没想到呢？"他东翻西拣终于找到一个小竹筐，按安星眠所说的把东西都放了进去，这回倒是省力多了。不过还没迈开步子，安星眠拉住他，从他手里接过筐子："我正好要去找他们，让我替你去好了，替我多装一个碗。你们的鼠尾汤我也爱喝，真是人间美味。"

他背着竹筐，沿路走出地下城的居住区，进入直通十七号矿坑的幽深隧道。河络的地下城绝不仅仅是一座城市而已，他们在地下营建起四通八达的交通网，可以很方便地通往各处矿坑，沿路照明也很充分。十七号矿坑是其中一处已经被开采得差不多的矿坑，其中散落着不少伴生矿，虽然没有开采冶炼的价值，却适合用来炼药，所以是这个河络部落的炼药师们最常去的矿坑。

安星眠没费多大力气就找到了雪怀青，她正毫无顾忌地趴在地上，好像是在研究一丛从地缝里长出来的草叶植物。德高望重的石块阿迪苏行正坐在一旁，比画着和她交流些什么。他忽然注意到安星眠的到来，有些意外。

"阿迪苏行您好，"安星眠很恭谨地问好，"我是来为你们送饭的，今天有上好的鼠尾汤。"

阿迪看了他一眼，再看看从地上爬起来的雪怀青，笑了起来："公豚鼠跑过来找母豚鼠，老豚鼠在一边可不能不识趣。"

他给自己盛了一大碗汤，捏着两个河络特有的软面球——和人类的馒头比较近似——笑呵呵地走开了。安星眠尴尬地搔搔头皮，看向雪怀青，发现后者的脸居然也有些微红，不觉心里一动。他发现，虽然唐荷的苏醒让他欣喜，但见到雪怀青的时候，他却能获得一种独特的愉悦感，这样的愉悦从内心深处涌起，就好像阴风雾霾之后的第一缕阳光。

为了掩饰尴尬，他又提起那个竹筐："给你们送饭的那个笨蛋河络，连用一个筐子把所有东西装起来都想不到，河络的脑筋果然不大容易转弯……你怎么了？这个筐子有什么问题吗？"

他发现雪怀青的神情变了。雪怀青看着安星眠手中的竹筐，陷入了沉思，就好像这个筐子有什么古怪似的。但这不过是个河络随手翻找出来的普通竹筐，在哪儿都能见到，半点也不稀罕。

"先别和我说话！"雪怀青冲他摆摆手，"我想到点什么，但一下子想不太清楚，让我好好想一想。这些日子以来，我一直觉得有什么东西不对劲，心里一直悬着……"

安星眠一怔，连忙放下手里这个莫名其妙的竹筐，在旁边的一块石头上坐了下来。他这才知道，原来雪怀青和他一样，心里也隐隐有一些说不清道不明的疑惑和不安，却又难以清晰地勾勒出来。但现在，这个不起眼的竹筐似乎提醒了她什么，那么自己哪怕是闭气憋死，也绝不能去惊扰她。

过了好一会儿，雪怀青才开口："这些日子以来，虽然和河络们一起试药做药很令人心情舒畅，但我总是无法完全安定，总觉得有什么东西不对劲。从那天遇到那个假装大胡子的太监开始，我就反复在想，整个事件到底有什么地方不对劲，到底什么地方让我感觉不妥当。直到刚才，你拿起那个竹筐，我才反应过来。"

"这个竹筐究竟有什么不对？"安星眠忍不住问。

"还记得那天你向我讲述你找到那个藏书洞窟时说的话吗？"雪怀青说，"你那时候感叹说：'想想当年的长门僧，竟然是靠极少数人的力量，日积月累，一筐一筐地把书背到这里藏起来'。"

"是的，我是这么说过，有什么不妥吗？"安星眠还是不明白。

"我给你说过我义父当年的事儿，但有一些细节，我觉得不重要，并没有都讲出来，我现在重新讲给你听，那是在万蛇潭时须弥子告诉我的。"雪怀青一下子把话题扯远，安星眠不明所以，但还是耐心地听下去。当听雪怀青讲到那个在圣德十一年被须弥子追踪的背着大筐子的长门僧时，他一下子站了起来，有点明白雪怀青的思路了。

雪怀青把须弥子追踪长门僧、路遇隐匿身份的金吾卫抓人、金吾卫反而被那个神秘女天罗袭击等细节都讲了一遍，然后说："这是巧合吗？三十二年前出现了金吾卫和长门僧，三十二年后这个太监既要对付当年的那一群金吾卫，也要对付长门僧。这两件事……会不会有一些因果的联系？"

安星眠没有回答，过了一会儿才说："其实我和你一样，这些日子心里也不踏实。总觉得我忽略了一点儿什么，刚才我总算是想起来了，在我们抓住那个太监的时候，他的前后表现有些不一致，大概就是这样微妙的差别让我始终耿耿于怀。"

"什么差别？"

"你还记得吗？当你捉住那个太监的时候，他原本只求保命，吩咐手下'他们说什么就是什么，都听他们的'，可见那时候他并不担心泄密。因为这秘密是皇帝的，以皇帝的力量，无论我们逃到什么地方大概都有办法抓住我们。可是后来，当你提出邢万腾的那桩往事后，他马上变得无比惶恐，什么也不敢说，甚至愿意死在我们手里，这样的前后转变，是不是有些异常？"

"的确是很奇怪，"雪怀青琢磨着，"刚开始还并不特别害怕，后来我扯出邢万腾之后，他立马吓坏了，比起毁灭九州的地下火山，似乎那个告老还乡的金吾卫才是他更担心的内容。"

安星眠狠狠一击掌："我想到了！这很有可能说明，藏书洞的秘密他并不担心我们知道，可是邢万腾的秘密却绝对不能说。因为——那可能涉及另一个人，皇帝之外的另一个人。而他所说的'我不想去尝试他的手段'，仔细想想，可能指的是皇帝，也可能是指别人。恐怕正是因为这个'别人'的手段远比皇帝毒辣，他才会那么害怕，宁可死也不敢背叛。"

安星眠和雪怀青面面相觑，眼神中除了怀疑之外，还有一些惊恐。这原本是一系列无懈可击的证据链，把所有的罪名都指向天藏宗，指向长门僧，指向那个毁灭天地的绝大秘密。但是现在，他们从中发现了一些不起眼的破绽。这样的破绽粗看起来没什么大不了，但对安星眠而言，却有可能成为救命稻草。

"我们都需要好好地想一想，把这些时间线厘清。"安星眠说。他坐了下来，捡起一个小石块，开始在地上画出字迹来。雪怀青凑过去，发现他写的是一个时间表。说时间表并不确切，因为牵涉到的时间点少得可怜，总共也就只有三个。

"圣德十一年八月，金吾卫追杀神秘女天罗，反被偷袭。圣德十一年九月，金吾卫杀死沈壮的妻儿，以此顶替女天罗以及婴儿的尸体。

宏靖十七年七月，长门高僧的尸体自燃，随后皇帝找到天藏宗试图以藏书洞窟引发地下火山的证据，开始大规模抓捕长门僧。圣德十一年发生的那两件事，究竟是孤立的事件呢，还是和上年到今年的这场大动荡有所联系呢？"安星眠喃喃自语着。他忽然发现他和雪怀青之间还真是有着奇妙的缘分，两个人都在寻找须弥子，看上去是各自询问毫不相干的两个问题。但是因为一个背着筐子的长门僧，因为一个叫作邢万腾的前任金吾卫和一个太监，这两个毫不相干的问题纠缠在一起，变成一个问题。

"看来我们需要离开地下城了，"雪怀青轻声说着，挽着安星眠的胳膊把他扶了起来，"也许你的长门信仰还没有到破灭的时候。"

"是的，也许还有希望。"安星眠的双目中闪烁着希望的火花。突然之间，他觉得胸腔中的热血开始沸腾，那些阴郁和失落一下子不翼而飞。

四

话虽如此说，四月即将到来的时候，雪怀青和安星眠仍然没有离开地下城。毕竟他们手里没有掌握任何过硬的证据，能够用来安慰自己的也不过就是一些似是而非的疑点，几条拼命细究才觉得勉强拿得住的破绽。要循着这样的线索去查证，实在有些无从下手。

但他们不能放弃，尤其对于安星眠来说。长门信仰的破灭，章浩歌的死，对他的心灵都是沉重的打击。而一旦得知此事并非那么板上钉钉，还有翻盘的可能，他就一定会追究到底，至少不能让章浩歌白死。所以他仍旧委托河络们在出城的时候帮他留意打探各种动向，试图从中分析出些什么来。

如同之前所料的，皇帝查封了千云堂——尽管这家铁匠铺已经被火烧成了废墟，并且开始搜捕安星眠、雪怀青和白千云。好在外界从来没有人知道白千云和河络的关系，所以倒也不会牵连到这个河络部落。此外，唐荷和安星眠的关系没有被调查出来，所以她还能自由行动。身体刚刚恢复，她就离开了云中城，重新回到秋雁班。于她而言，重新找回过去的生活才是最重要的，尽管义兄的去世，让完美的"过去的生活"已经不可能再存在了。

安星眠去送她，两人一路上默默无言，虽然关系比过去融洽了许多，但似乎更加找不到什么话可说。即将登车的时候，唐荷扭过头来对安星眠说："你有没有觉得，最近的你有些奇怪？我觉得……有些不像过去的你了。"

安星眠一笑："是啊，我过去并不是那么容易生气的人，或许也没有那么执着。你是不是觉得我有些变得太凶了？"

"不，我是说，我从来没有发现你如此的不自信过。"唐荷说。

安星眠一怔："不自信？这从哪儿说起？"

唐荷叹了一口气："过去我一直很讨厌你，因为你虽然聪明博学、悟性奇高，能把哥哥教你的那些东西阐释得头头是道，却并没有从内心深处去信仰长门。你是为父亲所逼拜师的，也是为父亲所逼变成一个长门僧的，但从根本上说，你是一个自由自在的人，并不愿意被任何身外之物束缚。即便你花费了很大的精力去调查长门被抓捕的事件，你在这方面也没有发生改变。但现在不一样了。"

"你是说……我已经不再是一个自由自在的人了？"

唐荷摇摇头："不再是了。而且这样的转变早在我哥哥去世之前。事实上，当你发现我哥哥'背叛'长门之后，你的心境就发生了很大的变化，你开始非常在意长门的经义，非常在意这个传承千年的信仰到底是真是假，因为那牵涉到你对你所尊崇的老师的信任。你非常看重这份信任，一定要找到一个答案，不知不觉中，你把长门植入了内心，长门开始主导你的行为。"

安星眠陷入沉思。在唐荷提起之前，他自己并没有意识到这一点，但听完之后，却觉得对方好像都是对的。自己似乎真的有些变化了，开始不知不觉以一个"真正的长门僧"自居。而唐荷接下来的话更是让他浑身一震。

"我已经向其他人打听过你的言行了。当你发现长门绵延千年的信仰很可能只是一个幌子，只是为了给毁灭九州的阴谋做掩护的时候，你变得很消沉，很暴躁，很阴郁。而当你和雪姐姐发现这件事当中有些疑点时，你又变得很振奋。你仔细想想，过去的你会为了这些事情而情绪大变吗？"

"你说得对，我的确不会。"安星眠有些苦涩地说。

"而且你再想想，万一，我是说万一，你们发现的这些似是而非的疑点其实都只是捕风捉影毫无根据，最终证明皇帝是正确的，毁灭九州的大阴谋是存在的，你会怎么办？会不会又回到过去那段日子的模样，成天心绪不宁、颓丧低落？"雪怀青问。

安星眠想了很久，最后终于长叹一声："一点也没错。假如不能为长门翻案，我想我还会继续消沉下去。这……这并不是过去的我，即便是在你每次见我都只有冷言冷语的时候，我也不会这样，难过一两天，背着老师偷偷去喝一顿酒吃点好菜，就又能快活起来。现在的我……的确变了。"

唐荷伸出双手，轻轻捧住安星眠的脸。她的十指柔软而冰凉，拂在脸上有一种异样的感觉。但安星眠此刻并没有什么梦想成真的快乐，内心莫名其妙地涌起一种悲哀，也不知道是为了自己还是为了章浩歌，或是为了长门。

"答应我，找回过去的那个你，那个我虽然不喜欢，却足够真实足够自由的你，"唐荷温柔地说，"我读书少，只不过是个表演杂耍的，很多事情都不懂，但我至少知道，过去的安星眠比现在的安星眠更好。不要用什么信仰之类的事情把自己死死捆住，好好做你自己吧，做那个快活开朗的伪长门僧。我哥哥已经为了长门奉献出他的生命，我不希望你也这样。"

她把安星眠的脸扳到自己面前，近到呼吸可闻，贴在他耳边说："而且，我相信现在你也意识到了，你真正喜欢的女孩子是谁。为了她，你也要好好活着。"

安星眠一阵迷乱，心里忽悲忽喜，回过神的时候，唐荷的马车已经走远了。他怔怔地看着马车远去，一路扬起的尘埃在风中消散，化为无形。

回到地下城后，他反复回想唐荷刚才对他说的话，忽然有一点豁然开朗的感觉。他不知道这世上是不是有很多人视信仰如生命，宁可为了信仰而死，他也不知道那样的活法究竟是好是坏，但他知道，自己并不是那样的人。他很崇拜老师章浩歌，但从根本上来说，他不是章浩歌，也无法成为章浩歌。那么，用唐荷的话来说，丢掉那些执念，做回自己吧。长门是什么样的，是好是坏，并不能影响安星眠是什么样的。

"长门的事我还会追查到底，"安星眠对自己说，"但长门究竟什么样，不会再影响我了。"

想通这一点，他觉得浑身轻松，这才想起已经有些日子没有去继续学习络族语了。起初，他去学络族语不外乎是想转移注意力，打发一下时间，但后来越来越对这门语言感兴趣了，尤其是他发现自己在语言文字方面有一种特殊的天赋。他不由得想起章浩歌曾经告诉他的话："等你出师之后，就可以根据自己的特长和兴趣，选择一个方向进行专门的学习和研究。人生光阴宝贵，不可虚度。"

那我就把研究各族语言来作为未来的方向吧，安星眠兴冲冲地想。匆匆吃过午饭，他就跑去找他的河络老师多闻卡其克，正巧碰到另一位该部落知名的苏行长笛凯尔。河络族的名字长得吓死人，日常用的称谓不可能叫全称，通常都是用一个外号加一个本名来称呼，所以从外号也大致能判断出一个河络的特长、爱好乃至缺陷等。长笛凯尔的名字以"长笛"为前缀，可知他至少会吹长笛。事实上，这位博学多才的中年河络精通华族、蛮族、羽族等多个种族及分支的语言，还在音乐方面有很深的造诣，尤其喜欢华美繁复的华族音乐。

"凯尔苏行刚从中州宛州各地游历归来，"卡其克说，"他知道我收了一个人类的学生，就要求一定要见见你，和你聊聊。"

安星眠求之不得："我正想练练络族语呢。"

"我们直接用东陆语也一样可以交流，"长笛凯尔用流畅的东陆语说，"那样会更便利一些。"

长笛凯尔贵为部落长老，为人却十分谦和平易，和安星眠很快聊得热乎起来。安星眠对音乐之道其实连入门都谈不上，但胜在博闻强识，很多话题都能信手拈来，也让长笛凯尔长了不少见识。络族没什么花巧心思，对人类不信任的时候固然会加以提防，一旦喜欢上对方却也会掏心掏肺，凯尔说到高兴处，从怀里摸出一串玉石珠串来："这是我在东陆游历的时候无意中得来的，我们河络的一切创造都只是为了侍奉真神，并不需要这种奢侈品，倒是你们人类很喜欢这种东西，你可以拿去送给你的情人。"

安星眠接过珠串，只见这串玉珠质地润泽，底色油青，表面仿佛有水光流动，实在是一串品质上佳的珠串，拿到市面上至少值七八百金铢。他摇了摇头："这礼物太贵重了，我不能收。"

凯尔笑了笑："贵重不贵重，那是对你们人类而言的，我要是拿什么贵重值钱作为礼物的标准，那就不是真神的仆从了。这只是一个老河络遇到一个喜爱的年轻人，送他一点小玩意儿，你难道也像我在宛州中州遇到的那些人一样俗气吗？"

安星眠也笑了："既然这样，我就却之不恭了，可惜我现在实在没有什么好东西可以送给你，除了钱，我穷得什么都没有。"

两人一起哈哈大笑起来，但突然之间，安星眠想到了什么，兴奋得一下子站了起来："我刚才说错了，凯尔苏行，我有一样十分好的东西可以送给你。虽然那玩意儿原本的归属权不在我，但它的原主人……早就已经不在了，正需要一位好的新主人保管它。您等一等。"

他跑了出去，回到自己的房间，把那本从藏书洞窟里意外找到的《殇阳血》曲谱翻了出来，再兴冲冲地跑回长笛凯尔身前。凯尔看着他手上拿的书，脸上毫不作伪地露出欣喜的神情："啊，这是一本人类的古书吗？那可太好了，我非常喜欢读你们人类的书，也很喜欢收藏古本。"

"而且这一本恰好是你非常喜欢的。"安星眠神秘地一笑,把《殇阳血》双手捧着递了过去。凯尔接过书,一看封皮,立刻不顾形象地跳了起来。

"这是《殇阳血》的最初版本吗?"他大叫起来,"太好了,我一直想要找这个曲谱的原本,一直没有找到!你真是太了不起了!太伟大了!"

后面是一串叽里咕噜的络族语,他说得实在太快,安星眠难以捕捉,只是隐隐听到几句"感谢真神"之类的话,猜到这位河络长老多半是在向真神祝祷之类的。他不禁哑然失笑,看来不只是人类才有那种收集成痴的人,河络里也存在啊。

"我在宛州清音苑和你们人类的大琴师兰听轩一起探讨过这本书,当时我们一群人在一起聊了三天三夜……"凯尔小小的脸上露出沉醉的表情,"兰听轩十分推崇这着曲子,认为它在音乐上达到了至高的境界,可惜的是,作曲家的姓名生卒已然不可考了……"

"等等,为什么不可考?"安星眠忍不住打断了他,"这难道不是蔷薇皇帝时代的大国手欧阳扶所作的吗?很有名的啊。"

凯尔摇了摇头:"错了,错了!那不过是他人托名欧阳扶所谱的伪作而已!"

安星眠大吃一惊:"什么,竟然是伪作?"

凯尔叹了口气:"的确是伪作。兰听轩专门请历史学家和考据学家进行过考证,这曲子根本就不是欧阳扶所作。"

"你们能确定吗?"安星眠问。他有些失望,自己兴致勃勃地把这本曲谱当作珍贵的礼物送给长笛凯尔,没想到竟然是一本伪作。

凯尔看出了安星眠的失望,冲他摆摆手:"你可千万别因为这是本伪作而看不起它,你以为我刚才的兴高采烈是装出来的吗?真正的音乐可不是依附某个名家的名字而存在的。很多无名的音乐家未必比那些大国手差,只不过是没有机遇罢了。《殇阳血》这首曲子想必你也听过,水准如何,还需要多说吗?"

安星眠点点头,表示赞同。《殇阳血》所讲述的,是历史上赫赫有名的胤朝开国之君白胤的传奇故事。在那令人热血沸腾的传说中，白胤以燃烧的火焰蔷薇为旗号，率数十万大军强攻中州阳关，在留下如山的尸体之后，又以死伤十万人的代价登上阳关城头，并最终攻克天启，登临太清殿，成就帝王伟业。在白胤的征伐生涯中，阳关之战具有决定性的意义，而由于那一战伤亡惨烈，护城河都被鲜血染成了暗红色，阳关开始被人们称为殇阳关。

《殇阳血》就是以"阳关血战"为主题的，曲调中既有表现白胤气吞天下的雄浑壮阔，也有表现阳关血战之惨烈的金戈铁马震撼人心；然而真正令这首曲子得到拔高的，是从头到尾贯穿的一种悲怆苍凉。它不只是为了给一位传奇皇帝歌功颂德，更有对战争和杀戮的反思和对在战争中伤亡的士兵与百姓的怜悯，因此一向被认为立意高远、内蕴深邃。

回想起这些评价，安星眠觉得它是不是欧阳扶所作其实并不重要了，况且长笛凯尔是真心喜欢这份礼物，一个劲儿地说下次出门游历时要把它带到清音苑，去和其他音乐家一起探讨一下原本和流传后世的版本到底有什么不同，甚至希望能从中找到一些原作者的蛛丝马迹。

于是他又愉快起来，和凯尔继续聊下去，凯尔问他这本曲谱从何而来，他不能说真话，只好含糊其词地说是从某位收藏家手里意外得来的，至于收藏家是在哪里淘的就不清楚了。为了转移话题，他也赶紧提问："我从小到大都听说这首《殇阳血》是欧阳扶的作品，你们是怎么考证出它其实是伪作呢？"

"首先欧阳扶这个人的性情十分古怪。他一向很少与人来往，所以只有极少数人知道，此人一向对帝王将相的风云伟业深恶痛绝，认为帝王史就是平民百姓被利用被屠戮的历史，为此曾拒绝为当时的皇帝谱写颂歌，险些被砍了脑袋，"长笛凯尔说，"而我们现在知道的这首曲谱，虽然最后的重点的确是落在对黎民的同情悲恸上，但前面仍然有大量的篇章表现出了对蔷薇皇帝不世功业的景仰和对战争风云的歌颂，这实在不像是欧阳扶的手笔。"

安星眠想了想："有道理，一个厌恶战争的人是不会去歌颂战争的。"

"此外在欧阳扶去世后，曾经有人精心整理了他的作品清单，"长笛凯尔说，"在那一份清单里，也并没有这首歌。此外，还有一点很重要的证据。"

"什么证据？"安星眠问。

长笛凯尔拿起《殇阳血》想要拍一拍，但似乎又想到它得来不易，最终没有拍下去："最重要的一点是这首曲子流行的时间。我们查遍了各种各样的文献记录和史书，从胤朝末年的好几百年里，并没有任何一本书籍提到过这首曲子，它最早的一次记载，大概是在七八百年之后的和平时期。在那之后，这个曲子才算真正有了名声，这以后有关它的记载就多得数不清了。但在和平时期之前，没有，一次我们都没有找到。所以我们估计，这首曲子的成曲年代大概就应该在那段时间，但我们分析了那个时代的音乐家们，没有找出一个相似的。所以这可能是一个郁郁不得志的村野奇人所作，可惜那奇人的名字只能永远掩埋在历史的尘埃之下了。他当时要是不假托欧阳扶的名字，也许就可以青史留名了。"

安星眠微微摇头："未必啊，世人总是对名人有盲目的崇拜。假如这首曲子不是假托欧阳扶之名，恐怕根本就没有机会流传后世吧？"

长笛凯尔想了想，颓丧地叹了口气："没错，是这个道理。"

话题到了这里稍微有些沉重，而时间也已经到晚饭的点，多闻卡其克招呼学徒去准备晚饭。长笛凯尔拉起安星眠的手，正想夸赞他几句，却被吓了一大跳：只见安星眠脸色铁青，嘴唇微微颤抖，目光更是奇异，就好像见到了什么世间最可怕的事物一样。

"你怎么了？"凯尔连忙松开手，很费力地爬到凳子上，摸摸安星眠的额头，"是不是生病了？"

"我明白了！我明白了！"安星眠突然大声吼叫起来。

"你……你明白什么了？"长笛凯尔颤声发问，"你……你没有发烧啊，怎么像是被烧糊涂了？"

"这是一个骗局！一个骗局！"安星眠全然不顾及在河络尊长面前的礼仪，几乎是在用全身的力气怒吼道，"这是一个骗局！我们全被骗了！"

第十一章
骗　局

一

安星眠就像一个疯子一样，甚至顾不得向长笛凯尔和多闻卡其克道别。他一路狂奔跑回了自己居住的那间略显低矮的石室，连进门时重重磕了一下头都没有丝毫知觉。他来到充当书桌的那张宽大的石桌前，十分野蛮地一把把其他的书都扫到地上，抓过那几本从清余岭的天藏宗藏书洞窟里抢救出来的未被焚毁的古本，一本一本地翻看着。他原本在阅读方面颇有书生式的洁癖，对书籍十分爱护，此刻却像一个粗鲁村汉，差点要把书页都撕破了。

《金匮小儿篇针术集义》，这是一本讲述如何用针灸治疗儿科疾病的医书，作者是胤末燮初的医师方金石；《马经札记》，这是一本讲述养马知识的小书，作者是燮朝初年的蛮族养马人兼相马师哈图；《轻歌子诗文》，这是胤朝末年一个自号"轻歌子"的无名诗人自编的无名诗选，估计这世上只存在这一本了吧；《异叟梦录》，胤末志怪小说集……

这些书无一例外都成书于胤朝后期风雨飘摇的年代到燮朝前期羽烈王姬野一统东陆的年代之间，前后跨度大概在一百年，正符合须弥子所听到的关于这些藏书洞窟时代的叙述：几十年到一百年为一个时代。

而接下来的一句话就要命了，是真真正正的要命："整理得差不多之后，洞窟就会被封死，假如以后还能找到些漏网之鱼，则会有一个专门的地点来收藏，封死的洞窟从此不会再打开。"

这番话充分说明了，这个洞窟里面所收藏的，只应该有那一百年左右的书籍，而不可能有后世的书混进去。因为在那个时代结束之后，长门僧们就会把洞窟彻底封死，即便再找到一些忘了放进去的书籍，也只会另行收藏，而不会去打开这个洞窟。

可是安星眠却从这个洞窟里拣出了一本《殇阳血》的曲谱。这本曲谱原本并无问题，然而就在刚才，他才得知，《殇阳血》根本就不是成曲于胤末，而是在此七八百年之后。于是一个悖论产生了：一本七八百年之后的书，为什么会出现在胤末燮初的藏书洞窟里？那个被完全封死的、就算长了翅膀都飞不进去的洞窟？

也许只有一种解释了，唯一的一种解释，让安星眠怒火中烧却又欣喜若狂的解释：这个洞窟是假的，根本不是真正的天藏宗长门僧所营建的藏书洞窟。那大概只是一个有其他用途的洞窟，却被别有用心地装进了大量的胤末燮初时期的古书，妄图伪装成天藏宗的洞窟。然而，因为这一本《殇阳血》的疏忽，终于被安星眠发现了破绽，这一个破绽，足以推翻之前的全部结论！

既然这个洞窟不是天藏宗的藏书洞，那么所谓的"以藏书为名挖通地下火山"的证据也就压根儿不存在了。

既然有人刻意炮制这个假证据，那就可以反推出，天藏宗隐忍千年的阴谋也是假的。

那么，长门的信仰就不是依附某个大阴谋而存在的谎言了。这个宗教是真实的，是纯洁的，是无辜的。

长门是被人陷害的！

安星眠只觉得头脑一阵阵地发热，忽而想要怒吼，砸碎房间里的每一样东西，因为长门身披阴谋之名惨遭欺侮，却只是另一个阴谋的构陷；忽而想要泪流满面，拥抱他所见到的每一个人，因为长门是清白无辜的，长门僧持守终身的信仰并没有被玷污。

更加让他悲愤的是，章浩歌牺牲自己的名誉所作出的牺牲，竟然也只是这个惊天谎言的牺牲品。老师的死犹在其次，让他难以接受的是，老师的死没有丝毫价值，反而毁掉了自己一生的清誉。从此以后，人们提到章浩歌不会再尊称他为"章夫子"，而是会撇撇嘴："皇帝的走狗，长门的败类！"一向冷静的安星眠此刻再也无法控制自己的情绪，百味杂陈的感受就像一锅煮沸了的汤在心里扑腾跳跃。

在很长的一段时间里，他完全不知道自己在想什么，做什么，就好像脑子里同时在想一万件事，又好像只是一片空白，什么都没有。修炼多年的精神力量渐渐地失去了控制，仿佛形成无数的钢针，在体内来回动作。

安星眠并不知道，这是精神力即将失控的危险征兆。长门多年来的冥修及风秋客独特的训练让他积累了相当可观的精神力量，但他并不是秘术士，而是一个武士，所以很少主动运用精神力，如今面对精神力突如其来的暴涨和紊乱，他既不知道该如何应付，也完全没有意识到危险的临近。他只是觉得自己的情绪根本无法控制了，如火的怒意和如潮的悲哀交织在一起，混杂着强烈的欢喜，让他似乎只有拼命地疯狂嘶喊，拼命地奔跑和击打，才有可能宣泄出来。他已经陷入了极度危险的状态。如果这样再持续一会儿，他的精神力将会遭到重创，严重的会发疯乃至死亡，轻的也会大病一场，至少需要休养几个月才能恢复。但就在这紧要的关头，他忽然感到头脑一阵清凉，就好像是往煮沸的汤锅里扔下了冰块，精神力一点一点地变得和缓，饱胀的情绪也慢慢开始得到抑制。他的意识渐渐澄明，终于想到：我这是在做什么呢？这可不像是正常的情绪波动啊。

他恍然意识到，自己刚才险些陷入万劫不复之地，心中一凛，连忙努力引导着精神力捕捉刚才感受到的那一阵清凉。那好像是某种外来的力量，却并不含侵略性，反而十分柔和，仿佛一双无形的手，牵引着差点失控的安星眠，慢慢回到正轨。

终于，汹涌的潮水退去，安静了。安星眠感到全身的肌肉酸疼到难以忍受，浑身已经彻底脱力，脚下一软，摔在了地上。一双柔软的手架住他的胳膊，把他轻轻扶了起来："小心点儿，你干脆到床上躺会儿吧。"

这是雪怀青。安星眠摇摇头，在椅子上坐下，喘息了好一阵子，才觉得身体慢慢恢复过来，并且逐渐意识到刚才发生了什么。他心有余悸地问："刚才我……是不是精神力有点儿失控了？"

雪怀青淡淡地一笑："还好，还记得在万蛇潭的时候，为了不被其他尸舞者认出你不是死人，我曾经侵入过你的精神吗？多亏了留在你头脑里的那点精神印记，我才能控制住你，就像使唤我的尸仆一样。"

"恐怕没有那么轻松吧？"安星眠看着雪怀青通红的脸和满额头的汗珠，心里又是感激又是歉疚。几乎没有经过任何思考，他站起身来，掏出自己的汗巾，细细地为雪怀青擦去脸上的汗水。

雪怀青下意识地想要闪躲，但不知为什么，最后并没有动，只是脸烧得厉害，幸好刚才为了镇住安星眠乱窜的精神力，她已经累得满脸通红，倒是不必担心被看出来。过了好一会儿，她才想起来发问："你到底是怎么搞的，我进来的时候，你看起来像发了疯一样。你平时是一个非常能克制自己的人啊。"

"我……一下子太过激动了，忘记了，真是好险。"安星眠叹了口气，把地上的那些书小心地重新捡起来。即便是在这样的情况下，他还是不忘去心疼一下这些珍贵的古籍。整理好书之后，他才重新坐下来，向雪怀青讲述之前发生的一切。雪怀青听完之后，也是满脸惊骇："这一切果然只是骗局？可是——这样的骗局是为了什么啊？难道有什么人和长门仇深似海，一定要消灭长门不可？"

"这就好比一个大圈，绕来绕去又回到最初了，"安星眠有些苦恼地两手托腮，"其实，如果天藏宗的藏书洞窟真的是为了引发地底火山而存在的话，反倒是最能说得通的解释了。从一开始我和老师就在猜测，长门到底哪点儿得罪了皇帝，以至于他会那样龙颜大怒，现在看来，长门并非得罪了皇帝，而是得罪了另外的人，而这个人竟然想出这么一个奇招来欺骗皇帝，利用皇帝对长门下手。唉，转来转去还是转到了起点，又得去找寻这个莫名其妙的'仇家'了。"

"但是至少，你证明了长门是无辜的，这不是一个很大的收获吗？"雪怀青安慰他说，"前些日子，你真的相当颓废，那是你怎么样挂笑脸都掩盖不住的。"

"我也知道，真是很抱歉，"安星眠叹息一声，"但是请相信我，从今天这一刻开始，虽然长门含冤受屈的事我一定会想办法追查到底，但我不会再让它影响我的内心了。也许这样我会在'不纯正的长门僧'的道路上越走越远，永远也不可能成为老师那样受人尊敬的夫子，但这才是我，真正的我。"

"我喜欢看到这样的你。"雪怀青冲口而出，随即马上发现不妥，慌忙把脸扭过去。安星眠也呆住了，没想到这样的话语会从雪怀青的嘴里说出来，固然心里有些心花怒放，却也马上反应过来——不能让姑娘太过尴尬。他搔了搔头皮，迅速硬生生地转移话题："既然已经确定此事是一个阴谋，我想，我们必须离开地下城了，一定要尽早找出这个阴谋的源头。"

雪怀青定了定神，直到感觉脸上的热度退了下去，这才转过头来："可我们应该从何查起呢？连皇帝都被骗了，可见这个计划一定谋划已久而且十分缜密。"

"但是我们不是已经找到了第一个破绽吗？"安星眠说，"既然他们在《殇阳血》的曲谱上失算了，就一定还会有其他的疏忽。我们要认真地想一想，突破口在哪里。"

"还是上次我们所说的，我们在这两桩看似不相干的事件之间的奇妙的……联系，"雪怀青硬生生地把安星眠曾用过的"缘分"两个字换掉，"为什么那个太监会同时出现在两件事中？为什么两件事里都有长门僧的身影？只是一种巧合吗，还是巧合中有着因果关系？"

安星眠想了一会儿，狠狠一拍大腿："我们能不能这么想，其实这两件事根本就是一件事？"

"根本就是一件事？"雪怀青微微皱起眉头，眼神却亮了起来。

安星眠兴奋地说："如果我们假定两件事可以合并为一件，那么，一切的起因，可能都来自几十年前金吾卫的那一次追杀行动。所以我们只要揪住这一条线索，就有可能顺藤摸瓜找出全部的真相。能不能麻烦你把须弥子告诉你的当时的情形再给我讲一遍？尽可能详尽一点，任何一个细节都不要错过。"

雪怀青又重新回忆了一遍。她的记忆力本来就不错，何况事关义父一生的痛苦和遗憾，在须弥子讲述的时候，她也一直用心在记。此刻重述一遍，自信不会有任何遗漏。安星眠认真听完，开始动脑子思考。

　　"金吾卫捉拿一个女天罗，是为了什么？"雪怀青猜测着，"天罗以刺杀为本业，会不会是那个女天罗杀害了什么皇朝里的重要人物，比如王公大臣或者皇亲国戚之类的，所以金吾卫才会去追杀她？"

　　"我觉得不太像，更像是涉及一些隐秘的事项，"安星眠说，"你想想，如果是捉拿刺客这种事，大可以大张旗鼓地公开进行，甚至满天下贴逮捕公文都没问题。那些金吾卫为什么要乔装改扮隐匿行踪？为什么整个事件从头到尾都处理得神神秘秘不能见光？"

　　"说得也是，"雪怀青想了想，"我以前也见识过从宫里出来办事的人，一个个神气活现，恨不能把官职写张纸贴脑门上。照这么说来，那群金吾卫捉拿这个女天罗，的确是属于某些不能外泄的秘密任务。"

　　"而且还有一个关键，就是那个婴儿，"安星眠说，"虽然我对天罗不是很熟悉，但也可以想象，应该是一群训练有素、冷血嗜杀，几乎没有个人牵绊的人，否则不可能完美地完成刺杀任务。但她为什么会带着一个婴儿逃命？我的想法是……"

　　"金吾卫要抓的不是女天罗，而是那个婴儿！"两人异口同声地说了出来，都感到颇为兴奋。

　　"而且他们要的不是活婴儿，死了的也行！所以后来他们才会在附近山村找到你义父一家，杀害了你义父的妻儿，用烧焦的尸体带回去复命！"安星眠说，"说明这个婴儿并没有什么高贵的身份，正相反，他可能是皇家的耻辱！"

　　两人再次找到了默契，他们对望一眼，又同时说了出来："私生子！"

　　安星眠站起来，在房间里走来走去，兴奋地搓着手："没错，那多半是宫里某个嫔妃生下来的私生子，大概是委托那个天罗带出去，结果还是被金吾卫追上了，所以才发生了那一起恶战。皇帝的一个妃子竟然生下私生子，那真是奇耻大辱，让皇帝的脸面何存，动用金吾卫去杀人灭口，完全说得通。嗯，那时候是圣德十一年，正是圣德帝在位的时候。

圣德帝好女色，三宫六院里美女如云，自然难免会冷落其中一些人，搞出私生子来倒也不足为奇。"

"但是……这件事又能和长门扯上什么关系呢？"雪怀青说，"尤其是，再怎么丢皇家的脸面，也不过是一个私生子，哪至于就要仇恨天底下的长门僧呢？"

"说得也是。"安星眠有些沮丧地重新坐下。雪怀青的说法是有道理的，皇宫里冒出个私生子固然让皇家丢脸，但也就仅此而已，杀上一些人灭口是有可能的，要说为了一个私生子而如此大动刀兵，未免有些小题大做了。比起其子宏靖帝，圣德帝确实算不上一个更好的皇帝，但他一生也并未做过太大的恶事，也不是一个祸害百姓的暴君昏君。更何况，这件事怎么就和长门僧扯上关系了呢？

"不会是……不会是……"雪怀青小心翼翼地说，说了一半就停下来了。

安星眠先是一怔，随即明白她想要说什么，不由得哑然失笑："你不就是想说那个奸夫会不会是个长门僧吗，没什么关系的，我也在朝这个方向猜测呢。但是还是说不通，一个私生子而已，犯得着为此陷害天下所有的长门僧吗？除非那是个疯子，可是疯子怎么能制订出如此庞大周密的计划来？那绝对是一个头脑冷静极度精明的人才能串联起来的计划。"

雪怀青默然，回想整个事件，以长门高僧的肉身开场，一直到皇帝雷霆之怒，其间所花的心血财力难以计数，最后也确实让皇帝完完全全落入了彀中。这绝不会是某个疯子出于妒火或是其他什么原因而一拍脑袋想出来的复仇计划，当中显然还藏着更深更合理的原因。

"无论怎么样，我得离开地下城了，"安星眠说，"既然最终的溯源很可能和当年皇宫里的某些事件有关，继续窝在这里也没用。"

"去天启城？"雪怀青问。

"对，去天启城，"安星眠说，"去打探一下，圣德十一年到底发生了哪些值得一提的怪事。"

"那我们明天就出发吧。"雪怀青说。

"我们？"

"当然是我们。"

"没错，当然是我们。"安星眠在那瞬间觉得，自己和雪怀青之间，好像再也没有什么需要虚伪客套的了，那或许是因为，雪怀青有一丝精神力永久地留在了他的身体里。

二

再度来到天启城，雪怀青原以为自己会依然无感，依然觉得这座城市和天下所有的城镇村庄一样千篇一律乏善可陈，但很快，她就发现自己的心境起了变化。她开始觉得天启真是一座气象宏大的帝王之都，充满一种别的城市所无法比拟的庄严和大气，走在这样的城市中，似乎人的心胸都会变得更开阔一些。

我这是怎么了？她有些纳闷，觉得自己过去并没有在意这些，后来她才想明白，那大概是因为安星眠在身边。孤身一人的时候，她只想尽快找到一个安静的地方，把自己和这个热闹喧嚣的世界隔绝开；但有了又说又笑的安星眠在身旁，她也逐渐变得言笑晏晏，开始认真倾听安星眠信手拈来的讲解，而不再是敷衍地点点头左耳进右耳出。

她也不知道这样的变化到底是好是坏，不过相应带来的另一个变化则是：她不那么在乎自己的变化。从安星眠的身上，她仿佛也找到了一些对自己有益的启发：顺其自然，变成什么样就是什么样，不要总去纠结"我为什么会是这样""我为什么开始有这些奇怪的想法"。

"没什么奇怪的，我就是我。"她这样对自己说。

所以往昔冷漠的尸舞者如今也慢慢开始像一个普通的女孩子了，她会指着一座被刻意保护起来的残缺雕塑向安星眠追问来历，她会看着路边卖艺的杂耍摊，和安星眠一起低声取笑那个玩刀大汉的刀法之拙劣，她也会偶尔在卖花姑娘面前停下来，看着花篮里或白或粉的百合花，露出喜爱的表情。

"这世上的植物，不光只有制毒炼药一种用途，拿来欣赏欣赏，愉悦一下我们的眼睛和鼻子，其实也是挺好的。"安星眠说着，掏出几个铜镏，挑了一把看上去最新鲜整齐的白色百合，捧在手里递给雪怀青。

"送给你的。"他说。

雪怀青很自然地接过来，手里捧着香气清甜的百合花束，和安星眠一起走过这条街，才忽然意识到：这好像是这辈子第一次有人送花给她，更是第一次有男人送花给她。她的心里有一种温情开始涌动，突然觉得这样的日子也挺不错的，要是身边能一直有安星眠的陪伴，似乎也不算坏，不，应该说是也很好……

安星眠好像是在刻意地调整情绪，也好像是要为过去几个月的辛苦日子对雪怀青做出补偿，带着雪怀青一直在天启城里游玩，好像没有任何正事可做。当然，两人都经过了河络手艺的易容改扮，就连带在身边的尸仆都修整了一下面容，要知道，通缉两人的访牒还没撤销呢。

不过雪怀青心里明白，安星眠表面上很轻松，心里其实一直在想着应该从何查起。圣德十一年，也许还要包括之前的一两年，那么长的时间跨度，发生的事件太多了，总需要先厘清头绪。

安星眠好像找到了查找的方向，这几天的每天傍晚，他都会带雪怀青去造访天启城的各处小酒馆，专门和那些上了年纪的饕餮酒徒搭讪，动不动就请别人喝酒，这样的人物自然是大受欢迎的。当然，他也为自己找到了适合的身份伪装，假装自己是澜州知名杂学家何一帆的学生，是来考察中州各地的民间故事和坊间杂谈的。

为了不引起他人的怀疑，他一上来并没有询问圣德十一年，而是从圣德皇帝之前的宣肃皇帝时代开始问起，边问边煞有介事地记录，不时追问各种细节，极富耐心，力求不露丝毫破绽。雪怀青懂得他小心谨慎的用意，所以也极力配合他，装成何一帆的另一名学生。好在易容改扮之后，她的面孔十分平庸，不会引人注目。各式各样的酒客喝着酒，倾倒记忆中的逸闻怪谈，光是听听这些故事倒也很是有趣，雪怀青甚至想，假如她真是那个什么何一帆的学生，这些素材已经足够编出一本书来了。

八九天之后，总算要问到圣德十一年了，两人走在城里的脚步也格外轻快。想到晚上就有可能接触到这个秘密，安星眠自然是有些兴奋，雪怀青却有些发愁。她十分担心，与女天罗有关的事件可能是埋藏极深的隐秘，根本无人得知，那么或许就听不到什么与圣德十一年相关的信息。如果是那样，安星眠会不会又变得急躁消沉呢？但愿不要。

"今天下午去哪儿？"吃完午饭的雪怀青问。两人游玩了一上午，索性直接回客栈，让伙计送饭进屋。她好像已经有点儿习惯了这样吃吃喝喝无所事事的游荡日子，虽然长门僧和尸舞者都提倡艰苦的修炼，但修炼这种事儿，一旦放下，要重新捡起来就不容易了。

"可以休息半天，养精蓄锐，"安星眠说，"今晚将有很多问题要问。再说了，天启城咱们也逛得差不多啦。"

雪怀青笑了起来："真难得。我从小到大，还从来没有像这十天一样，什么事儿都不做，就是在一座城市里闲逛。小的时候在村里，因为总有人类的孩子欺负我，所以我成天待在家里，连附近的山头长什么样都不知道。"

"现在没人敢惹你了，谁要惹你，你就把他做成尸仆。"安星眠开玩笑地说。

雪怀青还没回答，门外忽然响起一个低沉的声音："如果全天下的长门僧都和你们为敌，你们打算把他们全部做成尸仆吗？"

安星眠一跃而起，猛地拉开门，只见门外站着一个满脸尘土、肤色黝黑、表情木讷的中年汉子，看样子是个农夫，但这个农夫颇为眼熟。他仔细想了想，有些不大确定地说："你……我们好像在研习会上见过，你也是个长门僧，是吗？"

他顿了顿，语气转为肯定："是的，你是跟随了尘宗的符真夫子去的，但一直跟在他身后，从头到尾没有说过一句话，所以我才不知道你的名字。"

"你的记性倒还真不错，不愧是研习会上的论辩高手，头脑是一等一的，"农夫一样的中年汉子木讷的脸上终于露出一丝笑容，"可惜的是，你把长门的一切记在了脑子里，却并没有写在你的心里。"

安星眠没有回答，全神贯注地提防着。果然，这一句话刚说完，这个不知名的长门僧就猝然发难，他右手伸出，五指曲张，拿向安星眠的左手手腕，赫然也是关节技法，只是出手的方位力道都和风秋客所传授的羽族技法大不相同，看来这是纯正的东陆武技。他心里暗暗警惕，左手腕反手一振，指节弯曲如钩，反扭对方的十指。

见安星眠以攻代守，长门僧也微感惊讶，但他变招奇快，握掌为拳，格挡住了安星眠的这一扭，随即左手出招，横切对方的左手腕。安星眠急忙缩手，却发觉长门僧的拳头上有一股隐约的黏力，吸住自己的左手无法收回。他一下子明白过来，这一招显然是对手习练许久的杀招，即便化解了，必然还有更加厉害的后招，不能再这样纠缠下去。他本来伸出一半的右手停住不动，却猛地一低头，狠狠用额头向着对方面门撞了过去。

长门僧显然没有料到安星眠会用出这种类似市井无赖的战法，猝不及防之下，只能急忙撒手，同时身子向后一仰，整个身体折成了弓形，这才躲过了这一击。他紧跟着急忙后撤两步，退到楼梯口，安星眠并没有追击，而是做了一个"请进"的手势："进来说话吧。"

长门僧看了他一眼，大步走进房里，在一把椅子上坐下。安星眠关上房门，为他倒上茶："请问这位夫子如何称呼？"

"骆血，不是下雪的雪，而是流血的血。"长门僧说。

安星眠吃了一惊："骆血？二十年前名震一时的'血煞刀'骆血？传说比天罗还厉害的杀手？"

"血煞刀早已废弃，"骆血回答，"现在我不杀人，不动刀，充其量扭断人的两条胳膊，而且经常扭完之后再替人接上。身为长门僧，不得不如此。"

"我倒是觉得，身为长门僧应该把胳膊伸出去让人扭断，然后回家自己接上……"安星眠喃喃地说。

雪怀青看着骆血："骆先生今天来这里，应该不是为了杀星眠而来的吧？我觉得你没有什么杀气。而且你的关节技法并不如你的刀法那么好用，想要杀他，还是得带刀。"

骆血哈哈笑起来："小姑娘说话很直白啊。不错，我原本是想杀他的，尘封多年的宝刀也被重新从地下掘出来随身携带，但我从二十六岁那年遭受过一桩极大的冤屈之后，就发下誓言此生绝不冤杀一个人，所以我先跟踪了你们一段时间。"

"可是，我们俩都已经易容改扮过了啊，你是怎么认出我们的呢？"雪怀青忍不住问。

"我可不是从天启城开始追踪你们的，"骆血说，"我从你们放火烧掉千云堂之前就一直盯着你们了，所以你们俩离开河络地下城的那一天，我从身形上就认出来了。这之后我随你们一路到天启，每天陪你们逛街，晚上在各个小酒馆陪你们喝酒。"

安星眠和雪怀青相顾悚然。他们都自认为是机警的人，却没想到被骆血盯梢了那么长时间都没有发现，这个人假如真的想要捡起老本行来暗中行刺，恐怕真有点儿防不胜防。

骆血看出了两人的后怕："你们放心，我说过了，我绝不会听信一面之词而冤杀任何人，更何况，还有一个老朋友来找我，要我信任安星眠先生，说他绝不会是长门的叛徒。"

"风秋客那个老扁毛吧？"安星眠嘴上不客气，心里却着实感激。风秋客影子一样的跟随固然很烦，但他确实是能给自己帮助的人。

"就是他，我听他说了那么多，更加决定下手要谨慎，绝不能错杀，"骆血的眼神里寒光一闪，"不然在那个年轻人试图刺杀你的夜里，或许我就下手了。"

安星眠想到倔强的年轻人苏真柏，不由得神色有些黯然，骆血接着说："直到跟踪你们来天启城之后，我才确认你肯定不是出卖长门的叛徒，因为你每天晚上在酒馆里打听那些事情，一定都是有目的的。虽然我不清楚你发现了什么，但我知道，你在努力寻找真相，试图还长门一个清白。"

安星眠垂下头："我的老师……的确做错了，但他并不是叛徒，他只是一个受到欺骗的正直的人而已。我现在所做的，就是尽力弥补老师的过失，挽救长门。"

"那我果然没有看错你，"骆血说，"追踪杀人我在行，像你这样要追查几十年前的事情，却非我所长，我打算继续去为其他的长门僧做些事情,这件事就交给你了。如果有什么要帮忙的,去天启城西的垂杨坊,找周记杂货店的老板,他是我的生死之交。"

安星眠握住他的手:"骆前辈,请你放心,我一定会查个水落石出,至少绝不会让老师那样冤枉地死去。"

雪怀青却忽然问:"骆先生,你的性子活脱脱就是一个市井义士,怎么会身入长门呢?就算你自己想要加入,据我所知,长门对入门者的要求也是很严格的。"

骆血微微一笑,笑容有些凄凉:"那是一个很长很长的故事了,也丝毫不动听,留待日后有机会再讲给你们,也许是在……纪念先师符真夫子的时候吧。"

安星眠这才知道,符真夫子也在这一次的劫难中不幸丧生,心里一阵难过。他想到那些德高望重的导师,一生从无恶行,以最苛刻的标准约束自己,无私地帮助穷苦的人们,却在这一年中无缘无故遭遇这样的飞来横祸,身心都受到巨大的摧残,乃至失去生命,他只觉得压抑许久的愤怒再度涌起。这一次不是为了什么高高在上的信仰,他想,只是为了人,为了这些活生生的人,为了这些宝贵的生命,我也一定要揭露那个真相,把藏在背后的恶魔揪出来。

"我今天来找你,一个是当面问问你,打消我的最后一丝怀疑,另外,也是有一个消息要告诉你,"骆血说,"我想经过这段时间的调查,你已经知道和天藏宗有关的那个秘密了吧?"

"我知道了。"安星眠点点头。

"那么你知不知道,某些天藏宗的门人,正在寻找那些被先辈们苦苦隐藏起来的藏书洞窟,并且着手填埋它们?"骆血问。

"你说什么?填埋?"安星眠霍地站了起来。

"是的,不知道是通过什么途径,或者是有人故意告诉他们的,总而言之,一部分天藏宗门人也知道了那个秘密。就在一个月之前,他们已经通过天藏宗残存的文件推测出了其中一处洞窟的位置,然后利用法器摧毁那一片山腹,制造出巨大的山崩,把那里的藏书洞窟彻底填埋了,"骆血说,"那个洞窟在澜州北部,具体是哪个时代的,我不太清楚,总之,几代人上百年的努力瞬间化为乌有了。"

"可那些洞窟是无害的！那只是一个谎言！"安星眠怒不可遏，"只不过是恶人设的骗局，他们怎么能这样轻易上当！那些都是珍宝，无价之宝啊！"

骆血叹了口气："信仰令人坚强，也会令人盲目。我无力去阻止这一切，就算我打断他们的腿，砍掉他们的脑袋又能如何？所以，只能靠你了。你必须揭穿这个阴谋背后隐藏的一切，用铁一般的证据为天藏宗和长门洗清冤屈，让那些激愤的天藏宗门人冷静下来。"

"我明白了，一定尽力而为，"安星眠说，"可是我有点不明白，天藏宗的秘密藏得如此地深，连我的老师都不明真相，我也是费了好大力气，才找到一个意外的知情者打听到的。你为什么会知道得那么清楚？"

"我也只是碰巧而已，"骆血说，"那段时间我一直在各地奔走，想法子营救被捕的长门僧。有一天夜里，我原打算趁着黎明之前防卫最疏忽的时候，潜入天启城的一座监牢救出一两个人，结果竟然有一个名叫舒林的年轻长门僧在夜间成功逃狱。于是我一路跟着他，试图暗中保护，却没料到追兵得到的命令是格杀勿论，抢在我之前射杀了他。我虽然把他救走，他却已经伤势过重回天乏术。不过在临死之前，他用尽最后的力气，把这一切告诉了我，并且叮嘱我，一定要想办法毁掉那些藏书洞窟。"

"但是看来，你和我一样，也不相信那种说法。"安星眠说。

骆血摸了摸鼻子："我的前半生一直是一个杀手，见惯了各种各样的阴谋诡计、尔虞我诈，对任何说法都不敢轻信。现在我却选择信任你，希望你肩负起拯救长门的重任。"

"我会的。"安星眠郑重地点点头。

天启城西的一枝香酒馆，虽然店面规模和装修陈设比不上知名的大酒楼，卖的酒浆饮食也只算一般，却一直生意兴隆，酒客如云。这多半要归功于绰号"一枝香"的老板娘。该老板娘据说二十多岁就守寡，如今已经年过四十，看起来却仿佛三十许，皮肤白皙、面容俊俏，尤其是那双会说话的丹凤眼，着实撩拨了不少酒客前来光顾。

不过今天晚上，一枝香最受瞩目的人物不再是老板娘"一枝香"，而是两个远方来客，澜州杂学家何一帆的两位学生，男的叫张政，女的叫任洁，都是很普通常见的名字，也是两张普通平庸的面孔。不过他们的出手可不平庸，总是大把大把地掏钱请人喝酒，只为了搜集天启城历年来的怪事传闻。民间传说，谁的肚子里没有一大堆？自然所有人都愿意接近这一男一女，讲点故事骗骗酒喝。甚至有人直接自己捏造故事，旁边的人也从不揭发——有冤大头，谁宰不是宰？

这一天晚上，轮到讲圣德帝时代的故事了，按理说圣德帝的年代距离很近，记得或者听说过的人会更多，但大家反而沉默了，偶尔有人讲上几则，一听也都是胡编乱造的虚妄之谈，完全不得要领。安星眠很能理解这种状况：古代的事情爱怎么掰扯就怎么掰扯，但距离当今越近就得越小心，万一哪个故事犯了皇威或者犯了其他惹不起的大人物，那可就糟糕了。所以他也很耐心，不断地招呼一枝香的老板娘上酒，同时编造一些其他的笑话来活跃气氛。所以到了最后，他还是勉强收集了几个那些年的故事，其中有两个发生在圣德十一年，一个是灵亲王的二女儿病逝下葬后起死回生的故事，一个是大财主高全山染上吃人肉怪病的故事，两个故事都恐怖诡异，真实性姑且不论，即便都是真事，也绝对难以和长门或者出宫的金吾卫联系起来。

两人心里都有些失望，但还是满面堆欢，陪着酒客们天南海北一直胡吹到深夜，人群渐渐散去，除了依旧精神健旺似乎可以彻夜不眠的一枝香之外，就只剩下了一个睡眼惺忪的老头。此人脸上一个又大又红的酒糟鼻头，一头银灰的乱发，衣服上也打了不少补丁，看来是个生活贫困却还偏要把钱扔到酒壶里的颓废穷人。这样的人在市井中十分常见，也往往是长门僧们帮助和开导的对象，只是现在安星眠实在没有心思去履行一个长门僧的职责了。

"看来今晚就这样了，"他向雪怀青叹了口气，"咱们回客栈去吧。老板娘，结账！"

一枝香笑吟吟地扭动着水蛇腰去拿账本，两人站起身来，旁边酒桌上的酒糟鼻老头忽然发出一声嗤笑："拿一堆胡编乱造的狗屁故事去骗酒喝，可惜真正的大事却没有人敢讲啊，呵呵呵。"

安星眠立刻停住脚步，转过身来，很恭敬地问："这位老丈，如果您有什么民间逸事，还烦请讲给我听一听，在下感激不尽。"

老头斜眼望他："我看你们这两个年轻人办事倒还认真，人也不错，但是在这种市井之地，对着一帮懦弱胆怯的市井之徒又能问出点什么来呢？真正的隐秘都是危险的，你们是打听不出来的。"

安星眠一惊，听这老头谈吐不俗，再看他的眼神，虽然醉眼蒙眬，却依然能看出一点儿锐利来。安星眠知道他虽然落魄，却必定有过不一般的过去，于是在他的桌上坐下，继续恭谨地说："可否请老丈喝上两杯，聆听教诲？"

老头哈哈一笑："我都这副德行了，还能给你什么教诲？不过看你这个年轻人挺不错的，我就给你讲一桩真事吧，发生在圣德十一年的真事。"

安星眠的心里突地一跳，大声喊道："老板娘，别忙结账了，再来两壶琥珀仙！"

三

"你们看我现在这副潦倒的模样，一定想不到，我年轻的时候也曾大大地风光过。圣德十一年，也就是三十三年前，那一年我只有三十四岁，却已经是天启城有名的医馆元春堂的馆主。那时候在天启城里，只要提到我宋城光的名字，人人都要竖起大拇指，道一声'年轻有为'。可是就在圣德十一年，我栽了一个大跟头，最终变成了现在这副模样。

"说来惭愧，我虽然是医馆馆主，医道却相当拙劣，所擅长的是经商之道。我身居馆主之位，高薪聘请名医坐馆，依靠他人的医术赚钱，而在我的手下，最出色的大夫就是当年的名医欧阳端。欧阳端为人懒散疏狂，经常喜欢偷懒，而且好酒如命，动辄在家里大醉两天，我对他是又爱又恨，却又不得不用他，因为只有他才能给我招揽到足够多的人气，有了人气才有钱。后来欧阳端凭借精湛的医术，常被请进宫里治病，比太医还管用，这更加给我的医馆增添了荣耀。

"我那时候经常私下在心里对自己说：一直到欧阳端死掉之前，我都不必为生计发愁了。可是万万没想到，就在圣德十一年的七月，大祸从天而降，欧阳端竟然一家五口惨遭灭门。

"那一幕是我亲眼所见的。当时欧阳端已经连续四天没有在医馆露面了，我非常生气，打上门去想把他揪出来，却没料到亲眼看见了血腥的死亡现场。欧阳端一家，包括他和他的妻子，他的儿子儿媳，还有尚未出嫁的女儿，全部死了，而且死状极端恐怖——他们都端坐在椅子上，头颅被砍掉，堂屋的墙上则被涂上了一只狰狞的血翼鸟，那是用他们的鲜血作为颜料画成的。

"你也听说过血翼鸟？没错，就是那种在传奇故事里才出现过的鸟类，相传产于云州，据说昔年的羽族第一神箭手云灭曾经亲手捕捉过，但这些都是无法证实的历史怪谈罢了，有谁真的去过云州呢？对那个年代天启城的人们而言，血翼鸟所代表的，其实是一个系列杀手。此人在三年前短短三个月里……啊，这个杀手的故事今晚你已经听人讲过了？那最好，我就省一些唇舌了。

"总而言之，欧阳端被血翼鸟杀手杀死了，七月四日发现的时候，因为是夏天，尸体已经腐败得厉害，仵作判断死亡时间估计有三四天，正巧是他没有来上工的天数。我损失了一个最好的大夫，但这只是噩梦的开始。由于人们传言，血翼鸟所杀的大夫，一定有严重的问题，不是医术就是医德方面，而欧阳端的医术肯定没有问题，人们只好怀疑他的医德——那也就相当于怀疑元春堂的医德。我们的信誉一落千丈，原本坐堂的其他名医不堪忍受名誉受到拖累，也都纷纷离开。再加上我那时候仗着医馆收入颇丰，挪用了不少资金参与宛州木材生意的投资，结果被奸人所骗，全赔了进去，两件倒霉事儿凑到了一起，再也无力回天。

"我原本心气高，辛辛苦苦创下的基业毁于一旦，实在难以接受，就染上了酗酒的恶习，终于变成了……今天你们见的这个样子。但是你们一定要相信，我讲的这桩和血翼鸟有关的凶案，绝对是真的，那些人之所以不愿意讲，是因为害怕受到牵连。"

"害怕受到牵连？这能有什么牵连？"安星眠听到这里，有点不解，"不就是一个连环杀手屠杀了名医一家吗？"

"那就是这桩案子诡异的地方，"年老颓唐的宋城光说，"天启是一座大城市，大到能包容一切的奇谈怪论，这样的大案子发生在天启，固然令人恐慌，却也没什么特别了不起的，至少圣德八年血翼鸟连杀三位大夫的时候，也从不禁止人们讨论。可是那一次，虽然没有明确的禁令，大肆讨论的人却会受到秘密警告甚至拘押，人们渐渐害怕了，就没有人再敢提。"

他往嘴里倒了一杯酒，凄然一笑："也就是我这样的当事者，孑然一身，无牵无挂，才敢拿出来说一说啊。就算被抓去杀头，又有什么值得惋惜的呢？"

雪怀青悄悄捏了一下安星眠的手，两人交换了一下目光，都有些兴奋。虽然这个罪案乍一听很突兀，但事后被禁止散布，这一点很是可疑。通常情况下，朝廷严禁谈什么事，什么事就可能有问题，这是个惯例。而且更重要的是，刚才宋城光提到了一句极为关键的话，这正是安、雪两人一直期待听到的。

"您刚才讲到，这位欧阳端大夫……他曾经为宫里服务过？"雪怀青装作不经意地问，"那他算是很厉害了。"

"我说了，他比宫里的太医还管用呢，"宋城光说，"宫里的后妃娘娘很多时候都不要御医们看，专门点名要请欧阳老儿去看呢。"

"为什么都是后妃娘娘，皇帝不需要他看？"安星眠问。

宋城光嘿嘿一笑："这个欧阳老儿，最精擅的可是妇科啊，尤其是接生，从来不出岔子。想当年，宜妃娘娘难产两天，全靠欧阳老儿……"

原来如此！安星眠已经听不见宋城光后面再说了些什么了，他明白，他终于找到了开启这扇秘密之门的钥匙，这把钥匙就叫作欧阳端。皇宫、婴儿、被神秘灭门的妇科大夫，这一切似乎都被一根看不见的线穿起来了。接下来，他就是要找到这根线。

"那一天是七月四日，历书上的黄道吉日啊，黄道吉日啊，根本就是我命中注定的大凶之日……灾劫之日……七月四日啊！"宋城光已经完全醉了，趴在桌子上，嘴里含混不清地喃喃自语着。

安星眠这才招呼老板娘结账，同时拿出一张银票，塞到宋城光的怀里。结完账，他正准备和雪怀青一同离开，却被老板娘拉住了。

"这位客官，按理说我们开酒店的不应该多嘴，但你这两天在我这儿花了那么多钱，我也不能不做这个人情，"老板娘低声说，"闹血翼鸟的那一年我还小，但我清楚地记得，刚开始，大家还在四处传着各种流言，但几天之后，就突然不允许说了，谁谈论这件事都要倒霉。所以两位也最好别再打听这事儿了，毕竟小命要紧对不对？"

"谢谢你的好意，"安星眠说，"我们会小心的。"

他额外往一枝香手里放了两枚金铢，走出几步后忽然又想起什么："对了，那最后那个血翼鸟杀手被抓住了吗？"

"倒是没有被抓住，他是在许多年后倒毙在了一家路边小旅店才被发现的，估计是病死的，"老板娘说，"他还留下了一本日志，里面详细记述了他几次作案的过程。至于杀人的原因，还真是和大家猜的差不多，因为遇到庸医，害死了他的母亲和妻子，这才一怒发狂的。"

"哦？日志？"安星眠很感兴趣，"里面提到欧阳端的这个案子吗？"

"应该是提到了，但是碰巧日志的最后几页被撕掉了。所以谁也不知道具体的过程了。"

"被撕掉……那就更有意思了。"安星眠的嘴角浮现出一丝耐人寻味的微笑。

回到客栈时，天已经快亮了，但两人毫无睡意，尤其是安星眠，一改往日的镇定沉稳，不停地在房间里走来走去，让雪怀青担心楼下的人会不会跑上来抗议。

"虽然还不知道具体的细节，但是大致的脉络我觉得已经差不多了，"安星眠说，"一切的起因肯定是和这个叫作欧阳端的医生有关。一定是他进宫办事的时候，窥探到了什么隐秘的事情，才招致了灭口。"

"你的意思是说，这不是杀手血翼鸟干的？"雪怀青问。

"我认为不是，"安星眠说，"血翼鸟没有道理在沉寂了三年之后，又重新出来杀人，而且最重要的是，如果这是血翼鸟干的，为什么会有上头的人禁止讨论此事？我怀疑这是有人想要杀害欧阳端，却又害怕被人追查，所以故意假冒血翼鸟的名头，想要把人们的视线引开，以此脱罪。"

"的确有这个可能性，"雪怀青说，"以前也有尸舞者冒充须弥子作案的，反正不少人都知道须弥子喜欢直接杀活人取尸，只不过冒充的那些人最终的下场都会很惨罢了。可是血翼鸟没有须弥子那样的本事，被冒充了只怕也无可奈何吧。"

"而且他的日志最后几页被撕掉了，更是可疑，"安星眠说，"为什么别的内容都有，唯独要撕掉欧阳端的那一部分？别人或许会以为那一部分有什么重要的秘密，但我们可不可以反过来想……"

"反过来想，可能压根儿就没有那一部分，日志上的那几页原本就是空的，"雪怀青接过话头，"就是因为担心别人看到那些地方是空白的，从而发现血翼鸟只杀过三个人，第四个人根本就不是他杀的，所以才故布疑阵，把那些纸页撕掉。"

"所以我们需要弄清楚，欧阳端在七月四日之前到底干了些什么，怎么会得罪那个神秘的幕后人士，而这个事件又是怎么和长门僧发生联系的。"安星眠苦恼地说。

"也许我们可以去走访一下欧阳端生前认识的人，"雪怀青说，"宋城光不知道，未必其他人都不知道。或者我们也可以寻找一下宫里的旧人。"

"都是大海捞针。"安星眠说。

"不妨事，就算这是根针，也不需要我们自己去捞，"雪怀青说，"我在天启城里认识一个很有名的游侠，办事能力挺强的，还有一肚子坏水，上次差点坑了我。我正想再次去拜访他呢。"

"有你的毒药在，我不需要担心这个，"安星眠微微一笑，"那你快回去休息吧，这一夜熬了这么久，够辛苦的了。"

雪怀青回到自己的房间里，两人各自入睡，可惜刚睡了不到一个对时，街上就传来一阵锣鼓喧天的吵嚷声，透过客栈的窗户直入房间。安星眠一向嗜睡如命，此刻好梦被打搅，就算他脾气再好，也忍不住要揉着惺忪的睡眼骂上两句娘。他推开窗户，只见外面的长街上正缓缓驶过一溜马车，前后都有敲锣打鼓的队伍，还有全副武装的官兵开道。百姓们更是把街道两旁挤得水泄不通，个个都在兴高采烈地看热闹。

看来是有什么喜庆的事情了，这在帝都天启想来十分常见，安星眠叹了口气，知道这个觉睡不成了，索性试试闭眼冥想吧，没准冥想的过程中会一不小心睡着。但还没来得及上床，门一下子被推开了，一向举止优雅的雪怀青像头母狮子一样冲了进来，一把揪住了他的衣襟。

"你知道下面是在干什么吗？"她大声问，看那副凶神恶煞的样子，真像是想要吃人的母狮子。

"不知道啊……"安星眠纳闷地回答，就差脱口而出"不是我干的"了。

"可是我知道！我刚问了客栈的伙计，他告诉我了！"雪怀青高声嚷嚷着。

安星眠心里一凛，连忙关上门，回过身问："那是干什么的？"

"那是外地送进京城的寿礼，准备庆祝皇帝的生辰的！皇帝的生辰就在下个月底。"雪怀青本来就情绪激动，加上试图压倒外面的喧嚷声，简直要把嗓子喊破了。

"皇帝的生辰？"

"没错，你知道皇帝的生辰是什么日子吗？"雪怀青说话的口气就像是在路上捡到了一百万金铢，"六月三十日！圣德十一年的六月三十日！正好在七月四日之前四天！那差不多就是仵作判断欧阳端死去的时间！"

四

圣德十一年七月四日，名医欧阳端全家被发现死在自己的家中，死因是谋杀。根据仵作的判断，他在三四天前就死了。

欧阳端医术精湛，尤其擅长妇科，经常进宫为后妃娘娘们看病。

欧阳端死后，关于这起惨案的一切流言都被强制噤声，没有人再敢多嘴。

就在与仵作推定的欧阳端死亡时间差不多的日子，同一年的六月三十日，当朝宏靖皇帝诞生了。

以上几条凑在一块儿，能说明什么问题？

"原来整个事件竟然和皇子的诞生有关，"安星眠的脸色苍白，难以掩饰内心的震惊，"照这么说来，那个女天罗携带的婴儿，会不会就是……会不会就是……"

两人的心里刹那间浮现出许多经典的民间传奇、坊间小说甚至评书故事。涉及皇子的故事实在是太多太多了，而这些故事最喜欢走的一条路线就是——"皇子被调包了！"两个人异口同声。

安星眠的心里迅速浮现出一个完整的故事：在极好女色的圣德帝后宫，一群后妃们相互争宠，谁都希望能为圣德帝生下一个儿子，以便日后继承皇位，自己可以坐上皇太后的宝座，从此一生荣华富贵享用不尽。在这样的前提下，一部分心思狠毒的后妃难免就会耍弄一些阴谋，她们会想方设法地阻止其他"竞争者"诞下麟儿，比如在对方的饮食里掺杂打胎药，再如当打胎药不起作用的时候，想办法把刚生下来的婴儿抢走……假如这起事件正巧被某个宫里行医的民间医生发现，那么此人自然是要被灭口的；假如这个民间医生根本就是帮凶——他同样也要被灭口嘛。

两人十分高兴，觉得自己拼凑出了真相，但安星眠忽然又显得很泄气。雪怀青问："怎么了？"

"还是不对啊，"安星眠沮丧地说，"这个故事有点说不通。"

"怎么说不通了？"雪怀青不明白。

"如果那个婴儿是皇子，追他的金吾卫怎么可能接到'格杀勿论'的命令，以至于最后炮制假尸回去交差就行了呢？"安星眠说，"皇帝肯定无论如何也要把活的婴儿救回去才对吧？那可是他的亲骨肉啊。"

"说得也是……"雪怀青也反应过来，但她接着做出猜测，"那会不会皇帝根本不知情，是那个恶毒的妃子买通了金吾卫去替她杀害那个婴儿呢？比如说，那个女天罗其实是个义士，赶在妃子下手之前抢走了婴儿，于是妃子买通了金吾卫去追赶……"

"一个皇妃，哪怕是皇后，买通几个人是有可能的，但不会有权力调动那么多的人，"安星眠说，"金吾卫是没有太多行动自由的，必须随时待命听候皇帝的差遣，十多个金吾卫瞒着皇帝出宫那么多天，你以为他们有这个胆量？那必须得是皇帝的差遣才行。"

雪怀青叹息一声："还真是这个道理，那我们的推理有点儿进入死胡同啦，两头是矛盾的。可是……我还是觉得六月三十日这个日子太巧了，不应该是巧合，宏靖皇帝的出生和欧阳端的死一定有什么联系。"

"我也觉得是，"安星眠说，"这两件事绝对是有联系的，但是我们暂时还找不到这个联系在哪儿。不过不要紧，起码我们已经迈出了第一步，再动脑子想想。"

"也许我们真的可以去找找那位游侠，他关系网很广，说不定可以打探到皇宫内的事情。"雪怀青说，"不过我倒是想问问你，血翼鸟到底有着什么样的传说？我虽然听过不少云灭的故事，但是还真不清楚这个血翼鸟的传说。"

"那是云灭年轻时候的故事了，因为涉及云州这片神秘之土，比较光怪陆离，所以很多人都质疑这些故事的真实性，"安星眠说，"真的只能当纯粹的故事来听了。"

"那就当成说书先生的故事也不打紧，"雪怀青像小女孩一样拍拍手，"其实我很喜欢听故事的，就是没有人给我讲。"

安星眠心里微微一痛，随即笑着说："现在就有人给你讲了。云灭出身于羽族的宁南云氏，那是当时羽族最有势力的大家族之一。但是云灭这个人生来桀骜不驯，不愿意为家族效力，居然跑到了宛州的淮安城去当赏金杀手，就在淮安城，他遇到了这桩血翼鸟奇案。"

"当时淮安城突然开始流行一种可怕的怪病，或者不能称之为病，它比瘟疫还可怕。中招的人会在几天之内身体脱水枯干，只剩下头颅比活着的时候更加润泽。没有人知道这是怎么回事，于是云灭所在的组织付钱委托他去调查。结果云灭这个人果然是有大本事，居然真的被他调查出来了——原来是有个恶人隐藏在一个戏班子里，把一种产自云州的怪鸟带到了淮安。"

"血翼鸟？"雪怀青问。

"就是血翼鸟，"安星眠点点头，"那些受害者的恐怖死状，都是由和血翼鸟伴生的一种花的花粉引起的。云灭在调查这个案子的时候，和那个恶人发生了正面冲突，恶人知道自己不是云灭的对手，于是想出了一个毒计，把那种叫作伽蓝花的毒花种在了淮安城的各个角落，要让花粉大面积传播，杀死千千万万的无辜者。"

"那云灭怎么办呢？"雪怀青听得有些揪心。

"云灭也没有办法，他没有能力在一夜之间找到所有的伽蓝花，"安星眠说，"他从来没什么悲悯之心，本来打算放弃，但他的妻子——那时候还只是他的情人——坚持要他救全城的百姓，于是他想出一个办法，烧掉了一仓库兑香精的剧毒原料，并招来秘术士施展驱风的秘术，让毒烟遍布全城。淮安的百姓无法忍受那些呛人的浓烟，纷纷逃离。于是淮安变成了一座空城，土壤植被和水源都被破坏殆尽，但百姓们得救了。"

"原来是这样，"雪怀青感叹一声，"云灭果然是个敢下大手笔的人，用毁灭一座城市的办法去拯救这座城市里的人。"

"不然有什么办法呢？既然不知道伽蓝花具体的位置，就只能想办法把人们全部赶出这个范围了，看起来是个笨办法，却是唯一的办……"安星眠说到这里，忽然住口不说了。

"你怎么了？"雪怀青惊讶地望着安星眠，只见他眼睛瞪得大大的，嘴角蠕动着，一张脸因为兴奋而泛出红光，好像是想到了什么令他激动的东西。

"逃跑的女天罗……背着筐子的长门僧……通缉全天下所有的长门僧……大阴谋……"安星眠嘴里语无伦次地喃喃自语着，让雪怀青简直有点儿害怕，开始在心里盘算着是不是又得帮他平复一下失控的精神力。但她刚伸出手放到安星眠的额头上，安星眠就像疯子一样，一把抱住了她。

雪怀青傻掉了。她这辈子即便是女人的拥抱都从来没有过，更别提男人了。这一下子被安星眠抱住，她完全不知该作何反应，想要伸手推开他，但好像……自己心里并不是很情愿真的把他推开。好在安星眠的失态也就是一瞬间，他很快松开了手，大声喊道："我想明白了！我想明白是怎么回事了！我明白那个幕后的操纵者为什么要编织这个大阴谋来对付长门了！"

"啊，你猜出来了？快点告诉我为什么，"雪怀青大喜，也把刚才那说不清道不明的一抱给忘掉了，"还有，小声点儿，运送寿礼的车队已经过去了，你大声会被人听见的。"

"那个人之所以编造这么大的一个阴谋，不是因为他和长门有仇，也不是因为他想和长门僧过不去，他的目的只有一个，"安星眠极力放低声音，"他想要毁掉所有的藏书洞窟！"

"毁掉所有的藏书洞窟？"雪怀青一惊。

"因为他作恶的证据被放进了藏书洞窟里！"安星眠说，"他必须要毁灭这个证据，却又找不到洞窟的具体方位，只能想出这个恶毒的办法，先毁掉天藏宗弟子的信仰，再迫使他们自己动手去毁掉所有的藏书洞！"

"对了！就是骆血说的那件事！"雪怀青也反应过来了，"可是，他作恶的证据怎么会被放进藏书洞呢？"

"就是须弥子追踪的那个长门僧，"安星眠说，"圣德十一年八月，锁河山脚下，须弥子一直追踪的那个长门僧。记得你我都十分在意那个筐子，因为我们心里可能都隐约意识到了，那个筐子里装的，可能就是准备放入藏书洞窟的书籍。那些书籍倒是没什么问题，因为须弥子中途更换了目标，那位长门僧很顺利地把筐子带到了洞窟里，但他没有注意到，那些书籍里面可能多夹了一点儿什么……"

"是那个女人放进去的！"雪怀青终于捕捉到安星眠的思路，"没错，就是须弥子当时讲到的那一个细节：那个女天罗被包围之后，视若无睹，准备继续前行，却一不小心被什么东西绊倒了，正好摔在了须弥子所追踪的那名长门僧身上。那是她故意的！目的并不是用长门僧来做挡箭牌，而是趁那混乱的瞬间，把关键证据藏在他的竹筐子里！"

两人对视一眼，都觉得十分满意，但雪怀青很快有了新的疑问："可是，为什么当时不发难，而要等到三十年之后呢？"

"我想是因为当时事态平息了，所以那个幕后操纵者以为一切都风平浪静，没什么危险了，"安星眠说，"可是到了去年，某些意外的事情发生了，让他发现证据外泄了。"

"某些意外的事情？"雪怀青有些疑惑，"也许吧。不过这的确是目前为止最说得通的推论了。皇宫里出现了某些牵动到当今宏靖皇帝出生的大事，那个身份不明的婴儿被女天罗带走，圣德帝派出金吾卫追杀。没想到金吾卫没能杀到人，这也就罢了，女天罗还转移了最关键的证据，那些证据还偏偏不巧被那位长门僧封入了藏书洞窟。"

"所以当年那桩阴谋的元凶坐不住了，想要找寻到那个藏书洞窟，"安星眠说，"我总算想起来了，半年前，皇帝刚开始拘捕长门僧的时候，我问起老师关于天藏宗的事儿，他曾经告诉我，之前已经有几位天藏宗门人下落不明了。现在想起来，肯定是幕后操纵者试图绑架他们以便逼问出藏书洞窟的下落，却发现长门中人根本不怕胁迫，用什么办法都不可能撬开他们的嘴，于是只好从别的方面入手了。"

"摧毁他们的信仰，让他们自己动手把藏书洞窟全面毁掉，"雪怀青摇摇头，"那到底是什么样的证据啊，为什么会让他不惜以毁灭一个无辜的门派为代价去换取呢？"

"这恐怕就需要用到你的那位老朋友游侠了，"安星眠说，"我们去会会他。不过现在，先休息吧，我困死了。"

"要是以我的脾气，我现在就去找他……"雪怀青摇摇头，不过还是听了安星眠的话。

第二天一早，天启城知名游侠郁风贤照常早起上工，一走进自己的铺子，他就倒吸了一口凉气。上次让他大吃苦头的那位金发美女又出现了，而且就端坐在他的椅子上，正含笑望着他。虽然现在她的脸形发生了很大的变化，但郁风贤经验丰富，一眼就能看出那只是易容改扮，而那令人捉摸不定的眼神是怎么也掩盖不住的，何况还有人羽混血的淡金色头发呢。

见鬼了，上次明明已经把她诱入陷阱了啊，怎么她会半点事没有的又出现了？难道她逃脱了那一次的伏击？想到该女子用毒的手段，他一下子慌了神，转身想要逃跑，胳膊却已经被人扭住了，而且是一个很奇怪的角度，让他立刻失去了反击能力。

紧接着，对方伸出了一只手，"咔嚓"一声，把他的下巴捏脱臼了。郁风贤还没来得及呼痛，就感觉嘴里被倒进了某种粉末，甜甜的味道还不错，但他立马反应过来这是什么东西，一下子万念俱灰，差点吓昏过去，连下巴的剧痛都忘了。

又是"咔嚓"一声，下巴重新接上了，但刚才倒进去的粉末已经吞入了肚子里。双手也被放开了，郁风贤这才转过身来，看见站在自己身后的是一个二十来岁的年轻人，笑容可掬、温文尔雅，不过刚才对付自己的那几手还真是干脆利落。他长叹一声："我认栽。道歉什么的话不多说了，二位还能给我一个将功赎罪的机会吗？只求留住性命，我愿肝脑涂地，效犬马之劳。"

"真是个聪明人，我们一句废话都不用多说了。"安星眠笑着对雪怀青说。

雪怀青点点头，站起身来，走到郁风贤面前，轻柔地说："这一次的毒药，是慢性的，会一点一点地发作，一个月后你才会开始感觉不舒服，但是放心，不舒服的时候你还不会死。我要查的事情也挺复杂，有天启城的，也有其他很遥远的地方的，所以我会给你几个月的时间慢慢调查。等一切都调查清楚、我们离开天启的时候，我会派人把解药方子送给你，这次千万别再耍花招了哦，而且，千万要快，一定要快，不然毒药腐蚀了你的五脏六腑和骨头，那谁也救不了了。"

"好吧，请两位只管下令，一切遵从，绝不敢有误。"郁风贤不愧是黑白两道通吃的知名游侠，论到快速应变，当世无出其右者也。

"好好干。"安星眠像长辈勉励后辈那样拍拍郁风贤的肩膀。

第十二章
元凶

一

钱有财坐在院子里，晒着太阳，悠闲地抽着旱烟。背井离乡一年多了，但他对家乡毫无眷恋之情。家乡那么穷，还有那么糟糕的天气，活得苦巴巴的，一点也不舒服。如今在中州的这座小城里，生活得宽裕又自在，手里的钱也不少，完全不用下地干活了。回头想想，当时的决定真是惊险又英明，但至少为自己安排好了下半生的生活。他是个单身汉，本来就没有什么家室拖累，如今还能隔三岔五逛逛城里的窑子，日子简直美得冒泡。

钱有财越想越觉得自己这辈子运气不错，放下旱烟袋，准备到赌场里去摸上两把。但刚站起身来，门外就响起了敲门声。他在这座城市里基本不认识几个人，怎么会有人上门来找他呢？

他有些疑惑地打开门，突然眼前一花，身子腾空而起，已经被人一脚踢进了院子里，在地上摔了个狗啃屎。钱有财头昏眼花，等到反应过来发生了什么的时候，已经被牢牢绑了起来，眼前站着两个杀气腾腾的陌生男女，看样子就不怀好意。

"两位英雄！看上的东西随便拿，随便拿！"钱有财很聪明，知道比起这条性命来，钱财什么的都是浮云。这两个悍匪身手那么好，一定得顺着他们才行。

"老钱，就你这点儿破烂，还不值得我出手呢，"男悍匪笑着说，听口气似乎不算太凶恶，"我只是有几个问题要问你，你只要老老实实回答，我不但不杀你，还有钱财相赠。"

　　钱有财先是一惊，继而一喜，他的脑瓜子转得极快，已经猜到了对方要问什么，"是不是要问我挖出来的那个长门僧的肉身？您二位放心，我保证说实话，半点儿也不会隐瞒！"

　　"老钱，你还真是个聪明人！"男悍匪哈哈笑着，伸手替他松绑，"我就喜欢和聪明人打交道。"

　　这个钱有财，就是去年四月那个在自家后院打井却挖出了长门僧不朽肉身的农夫。安星眠和雪怀青既然觉得此事可疑，自然要追查一下。他们把调查宫中秘事的苦差事扔给倒霉的游侠郁风贤，自己则跑到越州去寻找这位农夫，最终，他们到中州找到了此人。

　　"您二位……是怎么找到我的？"钱有财忍不住问，"我当时可是装死跑掉了的。"

　　"我们本来是想验验尸，看你是不是被人谋杀的，那样可以证实我们的猜想，"男人说，"但是没想到，刚到坟地，我的同伴就发现，坟地里并没有尸体，所以我们猜你一定是诈死逃跑了。我们在村子里转了一圈，所谓有钱能使鬼推磨，总算有一个人愿意告诉我们你的下落，那个人是个车夫……"

　　"谢光鑫那个小王八蛋！"钱有财破口大骂，"老子早就知道他靠不住！早知道不买他的马车了！早知道老子偷了他的马车直接跑路！"

　　他马上意识到自己的失态，在这种对方掌控一切的时候千万不能惹恼对方，连忙换出一张笑脸："不提那个孙子了……我这就把事情经过原原本本地告诉二位。我是一个农民，本来一直在家里种地来着，光棍一条，没钱没女人，就好抽抽烟喝喝酒，尤其临睡前喜欢喝一杯。去年四月的时候，一天夜里，我不知道吃什么东西吃坏了，一直恶心反胃，所以本来下午打好了酒，临睡前也没喝，就睡了。结果到了半夜，我听到房子后面有什么响动，起床一看，竟然是几个人在我的后院里拿着锄头挖地。"

"我连忙跑过去问他们是什么人，结果……就像刚才给二位开门时那样，一下子就被揍翻了。为首的一个人看了我一眼：'昨晚你没喝酒？'我也不笨，一听就明白了，这帮人往我的酒里下了迷药，本来打算迷倒我，晚上好放心办事，结果我运气不错，刚好闹肚子，没有喝成，这才撞破了他们的奸计。"

"他们是打算在你的后院挖个深坑，把那具长门高僧的肉身埋进去，对吧？"安星眠问。

"您猜得半点儿也没错，只不过原本他们是打算让我无意中挖出来的，现在被我看到了，就没法再无意啦，"钱有财说，"不过当时他们的坑已经挖一大半了，而且再要找我这样好下药的单身汉似乎也不容易，所以他们没杀我，反而给了我一千个金铢，要我帮他们演完这出戏。"

"所以后来你就假装在后院打井挖出那具尸身，上报给县太爷，"安星眠点点头，"不过你拿了钱倒是挺聪明的，知道赶紧带着钱逃跑。"

"那是，我也不傻，"钱有财面露得意之色，"我虽然没读过书，但村里来了说评书的我都会去听，这种类似的故事听得太多了。他们怎么可能容我拿了钱过舒服日子？肯定会杀我灭口的。所以在县太爷把那个狗屁'不朽肉身'拉走的当天晚上，我就把村里谢光鑫的马车高价买下来，一溜烟跑了。反正我光棍一条，家里什么都没有，只要把那一千金铢带好就行了……"

"很好，非常感谢你，"安星眠拍拍他的肩膀，"我还有最后一个问题，你也和那帮人打过交道了，能猜到一点儿他们的身份吗？"

钱有财摇摇头："那我真不知道。他们虽然没有蒙面，但都是陌生人的脸，再说我哪儿敢细看啊？"

这是安星眠意料中的答案。他往钱有财手里又放了几枚金铢："让你受惊了，老钱，这些金铢拿去换酒喝吧。另外，今晚你不用搬家了，我们只是想问这几个问题，不会杀你灭口的。"

钱有财点头哈腰："那是那是，您二位一看就是有身份的人，自然不会和我这种渣滓一般计较。您二位慢走，有空常来玩……"

离开了这个饶舌但也不乏有趣的钱有财，安雪二人相视一笑。这下子不再是捕风捉影的推论了，铁板钉钉，长门僧的肉身是一个骗局。这显然是有人早就布好的局，炮制了一具假尸体，在尸体里预先放入了那块金属牌，一步一步地引诱皇帝落入圈套中。可惜的是，暂时没有线索去寻找这批人，所以最后的希望还是落在了郁风贤的身上。

"你给那位郁游侠的毒药，分量该不会过重了吧？"安星眠有些担心，"万一毒发早了，咱们还得另外换人。"

雪怀青快乐地一笑："那根本不是什么毒药，就是一包葛根粉加点糖。"

安星眠一怔："他不会觉察出来吗？"

雪怀青摇摇头："不会的，只要他相信自己服下了毒药，他就会每天都觉得自己身上不舒服，越是疑神疑鬼，越会产生中毒的错觉。而且他越是找名医替他解毒，却检验不出丝毫的毒性，就越会觉得自己中的毒十分厉害。这个郁风贤是个很怕死的人，就算心里闪过'这可能是假毒药'的念头，也绝对不会拿自己的性命去开玩笑。"

安星眠佩服不已："看来你不只是研究死人，对活人也看得很透啊！'尸舞者也是人'，这句话我替你说了。"

两人回到天启的时候，郁风贤正等他们等得心急火燎，一见到雪怀青就匆匆迎上来，一脸僵硬的笑容："我对天发誓这次我绝不会耍阴招了，你们的实力我已经知道了，阴招不是自己害自己吗？"

"这个嘛，说不准，还是安全第一吧。"自从认识安星眠之后，雪怀青开起玩笑来也是越来越熟门熟路了，"不过你可以把这颗药先吞下去，可以帮你护住心肝肺等重要内脏，减轻毒害。"

郁风贤迫不及待地接过这颗空心药丸，一口吞了下去，然后长长舒了一口气，仿佛是感觉舒坦一点儿了。安星眠忍住笑，问他："郁先生，我们委托你调查的事情，打探得怎么样了？"

郁风贤一脸急于表功的神情："宫里的事情实在是难啊，尤其是这种三十多年前的往事，要找到一两个知情人都很不容易，更别提还得让他开口讲真话了。不过我花了不少金铢，又动用了很多过硬的关系，总算找到一个曾经在宫里做过宫女、后来被皇帝赐给平民的老妇人。她已经病入膏肓，丈夫已死，膝下无儿无女，因此没有任何牵挂，这样才敢告诉我实话。否则的话，花多少钱都难买到那个秘密。"

"是什么样的秘密？"安星眠强行按捺住心里的激动，淡淡地问。

"圣德十一年的六月末七月初，宫里的确发生了一件大事，一个宫女不知道和什么人私通，竟然生下了一个孩子！"郁风贤神秘兮兮地说。

安星眠和雪怀青对望一眼，并没有感觉太惊讶，宫里出现私生子这种事儿，原本就在他们的预料之中。雪怀青问："还有别的吗？"

两人没吃惊，倒是郁风贤吃惊不小："你们是觉得皇宫里出现一个私生子的事儿不够大吗？"

"比起我们所经历的那些，一个私生子倒还真算不得什么。"安星眠想。但这话不能对郁风贤说明白，他只能含混地回答："不，这当然是一件大事儿，我的意思是说，这件大事儿产生了什么后续的影响。毕竟宫女生下一个私生子，肯定会带来很恶劣的后果吧。"

郁风贤点点头："没错，是这样的。那个宫女产下私生子之后，原本想要带着孩子一起逃离，但由于产后大出血，身体孱弱无比，只能委托了一个外来的女人把孩子带走，听说那个女人的身份是一个天罗刺客，是宫女的姐姐。皇帝听说后无比震怒，派出金吾卫一路追赶，最后把两个人逼进了一间茅草屋里，那个女天罗无奈之下，举火自焚了，所以只带回来两具焦尸。不管怎么样，这件事情就这么结束了，后来皇帝加强了对宫里男男女女的监视，搞得人人自危，那是后话了。"

这些过程也大致在安星眠和雪怀青的掌握之中，并没有任何新意，而且也始终没有解决最要命的那个问题：假如只是这个宫女的私生子，哪怕是某个嫔妃的私生子，怎么也不至于引发这场意图毁灭所有藏书洞窟的大阴谋。而且假如是救走了一个私生子，那有什么秘密的证据值得女天罗去藏呢？

郁风贤察言观色，看出了安星眠和雪怀青的困惑，也猜到这个在他看起来已经足够震惊的历史隐秘显然不太合两人的胃口，于是知趣地闭上嘴，站在一旁不敢言语，生怕雪怀青心情一糟糕不给他解药，那就完蛋了。倒是安星眠看他那副惴惴不安的样子，心里不忍；拍拍他的肩膀：

"郁先生，你不必紧张，这个消息还是很重要的。我们先告辞了，还有什么需要调查的，我们还会来找你。"

两人心里充满了疑惑，回到客栈，一时都不知该说什么。一个宫女的私生子，自然是淫乱宫廷的丑闻，但也就仅此而已，皇帝再恼怒，最大限度不过是把该宫女连同奸夫抓起来诛九族，哪儿至于因此祸害到整个长门？这岂止是小题大做，根本就是拿投石车砸蚊子，当中一定还有一些隐秘，需要再深挖一下。

安星眠一脸苦恼，斜靠在床上，雪怀青看他长吁短叹的样子，忍不住笑了起来。安星眠瞥她一眼："果然尸舞者也是人，过去你笑起来简直不正常，现在变成不笑不正常了。"

"那都是你的功劳，近墨者黑嘛，"雪怀青笑容可掬，"别那么烦恼，至少我们正在一步一步地接近真相，而不是像几个月之前，完全被人玩弄于股掌之间而不自知，你说是不是？证据到了现在这一步，其实就差最后一点了，你应该高兴而不是烦心才对。"

"我的确应该高兴，但这最后一点太难凑了，"安星眠说，"不过你说得有道理，这种时候越是烦恼，越不利于思路的清晰。休息一天，我们去逛逛。"

雪怀青摇摇头："别再提'逛逛'两个字了，前些日子还没逛够？我一辈子逛的街也没有那几天多，天启城长什么样我都能背下来了。"

安星眠一笑："不是，今天咱们不看天启城了，晚上出发，去看杂耍。"

"杂耍？"雪怀青先是一愣，但很快就明白过来，"秋雁班来天启城了？"

安星眠点点头："没错，咱们去会会唐荷，运气好还能见到白大哥呢。"

"为什么能见到白先生？"雪怀青问。听到唐荷的名字时，不知道为什么，她心里微微一颤，有一种不舒服的酸楚感开始弥漫。

"我觉得这两个人有点儿戏，"安星眠挤挤眼睛，"在地下城的时候，他们俩身体恢复之后，白大哥有事没事就去找唐荷，唐荷看起来也一点儿不讨厌他。她是行走于市井间的妹子，白大哥那种有匪气的男人，或许会对她特别有吸引力。我觉得，说不定白大哥会跟到天启来，他从来不是扭扭捏捏的人。"

"你想要撮合他们俩？"雪怀青很是意外，"我没有记错的话，你好像对唐姑娘很有意思吧？"

"那是过去的事情了，"安星眠说，"人总是要走出过去，去寻找新的目标的。"

雪怀青心里又是"咯噔"一跳，总觉得他这个"新的目标"似乎是特有所指。但不管怎样，她也看出来了，安星眠提到唐荷的时候，确实不再有过去那种愁眉苦脸的无力感，而是像提到一个普通的人名一样，开朗而轻松，这说明他说的都是真话。这么一想，心里那种奇特的酸楚感一下子就消失了，取而代之的是一种突如其来的喜悦，迅速弥漫全身的喜悦。她不再抗拒这样的喜悦和温情，正相反，她很享受这一切，享受自从认识了安星眠之后的这大半年快乐的时光。

"也许我越来越不像个尸舞者了，"雪怀青想，"但我喜欢现在这样，非常喜欢。"

"那我们就去秋雁班看望一下唐姑娘吧。"她微笑着，真心诚意地说。

二

比起小城市，天启城里各种表演团体的竞争要激烈得多，毕竟是天子脚下，民众们都见多识广，些许雕虫小技是没法糊弄到人的。但秋雁班在这方面没有任何压力，他们的表演总是最华丽的，有种种令人叹为观止的绝技。所以即便是在天启，秋雁班的演出仍旧场场爆满，一票难求。

安星眠和雪怀青来到这家叫作金狐坊的戏院，花高价买了黑市票贩的票，坐在了后排。他们暂时抛开心中的种种谜团和困惑，全心全意地欣赏这场演出。秋雁班一向以表演阵容强大而著称，面对帝都数不清的贵胄名流，更是分外卖力，拿出全部的绝活，令观众们时而惊叹时而欢呼，纷纷沉醉其中。

　　唐荷依旧表演的是高空绳索的绝艺，只见半空中悬着一根几乎看不清楚的细绳索，唐荷恍如飞翔在半空中，步履轻盈地在绳索上自如行走，不时故意做一两个惊险动作，引来台下一片的惊叫。

　　这是雪怀青第一次观赏这么精彩的表演，禁不住有些看入迷了，安星眠却略显心不在焉。毕竟这些年来，虽然跟随章浩歌苦修，但一机会，他就一定会去看唐荷的表演，那些高难度的杂耍或是凶猛的野兽早就见得多了。再加上对唐荷的心意已经起了变化，此时此刻，他只想找到白千云而已。

　　过了很长的时间，唐荷的表演都已经结束了，在密密麻麻的座席之中，他居然真的找到了白千云。白千云在戏院的另一头坐着，打着哈欠，毫不掩饰他的无聊，而且这个胆大包天的混蛋没有进行任何改扮。安星眠心中暗笑，知道自己猜得没错，白千云果然是专程为唐荷而来。一旦唐荷下场，此人立刻心不在焉，大概全部心思都放在演出结束去后台了吧。

　　"看来我猜得很准，他们俩真的有戏啊！"安星眠对雪怀青说。

　　"啊？什么？"雪怀青随口回答，目光紧紧盯着舞台上的一个蓝衣女郎，她正在把脑袋放进一头狰的血盆大口里。安星眠看她专注而紧张的模样，笑了笑，没有再去打扰她，心里却充满爱怜地想：现在的雪怀青，已经完全是一个普通的女孩子了吧。

　　一个半对时的演出结束后，雪怀青依旧沉醉在那奇妙的氛围里，甚至不愿意站起来离场，安星眠憋住笑，拉着她去后台，正好撞见白千云。四人相见，都是分外欢喜。

　　"白大哥，我怎么听说秋雁班走到哪儿你就跟到哪儿啊？"安星眠开玩笑地说，其实也是随口试探，他并不知道白千云是否这么做了。没想到刚问完，他就发现唐荷的脸上一红，这才明白原来自己并没有说错。

　　"瞎胡说！"白千云却比唐荷大方得多，"有小荷演出的时候我才会去看！其他那些乱七八糟的玩意儿我才没兴趣！"

　　雪怀青忍不住"扑哧"一声笑出声来，唐荷的脸更红了，但看向白千云的目光中并没有愠怒，反而显得欢喜中带点温情脉脉。安星眠心里明白，这一对大概是八九不离十了。他并无丝毫嫉妒，只是在心里感到欣慰。

"你们要查的事情，查得怎么样了？"白千云问。

"有一些眉目了，但是还缺最后一个环节死活拼不上。"安星眠把他和雪怀青调查的结果，以及游侠郁风贤问到的往事大致转述了一遍。

"也就是说，这要是被调换的皇子，皇帝不可能派人追杀他；这要是个宫女的私生子，不大可能有人付出那么大的代价去遮掩——两个方面都说不通，是吗？"白千云的思维很敏锐。

"就是这样，"安星眠回答，"这两个方向都能吻合大部分的推断，但偏偏一到关键的路数就说不通了。"

白千云也皱起眉头，帮着猜测了几下，但都不得要领。四个人待在乱纷纷的后台，一时间谁都说不出话来，最后还是唐荷先开口："几位大爷大概是吃饱了肚子来看杂耍解闷的，我可是又累又饿了，安大爷腰缠万贯，何不请我们找个好地方坐下来，边吃边聊？"

安星眠哈哈一笑："说得没错，这附近最好的馆子是专门经营瀚州风味的特色餐馆'大金帐'，我们去啃点羊腿吧。"

白千云立刻鼓掌："先声明啊，老子一吃饱了就犯困，一会儿我只管吃肉，动脑子的事情留给你们这些聪明人。"

"当心你的脑子全变成羊肉！"唐荷毫不客气地说。

瀚州自古就是蛮族的土地，蛮族大君世代都居住于金帐中，所以又称金帐国。以前蛮族和华族世代交战，仇深似海，但随着和平时期的到来，虽然双方仍旧互存芥蒂，但至少生意往来还是慢慢开放了。这家名叫大金帐的餐馆就是正宗的蛮族人开的，整个餐馆别出心裁地建成一个硕大的帐篷形状，进入之后，就可以看到若干个碳烤炉，被一水儿赤裸上身的蛮族大汉操持，那些烤得金黄的羊肉发出"滋滋"的声响，一滴滴羊油落在炭火上，散发出诱人的香味，让人食指大动。

安星眠要了一个雅间，大金帐里所谓的雅间，也就是一个单独的毡包。除白千云腿脚不便需要一把椅子之外，其余三个人盘膝而坐，他们选择了自己烧烤而不是由蛮族大汉来帮忙，为了说话方便。安星眠、雪怀青和唐荷三个人分食一只羊腿，白千云却自己单独要了一只，大快朵颐。

"你这么能吃也不见胖，真是奇怪，"唐荷说，"再说了，吃东西也得有点儿形象，你看看小安，虽然也好吃，吃相可比你强多了。"

"人家小安是有学问的人，是未来的夫子，"白千云满不在乎，"我是铁匠和生意人，是个粗人。这么比较没有意义。"

"每次说你什么，你就用粗人来做挡箭牌……"唐荷无奈地摇摇头，"我看你的脸皮才是最粗的。"

安星眠含笑不语，手里握着一把小刀，灵活地切割着烤熟的羊腿。他发现现在唐荷对他客气多了，竟然还拿他做正面例子来打压白千云。不过仔细想想，自己不喜欢和人斗嘴，在唐荷面前从不还嘴，恐怕那形象也够窝囊的，反倒是白千云这样粗鲁一点直率一点的，能和她互相拌嘴，倒是更有乐趣。而雪怀青那样本来就不太爱说话的、性子温文一点的，或许倒是比较适合……

他一阵面红耳赤，不敢多想下去，给自己倒了一杯酒。雪怀青却始终很沉默，吃喝都很少，安星眠按她的性格猜测了一下，觉得她的心思仍然放在解谜上，不由得心里很是感动。其实当年的金吾卫都死光了，义父的仇对她而言已经没有那么重要，她之所以这样殚精竭虑四方奔波而从不叫苦叫累，其实都只是为了自己。这个女孩曾经很冷漠，直到现在，除了在自己面前，她也不太爱和别人说话，但她的内心，就像是有团火在烧。仔细回想，过去的大半年虽然有很多痛苦和悲伤，但因为身边有了雪怀青，好像什么样的难关都能迈过去。

想到这里，他心里一动，不由自主地伸出手，握住了雪怀青的手。雪怀青略微把手往回收了一下，却最终没有抽回去，而是任由安星眠轻轻握住。再看看唐荷和白千云，正在你一句我一句地斗嘴，压根儿没有注意到身边这两个人的小动作。

"这一刻真是难得，"安星眠想，"要是没有什么该死的阴谋，该死的骗局，该死的秘密，让时光永远凝固在这一刻，凝固在这个热得让人流汗的毡包里，凝固在跳动的炭火之中，该有多好啊！"

安星眠正在出神，却忽然听到外面传来一阵喧闹声。他掀开毡包的门，只见从另一顶更大的毡包里——所谓豪华雅间——钻出来几个人。当先的是一个胖得流油的中年人，一看就是个为富不仁的奸商，手里正拎着一个小孩，怒气冲冲地边扇耳光边骂："你这个混账东西！怎么这么给我丢脸！"

跟在他身后的另一名中年男子倒是看上去风度翩翩，只是一身雪白长衫上胸口处留下了醒目的油渍。他看来并不在意这块油渍，一直劝着那个胖子："魏兄，不必如此，小孩子顽皮一点儿有什么关系呢？衣服回去洗洗就好了。"

"唉，谭兄，您是大人有大量，"中年人余怒未消，"您不知道，这个小兔崽子一天到晚给我找麻烦，不教训教训根本不行！"

被他拎在手里的小孩儿也是顽劣成性，被父亲教训居然还敢又抓又踢，嘴里更是不闲着："死胖子！臭胖子！老东西！你平时背地里总骂这个姓谭的吸血鬼，现在又去讨好卖乖做什么？"

姓魏的胖子一张脸变成了猪肝色，谭姓男子的脸上也不怎么好看，围观的人更是哄堂大笑。胖子颜面扫地，一边揍儿子的屁股，一边怒骂："逆子！逆子！我真后悔生了你，早知道当初就把你扔在大街上让人贩子拉走算了！"

谭姓男子是否真是个道貌岸然的吸血鬼，旁人不得而知，但至少在人前他还是有涵养的。尽管那个小孩童言无忌说出了那种话，他还是赶忙拦住姓魏的胖子："魏兄千万不可在小孩子面前说出这种话，会伤到孩子的心的。"

胖子怒不可遏："这个小畜生，就知道胡言乱语，让我颜面扫地！这样的王八羔子原本就不应该生下来，早知道他顽劣至此，我宁可在街边抱一个弃婴回来养也不要他！"

这一出戏闹哄哄的，混杂着孩子响亮的哭声，围观的食客们各自幸灾乐祸，都觉得免费看这样一出戏着实不错。但在另一边，却有两个人的脸色不怎么好看。一个是白千云，这个自幼无父无母的孤儿，听到那个姓魏的胖子张口闭口"当初就该扔掉你"，不由得触动心事，唐荷猜到他在想什么，轻轻拉住他的手，以示安慰。另一个是安星眠，他一下子眉头紧锁，目光炯炯，拳头也紧紧握了起来。雪怀青看出他神情有异，担心他在人前失态，忙朝唐荷递了一个眼色。唐荷会意，两个女子一人拉一个，把安星眠和白千云硬拖回他们的雅间。

安星眠一屁股坐下，抓起装满瀚州名酿"青阳魂"的酒壶一仰脖倒下去半壶，然后重重地把酒壶往桌上一放，咬牙切齿地说："我明白了！我已经知道六月三十日那天晚上发生了什么事！一切都能解释清楚了！幕后的主使人我也知道了！"

雪怀青大喜，就连白千云也一下子抛掉了方才的不快，三人围住安星眠，一连声地问："你猜到了，到底是怎么回事？"

"幕后的主使人是谁？先说这个！"性急的唐荷摇晃着安星眠的胳膊。

安星眠重重喘了口粗气，这才慢慢定下神来。在这将近一年的时间里，为了追寻一个答案，他几乎耗尽自己的精力，也卷入各种各样复杂诡谲的事件，但最终，在这样一个原本温馨美满的夜晚，他触及了真相，触及了潜藏在一切背后的罪恶。此时此刻，他的确需要刀子一样的青阳魂来压制自己翻腾的情绪，让头脑保持冷静。

"各位，真相在此，"他一字一顿地说，"这一切的幕后主使人，是当朝太后。"

这一切的幕后主使人，是当朝太后。

"当朝太后？"雪怀青一惊，唐荷和白千云也都十分意外。

"当朝太后，圣德皇帝的皇后，宏靖皇帝的母亲，就是这一切的主使者，"安星眠恨恨地说，"她干下这一连串的罪恶勾当，只是为了隐藏一个事实，一个足以令皇朝颠覆的事实——当今天子宏靖皇帝，不是圣德帝亲生的。"

其余三人相顾骇然。当朝天子竟然不是正统血脉，这样的话要是传出去，安星眠只怕有十颗脑袋都得被砍掉。

"不是圣德帝亲生的？那他是谁的儿子？"唐荷问。

"宏靖皇帝并不是太后生的，而是一个私生子，一个宫女的私生子，"安星眠说，"六月三十日夜里，太后和宫女同时生下了婴儿，但出于某些原因，她抛弃了自己的孩子，反而抢来宫女的孩子伪作己出。我没有猜错的话，大概是那个婴儿身上有某些缺陷，让她意识到自己的亲生骨肉日后恐怕没有办法穿上黄袍。为了自己日后的荣华富贵，为了有一个当皇帝的儿子，她抛弃了这个婴儿，抢来宫女的私生子顶替。"

　　"还得谢谢刚才那个打小孩的胖子，"安星眠说，"他骂的那几句话，每一句都提醒了我。他说的'早知道当初就该把他扔在大街上'和'宁可在街边抱一个弃婴回来养也不要他'，这两句一下子把我一直阻塞的思路疏通了。"

　　众人相顾骇然，都没想到当年的事件真相竟然会是如此，竟然有人为了成为皇后，成为皇帝的母亲，而丢弃自己亲生的孩子，只为得到一个健康的孩子有机会成为储君。而且，更可怕的是，当她抛弃亲子之后……

　　"那后来……后来被金吾卫追赶的天罗，她带的孩子是谁呢？难道就是被太后抛弃的……天哪！"纵然尸舞者出身的雪怀青见惯了各种残忍狠毒的事情，当她一下子明白过来太后的手段时，仍然被震骇得面色惨白。

　　"是的，你也猜到了，"安星眠的表情中既有怜悯也有厌憎，"她本来想下手加害自己的亲生骨肉，但孩子却被那个女天罗救走了。我没有猜错的话，很可能是替她接生的欧阳端良知尚存，不忍看一个无辜的婴儿惨死在亲娘的手下，于是偷偷把他抱走，又辗转交给了女天罗，但是被太后发现了。欧阳端自知难以幸免，只让女天罗带走孩子和他保存下来的证据。太后知道凭自己能调动的力量抓不住女天罗，于是……"

　　"于是她告诉皇帝，那个宫女和奸夫私通，偷偷在宫里生下了一个孩子，这是淫乱宫廷的大罪。皇帝自然龙颜大怒，派出金吾卫去追杀，而欧阳端也被她派人伪装成血翼鸟灭口了。"白千云替他说了下去。

　　雪怀青点点头："是的，皇子出生，宫女的私生子也出生了，然后二者被调了包。这样一来，所有的推论都吻合了，矛盾也解决了。金吾卫追杀的，的确是宫女的私生子，只不过是调包之后的，那个婴儿的真实身份是太后亲生的孩子。这确实是一个绝不能泄露的秘密，否则的话，让人们知道当今天子只不过是一个宫女的私生子，皇朝上下的动荡将难以想象，搞不好会牵一发而动全身，引起席卷整个九州的兵乱烽火，而太后自己……别说九族，就算有九十九族也都会被诛杀得精光了。”

"所以三十年后，当她得知证据并没有被毁掉，还有可能泄露出去的时候，她选择了以牺牲整个长门为代价来毁掉所有的藏书洞窟，”唐荷的话语里也充满了恨意，无疑是想到了自己的哥哥章浩歌，"这真是个狠毒的老妖婆啊！”

白千云狠狠一拍桌子："这个老贼婆太他妈的可恶了！咱们一定要好好收拾她！”

这话一出，大家都安静下来了。要说收拾当朝太后，那可不是什么轻松的活计，而如果不顾一切地把整件事情捅出去呢？很难说有什么样的灾难后果。如今大家推出了真相，反而却陷入了尴尬的境地——应该怎么办呢？

大家沉默着，沉思着，集中了全部的注意力，进来送餐后鲜果的侍者也许是看见这帮人一个个面色不善，情知要不到赏钱，一声都没有吭，放下餐盘就连忙退了出去。

过了一阵子，雪怀青感觉到口渴，随手拿起一片剖开的香瓜放到嘴边，忽然，她的鼻端隐隐闻到一点儿对她而言难闻的气味。这味道很淡，旁人是肯定闻不到的，但以尸舞者的敏感，她还是从烤羊肉的香气和香瓜的甜香中分辨出了这种味道，而且——这气味她之前也闻到过！

她陡然觉得不对，想要开口警告大家小心，却发现自己说不出话来，想要转头看其他人，才发觉连脖子上的肌肉都僵硬了。一定是刚才那个低着头进来送鲜果的侍者，在餐盘或是水果上洒了毒药药粉，可恨自己竟然沉溺在思考之中，没有丝毫防备。

"糟糕了！我可是最擅长用毒的尸舞者啊，竟然被人用毒药偷袭，真是丢死人了……”这是雪怀青昏过去之前的最后一个念头。眼前的世界开始变得黑暗，在身体倒在地上之前，她就丧失了知觉。

三

一片黑暗。不过这黑暗未必来自周围的环境，而可能只是因为那块黑色蒙眼布。鼻子里依旧能隐约闻到那股让人不舒服的气味，但雪怀青一时想不起来过去在哪里曾闻到过。

身体理所当然地被捆绑住，绑得不算太牢，大概是因为下毒者对他的毒药药性很有信心。的确，现在雪怀青只觉得四肢绵软无力，就算没有绳子的束缚，也没法逃到哪儿去。她静静地细听，通过呼吸声判断出，四人一个不落，被关在一起。不过自己对毒药的抵抗力比一般人强一些，所以醒得早，剩下三个人的呼吸都很绵长而轻微，说明他们身上的药力还没过去。

她再催动精神力，试图感应一下附近还有没有别的人，却有一个意外的惊喜：她感应到了自己的尸仆！这一趟出门去大金帐，因为担心尸仆的形貌过于骇人，她把尸仆藏在客栈里没有带出去。也就是说，现在他们被关押的方位，其实距离客栈并不远。

而客栈和皇宫距离颇远，据此可以推断，他们并没有被关在皇宫里。这让雪怀青有些困惑。遇袭的一瞬间，她脑子里曾闪过这样一个念头：会不会是太后早就发现了他们的行踪，因此把他们抓到宫里了？现在看来似乎不像。

但是转念一想，假如这真是太后干的，她也不会傻到把他们抓进宫里，那样危险性太大。所以究竟是什么人抓了他们，她现在心里也没数，只能干等着了。

就这样在黑暗中熬了大概有半个对时，安星眠等人陆续醒转，抓他们的人似乎故意没有堵住他们的嘴，可以任由他们交谈。白千云脾气火暴，已经开始破口大骂了，但换来的只有无尽的缄默，就好像世上只剩下了他们四个人，其他的人全消失了一样。

"我们现在该怎么办？"唐荷问，声音倒是很镇静。虽然她是四个人当中唯一不会武技的,但面对大事,她也有着乃兄章浩歌的淡然自若。

"只能等了,"安星眠说,"真是对不起,把你也牵扯进来……"

"我们本来就是一伙的,"唐荷立即打断他,"什么叫牵扯进来?别忘了,我哥哥是因为他们才死的。"

"可是……毕竟你……唉!"安星眠叹了口气,听上去十分懊恼,"都怪我,在这样危险的地方,却少了防备之心,自以为易容后就很安全。我毕竟还是纸上谈兵多了些,真正经历的事情太少了。"

"年轻人能够勇于承认错误,承担责任,这很好,也很不简单,难怪章浩歌那样的大贤之人也那么器重你。"一个陌生男人的声音忽然响起。

四人都是一惊,安星眠、雪怀青和白千云吃惊更甚。三人都武技不俗,听力强于旁人,竟然都没有注意到这个陌生男人是什么时候无声无息地出现的。此人的武技,恐怕比他们更高,三人心里都多了这层担忧。

而这个人的声音也很奇怪,听起来沉厚而富有磁性,却很难通过声音判断出此人的年龄,他可能很年轻,也可能十分苍老。雪怀青更是察觉到这个人身上蕴藏着令人吃惊不已的强大精神力,自己在他面前几乎可以说是不值一哂。

这到底是什么人?他和太后之间又是什么关系呢?一时间所有人都开始猜测,却又完全摸不准方向。

"我其实真的很佩服你们,"这个男人说,"我原本以为我的计划是无懈可击的,而且已经开始见到实质性的成果了,却最终被你们猜到了真相,看破了我的手段。所以我不得不对你们下手,如果你们把这个推论散布出去,我的计划就再也没有成功的可能了。"

虽然还是无法从声音判断出这个人的年龄,但安星眠从他的语气里听出一种只有老年人才会有的沧桑和沉着。他基本确定,对面这个男人年纪很大,也许是个垂暮老人。

"这位前辈,这一切的事端,都是出自您的布局?您和太后到底是什么关系?"虽然面对着可能是长门大仇人的对手,安星眠依然礼貌如故。更何况,在这种时刻,盲目的急躁愤怒只会自乱阵脚,失去翻盘的机会。他必须保持绝对冷静。

"是的，都是我的布局，持续了几十年的布局，"老人回答，并且没有否认自己"前辈"的身份，"我一生的心血，都耗在了这个布局上，当然不能眼睁睁地看它被你们毁掉。因此我只能请你们到这里来，让你们永远沉默。"

四个人都是心里一寒。这个老人说起话来温文尔雅，似乎丝毫没有锋芒，但话语中却饱含一种掌控一切的力量，同时有一种蔑视生死的淡漠。单论气势而言，安星眠觉得在自己生平所见过的人当中，只有须弥子能和他相提并论。只不过须弥子的霸气是展露于外的，这个老人的锋芒则是内敛的。

和这样的人打交道，更是要加倍小心，安星眠想着，继续礼貌地发问："既然你已经打算杀我们了，能不能在我们临死之前，告诉我们你的身份？"

老人沉默了一阵子，然后说："恐怕不能，我是一个早已从这个世界上消失的人了，而我的身份更加牵涉一些其他的秘密，无法对你们言说。不过，为了表达对你们聪明才智的尊重，我也许可以把藏书洞窟的这个事件原原本本地和你们讲清楚，这样在你们离开人世的时候，至少会少一点儿遗憾。而且你可以记住一点，我和太后的关系，并不重要，太后的策划出自我的手笔，我们的目的是一样的。"

"既然这样，那就谢谢你的慷慨了，"安星眠不动声色，"反正都是将死之人了，能够晚死一会儿总是好事。"

"年轻人勇气可嘉，值得赞赏，"老人说，"当然了，也可能是因为你心里其实有恃无恐，因为你知道，有一个一直保护你的人，会在关键时刻挺身而出解救你，对吗？"

安星眠心里一颤，这才发现这个老人对自己的了解远比想象中要多。他只能强作镇静："这也说不准，所谓吉人自有天相嘛。"

"你是不是吉人我说不上来，不过你的天相嘛……很遗憾，他已经中了我的圈套了。"老人说。

"你说什么？他？"安星眠这一惊非同小可。他比任何人都清楚风秋客，那是一个足以和须弥子抗衡的狠角色，当世能胜过他的人恐怕找不出几个。如果这个老人连风秋客都能对付，那么他的力量实在是有些超乎想象了。

"他的确很强大，单论武力，这世上没有多少人能胜过他，"老人说，"他的缺陷在于内心。他太执着于某些事情，以至于失去了平和的心，没了精神的平衡。所以他其实不难对付。当然，他还是给我造成了不少的麻烦，我毕竟是老了。"

这是老人第一次正面承认他的老迈，但安星眠知道，一个能够击败风秋客的老人，远比一百个精壮的年轻人还要可怕。他叹息一声："那我真是无话可说了。还是请您接着讲下去吧。用你的话来说，至少解开我们心中的疑团，让我们死的时候少一点儿遗憾。"

雪怀青却在心里想，少一点儿遗憾又能怎么样呢？假如死亡终究不可避免，多一分遗憾，少一分遗憾，其实都是一样的。用长门僧的话来说，无论如何，当跨过最后一道门，一切都会终结在永恒的黑暗中。

"我会一种特殊的秘术，可以在距离很远的地方听到人们的耳语，"老人说，"所以你们在大金帐里的一切，对我而言，都没有什么秘密可言。但我还是非常佩服你们，你们的猜测，基本上和真相吻合，这一点非常了不起。能不能告诉我，你是怎么开始怀疑这件事的？要知道，章浩歌那样的大贤之人都因此而自尽了。"

"有一些细枝末节不太合常理，所以我一直在注意着，"安星眠讲述了他和雪怀青的一些疑惑，包括在历次事件中"巧合"出现的长门僧，包括胖太监的前后言语不一等，"但是这些终究只是小细节，即便会引发怀疑，也无法通过它们做出定论，你真正的致命破绽，在一本书上。"

"书？什么书？"老人问。

"你布置那个假洞窟，将其伪装成胤末燮初时期的藏书洞窟，往里面填进了大量那个时代的书籍，"安星眠说，"本来那是您这个阴谋取信于人的核心，皇帝上当了，我的老师章浩歌上当了，一部分天藏宗的同门上当了，我一开始也上当了。但是运气不错，皇帝放火焚烧那些书籍的时候，可能是因为时间仓促，没有烧得太完全，留下了一些，而我又是个爱书之人，捡走了几本。"

"那些书，都是我这些年精心搜集的古本，出了什么问题？"老人说。

"别的书都还好，确实是很珍稀的胤末燮初时期的古本，但是你在一本书上出了岔子，"安星眠说，"那本书就是《殇阳血》的曲谱原本。"

老人沉思了一会儿："《殇阳血》？那不是胤末的大国手欧阳扶的名曲嘛，这本谱子怎么了？"

"很长一段时间来，人们的确以为《殇阳血》是欧阳扶所作，"安星眠说，"但是很可惜，我前些日子认识了一位高人，从他那里得知，《殇阳血》根本就是伪作，是后世一位不知名的音乐家假托欧阳扶的名字而作，距离胤末燮初的时代足足相差有好几百年。于是问题来了，几百年后的一本书，是怎么被封存进几百年前的洞窟里的呢？"

老人再度沉默了，过了许久才问："他们是怎么考证出这是一本伪书的？证据可靠吗？"

安星眠把河络长老长笛凯尔的考证过程告诉了老人，老人想了一会儿："他们的考证是正确的，没错，这一点上我疏忽了。可叹我自负学富五车，竟然连一本伪书都识别不出来，最后留下了破绽，可见人力总有穷尽，还是不要太高估自己为好。"

"其实也就只是这一本书的疏漏而已，已经非常了不起了，"安星眠说，"如果不是您不小心把这本书也收入了洞窟，如果不是皇帝放的那把火碰巧没有烧掉这本书，我是根本拿不到确凿的证据的。"

"智者千虑，必有一失，"老人长叹一声，"好吧，那你又是怎样一步一步推演到太后身上的呢？"

安星眠回答："首先，通过那本《殇阳血》，我确定了所谓的'毁灭九州的地下火山'和长门僧挖掘洞窟以图引发火山的说法，都是子虚乌有的谎言和骗局。那么我就需要弄明白，为什么会有人编织这样的谎言，把血雨腥风笼罩在与世无争的长门身上，长门到底招惹了谁？"

"是啊，你是怎么判断出这个'谁'的呢？"老人问。

"我的同伴也在调查一桩圣德十一年发生的往事，而我们意外地发现，她所要查的事件和这起针对长门的阴谋之间存在交集，这个交集最终落在了那些金吾卫身上，"安星眠说，"于是我的思路变成了这样：为什么金吾卫追杀一个带着婴儿的女天罗，会最终给长门带来祸端？这当中的联系到底是什么？"

"我明白了，"老人果然思维敏锐，"你也知道了当年在锁河山发生的那次追杀，自然也猜到，那个天罗女杀手往长门僧背后的筐子里藏了关键的证据。"

安星眠点点头："是的，想通了这一层，其他的事情也就不难推想了。那个女天罗并不是重点，她带的婴儿才是重中之重，一定牵涉了十分可怕的秘密。而什么样的婴儿能让金吾卫去追杀，就让我们很苦恼了。最简单的思路当然是——这是某个嫔妃宫女的私生子，属于皇家丑闻，所以皇帝才会派人去追杀。但是这样的推测有一个大障碍：横竖不过一个私生子而已，怎么可能牵动如此广的偌大祸害？就算是脑子有病的人也不会那样小题大做。"

"我真希望你推断到私生子这一步就停下来，那样你会减少很多灾祸，可惜你们没有停手。"老人说。

"所以我们调查了圣德十一年天启城所发生的种种大事，结果听到了名医欧阳端全家被血翼鸟所杀的事件，"安星眠说，"这个事件看起来好像和我要寻找的真相半点儿关系都没有，但仔细分析却会发现，其实二者之间联系很紧密，因为欧阳端专长妇科，且医术精湛，经常被召进皇宫替贵人们看病。更要命的是，欧阳端的尸体在七月四日被发现，仵作推断已经死了三四天，而就在四天前，有另外一件大事发生，那就是宏靖帝的诞生。"

"现在看起来，血翼鸟这一步有点弄巧成拙了，"老人又是一声叹息，"早知道宁可冒着被人怀疑的风险，也要把欧阳端死亡的影响压到最低，这样至少不会有人在三十多年后又转过头来追寻此案。"

"后来人们发现血翼鸟杀手的尸体，并且找到了笔记，笔记本上并没有记载这桩案子，更加令人疑心这是有人借了血翼鸟的响亮名头来转移视线，"安星眠说，"再加上皇子生日的巧合，自然让人产生联想，欧阳端其实是因为牵涉到了某些宫廷机密，这才被人杀人灭口的。"

“这的确是一个正确的方向，”老人说，“于是你想到，宏靖帝并非太后亲生？”

“开始还没想到这一层，并且我们始终在为真相的矛盾所苦恼，”安星眠说，“我们托了一位游侠，调查出来那几天确实有宫女产下私生子。那么，如果被抱走的是皇子，为什么皇帝要杀他？如果被抱走的是宫女的私生子，又会有怎么样的大秘密需要牺牲整个长门去掩盖？所以一直到被你抓来这里之前，在大金帐那里，因为一场意外围观的吵闹，我才想到这一层：太后的孩子和宫女的私生子是同时出生的，但出于某些原因，太后抛弃了亲子，把宫女的儿子调包过来冒充自己的。于是宫女的私生子摇身一变成了皇子，在皇宫里安全地长大，最终成为皇帝；真正的皇子却被自己的亲生父亲派出金吾卫追杀，最后生死未卜、不知所踪。而太后当然要掩盖这一切，为此她不惜采取任何手段，牺牲长门也在情理之中。”

又是一阵沉默。过了好一会儿，老人才轻声说：“不错，你的推断几乎没有什么差错，当年的一切，就是这样发生的。”

“但是有一点我还不明白，”安星眠说，“事情发生在圣德十一年，都三十三年了，为什么一直到去年，太后或者说你，才开始对付长门？之前你们就不害怕吗？”

“害怕的只是太后，而不是我，”老人回答，“之所以耽误了三十来年，原因很简单：直到去年初，我才抓住了当年的那个女天罗，让太后知道了她的存在，并且匿名恐吓了一下太后，威胁她要找到证据公之于世。如果没有女天罗的证言，一切的流言都只会是捕风捉影，不可能促使太后痛下决心破釜沉舟。本来这一切都可以早点开始的，在太后掌权的那一天就可以开始，但是没想到，那个女天罗竟然对孩子产生了恻隐之心，背叛了我。”

“你是想说，这一切全是你故意安排的？”安星眠惊怒交集，“也就是说，女天罗不是什么宫女的姐姐，是你刻意安排的！太后并不是幕后元凶，她也是被你操纵的！”

“说操纵不算确切，”老人淡淡地说，“女天罗巧遇长门僧，又赶巧把重要证据藏在长门僧的背筐里，长门僧再赶巧是天藏宗派去运送藏书的弟子，我不是神，算不出这么多步也安排不了这么多步。我只不过是一个一直在等待机会的人，并且运气不错等到了这个机会而已。三十三年前，追杀那个女天罗的金吾卫中，有一个人是我的弟子，他目睹了当时的情景并且判断出女天罗把证据藏在了长门僧的背筐里。我这个聪明的弟子，立刻意识到机会来了，所以当时并没有说破，而是回来禀报了我，却没想到女天罗后来不知所踪，幸好孩子的下落总算打听到了。在那之后，我一直在干三件事，一件是四处搜寻那个女天罗的下落；另一件，就是保证那个宫女的孩子能够成为皇帝。"

安星眠心中恻然。简简单单的一句"保证那个宫女的孩子能够成为皇帝"，却不知道包含了多少血雨腥风和阴谋杀戮，实在令人不寒而栗。唐荷却已经开口："我也听到过一些宫廷传闻，据说在宏靖帝成长到继位的这段时间里，有三个皇子因为各种离奇的原因不幸丧生，原来都是你干的？"

"皇位不是那么好坐的。"老人虽然没有正面回答，但也算是默认了。

"你刚才只说了两件事，你一直在干的第三件事呢？"安星眠又问。

"要让太后产生对藏书洞窟的恐惧，就必须保证能威胁到她的证据始终存在。所以，我要确保她的亲生儿子始终活着，那也是极为重要的证据，也许什么时候就能用得上。"老人说。

"亲生儿子？你是说……女天罗最终还是保住了那个小孩儿？"安星眠很是欣慰。

"不但保住了，还托旁人把他抚养长大了，"老人说，"虽然身体残疾，总算是一直活了下来。"

"果然是残疾的缘故才把孩子扔掉的，"白千云怒哼一声，"这个当妈的简直就是禽兽！"他双腿有残疾，所以生平最痛恨对残疾者的歧视。

"你也不能怪她，"老人说，"想要在皇宫里活下去，着实不易，对于那些贵妃而言，最大的梦想或许就是养出一个太子来。可是好不容易怀胎十月，生下来的孩子却是个畸形，两条腿粘连在一起，如果强行分割开，势必无法正常行走，只能终生成为一个残废……"

"等等！你在说什么？两腿粘连在一起？"白千云恍如身受重锤，突然感到一种噩梦般的震惊。

"白大哥……我去年认识你的时候，你正好三十二岁……你是圣德十一年出生的！"安星眠也一下子反应过来，一时间一背的冷汗，"难道你就是……难道你就是……"

"是的，他就是，不过你也知道，他现在活得还算不错，"老人说，"女天罗把他委托给那些河络，看来是个明智的选择，他不但好好地长大成人了，甚至还成了一个有钱人和一个武学高手。"

四

所有人都说不出话来了，陷入极度的震惊和意外中。由于眼睛上始终蒙着黑布，他们也无法看到彼此的表情，但此时此刻不难想象。即便是很少情绪外露的雪怀青，此刻也是满脸惊诧。他们万万没有想到，那个总是粗鲁、豪迈、义薄云天的白千云，那个总是倔强地要活得比正常人更好的白千云，那个私下里制贩河络兵器的白千云，竟然会是皇子，而且是一个被抛弃、被追杀的皇子。

"你……你放屁！"白千云终于回过神来，结结巴巴地骂道，"你胡扯些什么？我怎么可能是皇帝老子的儿子？"

"怎么不可能？"老人不紧不慢地说，"如果你不是那个被太后遗弃的孩子，我为什么会替你除掉那么多试图在背地里对付你的敌人，又为什么每年花费那么多时间待在云中城监视你？"

安星眠又是心头巨震。老人的前半句话解释清楚了为什么这么多年来白千云做着危险的生意却始终安然无恙，后半句话却有些意味深长。每年花费大量时间待在云中城，难道他是……

"你是那个捏面人的哑巴老伯！"雪怀青已经叫出来了，"怪不得中毒之前我总觉得闻到了一点儿让我不舒服的气味，那是你手上残留的染料的味道，又留在了果盘上！我见过你的！"

安星眠恍然大悟。在云中的时候，他还专门向雪怀青介绍过这个捏面人的老伯，尤其强调了他四处云游，但是最喜欢云中城，没想到他是以这个身份来监视白千云。这位老人就像一个不急于下手的猎人，每天来狩猎点，看看自己的猎物，准备等它养肥壮之后再下手。

眼前忽然一片刺眼的光亮，安星眠闭紧眼睛，感觉一阵难受，那是蒙眼睛的黑布被摘掉了。过了好一会儿，他才睁开眼睛，勉强辨认清楚周围的一切。他们被关在一间十分奇怪的石室里，石室非常宽大，相当于一个大厅，里面却空空荡荡的，除了墙上照明的烛火外什么都没有，连桌子椅子都没有。这间石室没有门窗，只是顶部有一块石板的颜色与周围的不同，估计是块活板，是这间石室唯一的出入口。他判断这个石室里还有一些隐藏的透气孔，否则无法供人呼吸。而四人都被五花大绑，靠墙放置，好似四个装满货物的麻袋。

"既然你们已经知道我是谁了，倒也不必继续蒙住你们的眼睛了。"站在石室中央的老人说。果然是那个一直装成哑巴捏面人的老人，仍然看起来鹤发童颜精神矍铄，身上穿着粗布衣衫，手掌上还沾着没洗干净的色彩。这是一张平凡的面容，但平凡之后蕴藏的是让人恐惧的力量。

"你们俩曾在我的面人小摊提到过章浩歌的名字，"老人说，"虽然声音很轻，但还是被我听到了。所以从那时候起我就已经注意你们俩了。"

安星眠顾不上为当时的不谨慎而懊悔，他的注意力全放在了白千云身上。白千云铁青着脸，双目通红，恶狠狠地瞪着那个老人，就好像要用目光把老人的心脏剜出来一样。他大口大口地喘着粗气，面对这突如其来的身世揭秘，完全不知道应当作何反应。这时候，唐荷在一旁轻声对他说："不管你的父母是谁，对你做了些什么，你就是你自己。记住这一点，你就是你自己。"

"是的，我就是我自己，"白千云咬着牙关说，"可是，我还是不会原谅她，永远也不会。"

"你也没有原谅她的机会了，"老人说，"我的目的已经达到，天藏宗的内部已经种下怀疑的种子，并且着手毁掉了第一个洞窟。有了第一个，就会有第二个、第三个……无须太后再去加力。因此，你已经没有继续存在的必要了。"

"这么说来，这是一个双重的局？"安星眠忽然说，"太后想要毁掉所有的藏书洞窟，目的是毁灭藏在洞窟里的皇子调包的证据；而你帮助太后，根本目的却在于毁灭洞窟？"

"你已经猜到了，我也就无须否认了，"老人点点头，"是的，毁灭藏书洞窟，对太后而言是一种手段，对我来说，却是目的。我这一生所做的事情，只是为了毁掉那些洞窟本身，舍此别无所求。"

"你为什么要这样做？长门和你有什么深仇大恨？"安星眠的呼吸急促起来。他没有料到，当他已经完全抛弃"有人试图毁灭长门"这一论断，开始相信长门只是一个意外的受害者的时候，竟然发现，幕后的元凶又多了一层。太后的确是不得已才把长门推到风口浪尖之上，但太后也只是这位老人手中的一枚棋子，他用自己一生的时间，处心积虑地要对付这个与世无争的门派。

老人看出安星眠眼中的愤怒，他摇了摇头："你以为我是和长门有仇吗？你错了，对太后而言，长门是一个意外的受害者，只不过是她不得不对付的无辜对象，对我而言，同样如此。"

"你说什么？"安星眠不解，"你想要毁灭藏书洞窟，难道不是出于对长门的仇恨？"

老人没有回答。他背着手，双目微闭，仿佛是在回忆过去的岁月。许久之后，他睁开双眼，对安星眠说："你知道的已经足够多了，有些疑问，还是永远让它成为疑问吧。我想，是时候送你们上路了，你们有什么临终遗言，我给你们一炷香的时间想一想。"

他摊开双手，掌心中开始升腾起氤氲的紫气，虽然安星眠不知道那是什么秘术，但他很清楚，那一定相当厉害。眼前的这位老人，看来是一个秘术大师，其实这完全是可以想象的。

该怎么办呢？安星眠额头冷汗直冒。现在己方四人都中了毒，根本无力还击。他倒是已经利用从风秋客那里学到的手法，悄悄把自己背后的绳子解开了，但解开绳子也没什么用——四肢不听使唤。他侧过头，想要和雪怀青低声商量一下，却马上想起，这位老人的听力奇佳。他生平虽然也曾遭遇过不少的危机，但恐怕这一次最为凶险，几乎看不到翻盘的希望，就连以前总是在关键时刻出现救命的风秋客，都已经被这个可怕的老人击败了。

这种时候，他做了一个几乎出自本能的动作——挪动自己的身躯挡在了雪怀青的身前。这当然是一个无意义的动作，因为老人的秘术一旦释放，大家会同一时刻死去。但是这一刻他想不了太多的东西，只想挡住雪怀青，给她留下一点儿微茫的希望，哪怕是比自己多活一刹那。当生命走到尽头的时候，他终于发现，自己果然不能成为一个真正的长门僧，而且没有一丁点儿这样的可能性。因为在临死前，他所想到的不是无穷无尽的生命长门，不是无数人苦苦追寻的真道，不是那玄之又玄的所谓"生命的真谛"。

当死神露出狰狞的笑容时，安星眠发现自己忘记了其他的一切，只剩下了唯一的一个念头：活下去，和身后的这个女子长相厮守，那才是我这一生最想要的。

就在这时候，他觉得脖子后面一阵温热，好像是有什么液体滴在了脖子上，他很快反应过来，那是雪怀青的泪水。他忍不住想，能在女孩的眼泪中迎接死亡的到来，也是一种安慰吧。

"谢谢你，"雪怀青把嘴唇贴在安星眠的耳旁，轻声说："有人愿意为了我这样做，我就是死，心里也很快活的。但是我只会让自己死，而不会让你死。"

安星眠感到雪怀青柔软的发丝拂过自己的后颈，接着，她低下头，在安星眠的脸颊上轻轻一吻。安星眠不由得心里一荡，但突然之间，脸颊上传来一下轻微的刺痛，像是有一根极细的尖针扎了进去。他正在纳闷，随即觉得好像有一股细流从刺痛的部位开始，迅速游走于自己的全身。

"你要活下去，"雪怀青对安星眠说，"无论怎么样，活下去。"

话音刚落，安星眠就感到自己的四肢开始有了一种奇特的反应，一种不知从何处而来的力量开始驱动着自己的四肢运动起来。他一下子扯掉手上早已解开的绳索，站了起来。

老人没有料到安星眠竟然能站起来，眉头微微一皱，倒也并没有惊慌。他对安星眠的实力心知肚明，知道即便安星眠完全没有中毒，也不会是他的对手。倒是安星眠惊讶之极，不明白自己为什么会莫名其妙地自己动起来。但很快地，他反应过来：这是雪怀青的尸舞术！

他回忆起之前在幻象森林的时候，自己伪装成雪怀青的尸仆混入尸舞者研习会，但雪怀青担心会被别人看出来，为了稳妥起见，雪怀青除了给自己增加一点儿尸体的"气味"之外，还在自己的体内灌注了她的精神力，那是尸舞者驱动尸仆的根本。

就在不久之前，当自己由于极度的激愤而出现精神力紊乱的时候，也是雪怀青利用这道留在自己体内的精神力帮助自己镇静下来。而现在，她借助刚才的那一吻，把操控尸仆的毒药通过毒针送入自己体内，要直接运用尸舞术指挥安星眠的身体作战了！

的确，此时此刻，恐怕只有尸舞术才能奏效了。尸舞术的一个长处在于，能够把一具身体的力量增强许多，所以尸舞者带在身边的尸仆往往都具备强大的战斗力。眼下安星眠在毒药的作用下全身绵软无力，但有了尸舞术的刺激，这样的作用就被抵消掉了。甚至，安星眠的力量和速度只比往常更强。

他不知道的是，这样使用尸舞术驱使活人，会加倍消耗雪怀青的精力，因为她不只需要控制安星眠的身体进行作战，还得时时刻刻和安星眠自己体内的精神力量相抗衡——死尸体内是没有精神力的，活人却有。她原本想要召唤自己的尸仆，但距离太过遥远，根本无法控制尸仆寻路，眼下唯一的办法就是把安星眠当成尸仆使唤了，虽然对方的精神力不断在反击，让她的脑子爆裂一样剧痛难忍。

但雪怀青还是强忍住了，她抿着嘴唇，一声不吭，全神贯注地开始驱策安星眠。安星眠站起身后，在原地立了一会儿，似乎是在蓄势，然后，他猛冲向老人，挥拳直击对方的面门。老人看似纹丝不动，脚下轻巧地挪动一下方位，已经闪开了这一拳，同时手中的紫色火焰挥出，向安星眠缠绕而去。安星眠低头避过,不及转身,左肘向后方猛推,击向老人的肋骨。老人只得再行闪避,火焰也打偏了。

白千云紧张地关注着战况,只恨自己浑身乏力,不然就算被绳子捆着,他也会冲过去用头撞、用牙咬,非要弄死这个该死的老头子不可。双方几个回合之后,他也看出不对来了,安星眠本来擅长的是轻巧灵动的关节技法,此刻却打出了他最喜欢用的刚猛的拳法,但这样的战法并不适合安星眠那样的体魄,不能完全发挥出这套拳法的威力。不过他很快想明白,雪怀青的尸舞术不是万能的,不可能使用她并不熟悉的关节技法,所以只能用她惯常的手法。好在在尸舞术的加成之下,安星眠倒也力量大增,每一拳打出去都虎虎生威,颇见气势。

雪怀青已经把自己的全部力量都投入到了尸舞术中。以她原本的实力,即便操纵五个尸仆,也不是这个老人的对手,但此刻驱策着安星眠,体内却像有无穷的力量在涌动,而安星眠的身躯和她的精神也达到了一种奇妙的契合,以至于发挥出超常的威力。不知不觉中,她的口鼻都已经流出了鲜血,头颅里好像有一把锋锐的锥子在不断地凿,但她担心安星眠分神,一直强忍,竟然连哼都没有哼一声。

安星眠也知道此时四个人的性命完全维系在他一个人身上,所以也一直强行压抑自己的精神力,选择让雪怀青完全主宰自己的身体。这是一种非常艰难的处境,因为他无法预料雪怀青的行动,每当遇到危险时,不由自主地就想控制住身体来自行闪避,但最终,他压制住了这种冲动,完全把自己当成提线木偶,全面由雪怀青掌控。

信任。这是一种信任,无条件的信任,生死与共的信任。安星眠已经顾不得去想这一战的结局了,他的头脑里只是反反复复地提醒自己:我已经死了,我是一个尸仆,我没有任何自主行动的能力,雪怀青指哪里,我就打哪里。

这一遍又一遍的默念就好像一种魔咒,渐渐地,他的反抗意志越来越低,终于到了完全不加抗拒的地步,不管身前遭遇的攻击有多么凶险,他都相信,雪怀青能够帮他避开。他觉得自己真的变成了木偶,雪怀青就是那个提线的木偶师,他的身体随着雪怀青的灵魂而起舞飞动,仿佛两人已经合二为一。

老人开始喘息了。他的秘术虽然高强，但尸舞术的邪恶力量大大缩小了安星眠和他之间的巨大差距，使得两人可以站在相近的水平线上搏杀，这是他之前没有想到的。而安星眠比他年轻许多，体力上很有优势。他只能一次又一次地变幻秘术，试图让安星眠反应不及。

然而，他忽略了一点，那就是安星眠根本不需要自己做出反应。而雪怀青甚至不必睁眼看，根据老人精神力的流动就可以做出判断，在雪怀青的操控下，安星眠以超越常人的敏捷躲过了他一次又一次的秘术袭击，同时用暴风雨一般的进攻牵制着他，让他不得不时刻运用步法躲闪，这也影响了他在秘术上的攻击力。

"年轻人的热血啊，"百忙中他竟然还能顾得上感叹一声，"我毕竟还是低估了你们，也低估了尸舞术的力量。看起来，我只能再折损一些寿数了。"

随着这一句话，安星眠陡然发现加在他身上的压力大大增强了，仿佛有一股看不见的力量转化为坚硬的实体，开始挤压他，让他连站都站不稳。他连忙大喊道："他的力量增强了！要当心！"

不必安星眠说，雪怀青也能感觉到，老人的精神力犹如澎湃的潮水一般汹涌上涨，即便是不懂武学和秘术的唐荷，也感到了巨大的压力迎面袭来。突然之间，老人长袖一卷，安星眠身前的空气瞬间形成旋风，把他席卷其中。雪怀青的反应终究慢了一步，跟不上这无形无色的秘术，眼看安星眠的身子被高高抛起，浑似一片没有重量的羽毛一般，以怪异的姿态在空中做了几个翻滚，然后被重重扔到墙上。"砰"的一声巨响后，安星眠摔落在地上，右手手腕奇怪地扭曲着。一向习惯以关节技法卸脱对手关节的他，这一次，自己被生生摔到脱臼了。

与此同时，雪怀青也坚持不住了，她的头软软地垂了下去，身子慢慢靠墙倒了下去，陷入昏迷中。尸舞术的力量随之消失，安星眠纵使想要带伤单手作战，也完全没有力气站起来了。他唯一能做的，就是用左手支撑着挪动到墙边，把雪怀青抱在怀里。

"一切就这样结束了，"他低叹，"但是至少，在跨过生命中最后一道门的时候，你和我是在一起的。"

他紧紧搂住雪怀青，闭上了眼睛，嘴角犹然带着微笑。

这时他听到前方"咕咚"一声，一睁眼，看见白千云摔倒在老人的脚下。他恍然明白过来，即便是中毒浑身乏力，即便被紧紧捆绑，白千云也决不肯屈服。在临死前的最后一刻，他拼尽最后的力气，用身体撞向老人。当然了，这一撞是不可能有任何结果的，但这就是白千云，即便可能性为零也绝不会放弃反抗的白千云。

"有勇无谋，你若是做了皇帝，肯定及不上当今的宏靖帝。"老人微微摇头。

"呸！放你娘的屁！"白千云恶狠狠地骂道，"第一，老子就是老子自己，什么皇帝不皇帝的和我没关系！第二，如果国破城亡的时候，一个皇帝不是拿起剑来号召民众反抗，而是屈膝等死，他也不配做一个皇帝！"

"你的这句话，开始有点儿帝王气象了，"老人赞赏地说，"可惜，命运之神并没有眷顾你，不过人生如同天空中的明月，总有阴晴圆缺，难以圆满。至少在临死之前，你知道了自己的身世，知道自己是皇室血脉，也可以安心地闭眼了。"

"我才不要什么安心地闭眼！"白千云两眼血红，"什么皇家血脉，什么皇帝，我才不在乎！我不信天命，不信什么神的意志，只信我自己的拳头。等到你把我全身的每一块骨头都碾碎之后，再来跟我说什么安心吧！"

他霍然暴起，再次向老人一头猛撞过去。老人轻灵地闪开，但突然，他的身子抖了抖，肩头慢慢流出了鲜血。

这是怎么回事？难道白千云其实是个深藏不露的秘术士，在那一刹那施放秘术暗算了老人？但再一看不太像，因为白千云自己也张大了嘴，有些不知所措。

就在所有人都茫然不解的时候，石室顶部那块活动的石板忽然被掀开了，几个人影跳了进来。当先的两个人安星眠不认识，但第三个人他却一眼就认出来了。

那是前些日子会过面的长门僧骆血！

"看来我还来得不算太晚。"骆血缓缓取下腰间的刀鞘，拔出刀。这把刀刀身细长，锋刃奇薄，最古怪的是通体透出一种暗红色，仿佛被鲜血染红的一样。

"骆前辈，你可真能给人惊喜啊！"安星眠喜极而呼。

骆血没有回答，而是对着老人，举起这把血色的长刀："你们刚才说的话，我听得十分清楚了。昔年我为了长门而封刀，今天，我为了长门而拔刀。"

五

安星眠开始有点儿明白这间地下石室为什么会如此巨大了，只有那样巨大的空间，才适合这位捏面人的秘术大师在这里钻研练习他的秘术。不过眼下，这种巨大的空间对双方而言倒是机会均等。狭窄的空间可能令秘术士难以躲避对方的闪电突袭，却同样可能令一名武士猝不及防直接被秘术击倒。而现在，骆血和这位无名老人面对面而立，谁都没有轻举妄动，对老人来说，站在骆血身边的几位同伴也是很大的威胁。刚才就是他们当中的一个，用秘术隔空攻击了老人，令后者的肩膀负了伤。

"在这间石室的外面，有我六名弟子把守，"老人说，"我不愿意夸海口，但以他们的实力，六个人足以抵挡上百人，但你们……把他们打倒了？"

"长门僧从来不轻易出手伤人，"骆血身后一个毫不起眼的小个子男人说，"但对于你和你的帮手，我们愿意破例。"

他猛地一挥手，一道闪电向老人的头顶猛劈下去，老人右手轻摆，凝出一块冰盾化解了这记攻势，但他的身体也因此一震，肩头的血又开始涌出。

"好厉害的裂章秘术，"老人面色不变，"没想到，长门之中也有这么多卧虎藏龙的高手。"

"你觉得长门中人不擅武技，只是因为千百年来长门从来不与人产生争斗，"小个子男人说，"但是如果有人要毁灭我们的信仰，我们是不会迂腐到坐以待毙的。"

"你将会在我们身上看到你不曾见过的长门僧，"小个子男人身旁的一个中年女子说，"长门不是狼，但也不会做绵羊。"

她手指一弹，空气中划过一道闪亮的痕迹，老人右手划出圆圈，以空气为盾挡住了这一下诅咒，身子又是一震，可见这个相貌平庸的女子秘术也相当厉害。老人的面色有些阴沉，但仍然不显慌乱。

"能不能告诉我，你们是怎么找到这里的？"老人不紧不慢地问，"就算那位被我击败逃走的羽人还没死，我也不觉得他有能力追踪我。但是现在看来，我还是低估他了。他找到你们帮忙不奇怪，但为什么你们还能跟到这里？"

"这个嘛，你就不必细究了，也没有必要，"骆血摇摇头，"我们还是快点把账清一清吧，你欠长门的债，今天非还不可。"

安星眠却陷入了沉思。从双方的对话可以听出，首先虽然风秋客败了，却没有死，这一点当然是好事；其次风秋客找到了骆血，这也不用奇怪，那个几乎无所不能的家伙肯定注意到了骆血和自己的那次会面。

但有意思的是，这次似乎又是风秋客准确提供了自己的行踪。老人认为是风秋客用某种独特的方法跟踪了他，这不对，风秋客跟踪的，是自己。但他明明已经重伤，不可能再跟随，为什么还能准确提供此地的方位，让骆血等人找到自己？

难道是我身上有某种特殊的东西，能让风秋客感应到？安星眠猜测。不过很快他命令自己停止无关的胡思乱想，眼下还有更加重要的事情去关注，追问风秋客什么的，可以放到日后再说。

"讨债证明了你们的勇气，但能不能讨到债，需要看你们的实力。"老人平静地说。

"一对一，你也许能胜过我们每一个人，但我们合力起来，你恐怕没有胜算，"骆血说，"我们只是长门僧，不是市井中的武人，没什么规矩可讲。面对想要摧毁长门信仰的人，我们只能全力诛杀之。"

"你们要杀我确实不算太难，"老人微微一笑，"但我也并不害怕你们，因为如果我输给了你们，那不过证明我是一个凡人，凡人的力量有限。但是，假如你们面对的是神的力量，还能让我屈服吗？"

"别开玩笑了！"骆血轻蔑一笑，"你是想告诉我，你是神的化身吗？"

"当然不是，我怎么配？"老人的回答听起来虔诚，语气中却含有一丝讥讽，"神是那样的伟大，那样的高高在上，他掌控着世间的一切，我连做他的仆人都不配啊。"

这话有点儿不对？安星眠的脑子里飞快地闪过一系列的念头。世上最喜欢自称神的仆人的是什么人？根据他所阅读到的一些史料，恐怕是一直笼罩在神秘烟云中的辰月教。他们以神的仆人自居，遵循着那无人得知的教义，把战火和灾难带给世人。

辰月教？这个老人难道是辰月教里的人？以他这样高深的秘术来看，说不定是个教长级别的人物。

但又不太像。听这个老人的话语，提到了神和神的仆人，却说"我连做他的仆人都不配"，他说出这句话的时候，除了一丝讥讽的意味，眼神里还闪过一丝怨恨。从见面开始，这个老人就一直平和淡然，几乎没有任何情绪的波动，但在说出那句话的时候，他的确产生了怨憎的感情，这一点太不寻常了。难道是……

豁出去了，我要赌上一赌，哪怕是干扰他的情绪也好，那样也能稍微减弱一点儿他的精神力。想到这里，他咬了咬牙，不顾一切地大喊道："你的确不配！你这个辰月教的弃徒！"

老人霍然脸色大变，双目放射出极度愤怒的光芒，声音也变得和之前不一样了："你说什么？"

看来猜对了！虽然一时闹不明白辰月弃徒和毁灭长门之间到底有什么联系，安星眠还是继续吼道："我说了，你不配做神的仆人，你只是一个辰月教的弃徒！可悲可怜的弃徒！你是一只可怜虫！"

他生平从来不喜欢侮辱他人，但眼下生死攸关之际，什么都管不了了。这几句话看来分量十足，每句话都像一把尖刀一样，扎进了老人的内心，让他的面孔变得扭曲。之前那种掌控者般的雍容大气消失得无影无踪，取而代之的是愤怒，极度的愤怒。

他稍微沉默了一会儿，重新开口时，声音又恢复了平静，但安星眠能听出来，这种平静只是表面上的。老人的内心已经有熊熊怒火在燃烧。

"你很聪明，很像我年轻的时候，"老人叹息一声，"可惜的是，聪明的人都没有好下场，比如说我……也比如说你。"

老人的双掌骤然合拢，随即放开，一股黑色的旋流从手心中释放出来，并且急剧扩大，渐渐形成了旋风。安星眠刚才已经见识过他旋风的厉害了，此刻气流变成黑色，显然更加可怖，连忙大叫一声："小心！"

其实不必他喊，骆血等人也都看出了这一招不一般，都在全神戒备，但当黑色旋流旋转着移过来时，他们还是发现——自己根本无力抵御。那股旋流仿佛有一种无法抗拒的吸引力，把每个人都往其中拉扯。不管是骆血这样的武士还是其他的几位秘术士，都找不到方法去消解这种旋流，而旋流的膨胀速度让他们根本来不及从石室顶部的出口退出去。

很快，所有人的身体都被卷进了旋流中，骆血等人还能勉强站稳脚步，安星眠等已经中毒的人开始不由自主地在石室中旋转起来。安星眠趁着旋流卷过来之前，紧紧把雪怀青抱住，白千云也不知什么时候努力挣脱了绳索，护住了唐荷，但这样的动作似乎都没有太大的意义了，他们根本就自身难保。

驱风之术当然是一个很厉害的秘术门类，但对于其他秘道家而言，还是有各种方法可以应对化解的。但这位老人使出的这种秘术却非同小可，骆血带来的几位长门僧都是秘术大家，虽然生平几乎从不与人动手，但秘术功底之强也罕有对手，否则不会那么快就击败老人的六位得意门生。但现在，他们竟然完全没有抵抗的余地，更糟糕的是，随着与旋风相抗，他们发现自己的精神力在一点一点地流逝，好像是被那古怪的旋风抽空了。

小个子男人像是忽然想起了什么，失声惊呼出来："这是谷玄系的玄流玉！可以吸取精神力的秘术！"

其他人也都心里一沉。谷玄代表黑暗和终结，谷玄系的秘术一向十分难练，但一旦掌握威力巨大。这位老人使出了玄流玉，显然也是要拼尽全力一搏了。

秘术士们暗暗叫苦，玄流玉并非不能破解，但要诀在于制敌先机。而眼下由于之前看形势占优，过于托大，结果被这个老人占据了上风，玄流玉的威力完全发挥出来，反而使秘术士们落了下风。

他们想方设法地试图反击，但玄流玉的谷玄力量对一切的星辰力都有消解作用，使他们的反击威力大减，根本不足以形成威胁。

这间石室现在已经完全被玄流玉那黑色的旋风吞噬。如同谷玄的本质一样，这股旋流甚至连声音都没有，就已经在无声无息之间把所有人席卷其中，并且一点一点地吸取他们的精神力。一旦精神力完全被抽干，败局就不可避免了，到那个时候，所有人都得死。

安星眠的头脑飞速运转，却始终没有找到一个可以帮助他们脱困的方法。他仿佛置身于汹涌澎湃的大海之中，无处不在的玄流玉气流就是那黑色的海水，让他无法用力也无法逃避。而怀中的雪怀青始终昏迷不醒，更是让他无比焦虑。他急于离开这个该死的地方，以便为精神力消耗过度的雪怀青治疗，但现在看来，似乎他只能和雪怀青一起葬身于此了。

该怎么办？该怎么办？安星眠焦急地思考着。看看周围，白千云虽然强壮，但双腿是硬木假肢，体重反而比一般人轻，此时已经和唐荷一起步履踉跄四处打转了；骆血等人也在苦苦支撑，找不到反击的余地，随着精神力一点点被吸干，反击的机会更加渺茫。

他甚至有点儿后悔自己刚才用言语去刺激老人，反而让他在暴怒中燃烧了精神力，使得玄流玉的威力更加猛烈。但是事已至此，也许还不如继续刺激他，反而能找到破绽。这或许就是破罐子破摔？

那就破摔吧，安星眠想，继续开口羞辱这个老人，虽然这绝非他情愿的："你的秘术功底如此深厚，罗织阴谋也那么在行，想必年轻时是个绝顶聪明的人吧？正因为那样，当你被辰月教驱逐的时候，才会有如许的怨恨，让你慢慢扭曲，变成了现在这个模样，对吗？"

老人的嘴角微微抽动了一下，沉声说："如果你想比他们死得早一点儿，我可以成全你。"

"生有何欢，死又何惧？"安星眠大声回答，"至少我是为了捍卫自己的信仰而死，至少我是和自己心爱的人一起死，幽冥路上也不会寂寞。而你呢？到死也是个孤家寡人，年轻时成为神的仆人的梦想也将永远烟消云散，再也不可能完成。相比之下，至少我快乐过，幸福过，而你呢？只不过是个可悲的糟老头子……"

这番话半点儿也不符合长门僧的身份，一方面，长门僧不会在口头上去侮辱他人，另外什么"幽冥路上不寂寞""至少我快乐幸福过"云云，似乎和长门追求真道不信鬼神的宗旨完全背道而驰，根本不像是一个经过修炼的修士该说出来的话。听得骆血等人连连摇头。但这些话似乎再次重重刺入了老人的内心，他的身子微微抖动了一下，闭上眼睛，再睁开时，双眼隐隐现出些血红色。

"那你就到幽冥路上去寻求你的快乐吧！"老人低声咆哮着，双掌一搓，一个淡紫色的小小光球从掌心激射而出，竟然是直接飞向了雪怀青。安星眠不知道这是一种伤害咒术还是诅咒术，但已经无力躲闪。情急之下他一把把雪怀青推开，雪怀青的身子摔到了地上，而这团紫色光球也正好击中安星眠的腰际。

完了，安星眠绝望地闭上眼睛，这下子恐怕是要肠穿肚烂了，等死吧。

他闭上眼睛，等待这个秘术起效，不知道是把自己的肚子直接炸出一个窟窿呢，还是进入体内让自己的血液沸腾心脏停止呢？反正都绝对不好玩。他想起以前对自己日后的最终死亡做出的理想勾勒，忍不住笑出声来。

"我只希望以后有一天能够躺在床上进入梦乡，然后在梦境里安安稳稳地、毫无痛苦地、毫无恐惧地死去。"那时候他对唐荷说。

"真棒！"唐荷竖起大拇指，"一头猪的最高理想也不过如此。"

现在这个理想实现不了了，而且也许会很痛苦，但安星眠却发现自己毫无恐惧。为什么呢？或许是因为有雪怀青陪在身边？又或许……因为他尽到了自己的全部努力。在临死的这一刻，他能对自己说，我对得起自己，对得起老师，对得起长门。

这短短的一瞬，安星眠的头脑里闪过无数念头，最后剩下的只有平静。他猛然觉得，自己虽然一直以来都很不像一个长门僧，但到了临死的时刻，反倒有点像了，因为他终于追寻到了这种平静。

现在，让我安然跨过这道门吧。

安星眠等啊，等啊，等啊……为什么死亡来得如此之慢？是因为人死的时候都会感觉时光变慢吗？还是因为别的？

他意识到了不对，睁开眼睛一看，登时惊诧地"咦"了一声。那团致命的光球的确击中了他的身体，却并没有透入，因为……被他的腰带挡住了。确切地说，是被腰带上所镶嵌的那块墨绿色的翡翠挡住了。紫色的光球整个笼罩住了那块翡翠，却无法透入。

这就让他纳闷了，一块普普通通的翡翠，怎么可能挡住一位秘术大师夹带极度愤怒的攻击？但很快地，一些陈年往事浮上心头。

这块翡翠是在一场大病之后突然出现的。他只记得那时候自己年纪还十分幼小，也记不清是四岁还是五岁，在进入冬季的时候，突然生了一场大病，发烧烧到神志不清。也不知道那场病最终是怎么治好的，反正等他清醒过来，烧已经退了，除了身体依然虚弱，其他完全无碍。而这块翡翠，当时就贴着他的身体放着。

"这是一块福翠，"父亲对他说，"以后一定要随身带着，保佑你百病不侵。"

当然了，百病不侵是不可能的，在以后的一二十年，安星眠仍旧难免偶尔头痛发热、风寒感冒，但这块翡翠贴身带着也变成了习惯。每次他更换腰带，都会把这块翡翠镶嵌在上面。但直到此时此刻，他才明白过来，原来这块翡翠绝不仅仅意味着运气或福气。

他进一步想到，在那之后，似乎风秋客就频繁出现在他的生活中了，自称是承受了父亲大恩，为图报恩，教授了他传自羽族鹤雪士的关节技法，此后又一直跟在他左右，以保护他的安全为己任。甚至这一次被无名老人抓来这里，也是风秋客重伤逃脱后去向骆血求助，才换来的生机。

突然之间，安星眠心头雪亮：风秋客根本就不是为了保护他，而是为了保护这块翡翠！一定是由于某些特殊的原因，这块翡翠必须由自己随身携带，不能远离，所以父亲才会骗自己说那是福翠，可保百病不侵，让自己始终带着它。而风秋客则在二十年间始终跟随自己，以保证这块翡翠的平安。

他又想起当天风秋客在白千云那里找到自己时，白千云用机关铁手抓住自己，装模作样地恫吓，风秋客竟然立即就服软。现在想想，他最担心的恐怕不是自己受到伤害，而是那只铁手抓得太紧，会损害到翡翠。

原来这块翡翠才是他保护的目标，我只是个挑担的力夫，他不由得微微一笑，但也没什么好责备风秋客的。不管怎么说，风秋客不止一次在危难关头帮助了自己，那就足够了，而现在，他帮不上忙了，这块古怪的翡翠却很有可能。他解下腰带，把翡翠握在手中。

老人也注意到翡翠的异状，他不知道这是什么东西，但明白如果不摧毁此物，就可能带来更多麻烦，于是强行分神，在玄流玉的余暇中释放出一道红色的烈焰，袭向安星眠。安星眠已经心里有数了，大着胆子左手举起腰带，用翡翠迎向那道火焰。"噗"的一声，火焰正中翡翠，如安星眠所料，火焰对翡翠仍旧毫无伤害，然后无声无息地消失了。就在火焰消失之后，安星眠惊讶地发现，翡翠的颜色变深了，本来就较重的墨绿色已经近乎黑色了。更加离奇的是，他发现身畔玄流玉的挤压力度变小了，身体轻松许多，精神力的流失也减缓了。

这块翡翠正在被唤醒！安星眠隐隐猜到。这块翡翠其实是一件法器，里面封禁了某些威力巨大的力量，原本一直处在沉睡当中，即便是玄流玉的包围也没有激发它。但是刚才老人放出的那一记秘术，却刚好拥有唤醒它的力量。所以现在，这件法器一点一点苏醒了。

法器的颜色越来越深，最终变成了纯黑色。而安星眠感觉身边的压力越来越轻，精神力也慢慢不再流逝。他心中一喜，连忙俯身扶起雪怀青。雪怀青虽然仍旧处于昏迷中，但始终呼吸平稳，这让他稍微放心了一些。

"你那块翡翠……是什么？为什么能挡住我的秘术？"老人脸上终于有了些吃惊的神情。

安星眠还没有来得及回答，耳边忽然听到一点儿奇怪的声音，低头一看，竟然是已经变成黑色的翡翠发出的响动。那声音乍一听像是轻微的风声，慢慢变得越来越大，越来越响亮，渐渐掺杂了一些鬼哭狼嚎般的怪响，就好像是有无数人在火海中凄厉惨呼一样。

"这是萨犀伽罗！"跟随骆血来的那名中年妇人惊呼起来，语声中充满了难以置信和惶恐。

"萨犀伽罗？什么东西？"

"这是传说中羽族威力最大的法器！"中年妇人的声音微微有些发抖，"萨犀伽罗是古老的羽族神使文，译成东陆语，大意就是'通往地狱之门'。"

"是吗？管他呢，既然威力最大，一定能派上用场，快告诉我怎么用！"安星眠大喜。

"用？别开玩笑了！"妇人连连摇头，"这可千万用不得，它会把我们全杀死的！更何况，我也只是听说过它的存在，并且碰巧知道它可以消解一切秘术，但除此之外它还有怎样的功用、威力能大到什么程度、该怎么运用它，这世上几乎没有活人知晓。"

安星眠傻眼了："可是……它好像已经被唤醒了。我也不知道该怎么处理。"

的确，这块被称作"萨犀伽罗"的翡翠状法器似乎已经失去了控制。它所发出的响亮啸叫声简直让人难以忍受，而安星眠无意中松了一下手，更是惊恐地发现它直接悬浮在了半空中。"啪"的一声，腰带落在了地上，萨犀伽罗再也没有任何束缚，就那样悬停在半空。

接下来的一幕更加不可思议。玄流玉的范围开始缩小了，慢慢地集中到萨犀伽罗的附近，将它包裹其中，仿佛它带有一种不可思议的召唤的力量。老人大为吃惊，连续催动精神力，试图加强玄流玉的威力，但适得其反。他的精神力鼓舞得越高，玄流玉被吸引得越厉害，竟然很快全部浓缩到萨犀伽罗的旁边，形成一团氤氲的球状黑雾。

玄流玉被破解了！人们很快反应过来，老人很是无奈，为驱动玄流玉，他的精神力消耗得太大了，此刻再也无力使出其他秘术来一举击溃这些强大的对手。但他毕竟有足够的实力，骆血等人也不敢轻易上前挑战。双方僵持起来。

"老先生，承认吧，你已经失败了，"安星眠高声说，"今天你无力全身而退了，而且你的阴谋就会败露。是的，你成功诱使天藏宗的长门僧毁掉了一座藏书洞窟，但那也就是你唯一的'成就'了。我们会把真相告诉天藏宗，你以后再也不可能欺骗他们。"

"未必，"老人喘息着，"你用这个古怪的法器破解了我的玄流玉，我元气大损，的确是没有能力全身而退了。但是我也不必退，不必活下去。"

"你是想说，你要和我们同归于尽？这样就能永远保守住这个秘密了？"安星眠说，"可是你别忘了，我们还有一个人，他虽然重伤，却没有死。你杀了我们，只要他还活着，那就毫无意义。"

"我既然敢说这句话，那必然是有把握的，"老人微微一笑，"你们看，他来了。"

他看似随意地伸手一指，已经暗中使用了秘术，石室顶部的石板猛地碎裂，一个身影掉了下来，幸亏骆血眼疾手快一把接住。不必看，安星眠也知道那是谁，心里叫苦不迭，只能长叹一声："这块萨犀伽罗到底有什么重要的？你已经身负重伤了，为什么还要不顾一切地守在外面，结果被人家一窝端？"

"它……它比我的生命更重要！"风秋客艰难地回答。他的身上并没有什么外伤，整个人却显得十分萎靡，一句话都粗气连连，估计是被秘术伤到了内脏。安星眠看他连站都站不稳、却始终执着地望着萨犀伽罗的情景，又好气又好笑，只能郁闷地摇摇头："你守护住了它，自己丢了性命，又有什么用？"

风秋客平静地望向他："你守护住了长门的尊严和信仰，自己丢了性命，又有什么用？你和我，有什么区别吗？"

安星眠默然。其实风秋客说得没错，一个物件、一个人、一种思想、一种信仰，是否重要全看人的内心，旁人没有任何资格去替当事人判断是否重要。在这大半年的时间里，他殚精竭虑风尘仆仆，为的只是长门的清白，而风秋客在这二十来年放弃自己正常的生活，只是为了守护这件法器，二者有什么区别吗？

没有。都没有。他们只是在守护心中的至宝而已。

老人已经桀桀怪笑起来："可惜的是，到了这个地步，你们什么也守护不了。而我，至少还可以用我的死来守护我的梦想，我毕生的梦想……"

他不再说，只是静静地站立在原地，但几位秘术士都后退了一步，十分警惕："当心，他的精神力有点不寻常！"

但是好像不管怎么当心都没有用了。老人陡然发出一声长啸，身上开始冒出了淡蓝色的火焰，赫然是要自焚。而几位秘术士也发现，他的精神力开始疯狂地外泄。

"不好！"小个子男人大叫，"这间石室里藏了魂印石，能够感知他的精神力发动机关！这是一种精神召唤！快跑！"

已经太晚了。没等他们迈出步子，石室猛然开始剧烈地震荡，人们纷纷跌倒在地。石室的四壁和顶部都开始向中央靠拢，把这间石室变得异常狭小。而老人身体开始猛烈燃烧，焦臭味四散。

"你们都给我陪葬吧！连同我的秘密一起葬在这里！"这是老人说的最后一句话。

第十三章
挽　歌

一

老人用来自焚的秘术威力同样不小，很快把他的身体烧成了灰烬。而安星眠几个人被困在这石头垒成的坟墓中，陷入绝望。他们甚至顾不得感慨老人惨烈的结局，就得为脱离目前的困境而绞尽脑汁了。

"石板很厚重，即便以你们几个的秘术，也不可能穿透的，"骆血仔细查验一番后说，"看起来，这真的是个绝境了。"

"我们实在应该多留一个人不下来的，"那个妇人感叹说，"太匆忙了，满脑子都想着救人，哪怕留下一张纸条说明情由，也不至于白死。"

"这样的话，还是没有人能去通知天藏宗他们所遭受的欺骗，"小个子男人一脸的颓丧，"难道他们真的就要这样一个一个地让先辈们的心血化为乌有吗？"

安星眠有些感叹地看着这些人。死亡就在眼前，他们却好像根本不在乎自己的生死，满脑子考虑的都是如何为长门正名，如何阻止那些上当受骗的天藏宗门人继续填平藏书洞窟。或许长门僧的确有些迂腐，或许很多时候长门僧处事的选择并不正确，但在这一刻，他们的信仰是坚定的，神圣的，不容置疑的。

而自己呢？安星眠懒洋洋地坐在地上，忍受右手的疼痛抱着雪怀青，心里感受到的依然是平静。是的，他们失败了，最终被老人困在机关里慢慢等死，甚至无法向长门僧们传递信息。但是无论怎么样，他尽力了，他觉得已经对得起自己，也对得起长门了。如同他刚才用来刺激老人的话，和所爱的人死在一起，内心也能得到安宁。

这时候围绕在萨犀伽罗旁边的玄流玉也因为老人的死去而消散殆尽，但萨犀伽罗所呈现出的纯黑色并无改观。安星眠一度以为它会像中年妇人所说的那样，爆发出令人惊惧的力量，杀死所有人，但最终，它还是沉静了下去。

也许，这块"通往地狱的大门"是因为我才平静下来的？而正是如此，该死的风秋客和他背后的羽族势力才会把这么一块充满危险的玩意儿任由自己这个人类带在身上？安星眠陡然生起这个念头，但他又懒得细想下去。假如死亡已经不可避免，他不想把自己的思想浪费在这样无关的小事上。

时间慢慢流逝，不甘心等死的白千云还在徒劳地寻找可能的裂缝，但事实证明，除了一个小小的通风口幸运没有被堵上，让众人还可以呼吸之外，其他地方完全堵死了。那位无名老人一定是用了很大的精力在营建这间地下石室，这一套机关十分精密，厚重而巨大的石块贴合得严丝合缝。

"得有人从外面把它挖开才行，"骆血说，"光凭我们从内部是出不去的。"

白千云又试图高声呼喊以引起外面的注意，但他徒劳地呼喊了很久，嗓子都快喊哑了，也始终没能得到任何回应。最后他气呼呼地一屁股坐在地上，选择放弃。

好在这些人都非同一般，虽然身处绝境，也能淡然处之。直到这时候，骆血才来得及把他带来的四位长门僧向安星眠等人介绍一下，其中那个小个子男人名叫黄启心，中年妇人名叫林三姑。这两个人的名字安星眠都听过，乃是长门中颇有名望的夫子和学者。这四人都是多年修行的长门僧，但外间的人从来没有听说过他们的名头，更加不知道他们的秘术功底如此深厚。

"我们已经做到了自己该做的，"骆血的话活像总结陈词，"也许是上天觉得长门的劫难还不够，那也无可奈何了。”

"我好像听说，你们长门僧不信什么鬼神天命的。"一个微弱的声音忽然响起，那是雪怀青！

"你醒了！"安星眠差点高兴得跳起来，"怎么样？感觉如何？"

"暂时死不了，先别说这些，"雪怀青低声说，"现在怎么回事？"

安星眠叹了口气，用最简短的话语对她说明了情况，然后柔声说："先别管这些了，你先好好休息。"

雪怀青"扑哧"一乐："好好休息有什么用？等着在这里活活饿死渴死？你们男人总是这样，摆出一副'我来解决问题你们女人在一旁歇着'的神气，其实什么也干不了，就会说两句空话而已。"

安星眠尴尬地搔搔头皮："唉，你真是越来越牙尖嘴利了……我们这不是正在想办法嘛。"

雪怀青软软地靠在他怀里，似乎感觉很舒服，说起话来都懒洋洋的："别想了，不管是武士还是秘道家，这种时候都没有办法的。倒是尸舞者，没准能有些招儿……"

安星眠大喜："你有办法吗？"

"这个地方距离我们的客栈不远，我能感受到我的尸仆，就算他不能挪走这些巨石，也能找到别人来帮忙，"雪怀青说，"但即便刚才我的精神力没有那么多损耗，也不可能隔那么远召唤尸仆过来。"

"不能召唤过来，那不还是没办法吗？"安星眠又有些沮丧。

雪怀青微微一笑："我一个人没办法，可是骆前辈带来了好几位厉害的秘术士啊，如果能借助他们的精神力的话，就说不准了。"

安星眠精神一振："说得没错！你真是个天才！"

雪怀青还没有答话，那个中年妇人林三姑已经断然摇头："不行，那样会要了你的命的！"

"为什么？"安星眠一惊。

"她已经是强弩之末，"林三姑说着，伸出一根手指放在雪怀青的额头上，"她本来就年纪太轻、修为不够，今天已经超常释放了精神力，至少得调养三四个月才能恢复。如果再驱动精神力，会有性命之忧。而且借用我们的精神力，会加重这种损伤，就更糟糕了。"

安星眠心里一沉，一时不知道该说什么好，雪怀青却说："那我不驱动精神力的话，所有人都得死在这里，我还是活不了。同样是死，死一个还是死十个，这笔账很好算吧。"

"可是……可是……人命不能这样算加减法的，"安星眠搜肠刮肚地想着阻止雪怀青的理由，"何况我怎么能让你这样牺牲……"

"胡扯八道！"雪怀青费力地抬起胳膊，在安星眠的额头上屈指弹了一下。不知怎的，在这样命悬一线的时刻，她完全没有了往日的矜持，似乎丝毫不介意对安星眠做任何亲昵的举动。安星眠忽然心里一阵剧烈的酸楚，有点儿明白雪怀青的想法：也许以后再也没有这样的机会了。于她而言，在生命走到尽头的时候，或许才能这样真情流露无所顾忌。

"一个人死还是全部都死，这是现在唯一需要做出的选择，实际上也不需要选择，"雪怀青虚弱而坚定地说，"别拿那些道德道义面子之类的东西束缚自己，我横竖都是死，但是如果能让你活下去，我死了也值得。"

安星眠紧紧抱住雪怀青，面颊相贴，感受到雪怀青冰凉的肌肤，忍不住流下眼泪。这一瞬间他甚至产生了强烈的悔意：自己为什么要那么不依不饶地把这个事件一路追查下来？为什么不能索性当地下的魔火是真的，从此放弃长门信仰，和雪怀青一起快快乐乐地生活下去？

到这个时候，他终于彻底地肯定一点了：自己真的不是个长门僧。比起雪怀青的生命，这世上再也没有任何事情是重要的，再也没有任何事物是不可以抛弃的。他不要追求真道，不要懂得生命的真谛，他只要怀里的这个女孩活下去，哪怕为此付出自己的生命也不会有丝毫犹豫。

在一片死一样的寂静中，唐荷忽然说起话来，但是语气听起来相当犹豫："也许，我是说也许，她可以暂时不死的，虽然……不知道以后会如何。"

"你说什么？"安星眠激动之下，一把抓住了唐荷的手，随即又慌忙放开。

唐荷并没有责怪他："你还记得前几个月我和白大哥中了巫蛊后的

假死吗？"

安星眠点点头："当然记得。你的意思是在她召唤完尸仆之后，立刻让她假死？可是，我们没有人会那种巫术啊。"

唐荷一笑："这就是运气了。我后来觉得那种巫术很有意思，而且机缘巧合遇到了一位懂这种巫术的人，找他学了一些皮毛，却并没有学精。"

"那你……学到了什么程度？"安星眠小心翼翼地问。

"我偷偷在街上逮了一条伤人的恶犬做过实验，"唐荷说，"恶犬确实假死了，但我没有办法让它复活，更不知道在药物失效的情况下它什么时候醒过来了。"

安星眠的手心全是汗水："也就是说，如果你使用了巫术，她也有可能就此不再醒来了。"

"是的，老实说，我只有半成把握，或者半成都不到，最大的可能就是她再也醒不过来，"唐荷忧郁地说，"可是，我也实在想不出别的办法了。"

"可以试试，"一直听着的雪怀青说，"有一丝希望，哪怕是千分之一，都可以试试。最坏不过是个死。"

"既然如此，我们可以再加上一点儿更冒险的赌注，"风秋客说，"星眠，你信任我吗？"

安星眠犹豫了一下："虽然你有很多事情瞒着我，但是……我没有别的选择。"

"好，只要她中了巫术没有立即身死，你就可以把她交给我，带回宁州。"风秋客说。

"带回宁州？为什么？带回宁州就能有办法吗？"安星眠问。

"我为誓言所累，不能说出全部的事实，但有一点我可以告诉你，"风秋客说，"在宁州，一旦某些人了解这个女孩的真实身份，那就绝对不会容许她死去，会想方设法地穷尽一切去救活她，以便从她嘴里查问她父母的踪迹。是的，她的处境会很糟糕，会受到很多白眼和歧视，甚至有可能沦为阶下囚，但是……她会活着，等着你去救她。作为一个男人，那就是你负担起自己责任的时候。"

安星眠消化了一阵子风秋客的话，心里慢慢变得坚定。果然如他所料，风秋客了解雪怀青的身世，而这个身世似乎还牵涉一些羽族内部的大事，日后要靠他这样一个人类深入羽人的地盘去化解，想必无比艰难。但至少，雪怀青能活下来，活下来就有希望，那不过是人生的长路中又多了几道需要跨过的门，但只要不是最后一道门，就有希望。

"是的，会有希望的。希望才是人们永恒追求的门啊！"安星眠想。

"小荷，那就拜托你了，这确实是唯一的机会，我们不能放过，"安星眠说着，又把视线投向风秋客，"不过伟大的恪守誓言的风先生，你真的半点儿线索都不能给我留吗？"

"我不能，我什么都不知道，但小雪是个很聪明的姑娘，她知道该怎么做。"风秋客板着脸说，说完扭过脸去不再搭理他。

雪怀青微微一愣，但马上明白了风秋客的意思，于是伸手从怀里摸出了当天风秋客故意"掉"在地上的白鹤状的族徽，放到安星眠的手里："这枚小玩意儿，不是别人给我的，是我捡到的。所以如果有一天你从这个小玩意儿上找出什么线索，可和别人一点关系都没有，尤其和风先生没关系。"

安星眠点点头表示理解了她话里的含义，小心地把那枚族徽收了起来。然后他紧紧握住雪怀青的手："我和你之间，不需要多说什么了。等我。"

雪怀青轻轻点头："我会的。我等你。"

"那么，几位前辈，劳烦你们了。"她把头转向几位秘术士，脸上始终带着笑容，似乎生怕自己笑得不够，让安星眠担忧。

二

宏靖皇帝的寿诞，这是近期天启城的头等大事，民间的一切活动似乎都必须围绕此事进行，不敢有丝毫越轨。在这段时间里，整个天启城鸡飞狗跳不得安宁，但百姓们早已习以为常。生活在天子脚下就是这样，其实自由比其他地方的人民要少很多，却偏偏一个个沾沾自喜，颇以为荣，脸上挂着自豪大气的笑容，忍受各种各样的不方便。也不知道他们是幸运还是不幸。

这一段时间，也有各地精挑细选的各种班子进帝都表演，秋雁班来此的目的也是如此。不过他们毕竟是民间团体，没有得到在寿诞当晚献礼表演的荣耀，只是获得了寿诞前一天晚上进宫出演的机会，对他们而言，这也算得上是莫大的殊荣。班主为此提前半个月就进入了亢奋状态，成天虎着脸催促艺人们玩命练功，看上去恨不得用鞭子抽打他们。

"这是你们多少辈子才能修来的福分和荣耀！"班主每天要把这句话重复上千遍，"谁敢给我出岔子捅娄子，就自己打开狰的笼子钻进去！"

在班主这般恐吓之下，秋雁班的成员们个个分外卖力地练功，最终的表演效果相当不错。年轻的宏靖帝虽并不耽溺于声色犬马，但看到这样精彩的演出，仍旧兴致很高，表演完后竟然把戏班班主和艺人们都召到身前，亲自向他们问上两句话，实在让他们受宠若惊。

"刚才那个高空走细索的女子，技艺甚是精湛，何不把她也叫过来？"伴随在宏靖帝身边的皇后发问道。

这话问的自然是唐荷了。班主慌忙转身找了一圈，这一找找得他满头大汗，只剩下跪地磕头的份儿："这……这……皇后娘娘恕罪，皇上恕罪，那个村野女子不懂规矩，想必是演出一完就自行告退了。我……我……她……皇上……"

皇帝不禁微微一笑："不知者不罪，我不会为此事罚你的，不必担心。平身吧。"

语无伦次的班主这才敢站起来，两腿兀自在发抖。他一面挤出笑脸继续回答皇帝和皇后的问话，一面心里想着：唐荷这个混蛋小妮子，到底跑到哪儿去了呢？

在这个所有人都热闹欢快的时候，天启城的皇宫之中，却有一个人不快活。这个人就是宏靖帝的母亲，昔年圣德帝册封的端妃，当今的太后。

如今的人们提到太后，总是难免敬畏交集。在圣德帝突然病逝而宏靖帝仍旧年幼的时候，是她站出来独撑大局，击败了一波又一波的篡位阴谋，以各种雷霆手段解决了全部政敌，最终垂帘听政，牢牢把大权掌握在了自己的手中，并且在听政期间为国家解决了无数大事，化解了可能发生的和羽人的全面战争，为百姓赢得了和平的生机。而等到儿子成年之后，她又迅速地让出了位置，从此退居幕后，再也不问政事。但在百姓们心中，太后一直是一个传奇，是一个集强硬、坚韧、智慧、残忍和淡泊于一身的女帝王。人们害怕她，却也敬仰她。

但是没有人知道太后的内心世界，更没有人知道，每年到了宏靖帝生辰的那一天，她都会情绪反常，忽而忧伤忽而暴躁。不过她不会把这种情绪展露给外人，只是对儿子说，垂帘听政的那些年里，她已经厌倦了听各种文武百官的谀辞，所以这样的日子，她不想露面。

宏靖帝一向对母亲敬爱有加，自然不会拂逆，所以每年皇帝生辰的热闹时光里，都不会出现太后的身影。她只是静静地待在宫里，屏退所有的宫人，命令他们没有召唤不得打扰，独自一人消化那些永远消解不了的心事。

这一夜也是如此，太后独坐在荷塘边，听着此起彼伏的蛙声，陷在对往事的追忆中。但就在这个时候，一阵脚步声惊扰了她的神思。

"最好是天塌下来的大事，"太后用平淡的语气说，"不然你就得脑袋搬家。"

"的确是天塌下来的大事，"来人用同样平淡的语气说，"特别是对您而言，不只是天塌下来，连大地都会陷入火海呢。"

这句话的内容足够让太后大吃一惊了，再加上这个声音竟然是一个沉厚的男中音，更让太后悚然。她急忙回过头，看见一个身材高大的男子向她走来。这个男子的脚步声很轻，所以一直行到很近，太后才发现他。但当男子走到跟前时，她就听出来此人的脚步和常人不一样，听起来就像是两根木头戳在地上，赫然是两只木制的假腿，只是这个人轻身术了得，所以才能把脚步控制很轻。

"你是什么人？"太后毕竟有曾经操纵一个国家的生死的魄力，虽然知道此人的来头非同小可，也许已经大祸临头，但仍旧不见丝毫慌乱。

"我是什么人？这个问题或许该问问你，"对方词锋尖锐，"你我上次见面，已经是三十三年前的事情了，那时候你或许连我长什么模样都没看清吧。这一次，你可以仔细瞧瞧了。"

太后浑身一震，第一反应竟然是闭上了眼睛，似乎根本就没有勇气来面对身前的这个人。她的脸惨白得毫无血色，嘴唇微微颤抖，即便是在十余年前，面对羽族的战争威胁时，也从来没有这样方寸大乱过。过了好久，当她重新缓缓睁开双眼，方才的威仪已经不翼而飞，眼里混合着的是恐慌、惊惧、绝望、愤恨、伤感……同时还有一丝欣喜。

她缓缓地站起来，开口时，声线已经平静："是你……你没有死？能让我看看你吗？让我看看你的脸？"

男子大踏步走上前，让自己的面庞暴露在清亮的月光之下。这是一个三十出头的英俊男子，剑眉星眸中蕴含一丝霸气，只是脸上的皱纹生得早了些，发丝中也星星点点掺杂了不少白色。而这张脸，和太后的容貌非常接近，同样高挺的鼻梁，眉目几乎是照同一个模子刻画出来的。对着这样一张脸，即便是威严端庄如太后，也禁不住颤抖。

"我应该称呼你什么？太后？还是母亲大人？"男子用一种十分古怪的腔调说。

这一夜，太后独居的元寿宫里，一共来了三位不速之客，分别是安星眠、唐荷和白千云。在唐荷的帮助下，安星眠和白千云分别藏在两个大道具箱里，一起混入了皇宫，然后趁着演出后的忙乱之际，三人一同溜进了后宫。惨遭雪怀青胁迫的游侠郁风贤已经把元寿宫的具体方位和走法早打探清楚了，而且这一次，他绝对不敢耍花招。所以现在，三人才顺利地来到了太后面前。安星眠和唐荷原本都是天不怕地不怕的人物，但在这样一个曾经一手掌握举国命脉的大人物面前，仍然能感受到那种无形的压迫，以至于两人都不敢多话。但白千云显然没有这种顾忌，或许是因为他本来就流着帝王的血液。

"我真的很想知道，成为皇帝的母亲，成为太后，对你而言就这么重要吗？"白千云问，"为达到这个目的，你抛弃亲生儿子也就罢了，竟然还要想方设法杀死他？"

太后神情木然，过了很久才说了四个字："情非得已。"

"什么样的情非得已？"白千云怒气上涌，"一个狗屁的皇帝儿子对你来说就比亲骨肉还重要吗？"

太后没有回答，只是久久地凝望白千云的面庞，忽然之间，她走上前去，双手捧住白千云的脸，目光饱含着一个母亲应有的慈爱。白千云原本满腔怒火和仇恨，恨不能把太后碎尸万段，但当她的手抚摸到自己脸庞时，却一下子激起了他深藏许久的对生身父母的渴望和依恋。他原本就是个直肠直性的人，从来不擅长作伪，顷刻间泪流满面，说不出话来。

这下可糟糕了，安星眠心情复杂地想，此行本来是来找太后做个最终的了结的，这母子俩要是一个舐犊情深，一个孝道发作，还怎么了结呢？不过，他转念又一想，报仇这种事情，真的那么重要吗？

安星眠心里乱纷纷的，过了好久才把注意力重新放回到太后和白千云身上。三十三年了，白千云心里一定有无数的问题想要问，但是此时此刻，双方的立场又是那样地对立，以至于他无法问出口。

"既然你找到了我，我所做的一切，想必你都清楚了？"最后仍然是太后先开口。

"我们甚至找到了那个奇怪的无名老人，"白千云努力压抑着情绪，以至于嗓音显得有些不自然，"可惜的是，我们最终也没能弄明白他的身份。"

"这么说来，他死了？"太后很意外。

白千云点点头，太后缓缓地走回之前坐的凉椅旁，坐了下去，许久才说道："可怜了他，机关算尽，最后还是不能得偿所愿。能不能告诉我，你们是怎么揭破这一切的。就在刚才之前，我还以为整个计划天衣无缝呢。"

她顿了顿，又补充说："这里没有机关暗道，也没有人可以在你们动手之前救我，只管放心。我不是在拖延时间，只是想要满足一下好奇心而已。"

几人对视了几眼，面对如此镇定的太后，之前准备好的种种恐吓威逼的计策反而用不出来了。安星眠叹了口气："我现在才知道，所谓的帝王之气，并不是拍马屁的谀辞啊。"

安星眠开口简单地解释了一下查清此案的过程，只是把中间涉及的人名一律抹去以免遗祸。太后听完，半晌无语，最后才长叹一声："果然是人算不如天算，他自负智慧无双，却仍然被你们找到真相，而我，也终于等到了这一天，或许一切都该了结了。你们动手吧。"

白千云愣了愣："动手？"

"你们冒险来这里，不是为了要杀我为长门报仇吗？"太后淡淡地说，"至于你，自然还要加上被我抛弃的仇恨。就一并算吧，反正我只有这一条命，虽然抵不回长门那么多修士的性命，却也只能如此了。"

"你……你就……你就没有什么话要说？"白千云结结巴巴地问道。

"你们所推测的一点儿都没错，我还有什么特别需要说的吗？"太后说，"事情的经过你们就像亲眼所见一样，我很钦佩。是的，三十三年前的这一夜，我生下了……这个孩子，却发现他是畸形儿，日后绝不可能成为储君，那会让我的全部梦想化为泡影。幸好我已经掌握了那名宫女的情况，暗中命令欧阳端去为她接生，其实目的在于把她的健康婴儿换过来。

"我贪图荣华，抢走宫女的儿子，抛弃了自己的亲生儿子，事后派人杀了知情的欧阳端大夫，他原本已经在逃离天启的路上了，被我的人抓了回去，伪装成血翼鸟杀了他的全家。在孩子被救走后，我又劝说皇帝派出金吾卫去追杀。

"我没有想到，那个女天罗竟然会把证据藏在长门僧的筐子里，并因此被封入了藏书洞窟。我更没想到，三十二年之后，竟然还有人知晓这个秘密，并且威胁我要公之于众，那将会毁掉我的一切。我试图拷问长门僧得到答案，还派人寻找了当年锁河山附近可能知晓此事的村民，但没有得到任何答案。长门僧太坚定了，任何酷刑都没有用，而他们的行动十分隐秘，也没有让任何山民知晓。我没有办法，只能采纳了那个老人的意见，安排了这一个圈套。可惜的是，最终它还是失败了，而我也不可能有第二次机会了。"

"我明白了，我曾经在南淮城遇到过半夜有人逼问当年的山民，原来那是你的人，"安星眠点点头，"我还遇到过一个太监，打着为皇帝办事的旗号，却显然另有隐情，他也是被你收买的吧？"

太后没有否认："我握着一些他在宫里贪污的证据，让皇帝知道了，他一定会被杀头的。再加上他也见过我的一些处事手段，所以他怕我甚过皇帝。"

"所以当时他说'我可不想去尝试他的手段'，其实说的是'她'，指的就是你。"安星眠说。

"没错，确实如此，那个窝囊废很怕死，可以为我所用。"太后说。

这不对，其中肯定另有隐情，唐荷皱起眉头，太后为什么说得那么痛快，痛快的不自然，就好像是强迫自己赶快相信，然后赶快杀掉她一样。她刚想指出这一点，却感到有人在悄悄扯她的衣袖，侧头一看，安星眠正在微微摇头。虽不明其意，她还是顺从地没有开口。

"那么请问一下，欧阳大夫所藏的证据究竟是什么呢？"安星眠问，"是什么样的铁证能够威胁到你的计划呢？"

太后苦笑一声："那是一张字条，我亲笔写给欧阳端的字条。"

"字条？"安星眠有点明白了。想来是那个时候太后亲笔给欧阳端写下字条，命令他为那个宫女偷偷接生，然后把孩子抢过来，处理掉自己生下的畸形儿。但没想到欧阳端良知犹存，不但带走了白千云，还留下了那张字条。可惜的是，他最终没能逃过太后的毒手。

"是的，有了那张字条，我如何下令调换婴儿就都一清二楚了，"太后说，"那将是颠覆这个皇朝的大灾难。"

这句话里隐隐含恳求的意味，安星眠在心里轻叹一声，表面上不置可否："那么，那位老人又是什么身份呢？据他所说，你的种种行为，其实都是背地里受到他的操纵的。"

"你们跟我来，"太后站起身来，"去看一样东西，看完我再告诉你们。如果不放心，可以把刀架在我的脖子上。"

"那倒不必，"白千云咕哝一声，似乎是不忍心真正动手胁迫自己的生母，"你只管带路就是了。"

三

太后的寝宫陈设意外地简单，没有任何多余的家什和装饰，这倒是有一个好处，就是不容易暗藏伏兵。尽管如此，安星眠等人还是步步小心，不敢有丝毫大意。

"我的床头，左数第三个雕花是可以旋转的，你们把它向左旋三圈，就能打开一个暗格。"太后说。

"我去开。"白千云刚迈出一步，就被唐荷拦住了。唐荷对他说："我不会武技，如果中了什么机关埋伏，损失是最小的。"

白千云明白她说得在理，咬咬牙退到一旁。唐荷来到太后的床上，找到那个雕花，伸手向左旋了三圈。然后她发出了一声响亮的惊叫。

"你搞什么鬼！"白千云以为唐荷中了暗算，低吼一声，挥刀对准自己的母亲。但唐荷说话了："白大哥不要！我没有中招，只是……只是被吓了一大跳而已。"

白千云和安星眠定睛望去，都禁不住身上一寒。唐荷用颤抖的双手从暗格里端出了一个花盆，但那个花盆里栽的并不是什么鲜花植物，而是——一颗人头。

一个货真价实的老人的头颅。这是一个枯瘦憔悴的老人，但脸上仍然可以看出血色，双目微闭，像是在小憩。尤其不可思议的是，他的鼻翼微微翕动，竟然还在呼吸！

"那个人一直试图控制我，却没有料到，我也在背后反向地操控他，"太后说，"太聪明的人容易自负，自负到把别人都当成傻瓜，但我们草……我这样的人，从来不会轻易受人控制，就连他一直在那间地下石室里隐藏的秘密，我也派人挖出来了。"

"你刚才说草什么？"安星眠敏锐地问。

"没什么……那个一直在背后为我出谋划策、或者说操纵我的人叫尹常思，你们已经见过他了，"太后若无其事地避开安星眠的问题，"而这颗头颅……就是尹常思的老师，侯不宁。他的名字真是没起好，果然身死后都难以得到安宁。"

"这颗头颅……难道是活的？"安星眠惊讶地问，"这个叫侯不宁的人……还活着？"

"确切地说，只有这颗头颅活着，"太后回答，"你们既然把此事调查得那么清楚，一定也知道血翼鸟的来历了？我不是指那个杀手，而是指那种动物。"

"传说中来自云州的怪物，与伽蓝花伴生，伽蓝花散布花粉令动物中毒，只留下鲜艳的头颅，血翼鸟就为伽蓝花猎取这种头颅以作装饰，"安星眠回答，"但那毕竟只是传说。和云州有关的传说，绝大多数都没有佐证。难道你的意思是……"

"是的，佐证就在你面前，"太后说，"伽蓝花粉的奇毒可以把一个人全部的生命力都浓缩到头颅里去，假如配上辰月教的秘术，就有办法让一个人只剩头颅活下来。"

"我懂了，"安星眠长出了一口气，"那是尹常思杀了他，却故意留下他的头颅，为的是让他亲眼看着这个被驱逐的弃徒复仇吧？他明明是被辰月教驱逐，却为什么要报复长门呢？"

"他并没有报复长门，他只是力图毁掉天藏宗的藏书洞窟而已。"太后说。

安星眠琢磨着太后的这句话，忽然脸色煞白："你说什么？难道天藏宗……天藏宗……"

"你猜得没错，"太后点点头，"虽然天藏宗并不如我们编织的谎言中那样打通了地下魔火的通道，但它的背后，的的确确有另一只手在推动。"

"那只手，就是辰月教。"

"天藏宗的背后……是辰月教？"安星眠喃喃自语着，觉得难以置信。但他也清楚，这个时候，太后是不会在这个问题上说谎的。

"真没有什么可奇怪的，"太后说，"即便是在我执政的日子里，辰月的阴影也无处不在，只不过民间嗅不到这种气息罢了。他们原本就是试图操纵一切的教派，就像是一个棋手，把天地作为棋盘，把众生作为棋子。"

"也就是说，天藏宗一直以来开凿藏书洞窟，其实是……辰月在暗中推动？"安星眠问。

"辰月也曾有过和天藏宗类似的计划，"太后说，"但是辰月这个教派，总是行走在光明和黑暗的分界线上，随时有可能为了信仰献出生命，根本不可能分出那么多精力来完成这样的计划。所以后来，辰月教在原有的阴、阳、寂三部之外，又多出了一个独立的无名分支。这个分支不受控于任何教长，而是直接听命于辰月教主，他们人数稀少，默默无闻，一代又一代地传下去，目的只有一个，那就是潜伏于长门天藏宗，推动藏书洞窟计划。"

"事实上，在最初的时候，辰月也曾试图自己来开凿洞窟，但他们的人力严重不足，在花费了许多精力之后，却发现开凿出的藏书洞窟竟然位于某个地下活火山之上，为此不得不放弃。他们意识到，开凿藏书洞窟是一个艰难而复杂的任务，单是之前的地理勘探就得花费数年，辰月根本分不出这么多人手，更不必提搜罗一整个时代的藏书了。所以他们想方设法利用长门，利用长门僧单纯而坚韧的信仰。"

安星眠顾不上愤怒，而是马上想到了另一个问题："活火山上的洞窟？那岂不就是用来欺骗皇帝的那一个？我之前一直纳闷为什么能在那么短的时间里造出一个假洞窟来，原来那根本就是早已存在的辰月教的失败遗迹！"

太后点点头："没错。这位侯不宁，就是辰月教那个无名分支的教长，尹常思则是他最聪明的学生。但侯不宁很快发现，尹常思虽然绝顶聪明，却是一个没有信仰的人，利益心很重，根本无法承担辰月的重托。尤其是侯不宁的分支掌握着所有的藏书洞窟的秘密，一旦尹常思对此产生什么贪念，辰月教千年的谋划都可能毁于一旦，所以他终于忍痛把尹常思逐出了门墙。"

"尹常思原本充满希望，想要成为辰月教历史上光辉彪炳的人物，没想到竟被驱逐。这个人本来就性情偏激，一下满怀希望变成了满腔怨恨，因此下定决心要从根本上毁掉这个分支——那就是摧毁所有的藏书洞窟了。"

安星眠握紧了拳头，又松开，又握紧，又松开。尹常思已经化为灰烬，侯不宁也仅剩下这个脆弱的头颅，可是长门的大恨，应该算在谁头上？这一番调查下来，长门的信仰屡次在他心中动摇，而现在，他甚至被告知长门的背后有辰月的推动，那种愤懑实在难以用言语表达。

这不过是跳出了一个火坑，又发现自己在另一个更大的火坑里，安星眠苦涩地想。长门固然不是什么灭世阴谋的工具，但辰月教囤积藏书，也绝对不怀好意。知识对于他们来说，就是玩弄天下苍生的最大利器，而长门，却在无意中成为帮凶。可怜一代又一代的长门僧，尤其是天藏宗的门人，满怀追寻真道的热情为了信仰献出一切，却不知道自己不过是辰月手中的棋子。

他一时有些万念俱灰，一屁股坐在椅子上，许久没有言语。唐荷来到他身边，轻轻拍着他的肩膀表示安慰，却也说不出什么话来。白千云却瞪了他一眼："浑小子，别又钻牛角尖，想想小雪。"

这句话如当头棒喝，安星眠浑身一震，顷刻间冷汗直冒。"是啊，"他想，"雪怀青和唐荷早就对我说过，重要的事情是做好自己。长门是红日当空，我是我自己；长门是暗月无痕，我依然是我自己。长门的信仰和经义，是真的也好，是假的也罢，是顺势而生的也好，是被辰月暗中操纵的也罢，都不能影响'我'的存在。"

其实所谓真道，无非就是在浮世万象中找到"我"，无非就是在跨过最后一道门之前看清楚"我"，仅此而言。安星眠陡然间大彻大悟。他闭上眼睛，微微凝神，再睁开眼时已经神色如常。

"这一切的背后，都是仇恨和怨憎啊，"他轻声说，"这位尹常思能以一己之力把皇帝和长门玩弄于股掌之间，真是个绝世奇才，他就算离开了辰月又如何？真正的明珠，在哪里都会焕发光彩。可惜啊，他全部的光彩都被心中的仇恨所蒙蔽，空耗这一生，不过是害人害己。仇恨，才是真正的无尽长门，让人就算走到生命的尽头都无法跨越。"

他站起身来，走到太后跟前，轻声问："那么你呢，太后，促使你做出这样冒险的大事的仇恨之源，又是什么呢？"

太后的身子颤抖了一下。她下意识地垂下头："仇恨？我哪儿来的什么仇恨？只不过是贪欲作祟罢了。"

"可是我没有看出你贪在何处，"安星眠说，"你贪图享乐吗？贵为太后，你的寝宫简陋得还不如一个宛州土财主的姨太太的闺房。你贪图权力吗？你掌权不过短短几年，宏靖帝刚成年，你就迅速放权退居幕后，从此什么都不过问。请问你抛弃自己的亲生孩子，抢来宫女的孩子冒充己出，究竟贪到了什么？享受到了什么？"

太后低着头，无言以对，重新抬起头来的时候，已经面如死灰，眼神里充满绝望。属于她高高在上的威仪已经荡然无存，取而代之的，是一种可怜。

"求求你，别再问了，"她喃喃地说，"一切都是我的过错，你们杀了我吧，杀了我，就都了结了。"

"我们并没有决定杀你，但是如果不了解真相，我不敢保证我会做出什么事来。"一个声音忽然响起，那是很久没有说话的白千云。他自幼就不断梦见自己和生身父母会面的情景，但这一夜的会面几乎没有任何亲情的荡漾，有的只是赤裸裸、血淋淋的阴谋和仇恨。他一直试图和太后对视，太后却一直回避他的目光，但现在，他不愿再给太后任何退路了。

终于，太后和白千云的视线相接。她的眼里毫不掩饰地充满了慈爱和温情，但这来得太晚的慈爱和温情并不能让白千云高兴起来，相反，他的心里闷得慌，像是被什么东西塞满了，急需宣泄。

"我不是长门中人，我卷入这件事也不过是为了帮我的朋友，所以你可以把别的说辞都放开，告诉我实话，"白千云目光炯炯地盯着太后，"为什么？你为什么要这样做？为什么连自己的亲生骨肉都忍心抛弃和杀害？"

"没有什么实话了，我刚才说的，就是实话，"太后凄然一笑，"孩子，我对不起你，那是我一生中最大的罪孽，我不求你原谅我，只希望……

日后你能好好地生活。不管怎么样，三十三年了，我终于见到了你，痛心也罢，歉疚也罢，冷血也罢，残忍也罢，临死之前，我总算是稍微少了几分遗憾。"

"等等！你要干什么！"白千云一惊，但已经来不及了。太后以和她年龄不相称的敏捷动作从袖子里扯出一把短刀，一刀插在了心口上，这一刀又快又准……她选择了自尽。

"你这是干什么！"白千云抱住摇摇欲坠的太后，号啕大哭起来。太后对他并无养育之恩，只是抛弃他和派人追杀他，他的心里自然充满了恨意。但在太后挥刀自尽的一刹那，流露的目光却是如此地真诚，那目光令他心颤，令一直藏于心底的对母爱的渴望再也无法掩饰。此时此刻，他不知道自己在做什么，也不知道自己应该做什么，他只知道一点：母亲快要死了。不管是爱是恨，是渴望相逢还是期盼复仇，母亲死了，自己终究还是无父无母的孤儿。

所有人心情复杂地看着奄奄一息的太后，发现在她的死亡背后其实还隐藏着疑团，却没有办法再求证了。安星眠开始在寝宫里四处翻找，希望能找到一点蛛丝马迹。

就在这个时候，一个微弱的声音响起来，那是垂死的太后发出的。临死之际，她的神志似乎已经不太清楚了，竟然开始哼唱一首曲子。这首曲子的曲调悠远悲怆，令人不禁感到一阵苍凉，却不太像是东陆的曲调。在这一刻，仿佛一切的荣华富贵、一切的阴谋与背叛、一切的仇恨和鲜血，对太后而言都变得不重要了，她残存的意识里只剩下了这首歌。

"小荷，记住这个调子。"安星眠说。

"什么？"唐荷不太明白。

"你能歌善舞，在这方面比我强，记住，努力记住！回头我再解释！"安星眠低声说。

三个人都不说话了，唐荷开始努力记住这奇特的旋律，直到最后一声咏叹化为尘埃。这当中还夹杂一点儿轻微的声响，那是白千云抑制不住的眼泪掉在了地上。

四

太后突然自尽显然不是什么太光彩的新闻，所以整个消息被彻底压住，直到一个月后，皇帝的生辰热闹完了，才宣布太后"因病归天"，接下来自然是隆重的哀悼仪式。至于要压这一个月的原因，也不难猜想：假如太后的忌日和皇帝的生辰恰好在同一天，你说皇帝以后还应不应该过寿？宏靖帝固然是个不贪图享乐的皇帝，但为自己庆生算是帝王正当的权力，他也不会免俗。

耐人寻味的是，尽管太后的死颇有疑点，比如现场明显能发现旁人的足迹，但皇帝并没有展开任何调查，轻易就放过了此事。知情者暗中猜测，那或许是因为皇帝本人也隐隐盼着太后早日归天吧。拥有一个如此智慧而强势的母亲，尽管她已经不理朝政，皇帝的内心难免还是会有阴影的。如今太后已死，或许皇帝才真正地感受到，这个国家完完全全、彻彻底底地属于他了。又或许，皇帝早就发现他的母亲心里藏了太多的秘密，如今那些秘密随着母亲一起烟消云散，他也总算能多睡一点儿踏实觉了。

当然了，最重要的原因是皇帝得到了一封信。那是一封不知何方高手趁着深夜潜入皇宫、直接放在皇帝枕边的长信。皇帝读完之后，呆若木鸡，随即把这封信烧成了灰烬。

"真的是这样吗……我被骗了？"他喃喃自语，"也许，我还是应该相信吧，把悬着的心放下来总比需要解梦师的开解才能入睡好。"

"长门……我真是对不住你们了。"他有些内疚地叹息着。在读完并烧掉这封信之后，皇帝的睡眠果然好了很多，虽然——这一点让他无比的疑惑——他的解梦师竟然也不知所踪了。

他当然猜想不到，这位解梦师，是一个捏面人的老头安排给他的。这位解梦师一面为皇帝指点迷津，一面悄悄地给皇帝下药，让他始终无法得到稳定的安眠。而在那位捏面人的老头灰飞烟灭之后，他忠实的弟子也没有活下去的信念了。尹常思的阴谋，真的只差一本书就能完成，但那本伪书最终毁掉了他一生的谋算。

而长门，也渐渐安定下来。皇帝不再对他们下手，天藏宗的人们也得到了真相，虽然无比痛悔他们毁掉了一个藏书洞窟，但值得欣慰的是，还有更多的洞窟没有被毁。九州大地暂时还看不到毁灭的那一天，还有许多时间让人们去弥补曾经犯下的过失，只要长门不灭，总会有重建起那个时代的藏书洞的那一天。

只要长门不灭。

雪怀青已经被风秋客带到了宁州。风秋客这个人一贯行踪诡异，甚至没有留给安星眠告别的机会，当然也可能是他对青年男女生离死别的场面一向看不顺眼，生怕安星眠对着眼前昏迷不醒的佳人啰啰唆唆个没完，再挤上几滴猫尿。

"小子，想要表现得像个男人，就早点来宁州把她接回去！"这是风秋客留下的字条。

安星眠放下字条，苦笑一声，又出门去了。从皇宫出来之后，唐荷继续跟秋雁班离开了，而他并没有和白千云一道回云中城，而是继续冒着危险留在了天启，当然了，少不得要接着纠缠可怜的游侠郁风贤。大半个月之后，他回到云中的河络地下城，带回了答案。

"你还记得那个宫女吗？"安星眠问白千云。两人正坐在废弃的十七号矿坑里，三三两两的河络从身边走过。

"哪个？"白千云不太明白。

"就是……宏靖皇帝的生母。"安星眠有点嗫嚅地说。

白千云毫不客气地踢了他一脚："蠢货，别在我面前做出一副我死了娘的样子……好吧，我是死了娘，但我还不至于被随便什么话就刺激到不行。有屁快放！那个宫女怎么了？"

白千云还是老样子。虽然心里依然在忧伤和愤恨，但他一向是个拿得起、放得下的爷们儿，安星眠放心了："你这一脚真狠，骨头都快断了。我逼着郁风贤去查了很久，但他毕竟只是市井游侠，实力有限，所以我索性去找了宇文公子，总算是得到了答案。果然如我所料，她是蛮族的姑娘。"

"蛮族的?"白千云一愣。

"不但她,你的生母也是,她们俩来自同一个蛮族部落。"安星眠说。

"这么说来,其实我是半个蛮子?"白千云搔搔头皮,"那我以后遇到蛮子要稍微客气点儿了……她们怎么会都是蛮族人?"

"宇文公子查到,那名宫女来自蛮族的某个已经消亡的草原部落,是数年前圣德帝和蛮族大君缔结和平盟约之后,作为礼物送来的。那个部落叫作吉萨儿,因为祖先被华族军队所杀,所以坚决反对大君和东陆皇帝结盟,由此被认为是要阴谋推翻大君的统治,而被大君发兵诛灭,部落的青壮男子全部被杀死,女子发配为女奴。她就是以女奴的身份被当成礼物送到东陆的。"安星眠说。

"那我母亲……太后呢?"白千云问。

"我们在宫里的时候,太后曾说了一句话,'太聪明的人容易自负,自负到把别人都当成傻瓜,但我们草……我这样的人,从来不会轻易受人控制',她说到半截突然改口,改掉的那几个字,当时我不明白是什么意思,但后来突然开窍了,想必说完整了就是'我们草原上的人'或者'我们草原的儿女',那一向是蛮族人骄傲的自称。"

白千云想了想:"还真是这样,这你都想得到,厉害啊。"

"这也是我倒推出来的,真正暴露她身份的,是她临死前哼唱的小曲,"安星眠说,"小荷硬记下曲调后,我以长笛凯尔朋友的身份去拜访了一位音乐家,他告诉我,那是瀚州草原上的牧歌,主要流传于瀚州西北一带,那正好是吉萨儿部落曾经所在的方位。而且在传说中,那一场惨烈的战争之后,吉萨儿部落头人的全家都被处死,却唯独他的小女儿失踪了。你明白了吗?太后,你的母亲,就是那个失踪的小女儿啊。"

"也就是说,我的生母……她也是吉萨儿部落的人,其实就是头人的小女儿?可她为什么会入宫为妃呢?"白千云问。

"你母亲进宫的经历,倒是在那些隐晦的民间传说里都提到过,且八九不离十,说她是在圣德皇帝某次出巡到宛州南淮城的时候遇上的,对她一见钟情,便很快将她带回了宫中,"安星眠说,"圣德帝在位期间虽然没什么大恶，但是为人好色成性，这一点是共知的。"

"你的意思是说，她是故意……故意制造机会勾引圣德帝的？"白千云很是惊讶，"她难道是想要刺杀皇帝复仇？你刚才说了，他们的部落因为反对和东陆结盟而被灭族，她一定十分痛恨东陆皇帝。"

"她的确想要复仇，但这复仇却不是杀死东陆皇帝那么简单，"安星眠的语声有些沉重，"一个皇帝死了，还能有新的皇帝继位，即便是一个皇朝被推翻了，东陆人还可以建立新的皇朝。可是，如果混淆掉皇族的血脉呢？"

"混淆掉血脉？"白千云愣了，随即恍然大悟，"如果她当了妃子，生下儿子，那东陆的皇帝……就有一半蛮族血统了！"

"不止啊，一半有什么用？"安星眠说，"华族和蛮族，历史上也有过通婚的，华族的皇帝不止一位有蛮族的母亲，那根本不算什么。"

白千云的面色刹那间变得苍白："你是说我的父亲……并不是圣德皇帝？"

"很遗憾，并不是，"安星眠说，"虽然你的父亲我并不知道是谁，但一定不是圣德皇帝，而是个蛮族人。你的相貌很像太后，但和圣德皇帝并无半点近似。"

白千云说不出话来了。他原本以为自己不管多么悲惨，好歹算是弄明白了身世，而且无论他多么蔑视权贵，偶尔想到"其实老子是皇帝的儿子"，还是能暗暗得意一番。但现在，安星眠一句话像是给他兜头浇了一桶凉水。

"闹了半天，我连我的亲爹究竟是谁都还没有弄清楚呢……"他哼哼着说。

安星眠接着说："所以我对于整件事，有这么一种推测：在吉萨儿部落被大君灭族之后，太后侥幸逃脱，圣德帝爱好女色的声名在外，她又自知自己美貌，所以早就定下了复仇的计划，想要斩断华族的血脉，让东陆皇朝以后的皇帝都是蛮族人。当然，她也一定做出了很多牺牲。所以说，不管是你，还是如今的宏靖皇帝，恐怕都是血统纯正的蛮族人。吉萨儿部落虽然被灭族，但一定还有极少数的男丁逃了出来，他们自然会想办法追随头人的女儿，奉行她的一切命令。"

"可她没有想到，自己会生下一个畸形的儿子，"白千云叹息，"圣德皇帝不会把一个畸形儿立为皇储的。但是她运气很好，竟然还遇上了来自同一个部落的宫女，而且对方碰巧也因为和蛮族人偷情而怀孕了。"

"那真的是碰巧吗？恐怕未必吧。"安星眠说。

"你这话是什么意思？"白千云吃惊地问。

"我想说，太后处心积虑地安排了这一切，绝不会允许出错。那个宫女的偷情与怀孕，也许是她一手安排的。不然不会那么巧，连时间都差不多。我猜测，也许因为她身上有某种疾病，很早以前就知道自己有可能流产或者生下有缺陷的婴儿，因此老早就做好了准备。"

"那她也实在太可怕了……血脉真的有那么重要吗？假如没有人知晓此事，东陆皇朝就这样一代一代地传下去了，又有什么区别呢？说不定以后还会出现蛮族的后代征讨蛮族呢。"白千云有些暴躁地说。

"我们终究不是太后，没有办法站在她的角度去想问题，"安星眠忧郁地说，"就如同我不是你，无法体会孤儿的心境，你我又何尝能体会灭族的愤恨与悲凉呢？其实每一个人，对他人而言都是一道门，一道永远也无法跨越的门。"

"所以你们长门，所求的只是自己的这道门而已，"白千云说，"我是应该说虚伪，还是应该说明智呢？"

"都不是，"安星眠摇摇头，"这不过是两个字：选择。"

白千云长叹一声，抬头看着黑漆漆的矿坑顶部，感慨万千："选择……是啊，选择。捏面人的老怪物选择了复仇，我的生母也选择了复仇，人世间到底哪儿来那么多纠缠不清的仇恨？已经死去的人终究无法复活，已经失去的机会终究不能重来，又何必那么执着？毁掉辰月教的千年大计、把华族皇朝的皇帝变为蛮族血统，又能得到什么、改变什么？到了最后，其实什么也得不到。"

"她在临死前看我的眼神，虽然时间很短，我却一辈子都忘不了。我想象中母亲的眼神就是那样的，温暖而慈爱，仿佛我就是她生命的延续，可是……她仍然舍弃了我，纠结于心中的仇恨。我这些天总是在想，她的这一生，到底是怎么度过的？一个本应该牧马打猎，在草原上奔跑一辈子的蛮族女子，变成了天启城的主人，把自己的一生消耗在这个她原本痛恨的地方。她临死的时候到底有没有后悔过？有没有觉得当初的选择是错误的？"

"而且这个选择能带来什么样的实质结果呢？"安星眠陪上一声叹息："现在我们都知道了，宏靖皇帝非但不是皇族血脉，更是一个纯血统的蛮族人，可是……难道我们有什么必要去改变这个现状吗？"

"没有任何必要，"白千云摇摇头，"别说我身体有残疾，就算我是个四肢健全、有能力坐上皇位的人，我也不去和他相争。也许是因为我从小被河络抚养长大，我并没有那么深的种族观念。只要能让百姓吃饱穿暖，不颠沛流离，无论蛮族人做皇帝，还是华族人做皇帝，哪怕是河络做皇帝又能如何？宏靖虽然在长门这件事上下手残暴冷酷，但毕竟……他也有他的苦衷，总体而言，他还算是个不错的皇帝。假如推翻了他，皇朝大乱，一堆人跳出来争抢皇位，最后受苦的还是黎民苍生。"

"而且现在九州各方势力大致处于平衡的状态，"安星眠说，"华族皇朝一乱，蛮族、羽族甚至夸父必然伺机而动，到那个时候受害的就不只是东陆了，而会是整个九州。那才是真正的魔火，毁灭一切的魔火。就让这个蛮族人继续在皇帝的宝座上坐下去吧，把蛮族人的血脉一代代在东陆皇朝中传递下去。这固然是一种绝大的荒谬，但荒谬的背后也许是九州的幸运。"

白千云点点头："所以我才觉得，在考虑到了那么多的事情之后，我的母亲，内心一定是对当年的做法充满悔意的。她那么痛快地寻死，却很难寻求到真正的解脱，也许到了另一个世界仍然会感到后悔。"

"后悔也太晚了，已经做出的选择不能回头，把以后的选择做好就行了，"安星眠说，"比如说我，现在就闻到了从远处飘来的鼠尾汤的香气，再不回去就没啦，所以我要赶紧去喝汤。"

"你自己去吧，我现在不饿，想在这里多坐一会儿。地下城还真是好，有那么多让人安静的时间。"白千云说。

安星眠也不勉强，拍拍他的肩膀，站起身来走向城里。但白千云突然叫住了他：“你明天就要出发了，对吗？”

“其实是今天，吃过午饭之后。我就是回来看看你，告诉你我查出的一切，然后启程去宁州，”安星眠说，“我一天都不能耽误了。”

“那个叫作萨犀伽罗的法器，还在你身上？”白千云又问。

“是的，这个东西，似乎是和我的生命联系在一起了，所以风先生并没有带走，”安星眠说，“长门的事情终了，但我还有很多的谜团没有解开，希望这一次去宁州，能够顺利地救醒怀青，解决掉这些谜团。”

“小雪是一个好姑娘，是我这辈子见过的最坚强、最勇敢的女孩子，你一定要把她完完整整地带回来，不然我跟你没完！”白千云瞪大了眼睛作恫吓状。

安星眠微微一笑，没有回答，继续向远处走去。他忽然开始吟唱起一首歌，那歌声令白千云的眼眶微微有些湿润——安星眠所唱的，正是那一夜太后临死前哼唱的蛮族牧歌。想来是他在求证的时候顺便学会的。瀚州草原浩瀚辽阔，一眼望不见边际，只有在风中摇荡的牧草向远方无穷无尽地延伸，那样的景象，总能让人感到难以抹去的苍凉，并且产生某种一抒胸臆的冲动。所以几乎每个蛮族牧人都是歌手，会在苍天之下引吭高歌，任歌声飘荡在天与地之间。即便白千云听不懂蛮语的歌词，单是那歌声中透出的天地无疆的意境，就已经足够让人落泪。

> 白云如牛羊，
> 长鞭驱赶太阳。
> 风吹草老，
> 鸿雁北翔，
> 瀚野万里苍茫。
> 长歌烈酒，
> 骏马为伴，
> 此生了无憾。

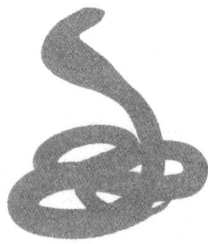